BERNARD MINIER

Bernard Minier, né en 1960, originaire de Béziers, a grandi au pied des Pyrénées. *Glacé* (2011), son premier roman, a reçu le prix du meilleur roman francophone du Festival Polar de Cognac. Son adaptation en série télévisée par Gaumont Télévision et M6 a été diffusée en 2017. Après *Le Cercle* (2012) et *N'éteins pas la lumière* (2014), *Une putain d'histoire* (2015) a également reçu le prix du meilleur roman francophone du Festival Polar de Cognac. Son dernier ouvrage *Nuit* a paru en 2017. Ses livres, traduits en 18 langues, sont tous publiés aux Éditions XO et repris chez Pocket.

Retrouvez toute l'actualité de l'auteur sur :
www.bernard-minier.com
www.facebook.com/bernard.minier

NUIT

DU MÊME AUTEUR
CHEZ POCKET

LES ENQUÊTES DE SERVAZ
GLACÉ
LE CERCLE
NUIT

UNE PUTAIN D'HISTOIRE
N'ÉTEINS PAS LA LUMIÈRE

BERNARD MINIER

NUIT

Pocket, une marque d'Univers Poche,
est un éditeur qui s'engage pour la préservation
de son environnement et qui utilise du papier fabriqué
à partir de bois provenant de forêts gérées
de manière responsable.

© XO Éditions, Paris 2017.
ISBN : 978-2-266-28378-6
Dépôt légal : février 2018

*À Laura Muñoz, ce roman
qui est aussi le sien.*

À Jo.

Qui chevauche si tard
à travers la nuit et le vent ?
C'est le père avec son enfant.

GOETHE

Une autre fois.
Il faisait nuit encore.

Yves BONNEFOY

Prélude

Elle regarde sa montre. Bientôt minuit.

Train de nuit. Les trains de nuit sont comme des failles dans l'espace-temps, des univers parallèles : la vie tout à coup suspendue, le silence, l'immobilité. Les corps engourdis ; somnolences, rêves, ronflements… Et puis le galop régulier des roues sur les rails, la vitesse qui emporte les corps – ces existences, ces passés et ces avenirs – vers un ailleurs encore dissimulé dans les ténèbres.

Car qui sait ce qui peut advenir entre le point A et le point B ?

Un arbre tombé sur la voie, un voyageur malintentionné, un conducteur somnolent… Elle y songe sans vraiment s'appesantir, plus par désœuvrement que par crainte. Elle est seule dans le wagon depuis Geilo et – pour autant qu'elle a pu en juger – personne n'est monté entre-temps. Ce train s'arrête partout. Asker. Drammen. Hønefoss. Gol. Ål. Parfois dans des gares dont les quais auront bientôt disparu sous la neige, réduites à un ou deux baraquements symboliques, comme à Ustaoset, où est descendue une seule personne. Elle aperçoit des lumières, au loin, dérisoires dans l'immense nuit norvégienne. Quelques maisons isolées qui laissent leurs lampes de seuil allumées toute la nuit.

Personne dans le wagon : on est mercredi. Du jeudi au lundi, l'hiver venu, le train est presque bondé, essentiellement des jeunes et des touristes asiatiques, car il dessert les stations de ski. L'été, les quatre cent quatre-vingt-quatre kilomètres de la ligne Oslo-Bergen ont même la réputation d'être un des chemins de fer les plus spectaculaires au monde, avec ses cent quatre-vingt-deux tunnels, ses viaducs, ses lacs et ses fjords. Mais au cœur de l'automne nordique, par une nuit glaciale comme celle-ci, en milieu de semaine, il n'y a pas âme qui vive. Le silence qui règne d'un bout à l'autre de l'allée centrale, entre les rangées de sièges, est certes un poil oppressant. Comme si un signal d'alarme avait vidé le train à son insu.

Elle bâille. Malgré la couverture et le masque de nuit mis à sa disposition, elle ne parvient pas à s'endormir. Pas vraiment. Elle est toujours aux aguets dès qu'elle sort de chez elle. C'est son métier qui veut ça. Et ce train vide n'aide guère à se relâcher.

Elle prête l'oreille. Aucune voix ne lui parvient. Pas même le bruit d'un corps qui remue, d'une porte qu'on repousse ou d'un bagage qu'on déplace.

Son regard glisse sur les sièges inoccupés, les cloisons grises, l'allée centrale vide et les vitres obscures. Elle soupire et s'efforce de fermer les yeux.

Le train rouge jaillit du tunnel noir, telle la langue d'une bouche dans le paysage de glace. Bleu ardoise de la nuit, noir opaque du tunnel, blanc bleuâtre de la neige et gris légèrement plus sombre de la glace. Et puis, soudain, ce trait rouge vif – pareil à une traînée de sang qui vint couler jusqu'au bord du quai.

Gare de Finse. Mille deux cent vingt-deux mètres d'altitude. Le point culminant de la ligne.

Les bâtiments de la gare étaient englués dans une carapace de neige et de glace, et les toits étaient recouverts d'édredons blancs. Un couple et une femme attendaient sur le quai – qui ressemblait à une piste de ski de fond sous les lampes jaunes.

Kirsten décolla son visage de la vitre et tout, dehors, retomba dans l'obscurité, éclipsé par l'éclairage à l'intérieur du wagon. Elle entendit la porte soupirer et perçut un mouvement dans l'angle de son champ de vision, tout au bout de l'allée centrale. Une femme dans la quarantaine, comme elle. Kirsten se replongea dans sa lecture. Elle avait réussi à dormir à peine une heure, alors qu'elle avait quitté Oslo depuis plus de quatre. Elle aurait préféré prendre l'avion, ou dormir dans un des wagons-lits, mais sa hiérarchie lui avait refilé un simple billet de train de nuit. Place assise. Restrictions budgétaires obligent. Les notes qu'elle avait prises au téléphone s'affichaient à présent sur l'écran de sa tablette : un corps trouvé dans une église de Bergen. Mariakirken, l'église Sainte-Marie. Une femme massacrée sur l'autel, au milieu des objets du culte. Amen.

— Excuse-moi.

Elle leva les yeux. La femme qui était montée se tenait devant elle. Souriante. Son bagage à la main.

— Ça ne t'ennuie pas si je m'assois en face de toi[1]? Je ne te dérangerai pas, c'est juste que… eh bien, un train de nuit vide. Je ne sais pas, je me sentirai plus en sécurité.

1. Les Norvégiens utilisent le tutoiement, même lorsqu'ils ne se connaissent pas.

Si, ça l'ennuyait. Elle lui rendit mollement son sourire.

— Non, non, ça ne m'ennuie pas. Tu vas jusqu'à Bergen ?

— Euh… oui, oui, Bergen. Toi aussi ?

Elle relut ses notes. Le type de Bergen n'avait guère été bavard au téléphone. Kasper Strand. Elle se demanda s'il était aussi peu méticuleux dans ses enquêtes. D'après lui, le soir tombait lorsque le sans-abri qui passait près de Mariakirken avait entendu les cris à l'intérieur de l'église. Au lieu d'aller voir, il avait jugé plus sage de prendre ses jambes à son cou et il était quasiment rentré la tête la première dans une patrouille qui passait par là. Les deux flics avaient voulu savoir où et pourquoi il détalait si vite. Il leur avait alors parlé des hurlements à l'intérieur de l'église. Selon Kasper Strand, les deux patrouilleurs s'étaient montrés ouvertement sceptiques (elle avait cru deviner, à son intonation et à certaines allusions, que le sans-abri était bien connu des services de police), mais il faisait froid et humide cette nuit-là, et ils s'ennuyaient ferme ; à tout prendre, même une nef glaciale d'église valait mieux que ce vent et cette pluie « venus du large ». (C'était ainsi que ce Kasper Strand s'était exprimé – *un poète dans la police*, songea-t-elle.)

Elle hésita à afficher sur sa tablette le petit film que Strand lui avait envoyé, la vidéo prise dans l'église. À cause de la femme assise en face d'elle. Kirsten soupira. Elle avait espéré que la femme piquerait un roupillon mais, au lieu de cela, elle semblait plus éveillée que jamais. Kirsten lui coula un regard furtif. La femme la dévisageait. Un petit sourire dont Kirsten n'aurait su dire s'il était amical ou moqueur sur les lèvres. Yeux plissés. Puis le regard descendit sur l'écran de la tablette, sourcils froncés, essayant manifestement de déchiffrer ce qui était écrit.

— Tu es dans la police ?

Kirsten réprima un mouvement d'humeur. Considéra le petit sigle représentant un lion et une couronne dans le coin de son écran, avec le mot POLITIET. Elle leva vers la femme un regard qui n'était ni hostile ni amical, ses lèvres minces dessinant un sourire aussi mesuré qu'il était possible sans se montrer offensante. Au commissariat d'Oslo, Kirsten Nigaard n'était pas connue pour sa chaleur humaine.

— Oui.

— Dans quelle branche, si ce n'est pas indiscret ?

Ça l'est, pensa-t-elle.

— Kripos[1].

— Oh, je vois, enfin, non, non, je ne vois pas... C'est un drôle de métier, non ?

— On peut dire ça.

— Et tu vas à Bergen pour... pour...

Kirsten était bien décidée à ne pas lui faciliter la tâche.

— Pour... enfin, tu vois, un... enfin, un *crime*, quoi ?

— Oui.

Ton sec. La femme se rendit peut-être compte qu'elle était allée trop loin, car elle secoua la tête en pinçant les lèvres.

— Excuse-moi, ça ne me regarde vraiment pas.

Elle fit un geste vers son bagage.

— J'ai une Thermos pleine de café. Tu en veux ?

1. Service national d'investigations criminelles de Norvège, chargé de la lutte contre le crime organisé et les autres crimes « sérieux ».

Kirsten hésita.

— D'accord, finit-elle par répondre.

— Ça va être une longue nuit, dit la femme. Je m'appelle Helga.

— Kirsten.

— Et donc, tu vis seule et tu n'as personne en ce moment, c'est bien ça ?

Kirsten lui coula un regard prudent. Elle avait trop parlé. Sans s'en rendre compte, elle avait laissé Helga lui tirer les vers du nez. Cette Helga était plus fouineuse qu'une journaliste. En tant qu'enquêtrice, Kirsten savait que, même dans les relations interpersonnelles les plus banales, écouter quelqu'un avait toujours à voir avec la recherche de la vérité. L'espace d'un instant, elle s'était dit que cette Helga aurait excellé dans les auditions de témoins. Cela avait d'abord fait sourire Kirsten. Elle connaissait des enquêteurs à la Kripos qui étaient moins doués pour les interrogatoires. Mais maintenant, elle ne souriait plus. Maintenant, l'indiscrétion d'Helga commençait à lui taper sur le système.

— Helga, je crois que je vais dormir un peu, dit-elle. J'ai une longue journée qui m'attend demain. Ou plutôt aujourd'hui, rectifia-t-elle en consultant sa montre. Il reste moins de deux heures avant l'arrivée à Bergen, il faut que je dorme.

Helga la regarda d'un drôle d'air, hocha la tête.

— Bien sûr. Si c'est ce que tu veux.

La sécheresse du ton la décontenança. Il y avait chez cette femme, songea-t-elle, quelque chose qu'elle n'avait pas perçu au départ mais qui, à présent, lui semblait évident : elle n'aimait pas qu'on la contrarie, qu'on lui tienne tête. Une tolérance basse à la frustration, une tendance manifeste à l'emportement, une vision manichéenne du monde : *personnalité histrionique*, conclut-elle. Elle se souvint des cours à l'école de police sur l'attitude à adopter face à tel ou tel type de personnalité.

Elle ferma les yeux, espérant que cela couperait court à la discussion.

— Je suis désolée, dit soudain Helga au-delà de ses paupières fermées.

Elle les rouvrit.

— Je suis désolée de t'avoir dérangée, répéta-t-elle. Je vais aller m'asseoir ailleurs.

Helga renifla avec un petit sourire condescendant, ses pupilles dilatées.

— Tu ne dois pas te faire beaucoup d'amis.

— Je te demande pardon ?

— Avec ton fichu caractère. Ta façon de rembarrer les gens, ton arrogance. Pas étonnant que tu sois seule.

Kirsten se raidit. Elle allait répliquer quand Helga se leva brusquement et attrapa son bagage rangé au-dessus d'elle.

— Désolée de t'avoir dérangée, lança-t-elle une fois de plus d'un ton cassant en s'éloignant.

Parfait, se dit Kirsten. *Trouve-toi une autre cible.*

Elle s'était assoupie. Elle rêvait. Dans son rêve, une voix insinuante et venimeuse sifflait dans son oreille « sssalope, esspèce de sssalope ». Elle se réveilla en sursaut. Et sursauta une deuxième fois en découvrant Helga tout près. Assise sur le siège voisin. Son visage penché sur celui de Kirsten, elle l'observait comme un chercheur examine une amibe au microscope.

— Qu'est-ce que tu fous là ? demanda-t-elle sèche-ment.

Helga avait-elle vraiment dit ça ? Salope ? *Avait-elle prononcé le mot ou était-ce uniquement dans son rêve qu'elle l'avait fait ?*

— Je voulais juste te dire d'aller te faire foutre.

Kirsten sentit la colère la gagner, une colère noire, aussi noire qu'un nuage d'orage.

— Qu'est-ce que tu as dit ?

À 7 h 01, le train entra en gare de Bergen. *Dix minutes de retard, autant dire rien pour la NSB*, se dit Kasper Strand en battant la semelle sur le quai. Il fai-sait nuit noire et il ferait nuit noire sur Bergen jusqu'à 9 heures du matin par un temps couvert comme celui-ci. Il la vit descendre le marchepied, poser le bout d'une chaussure sur le quai. Elle leva la tête et le repéra aus-sitôt parmi les rares personnes présentes à cette heure.

« *Flic* », lut-il dans son regard, quand elle l'arrêta sur lui. Et il sut ce qu'elle voyait : un policier un peu balourd, le crâne dégarni, le menton mal rasé et la bedaine due à la Hansa pointant sous sa veste en cuir démodée.

Il s'avança vers elle. En essayant de ne point trop regarder ses jambes. Il était un peu surpris par sa tenue. Au-dessous du manteau d'hiver à capuche bordée de fourrure, assez court au demeurant, elle portait un tailleur-jupe des plus stricts, un collant couleur chair et des bottines à talons. Peut-être était-ce la mode dans la police cet automne à Oslo ? Il la voyait bien sortir ainsi d'une salle de conférences du Radisson Plaza, près de la gare centrale, ou d'un building de la DnB NOR Bank. Indiscutablement jolie, quoi qu'il en soit. Il lui donna entre quarante et cinquante ans.

18

— Kirsten Nigaard ?

— Oui.

Elle lui abandonna sa main gantée et il hésita à la serrer tant cette main était molle, comme s'il n'y avait pas d'os à l'intérieur, comme si son gant était rempli d'air.

— Kasper Strand, de la police de Bergen, dit-il. Bienvenue.

— Merci.

— Pas trop long, ce voyage ?

— Si.

— Tu as réussi à dormir ?

— Pas vraiment.

— Viens, suis-moi. (Et il tendit une pogne rougeaude vers l'anse du sac mais, du menton, elle lui fit signe que ça allait, qu'elle préférait le porter elle-même.) Du café t'attend à l'hôtel de police. Il y a aussi du pain, de la charcuterie, des jus de fruits et du brunost. Après, on attaque.

— J'aimerais d'abord voir la scène de crime. C'est tout près d'ici, si je ne me trompe pas ?

Il se tourna vers elle en marchant sous la grande verrière, haussa un sourcil, frotta sa barbe de six jours.

— Quoi ? Là, tout de suite ?

— Si ça ne t'ennuie pas.

Kasper essaya de dissimuler son agacement, mais il n'était pas très bon à ce jeu-là. Il la vit sourire. Un sourire sans chaleur, qui ne lui était pas destiné, mais qui venait sans doute confirmer une pensée qu'elle avait eue d'emblée à son sujet. *Et merde.*

Un échafaudage et une immense bâche masquaient la grande horloge lumineuse à la gloire du *Bergens Tidende*. Le quotidien le plus important de la Norvège de l'Ouest ferait sans doute sa une sur le meurtre de l'église ce matin. Ils tournèrent à droite dans le hall, passèrent devant le magasin Deli de Luca et s'engouf-frèrent sous la petite voûte venteuse et humide devant laquelle se trouvait la station de taxis. Pas le moindre taxi en vue, comme d'habitude, malgré la demi-douzaine de clients qui attendaient, éclaboussés par la pluie oblique. Il avait garé sa Saab 9-3 de l'autre côté de la rue, sur les pavés. Il y avait quelque chose d'indé-niablement provincial dans ces jardins et ces bâtiments somme toute modestes. En tout cas provincial au sens qu'on devait donner à ce terme à Oslo.

Il avait faim. Il était resté toute la nuit sur la brèche, avec le reste du groupe d'enquête du Hordaland.

Quand elle se laissa tomber à côté de lui, son man-teau sombre s'ouvrit et sa jupe remonta, dévoilant de beaux genoux dans la lueur du plafonnier. Ses cheveux blonds se mêlaient en boucles rebelles sur le col de son manteau, mais ils étaient lisses ailleurs et séparés par une raie bien nette du côté gauche au sommet du crâne.

Sa blondeur n'avait rien de naturel : il distinguait les racines sombres et les sourcils foncés, qu'elle avait épilés pour les amincir. Elle avait des yeux d'un bleu presque dérangeant, un nez droit un peu long et des lèvres minces mais joliment dessinées. Et un grain de beauté à la pointe du menton, légèrement désaxé à gauche.

Tout dans ce visage disait la détermination.

Une femme dans le contrôle, calme, obsessionnelle.

Il ne la connaissait que depuis dix minutes, mais il se surprit à penser qu'il n'aurait pas aimé l'avoir pour par-tenaire. Il n'était pas sûr qu'il aurait pu supporter long-temps son caractère, ni d'avoir à éviter constamment la vision de ses jambes.

KIRSTEN

1

Mariakirken

La nef était faiblement éclairée. Kirsten s'étonna qu'on ait laissé brûler les cierges à proximité de la scène de crime, laquelle était circonscrite par une tresse orange et blanc qui interdisait l'accès au sanctuaire et au chœur.

L'odeur de cire chaude lui chatouilla les narines. Elle sortit une boîte métallique plate de son manteau ; à l'intérieur, trois petites cigarettes préalablement roulées. Elle en ficha une entre ses lèvres.

— On n'a pas le droit de fumer ici, dit Kasper Strand.

Elle lui adressa un sourire, sans mot dire, et alluma le cylindre mince et irrégulier avec un briquet bon marché. Le regard de Kirsten balaya ensuite la nef et s'arrêta sur l'autel. Le cadavre n'était plus là. Pas plus que le linge blanc qui avait dû recouvrir l'autel – elle imagina des traînées brunes et de larges taches imbibant le tissu, l'ayant épaissi et raidi en séchant.

Kirsten n'était pas retournée à la messe depuis son enfance, mais elle croyait se souvenir que, lorsque le prêtre entrait dans le chœur pour y célébrer la messe, il s'inclinait et embrassait l'autel. Une fois le service terminé, avant de quitter l'église, il l'embrassait de nouveau.

Elle ferma les yeux, massa ses paupières, maudit la femme dans le train, tira une bouffée de sa cigarette, les rouvrit. Le giclement artériel n'avait pas atteint le grand crucifix, là-haut, mais il avait tout de même éclaboussé la Vierge à l'Enfant et le tabernacle un peu plus bas. Elle apercevait des constellations de petites taches rouge-brun et de longues coulures noirâtres sur les dorures et sur le visage indifférent de Marie. Pas loin de trois mètres : la distance qu'avait parcourue le geyser.

Les Vikings brûlant leurs morts la nuit sur des bateaux-tombes, Loki, dieu du feu et de la sournoiserie, Jésus aux côtés d'Odin et de Thor, les chrétiens évangélisant par la force les peuples païens du Nord, coupant mains et pieds, énucléant et mutilant, les princes vikings convertis au christianisme par pur intérêt politique. La fin d'une civilisation. C'est à ça qu'elle pensait, dans le silence de cette église.

Dehors, la ville dormait encore sous la pluie. Tout comme le port, où un énorme vraquier hérissé d'antennes et de grues, peint en gris comme les navires de guerre, était à quai devant les maisons en bois du quartier de Bryggen. Fallait-il invoquer le génie des lieux ? Le passé de cette église remontait à des temps bien plus reculés que ceux visibles à Oslo. Ici pas de Théâtre national, pas de Palais royal, pas de prix Nobel de la paix ou de parc Vigeland. Début du XIIe siècle. Ici, la sauvagerie des temps anciens avait toujours été présente. À chaque signe de civilisation correspond un signe de barbarie, chaque lumière combat une nuit, chaque porte qui s'ouvre sur un foyer éclairé cache une porte ouvrant sur les ténèbres.

Elle avait dix ans quand elle avait passé les vacances d'hiver chez son grand-père avec sa sœur, dans une bourgade proche de Trondheim qui s'appelait Hell. Elle adorait son grand-père ; il avait une tronche pas possible, il leur racontait toutes sortes d'histoires marrantes et il aimait les prendre ensemble sur ses genoux. Ce soir-là, il leur avait demandé d'apporter à manger à Heimdall, le berger allemand qui dormait dans la grange. Il faisait un froid terrible, un froid à geler le sang dans les veines quand elle avait émergé de la ferme bien chauffée dans la nuit glaciale de décembre. Ses bottes fourrées crissant sur la neige, son ombre la précédant dans le clair de lune comme un grand papillon, elle s'était dirigée vers la grange. Celle-ci était toute noire quand elle y était entrée et elle n'en menait pas large. C'était sadique de la part de grand-père de l'envoyer là-dedans en pleine nuit. Heimdall l'avait accueillie en aboyant et en tirant sur sa chaîne. Il avait reçu ses caresses avec reconnaissance, léché affectueusement sa figure et elle s'était serrée contre son corps chaud et palpitant, enfouissant sa figure dans son poil odorant en se disant que c'était cruel de le laisser dormir dehors par une nuit pareille. Puis elle avait entendu les jappements… Si faibles que, si Heimdall ne s'était pas tu un instant, elle n'y aurait pas prêté attention. Ils provenaient de l'extérieur – et elle avait commencé à avoir vachement la trouille, s'imaginant avec son imagination fertile de petite fille quelque créature qui prenait une voix geignarde pour l'attirer dehors avant de se jeter sur elle. Elle était pourtant ressortie. Elle avait alors deviné, sur sa gauche, luisant faiblement dans l'obscurité, dans l'angle entre la grange et l'appentis, les barreaux d'une cage. Kirsten s'était approchée, le cœur battant, avec une impression de malaise grandissante à mesure que les jappements suraigus – qui étaient presque des couinements – s'intensifiaient. Prise d'un mauvais pressentiment. Après une demi-douzaine de pas dans la neige, ses doigts avaient rencontré les barreaux, et elle avait porté son regard entre eux. Là-bas, au fond, contre le mur de ciment, il y avait une forme. Elle avait plissé les yeux et elle l'avait vu. Un jeune chien, à peine plus âgé qu'un chiot. Un petit bâtard au museau allongé, aux oreilles basses et au poil ras et fauve. Sa tête presque collée au ciment du mur parce que son collier était passé dans un anneau. Son arrière-train assis dans l'herbe et la neige, il tremblait violemment et la regardait. Aujourd'hui encore, elle revoyait le regard doux, affectueux et implorant que le jeune chien avait posé sur elle. Un regard qui disait : « Aide-moi, je t'en supplie. » C'était la vision la plus triste qu'elle avait jamais eu à affronter. Elle avait senti son cœur tout neuf, son cœur intact de petite fille, se briser en mille et un morceaux. Le jeune chien n'avait plus la force d'aboyer, à peine celle d'émettre ces plaintes faibles et déchirantes, et ses yeux s'ouvraient et se fermaient de fatigue. Elle avait empoigné les barreaux glacés ; elle aurait voulu ouvrir la cage, la briser, le libérer et s'enfuir avec lui dans ses bras. Là, tout de suite. Elle avait couru, chancelante, ivre de douleur et de désespoir, jusqu'à la ferme, et elle avait supplié grand-père. Mais il s'était montré inflexible. Pour la première fois, il n'avait pas cédé à ses caprices. C'était un chien errant, un bâtard, qui n'appartenait à personne et qui devait être puni : il avait volé de la viande. Elle savait qu'il serait mort avant l'aube si elle ne faisait rien, elle avait pensé à la souffrance du jeune animal, à sa tristesse, à sa solitude, et elle avait pleuré, crié, vociféré devant sa sœur stupéfaite et effrayée qui s'était mise à son tour à pleurer. Sa grand-mère avait tenté de la calmer mais grand-père avait posé sur elle un regard sévère et, l'espace d'une seconde, elle s'était vue enfermée dans la cage, le collier serrant son cou et passé dans l'anneau métallique du mur, à la place du jeune chien.

— Mets-moi dans la cage ! avait-elle hurlé. Mets-moi avec lui !

— Tu es folle, ma pauvre fille, avait laissé tomber grand-père d'une voix dure et impitoyable.

Elle s'était souvenue de cet épisode quand elle avait appris dans les journaux que l'État norvégien venait de créer une police chargée de lutter contre la cruauté envers les animaux – la première au monde.

Peu avant que grand-père meure à l'hôpital, elle avait attendu que sa sœur et le reste de la famille venue à son chevet soient un peu à l'écart et elle s'était penchée pour lui murmurer quelque chose à l'oreille. Elle avait vu son regard aimant quand elle s'était inclinée vers lui.

— Vieux salopard, avait-elle murmuré. J'espère que tu iras en enfer.

Elle avait utilisé le mot anglais : « Hell », le nom du village de grand-père, mais elle était sûre qu'il avait compris. Elle contempla la chaire, le retable, le grand crucifix là-haut et les peintures murales et se souvint que même Agnes Gonxha Bajaxhiu – plus connue sous le nom de Mère Teresa – avait passé la plus grande partie de sa vie dans la nuit profonde de la foi, qu'elle avait parlé dans ses lettres de « tunnel », de « terrible obscurité en elle, comme si tout était mort ». Combien étaient-ils de croyants à vivre ainsi dans l'obscurité la plus complète ? à avancer au milieu d'un désert spirituel qu'ils gardaient secret ?

— Ça va ? demanda Strand à côté d'elle.

— Oui.

Elle toucha l'écran de sa tablette. Les images du petit film de la police de Bergen réapparurent.

Ecce homo.

1° la femme allongée sur l'autel, sur le dos, arcboutée comme si elle était traversée par un arc électrique ou sur le point de jouir,

2° sa tête pend hors de l'autel, versant dans le vide, bouche grande ouverte et langue sortie – elle a l'air d'attendre l'hostie la tête à l'envers,

3° sur un gros plan blafard que le technicien de l'Identité judiciaire a dû prendre en zoomant avec la caméra HD, on voit que le visage est rouge et tuméfié, presque tous les os de la face – nasal, zygomatiques, ethmoïde, maxillaire supérieur, mandibule – ont été brisés et il y a un enfoncement rectiligne et profond au mitan du frontal qui donne l'impression qu'on y a creusé une gouttière, enfoncement sans nul doute provoqué par un coup extrêmement violent porté avec un objet contondant allongé, probablement une barre métallique,

4° enfin, ses vêtements sont en partie déchirés, à l'exception de la chaussure droite absente, laissant voir une chaussette en laine blanche, sale au talon.

Elle absorbait chaque détail. *Une scène empreinte d'une profonde vérité*, se dit-elle. La vérité de l'humanité. Deux cent mille ans de barbarie et l'espoir d'un hypothétique au-delà où les hommes seraient prétendument meilleurs.

D'après les premières constatations, la femme avait été battue à mort, d'abord avec une barre de fer qui avait servi à lui défoncer la cage thoracique et le crâne, ensuite avec l'ostensoir. Les techniciens avaient tiré cette dernière conclusion de la présence de l'objet renversé et ensanglanté sur l'autel – et surtout du dessin très particulier des blessures : l'ostensoir était entouré de rayons qui lui donnaient l'apparence d'un soleil ; ces rayons avaient laissé de profondes lacérations sur le visage et sur les mains de la victime. L'égorgement, qui avait fait gicler le sang en direction du tabernacle avant que le cœur cesse de battre, avait dû intervenir juste après. Elle se concentra. Dans toute scène de crime, il y a un détail qui compte plus que les autres.

La chaussure… Une chaussure de trail North Face, noire avec des motifs blancs et une semelle jaune fluo – on l'avait trouvée renversée au pied de l'estrade, à deux bons mètres de l'autel. Pourquoi ?

— Elle avait ses papiers sur elle ?

— Oui. Elle s'appelait Inger Paulsen. Elle n'était pas fichée au registre central des affaires criminelles.

— Âge ?

— Trente-huit.

— Mariée, des enfants ?

— Célibataire.

Elle dévisagea Kasper. Il ne portait pas d'alliance, mais peut-être l'enlevait-il pour bosser. Il avait les manières d'un homme marié. Elle s'approcha un peu plus de lui, passant de la distance personnelle à la distance intime – moins de cinquante centimètres – et elle le sentit se raidir.

— Vous avez découvert ce qu'elle faisait dans la vie ?

— Ouvrière sur une plate-forme pétrolière en mer du Nord. Et – oh – la prise de sang a révélé une forte alcoolémie…

Kirsten connaissait toutes les statistiques par cœur. Elle savait que le taux d'homicide en Norvège était sensiblement plus bas qu'en Suède, une fois et demie plus bas qu'en France, presque deux fois moindre qu'en Grande-Bretagne et sept fois inférieur à celui des États-Unis. Elle savait que, même en Norvège, le pays qui avait le plus haut indice de développement humain selon les Nations unies, la violence était corrélée avec le niveau d'éducation – que seuls 34 % des meurtriers n'étaient pas au chômage, que 89 % étaient des hommes et 46 % sous l'influence de l'alcool au moment des faits. Il y avait donc une probabilité non négligeable pour que le meurtrier fût un homme et une chance sur deux qu'il fût alcoolisé comme l'était sa victime. Il y en avait une autre non moins grande pour qu'il soit un proche : conjoint, ami, amant, collègue… Mais l'erreur que commettaient tous les flics débutants était de se laisser aveugler par les statistiques.

— Tu penses à quoi ? demanda-t-elle en lui soufflant la fumée dans la figure.

— Et toi ?

Elle sourit. Réfléchit.

— Une bagarre, dit-elle, un rendez-vous clandestin et une bagarre qui a mal tourné. Regarde les vêtements déchirés, le col de la chemise presque arraché sous le pull et surtout cette godasse loin de l'autel. Ils se sont battus et l'autre a eu le dessus. Ensuite, dans sa fureur, il l'a tuée. La mise en scène, c'est juste pour amuser la galerie.

Elle enleva un brin de tabac de ses lèvres.

— Qu'est-ce qu'ils foutaient dans l'église, d'après toi ? Elle n'aurait pas dû être fermée ?

— L'un des deux s'était procuré un double des clefs, visiblement, confirma-t-il. Car l'église est fermée la plupart du temps. Et il y a autre chose.

Il lui fit signe de le suivre. Elle épousseta de la cendre tombée sur son manteau, le boutonna à cause du froid et lui emboîta le pas. Ils ressortirent par où ils étaient entrés : une porte latérale. Kasper désigna les traces de pas dans la fine couche de neige – la première de la saison, elle était en avance, cette année – que la pluie effaçait déjà. Elle les avait repérées en venant par le chemin qu'avait délimité la police scientifique entre les pierres tombales. Deux traces dans un sens, une dans l'autre.

— Le meurtrier a suivi sa victime à l'intérieur de l'église, dit-il comme s'il lisait dans ses pensées.

Étaient-ils arrivés ensemble ou l'un après l'autre ? Des voleurs qui s'étaient disputé leur butin ? Deux personnes qui s'étaient donné rendez-vous là ? Une toxico et son dealer ? Un prêtre ? Des amants que cela excitait de baiser dans une église ?

— Cette Paulsen, c'était une chrétienne pratiquante ?

— Aucune idée.

— Sur quelle plate-forme elle travaillait ?

Il le lui dit. Elle éteignit sa cigarette en la frottant contre le mur de l'église, laissant une traînée noire sur la pierre, la garda dans le creux de sa main et jeta un coup d'œil aux fenêtres éclairées de l'immeuble en face. Il était 9 heures du matin et il faisait toujours aussi noir. Les maisons de bois typiques du quartier de Bryggen, qui dataient du XVIIIe siècle, luisaient sous la pluie. La tempête traçait des étincelles dans la lueur des réverbères et lui mouillait les cheveux.

31

— Je suppose que vous avez interrogé les voisins ?

— L'enquête de voisinage n'a rien donné, confirma Kasper. À part le SDF, personne n'a rien vu, rien entendu.

Il ferma la porte de l'église à clef et ils retournèrent à la voiture en passant par le petit portail resté ouvert.

— Et l'évêque ?

— On l'a tiré de son lit. Il est auditionné en ce moment même.

Elle repensa à la barre de fer que le meurtrier avait avec lui. Une idée naquit dans son esprit.

— Et si c'était l'inverse ? dit-elle.

Kasper lui jeta un coup d'œil en mettant le contact.

— L'inverse de quoi ?

— Et si c'était le meurtrier qui était arrivé en premier et la victime qui l'avait suivi ?

— Un piège ? demanda Kasper en fronçant les sourcils.

Elle le regarda sans rien dire.

Hôtel de police du Hordaland. Au septième étage, la chef de la police Birgit Strøm scrutait Kirsten de ses petits yeux enfoncés dans sa face plate et large de mérou, sa bouche réduite à une fente dont les commissures refusaient obstinément de s'incurver vers le haut ou vers le bas.

— Une bagarre ? releva-t-elle d'une voix qui produisit le bruit d'une râpe rouillée. (*Abus de cigarettes*, pensa Kirsten.) Alors, dans ce cas, si ce n'était pas prémédité, pourquoi l'assassin serait-il venu dans une église avec une barre de fer ?

— Ça l'était, de toute évidence, répondit-elle. Mais Paulsen s'est défendue. Elle a des coupures faites par l'ostensoir dans les paumes. Gestes de défense. Ils se sont battus et, à un moment donné, Paulsen a perdu une de ses chaussures dans la bagarre.

Kirsten nota la lueur fugace dans les yeux du mérou. Le regard de la chef de la police se posa sur Kasper avant de revenir se fixer sur Kirsten.

— Très bien. Dans ce cas, comment expliques-tu que nous ayons trouvé ceci dans une des poches de la victime ?

Elle s'inclina en arrière pour attraper un sachet transparent sur le bureau au bord duquel elle avait posé son volumineux derrière. Ce qui eut pour effet de faire ressortir sa non moins plantureuse poitrine. Kasper et les autres officiers du groupe d'enquête de la police du Hordaland suivirent le geste comme s'il s'agissait de Serena Williams sur le point de servir pour le gain du match.

Kirsten prit le sachet pour pièce à conviction que lui tendit la chef de la police.

Elle savait déjà ce qu'il y avait à l'intérieur. C'était à cause de cela qu'ils l'avaient appelée *elle,* à Oslo. Ils l'avaient fait entrer dans l'hôtel de police non par l'entrée principale, sur Allehelgens gate, mais par la petite porte blindée à l'arrière, sur Halfdan Kjerulfs gate, celle qui comportait un digicode – comme s'ils avaient peur que quelqu'un la voie.

Un bout de papier. Une écriture manuscrite. En capitales. Kasper lui avait annoncé la nouvelle la veille au téléphone, alors qu'elle se trouvait encore au siège de la Kripos, moins d'une heure après la découverte du corps, elle ne peut pas être surprise, elle sait.

C'était son nom qui figurait sur ce bout de papier.

KIRSTEN NIGAARD

2

83 souls

L'hélicoptère traçait à travers les rafales, propulsé par les deux puissantes turbines Turbomeca. Kirsten distinguait la nuque des deux pilotes dans la pénombre, leurs écouteurs et leurs casques.

Il allait avoir besoin de toutes ses facultés ce soir, le pilote. Car c'était une sacrée tempête, là-dehors. C'est ce qu'elle s'était dit, engoncée dans sa combinaison de survie, assise à l'arrière, alors que l'unique essuie-glace repoussait tant bien que mal les paquets de pluie qui giflaient le pare-brise et qu'il faisait nuit noire de l'autre côté de la vitre. Dans la lueur des instruments de bord, les grosses gouttes roulaient vers le haut sous la pression de l'air. Kirsten savait que le dernier accident impliquant un hélico desservant les plates-formes offshore datait de 2013. Un Super Puma L2. Dix-huit personnes à bord. *Quatre morts*. Avant cela, il y avait eu le crash d'un Puma AS332 près des côtes écossaises en 2009. *Seize morts*. Et deux autres, sans victimes, en 2012.

Ces derniers jours, les conditions météo avaient cloué au sol plus de deux mille travailleurs offshore entre Stavanger, Bergen et Florø. Ce soir, les hélicos avaient enfin pu décoller, ramenant tout le monde au bercail. Mais les conditions restaient limites.

Elle jeta un coup d'œil à Kasper. Assis à sa droite, il avait le regard vitreux et la bouche ouverte. Kirsten reporta son attention vers l'avant. Et elle la vit enfin. Émergeant des ténèbres, perchée à vingt mètres au-dessus de la surface invisible de l'océan, elle semblait flotter dans la nuit, tel un vaisseau spatial.

Latitude : 56,07817°.

Longitude : 4,232167°.

Deux cent cinquante kilomètres des côtes. À peine moins isolée que si elle avait été perdue dans l'espace…

Au-dessous, l'obscurité était totale et Kirsten essaya en vain de deviner les hautes piles d'acier qui devaient s'enfoncer tout droit dans les flots déchaînés. Elle savait qu'elles touchaient le fond cent quarante-six mètres plus bas, soit la hauteur d'une tour de quarante-huit étages, à cette différence près que, à la place d'un solide building, c'étaient quatre frêles grues métalliques cernées par un océan tumultueux et rugissant qui supportaient à elles seules cette ville flottante…

Plus l'hélico approchait, plus la plate-forme Statoil lui semblait un foutoir indescriptible, un empilement chaotique et précaire. Pas un centimètre carré de libre entre les ponts, les passerelles, les escaliers, les grues, les containers, les kilomètres de câbles, de tuyaux, de barrières, les derricks et, par-dessus le marché, six étages de quartiers d'habitation empilés comme des Algeco sur un chantier. Le tout copieusement illuminé, mais seulement par endroits – formant une alternance de portions brillamment éclairées et d'autres invisibles, avalées par l'obscurité.

Une rafale plus violente que les autres dévia l'appareil de sa trajectoire.

Putain de nuit, se dit-elle.

Trente nationalités là-dedans : des Polonais, des Écossais, des Norvégiens, des Russes, des Croates, des Lettons, des Français… Quatre-vingt-dix-sept hommes et vingt-trois femmes. Répartis en équipes de nuit et de jour. Une semaine de nuit, une semaine de jour, rotations de douze heures, comme ça pendant un mois. Au bout de quatre semaines, bingo ! On avait droit à vingt-huit jours de congé. Certains partaient surfer en Australie, d'autres skier dans les Alpes, d'autres encore rentraient dans leur famille, les divorcés – les plus nombreux – faisaient la fête, s'en donnaient à cœur joie et craquaient une bonne partie de leur blé ou filaient se chercher une nouvelle compagne à peine pubère en Thaïlande. C'était l'avantage du métier : on gagnait bien sa vie, on avait beaucoup de temps libre et la possibilité de voyager avec les miles d'avion accumulés. Et puis le stress, les problèmes de santé mentale, les conflits étaient sans doute fréquents à bord et l'encadrement devait éviter de poser trop de questions, se dit-elle. L'endroit ne manquait certainement pas de têtes brûlées, de *borderline* et de personnalités de type A. Elle se demanda si Kasper l'avait déjà cataloguée dans une de ces catégories. *Emmerdeuse, ça c'est sûr.* De son côté, avec ses airs de gros nounours, il était sans aucun doute une personnalité de type B : faible besoin d'accomplissement, absence d'agressivité, tolérance… Calme, trop calme. Sauf cette nuit où, depuis qu'ils avaient quitté la terre ferme, il s'était enfin départi de son air débonnaire pour ressembler, malgré sa carrure, à un petit garçon.

Plus qu'une trentaine de mètres. L'aire d'atterrissage – ou devait-on dire « amerrissage » ? – consistait en un hexagone mal éclairé avec un grand « H » au milieu, recouvert d'un filet tendu à même le sol, le tout suspendu au-dessus du vide en bout de plate-forme. Un escalier métallique dévalait vers la superstructure. Kasper fixait le « H » se balançant dans la nuit, au gré de leurs oscillations, telle une cible mouvante dans un jeu vidéo – il avait les yeux qui lui sortaient littéralement de la tête.

Kirsten aperçut la flamme d'une torchère brûlant au sommet d'un derrick. L'hexagone se rapprocha. Le H225 pivota sur lui-même et la piste d'atterrissage disparut un instant de leur champ de vision. Puis les patins touchèrent l'helipad après une dernière embardée, et elle crut entendre, malgré le vacarme, Kasper émettre un hoquet. Pas de doute, songea-t-elle, le pilote était un champion.

Ce qui les attendait dehors n'était pas moins violent : la pluie glacée les cingla dès qu'ils mirent pied à terre et le vent qui empoigna ses cheveux soufflait si fort qu'elle se demanda s'il n'était pas capable, à l'occasion, de la faire passer par-dessus bord. Elle se mit en marche et sentit le filet sous ses semelles. L'aire était plongée dans la pénombre, hormis les néons au ras du sol. Un type casqué avec de gros protège-oreilles surgit de nulle part et la saisit par le bras.

— Ne te mets pas face au vent ! gueula-t-il en la faisant tourner sur elle-même comme une toupie. Ne te mets pas face au vent !

D'accord, mais d'où venaient les rafales ? Il lui semblait que le vent rageur soufflait de partout à la fois. Il la poussa vers l'endroit où dévalaient les marches d'acier.

On voyait le vide entre elles ; le vertige s'empara de Kirsten lorsqu'elle découvrit les trente mètres qui les séparaient de la surface et, là en bas, les vagues démesurées, bouillonnantes, qui soulevaient l'océan et se brisaient sur les piles de la plate-forme avant de continuer leur course à travers les ténèbres de la mer du Nord.

— Putain ! dit Kasper derrière elle et, en se retournant et en levant les yeux, elle le vit qui se cramponnait à la rambarde.

Elle voulut descendre la marche suivante, mais n'y parvint pas. Impossible. Le vent de face était comme un mur, la pluie, de la grêle qui lui criblait les joues. Elle eut l'impression d'être entrée par erreur dans une soufflerie pour tests aérodynamiques.

— *Merde, merde, merde !* beugla-t-elle, humiliée, mais incapable d'avancer.

Deux mains la poussèrent dans le dos et elle franchit enfin l'obstacle, une marche après l'autre.

Le capitaine de la plate-forme – un grand type barbu, dans les quarante ans – les attendait au bas des marches, en compagnie d'un autre gaillard qui brandissait à leur intention des vêtements orange couverts de bandes réfléchissantes.

— Ça va ? demanda sous son casque le barbu.

— Bonjour capitaine, Kirsten Nigaard, officier à la Kripos, et voici Kasper Strand, enquêteur à la police criminelle du Hordaland, dit-elle en tendant la main.

— Jesper Nilsen. Je ne suis pas le capitaine, je suis le superviseur ! Mettez ça : c'est obligatoire ici !

Le ton était autoritaire, le visage fermé. Kirsten attrapa le vêtement lourd, peu confortable et bien trop grand : ses mains disparurent à l'intérieur des manches.

— Où est le capitaine ?

— Il est occupé ! hurla Nilsen pour couvrir le vacarme en leur faisant signe de le suivre. Ici, c'est le rush en permanence, ça ne s'arrête jamais ! Vu le coût d'entretien d'une plate-forme à la journée, ça rigole pas : il n'y a pas de temps à perdre !

Elle voulut le suivre mais les rafales la projetèrent contre la rambarde, la pliant presque en deux. Elle lui emboîta le pas en s'agrippant aux barrières, ballottée d'un côté à l'autre, aveuglée par la pluie. Ils tournèrent à droite puis à gauche puis encore à droite, descendirent quelques marches, longèrent une passerelle dont le sol était fait d'un caillebotis métallique, tournèrent derrière un grand container qui, l'espace d'un instant, les abrita des assauts du vent. Des hommes casqués et portant des lunettes de protection allaient et venaient. Elle leva la tête. Tout ici était vertical, vertigineux, hostile. Un labyrinthe de néon et d'acier hanté par les tempêtes de la mer du Nord. Avec, partout, des interdictions : « NE PAS FUMER », « NE PAS ÔTER SON CASQUE », « NE PAS SIFFLER » (peut-être parce que, en dépit du vacarme, tout bruit inhabituel pouvait être synonyme de danger et donc une information importante), « NE PAS FRANCHIR ». Ça vibrait, grondait et mugissait de toutes parts – avec le boucan des tuyaux qui s'entrechoquaient, le ramdam des machines et les coups de mer en bas. Droite, gauche, droite… Enfin une porte. Ils se retrouvèrent au sec dans une sorte de sas pourvu de bancs et de casiers. Le superviseur en ouvrit un. Il retira son casque, ses gants et ses chaussures de sécurité.

— Ici, la sécurité est l'affaire de tous, dit-il. Les accidents ne sont pas fréquents, mais ils sont souvent graves. Le danger rôde toujours autour d'une plate-forme. Il y a une opération de soudage en cours sur le *drill floor*, une réparation urgente. Nous appelons ça le *hot work*, le « travail chaud ». C'est une phase délicate qu'on ne peut pas différer. Je ne veux pas que vous soyez dans nos pattes pendant ce temps. C'est pourquoi vous allez faire exactement ce qu'on vous dira, ajouta-t-il d'un ton sans appel.

— Pas de problème, répondit-elle. Du moment que nous avons accès à tout.

— Je ne crois pas que ce sera possible, riposta-t-il.

— Euh… Jesper, c'est ça ? Il s'agit d'une enquête criminelle et la victime était une de vos…

— Vous ne comprenez pas ce que je viens de vous dire, la coupa-t-il sèchement. Moi, ma priorité, c'est la sécurité. Pas votre enquête. Ai-je été assez clair, là ?

Kirsten essuya son visage et elle surprit l'expression renfrognée de Kasper. Comme elle, il avait percé à jour le superviseur et son capitaine : ils étaient comme des matous qui avaient pissé partout avant leur arrivée pour marquer leur territoire. Ils avaient dû mettre la stratégie au point avec les pontes de la compagnie : ils étaient les seuls maîtres à bord, par conséquent la police norvégienne n'agirait que dans le périmètre et les conditions fixés par eux. Elle allait intervenir quand Kasper demanda d'un ton placide :

— Votre capitaine, il lui arrive de dormir ?

Le barbu à l'air de baroudeur lui lança un regard condescendant.

— Évidemment.

— Et dans ces cas-là, quelqu'un le remplace ?

— Où tu veux en venir ?

— Je t'ai posé une question.

Le ton fit sursauter le superviseur tout autant que Kirsten. Pas si B que ça, le Kasper Strand, en fin de compte.

— Bien sûr.

Kasper s'approcha alors de l'homme qui faisait bien une demi-tête de plus que lui, si près que le gaillard se sentit obligé de reculer.

— Où je veux en venir ? Où je veux en venir ? Vous avez un endroit pour les réunions ?

Le barbu hocha la tête d'un air méfiant.

— Très bien. Alors, voilà ce que tu vas faire…

— Attendez, vous avez entendu ce que je viens de vous dire ? J'ai l'impression que vous ne pigez pas, tous les deux. Vous allez devoir…

— Ta gueule.

Kirsten sourit. Nilsen ouvrit de grands yeux et s'empourpra.

— Ai-je toute ton attention ? articula Kasper.

Nilsen hocha la tête, les mâchoires serrées, le regard noir.

— Très bien. Tu vas nous conduire à cette salle de réunion. Ensuite, je veux que ton capitaine et toutes les personnes responsables de la gestion du personnel sur cette plate-forme nous y rejoignent. Tous ceux dont le travail à cette heure-ci n'est pas *absolument vital*, tu m'as bien compris ? « Travail chaud » ou pas, je m'en branle. Cette plate-forme est une plate-forme norvégienne, il n'y a qu'une seule autorité ici : c'est le ministère de la Justice de Norvège et la police nationale de Norvège. Ai-je été assez clair, là ?

Le capitaine Tord Christensen avait un tic dont il n'était peut-être pas conscient : il se pinçait les narines

41

chaque fois que quelque chose le contrariait. Et la présence de ces deux flics à bord le contrariait copieusement. L'assemblée était composée de lui-même, de Nilsen, du médecin du bord, de plusieurs chefs d'équipe qui n'étaient pas accaparés par l'opération en cours, d'une femme brune qui – si Kirsten avait bien compris – était coordinatrice de la maintenance et d'une blonde qui lui avait été présentée comme superviseuse de la sécurité au travail.

— Cela fait à présent plus de vingt-quatre heures qu'Inger Paulsen, une ouvrière de cette plate-forme, a été battue à mort dans une église de Bergen, commença Kirsten. Nous avons une autorisation en bonne et due forme du parquet pour poursuivre nos investigations sur cette plate-forme. Et cet ordre suppose que tout son personnel se mette à notre disposition pour faciliter l'enquête.

— Hmm. Tant que ces investigations ne mettent pas en danger d'une manière ou d'une autre le personnel travaillant sur cette plate-forme, objecta sèchement la femme blonde qui portait un gilet bleu sans manches sur un sweat blanc. Sinon, je m'y opposerai personnellement.

Décidément, tout le monde jouait à qui pisse le plus loin ici, songea Kirsten. Même les ovaires de ces dames produisaient assez de testostérone pour fabriquer un régiment de Monsieur Univers.

— Il n'est pas dans notre intention de mettre en danger qui que ce soit, répondit diplomatiquement Kasper. Tous ceux qui ne peuvent pas quitter leur poste seront interrogés ultérieurement.

— Inger Paulsen, elle dormait dans une cabine individuelle ? voulut savoir Kirsten.

— Non, répondit Christensen. Les cabines des techniciens de production sont partagées par deux personnes : une de la rotation de jour, l'autre de nuit…

— Vous avez la liste des hommes qui se trouvaient à terre hier ?

— Oui. Je vais vous trouver ça.

— Ils sont tous rentrés ?

Le capitaine se tourna vers le superviseur.

— Euh, non, répondit celui-ci. Avec les conditions météo, il manque encore une rotation d'hélico : sept personnes sont encore à terre. Elles ne devraient pas tarder.

— As-tu des patients, docteur, qui présentent des profils psychiatriques problématiques ? demanda-t-elle au médecin de bord.

— Secret médical, répliqua le petit homme en la toisant derrière ses lunettes rondes.

— Levé en cas d'enquête criminelle, répliqua-t-elle du tac au tac.

— Si je pensais que tel était le cas, j'aurais immédiatement demandé que le patient soit relevé de ses fonctions.

— Alors, disons, as-tu des patients présentant des problèmes psychologiques plus légers ?

— C'est possible.

— Ça veut dire oui ou ça veut dire non ?

— Oui.

— Il m'en faudra la liste.

— Je ne sais pas si je peux…

— J'en prends la responsabilité. Si tu refuses, c'est toi que je mets aux arrêts.

C'était du bluff, bien sûr, mais elle vit le petit médecin tressaillir.

— Combien d'hommes à bord ce soir ?

Le capitaine lui montra ce qu'elle avait d'abord pris pour une pendule à affichage rotatif. Le nombre « 83 » s'affichait en gros chiffres blancs sur fond noir. Puis elle vit ce qui était écrit au-dessus, en anglais : « *Souls on platform* ».

— C'est indispensable pour des raisons de sécurité, leur expliqua le capitaine. Il faut à tout moment connaître le nombre exact de personnes présentes à bord.

— Combien de femmes ? demanda Kasper.

— Vingt-trois en tout.

— Et combien de cabines ?

— Une cinquantaine de cabines pour deux personnes. Plus les cabines individuelles du capitaine, des superviseurs, des chefs d'équipe, des ingénieurs.

Kirsten réfléchit un instant.

— Comment vous faites pour savoir à tout moment où chacun se trouve ?

Ce fut au tour de la femme blonde de prendre la parole :

— La salle de contrôle. Toutes les tâches effectuées à bord sont soumises à autorisation préalable. Ça permet aux gens de la salle de contrôle de savoir où chacun se trouve et ce qu'il fait.

— Je vois. Et ceux qui ne travaillent pas en ce moment, ils font quoi ?

Christensen eut un petit sourire.

— Vu l'heure, je crois bien qu'ils dorment.

— Bien. Réveillez-les, sortez-les de leurs cabines et rassemblez-les quelque part. Puis interdisez l'accès aux cabines. Nous allons fouiller celle d'Inger Paulsen, ensuite toutes les autres.

— Vous plaisantez !

— J'en ai l'air ?

La cabine d'Inger Paulsen faisait moins de neuf mètres carrés. L'autre occupante s'appelait Pernille Madsen. Elle était au poste de pilotage en ce moment même, aussi la cabine était-elle vide. Deux couchettes superposées avec des draps bleus et des tiroirs blancs en dessous, identifiées par les lettres A et B, chacune pourvue d'un rideau et d'une minuscule télé suspendue dans un angle, sous le plafond pour l'une, sous la couchette supérieure pour l'autre. Un petit hublot au centre, quelques étagères, un bureau avec deux ordinateurs portables et deux placards derrière la porte d'entrée.

— Ça peut paraître spartiate, déclara la femme blonde qui les avait guidés jusque-là dans le dos de Kirsten, mais ils ne passent que cinq mois par an à bord et beaucoup de temps à la cantine et à la cafétéria en dehors des heures de travail. Et il y a aussi la télé satellite sur grand écran, trois billards, une salle de cinéma, une de gym, une bibliothèque et même un endroit où faire de la musique et un sauna.

Kirsten ôta la veste de sécurité aux bandes réfléchissantes et la posa sur le dossier de la chaise. Après le froid mordant du dehors, il régnait ici une chaleur étouffante.

— Le plus dur, c'est pour Noël et au Nouvel An, ajouta la femme, quand on est loin de la famille.

Sa voix monocorde, sans timbre. Pleine d'une sourde hostilité.

Kirsten passa en revue les tiroirs sous les couchettes, ceux du bureau et les étagères. Des sous-vêtements féminins, des tee-shirts, des jeans, un peu de paperasse, un roman policier en édition de poche corné, des jeux vidéo… Rien. Il n'y avait rien ici. Une vibration légère – machine, soufflerie, moteur – traversait la cloison. La femme parlait toujours dans son dos, mais Kirsten ne l'écoutait plus. Elle nota que l'une des couchettes était faite au carré, l'autre en désordre. Il faisait chaud. Très chaud. La sueur coulait sous la sangle de son soutien-gorge. Elle commençait à avoir la migraine.

Kasper acheva de fouiller les placards. Il lui fit signe qu'il n'y avait rien. Ils ressortirent dans la longue coursive.

— Montre-nous les cabines des hommes qui étaient à terre le soir du meurtre, dit-elle.

Le regard de la femme blonde la traversa. Elle cligna des paupières. Tout son langage corporel disait l'hostilité. Elle tourna les talons et les précéda le long du couloir moquetté de bleu, une moquette épaisse où les pas s'enfonçaient, désigna plusieurs portes. Kirsten lui fit signe de les ouvrir. Elle regarda Kasper disparaître dans une cabine et entra dans l'autre. La femme ne bougea pas. Kirsten vit qu'elle la surveillait depuis le couloir, par la porte ouverte. *Elle* – pas Kasper. Elle se mit en devoir de fouiller la cabine. Moins de cinq minutes plus tard, elle dut se rendre à l'évidence : RAS ici aussi.

Et toujours cette vibration, cette pulsation qui montait des entrailles de la plate-forme, elle avait l'impression qu'elle lui entrait directement dans le crâne. Elle avait chaud et la tête lui tournait légèrement. Et le regard aigu de la femme blonde planté dans son dos – qui ne la quittait pas.

Passa à la porte suivante.

Étudia d'abord la cabine. Identique aux précédentes. Ouvrit l'un des tiroirs sous la couchette. Elle les vit aussitôt. Au milieu des autres vêtements. Des sous-vêtements féminins. Souillés. Elle se retourna.

— Cette cabine est occupée par des femmes ?

La blonde eut un geste de dénégation.

Kirsten reprit sa fouille.

Des vêtements d'homme. Des fringues de marque. Hugo Boss, Calvin Klein, Ralph Lauren, Paul Smith… Elle ouvrit un nouveau tiroir. Fronça les sourcils. De nouveau des sous-vêtements féminins. Il y avait du sang sur l'un d'entre eux… Qu'est-ce que c'était que ça ? Elle sentit son pouls s'accélérer.

Elle se retourna vers la porte. La blonde sèche l'observait. Peut-être avait-elle senti quelque chose. Peut-être le propre langage corporel de Kirsten lui avait-il envoyé un signal que quelque chose était en train de se passer.

Elle se pencha, fouilla dans les sous-vêtements. Tous de même taille ou presque…

Kirsten se retourna. Elle avait cru entendre un léger bruit derrière elle. La femme avait bougé. Elle se tenait à présent l'épaule appuyée contre le chambranle. Très près. Sans cesser de la fixer. Kirsten frissonna. Sa respiration s'accéléra. Elle toisa la femme.

— À qui appartient cette cabine ?

— Je ne sais pas.

— Mais il y a moyen de le savoir ?

— Bien sûr.

— Alors, allons-y. Montre-nous.

Kasper les avait rejointes en entendant la voix de Kirsten. Elle lui montra le tiroir ouvert, la culotte maculée de sang à l'intérieur, puis le regarda. Il hocha la tête. Il avait compris.

— Quelque chose ne va pas, lui dit-elle. C'est trop facile. Ça ressemble à un jeu de piste.

— Si c'est le cas, dit Kasper, c'est à toi qu'il est destiné.

Elle le considéra. *Pas si bête.*

— Suivez-moi, dit la femme.

— Ils s'appellent Laszlo Szabo et Philippe Neveu.

Ils se trouvaient dans un petit bureau sans fenêtre, plein de paperasse.

Neveu, un nom français…

— Lequel des deux était à terre la nuit dernière ?

— Neveu.

— Où est-il en ce moment ?

La femme consulta le grand planning mural avec de petits bristols colorés glissés dans les fentes.

— En ce moment, il est à un des postes de soudage. Sur le *drill floor.*

— Il est français ?

La femme blonde fouilla dans un tiroir du classeur métallique au-dessous, en sortit un dossier, le leur tendit. Kirsten vit la photo d'un homme au visage mince. Des cheveux bruns coupés court. Elle lui donna dans les quarante-cinq ans.

— C'est ce qu'il prétend, oui, dit la femme. Qu'est-ce qui se passe exactement ?

Kirsten regarda le sachet contenant la culotte ensanglantée, puis leva les yeux vers Kasper. Quand leurs regards se croisèrent, elle ressentit une décharge d'adrénaline. Il avait sur le visage la même expression qu'elle-même devait afficher – celle de deux chiens sur la piste du gibier.

— Qu'est-ce qu'on fait ? lui dit-elle doucement.

— Difficile de demander des renforts ici, répondit-il.

Elle se tourna vers la femme.

— Il y a des armes à bord ? Qui est en charge de la sécurité ? Vous avez bien dû prévoir quelque chose en cas de tentative de piraterie ou d'attaque terroriste.

Kirsten savait que les compagnies offshore se montraient extrêmement discrètes sur ce chapitre, personne n'avait envie de communiquer sur des sujets si délicats, de reconnaître la vulnérabilité de ces objectifs hautement stratégiques pour des terroristes bien préparés. Kirsten avait participé à deux reprises à l'exercice annuel Gemini qui impliquait la police, les forces spéciales, les gardes-côtes et plusieurs compagnies pétrolières et gazières. Elle avait aussi assisté à des séminaires. Tous les spécialistes étaient unanimes : la Norvège était moins bien préparée que ses voisins pour faire face à une attaque terroriste. Jusqu'à une date récente, son pays avait été une nation naïve, considérant que le terrorisme ne la concernait pas et l'épargnerait toujours. Mais cette naïveté avait volé en éclats le 22 juillet 2011 avec Anders Breivik et le massacre d'Utøya. Néanmoins, encore aujourd'hui, alors qu'en Écosse la police protégeait les installations pétrolières en installant des gens armés à bord, la Norvège n'avait toujours pas pris la mesure du danger, même si Statoil, par exemple, avait renforcé sa sécurité depuis 2013 et l'attaque de la raffinerie d'In Amenas dans le Sud algérien. Que se passerait-il si des hommes bien entraînés armés de fusils d'assaut posaient leur hélico sur une plate-forme et la prenaient en otage ? S'ils la truffaient d'explosifs ? Il y avait plus de quatre cents installations offshore en mer du Nord : est-ce que leur espace aérien était surveillé en permanence ? Kirsten en doutait. Et les ouvriers revenant du continent : étaient-ils fouillés ? Qu'est-ce qui les empêchait de rapporter une arme à bord ?

Elle vit la femme appuyer sur un bouton et se pencher sur un micro.

— Mikkel, tu peux venir tout de suite, s'il te plaît ?

Trois minutes plus tard, un malabar qui bougeait comme un cow-boy fit son entrée dans le petit bureau.

— Mikkel, dit la femme, ces messieurs-dames sont de la police. Ils veulent savoir si tu es armé.

Mikkel les considéra en fronçant les sourcils et en roulant ses épaules bodybuildées.

— Oui, pourquoi ?

Kirsten lui demanda de quelle arme il s'agissait. La réponse la fit grimacer.

— Il y a quelqu'un d'autre qui l'est à bord ? voulut-elle savoir.

— Le capitaine, il a une arme dans sa cabine. C'est tout.

Merde, songea-t-elle. Elle regarda la tempête qui cinglait le hublot noir, puis de nouveau Kasper. Celui-ci hocha la tête. Son regard exprimait clairement ce qu'il pensait de la situation.

— On est tout seuls, conclut-elle.

— Et, contrairement à nous, il est sur son territoire, ajouta Kasper.

— Je peux savoir ce qui se passe ? dit le balèze.

Kirsten défit l'étui sur ses reins sans sortir son calibre.

— Prends ton arme. Mais n'en fais usage que si je te le dis.

Elle vit le costaud devenir tout pâle.

— De quoi est-ce que vous parlez ?

— Nous allons appréhender quelqu'un…

50

Elle se tourna une nouvelle fois vers la femme qui, à présent, ouvrait de grands yeux.

— Conduis-nous.

Cette fois, elle s'empressa d'obtempérer. Elle attrapa sa veste imperméable accrochée à une patère. Elle avait perdu toute agressivité ; de toute évidence, elle avait peur. Ils quittèrent le petit bureau à la queue leu leu et longèrent une étroite coursive jusqu'à un escalier métallique aussi raide que tous les autres. En haut des marches, Kirsten aperçut les néons extérieurs.

Ils émergèrent dans la nuit et le grondement de l'océan déchaîné enfla de nouveau dans ses tympans.

La femme blonde les précéda à travers le labyrinthe zébré de pluie. Il pleuvait comme vache qui pisse ; les averses luisaient sur le fond opaque des ténèbres et devant les lampes. Kirsten releva le col de son manteau. Elle sentit la pluie glacée lui doucher la nuque et lui couler dans le dos. Leurs pas vibraient sur les passerelles, mais le bruit était noyé par le vacarme ordinaire de la plate-forme.

D'énormes tuyaux montaient comme des orgues au-dessus d'eux, alignés et suspendus à la superstructure. Chacun plus haut qu'une maison. La tempête les faisait danser, chanter et s'entrechoquer comme les tubes d'un carillon à vent. Un autre escalier… Ils dévalèrent les marches et se retrouvèrent sur un pont envahi par une boue grasse, huileuse, encombré de machines et de conduits. Kirsten aperçut la forme vague agenouillée dans le fond, illuminée par intermittence. L'adrénaline diffusait dans ses veines. Elle vérifia que son arme était facilement accessible en passant discrètement une main sur ses reins. La visière opaque du soudeur s'illuminait chaque fois que le puissant soleil blanc jaillissait de son arc ; des étincelles et de la fumée s'élevaient tout autour. Elle songea que son casque évoquait le heaume de quelque chevalier. Concentré sur sa tâche, il ne les avait pas entendus arriver.

— Neveu ! hurla la femme blonde.

Le casque et la visière se relevèrent, le soleil s'éteignit. Un bref instant, Kirsten crut deviner un sourire à travers la visière.

— Poussez-vous, dit-elle calmement en écartant la femme. Philippe Neveu ? *Norway police !* lança-t-elle en anglais.

L'homme ne réagit pas. Il resta là, sans rien dire, immobile, la torche de soudage dans sa main gantée. Kirsten ne voyait pas ses yeux ni son visage. Toujours à genoux, il reposa la buse de son appareil sur le sol métallique et retira lentement ses gants épais. Puis il éleva ses mains pâles vers son casque. Kirsten suivait chacun de ses gestes. Elle avait sa main droite en arrière, tout près de ses reins. Celles de l'homme s'élevèrent enfin au-dessus de sa tête et son visage apparut sous le casque. C'était bien celui de la photo.

Il y avait une lueur bizarre dans ses yeux et tous les sens de Kirsten furent aussitôt en alerte.

L'homme agenouillé se déplia tout doucement, et elle eut l'impression qu'il prenait son envol tant il était grand et maigre, bien que chaque geste fût fait au ralenti.

— Doucement, lui dit-elle. *Slowly.*

Elle chercha les serflex dans sa poche droite, ne les trouva pas. *Zut !* Elle plongea dans la gauche. Elles étaient bien là. Elle jeta un coup d'œil à Kasper. Il était aussi tendu qu'elle, il ne quittait pas l'homme des yeux, et Kirsten vit les muscles de sa mâchoire jouer sous la peau de ses joues.

Six mètres.

C'était la distance qui les séparait.

Elle allait devoir la franchir si elle voulait lui passer les menottes. Elle regarda autour d'elle. Kasper avait sorti son arme. L'agent de sécurité avait la main posée sur l'étui de la sienne, façon cow-boy au Far West. La femme blonde ouvrait de grands yeux effrayés.

— *Keep quiet !* lança-t-elle en sortant les menottes. *Understand me ?*

L'homme ne bougea pas. Il regardait toujours avec cette lueur : celle d'un animal traqué.

Merde, elle n'aimait pas ça. Elle écarta une mèche de cheveux trempée qui lui tombait dans les yeux. La pluie lui martelait le crâne et coulait au bout de son nez.

— Mets les mains derrière la tête ! ordonna-t-elle.

Il obéit. Toujours avec la même lenteur circonspecte. Comme s'il craignait de déclencher une bavure policière. Sans cesser cependant de la regarder. *Elle.* Personne d'autre.

Il était vraiment grand. Elle allait devoir faire preuve de la plus grande prudence en s'approchant. Une gouttière dégoulinant des poutrelles d'acier lui tombait droit sur le crâne, mais il ne semblait pas s'en apercevoir. Il la fixait d'un air détaché.

— Maintenant, tu vas te retourner très lentement et te remettre à genoux. Les mains toujours sur la tête, c'est compris ?

Il ne répondit pas mais s'exécuta, pivotant doucement sur lui-même. L'instant d'après, il avait disparu. Quitté leur champ visuel... Aussi facilement que s'il avait exécuté un tour de magie, il avait filé derrière une grosse citerne cylindrique et un panneau électrique, sur la droite.

— MERDE !

Kirsten dégaina son arme, fit monter une cartouche dans le canon et se lança à sa poursuite. Elle contourna la citerne. Le treillis métallique du sol vibrait sous sa course. Elle le vit tourner à gauche après une sorte de gros tuyau coudé boulonné à un tuyau identique et dévaler des marches, à une dizaine de mètres. Se précipita à sa suite. En bas des marches, une étroite passerelle enjambait les flots furieux pour rejoindre une autre partie de la plate-forme bien moins éclairée.

— Kirsten, reviens ! beugla Kasper derrière elle. Reviens ! Il ne pourra pas aller loin !

Trop énervée pour réfléchir, elle dévala l'escalier et s'engagea à son tour sur la longue passerelle, fonçant vers la partie de la plate-forme plongée dans la nuit.

— Kirsten ! Reviens ! Bon Dieu !

Elle entrevit les vagues gigantesques au-dessous d'elle, frangées d'écume, à travers le sol grillagé. *Qu'est-ce que tu fous ? À quoi tu joues ?* Elle courut à toutes jambes, l'arme à la main, vers l'autre côté de la plate-forme, lequel semblait particulièrement noir et désert.

Un labyrinthe, voilà ce que c'était. Un dédale de poutrelles d'acier, d'escaliers et de barrières. Oui, elle savait qu'elle n'aurait pas dû y aller, mais après tout ce type avec son sourire à la con était engoncé dans une combinaison qui devait peser vachement lourd et le handicaper grandement, et il n'était pas armé, contrairement à elle. C'est ce qu'elle leur répondrait, quand ils lui demanderaient pourquoi elle avait pris un tel risque. C'est ce qu'elle prétendrait avoir pensé à ce moment-là.

Au moment où elle prenait pied de l'autre côté (elle pensa aux tours d'angle d'un château reliées par un chemin de ronde), une vague encore plus haute que les autres frappa l'une des piles au-dessous et des embruns glacés lui fouettèrent le visage. Elle le chercha des yeux. En vain. Cependant, il aurait pu être n'importe laquelle des ombres qui l'entouraient. Il lui suffisait pour ça de ne pas bouger.

— Neveu ! hurla-t-elle. Ne fais pas de conneries ! Tu ne peux aller nulle part !

Seul le vent lui répondit. Elle tourna la tête juste à temps pour le voir se détacher des ténèbres et s'élancer vers le fond.

— Hé ! Hé ! Reviens ici, putain !

Elle courut dans sa direction, mais il avait de nouveau disparu et elle prit conscience qu'elle était seule. Seule avec lui. Ni Kasper ni le vigile ne l'avaient suivie. Elle s'avança encore. Une cohorte d'ombres et de reflets autour d'elle. Les voiles de la nuit s'ouvraient et se refermaient. Elle avançait les jambes légèrement pliées, l'arme tenue à deux mains.

Elle ne voyait rien tant il faisait noir. Merde, elle était dingue de continuer ! À quoi bon ? Elle savait bien qu'elle faisait ça pour la galerie. Ou pour le *fun* ?

Son pied rencontra une forme molle et elle baissa les yeux vers la masse obscure d'une bâche en tas sur le sol. Elle l'enjamba prudemment, sans cesser de regarder autour d'elle. Elle venait de poser son pied d'appui de l'autre côté lorsqu'elle sentit des doigts se refermer sur sa cheville. Avant qu'elle eût compris ce qui se passait, sa jambe fut violemment tirée en arrière et elle bascula.

En langage pugilistique, on appelait ça « aller au tapis ».

Son dos et son coude heurtèrent le sol métallique et son arme alla glisser plus loin en tintant. La bâche fut repoussée, révélant une silhouette qui se redressa avec une vivacité surprenante et se rua sur elle. Elle aperçut un visage grimaçant. Elle s'apprêtait à lui balancer un coup de pied quand le ciel nocturne explosa. Des dizaines de lampes s'allumèrent en même temps, illuminant la silhouette penchée sur elle, et la voix de Kasper s'éleva :

— RECULE ! RECULE ! MAINS SUR LA TÊTE ! NEVEU ! FAIS PAS LE CON !

Kirsten tourna la tête en direction de Kasper. Puis elle reporta son attention sur le Français.

L'homme la regardait d'un air inquiet. Il levait les mains sans la quitter des yeux.

3

Téléobjectif

Kirsten et Kasper étaient assis face au Français depuis plus de trois heures. Elle avait choisi le local le plus neutre possible, une pièce sans déco ni fenêtres, de façon que l'attention de son interlocuteur ne soit distraite par rien – mais au contraire concentrée sur elle et ses questions.

Elle avait usé de la flatterie, soulignant le caractère unique de sa mise en scène dans l'église et l'interrogeant sur son métier de soudeur – puis elle avait opéré un virage à cent quatre-vingts degrés et commencé à se moquer de ses faiblesses, raillant la facilité avec laquelle il s'était laissé prendre et le nombre d'indices qu'il avait laissés derrière lui.

Pendant tout ce temps, le type n'avait cessé de clamer son innocence.

— Ces sous-vêtements appartiennent à ma petite amie, répéta-t-il en gémissant. Ça me permet de me souvenir d'elle et de me… enfin, vous voyez…

Elle le regarda. Son regard suppliant, humide, morveux, lui donna envie de le gifler.

— Et le sang ? dit Kasper.

— C'est du sang menstruel, merde ! Avec toute votre science, vous devez bien avoir un moyen de vérifier ça !

Elle l'imagina en train de renifler les dessous, le soir, dans sa couchette, et elle frissonna.

— OK. Alors pourquoi tu t'es enfui ?

— Je vous l'ai dit.

— OK. Répète-moi ça.

— Ça fait dix fois que je le répète !

Elle haussa les épaules.

— Eh ben, ça fera onze.

Il resta silencieux si longtemps qu'elle eut envie de le secouer un peu.

— Je rapporte un peu de shit en douce, et j'en file aux copains à bord.

— Tu deales ?

— Non, c'est cadeau.

— Arrête de me prendre pour une conne.

— Ouais. Enfin, un peu : je rends service. La vie à bord, c'est pas toujours facile. Mais chuis pas un assassin, merde ! J'ai jamais fait de mal à personne !

De nouveau les sanglots, les yeux rougis. Ils ressortirent de la pièce.

— Et si on se gourait ? dit-elle.

— Tu plaisantes ?

— Non.

Elle suivit la coursive et grimpa des marches en direction du poste de commandement. Elle commençait à avoir ses repères dans ce labyrinthe. Christensen la regarda entrer.

— Alors ?

— Il nous faut visiter les autres cabines des ouvriers qui ne sont pas encore rentrés.

— Pour quoi faire ?

Kirsten s'abstint de répondre.

— Très bien, dit-il à contrecœur, sentant que cette femme était inflexible en toutes circonstances et qu'il perdrait son temps à vouloir la raisonner. Je vais vous montrer.

Ce fut dans la quatrième qu'elle trouva.

Au milieu des vêtements : une enveloppe en papier kraft. Format A4. Elle la tira à elle et l'ouvrit. Des tirages papier de photographies. Le premier cliché était un portrait d'enfant blond. Dans les quatre-cinq ans. Elle retourna la photo. Gustav. C'était écrit. On voyait un lac derrière lui, un village et des montagnes enneigées. Elle examina les autres clichés.

Ils avaient été pris au téléobjectif…

Un homme. Toujours le même. La quarantaine. Cheveux bruns.

Kirsten les fit défiler. Il y en avait bien une vingtaine. La cible en train de garer sa voiture, la cible en train d'en descendre, de la verrouiller. Marchant dans la rue, au milieu d'une foule. Assise derrière la vitre d'un café. Kirsten repéra une plaque avec un nom de rue.

Ces photos avaient été prises en France.

Sur l'une des dernières, l'homme entrait dans un grand bâtiment en brique, hormis le hall d'entrée qui était précédé d'une grande porte semi-circulaire en métal. Un drapeau bleu-blanc-rouge flottait au-dessus. Drapeau français, là encore. Et, en dessous, les mots « HÔTEL DE POLICE ». Elle ne parlait pas français, mais elle n'en avait pas besoin pour comprendre le dernier mot.

Police : *politiet.*

Sur les gros plans, il avait un visage agréable, mais il paraissait fatigué, préoccupé. Kirsten voyait les poches sous ses yeux, le pli amer de sa bouche. Parfois son visage était net, parfois sa silhouette tout entière était un peu floue – ou bien une carrosserie de voiture, des feuillages, des passants s'interposaient entre l'objectif et lui. La cible vivait dans l'ignorance la plus parfaite de l'ombre qui la suivait partout, qui mettait chacun de ses pas dans les siens.

Elle retourna le cliché de l'enfant encore une fois.

GUSTAV

La même écriture que celle sur le papier trouvé dans la poche d'Inger Paulsen, à l'église.

Le papier qui portait son nom.

MARTIN

4

Foudroyé

À Toulouse aussi il pleuvait – mais il n'y avait pas de neige. En ce début d'octobre, la température frisait les quinze degrés.

— *La Maison au bout de la rue*, dit le lieutenant Vincent Espérandieu.

— Hein ?

— Rien. C'est le titre d'un film d'horreur.

Dans la pénombre de la voiture, le commandant Martin Servaz s'attarda à contempler la haute silhouette près du talus de la voie ferrée. Lugubre – avec ses deux étages, son toit luisant et le grand arbre qui projetait une ombre sinistre sur sa façade. La nuit était tombée et les rideaux de pluie qui balayaient le terre-plein les séparant de la bâtisse donnaient l'impression qu'ils étaient parvenus au bout du monde.

Drôle d'endroit pour vivre, se dit-il, coincé entre les voies ferrées et le fleuve, à cent mètres des dernières maisons de ce quartier miteux, avec pour tout voisinage des entrepôts recouverts de tags. C'était du reste le fleuve qui les avait conduits jusqu'ici : trois femmes qui faisaient leur jogging le long de la Garonne, les deux premières agressées et violées, la troisième poignardée à de multiples reprises – à l'unité des soins intensifs du CHU de Toulouse, elle venait de succomber à ses blessures. Les trois agressions avaient eu lieu dans un rayon de moins de deux kilomètres autour de la maison. Et l'homme qui vivait ici figurait dans le FIJAIS[1], le fichier des délinquants sexuels violents. Multi-récidiviste. Sorti de prison cent quarante-sept jours plus tôt sur décision d'un juge d'application des peines après avoir purgé les deux tiers de la sienne.

— T'es sûr que c'est là ?

— Florian Jensen, 29, chemin du Paradis, confirma Espérandieu, sa tablette ouverte sur les genoux.

Le front appuyé contre la vitre perlée de pluie, Servaz tourna son regard vers le terrain vague à sa gauche – une friche obscure envahie par les hautes herbes et les pousses d'acacias. Il avait entendu dire qu'une grande entreprise spécialisée dans la construction d'autoroutes, la distribution d'énergie et les parkings hors de prix projetait d'y bâtir cent quatre-vingt-cinq logements, une crèche et une résidence pour seniors. Sauf qu'il s'agissait d'un ancien site industriel et que les teneurs en plomb et en arsenic des sols étaient deux fois supérieures à la norme. Selon certaines associations de défense de l'environnement locales, la pollution touchait même la nappe phréatique. Ce qui n'empêchait pas les riverains d'y puiser l'eau de leurs puits et d'arroser leurs potagers avec.

— Il est là, dit Vincent.

— Comment tu le sais ?

Espérandieu montra sa tablette.

1. Fichier judiciaire automatisé des auteurs d'infractions sexuelles ou violentes.

— Ce crétin est connecté sur Tinder.

Servaz lui lança un regard chargé d'incompréhension.

— C'est une application, précisa son adjoint en souriant. (Son patron n'était pas vraiment un *geek*, pas vraiment un *nerd* non plus, contrairement à lui.) Ce type est un violeur. Alors, je me suis dit qu'il y avait des chances pour qu'il ait téléchargé Tinder. C'est une application de rencontres… Elle repère dans un rayon de quelques kilomètres toutes les meufs qui ont aussi téléchargé l'appli sur leur téléphone. Pratique, non, pour les ordures dans son genre ?

— Une application de rencontres ? répéta Servaz comme si on lui parlait d'une planète perdue au fin fond de l'univers.

— Oui.

— Et ?

— Et je me suis créé un faux profil pour attirer le poisson dans mes filets. Ça vient de *matcher*. Tiens, regarde.

Servaz se pencha sur l'écran, qui brillait doucement dans la pénombre, et il vit le portrait d'un jeune homme. Il reconnut le suspect. À côté se trouvait celui d'une jolie blonde qui n'avait pas plus de vingt ans.

— Sauf que maintenant faut y aller. On est *repérés*… Ou plutôt, c'est Joanna qui l'est.

— Joanna ?

— Mon faux profil. Blonde, un mètre soixante-dix, dix-huit ans, libérée. Putain, j'ai déjà plus de deux cents *matches* ! En moins de trois jours… Ce truc va révolutionner le *dating*.

Servaz n'osa pas lui demander de quoi il parlait. Vincent avait tout juste dix ans de moins que lui, mais ils n'auraient pu être plus dissemblables. Alors qu'à quarante-six ans Servaz ne ressentait que stupeur et perplexité devant la vie moderne – ce mariage contre nature de la technologie, du voyeurisme, de la publicité et du commerce de masse –, son adjoint écumait forums et réseaux sociaux et passait bien plus de temps sur son ordinateur que devant sa télé. Servaz savait qu'il était un homme du passé – et que le passé n'était plus pertinent. Il était semblable à ce personnage interprété par Burt Lancaster dans *Violence et Passion* – ce vieux professeur qui mène une existence recluse dans son hôtel particulier romain rempli d'œuvres d'art, jusqu'au jour où il a le malheur de louer le dernier étage à une famille moderne, bruyante et vulgaire. Le voilà confronté malgré lui à l'irruption d'un monde qu'il ne comprend plus. Mais qui finit par le fasciner. De même, Servaz devait bien se l'avouer, il ne comprenait plus grand-chose à ce troupeau d'individus, à leurs gadgets infantiles et à la puérilité de leur agitation.

— Il envoie message sur message, commenta Vincent. Il est accro.

Son adjoint referma la tablette et s'apprêtait à la fourrer dans la boîte à gants quand il arrêta son geste.

— Ton arme est là-dedans, constata-t-il.

— Je sais.

— Tu la prends pas ?

— Pour quoi faire ? Ce type a toujours opéré de la même manière : arme blanche. Et, chaque fois qu'on l'a arrêté, il n'a pas opposé de résistance. Et puis, tu as la tienne…

Sur ce, Servaz descendit. Espérandieu haussa les épaules. Il vérifia la présence de la sienne dans son étui, ôta le cran de sûreté et l'imita. Aussitôt, la pluie oblique et froide lui mouilla le front.

— T'es une vraie tête de mule, tu le sais ça ? dit-il en se mettant en marche sous l'averse.

— *Cedant arma togae.* Que les armes le cèdent à la toge.

— On devrait enseigner le latin à l'école de police, ironisa Espérandieu.

— La sagesse des Anciens, rectifia Servaz. J'en connais certains qui pourraient en faire leur profit.

Ils traversèrent le terre-plein boueux en direction du petit bout de jardin entouré d'un grillage qui se trouvait sur le devant de la maison. Un gigantesque tag peint à la bombe couvrait presque entièrement le mur sud, dont l'unique fenêtre était maçonnée. Il y avait deux fenêtres par étage sur le devant, côté jardin, mais les volets étaient clos.

Le portail émit un grincement rouillé quand Servaz le poussa. Dans une fréquence si haute, si stridente, qu'il fut immédiatement certain que le bruit avait été entendu à l'intérieur de la maison, malgré l'orage. Il jeta un coup d'œil à Vincent, qui hocha la tête.

Ils remontèrent la courte allée entre des plants de légumes laissés à l'abandon, envahis par les mauvaises herbes.

Soudain, Servaz s'immobilisa. Il y avait une forme noire sur leur droite. Près de la maison. Un molosse sorti de sa niche les observait. Sans bouger. Silencieux.

— Pitbull, commenta Espérandieu à voix très basse et tendue en le rejoignant. Normalement, il ne devrait plus y avoir un seul chien de première catégorie en circulation puisque, depuis 1999, la loi interdit la reproduction et oblige à les stériliser. Or tu sais qu'on en compte plus de cent cinquante rien qu'à Toulouse ? Et plus de mille chiens de deuxième catégorie…

Servaz détailla la chaîne : assez longue pour que le molosse puisse parvenir jusqu'à eux. Vincent avait sorti son arme. Martin se demanda si ça suffirait à stopper l'animal dans son élan s'il lui prenait l'envie d'arracher une gorge ou deux.

— Avec deux flingues, on aurait eu plus de chances de l'arrêter, fit remarquer judicieusement son adjoint.

Mais le chien ne mouftait pas. Aussi silencieux qu'une ombre. Une ombre avec deux petits yeux brillants. Servaz grimpa l'unique marche sur laquelle la pluie crépitait en surveillant le clebs du coin de l'œil, et il pressa le téton métallique de la sonnette. À travers la vitre dépolie, il entendit le son aigrelet se répandre dans la maison. C'était noir de l'autre côté. Comme dans un four.

Puis il perçut les pas. Et la porte s'ouvrit.

— Qu'est-ce que vous voulez, putain ?

L'homme était plus petit que lui. Très mince, presque maigre. Il devait peser dans les soixante kilos pour un mètre soixante-dix. Plus jeune aussi. Dans les trente ans. Sa tête entièrement rasée. Servaz nota certains signes : les joues caves, les yeux enfoncés dans leurs orbites et les pupilles en têtes d'épingle, bien qu'il n'y eût presque pas de lumière là où il se tenait.

— Bonsoir, dit-il poliment en dégainant son écusson. Police judiciaire. On peut entrer ?

Il vit le crâne rasé hésiter.

— On veut juste vous poser quelques questions au sujet des trois femmes qui se sont fait agresser près du fleuve, s'empressa-t-il d'ajouter. Vous avez dû lire ça dans les journaux.

— Je lis pas les journaux.

— Alors, sur Internet.

— Non plus.

— Ah. On fait toutes les maisons dans un rayon d'un kilomètre, mentit-il. Enquête de voisinage, le truc habituel…

Les yeux en têtes d'épingle allaient de Servaz à Vincent et retour. Il avait une peau aussi blanche que de l'os et un cou maigre entre des épaules osseuses. Servaz se dit qu'il devait penser à la blonde qu'il croyait avoir *matchée* sur Tinder – un vrai miracle, non, avec une tronche pareille ? – et qu'il n'avait qu'une hâte : qu'ils décampent pour pouvoir reprendre sa drague électronique. Qu'aurait-il fait avec elle si elle avait réellement mordu à l'hameçon ? fut la question que le flic se posa ensuite. Il avait lu son dossier…

— Il y a un problème, monsieur ?

Servaz avait volontairement adopté un ton soupçonneux, en haussant les sourcils d'un air perplexe.

— Hein ? Non… non, y a pas d'problème… Entrez. Mais magnez-vous, OK ? Je dois donner son médicament à maman.

Jensen fit un pas en arrière et Servaz franchit le seuil. Il pénétra dans un couloir presque aussi sombre et étroit qu'une galerie de mine, avec une zone faiblement éclairée dans le fond et une bande de lumière grise émanant d'une porte à deux mètres de là sur la gauche. Il pensa à un réseau de grottes fugitivement illuminées par les lampes de spéléologues. Ça sentait l'urine de matou, la pizza, la transpiration et le tabac froid. Et aussi une autre odeur, qu'il identifia pour l'avoir reniflée à maintes reprises dans des appartements du centre-ville où on retrouvait les cadavres de vieilles dames oubliées de Dieu et des hommes : l'odeur douceâtre des médicaments et de la vieillesse. Il fit un pas de plus. De chaque côté, des murailles de cartons empilés contre les murs, presque jusqu'à hauteur d'appui, affaissés sur eux-mêmes sous le poids de ce qu'ils contenaient : vieux abat-jours, piles de revues poussiéreuses, paniers en osier pleins de choses inutiles. Ailleurs, les meubles, lourds et sans grâce, ménageaient à peine le passage pour une personne. Plus un garde-meubles qu'une maison…

Il parvint à la porte et jeta un coup d'œil sur sa gauche. Ne vit d'abord que les formes noires d'un mobilier surchargé avec, au centre, la petite étoile d'une lampe de chevet posée sur une table de nuit. Puis le tableau se précisa et il découvrit la créature au fond du lit. *La mère malade*, sans l'ombre d'un doute. Il n'était pas préparé à ça – qui aurait pu l'être ? – et il eut un mouvement de déglutition involontaire. La vieille femme était mi-assise mi-couchée, adossée à un invraisemblable amoncellement d'oreillers, eux-mêmes appuyés contre une tête de lit en chêne sculpté. Sa chemise de nuit élimée bâillait sur une poitrine osseuse et tavelée. Son visage, avec ses pommettes saillantes, ses yeux profondément enfoncés dans les cavernes noires des orbites et les rares touffes de cheveux gris sur les tempes, laissait deviner le crâne qu'il deviendrait sous peu, telle une vanité. Servaz aperçut des dizaines de tubes de médicaments sur le napperon de la table de nuit et aussi un tuyau qui s'élevait du bras noueux de la vieille femme pour rejoindre une poche de perfusion suspendue à une potence. C'étaient bien les prémices de la mort qui étaient à l'œuvre ici ; la mort occupait dans cette chambre beaucoup plus de place que la vie. Mais le plus choquant était les yeux eux-mêmes. Larmoyants, ils fixaient Servaz du fond du lit. Et, malgré la fatigue, la lassitude, la maladie, ils brillaient de méchanceté. En repensant au nom de l'impasse – chemin du Paradis –, il se demanda s'il n'était pas plutôt sur celui de l'Enfer.

À part ça, la momie avait un mégot jauni coincé entre ses lèvres craquelées et elle fumait comme un pompier : Servaz vit un cendrier plein posé à côté d'elle et un épais nuage au-dessus du lit. Remué par cette vision, il s'avança jusqu'au salon faiblement éclairé par la lueur palpitante d'un téléviseur et celle des écrans d'ordinateur disposés sur un grand plan de travail. Il devina tout un réseau de pièces communiquant entre elles par des arches basses, un escalier en bois, un tas de recoins. Quelque chose frôla ses jambes et il distingua des formes allant et venant dans la pénombre, sautant d'un meuble à l'autre. Il y en avait des dizaines, de couleurs et de tailles variées. Des chats… Ça grouillait de chats, là, dans le noir. Servaz discerna aussi les soucoupes claires posées un peu partout dans la pénombre, remplies de nourritures diverses qui séchaient et noircissaient, et il fit attention où il mettait les pieds.

L'air était encore plus lourd et irrespirable que dans le couloir ; il crut discerner un vague remugle derrière l'odeur de bouffe à chats en train de se décomposer : une trace olfactive qui évoquait le poisson, l'eau de Javel – et il pinça les narines.

— On ne pourrait pas allumer ? dit-il. Il fait noir comme dans un four ici.

Leur hôte tendit le bras. Le faible halo d'une lampe d'architecte éclaira la portion de bureau encombrée d'écrans, laissant tout le reste dans l'ombre. Servaz aperçut néanmoins un canapé et un bahut dans la pénombre.

— Ces questions, vous me les posez ou pas ?

Jensen avait une voix un brin zozotante ; le flic devina derrière la provocation de façade une grande timidité.

— Vous allez vous balader, des fois, sur le chemin de halage le long du fleuve ? demanda Espérandieu dans le dos du jeune homme, l'obligeant à se retourner.

— Nan.

— Jamais ?

— Je vous ai dit que non, répondit Jensen en surveillant Servaz du coin de l'œil.

— Vous n'avez pas entendu des rumeurs au sujet de ce qui s'y est passé ?

— Non mais… vous déconnez ou quoi ? Z'avez vu où on vit, ma mère et moi ? C'est qui qui les aurait rapportées, ces rumeurs, d'après vous ? Le facteur p't-êt' ? Personne vient jamais ici.

— Sauf les gens qui vont courir le long du fleuve, fit remarquer Servaz.

— Mouais… y en a qui garent leurs voitures là-devant, sur ce putain de terrain vague, c'est vrai…

— Des hommes ? Des femmes ?

— Ben, les deux, tiens. Même que certaines ont des clebs avec elles et que ça fait aboyer Fantôme.

— Et vous les voyez passer devant vos fenêtres.

— Et après ?

Il y avait quelque chose là-bas, sous le bahut, dans la pénombre. Servaz l'avait repéré dès qu'il était entré. Ça ne bougeait pas – ou à peine. Il fit un pas de plus.

— Hé ! Où vous allez comme ça ? Si c'est une perquise, vous…

— Trois femmes ont été agressées sur le chemin à moins de deux kilomètres d'ici, intervint Vincent, obligeant Jensen à tourner la tête vers lui. Elles ont toutes fait la même description…

Servaz sentit que le jeune homme se raidissait. Il se déplaça imperceptiblement vers le bahut.

— Elles ont décrit un homme portant un sweat à capuche, un mètre soixante-dix environ, mince, dans les soixante kilos…

En réalité, les trois femmes avaient brossé trois portraits robots passablement différents, comme souvent. Le seul point commun : l'agresseur était petit et maigre, mais avec une grande force.

— Qu'est-ce que vous faisiez les soirs des 11 octobre, 23 octobre et 8 novembre entre 17 et 18 heures ?

Jensen fronça les sourcils, mimant une réflexion profonde, quelqu'un qui se creuse intensément le ciboulot, et Servaz pensa au jeu d'acteur de ces figurants japonais dans *Les Sept Samouraïs*.

— Le 11, j'étais avec mes potes Angel et Roland. On tapait le carton chez Angel. Le 23, *idem*. Le 8 novembre, Angel et moi on est allés au cinéma.

— Quel film ?

— Un truc avec des zombies et des scouts dans le titre.

— Des zombies et des scouts ? releva Vincent. *Scout's Guide to the Zombie Apocalypse*, confirma-t-il. Sorti le 6 novembre. Je l'ai vu aussi.

Servaz regarda son adjoint comme il aurait regardé un Martien.

— C'est bizarre, dit-il doucement, obligeant Jensen à tourner une nouvelle fois la tête, j'ai plutôt une bonne

mémoire en général. Mais, là, comme ça, spontané-
ment, je suis pas sûr de pouvoir dire ce que je faisais
le 11 octobre au soir, ni le 23, tu vois ? Je me souviens
du 25, parce que c'est le jour où un collègue est parti à
la retraite. C'était un jour, disons, spécial… mais aller
au cinéma ou jouer aux cartes avec des potes, c'est spécial, ça ?

— Z'avez qu'à leur demander, vous verrez bien,
répliqua Jensen d'un air boudeur.

— Oh, je suis sûr qu'ils confirmeront, dit Servaz
qui savait déjà qu'ils trouveraient les deux fournisseurs
d'alibis dans un de leurs fichiers. Tu as leurs noms de
famille ?

Comme il s'y attendait, Jensen s'empressa de les leur
fournir.

— Écoutez, ajouta-t-il, comme s'il recouvrait brusquement la mémoire. Je vais vous dire pourquoi je
m'en souviens aussi bien…

— Ah ? Vraiment ?

— Parce que, quand j'ai vu cette fille qui avait été
violée dans le journal, j'ai immédiatement noté ce que
je faisais ce jour-là…

— Je croyais que tu lisais pas le journal ?

— Ouais, ben, j'ai menti.

— Pourquoi ça ?

Jensen haussa les épaules. Son crâne nu luisait dans
la pénombre. Il passa une main pleine de bagouzes
dessus, du front vers la nuque, où il y avait un tatouage.

— Parce que j'avais pas envie d'entamer la conversation avec vous, tiens. J'avais qu'une envie : que vous
vous barriez.

— T'étais occupé, peut-être ?

— P't-êt' ben, ouais.

74

— Donc, tu as noté ce que tu faisais chaque fois, c'est ça ?

— C'est ça. Et vous savez très bien qu'on fait tous ça.

— « On ». C'est qui *on* ?

— Les mecs comme moi – les mecs qu'ont déjà été en zonzon pour ça… On sait bien que la première chose que les flicaillons dans vot' genre vont nous demander, c'est où on était à ce moment-là. Si un keum qu'a déjà été condamné est incapable de se souvenir de ce qu'il foutait quand une fille a été violée dans les environs, ben… y a de grandes chances pour que ce soit lui, le pointeur, vous m'suivez ?

— Et tes deux potes, là, Angel et Truc – ils ont déjà été condamnés, eux ?

Ils virent Jensen se rembrunir.

— Ouais. Et après ?

Servaz jeta un coup d'œil sous le bahut. L'ombre avait bougé. Deux yeux craintifs l'observaient

— Quel âge avais-tu la première fois ? demanda Espérandieu tout à trac.

Le tonnerre fit trembler les vitres et un éclair illumina brièvement le salon.

— La première fois ?

— La première fois que tu as agressé sexuellement une femme…

Servaz surprit le regard de Jensen. Il avait changé d'expression. Il brillait littéralement.

— Quatorze, dit-il d'une voix soudain très froide et très distincte.

Servaz se pencha un peu plus. Le petit chat blanc au-dessous du bahut levait la tête vers lui et le regardait depuis l'ombre, partagé entre la peur et l'envie de venir se frotter dans ses jambes.

— J'ai lu ton dossier. C'était une camarade de classe. Tu l'as violée derrière le gymnase.

— Elle m'avait provoqué.

— Tu l'as insultée. Puis tu l'as giflée, frappée…

— C'était une salope, elle couchait déjà avec tout le monde. Une queue de plus ou de moins, qu'est-ce que ça pouvait lui foutre ?

— Plusieurs fois… À la tête… Très violemment… *Traumatisme crânien*… Et puis, après ça, tu l'as violée avec une pompe du gymnase – une pompe pour gonfler les ballons… Elle ne pourra jamais avoir d'enfants, tu le sais ?

— C'était il y a longtemps…

— Tu as éprouvé quoi, à ce moment-là, tu t'en souviens ?

Un silence.

— Vous pouvez pas comprendre, suggéra Jensen d'une voix déplaisante, soudain pleine de vantardise.

Servaz se raidit. Cette voix. De l'arrogance et de l'égoïsme à l'état pur. Il tendit une main vers le dessous du bahut. Le petit chat blanc en émergea lentement. Il s'approcha craintivement et Servaz sentit une langue minuscule et râpeuse au bout de ses doigts. D'autres chats rappliquèrent aussitôt, mais Servaz les repoussa pour se concentrer sur la petite boule blanche.

— Explique-moi, dit Espérandieu – et Servaz entendit, derrière le ton patient de son adjoint, la rage et le dégoût qui faisaient comme un écho dans sa voix.

— Pour quoi faire ? Vous parlez de choses dont vous ignorez tout, vous n'avez pas la moindre idée de ce que les gens comme nous éprouvent… de… *l'intensité* de nos émotions, de la… *puissance* de nos expériences. Les fantasmes des gens de votre espèce – ceux qui se conforment à la loi et à la morale, ceux qui vivent dans la crainte de la justice et du regard des autres – seront toujours à des années-lumière de la vraie liberté, du vrai pouvoir. Nos vies sont tellement plus riches, plus intenses que les vôtres.

La voix de Jensen sifflait à présent.

— J'ai été en prison, j'ai payé, vous ne pouvez plus rien contre moi. Aujourd'hui, je respecte la loi…

— Ah ouais ? Et comment tu fais ? Pour refréner tes pulsions, je veux dire ? Pour pas passer à l'acte ? Tu te masturbes ? Tu vas voir les prostituées ? Tu prends des médocs ?

— … mais j'ai rien oublié, poursuivit Jensen sans tenir compte de l'interruption. Je ne regrette rien, je ne renie rien, je ne ressens aucune culpabilité. Je ne vais pas m'excuser d'être comme Dieu m'a fait…

— C'est ça que tu as ressenti en essayant de violer ces trois femmes au bord de la Garonne ? demanda Espérandieu d'un ton patient. Je dis bien *essayer*. Parce que tu n'as même pas joui. Si tu as poignardé cette fille avec une telle rage, c'est parce qu'elle n'a même pas réussi à te faire bander, c'est bien ça ?

Servaz savait ce que son adjoint essayait de faire : vexer Jensen, le faire réagir, le pousser à se justifier, à se vanter. *Ça ne marchera pas…*

— J'ai violé quatre femmes et j'ai payé pour ça, répondit froidement celui-ci. J'en ai envoyé trois à l'hôpital. (Il avait dit cela comme un footballeur se vantant d'avoir marqué des buts.) Reconnaissez que je n'ai pas l'habitude de faire les choses à moitié. (Il émit un petit ricanement grinçant, qui fit se dresser les poils sur la nuque de Servaz.) Vous voyez bien que ça ne peut pas être moi…

Cette ordure disait vrai. Dès les premières minutes, Servaz avait acquis la conviction que ça n'était pas lui. Pas cette fois, en tout cas… Il regarda le chat blanc.

Et frémit.

Il lui manquait une oreille. À la place, il y avait une cicatrice rose.

Un petit chat blanc avec une oreille en moins – où avait-il déjà vu ça ?

— Laissez mon chat tranquille, dit Jensen.

« Laissez mon chat tranquille »…

Brusquement, ça lui revint. La femme assassinée dans sa maison de campagne au mois de juin, près de Montauban. Il avait lu le rapport. Elle vivait seule, elle avait été violée puis étranglée après avoir pris son petit déjeuner : le légiste avait trouvé du café, des restes de pain aux céréales, de confiture d'agrumes et de kiwi dans son bol alimentaire. Il faisait chaud. Toutes les fenêtres étaient grandes ouvertes pour laisser entrer la fraîcheur du matin. L'agresseur n'avait eu qu'à en enjamber une. Sept heures du mat' et des voisins à moins de trente mètres. Malgré ça, personne n'avait rien vu, rien entendu – et les gendarmes n'avaient aucune piste. Aucun indice. La seule chose qu'ils avaient notée, c'était que le chat de la femme avait disparu.

Un chat blanc avec une seule oreille…

— Ce n'est pas ton chat, dit doucement Servaz en se relevant.

Il eut l'impression que l'air s'épaississait. Il grimaça. Sentit tous ses muscles durcis par les toxines de la tension. Jensen ne bougeait plus. Silencieux. Un nouvel éclair illumina le salon ; seules les têtes d'épingle de ses yeux naviguaient dans sa face crayeuse, roulant de l'un à l'autre.

— Reculez, dit-il tout à coup.

Une arme dans sa main pleine de bagouzes. *Au temps pour moi*, songea Servaz en lançant un coup d'œil à Vincent.

— Reculez.

Ils obéirent.

— Ne fais pas de bêtise, dit Espérandieu.

Soudain, Jensen s'élança. Avec la vivacité d'une souris, il contourna plusieurs meubles, ouvrit une porte à l'arrière et disparut, tandis que le vent et la pluie s'engouffraient dans la pièce. Servaz resta un instant interdit – puis se lança à sa poursuite.

— OÙ TU VAS ? hurla Vincent derrière lui. MARTIN ! OÙ TU VAS ? TU N'ES MÊME PAS ARMÉ !

La porte vitrée battait au vent et tapait contre le mur arrière de la maison. Elle donnait sur le talus de la voie ferrée, mais un grillage interdisait l'accès à celui-ci. Au lieu de l'escalader, Jensen l'avait longé et se précipitait à présent à travers le terre-plein balayé par la pluie. Servaz émergea à son tour à l'arrière. Dans la lueur des éclairs, il leva les yeux vers la ligne électrique de la voie ferrée, en haut du remblai, cherchant Jensen des yeux, puis il tourna la tête et le vit qui filait en direction du petit tunnel par lequel Espérandieu et lui étaient arrivés, lequel passait sous d'autres voies ferrées qui venaient se joindre à la ligne principale.

Il y avait un portail à droite du tunnel, au-dessous de l'endroit où les voies opéraient leur jonction. Une rampe en ciment grimpait ensuite jusqu'à une sorte de casemate en béton, qui était peut-être un poste d'aiguillage. Ni le portail – où toute une signalétique dissuadait pourtant d'aller plus loin en raison des risques d'électrocution – ni le grillage n'avaient découragé les tagueurs :

le moindre centimètre carré de béton était recouvert de grandes lettres colorées. Des gouttes d'eau scintillaient sur le fond noir de la nuit éclairée par intermittence par les éclairs, le tonnerre donnait de la voix : l'orage tournoyait sur Toulouse. Des filets d'eau dévalaient l'herbe du talus, traversaient le grillage et se répandaient sur le terre-plein boueux, où ils formaient un delta de petits ruisseaux et de flaques.

Servaz se mit à courir à travers les torrents d'eau qui se déversaient. Jensen escaladait déjà le portail. Il le vit courir ensuite vers le sommet de la rampe bétonnée, contourner le poste d'aiguillage, là-haut, en direction des voies. À cet endroit se dressaient plusieurs pylônes d'acier soutenant un réseau complexe de grilles, de lignes électriques primaires et secondaires, de transformateurs et de caténaires. Cela ressemblait à une sous-station et Servaz pensa immédiatement *haute tension*. Il pensa *orage*, *foudre*, *éclairs*, *pluie*, *conduction* – et à ces milliers de volts, d'ampères ou de Dieu sait quoi qui circulaient dans ces lignes tel un piège mortel. *Bon Dieu de merde, où tu vas ?* se dit-il. Jensen ne semblait pas conscient de l'existence du piège. Ce qui le préoccupait, c'était le train de marchandises qui roulait au ralenti devant lui et lui barrait le passage.

Servaz atteignit à son tour le portail. Ses chaussettes glougloutaient dans ses chaussures trempées ; le col de sa chemise était gorgé d'eau, de même que ses cheveux collés à son front.

Il s'essuya le visage et se mit en devoir d'escalader l'obstacle, bascula de l'autre côté. Sa veste dut s'accrocher quelque part, car il entendit un bruit de déchirure quand il retomba sur le sol en ciment.

Là-haut, Jensen hésitait.

Servaz le vit s'incliner d'abord pour regarder en dessous des wagons, puis entre deux wagons – mais, même si le train roulait très lentement, il dut avoir peur de finir écrasé sous les bogies, car il agrippa au vol les échelons d'un wagon et grimpa en direction du toit.

Ne fais pas ça !

Ne fais pas ça !

Pas ici, c'est stupide !

— Jensen ! appela-t-il.

L'homme se retourna, l'aperçut et se mit à grimper deux fois plus vite. Les rails luisaient sous la pluie. Servaz parvint en haut du remblai. Piétinant le ballast, il empoigna à son tour les échelons métalliques sur le côté du wagon.

— Martin ! Qu'est-ce que tu fous ?

La voix d'Espérandieu, en bas. Servaz pose un pied sur un échelon, tire sur sa main refermée autour d'un barreau glissant, pose l'autre pied… Il entend à présent le bourdonnement de l'électricité dans les lignes au-dessus de sa tête, comme le bruit d'un millier de guêpes. La pluie qui rebondit sur le toit du wagon l'éclabousse. Elle coule dans ses cheveux, dans ses sourcils…

Il émerge au niveau du toit. Jensen est toujours là. Hésitant sur la conduite à tenir, sa silhouette dressée dans la lueur des éclairs – à quelques mètres seulement des caténaires et des lignes. Un coup de surtension court un instant d'un bout à l'autre de celles-ci : *FFFF-CHHHHHHHHHHH*… Servaz en a tous les poils qui se hérissent. Il essuie de nouveau sa figure ruisselante. Prend pied sur le toit. La pluie bat la charge sur le wagon. Jensen tourne la tête, à droite et à gauche, comme paralysé par l'incertitude, le dos tourné à Servaz, les jambes écartées…

— Jensen, dit-il. On va cramer tous les deux si on reste là…

Pas de réaction.

— Jensen !

Peine perdue avec tout ce barouf.

— JENSEN !

La suite…

… la suite, il la perçoit dans une sorte de brouillard de sensations se télescopant et se contredisant, une accélération brutale du temps, une brusque, insolite et inexplicable embardée : au moment où Jensen pivote vers lui, son arme au poing (et où une flamme jaillit de la bouche noire du canon), un arc électrique d'un blanc si lumineux qu'il lui brûle la rétine se détache de la caténaire et fond sur Jensen, le frappe, curieusement, non pas au sommet du crâne, mais sur le côté gauche du visage, entre l'oreille et la mâchoire, trouve un chemin à travers son corps, rejoint par ses jambes et ses pieds le toit détrempé du wagon, transformant le fuyard en grille-pain et le projetant séance tenante à plusieurs mètres… Servaz perçoit la charge électrique résiduelle quand elle suit le toit du wagon mouillé jusque sous ses semelles, et ses cheveux se dressent sur sa tête – mais un fait autrement important pour son avenir se déroule au même instant : dans le dixième de seconde qui suit, le projectile jailli de l'arme entre en contact avec sa veste en laine et mohair tout imbibée de pluie, la traverse à la vitesse de trois cent cinquante mètres/seconde, soit dix de plus que la vitesse du son, traverse pareillement le tissu 42 % polyamide, 30 % laine et 28 % alpaga de son pull à col roulé, l'épiderme, le derme et l'hypoderme

82

de sa peau humide, à quelques centimètres de son téton gauche, le muscle oblique externe et les muscles intercostaux, frôlant l'artère thoracique et le sternum, transperce ensuite le bord antérieur du poumon gauche à la texture spongieuse et élastique, puis le péricarde au-delà, pour finalement pénétrer dans son cœur à la hauteur du ventricule gauche – son cœur pompant et expulsant le sang à un rythme que la peur accélère – avant de ressortir de l'autre côté.

Le choc le projette en arrière.

Et la dernière chose que perçoit Martin Servaz est l'électricité statique sous ses pieds, les gouttes de pluie froide sur ses joues, l'odeur d'ozone de l'air et les hurlements de son adjoint au bas du talus, alors même qu'une guêpe de métal mortelle lui transperce le cœur.

5

Dans une région contiguë de la mort

— Blessure par AF et TPT, dit la voix de femme près de lui. Je répète : blessure par arme à feu et traumatisme pénétrant du thorax. Plaie pénétrante au cœur fortement suspectée. Orifice d'entrée dans la région précordiale. Orifice de sortie dorsal. TRC supérieur à trois secondes. Tachycardie supérieure à 120 bpm. Pas de réponse à la douleur et aréactivité des pupilles à la lumière. Cyanose des lèvres, extrémités froides. Situation très instable. Prévoir chirurgie dans les meilleurs délais.

La voix lui parvient à travers plusieurs couches de gaze. Elle est calme, mais il devine l'urgence en elle – elle ne s'adresse pas à lui, mais à quelqu'un d'autre, sauf qu'il n'entend qu'elle.

— Avons un deuxième blessé, ajoute la voix. Brûlé au troisième degré par électrisation d'une ligne à haute tension. Stabilisé. Il nous faut une place en CTB. Magnez-vous. C'est la merde, ici.

— Où est l'autre flic ? beugle une deuxième voix un peu plus distante. Je veux savoir quel est le calibre de cette saloperie d'arme et le genre de munition !

Dans la clarté des éclairs qui dessinent de grandes hachures syncopées à travers le ciel, entre ses cils, il devine la lueur d'autres pulsations plus colorées, rythmiques, sur sa droite. Il entend des bruits aussi : des voix plus lointaines, nombreuses, l'écho de sirènes, un train qui ferraille et grince sur un aiguillage…

C'était vraiment idiot de courir après ce type sans ton arme.

Tout à coup, il se sent plein de perplexité. C'est son père. Son père le regarde, debout près de lui qui est étendu sur la civière. *Qu'est-ce que tu fous là ?* pense-t-il. Tu t'es suicidé quand j'avais vingt ans, c'est moi qui t'ai trouvé. Tu t'es suicidé comme Socrate, comme Sénèque. Dans ce bureau où tu corrigeais toujours tes copies. Avec Mahler à fond. Je rentrais de la fac ce jour-là… Alors, dis-moi comment, bon sang, tu peux te trouver là ?

C'était idiot, vraiment.

Papa ? Papa ? Merde, où est-il passé ? Il y a beaucoup d'agitation autour de lui. Ce masque sur sa figure le gêne, il a l'impression d'une grosse patte posée sur son visage – mais il sent bien que c'est par là que la vie passe dans ses poumons. Il entend une autre voix familière, une voix terriblement angoissée. *Est-ce qu'il est vivant ? Est-ce qu'il est vivant ? Est-ce qu'il va vivre ?* Vincent, c'est Vincent. Pourquoi Vincent panique-t-il ? Il se sent bien. C'est vrai : il se sent étonnamment bien. Tout va bien, a-t-il envie de lui dire. Tout va très bien. Mais il ne peut ni parler ni bouger.

— Priorité numéro un, maintenir la volémie : on remplit ! gueule une nouvelle voix tout près de lui. Emmenez les voies ! Donnez-moi des *blood pumps* !

Cette voix-là aussi est proche de la panique. Tout va bien, voudrait-il leur dire. Je me sens bien, je vous assure. Je crois même que je n'ai jamais été aussi bien de ma vie. Soudain, il a le sentiment de n'être pas dans le bon sens, de flotter au-dessus de son propre corps. Il repose sur de l'air, il est suspendu dans le vide. Il les voit s'activer autour de lui, méthodiques, précis, disciplinés. Un autre lui, allongé là, en bas. Il se voit comme il voit les autres. *Bon sang, qu'est-ce que tu as mauvaise mine ! Tu as l'air d'un cadavre !* Il ne ressent aucune douleur. Rien qu'une paix intérieure comme il n'en a jamais connu auparavant. Il les regarde s'agiter. Il aime tous ces gens. Tous.

Ça aussi, il voudrait le leur dire. Combien il les aime. Combien ils comptent pour lui – tous –, même ceux qu'il ne connaît pas. Pourquoi n'est-il jamais parvenu à dire aux gens qu'il aime qu'il les aime ? À présent, c'est trop tard. Trop tard. Il voudrait que Margot soit là. Et Alexandra. Et Charlène, aussi. Et Marianne... C'est comme si quelqu'un l'avait piqué avec un aiguillon pour bœuf. *Marianne*... Où est-elle[1]? Qu'est-elle devenue ? Est-elle vivante ou morte ? Est-ce qu'il va partir sans avoir la réponse ?

— Allez, on y va ! dit la voix. À trois : un... deux...

Dans l'ambulance, tandis qu'il commence vraiment à larguer les amarres, il voit que l'infirmier qui se penche sur lui a les cheveux teints. Ça fait un contraste bizarre entre ses mèches blondes et son visage raviné, couturé de rides. Servaz le voit d'en haut, comme s'il était collé le dos au plafond. Son autre moi attaché à la civière,

1. Voir *Le Cercle*, XO Éditions et Pocket.

avec des tubes dans le bras et le masque à oxygène sur le visage, tandis que l'infirmier continue de faire son rapport aux urgences. Quel âge a-t-il ? *Tu devrais cesser de te préoccuper de ton image*, pense-t-il. *Il y a des choses plus importantes dans la vie.* Par exemple, dire aux gens qu'on aime qu'on les aime. Où est Marianne ? se répète-t-il. Est-elle vivante ou bien morte ? Il se dit qu'il ne tardera pas à le savoir.

Parfois – comme en ce moment – il déconnecte complètement. Pas de doute : il est en route pour le Grand Voyage. *Je me sens bien. Je me sens très bien. Je suis prêt, les gars, ne vous en faites pas.* Les portes de l'ambulance s'ouvrent en grand.

Hôpital.

Bloc opéraaatoireee numéro 3 !

Hémostaaaaseeee !

Il faut assurer l'hémostaaaaseeee !

Cliquetis. Voix. Le défilé des néons entre ses cils. Couloirs... Il entend le couinement des petites roues du brancard sur le sol... les portes qui battent... reçoit l'odeur d'éthanol dans les narines... Il a les yeux mi-clos, il n'est pas censé voir : « coma stade 2 », a dit quelqu'un à un moment donné. Il n'est pas censé entendre non plus. Il est peut-être en train de rêver, qui sait ? Mais peut-on imaginer des mots comme « hémostase » – des mots qu'on n'a jamais entendus auparavant et qui, pourtant, ont un sens très précis ? Il lui faudra éclaircir cette question, le moment venu.

Déformation professionnelle, sourit-il – intérieurement, bien sûr.

Il ne cesse d'aller et venir entre une lucidité très erratique et le brouillard le plus complet. Tout à coup, il devine plusieurs personnes penchées sur lui, avec leurs calots et leurs blouses bleues. Des regards. Tous concentrés sur lui comme les rayons d'une lentille.

— Je veux un bilan lésionnel exhaustif. Où sont les concentrés érythrocytaires, les plaquettes, le plasma ?

On le soulève, on le dépose avec précaution. Voilà qu'il s'enfonce de nouveau dans le brouillard.

— Préparez tous les instruments pour une thoraco-tomie antérolatérale gauche.

Il émerge une dernière fois. Une petite lumière passe devant ses pupilles, d'un œil à l'autre.

— Les pupilles ne réagissent pas. Ne réagit pas non plus à la douleur.

— L'anesthésie, ça vient ?

De nouveau, le masque sur la figure comme une patte de grizzly. Il entend une voix plus forte que les autres :

— On y va !

Soudain, il aperçoit un long tunnel qui grimpe, grimpe vers le haut. Comme dans ce foutu tableau de Jérôme Bosch – comment s'appelle-t-il déjà ? Il monte dans le tunnel. C'est quoi, ce truc ? Il… *vole*. Une lumière au bout. Merde, où je vais, là ? Plus il s'en approche, plus la lumière est… BRILLANTE. Plus brillante qu'aucune lumière qu'il ait connue.

Où est-ce que je suis ?

Il est étendu sur la table d'opération – et pourtant il marche dans un paysage plein de lumière, un paysage remarquable. Comment est-ce possible ? Un paysage d'une beauté à couper le souffle (« à couper le souffle » : *quel humour, mon vieux !* songe-t-il en pensant au masque à oxygène). Il voit des montagnes bleues au loin, un ciel d'une pureté absolue, des collines

ET DE LA LUMIÈRE. Beaucoup de lumière. Une lumière brillante, chatoyante, magnifique, tangible. Il sait bien où il est – dans une région contiguë de la mort, peut-être même de l'autre côté – mais il n'éprouve aucune peur.

Tout est beau, lumineux, fantastique. *Accueillant.*

Il se tient sur une hauteur dominant les collines, les rivières miroitantes qui épousent en serpentant les caprices du terrain. Il voit en bas, à cinq cents mètres environ, un fleuve qui avance lentement dans sa direction, au cœur du paysage, depuis l'horizon. Il suit le chemin qui descend vers lui, et plus il descend, plus le fleuve lui paraît d'un aspect inhabituel. C'est une merveille inimaginable que ce fleuve ! C'est plus beau que tout ce qu'il a connu. Et soudain, à mesure qu'il s'en approche, sa compréhension s'élargit : le fleuve est constitué d'êtres humains marchant côte à côte – ce qu'il voit, c'est le fleuve de l'humanité, passée, présente et future…

Des centaines de milliers, des millions, des milliards d'êtres humains…

Il parcourt les cent derniers mètres et, quand il entre dans cette foule immense, il se sent submergé, entouré par un amour palpable. Plongé au milieu de cet énorme fleuve de gens, il se met à sangloter de joie. Il se rend compte que jamais, pas une minute au cours de toute sa vie, il n'a été aussi heureux. Il ne s'est senti aussi en paix avec lui-même, et avec les autres. Jamais la vie n'a eu parfum si suave, jamais les gens n'ont exprimé tant d'amour à son endroit. Un amour qui l'inonde jusqu'au tréfonds de l'âme.

(*La vie ?* dit une voix dissonante en lui. *Tu ne vois donc pas que cette lumière, cet amour, c'est la mort ?*)

Il se demande d'où venait cette dissonance, cet accord discordant tout à coup – aussi puissant que celui qui résonne à la fin de l'adagio de la *Symphonie n° 10* de Mahler.

Il voit quelqu'un à son chevet, entre ses cils, à la limite de son champ de vision. L'espace d'un instant, il ne sait pas comment elle s'appelle, cette belle jeune femme au visage affligé. Elle doit avoir dans les vingt-deux ou vingt-trois ans. Puis le brouillard se dissipe et la lucidité lui revient. Margot. Sa fille. Quand est-ce qu'elle est arrivée ? Elle est censée être au Québec.

Margot pleure. Assise près de son lit, elle a les joues mouillées de larmes. Il peut *sentir* les pensées de sa fille, sentir à quel point elle est malheureuse – et il a honte, tout à coup.

Il se rend compte qu'il n'est plus au bloc mais dans une chambre d'hôpital.

Réa, songe-t-il. Service de réanimation.

Puis la porte s'ouvre, et un homme en blouse blanche entre, accompagné d'une infirmière. L'espace d'un instant, il est pris de panique lorsque l'homme en blouse blanche au visage grave se tourne vers Margot. Il va lui annoncer que son père est mort.

Non, non, je ne suis pas mort ! Ne l'écoute pas !

— Coma, dit l'homme.

Il entend Margot poser des questions. Elle se tient hors de son champ de vision, et il ne peut pas bouger. Il n'arrive pas à entendre tout ce qui se dit, mais il commence à percevoir des signaux familiers dans la voix de sa fille : devant le langage volontairement technique et abscons du médecin, Margot s'énerve. Elle lui demande de lui expliquer les choses simplement. Et de lui fournir des réponses précises. Le médecin lui répond avec ce mélange de compassion professionnelle, de hauteur et de condescendance que Servaz connaît pour avoir souvent pratiqué les toubibs dans son métier de flic – et Margot, sa chère Margot, s'emporte.

Vas-y, songe-t-il. *Fais-lui ravaler sa supériorité !*

Finalement, le médecin change d'attitude. Reprend ses explications sur un ton différent, avec des mots simples. *Hé, oh, je suis là !* voudrait-il leur crier. *Hé ! hé ! par ici ! C'est de moi que vous parlez !* Mais il est incapable d'émettre un son – et, de toute façon, il a ce truc enfoncé dans la bouche.

— Tu m'entends ?

Il ne se rappelle pas très bien où il est parti ni combien de temps. Il a le vague sentiment d'avoir retrouvé la lumière et le fleuve humain, mais il n'en est pas bien sûr non plus. En tout cas, il est de nouveau dans la chambre d'hôpital. Il reconnaît le plafond, avec sa tache brune qui a vaguement la forme du continent africain.

— Tu m'entends ?

Oui, oui, je t'entends.

— Tu m'entends, papa ?

Oui, oui, je t'entends !

— PAPA, TU M'ENTENDS ?

Il voudrait lui prendre la main, lui envoyer un signe, un seul signe, n'importe lequel – un battement de cil, un frémissement de doigt, un son – pour qu'elle comprenne, mais il est prisonnier de ce sarcophage qu'est son corps sans vie.

Il n'arrive pas à se rappeler où il est parti l'instant d'avant. Cela le préoccupe. Cette lumière, ces gens, ce paysage – est-ce que c'était… *réel* ? Ça avait l'air fichtrement, foutrement, vachement réel en vérité. Margot parle, *lui* parle, et il se met en devoir de l'écouter.

Qu'est-ce que tu es belle, ma fille, pense-t-il quand elle se penche vers lui.

Il commence à avoir ses repères. Il y a d'autres chambres, d'autres patients dans la « réa » : il les entend parfois qui hèlent les infirmières ou pressent les poires d'appel, déclenchant des sonneries stridentes.

Il entend les pas pressés des infirmières devant sa porte ouverte et les murmures gênés des visiteurs. Ces sons à travers le brouillard. Au cours de ses moments de lucidité cependant, il prend conscience d'un fait important : il est au centre d'une toile d'araignée de tubes, de bandages, de fils électriques, d'électrodes, de pompes, et le bruit de la machine sur sa droite – qu'il ne tardera pas à appeler la « machine-araignée » – lui apparaît comme le signe d'une moderne sorcellerie, un maléfice qui le tient captif et dont la plus grande perversion est le tuyau de silicone qui lui entre dans la bouche. Il est sans autonomie, sans mouvement, sans défense, à la merci de la machine – aussi inerte qu'un mort.

Mais peut-être l'est-il… mort ?

Car, le soir venu, quand il n'y a plus personne dans sa chambre, les morts prennent la place des vivants…

Le silence règne la nuit, dans la « réa » comme dans sa chambre, et, tout à coup, ils sont là. Comme son père qui dit :

Tu te souviens de ton oncle Ferenc ?

Ferenc était le frère de maman. C'était un poète. Papa disait que si maman et oncle Ferenc aimaient tant la langue française, c'était parce qu'ils étaient nés en Hongrie.

Tu vas mourir, dit son père gentiment. *Tu vas nous rejoindre. Tu verras, ce n'est pas si terrible. Tu seras bien avec nous.*

Il les regarde. Car la nuit, dans ses visions, il peut tourner la tête. Il y en a partout dans la chambre : debout le long des murs, près de la porte, de la fenêtre, assis sur les chaises ou au bord de son lit. Il les connaît tous. Comme tante Cezarina, une belle femme brune à la poitrine opulente dont il était amoureux quand il avait quinze ans.

Viens, dit à son tour la tante Cezarina.

Et Matthias, son cousin, emporté à douze ans par une leucémie. Mme Garson, la prof de français qui, en quatrième, lisait ses dissertations au reste de la classe. Et aussi Éric Lombard, le milliardaire mort dans une avalanche – l'homme qui aimait les chevaux –, et Mila, la spationaute, qui s'est ouvert les veines dans sa baignoire – sans doute quelqu'un était-il présent à côté d'elle cette nuit-là, mais il a renoncé à le prouver[1]. Et Mahler lui-même – le grand Mahler, le génie aux traits fatigués, ses lorgnons sur le nez, un chapeau bizarre sur le crâne, qui lui parle de la malédiction du chiffre 9 : *Beethoven, Bruckner, Schubert... tous sont morts après leur 9ᵉ Symphonie... alors je suis passé directement de la 8ᵉ à la 10ᵉ... j'ai voulu ruser avec Dieu – quel orgueil ! – mais ça n'a pas suffi...*

Chaque fois qu'ils apparaissent, le même amour l'enveloppe. Il n'aurait jamais cru qu'un tel amour fût possible. Et pourtant, il commence à trouver ça suspect.

1. Voir *Glacé* et *N'éteins pas la lumière*, XO Éditions et Pocket.

Il sait ce qu'ils attendent de lui : *qu'il parte avec eux*. Mais il n'est pas prêt. Ce n'est pas son heure. Il essaie de le leur expliquer, mais ils ne veulent rien entendre avec leurs sourires, leur tendresse enveloppante, leur douceur déchirante. Certes, l'herbe est plus verte là d'où ils viennent, le ciel plus bleu, la lumière mille fois plus intense – pourtant, il n'est pas question pour lui de rester depuis qu'il a vu Margot à côté de son lit.

Samira surgit un beau matin, vêtue comme à son habitude de fringues bizarroïdes.

Quand elle se penche sur lui et entre dans son champ de vision, il aperçoit fugitivement une grande tête de mort sur un sweat et un visage dans l'ombre d'une capuche. Puis elle la retire et il met une demi-seconde à identifier le visage épouvantablement laid – bien que cette laideur soit assez difficile à définir, en réalité, car elle tient à de petits détails : un nez trop court par-ci, des yeux globuleux, une bouche trop grande par-là, une certaine dissymétrie dans les traits… Samira Cheung : le meilleur membre de son groupe d'enquête avec Vincent.

— Putain, patron, si vous voyiez la tronche que vous avez…

Il voudrait sourire. Il le fait intérieurement. Du Samira dans le texte… Elle s'obstine à l'appeler « patron », alors qu'il lui a maintes fois fait remarquer combien il trouve ce titre ridicule. Elle fait le tour du lit et sort de son champ de vision pour aller ouvrir le store et il note au passage qu'elle a toujours le « plus beau cul » de la brigade.

C'est le paradoxe Samira. Un corps parfait et un des visages les plus laids que Servaz ait jamais vus. Est-ce que c'est sexiste ? Possible. Samira elle-même ne se gêne pas pour donner son avis sur les particularités anatomiques des hommes qu'elle croise.

— ... sont comment les infirmières ?... le fantasme de l'infirmière nue sous sa blouse, ça vous parle... patron ?... reviendrai demain... patron... promis...

Les jours passent. Et les nuits. Il y a des hauts et il y a des bas. Quiétude le matin dans la « réa » et inquiétude le soir. Combien de jours, combien de nuits – il ne saurait le dire.

Car le temps, ici, n'existe pas. Son seul repère : les infirmières. Ce sont elles qui le rythment en se relayant à son chevet.

Il est parfaitement conscient de leur pouvoir sans limites sur sa personne ; elles sont toutes-puissantes, plus importantes pour lui, à ce moment, que Dieu lui-même et – même si, dans l'ensemble, elles sont compétentes, dévouées, méticuleuses, *débordées* – elles ne manquent pas de le lui faire sentir, par leurs gestes, le ton de leurs voix, leurs discours qui tous signifient la même chose : « Tu es gravement malade et tu dépends entièrement, exclusivement de nous. »

Autre matin, autre visite. Deux visages flous près du lit. L'un d'eux est celui de Margot, l'autre... Alexandra, sa mère. Son ex-femme a fait le déplacement. Elle a les yeux rougis. Éprouve-t-elle du chagrin ? Il se souvient qu'ils ont eu leurs différends après le divorce ; puis la complicité est en partie revenue – sans doute grâce aux souvenirs communs, ceux des jours heureux, des moments partagés, de ces heures où Margot grandissait et où ils formaient une équipe unie, soudée...

Alexandra a pris pas mal de kilos depuis, et il se dit – assez perfidement, il est vrai – que, dans l'ensemble, les hommes vieillissent mieux que les femmes. Il croit bien avoir ri cette fois-là (c'était forcément un rire intérieur) : oh, merde, ce qu'il aurait payé cher pour voir la tête qu'il avait !

— … disent que t'entends rien, lance Vincent depuis sa chaise.

Ils sont seuls dans la chambre, la porte ouverte sur le couloir, comme toujours.

Son adjoint se lève. S'approche du lit et pose les écouteurs sur ses oreilles.

Et… oh, Seigneur ! cette musique ! ce thème – le plus beau jamais écrit ! Oh, ce tumulte, ces saignements, ces mots d'amour ! Mahler… Son cher Mahler… Pourquoi personne n'y a-t-il pensé avant ? Il a l'impression que les larmes lui montent aux yeux, coulent sur ses joues. Mais il voit le visage de son adjoint – qui s'est penché et qui, de toute évidence, guette le moindre signe, le moindre symptôme émotionnel – et il ne lit rien d'autre que de la déception dans ses yeux, quand celui-ci ôte les écouteurs et se rassied.

Il voudrait crier : *encore ! encore ! j'ai pleuré !*

Mais seul son cerveau crie.

Une autre nuit. Son père de nouveau là, dans la chambre. Assis sur la chaise. Il lit un livre à voix haute. Comme quand Servaz était enfant. Il reconnaît le passage :

« *Le squire Trelawney, le docteur Livesey et les autres gentlemen m'ayant demandé de coucher par écrit tous les détails concernant* L'Île au Trésor, *du commencement à la fin, sans omettre rien, si ce n'est la* situation de l'île, et ceci uniquement à cause des trésors qui s'y trouvent encore, je saisis ma plume en cet an de grâce 17..., et reviens au temps où mon père tenait l'auberge de l'Amiral Benbow, et où le vieux marin hâlé et balafré vint pour la première fois loger sous notre toit. »

Qu'est-ce que t'en dis, fiston ? C'est quand même autre chose que ce que tu lis d'ordinaire, non ?

Son père doit faire allusion à ses nombreux volumes de S.-F. Ou peut-être à ses lectures actuelles. Et soudain lui revient en mémoire une autre lecture – terrifiante celle-là ; il devait avoir douze ou treize ans :

« *L'horreur et le dégoût atteignirent alors, en Herbert West et en moi-même, une insoutenable intensité. Ce soir, je frissonne en y songeant, plus encore que ce matin où West, à travers ses bandages, murmura cette phrase terrifiante :*

— Bon sang, il n'était pas tout à fait *assez frais.* »

Pourquoi ce souvenir refait-il surface maintenant ? Sans doute parce que, ce soir plus que les autres, il frissonne en la sentant présente dans les recoins sombres : celle qu'il a sentie dans cette maison lugubre, près de la voie ferrée – *chemin du Paradis* –, celle qui s'est attachée à ses pas depuis et qui l'a suivi jusqu'ici, comme une de ces malédictions qui, dans les films, passent d'une victime à l'autre.

Bon sang, doit-elle se dire, *il n'est pas encore tout à fait assez prêt...*

6

Réveil

Il ouvrit les yeux.

Cligna des paupières.

Cligna des paupières… Ce n'était pas un mouvement imaginaire, cette fois. Ses paupières avaient vraiment bougé. L'infirmière de service lui tournait le dos. Il pouvait voir ses épaules et ses hanches tendre sa blouse tandis qu'elle examinait les feuilles de soins.

— Je vais vous faire une prise de sang, dit-elle sans se retourner – et sans attendre de réponse non plus.

— Mmmh.

Cette fois, elle se retourna. Le scruta. Il cligna. Elle fronça les sourcils. Il cligna de nouveau.

— Oh, merde, dit-elle. Vous m'entendez ?

— Mmmhhh.

— Oh, merde…

Elle fila. Le crissement de sa blouse contre ses bas Nylon lorsqu'elle quitta précipitamment la chambre. Quelques secondes plus tard, elle revenait avec un jeune interne. Visage inconnu. Lunettes à monture d'acier. Quelques poils au menton. Il s'approcha de lui. Se pencha. Très près. Le visage envahit son champ de vision. Servaz sentit l'odeur de café et de tabac dans son haleine.

— Vous m'entendez ?

Il hocha la tête et ressentit une douleur dans les cervicales.

— Mmmh.

— Je suis le docteur Cavalli, dit l'interne en prenant sa main gauche. Si vous comprenez ce que je dis, serrez-moi la main.

Servaz serra. Mollement. Il vit toutefois le médecin sourire. L'infirmière et lui échangèrent un regard.

— Allez prévenir le docteur Cauchois, dit le jeune interne à l'infirmière. Dites-lui de venir tout de suite.

Puis il se retourna vers lui et brandit un stylo devant ses yeux, le fit lentement passer de gauche à droite et de droite à gauche.

— Vous pouvez suivre ce stylo avec les yeux, s'il vous plaît ? Ne bougez pas. Juste les yeux.

Servaz s'exécuta.

— Génial. On va vous enlever ce tuyau et vous chercher de l'eau. Ne bougez surtout pas. Je reviens. Si vous comprenez ce que je dis, serrez ma main deux fois.

Servaz serra.

Il se réveilla de nouveau. Ouvrit les yeux. Le visage de Margot près de lui. Sa fille avait les siens embués, mais il devina que c'étaient des larmes de joie, cette fois.

— Oh, papa, dit-elle. Tu es réveillé ? Tu m'entends ?

— Bien sûr.

Il prit la main de sa fille. Elle était chaude et sèche dans la sienne froide et moite.

— Oh, papa, je suis si contente !

— Moi aussi, je… (Il se racla la gorge, il avait la sensation d'avoir du papier de verre en guise de pharynx.) Je… suis… content que tu sois là…

Il avait réussi à dire cette phrase pratiquement d'une traite. Il tendit une main en direction du verre d'eau sur la table de chevet. Margot s'en saisit et l'éleva jusqu'à ses lèvres desséchées. Il regarda sa fille.

— Il… il y a longtemps que tu es ici ?

— Dans cette chambre ou à Toulouse ?… Quelques jours, papa.

— Et ton travail au Québec ? demanda-t-il.

Margot avait décroché plusieurs jobs là-bas ces dernières années, elle avait fini par faire son nid dans une maison d'édition canadienne. Elle s'y occupait du domaine étranger. Servaz avait été la voir deux fois et, chaque fois, la traversée en avion avait été une épreuve.

— J'ai pris un congé sans solde. Ne t'inquiète pas. Tout est réglé. Papa, ajouta-t-elle, c'est génial que tu sois… *réveillé*.

Génial. Le même mot que le jeune interne. Ma vie est géniale. Ce film est génial. Ce livre est carrément génial. Tout est génial, partout, tout le temps.

— Je t'aime, dit-il. C'est toi qui es géniale.

Pourquoi avait-il dit une chose pareille ? Elle le regarda, surprise. Rougit.

— Moi aussi… Tu te souviens de ce que je t'avais dit la fois où tu as fini à l'hôpital après cette avalanche ?

— Non.

— « Ne me fais plus jamais un coup pareil. »

Ça lui revint. L'hiver 2008-2009. La poursuite dans les montagnes en motoneige et l'avalanche. Margot à son chevet au réveil. Il lui sourit. Avec l'air de s'excuser.

— Putain, patron. Vous nous avez flanqué une de ces frousses !

Il était en train de prendre son petit déjeuner composé d'un café ignoble, de toasts et de confiture à la fraise – et aussi de médicaments – tout en lisant le journal, calé contre l'oreiller, lorsque Samira fit son entrée en coup de vent, suivie de Vincent. Il leva les yeux de l'article qui annonçait que Toulouse accueillait 19 000 nouveaux habitants chaque année et pourrait dépasser Lyon d'ici à dix ans, possédait 95 789 étudiants, 12 000 chercheurs, était reliée à 43 villes européennes par son aéroport, à Paris par plus de 30 vols quotidiens, mais – dans la queue le venin – l'article faisait ensuite remarquer que entre 2005 et 2011, les effectifs de la police toulousaine comme ceux de la police nationale dans son ensemble n'avaient cessé de diminuer pour des raisons strictement budgétaires et que cette baisse dramatique n'avait pas été totalement compensée depuis. Côté budget, il avait même fallu, en 2014, dispenser de formation technique certains policiers de la PJ. Cependant les événements du 13 novembre 2015 à Paris avaient radicalement changé la donne. La police, la justice étaient tout à coup redevenues prioritaires, les perquises de nuit autorisées (Servaz s'était toujours demandé pourquoi diable il n'était pas possible d'appréhender un individu dangereux avant 6 heures du matin – un peu comme si, pendant une guerre, il y avait une trêve toutes les nuits observée par un seul des deux camps), les procédures beaucoup plus simples. Le débat sur la restriction des libertés publiques et l'opportunité de proroger ces mesures n'avait cependant pas tardé à se ranimer, ce qui était sain et normal dans une démocratie, songea-t-il.

Il referma bruyamment le journal. Samira tournait comme un lion en cage autour du lit, vêtue d'un perfecto noir plein de glissières et de boucles. Vincent portait une veste en laine grise sur une marinière et un jean. Comme d'habitude, ils avaient l'air de tout sauf de flics. Vincent sortit son portable et le leva dans sa direction.

— Pas-de-pho-to, articula Servaz en regardant les médicaments devant lui sur la tablette : deux antidouleur, un anti-inflammatoire. Les petites pilules étaient les plus redoutables, songea-t-il.

— Même pas en souvenir ?

— Mmmh…

— Quand est-ce que vous sortez, patron ? voulut savoir Samira.

— Arrête de m'appeler patron, c'est ridicule.

— D'accord.

— Sais pas… Ça va dépendre des examens.

— Et après, ils vont vous prescrire du repos ?

— Même réponse.

— On a besoin de vous à la brigade, patron.

Il soupira. Puis son visage s'illumina.

— Samira ?

— Oui ?

— Vous vous en tirerez très bien sans moi.

Il rouvrit le journal, se replongea dedans.

— Ouais… peut-être… n'empêche…

Elle pivota sur elle-même.

— Je vais me chercher un Coca.

Il entendit ses talons de quinze centimètres s'éloigner dans le couloir.

— Elle a du mal avec les hôpitaux, dit Vincent en guise d'explication. Comment tu te sens ?

— Ça va.

— Ça va, ça va – ou ça va vraiment ?

— Je suis d'attaque.

— Pour le boulot, tu veux dire ?

— Quoi d'autre ?

Espérandieu soupira. Avec sa moue boudeuse et sa mèche sur le front, il avait l'air d'un collégien.

— Il y a quelques jours encore t'étais dans le coma, putain, Martin. Tu peux pas être autant d'attaque que tu l'dis. T'es même pas encore sorti de ton lit, bon sang ! Et tu viens d'être opéré du cœur…

Un doigt cogna doucement contre le battant et Servaz tourna la tête. Il eut aussitôt un trou d'air à l'estomac.

Charlène, la trop belle femme de son adjoint, se tenait sur le seuil. Charlène, dont la longue chevelure rousse comme les flammes d'un feu d'automne se mêlait à l'épaisse fourrure fauve et blanc de son grand col, dont la peau de lait et les immenses yeux verts promettaient le paradis à chacun.

Quand elle se pencha sur lui, il ressentit ce désir primitif qu'il avait toujours éprouvé en sa présence.

Il savait qu'elle savait. Elle n'ignorait rien du désir violent qu'elle lui inspirait. Qu'elle inspirait à tous les hommes. Elle passa un ongle sur sa joue, l'enfonçant presque dans sa peau, lui sourit.

— Je suis contente, Martin.

C'est tout. *Je suis contente.* Rien d'autre. Et il sut qu'elle était absolument sincère.

Dans les jours qui suivirent, tous les membres du groupe d'enquête et une bonne partie de la Brigade criminelle, mais aussi des Stups, de la BRB et du reste de la Direction des affaires criminelles, et même de

103

l'Identité judiciaire, défilèrent dans sa chambre. De pestiféré, il était devenu miraculé. Il avait reçu une balle et il s'en était tiré. Tous les flics de Toulouse devaient espérer qu'il en serait un jour de même pour eux ; leur passage dans sa chambre était une sorte de pèlerinage, un acte de dévotion quasi religieux. On voulait voir, toucher, apprendre de celui qui était revenu d'entre les morts. On voulait être contaminé par sa *baraka*.

Stehlin lui-même, le directeur de la PJ toulousaine, fit le déplacement une fin d'après-midi.

— Bon sang, Martin, tu as reçu une balle dans le cœur. Et tu t'en es tiré. C'est un miracle, non ?

— Plus de 60 % de ceux qui présentent une plaie cardiaque décèdent sur place, répondit calmement Servaz. Mais 80 % de ceux qui arrivent vivants à l'hôpital survivent. Il est vrai que la mortalité en cas de blessure au cœur par arme à feu est quatre fois plus élevée qu'en cas de blessure par arme blanche… Les plaies cardiaques par traumatisme pénétrant du thorax concernent par ordre de fréquence le ventricule droit, le ventricule gauche, les oreillettes… Les munitions légères sont plus instables et, après un premier trajet de pénétration, ont tendance à basculer ; les balles non blindées ont un tunnel de cavitation augmenté, la balle élargissant son diamètre à l'impact ; enfin, les chevrotines ont un effet différent selon la distance, avec des lésions à l'emporte-pièce à moins de trois mètres et un polycriblage à plus de dix.

Stehlin le fixa, éberlué, puis sourit. Comme toujours lorsqu'il enquêtait, Martin avait étudié le sujet à fond – ou bien alors il avait cuisiné les toubibs.

— Ce type, Jensen, il est mort ? demanda ensuite Servaz.

— Non, répondit le divisionnaire en posant sa veste grise sur le dossier de la chaise. Il a été soigné dans un service pour grands brûlés. Je crois qu'il fait aujourd'hui l'objet de séances de rééducation dans un centre spécialisé.

— Sérieux ? Ce type est dehors, alors ?

— Martin, il a été innocenté pour les viols et pour le meurtre de cette joggeuse…

Par la fenêtre, Servaz vit des nuages faire la grimace au-dessus des toits plats de l'hôpital.

— C'est un assassin, décréta-t-il.

— Martin, le coupable a été arrêté, il a avoué. On a trouvé des preuves accablantes chez lui. Jensen est innocent.

— Pas si innocent que ça. (Il se pencha pour avaler le corticoïde au goût amer qui s'était dissous dans le verre.) *Ce type a tué quelqu'un d'autre…*

— Quoi ?

— La femme assassinée à Montauban : c'est lui.

Il vit Stehlin froncer les sourcils. Son patron avait appris à tenir compte de son avis, au fil des ans.

— Qu'est-ce qui te fait dire ça ?

— Qu'est-ce que vous avez fait de la mère et de la tripotée de chats ?

— La mère est à l'hôpital, les chats ont été donnés à la SPA.

— Appelez-les immédiatement. Voyez s'ils ont toujours un jeune chat blanc avec une oreille en moins. Ou s'ils l'ont donné à quelqu'un. Et vérifiez l'emploi du temps de Jensen au moment de l'agression. Et si son téléphone n'a pas activé une borne dans le secteur à la même période.

Servaz raconta à Stehlin leur visite chez Jensen, le chaton planqué sous le meuble et la fuite de Jensen quand Servaz lui avait dit – trop doucement sans doute pour que Vincent l'entende – que ce n'était pas son chat.

— Un jeune chat blanc, releva Stehlin d'un ton ouvertement sceptique.

— C'est ça.

— Martin, bon sang, tu es sûr de ce que tu as vu ? Je veux dire… merde : un chat ! Tu ne veux quand même pas qu'on arrête un type parce que tu as vu un chat chez lui ?

— Et pourquoi pas ?

— Aucun juge ne va gober ça, bon sang !

Stehlin disait « bon sang » là où d'autres auraient dit « bordel ».

— On peut peut-être le mettre en garde à vue, non ?

— Sur quelles bases ? Ce type a un avocat qui nous attaque.

— Quoi ?

Stehlin allait et venait dans la petite chambre, comme il avait l'habitude de le faire dans son grand bureau – sauf qu'ici il manquait d'espace et se cognait contre les murs.

— Il dit que tu l'as menacé avec une arme et forcé à monter sur ce train, que vous saviez pertinemment qu'il risquait d'être électrocuté et que vous avez tout fait pour qu'il le soit.

— Électrifié, rectifia Servaz. Il s'en est tiré.

Il porta une main à sa poitrine. Il avait l'impression de sentir les fils des sutures tirer sur la plaie. On lui avait découpé le sternum à la pince ou à la scie pour l'occasion, et il faudrait des semaines avant que l'os se ressoude complètement – des semaines pendant lesquelles il ne pourrait forcer sur ses bras ni soulever le moindre poids.

— Peu importe. Selon son avocat, il y a « intention délictueuse » et « commencement d'infraction constituée par des actes tendant directement à la consommation de l'infraction ».

— Quelle infraction ?

— Tentative de meurtre…

— Hein ?

— Selon son conseil, tu as tenté de le tuer en l'électrocutant. Il pleuvait, tu ne pouvais ignorer les mises en garde sur le portail, tu l'as poursuivi malgré ça et obligé à monter sur ce train sous la menace de ton arme… (Stehlin agita les mains.) Je sais, je sais, ça ne tient pas la route une seule seconde, tu n'avais même pas ton arme sur toi. Mais il prétend le contraire, il essaie juste de nous intimider. On ne peut pas se permettre de rajouter de l'huile sur le feu en ce moment.

— Ce type est un assassin.

— Quelles preuves tu as ? À part un chat ?

7

Séfar

— Les témoignages d'expériences de mort imminente ne sont plus contestés par quiconque, dit le
Dr Xavier. En revanche, la réalité d'une *vie après la vie*
l'est toujours autant, bien entendu. Ceux qui, comme
vous, ont frôlé la mort par définition ne sont pas morts.
Puisque vous êtes là.

Le psychiatre lui adressa un sourire chaleureux, qui
étira ses lèvres au milieu de sa barbe poivre et sel – l'air
de dire : « Et nous nous en réjouissons tous. » Servaz se
fit la réflexion que les événements de l'hiver 2008-2009
l'avaient changé – psychologiquement mais aussi physiquement. Quand Servaz l'avait connu, Xavier dirigeait l'Institut Wargnier. C'était un petit homme pédant
et précieux qui se teignait les cheveux et arborait
d'ostentatoires lunettes rouges.

— Toutes les expériences de mort imminente peuvent
trouver une explication dans un dysfonctionnement du
cerveau, un corrélat neurologique.

Corrélat. Servaz goûta le mot. Un peu de pédan-
terie ne faisait jamais de mal pour asseoir son autorité :
c'était toujours la même chose depuis les médecins de

Molière. Sous cet angle, Xavier n'avait pas changé à ce point. Mais c'était néanmoins un autre homme qu'il avait devant lui. Des rides étaient apparues sur le front et au coin des yeux, lesquels s'étaient ternis, comme deux bouts de métal vieilli. Xavier avait gardé son goût des mots savants, mais il les maniait désormais avec plus de prudence, et Servaz et lui avaient noué des liens assez proches de la véritable amitié. Après l'incendie de l'Institut Wargnier, Xavier avait ouvert un cabinet à Saint-Martin-de-Comminges, dans les Pyrénées, à quelques kilomètres à peine des ruines de l'établissement qu'il avait dirigé. Servaz venait le voir environ deux ou trois fois par an. Les deux hommes effectuaient de longues marches dans la montagne en évitant soigneusement de remuer le passé. Néanmoins, celui-ci planait sur toutes leurs conversations, comme l'ombre de la montagne sur la ville à partir de 4 heures de l'après-midi.

— Vous étiez dans le coma. Cette « décorporation » dont vous parlez, des chercheurs en neurosciences de l'université de Lausanne ont réussi à la provoquer chez des personnes en bonne santé en stimulant différentes régions du cerveau avant une opération. De même, le fameux *tunnel* serait en fait dû à un manque d'irrigation du cerveau, qui provoquerait une hyperactivité au niveau des aires visuelles du cortex. Hyperactivité qui produirait cette intense lumière frontale et, conséquemment, une perte de vision périphérique, d'où cette impression de vision en tunnel.

— Et le sentiment de plénitude, d'amour inconditionnel ? demanda Servaz, certain que le psy allait lui sortir une autre explication de son chapeau.

Bon sang, où est passée ta rationalité ? se demanda-t-il. *Tu es agnostique, bon Dieu, et tu n'as jamais cru aux petits hommes verts ni à la transmission de pensée.*

— Sécrétion d'hormones, répondit Xavier. Afflux d'endorphines. Dans les années 1990, des chercheurs allemands qui étudiaient le phénomène de la syncope se sont rendu compte qu'après leurs pertes de conscience, de nombreux patients affirmaient s'être sentis merveilleusement bien, avoir revu des scènes de leur passé et s'être même vus au-dessus de leur corps.

Servaz promena son regard sur la pièce : les meubles élégants, les lampes stratégiquement disposées. Les fenêtres donnaient sur une rue pavée et un salon de coiffure. Le cabinet privé, installé au rez-de-chaussée de la maison de ville que le docteur avait acquise, était prospère. On était loin des rémunérations des cent soixante-deux psys officiels de la police nationale, dont la grille indiciaire, qui n'avait pas évolué entre 1982 et 2011, avait été réévaluée *a minima* depuis. Mais c'était lui qui avait choisi de venir ici.

Lui qui avait fui les psys comme la peste, pendant les quelques semaines où il avait cru Marianne morte et où il avait été admis dans un centre pour policiers dépressifs…

— Et tous ces morts que j'ai vus ? Cette foule ?

— D'une part, n'oubliez pas les effets secondaires des drogues qu'on vous a administrées, non seulement pendant l'anesthésie, mais aussi en réa. Ensuite, pensez à vos rêves. Quand on rêve, on vit des choses incroyables : on vole, on tombe d'une falaise sans mourir, on est transporté d'un lieu à un autre, on voit des personnes décédées ou des gens qui ne se connaissent pas dans la vie réelle.

— Ce n'était pas un rêve.

Le psy ne tint pas compte de cette interruption.

— N'avez-vous jamais eu l'impression dans certains rêves d'être plus brillant, plus intelligent ? (Il eut un petit geste de la main.) N'avez-vous jamais eu le sentiment, parfois, de savoir plus de choses dans vos rêves, de comprendre des choses que vous ne comprendriez pas en temps normal, d'être plus fort, plus habile, plus doué, plus puissant ? Et, quand vous vous réveillez, et que le souvenir de votre rêve est encore très prégnant, vous êtes tout étonné par la force de ce rêve, qui avait l'air… *si réel*.

Oui, songea Servaz. Bien entendu. Comme tout le monde. Quand il était étudiant et qu'il s'essayait à écrire, la nuit il rêvait qu'il rédigeait avec une facilité déconcertante les plus belles pages jamais écrites – et quand il se réveillait, il avait le sentiment troublant que ces mots, ces phrases magnifiques avaient véritablement existé, l'espace de quelques secondes, dans son esprit ; il enrageait de ne pouvoir les retrouver.

— Alors, demanda-t-il, comment expliquez-vous que tous ceux qui ont vécu ces expériences – même ceux qui étaient les plus rationnels, les athées les plus endurcis – en ressortent durablement changés ?

Le psy croisa ses mains fines au-dessus de ses genoux.

— Étaient-ils vraiment si athées que cela ? Il n'y a pas eu, à ma connaissance, d'étude scientifique vraiment sérieuse sur les présupposés philosophiques et religieux de ces gens *avant* leur expérience de mort imminente. Mais je reconnais que ce changement observé chez presque tous n'est pas contestable. Exception faite du quota ordinaire des mythomanes et des farfelus – les mêmes qui appellent les standards de la

111

police pour s'accuser de crimes, je suppose, ou peut-être qui voient là l'occasion de donner quelques conférences *rémunérées*, pardonnez mon mauvais esprit –, on a des témoignages très sérieux de personnalités éminentes, dont la sincérité ne peut être mise en doute, sur ces... *changements radicaux de personnalités et de systèmes de valeurs* après un coma ou une EMI...

C'est moi qui devrais tenir ce discours, se dit Servaz. *C'est moi qui l'aurais tenu avant. Qu'est-ce qui m'arrive ?*

— C'est pourquoi il faut entendre ces témoignages, poursuivit le psy d'un ton apaisant, presque ronronnant, et Servaz pensa à un Raminagrobis enroulé dans son fauteuil. Il ne faut pas les rejeter d'un simple hausse-ment d'épaules. Je devine par quoi vous passez, Martin. Peu importe qu'il y ait des explications ou non à ce que vous avez vécu, ce qui compte, c'est ce que ça a changé en vous.

Un pâle rayon automnal traversa la vitre et caressa un bouquet dans un vase chinois. Servaz le regarda, fasciné. Il eut soudain envie de pleurer devant tant de beauté. Des gens passaient de l'autre côté de la fenêtre. Coiffés de bonnets, des skis sur l'épaule, des après-skis aux pieds.

— Vous êtes *revenu* et tout a changé. C'est un moment difficile. Car vous voilà de retour dans une vie qui n'est plus en phase avec ce que vous avez décou-vert, ce que vous avez vu *là-bas*. Il va vous falloir trouver un nouveau chemin. Vous en avez parlé avec vos proches ?

— Pas encore.

— Il y a quelqu'un à qui vous pourriez en parler ?

— Ma fille.

— Essayez. S'il le faut, envoyez-la-moi.

— Je ne suis pas le premier ni le dernier à être passé par là. Ça n'a rien d'exceptionnel.

— Mais cela vous concerne *vous*. Et c'est important pour vous, puisque vous êtes ici.

Servaz ne releva pas.

— Vous avez été l'objet d'un grand chambardement. Vous avez vécu une expérience bouleversante, qui va engendrer des modifications profondes dans votre personnalité. Vous avez l'impression d'avoir acquis un savoir que vous n'avez pas sollicité, qui vous est tombé dessus en quelque sorte – ça ne sera pas sans conséquences. Mais je peux vous aider à les affronter… Je sais par quoi vous allez passer : j'ai déjà eu des patients comme vous. Vous allez avoir l'impression d'être plus vivant, plus lucide, plus attentif aux autres ; vous allez reprendre vos anciennes routines, mais elles vous sembleront dénuées de sens. Tout ce qui est matériel perdra de son importance. Vous éprouverez sans doute le besoin de dire aux gens que vous les aimez – mais ils ne comprendront pas ce qui vous arrive ni ce que vous faites. Ça se passe souvent comme ça… Vous traverserez des phases d'euphorie, de désir de vivre, mais vous serez aussi très fragile et guetté par la dépression.

Le petit homme resserra le nœud de sa cravate Ermenegildo Zegna, ramena sa veste devant lui et se leva en la boutonnant. Il n'avait rien de fragile, ni d'euphorique, ni de dépressif.

— Quoi qu'il en soit, vous êtes là, parmi nous, en pleine forme. Je suppose que les médecins vous ont prescrit du repos…

— Je souhaite reprendre mon travail.

— Quoi, là, tout de suite ? Je croyais que vos… priorités avaient changé ?

— Je crois que chacun a une mission sur cette terre – et que la mienne c'est *d'attraper les méchants*, répondit Servaz avec un sourire.

Il vit le psy froncer les sourcils.

— Une *mission* ? Vous êtes sérieux ?

Servaz lui décocha son sourire numéro 3 – celui qui voulait dire : « Je t'ai bien eu. »

— C'est ce que je serais censé dire, non ? Si j'étais persuadé d'être revenu d'entre les morts… Ne vous inquiétez pas, docteur : je ne crois toujours pas aux ovnis.

Le psy sourit faiblement, mais son œil s'aiguisa tout à coup, comme si lui revenait en mémoire un fait important.

— Vous connaissez le Tassili n'Ajjer, dans le Sahara algérien ? demanda-t-il.

— Séfar, répondit Servaz en guise de confirmation.

— Oui. Séfar. J'ai pu visiter ce site extraordinaire, unique au monde, il y plus de trente ans. J'en avais vingt-deux à l'époque. J'ai pu admirer les quinze mille peintures rupestres, le merveilleux et grand livre du désert qui raconte aux millénaires à venir les guerres et les civilisations qui ont existé aux confins du néolithique. Dont cette œuvre de trois mètres de haut que certains ont baptisée le *Grand Homme Martien*, ou encore *le Grand Dieu de Séfar*. Aujourd'hui encore, je ne sais pas ce que j'ai vu. Et c'est un scientifique qui vous parle.

Cinq heures du soir. La nuit tombait depuis un moment lorsqu'il émergea du cabinet dans les rues de

Saint-Martin. Ces rues ne le terrifiaient plus comme elles l'avaient fait pendant des années dans son souvenir. Il suffisait alors qu'il repense à elles pour que son cœur se mît à battre la chamade.

Rien de tout cela ce soir. À ses yeux, la ville avait retrouvé son charme un peu vieillot de cité thermale et de villégiature, avec les stations de ski perchées dans les montagnes à proximité, et le souvenir de sa grandeur passée encore visible dans ses hôtels, ses mails et ses jardins. Le discours de Xavier ne l'avait pas totalement convaincu, mais il avait eu le mérite de le ramener à des réalités plus terrestres.

Il marcha vers la voiture. Les médecins ne l'avaient autorisé à reconduire qu'à une date récente et seulement sur une courte distance : il avait rangé les quatre heures aller-retour dans cette catégorie. Lorsqu'il prit la route, quittant la vallée encaissée de Saint-Martin pour celle bien plus large dans laquelle elle débouchait vingt kilomètres en aval – et qui poussait ensuite entre des montagnes de moins en moins hautes jusqu'à la plaine qui s'étendait entre Montréjeau et Toulouse –, il se sentit plein d'un émerveillement enfantin pour les monts qui s'enfonçaient dans la nuit bleutée, leur présence bienveillante, pour les petites lumières fragiles des villages de ce « bout du monde » que la route contournait sans les traverser, pour les chevaux entraperçus dans la pénombre brumeuse et qu'on n'avait pas encore rentrés, et même pour cette simple aire de repos où brillaient les fenêtres d'un comptoir de restauration rapide.

Une heure et demie plus tard, il entrait dans Toulouse par le port de l'Embouchure, longeait le canal de Brienne au milieu des façades de brique rose et garait sa Volvo dans l'un des étages du parking Victor-Hugo, au-dessus du marché du même nom. En pianotant sur le digicode de son immeuble, il eut soudain l'impression que le monde réel ressemblait à un rêve. Et celui qu'il avait laissé dans cette chambre d'hôpital à la réalité.

Réa = réalité ? se demanda-t-il.

Il n'ignorait pas que ce qu'il avait vu pendant son coma était imputable aux substances chimiques qu'on lui avait inoculées et aux dysfonctionnements de son cerveau en roue libre. Alors pourquoi éprouvait-il un tel sentiment de perte ? Pourquoi garder une telle nostalgie de l'état de béatitude dans lequel il s'était trouvé *là-bas ?* Il avait lu quelques ouvrages sur le sujet depuis son réveil. Comme l'avait souligné le psy, la réalité et la sincérité de ces témoignages ne pouvaient être mises en doute. Et pourtant Servaz n'était pas prêt à admettre que ce qu'il avait vu fût autre chose qu'une fantasmagorie. Il était bien trop rationnel pour ça. Et puis, merde, un fleuve de gens heureux – c'était absurde.

Il grimpa les marches, entra. Margot était vêtue d'un gilet en laine marron sur un pantalon clair. Son regard avait la douceur supérieure du bien portant pour le malade, et il eut envie de lui faire remarquer qu'il était en bonne santé mais s'abstint.

Sur la table mise, il aperçut des bougies. Une odeur d'épices lui parvint de la cuisine. Servaz reconnut immédiatement la musique qui montait de la chaîne stéréo. Mahler… Cette attention l'émut aux larmes. Il essaya de les cacher mais elles n'échappèrent pas à Margot.

— Qu'est-ce qui t'arrive, papa ?

— Rien. Ça sent bon.

— Poulet tandoori. Je te préviens, je ne suis pas un cordon-bleu.

De nouveau, il se retint de s'épancher : de lui dire combien elle avait toujours été importante pour lui, qu'il regrettait toutes les fois où, d'une manière ou d'une autre, il avait foiré leur relation. *Vas-y mollo*, pensa-t-il.

— Margot, je voudrais m'excuser pour…

— Chut. C'est inutile, papa. Je sais.

— Non, tu ne sais pas.

— Je ne sais pas quoi ?

— Ce que j'ai vu là-bas.

— Comment ça ? Où ?

— Là-bas… dans le coma…

— De quoi est-ce que tu parles, papa ?

— J'ai vu des choses… là-bas… pendant mon coma.

— Pas besoin de savoir, dit-elle.

— Tu ne veux pas l'entendre ?

— Non.

— Pourquoi ? Ça ne t'intéresse pas ce qui m'est arrivé ?

— Non, non, ce n'est pas ça, mais je n'ai pas envie de savoir, papa… Ça me met mal à l'aise, ces trucs-là.

Tout à coup, il eut envie d'être seul. Sa fille lui avait dit qu'elle avait pris un congé sans solde et qu'elle resterait le temps nécessaire. Qu'est-ce que cela voulait dire ? Combien de temps ? Deux semaines ? Un mois ? Davantage ? La première fois qu'il était entré dans son bureau à son retour de l'hôpital, il avait été agacé de voir qu'elle l'avait mis en ordre sans lui avoir demandé son avis. Elle avait fait de même avec la cuisine, le salon, la salle de bains – et cela l'avait pareillement contrarié. Mais pas longtemps… C'était ainsi depuis sa sortie de l'hôpital : tantôt il avait envie d'embrasser les gens, de les prendre dans ses bras, de leur parler interminablement – l'instant d'après, il n'avait qu'un désir : se réfugier dans le silence et la solitude, s'isoler, rester seul avec lui-même. De nouveau, il ressentit ce pincement au cœur en repensant au paysage de lumière, à tous ces gens – et à leur amour inconditionnel.

Il regarda les pilules dans le creux de sa main. Les grosses gélules comme les petits cachets. Depuis qu'il les prenait, il avait des nausées, des diarrhées, des sueurs froides. Ou étaient-ce les suites du coma ? Il savait qu'il aurait dû en parler aux médecins – mais il en avait sa claque des toubibs et des hôpitaux. Pendant plus de deux mois, il avait rencontré cardiologues, diététiciens, psychologues, kinésithérapeutes et infirmières deux fois par semaine. Après tout, ce n'était pas comme si on lui avait greffé un cœur tout neuf. Ou même comme s'il avait subi un double pontage. Il n'y avait pas de risque de rechute, ni de rejet du greffon, aucun facteur de risques cardio-vasculaires. Il avait suivi avec succès un programme de réentraînement physique, des séances de kinésithérapie respiratoire, et son deuxième test d'effort avait démontré une nette amélioration de ses performances.

Il ouvrit la main et les cachets roulèrent au fond du lavabo, il fit couler l'eau froide par-dessus, les regarda disparaître par la bonde. Il n'en avait pas besoin. Il avait survécu au coma, il avait frôlé l'autre côté ; il n'avait pas envie de se bourrer de médocs. Pas maintenant. Il voulait être en pleine possession de ses moyens pour sa reprise. Il ne sentait plus rien au niveau de sa poitrine et – n'était la vilaine cicatrice quand il se déshabillait – il avait presque l'impression que c'était à un autre que tout cela était arrivé.

Il n'avait pas sommeil. Dans quelques heures, il serait de retour à l'hôtel de police et il savait la curiosité que ce retour allait susciter. Allaient-ils lui laisser le commandement du groupe ? À qui l'avaient-ils confié en attendant ? Il ne s'en était même pas préoccupé jusqu'ici. Il se demanda si c'était vraiment cela qu'il voulait : retourner à sa vie d'avant.

8

Visite nocturne

Il faisait nuit noire et la maison était plongée dans l'obscurité lorsqu'il se gara devant. Elle avait l'air abandonnée et vide, pas une lumière derrière les volets clos. Là-haut, au sommet du talus de la voie ferrée, les trains continuaient de passer avec la même lenteur sur les aiguillages, en grinçant et en bringuebalant – et, à chaque passage, Servaz sentait ses poils se dresser.

Assis au volant, il observa le terre-plein, les entrepôts couverts de tags et la grande bâtisse isolée, comme la dernière fois où il était venu ici.

Rien n'avait changé. Et pourtant tout avait changé. *En lui*. Comme dans la fameuse phrase d'Héraclite, il n'était plus l'homme qui était venu ici deux mois plus tôt. Il se demanda si ses collègues s'apercevraient de ces changements, demain, pour son premier jour de reprise, après plus de deux mois d'absence.

Il repoussa la portière et descendit.

Le ciel était dégagé, le clair de lune éclairait le terre-plein. Les flaques avaient séché et disparu. Tout était silencieux, si l'on faisait abstraction de la rumeur lointaine de la ville et du passage des trains. Il regarda autour de lui. Il était seul. Le grand arbre projetait toujours la même ombre inquiétante sur la façade. Il sentit la nervosité le gagner, s'avança jusqu'au jardinet à l'avant, poussa le petit portail qui s'ouvrit en grinçant. Où était le pitbull ? La niche était toujours là, mais la chaîne s'étalait sur le sol, inerte, telle une mue de serpent, sans rien au bout. L'animal avait probablement été euthanasié.

Il remonta l'allée entre les plants desséchés, grimpa les marches du perron et sonna. Le timbre aigrelet résonna à travers les pièces vides, de l'autre côté de la porte, mais rien ne bougea. Pas de réponse… Il posa la main sur la poignée, tourna. Verrouillée. Où était passé Jensen ? Stehlin avait parlé d'une cure, d'une ville thermale. Sans blague ? Ce type avait violé, tué, et il se faisait dorloter par des mains douces, des jets et des bains bouillonnants dans un établissement thermal ? Servaz regarda autour de lui. Personne en vue. Il sortit de la poche de sa veste une dizaine de clefs enroulées dans un chiffon sale. Des clefs dites « de frappe », utilisées par les cambrioleurs pour crocheter les serrures à goupilles. Une « mexicaine », c'est ainsi qu'on appelait une perquise illégale. Il s'était déjà adonné à ce genre de sport dans la maison de Léonard Fontaine, le spationaute, à l'occasion d'une autre enquête. *Je n'ai pas encore repris le turbin que je me livre déjà à un acte illégal.*

La serrure rouillée lui donna du fil à retordre. À l'intérieur régnait toujours la même odeur de pisse de matou, de tabac froid et de vieillesse et il pinça les narines. L'ampoule du couloir n'avait toujours pas été remplacée et il dut chercher un autre interrupteur pour faire surgir un vague éclairage dans cette caverne obscure. Il promena une main sur le mur derrière la porte de gauche, trouva le commutateur. Rien n'avait changé dans la chambre de la vieille ; même la montagne d'oreillers sur le lit défait et la poche de perfusion étaient en place – comme si elle allait revenir demain. Bien qu'il fût presque réduit à l'état de squelette, le lit gardait l'empreinte de son corps rachitique.

Il frissonna.

Peut-être allait-elle effectivement revenir maintenant que son ordure de fils était à nouveau libre ?

Il marcha jusqu'au salon. Que cherchait-il ? Quel genre de preuve comptait-il trouver ici ? Il commença par fouiller les tiroirs du bureau. Rien à part de la paperasse et un peu de shit dans du papier alu. Il regarda les écrans d'ordinateurs disposés sur le grand bureau. La réponse était peut-être là-dedans, mais il n'était pas un spécialiste. Il n'était même pas un *geek* comme Vincent. Et pas question de faire appel au Service de l'informatique et des traces technologiques pour récupérer les données du disque dur. À tout hasard, il alluma l'un des appareils. Qui lui réclama aussitôt un mot de passe. *Et merde…*

Un bruit de moteur à l'extérieur.

Une voiture venait par ici. Il l'entendit s'arrêter, moteur coupé, les portières qu'on claquait. *Elle s'est garée sur le terre-plein.* Les volets étaient clos, il n'avait aucun moyen de voir ce qui se passait dehors. Des voix d'hommes. Il crut reconnaître l'une d'elles et il se tendit aussitôt comme un ressort. Un flic de la PJ. Quelqu'un avait apparemment décidé de relancer l'enquête.

Il éteignit toutes les lumières, se précipita vers la porte arrière dans le noir complet. Se cogna le genou

122

contre un meuble. La douleur le fit grimacer. Verrouillée. *Merde !* Il n'avait pas le temps de crocheter la serrure. Des pas remontaient l'allée. Servaz fila le long d'un couloir, entra dans une chambre, alluma, ouvrit la fenêtre puis le volet. Il allait l'enjamber quand il se ravisa. Ils avaient sûrement noté l'immat' de sa voiture.

Il referma la fenêtre, revint dans le salon. Les entendit qui sonnaient. Il essaya de faire taire les battements de son cœur, prêt à lancer un : « salut, les gars » aussi désinvolte que possible. Les pas redescendirent le perron, s'éloignèrent. Pas de commission rogatoire ni de perquise apparemment. Il écouta le bruit du moteur qui s'éloignait. Attendit un petit moment dans le noir complet, le cœur cognant dans sa poitrine, avant de ressortir.

KIRSTEN ET MARTIN

9

Il faisait nuit encore

Le lundi matin, il émergea du métro Canal-du-Midi alors qu'il faisait nuit encore. Traversa l'esplanade et passa entre les factionnaires en gilets pare-balles qui, depuis les événements du 13 novembre 2015 à Paris, contrôlaient l'accès au bâtiment. Franchit les portes vitrées et se dirigea vers les ascenseurs sur sa gauche. Pas encore la queue des plaignants et des victimes à l'accueil – mais ça ne saurait tarder.

Toulouse était une ville qui sécrétait de la délinquance comme une glande libère une hormone. Si l'université était le cerveau, l'hôtel de ville le cœur et les avenues les artères, la police, elle, était le foie, les poumons, les reins… Comme eux, elle assurait l'équilibre de l'organisme par filtration des éléments impurs, élimination éventuelle des substances toxiques, stockage provisoire de certaines impuretés. Les déchets irrécupérables finissaient en taule ou ressortaient dans la rue – autrement dit, dans les intestins de la ville. Bien entendu, comme tout organe, il lui arrivait de dysfonctionner.

Pas convaincu par son analogie, Servaz émergea au deuxième étage et se dirigea vers le couloir du directeur.

Stehlin l'avait appelé la veille. Il lui avait demandé s'il se sentait d'attaque. Un dimanche. Servaz avait été surpris. Il se sentait prêt à retourner sur le terrain, même s'il savait qu'il lui faudrait pour cela dissimuler les changements qui s'étaient opérés en lui, qu'il ne devrait parler à personne de ce qu'il avait vu dans son coma. Ni de ces étranges sautes d'humeur qui le faisaient passer de l'euphorie à la tristesse et inversement. Encore moins de ce que lui avait dit le cardiologue : « C'est hors de question. Posez vos fesses derrière un bureau si le cœur vous en dit, mais je vous interdis, vous m'entendez ? je vous interdis de faire quoi que ce soit qui sollicite votre organe. Il est encore fragile. Ça fait à peine plus de deux mois qu'on vous a opéré, vous n'avez pas oublié ? »

Cependant, l'impatience de Stehlin à le voir rappliquer le surprenait quelque peu.

L'odeur du café flottant dans les couloirs déserts, les rares fonctionnaires déjà présents – ou pas encore couchés – ne faisant guère de bruit, comme si un pacte tacite interdisait les éclats de voix, les débordements et les énormités à une heure si matinale, une lampe sourde brillant çà et là dans la pénombre hermétique d'un bureau et la rumeur de la pluie arrivant jusque dans les couloirs par quelque fenêtre ouverte : tout lui revenait d'un coup et le ramenait deux mois et demi en arrière, comme si cette parenthèse n'avait pas duré plus d'une journée. Tout lui était décidément familier, comme ces poubelles accrochées aux murs de loin en loin. En réalité, des puits balistiques remplis de mousse et de Kevlar : les flics étaient censés y retirer le magasin de leur arme et vérifier que la chambre était vide quand ils rentraient de mission, pour éviter tout accident. Oui, mais voilà, la plupart des flics en PJ développent quelques anticorps résistants à l'autorité, et il n'était pas rare d'entendre une glissière jouer dans un bureau.

Servaz tourna à droite, dépassa la porte coupe-feu qui restait ouverte été comme hiver et les canapés en cuir de l'antichambre pour frapper à la double porte du directeur.

— Entrez.

Il poussa le battant. Croisa deux regards. Le premier était celui du commissaire divisionnaire Stehlin ; le second appartenait à une femme blonde qu'il ne connaissait pas. Assise dans l'un des sièges face au grand bureau de Stehlin, elle s'était retournée pour le fixer par-dessus son épaule. Un regard froid, analytique, professionnel. Il eut la désagréable sensation d'être disséqué. *Flic*, conclut-il. Elle ne souriait pas. Ne faisait aucun effort pour paraître sympathique, la moitié du visage éclairée par la lampe sur le bureau, l'autre dans l'ombre.

Tout dans son visage disait la détermination et Servaz se demanda si elle ne surcompensait pas un peu. Un autre service ? Une autre administration ? Douanes ? Parquet ? Une nouvelle ? Stehlin se leva et elle l'imita en tirant sur sa jupe. Elle portait un tailleur bleu nuit dont la jupe était un peu serrée aux hanches et une écharpe gris clair sur un chemisier blanc avec des boutons de nacre, des talons noirs et brillants. Un manteau noir à gros boutons était jeté sur le dossier du siège voisin.

— Comment tu te sens ? demanda Stehlin. (Il avait contourné son bureau pour venir à sa rencontre, passant devant le grand coffre où il enfermait les dossiers sensibles, et il ne put empêcher ses yeux d'effleurer la poitrine de Servaz.) Tu te sens d'attaque ? Qu'est-ce que t'ont dit les médecins ?

— Ça va. Qu'est-ce qui se passe ?

— C'est un peu précipité, je sais bien. Il n'est pas question de te renvoyer sur le terrain tout de suite, Martin, tu t'en doutes. On va te laisser reprendre doucement. Mais il fallait absolument que tu sois là ce matin…

Il fixa son regard sur Servaz, puis le tourna vers la femme d'une manière un peu théâtrale. Il avait parlé à voix basse, comme s'ils étaient encore à l'hôpital et qu'il ne voulût pas le fatiguer, ou bien comme si l'heure matinale imposait là encore le chuchotement et la discrétion.

— Martin, je te présente Kirsten Nigaard, de la police norvégienne. Kripos, unité de lutte contre la grande criminalité ; Kirsten Nigaard, voici le commandant Martin Servaz, de la brigade criminelle de Toulouse.

Il avait terminé sa phrase en anglais. C'était donc elle, l'affaire délicate ? se demanda-t-il. Une fliquette norvégienne à Toulouse. Que venait-elle faire ici, si loin de chez elle ? Il nota qu'elle avait un gros grain de beauté au menton.

— Bonjour, dit-elle avec un léger accent.

Il lui rendit son bonjour, serra la main qu'elle lui tendait. Elle en profita pour plonger son regard de glace dans le sien et il se sentit de nouveau jaugé, jugé, évalué. Compte tenu de ce qui lui était arrivé et des changements en lui, il se demanda ce que cette femme voyait.

— Assieds-toi, Martin. Je vais parler anglais si ça ne te dérange pas, l'avertit Stehlin en retournant derrière son bureau.

Le directeur avait l'air étonnamment préoccupé. Mais peut-être était-ce un air qu'il se donnait en présence d'un représentant de la police norvégienne (quel était son grade, d'ailleurs ? Stehlin ne l'avait pas dit) pour ne pas laisser penser que la police française prenait les choses à la légère.

— Nous avons d'abord reçu une demande de renseignements de la part du service de Kirsten, via le Scopol, à laquelle nous avons répondu. (Le Service de coopération technique internationale de la police, basé à Nanterre : il faisait le lien entre Europol, les polices européennes et les services français.) Puis une demande d'entraide judiciaire en provenance de la justice norvégienne. Le patron de Kirsten à la Kripos m'a appelé dans le même temps, et nous nous sommes mis d'accord sur une façon de procéder au cours de plusieurs échanges téléphoniques et par mails.

Servaz hocha la tête : c'était la procédure habituelle pour des enquêtes internationales.

— Je ne sais pas par où commencer..., poursuivit Stehlin en regardant tour à tour la femme blonde et lui. C'est assez... *incroyable* ce qui se passe. L'officier Nigaard appartient à la police d'Oslo, mais elle a été amenée à intervenir à Bergen. (Servaz trouva l'accent anglais de Stehlin encore plus ridicule que le sien.) Ça se trouve sur la côte occidentale de la Norvège, jugea bon de préciser son chef. C'est la deuxième ville du pays... (Il jeta un coup d'œil à la fliquette norvégienne en quête d'approbation, mais elle ne confirma ni n'infirma.) Un meurtre a été commis là-bas... La victime – une jeune femme – travaillait sur une plate-forme pétrolière en mer du Nord...

Stehlin toussa, comme s'il avait un chat dans la gorge. Son regard chercha celui de Martin, qui fut aussitôt en alerte. Une pensée fusa : c'était pour ça que Stehlin lui avait demandé de venir, pas parce que l'affaire était délicate, *mais parce qu'elle le concernait, lui.*

131

— L'officier Nigaard s'est rendu là-bas parce que dans la poche de la victime, il y avait un… hum… papier à son nom, poursuivit le directeur non sans un regard vers la Norvégienne. Un des ouvriers qui étaient à terre n'est jamais rentré. Dans sa cabine, l'officier Nigaard a trouvé des photos prises au téléobjectif, dit-il en braquant cette fois son regard sur Servaz.

Il sembla à celui-ci qu'un démiurge planqué dans les cintres les manipulait tous les trois comme des marionnettes, tirant sur des fils invisibles – une ombre dont, avant même que Son nom soit prononcé, Servaz sut qui elle était et qu'elle allait grandir et les envelopper dans ses ténèbres.

— C'est toi, Martin, sur ces photos, dit Stehlin en poussant les clichés vers lui. Elles ont visiblement été prises pendant un laps de temps assez long si on en juge par les indices de changement de saisons dans les arbres et la lumière. (Stehlin marqua une pause.) Et il y a aussi la photo d'un enfant de quatre ou cinq ans. Il est écrit « Gustav » au dos de la photo. Nous supposons qu'il s'agit de son prénom.

GUSTAV.

Le prénom explosa à ses oreilles comme une grenade dégoupillée. Était-ce possible ?

— Ce sont des photos trouvées dans ses affaires, dit à son tour Kirsten en anglais, d'une voix à la fois mélodieuse, voilée et rauque. C'est grâce à elles qu'on est remontés jusqu'ici. On a d'abord identifié les mots « hôtel de police » en français. Ensuite, votre ministère de l'Intérieur nous a dit de quel… *politistasjonen*… euh, commissariat, il s'agissait… Et c'est ton… chef ici présent qui t'a – hum – identifié.

132

D'où l'appel un dimanche, conclut Servaz, le cœur battant.

Il retint son souffle, l'œil rivé aux clichés. Le cerveau est un remarquable ordinateur ; il ne s'était jamais vu sous cet angle, pas même dans un miroir, mais il ne lui fallut qu'une fraction de seconde pour reconnaître sa personne sur les clichés.

Photographié de loin, à l'aide d'un téléobjectif. Le matin, le midi, le soir… sortant de son immeuble ou de l'hôtel de police… montant dans sa voiture… entrant dans une librairie… arpentant les trottoirs… déjeunant en terrasse place du Capitole… et même dans le métro et dans un parking du centre-ville : shooté de loin, entre les voitures…

Depuis quand ? Pendant combien de temps ?

Les questions se bousculaient.

Il lui suffisait de regarder les photos pour comprendre que quelqu'un l'avait suivi comme son ombre, avait mis ses pas dans les siens, l'avait observé, épié. À chaque heure du jour et de la nuit.

L'espace d'un instant, il eut l'impression que des doigts glacés lui caressaient la nuque. Le bureau de Stehlin était vaste, mais il lui parut tout à coup petit et étouffant. Pourquoi n'allumait-on pas les néons ? Il faisait si sombre.

Il leva les yeux vers les fenêtres où la grisaille commençait à poindre. Instinctivement, il posa une main sur son pectoral gauche et le geste n'échappa pas à Stehlin.

— Martin, ça va ?

— Oui. Continue.

Il avait du mal à respirer. Cette ombre qui le suivait avait un nom. Un nom qu'il avait essayé d'oublier pendant cinq ans.

— Des analyses ADN ont été effectuées dans la cabine et les communs, reprit Stehlin, mal à l'aise. (Servaz devina ce qui allait suivre.) Il semble que la cabine était régulièrement nettoyée par son propriétaire. Pas assez cependant. Un fragment d'ADN a parlé. La science a fait d'énormes progrès dans ce domaine, comme tu le sais.

Une nouvelle fois, le directeur s'éclaircit la gorge, une nouvelle fois il plongea son regard dans les yeux de Servaz.

— Enfin, bref, Martin, il semble que la police norvégienne ait retrouvé la trace de… Julian Hirtmann.

10

Groupe

Était-ce une nouvelle hallucination ? Était-il de retour dans la réa ? Otage de la machine-araignée, à voir et à entendre des choses qui n'existaient pas ?

La dernière fois qu'il avait eu des nouvelles du Suisse, c'était il y a cinq ans, lorsque Hirtmann lui avait envoyé ce cœur qu'il avait pris pour celui de Marianne. *Cinq années…* Et depuis, plus rien. Pas le moindre signe. Pas le plus petit embryon de piste. L'ancien procureur du tribunal de Genève, le bourreau supposé de plus de quarante femmes dans au moins cinq pays, avait disparu de leurs écrans radar et – pour autant qu'il sût – de ceux de toutes les polices.

Envolé. Évaporé.

Et, tout à coup, une femme-policier norvégienne débarque en affirmant qu'ils ont retrouvé sa trace par hasard ? Sérieux ?

Il écouta avec un malaise grandissant Stehlin lui résumer la tuerie de Mariakirken. De fait, ça ressemblait au Hirtmann qu'il connaissait. Le profil de la victime en tout cas. Pour le reste, à l'exception des traces laissées dans une ferme en Pologne, on n'avait jamais retrouvé les corps des victimes du Suisse. Alors pourquoi laisser autant d'indices maintenant ? S'il avait bien compris, cette femme travaillait sur la même plate-forme qu'Hirtmann. Peut-être avait-elle découvert quelque chose à son sujet ? Et il avait voulu la faire taire, puis s'était dit qu'il était temps de prendre le large. Peut-être qu'il la convoitait depuis longtemps, à la côtoyer ainsi chaque jour, et que, le moment venu pour lui de disparaître, il en avait profité pour passer à l'acte. Non. Quelque chose ne collait pas… Et cette histoire de papier dans la poche de la victime ? Qu'est-ce que ça voulait dire ?

— Ça ne lui ressemble pas, dit-il finalement.

Il surprit le regard aigu de la policière norvégienne.

— Que veux-tu dire ?

— Ce n'est vraiment pas le genre d'Hirtmann de laisser autant d'indices derrière lui.

Elle hocha la tête en signe d'approbation.

— Je suis d'accord. Euh… je ne le connais pas aussi bien que toi, naturellement, déclara-t-elle avec un geste de la main destiné sans doute à hiérarchiser leurs positions, mais j'ai quand même fait mes devoirs et étudié son dossier. Cependant…

Il attendit la suite.

— … au vu de la scène de crime et des traces de pas dans la neige, ainsi que de l'utilisation probable d'une barre de fer, je me suis demandé s'il ne s'agissait pas d'un piège…

— Comment ça ?

— Imaginons qu'Hirtmann ait découvert qu'elle l'avait démasqué – ou qu'elle ait voulu le faire chanter et que, d'une manière ou d'une autre, ils se soient donné rendez-vous dans cette église…

Ils restèrent quelques instants sans parler.

— Il la tue et puis il prend le large, conclut-elle, les yeux toujours vrillés aux siens.

— Quelque chose ne colle pas, dit-il. S'il avait décidé de prendre le large, il n'avait pas besoin de la tuer.

— Il a peut-être voulu la punir. Ou se « faire plaisir ». Ou les deux à la fois.

— Dans ce cas, pourquoi laisser traîner toutes ces photos derrière lui ? Et puis, c'est quoi cette histoire de papier dans la poche de la victime ? Il y avait votre nom dessus, c'est ça ?

Elle hocha la tête, continua de l'observer sans mot dire. Elle posa une main sur son poignet. Un geste qui le surprit par son intimité. Ses ongles étaient longs. Rose corail et nacrés. Il frissonna.

— Je ne sais pas ce que ça signifie, dit-elle. Pourquoi moi, je n'en ai pas la moindre idée. J'ai cru comprendre en revanche que lui et toi vous aviez une longue histoire en commun, souffla-t-elle en le dévisageant. Peut-être voulait-il qu'on les trouve, ces photos, justement. Peut-être voulait-il t'envoyer…

Elle chercha ses mots.

— … un *salut amical*.

— Qui est ce garçon ? demanda-t-il en montrant la photo de Gustav. Est-ce qu'on en a une idée ?

— Pas la moindre, répondit-elle. Pourquoi pas son fils ? Il la dévisagea.

— Son fils ?

— Pourquoi pas ?

— Hirtmann n'a pas d'enfants…

— Il en a peut-être eu un depuis qu'il a disparu. Si cette photo est récente, ce garçon a quatre ou cinq ans.

Ça fait six ans qu'on n'a plus revu Julian Hirtmann, c'est bien ça ?

Il opina. Et, tout à coup, il eut la gorge sèche. *Six ans…* Cela correspondait au moment où Marianne avait été enlevée…

— Il a peut-être fait un enfant à une femme depuis, poursuivit-elle. Il a commencé à travailler sur cette plate-forme il y a deux ans. On ne sait pas ce qu'il a fait avant. Et les ouvriers des plates-formes ont beaucoup de vacances.

Il tourna ses yeux rougis et hagards vers elle et Kirsten lui rendit son regard. Comme si elle comprenait ce qui lui arrivait. Elle laissa ses doigts en contact avec la peau de son poignet en disant :

— Dis-moi ce que tu as sur le cœur. On ne pourra pas travailler ensemble si on se cache des choses. Dis-moi tout ce qui te passe par la tête.

Il la fixa une demi-seconde. Hésita. Eut un hochement de tête.

— J'ai rencontré Hirtmann pour la première fois dans un asile psychiatrique au cœur des Pyrénées, articula-t-il en anglais.

— Pi-ré-né ?

Elle le vit faire un geste vers les fenêtres.

— *Mountains… close…*

Elle hocha la tête à son tour.

— Un endroit très étrange, perdu dans la montagne… Un lieu pour des fous criminels… Hirtmann était enfermé dans un couloir spécial, avec les plus dangereux… On avait trouvé son ADN sur une scène de crime à quelques kilomètres de là. C'est pour ça que je lui ai rendu visite.

Kirsten haussa un sourcil.

— Il pouvait sortir ?

— Non. Impossible. Les mesures de sécurité étaient très importantes.

— Alors, comment ? *How ?*

— C'est une longue histoire, répondit-il en pensant à l'enquête étrange et apocalyptique de l'hiver 2008-2009, au cours de laquelle il avait failli perdre la vie, à un cheval décapité et à une usine perchée à deux mille mètres d'altitude, enterrée à soixante-dix mètres sous la roche.

Il avait l'impression que les doigts de la Norvégienne posés sur son poignet le brûlaient. Il eut un léger mouvement et elle les retira.

— Quand je suis entré dans sa cellule, il écoutait de la musique. Son compositeur préféré… Et aussi le mien… Nous aimons la même musique. *Same music.* Le même compositeur : Mahler. *Gustav* Mahler…

— Oh, fit-elle. Il y avait de la musique dans sa cabine. Des CD…

Elle sortit son téléphone portable, chercha parmi la galerie de photos, ouvrit avec son majeur l'un des clichés puis tendit l'écran vers lui.

— Gustav Mahler, confirma-t-elle.

Servaz montra le lac, les hautes montagnes, le clocher effilé présents à l'arrière-plan de la photo.

— Est-ce qu'on a pu identifier ce village et ce lac ?

Elle acquiesça.

— C'était facile : Hallstatt, l'un des plus beaux villages d'Autriche. Un endroit magnifique. Classé au patrimoine mondial de l'Unesco. La police fédérale autrichienne et la police de Styrie sont en train d'enquêter de leur côté. Mais on ne sait pas si ce gamin vit là-bas ou s'il

139

n'a fait qu'y séjourner… C'est un endroit très prisé des touristes.

Servaz essaya d'imaginer Hirtmann en train de faire du tourisme avec un enfant de cinq ans à la main. Stehlin regarda sa montre.

— C'est l'heure de la réunion, dit-il.

Servaz lui lança un regard interrogateur.

— J'ai pris la liberté de réunir ton groupe, Martin. Tu te sens d'attaque ?

Servaz eut un nouveau hochement de tête affirmatif, mais ce n'était pas vrai. Il sentit que le regard de Kirsten le transperçait.

Dix heures du matin. Étaient présents Vincent Espérandieu, Samira Cheung, Pujol et trois autres membres du groupe d'enquête numéro 1, plus Malleval, qui dirigeait la Direction des affaires criminelles, Stehlin lui-même, Escande, un des cinq flics de la Financière chargée de la cybercriminalité, et Roxane Varin, descendue de l'étage de la Sécurité publique pour représenter la Brigade des mineurs.

Kirsten observait tout ce petit monde ainsi que Servaz, à la dérobée ; assis à sa gauche, il avait l'air ailleurs. Il lui avait rapidement raconté sa relation à distance avec Hirtmann. Comment le tueur suisse s'était évadé de cet hôpital psychiatrique dans les Pyrénées. Comment il avait enlevé une femme que Servaz connaissait (et, à certaines hésitations, elle avait cru deviner que cette « connaissance » ne se limitait pas à une simple amitié). Comment l'un et l'autre avaient disparu de la circulation sans donner d'autres nouvelles qu'une boîte isotherme expédiée de Pologne cinq ans plus tôt, une boîte à l'intérieur de laquelle se trouvait un *cœur* – un cœur que, dans un premier temps, Servaz avait cru appartenir à son amie Marianne avant que les analyses ADN n'apportent un démenti.

C'était une histoire incroyable, mais le flic français la lui avait racontée avec un détachement étrange – comme s'il parlait de quelqu'un d'autre, comme si ce n'était pas à lui que toutes ces choses horribles étaient arrivées, comme si ça ne le concernait pas. Il y avait quelque chose dans son attitude qu'elle n'arrivait pas à s'expliquer.

— Je vous présente Kirsten Nigaard, de la police d'Oslo, commença-t-il. En Norvège, crut-il bon de préciser.

Elle scruta chaque visage pendant qu'il leur résumait ce que lui-même venait d'apprendre. Elle eut l'impression que tous dévisageaient Servaz avec la plus grande attention. Ils ne se contentaient pas de l'écouter : *ils l'observaient*. Ce n'était pas seulement ses propos – c'était *lui* qui les intéressait.

Puis, quand il annonça que la trace de Julian Hirtmann avait été retrouvée en Norvège, l'attitude de l'auditoire se modifia sensiblement. Ils cessèrent de le fixer et échangèrent des regards. Toute la décontraction des premières minutes disparut d'un coup ; elle sentit une atmosphère plus lourde, une humeur morbide s'installer, tandis que les regards allaient et venaient de Servaz à elle.

— Kirsten, dit-il finalement en se tournant vers elle.

Elle fit silence pendant une demi-seconde, et on entendit le bruit de la pluie dehors, comme une pulsation. Elle se tourna vers l'assistance et éleva la voix :

— Nous nous sommes rapprochés d'Eurojust, annonçat-elle. Une enquête internationale se met en place petit à petit dans cinq pays pour commencer : Norvège, France, Pologne, Suisse, Autriche.

Eurojust était une unité de coopération judiciaire à l'échelon européen chargée de lutter contre la criminalité transnationale. Des magistrats venus de toute l'Europe qui mettaient en branle des enquêtes internationales et activaient les justices et les polices de leurs pays respectifs. Elle fit une pause et vit tous les regards peser sur elle. Elle sut ce qu'ils étaient en train de penser. La Norvège, ce n'était pas un de ces pays scandinaves où les prisons ressemblaient à des versions boréales du Club Med et où les policiers ne posaient jamais de questions qui fâchent ? Les flics présents dans cette salle ignoraient sans doute que la Norvège avait été critiquée pendant des décennies pour son recours abusif aux cellules de garde à vue dans ses commissariats et à l'isolement dans ses prisons. Et que l'extrémiste norvégien Kristian Vikernes, arrêté – puis relâché – en France, s'était réjoui du comportement exemplaire des policiers français en le comparant à celui de « la bande de voyous connue comme la police norvégienne ».

Personnellement, Kirsten aurait bien enfoncé la guitare de métalleux de ce nazillon de merde dans un de ses orifices non prévus à cet effet. Et puis, après tout, elle avait entendu dire qu'il s'en passait de belles dans les commissariats français.

Elle appuya sur le bouton de la télécommande et l'écran TV dans le fond s'alluma. Toutes les têtes se tournèrent vers lui. Elle attendit. Après quelques secondes de neige, les premières images apparurent. Des entretoises métalliques, une passerelle dont le sol était un caillebotis en acier, la mer déchaînée au-delà :

les images des caméras de vidéosurveillance de la plate-forme.

Une silhouette apparut au bout de la passerelle, se rapprocha de la caméra. Kirsten fit un arrêt sur image. Servaz fixa le fantôme surgi du passé immobilisé sur l'écran. Pas de doute, c'était lui. Ses cheveux étaient un peu plus longs et ils dansaient autour de son visage dans le vent marin. Pour le reste, il était tel qu'en son souvenir.

— Hirtmann a travaillé sur cette plate-forme pendant deux ans. L'adresse qu'il a fournie à son employeur était bidon, de même que son CV et ses documents d'identité. Les documents saisis dans sa cabine ne nous ont pas fourni beaucoup d'informations, hormis une, que nous allons voir. Après réquisition auprès de la banque sur le compte de laquelle était versé son salaire, nous avons pu reconstituer une partie au moins de ses déplacements – une partie seulement : car Hirtmann a transféré pas mal d'argent sur d'autres comptes que celui-là dans des paradis fiscaux. Nous essayons à l'heure actuelle d'en reconstituer le parcours. La police norvégienne le soupçonne non seulement du meurtre de cette femme, mais d'être à l'origine de la disparition de plusieurs autres dans la région d'Oslo. C'est l'une des raisons de ma présence ici.

Elle s'abstint d'évoquer l'autre raison à ce stade, balaya la salle du regard.

— Hirtmann a sans doute quitté la Norvège depuis longtemps. Il s'est évadé de l'Institut… euh… (elle consulta ses notes)… Wargnier en décembre 2008. Il est de nouveau passé dans votre région en juin 2010. Ensuite en Pologne en 2011. En Pologne, les restes de plusieurs de ses victimes ont été trouvés dans une

143

maison isolée près de la forêt de Bialowieza. Rien que des jeunes femmes. Cela fait cinq ans maintenant. Cinq années au sujet desquelles nous ne savons rien. Cinq années résumées à un trou noir, si ce n'est qu'au cours des deux dernières, il a apparemment travaillé sur cette plate-forme en mer du Nord. Ne nous faisons pas d'illusions : un homme comme Julian Hirtmann est capable de disparaître pour longtemps et il est possible que nous ne retrouvions pas sa trace avant des mois ou des années. (Elle lança un regard du côté de Servaz, mais il semblait toujours aussi perdu dans ses pensées, le regard fixé sur l'écran où l'apparition était restée dans la position où Kirsten l'avait figée, de même qu'une mouette en arrière-plan pétrifiée en plein vol.) Par ailleurs, un homme comme lui ne peut pas avoir passé cinq ans sans tuer. C'est impensable. Cette enquête a pour but de reconstituer son parcours criminel. En profitant du fait que nous avons enfin des données récentes le concernant pour tenter de remonter sa piste. Partons du principe qu'il est resté pendant tout ce temps sur le sol européen, mais ça non plus – compte tenu de son métier qui lui permettait d'accumuler des miles d'avion et donc de voyager à moindre coût partout dans le monde –, rien ne nous le garantit. Le métier parfait, soit dit en passant, pour un homme comme lui : plus de jours de vacances que de journées travaillées, une très bonne paie et un rayon d'action quasi illimité grâce aux réductions sur les lignes aériennes. Nous allons diffuser son portrait. Nous connaissons son mode opératoire par ses écrits, ainsi que le profil de ses précédentes victimes. Toutes des jeunes femmes qui vivaient dans des régions frontalières avec la Suisse : Dolomites, Bavière, Alpes autrichiennes… et quelques-unes en Pologne… Dans la clandestinité, il a pu vivre et tuer n'importe où. Les précédentes recherches pour retrouver sa trace n'ont rien donné. Inutile de vous dire que nos chances d'aboutir sont extrêmement minces…

Elle s'interrompit et regarda Servaz – qui traduisit tant bien que mal pour ceux qui ne parlaient pas anglais. Puis elle tendit la photo de Gustav à sa voisine de droite.

— Faites circuler, dit-il.

— Le deuxième point de l'enquête concerne cet enfant. Cette photo a été trouvée dans les affaires d'Hirtmann, à bord de la plate-forme. Nous ne savons pas qui est ce garçon. Ni où il se trouve. Ni s'il est encore vivant… Nous ne savons rien de lui.

— Hirtmann ne s'en est jamais pris à des enfants, intervint la jeune femme laide, celle qui se prénommait Samira et qui parlait un anglais impeccable. Ce n'est pas un pédophile. Ses victimes ont toujours été des femmes adultes, jeunes et attirantes, comme vous l'avez souligné.

Kirsten nota qu'elle avait posé une paire de boots imitation python sur le bord de la table, sa chaise se balançant sur les deux pieds arrière, et qu'elle arborait une petite tête de mort en sautoir sous sa veste en cuir.

— C'est exact. Nous pensons que cet enfant est peut-être son fils. Ou bien le fils d'une de ses victimes…

— Qu'est-ce qu'on sait d'autre à son sujet ? demanda un grand dégarni tout en griffonnant sur son bloc-notes ce qui, de toute évidence, était un portrait d'elle.

— Rien du tout, à part son prénom. Nous ne connaissons même pas sa nationalité. Nous savons seulement où cette photo a été prise. À Hallstatt, en Autriche. La police fédérale autrichienne est sur le coup. Mais, comme c'est un endroit très fréquenté des touristes, il est possible que le gamin n'ait fait qu'y passer.

— Hirtmann en train de jouer au touriste ? releva celle qui s'appelait Samira d'un ton ouvertement sceptique.

— Au milieu d'une foule d'autres, commenta le nommé Vincent. Pas si con... où cacher un arbre mieux que dans une forêt ?

— Bon, c'est quoi notre rôle ? demanda le grand type dégarni. On n'est pas en train de perdre notre temps, là ? Je sais pas vous, mais moi j'ai pas que ça à faire.

L'homme avait parlé en français et Kirsten n'avait pas compris, mais elle devina au ton employé et à l'embarras des autres qu'il avait fait une remarque désobligeante pour quelqu'un – peut-être pour elle ou pour la police norvégienne.

— Nous avons bien sûr longuement interrogé son compagnon de chambre et ses collègues sur la plate-forme, ajouta-t-elle. Il en ressort qu'il était assez solitaire et extrêmement discret sur ses activités à terre. À bord, il passait son temps libre à lire et à écouter de la musique. Du classique.

Elle lança un regard en direction de Servaz.

— Mais le plus important, ce sont ces photos de votre commandant. Elles attestent qu'Hirtmann a séjourné longtemps dans votre ville – et que quelque chose le ramène toujours inexplicablement ici et, hum, à vous... Martin. La réquisition effectuée auprès de sa banque et le suivi de ses dépenses confirment cette intuition : *Hirtmann est souvent passé par ici ces deux dernières années.*

Elle lui jeta un regard.

146

— Il n'est pas exclu que le Suisse cherche à revenir ici une nouvelle fois, lança-t-elle en direction de la salle. Il l'a déjà fait à de nombreuses reprises. Je le répète : nous connaissons son mode opératoire. Et le profil de ses victimes. Cherchons dans toute la région et même au-delà des crimes similaires. Des disparitions de femmes au cours des derniers mois.

— Ce travail a déjà été effectué, fit remarquer la dénommée Samira, il n'a rien donné.

Elle vit plusieurs têtes acquiescer.

— Il y a plusieurs années, intervint Servaz. Depuis, on est passés à autre chose.

Kirsten vit celui s'appelait Vincent et Samira échanger un regard dans le fond. Elle sut ce qu'ils pensaient : *trop facile, trop simple.*

— Je sais que vous avez fait un travail remarquable, dit-elle diplomatiquement, même s'il n'a pas porté ses fruits. J'ai l'intention de rester ici quelque temps. J'ai obtenu l'autorisation du commissaire Stehlin de collaborer avec le commandant Servaz. Je sais que vous n'avez pas que ça à faire et que cela n'est pas une priorité, mais considérez ceci : si Hirtmann est ici, ça vaut peut-être le coup d'ouvrir l'œil et de fouiller un peu, non ?

« Si Hirtmann est ici. » *Habile*, songea-t-il. Très habile. Il vit la phrase se déposer dans chaque conscience comme une couche de glace. C'était du bluff, mais ça avait marché : il le lut dans leurs yeux. Le fantôme du Suisse allait infecter leurs pensées comme il infectait déjà les siennes – et il ne les laisserait pas en paix.

C'était ce que la Norvégienne voulait.

11

Soir

Sur la Karlplatz de Vienne, la façade néo-classique du Musikverein – son nom complet était *Haus des Wiener Musikvereins*, « Maison des amis de la musique de Vienne » – se détachait sur la nuit autrichienne où voletaient quelques flocons. Avec ses colonnes doriques, ses hautes fenêtres en ogive et son fronton triangulaire, tous nappés de lumière, elle évoquait un temple – et c'était bien d'un temple qu'il s'agissait : un temple de la musique, l'une des meilleures acoustiques au monde, une expérience sonore unique pour les mélomanes. Du moins officiellement, car, entre eux, les spécialistes viennois se plaignaient parfois de la fadeur de sa programmation, de tous ces concerts Mozart et ces concerts Beethoven *ad nauseam*, toute cette guimauve pour touristes à l'oreille paresseuse.

Ce soir-là cependant, sous les ors du Musikverein, l'orchestre philharmonique de Vienne donnait les *Kindertotenlieder*, les « Chants sur la mort des enfants », de Gustav Mahler, sous la direction de Bernhard Zehetmayer. À quatre-vingt-trois ans, « l'Empereur », comme on l'appelait, n'avait rien perdu de sa fougue.

Ni de sa passion exigeante pour la note juste, laquelle l'amenait parfois à sermonner impitoyablement un musicien un peu trop dilettante à son goût pendant les répétitions. La légende voulait qu'il fût une fois descendu de son pupitre pour se faufiler entre les membres de l'orchestre jusqu'à un médiocre second violon qui parlait avec son voisin et l'eût giflé tellement fort que le violoniste en était tombé de son siège.

« Tu as entendu comme elle sonnait juste, cette gifle ? » aurait-il alors déclaré avant de retourner à son pupitre.

Une légende, naturellement. Il en courait bien d'autres sur le directeur d'orchestre de Vienne le plus « mahlérien » depuis Bernstein. Compte tenu du caractère intime de ces *Lieder*, le concert n'était pas donné dans la prestigieuse Salle dorée mais dans la salle Brahms, plus petite. C'était l'Empereur qui en avait décidé ainsi – malgré les protestations de l'administrateur, car la Salle dorée pouvait accueillir 1 700 personnes assises contre 600 seulement à la salle Brahms. Zehetmayer ne faisait que suivre en cela le maître lui-même lors de la création de l'œuvre, en janvier 1905. De même, alors que de nos jours la plupart de ces chants étaient confiés à des voix féminines, il avait fait appel, comme Mahler en son temps, à un ténor et à deux barytons.

Les plafonds de la salle Brahms résonnèrent des dernières mesures de la coda, élégiaques et pleines de paix après la fureur incontrôlée du début du morceau ; la voix brumeuse du cor se joignit au trémolo mourant des violoncelles en une ultime agonie. Le silence régna quelques secondes, puis la salle explosa. Elle se leva tout entière pour acclamer l'Empereur et son orchestre. Zehetmayer accueillit ces bravos sans bouder son plaisir, car toute sa vie le vieil homme avait été vaniteux. Il s'inclina bien bas, autant que le lui permettaient son dos en compote, les douleurs dans ses lombaires et son orgueil, aperçut le visage dans la salle, lui fit un signe discret et rejoignit sa loge.

On frappa à la porte deux minutes plus tard.

— Entre !

L'homme qui apparut avait quasiment le même âge – quatre-vingt-deux –, une belle crinière blanche là où Zehetmayer était presque chauve, une paire de sourcils broussailleux et il était petit et trapu alors que le musicien était grand et maigre. Il ne lui serait jamais venu à l'idée d'affubler le directeur de l'orchestre philharmonique de Vienne du sobriquet d'« Empereur ». S'il y avait un *imperator* dans cette pièce, c'était lui, Josef Wieser : il avait bâti un des empires industriels les plus puissants d'Autriche. Dans le secteur de la pétrochimie, de la cellulose et du papier. Grâce aux généreuses forêts autrichiennes d'abord, à un excellent mariage ensuite, qui lui avait apporté un capital ainsi que les ouvertures nécessaires dans le petit cercle viennois des affairistes et des décideurs (depuis, il s'était remarié deux fois et, à quatre-vingt-deux ans, envisageait un quatrième mariage avec une journaliste de la presse économique de quarante ans sa cadette).

— Qu'est-ce qui se passe ? dit le visiteur.

— Il y a du nouveau, dit le directeur d'orchestre en enfilant une chemise blanche, propre et amidonnée sur un maillot de corps.

— Du nouveau ?

Zehetmayer tourna vers lui un regard étincelant et plein de fièvre, un regard digne du cinéma expressionniste allemand.

— On a retrouvé sa trace.

L'espace d'un instant, l'industriel resta la bouche ouverte.

— *Quoi ?*

L'émotion avait fait trembler la voix du milliardaire.

— Où ça ?

— En Norvège. Sur une plate-forme pétrolière. Une de nos sources m'a envoyé l'info.

Devant l'absence de réaction de son ami, Zehetmayer poursuivit :

— Apparemment, ce salopard travaillait là. Il a tué une femme dans une église de Bergen, et il s'est évanoui dans la nature.

— Il a réussi à s'échapper ?

— Oui.

— Merde…

— Il sera plus facile à atteindre dehors que dans une prison, fit remarquer le chef d'orchestre.

— Pas si sûr.

— Il y a autre chose…

— Quoi ?

— Un enfant.

Wieser regarda le chef d'orchestre d'un drôle d'air.

— Comment ça : *un enfant* ?

— Il avait la photo d'un môme de cinq ans dans ses affaires. Et devine comment il s'appelle ?

Le milliardaire secoua la tête en signe d'ignorance.

— Gustav.

Wieser fixait le musicien avec des yeux ronds. En proie de toute évidence à une intense réflexion et à des émotions contradictoires – perplexité, espoir, incompréhension.

— Tu crois que ça pourrait être… ?

151

— Son fils ? Possible. (Le regard du chef d'orchestre se perdit dans le miroir en face de lui, où il contempla son propre visage sévère et triste et plongea dans ses propres petits yeux méchants sous les sourcils de vieillard tout aussi buissonnants que ceux de son voisin.) Ça ouvre des perspectives, non ?

— Qu'est-ce qu'on sait de plus sur ce gosse ?

— Pas grand-chose pour le moment. (L'Empereur hésita.) Sinon qu'il a l'air de tenir à ce mioche pour garder sa photo avec lui, ajouta-t-il en lui tendant le cliché où on voyait Gustav avec la montagne, le lac et le clocher d'Hallstatt en arrière-plan.

Les deux hommes se regardèrent. Ils s'étaient « trouvés » – décret de la Providence ou pur hasard – à l'issue d'une autre représentation des *Kindertotenlieder*, où Bernhard Zehetmayer avait triomphé. Assis dans la salle, Josef Wieser avait été remué jusqu'au plus profond par cette version des « Chants sur la mort des enfants ». Quand la musique s'était éteinte sous les plafonds, le milliardaire pleurait à chaudes larmes, chose qui ne lui était pas arrivée depuis longtemps. Car ces *Lieder* parlaient directement à son cœur meurtri de père ayant perdu sa fille. Et l'interprétation que venait d'en donner l'orchestre prouvait que celui qui le dirigeait avait une compréhension profonde, intime de cette œuvre prémonitoire – puisque Mahler lui-même devait voir sa première fille emportée par la scarlatine quelque temps après l'avoir écrite et jouée.

À l'issue du concert, Wieser avait demandé à saluer le prestigieux chef viennois. On l'avait conduit à sa loge. Encore très ému, il avait félicité le maître et lui avait demandé quel était le secret pour parvenir à une telle vérité dans l'interprétation.

— Il faut avoir perdu un enfant, voilà tout, avait répondu Zehetmayer.

Wieser s'était senti bouleversé.

— Vous en avez perdu un ? avait-il demandé avec un tremblement dans la voix.

Le chef d'orchestre l'avait considéré avec froideur.

— Une fille. La plus douce, la plus belle des créatures. Elle étudiait la musique à Salzbourg.

— Comment ? avait osé Wieser.

— Elle a été tuée par un monstre…

Le milliardaire avait eu l'impression que le sol se dérobait sous ses pieds.

— Un monstre ?

— Julian Hirtmann. Un procureur du tribunal de Genève. Il a tué plus de…

— Je sais qui est Julian Hirtmann, l'avait interrompu Wieser.

— Ah. Vous avez lu la presse…

La tête de Wieser lui tournait.

— Non. J'ai moi-même… une fille qui a été… assassinée par ce monstre. Du moins le suppose-t-on… On n'a jamais retrouvé son corps… Mais Hirtmann était dans les parages quand elle a disparu. La police est quasiment certaine…

Il avait parlé si bas qu'il n'était pas sûr que l'autre l'eût entendu. Mais l'Empereur l'avait fixé avec stupeur, puis il avait fait signe aux autres personnes présentes de sortir.

— Et que ressentez-vous ? avait-il demandé quand ils furent seuls.

Wieser avait baissé la tête, regardé le sol.

— Du désespoir, de la colère, une nostalgie immense, l'amour brisé d'un père…

— Un désir de vengeance ? De la haine ?

Wieser avait relevé la tête et plongé son regard dans les yeux du chef d'orchestre, qui était bien plus grand que lui. Il y avait lu une haine immense, féroce – et l'éclat de la folie.

— Moi je le hais depuis le premier jour où j'ai su ce qui était arrivé à ma fille, lui avait dit Zehetmayer. C'était il y a quinze ans. Depuis je me réveille chaque matin avec cette haine. Pure, intacte, inchangée. Je pensais qu'elle diminuerait avec le temps, mais c'est le contraire qui se passe. Vous est-il arrivé de penser que la police ne le retrouvera jamais si on ne l'aide pas un peu ?

Ils étaient devenus amis – une amitié étrange, fondée sur la haine et non sur l'amour, deux vieillards qui communiaient dans le deuil et le culte de la vengeance. Deux monomaniaques partageant la même secrète lubie. Et comme d'autres mettent toutes leurs économies dans une passion, ne vivent que par et pour elle, ils n'avaient pas regardé à la dépense. Au début, il ne s'agissait que de parties de chasse et de discussions à bâtons rompus dans les cafés de Vienne. Ils échafaudaient des hypothèses, échangeaient des informations. Dans un sens surtout : Zehetmayer avait lu et visionné à peu près tout ce qui avait été publié et diffusé en allemand, en anglais et en français sur le Suisse : livres, articles, émissions de télé, documentaires… Mais la folie est contagieuse et, très vite, Wieser s'était plongé avec un intérêt croissant dans la masse de documentation que lui avait fournie le directeur d'orchestre. Ils avaient continué de parler. Pendant des semaines, des mois. Au cours de ces conversations, le projet avait pris forme. D'abord il ne s'était agi que d'utiliser leur argent et leurs contacts – ceux de Wieser surtout – pour essayer de retrouver la trace du Suisse. Ils avaient fait appel à des détectives privés, sans grand succès. Wieser avait également contacté quelques policiers autrichiens de sa connaissance. Sans résultat. Ils avaient alors décidé d'utiliser Internet, les réseaux sociaux. Ils avaient réussi à réunir plus de dix millions d'euros. Les dix millions étaient devenus une récompense offerte à toute personne qui retrouverait sa trace ; un million pour toute information de valeur. Un site Web avait été créé pour permettre aux candidats au pactole de les contacter. Ils avaient reçu des centaines de messages farfelus – mais ils avaient aussi été contactés par des personnes beaucoup plus sérieuses. Des professionnels. Des détectives, des journaleux, et même des flics de plusieurs pays.

— C'est Halstatt, non ? dit Wieser en montrant le cliché.

— Évidemment que c'est Halstatt, répondit sèchement Zehetmayer comme si le milliardaire lui avait dit : « C'est la tour Eiffel ? » Un peu trop évident, tu ne trouves pas ?

— Comment ça ?

— Enfin ! Autant nous envoyer une carte d'Autriche avec écrit dessus : « Je suis ici. »

— Cette photo n'était pas censée tomber entre nos mains, ni dans celles de la police.

— Hirtmann l'a laissée dans sa cabine avant de partir. Admettons qu'il s'agisse de son fils. (Il hésita : il n'arrivait toujours pas à se faire à l'idée que le Suisse pût avoir un fils.) Pourquoi ne gardait-il pas cette photo sur lui ?

— Il en avait peut-être d'autres…

Le musicien renifla d'agacement.

— Ou bien il voulait que quelqu'un la trouve. Pour envoyer toutes les polices du monde dans la mauvaise direction. Parce que, en vérité, ce gosse se trouve loin de là.

Le chef d'orchestre s'empara du petit vaporisateur à poire posé sur la console – une eau de toilette qu'il avait fait élaborer pour son seul usage par un grand parfumeur français.

— Qu'est-ce qu'on va faire ? demanda Wieser en pinçant les narines quand le musicien pressa la poire et que le nuage odoriférant se répandit dans la pièce.

Zehetmayer le considéra avec dédain. Comment cet imbécile avait-il fait pour devenir milliardaire alors qu'il semblait incapable de prendre la moindre décision ?

— On va retrouver ce gamin, dit-il. Pour commencer, on va diffuser sa photo sur le site. Ensuite, on va mettre toutes nos ressources dessus.

12

Soir 2

— Martin, dit Stehlin, j'ai bien réfléchi. Finalement je vais mettre quelqu'un d'autre là-dessus.

Servaz se demanda s'il avait mal entendu.

— Hein ?

— Si c'est bien Hirtmann qui est derrière tout ça, tu n'es pas en état de…

— Je ne comprends pas, dit soudain la fliquette norvégienne. Personne ne connaît mieux cet homme que le commandant Servaz, et c'est lui sur les photos. Pourquoi ?

— Eh bien… euh… le commandant Servaz était en convalescence.

— Mais il est remis, non ? Puisqu'il a repris le service…

— Oui, oui, bien sûr, mais…

— Je souhaite travailler avec le commandant Servaz, si ça ne vous fait rien, déclara-t-elle fermement. Il me semble qu'il est le plus compétent pour s'occuper de cette affaire.

Servaz sourit en voyant Stehlin se renfrogner.

— Très bien, dit celui-ci à contrecœur.

— Combien de jours vous ont donnés vos supérieurs ?

— Cinq. Après, je rentre. Sauf si on découvre quelque chose, bien entendu.

Servaz se demanda ce qu'il allait faire avec cette fliquette norvégienne pendue à ses basques. Il n'avait pas envie de jouer les guides, ni de passer son temps à baragouiner en anglais pour essayer de se faire comprendre. C'était déjà assez compliqué comme cela de reprendre du service et d'avoir à démontrer à tout le monde qu'il était d'attaque. En lui collant cette policière étrangère dans les pattes, on le mettait sur la touche, voilà la vérité. Oui, mais c'était quand même lui sur les photos qu'elle avait exhibées. Et la pensée qu'Hirtmann lui-même les eût prises lui fouettait les sangs.

— Bien entendu, si, par extraordinaire, vous découvriez quoi que ce soit de significatif, je veux en être informé dans l'heure, dit Stehlin.

« Par extraordinaire »… Servaz médita ces mots.

— Et si, *par extraordinaire*, la photo du gosse était destinée à nous induire en erreur ?

Kirsten et Stehlin restèrent un instant à le dévisager.

— Tu veux dire que ce cliché serait destiné à nous attirer dans la mauvaise direction ? dit la Norvégienne.

Il acquiesça.

— Il aurait laissé traîner la photo du gosse sciemment ? poursuivit-elle. Bien sûr, on y a pensé, ajouta-t-elle en plissant les yeux. Ça semble un peu trop évident, non ? un peu trop *facile*…

— Et qu'est-ce que vous avez pensé d'autre ? demanda-t-il.

— Quoi ?

— Au sujet de cette photo.

— Où tu veux en venir ?

— Il y a peut-être un autre enseignement à tirer, non ?

Ils avaient tous les deux les yeux rivés sur lui à présent, Kirsten avec un mélange de curiosité et de perplexité, Stehlin avec l'air d'attendre qu'on en termine et qu'on passe à autre chose : la police de Toulouse avait visiblement d'autres chats à fouetter. C'était également le sentiment qu'il avait eu dans la salle de réunion, quand tout le monde s'était levé. Même Vincent et Samira avaient fait preuve d'un intérêt assez modéré et s'étaient empressés de retourner à leurs affaires courantes, non sans prendre au préalable des nouvelles de sa santé.

— Pourquoi Hirtmann chercherait-il à nous envoyer dans la mauvaise direction alors qu'il peut se planquer – lui et le gamin – n'importe où dans le monde ? Quel intérêt ? Il n'a pas besoin de ça.

Kirsten ne le quittait plus des yeux à présent.

— Je t'écoute, dit-elle.

— Je le connais trop bien pour savoir qu'il n'userait pas d'un subterfuge aussi grossier. En revanche, une chose me semble évidente : entre mes photos et votre… ton nom sur ce papier, il a voulu nous réunir. La question, c'est : pourquoi ?

Elle tira la chaîne de sécurité et marcha jusqu'au lit, posa la valise dessus et l'ouvrit.

En sortit chemisiers, jupes, pantalons. Deux pulls, une trousse de toilette, une autre de maquillage et son pyjama : un imprimé à fleurs pour le pantalon de pilou, un tee-shirt pour le haut. Elle les étala sur le lit. Puis la lingerie en dentelle qu'elle avait achetée chez Steen & Strøm. Des dessous signés Agent Provocateur

159

et Victoria's Secret. Elle savait que personne ne verrait la petite culotte pourvue d'un délicat petit nœud en satin juste en bas du dos, mais elle s'en foutait : ce qui l'émoustillait, c'était de dissimuler ces atours provocants sous l'austérité de son apparence extérieure – comme un trésor réservé à celui qui aurait l'audace d'aller voir au-delà. En rangeant ses affaires dans le placard, elle se demanda si un tel intrépide se ferait connaître au cours de son séjour en France.

Elle avait noté le regard de Vincent Espérandieu. Et l'avait tout de suite catalogué. *Bisexuel.* Kirsten avait un sixième sens pour ça. Elle disposa sa crème de jour, son parfum, son shampoing (elle ne faisait pas confiance aux shampoings d'hôtels) et sa brosse à dents sur la tablette de la salle de bains. Hocha la tête en se regardant dans le miroir. Ce qu'elle vit était un beau visage qui trahissait toutefois un excès de contrôle et une tendance psychorigide. Bref, une femme dans la quarantaine sérieuse et un peu coincée. Parfait. Ce qu'elle vit était ce qu'elle voulait qu'on voie…

Deux hommes ensemble : ça pourrait se révéler une expérience intéressante, se dit-elle en se démaquillant. À Oslo, c'était inenvisageable. D'une manière ou d'une autre, ce serait revenu aux oreilles de ses collègues et cela aurait fait le tour du service en moins de deux. Mais ici… loin de chez elle.

Elle sortit aussi le « joujou ». Elle l'avait trouvé chez Kondomeriet, sur Karl Johans gate, en face des arcades du bazar, dans le fond de la boutique, au milieu d'une nuée de très jeunes femmes qui gloussaient et se poussaient du coude, de femmes de son âge et des couples. La femme d'un des couples avait passé lentement la main autour d'un sextoy impressionnant, comme pour le masturber. À l'aéroport d'Oslo-Gardermoen, elle avait surveillé la réaction du type qui avait scanné son bagage de cabine, assis devant son écran. Elle l'avait surpris qui tournait la tête et la regardait lorsqu'elle avait récupéré le bagage sur le tapis roulant à la sortie du tunnel du scan.

Elle ressentit soudain une envie pressante. En filant dans la salle de bains, elle pensa à Servaz. Nettement moins facile à cerner celui-là. Hétérosexuel, sans l'ombre d'un doute. Mais il y avait quelque chose chez lui qui résistait à l'analyse. Une fragilité ; et aussi une force. Et puis, il y avait cette Samira, à la fois si laide et si sexy. Elle aussi, elle avait du mal à la cerner.

Elle fit descendre sa culotte et son collant sur ses chevilles.

S'assit et saisit son téléphone portable.

Puis elle composa le numéro qu'elle n'aurait pas dû connaître.

Le garçon observait comment le clair de lune illuminait la couche de neige fraîche. La première de la saison. Et comment un animal avait laissé de profondes traces, qui contournaient le bâtiment de la grange et s'éloignaient vers les bois.

La neige scintillait, elle ressemblait à de la poudre d'or. Les montagnes de l'autre côté de la vallée dressaient une frontière quasi infranchissable que le garçon percevait confusément comme un rempart, la garantie que sa sécurité et l'univers douillet de son enfance seraient à jamais préservés. Le garçon ne regardait pas les infos télévisées, mais « grand-père » si et, de temps en temps, le garçon apercevait des images sur l'écran. Aussi imaginait-il, malgré son jeune âge, des guerres et des batailles au-delà de ces montagnes paisibles et protectrices. Il n'avait que cinq ans, tout cela était assez confus, mais, comme un jeune animal, il était capable de sentir le danger.

Et le garçon savait que le danger pouvait venir de l'extérieur de la vallée, des inconnus qui vivaient là-bas au loin : au-delà des montagnes. Grand-père le lui avait dit : ne jamais parler à des inconnus, ne jamais laisser des étrangers, ni même les touristes qui fréquentaient les stations de ski lui parler. D'ailleurs, en dehors de l'école, le garçon ne voyait presque personne hormis son médecin et ses grands-parents. Il avait peu d'amis et ceux qui venaient à la maison avaient été triés sur le volet par grand-père.

À une centaine de mètres, les télécabines immobilisées pour la nuit attendaient le lendemain, suspendues à leurs câbles ; une lune pâle comme un lampion en papier les éclairait. Chaque fois que le garçon les regardait, il imaginait quelqu'un piégé à l'intérieur, et menacé par le froid, qui hurlait et tapait contre la vitre embuée en lui faisant de grands signes. Le garçon était le seul à l'entendre. Il le regardait, lui souriait pour bien lui faire comprendre qu'il l'avait vu, puis tournait les talons et le laissait là, seul dans la nuit glaciale, en pensant au cadavre presque congelé qu'on trouverait le lendemain. Et à cette image que l'homme emporterait avant de mourir : celle d'un petit garçon qui lui avait fait un signe et qui était rentré dans la maison. Longtemps, jusqu'à son dernier souffle sans doute, l'homme espérerait que le petit garçon revienne avec des renforts.

Le garçon rentra dans la ferme et la chaleur l'accueillit et l'enveloppa aussitôt. Il secoua d'abord la neige de ses chaussures sur le paillasson, abandonnant de petites croûtes blanches dans son sillage, puis il se déchaussa, ôta son bonnet, sa doudoune et son écharpe humide de salive et de neige fondue – qu'il accrocha à l'une des patères du mur. Depuis le couloir, il entendait le feu crépiter dans la cheminée et, quand il s'avança, les vagues de chaleur caressèrent son visage tout rouge.

— Qu'est-ce que tu faisais encore dehors à cette heure, Gustave ? dit son grand-père assis dans son fauteuil.

— Je regardais les traces d'un loup, répondit-il en s'approchant de grand-père et en laissant celui-ci l'attraper dans ses grandes mains pour l'asseoir sur ses genoux.

Grand-père ne sentait pas très bon : il ne se lavait pas assez et ne changeait pas assez souvent de vêtements, mais Gustav s'en moquait. Il aimait bien caresser sa barbe et aussi quand grand-père lui lisait une histoire.

— Il n'y a pas de loups ici, dit grand-père.

— Si, il y en a. Ils sont dans la forêt. Ils sortent la nuit.

— Tu les as vus ?

— Non. Seulement les traces.

— Tu n'as pas peur qu'ils te mangent ?

— Ils sont pas méchants. Et ils m'aiment bien.

— Comment tu le sais ?

— Ils gardent la maison…

— Oh, je vois. Tu veux que je te fasse la lecture ?

— J'ai mal au ventre, dit le garçon.

Grand-père ne dit rien pendant une seconde.

— Beaucoup ?

— Un peu. Quand papa viendra ? demanda-t-il soudain.

— Je ne sais pas, fiston.

— Je veux mon papa.

— Bientôt tu le verras.

— Bientôt, c'est quand ?

— Tu sais bien que papa ne fait pas ce qu'il veut.

— Et maman ?

— Maman, c'est pareil.

Le petit garçon eut soudain envie de pleurer.

— Ils ne viennent jamais.

— Ce n'est pas vrai. Bientôt, papa viendra. Ou nous irons les voir tous les deux.

— Tous les deux ? dit l'enfant, plein d'espoir.

Cela faisait si longtemps qu'il n'avait pas vu son papa et sa maman ensemble.

— Tous les deux, je te le promets.

— Ne fais pas des promesses que tu ne peux pas tenir, dit une voix sévère depuis le seuil de la cuisine.

— Fiche-moi la paix, répondit grand-père d'un ton agacé.

— Ce pauvre garçon, tu lui mets des idées dans la tête.

Grand-mère essuyait ses mains couvertes de veines grosses comme des racines sur son tablier. Gustav détourna le regard et le fixa sur les flammes qui léchaient les bûches dans la cheminée, fasciné. Ne s'enroulaient-elles pas comme des serpents, ou plutôt des dragons, dansant, se rétractant et s'enroulant de nouveau ? Il essaya de se fermer aux paroles de grand-mère. Il n'aimait pas grand-mère. Elle passait son temps à se plaindre et à critiquer grand-père. Il savait que ce n'était pas sa vraie grand-mère. Ce n'était pas son vrai grand-père non plus – mais grand-père jouait son rôle jusqu'au bout, et il *aimait* Gustav, alors que grand-mère faisait à peine semblant. Tout ça, le gamin n'en était pas

164

clairement conscient – il était bien trop jeune –, c'était plutôt un sentiment diffus, une différence dans leurs attitudes. Le garçon sentait beaucoup de choses sans vraiment les comprendre, avec cet instinct de louveteau qu'il avait développé.

— Tu ne dois pas avoir peur de ce que tu es, Gustav, lui avait dit un jour papa, et ça non plus Gustav ne l'avait pas exactement compris et pourtant il savait ce que papa avait voulu lui dire.

Oh oui.

13

Rêve

Il était neuf heures et demie du matin quand le soleil filtrant à travers les stores le réveilla. Il ne s'était endormi que vers quatre heures, et il avait ensuite rêvé du garçon, Gustav. Dans son rêve, il se tenait en haut d'un grand barrage au cœur des Pyrénées. Un barrage-voûte. C'était l'hiver et il faisait nuit. L'enfant avait franchi le garde-fou. Il se tenait au bord du vide avec, au bout de ses chaussures, un abîme vertigineux de plus de cent mètres, où il n'y avait rien de plus solide que l'air.

Servaz, lui, était à cinq mètres environ, de l'autre côté de la barrière.

— Gustav, disait-il.

— N'approche pas ou je saute.

Quelques flocons voletaient dans la nuit glaciale et le barrage lui-même, tout comme les montagnes, était blanc de neige et de glace. De petites stalactites pendaient aux barres horizontales du garde-fou. Servaz était pétrifié. Le bord de béton où se tenait l'enfant était recouvert d'une épaisse couche de glace. S'il lâchait la rambarde, il pouvait glisser et basculer dans le vide.

166

Il s'écraserait alors sur les rochers, au milieu des sapins, cent mètres plus bas.

— Gustav…

— Je veux mon papa.

— Ton papa est un monstre, répondait-il dans son rêve.

— Tu mens !

— Si tu ne me crois pas, tu n'as qu'à lire le journal.

Servaz tenait dans sa main droite un exemplaire de *La Dépêche* que le vent qui soufflait de plus en plus fort tentait de lui arracher. Des flocons mouillaient le papier journal et l'encre commençait à baver.

— C'est écrit dedans.

— Je veux mon papa, répétait l'enfant, sinon je saute. Ou ma maman…

— Ta maman, elle s'appelle comment ?

— Marianne.

Les montagnes autour d'eux, presque phosphorescentes sous la lune, semblaient attendre quelque chose. Un dénouement. Le cœur de Servaz battait à tout rompre. *Marianne…*

Un pas de plus.

Un autre.

L'enfant lui tournait le dos et regardait l'abîme. Servaz voyait sa nuque gracile et ses fins cheveux blonds et rebelles qui dansaient dans le vent violent autour de ses oreilles. Et le vide au-delà…

Encore un pas.

Il tendit le bras. C'est alors que l'enfant se retourna. Ce n'était pas lui. Pas le visage innocent de Gustav. Un visage de femme. De grands yeux verts, effrayés. Marianne…

— Martin, c'est toi ? dit-elle.

Comment avait-il pu les confondre ? Il était sûr d'avoir vu Gustav. Quel était ce maléfice ? Déjà, elle lâchait la rambarde pour se retourner et tendre la main vers lui, dérapait sur la glace du bord, ses yeux verts s'agrandissaient de terreur, sa bouche ouverte sur un cri muet tandis qu'elle basculait en arrière.

C'est à ce moment-là qu'il s'était réveillé.

Il regarda la chambre zébrée par les tranches de soleil, le cœur à cent soixante-dix pulsations par minute, la poitrine couverte de sueur. Qu'avait dit Xavier au sujet des rêves ? « Quand vous vous réveillez, et que le souvenir de votre rêve est encore très prégnant, vous êtes tout étonné par la force de ce rêve, qui avait l'air… *si réel.* »

Oui, c'était ça. Si réel. Ce gosse, il l'avait *vu*. Il ne l'avait pas seulement rêvé.

Il avait pensé à lui toute la nuit. C'est pour ça qu'il avait eu tant de mal à s'endormir. Il frissonna. De froid : la sueur était glacée sur sa poitrine. De peur, de tristesse aussi. Repoussa le drap et se leva. Qui était cet enfant ? Était-il vraiment le fils du Suisse ? L'idée en elle-même était assez terrifiante, mais une autre avait germé dans son esprit, bien plus désespérante encore, dont son rêve s'était fait l'écho : *et si c'était Marianne la mère ?* À cette pensée, il avait senti toutes ses forces l'abandonner.

Il passa dans la cuisine. Margot avait laissé un mot sur le plan de travail. *Running.* Qu'est-ce que c'était que cette mode des mots anglais qui envahissaient infatigablement notre quotidien ? Pour un qui sortait des dictionnaires, il en entrait dix nouveaux. Puis il revint à ce malaise persistant que la découverte des photos avait installé en lui et qui l'empêchait de respirer. *Un enfant…* Que cherchait-il désormais ? Un tueur monstrueux ou un enfant ? Ou les deux ? Et où chercher ? Tout près ou un peu plus loin ?

Sa tasse de café à la main, il s'avança vers les rangées de livres de la bibliothèque et laissa son esprit divaguer en même temps que son regard. Celui-ci s'arrêta sur un titre. Une vieille édition des *Histoires extraordinaires* de Poe, traduction de Charles Baudelaire. Il revint s'asseoir à la table de la cuisine, but son café.

Le bruit de la porte d'entrée. Margot apparut, rouge d'avoir couru. Elle lui sourit, s'approcha de l'évier, se fit couler un grand verre d'eau et le but presque d'un trait.

Puis elle s'assit à la table de la cuisine, face à son père. Malgré lui, il en fut légèrement contrarié. Il aimait bien prendre ses petits déjeuners seul et, depuis que Margot était là, c'était la première fois qu'il avait eu l'occasion de le faire.

— Qu'est-ce que tu fais de tes journées ? demanda-t-il soudain.

Elle semblait avoir immédiatement compris où il voulait en venir. Fut aussitôt sur ses gardes.

— Ma présence te gêne ? demanda-t-elle de but en blanc. Tu me trouves trop encombrante ?

Margot avait toujours été très directe – et parfois injuste. Elle estimait devoir toujours dire la vérité, mais il arrivait qu'il y eût plus d'une vérité, et sa fille était incapable d'appréhender cette notion. On devait toujours s'en tenir à sa position. Cependant, il eut honte et nia farouchement :

— Pas du tout ! Pourquoi tu dis ça ?

Elle le scruta sans sourire. Il était transparent à ses yeux.

— Je sais pas… Une impression que j'ai depuis quelque temps… Je vais prendre une douche.

Elle se leva et sortit.

14

Saint-Martin

Servaz examinait la 440 lorsque Kirsten entra dans son bureau. La « 440 » était une main courante alimentée quotidiennement par les télégrammes émis dans chaque affaire à l'échelon national. Elle incluait les disparitions de mineurs, les meurtres, les incendies criminels, les demandes de recherches, et la plupart des flics en PJ la consultaient chaque matin. Servaz ignorait qui l'avait baptisée ainsi, mais elle tirait son nom du *la* – et de sa fréquence de 440 Hz –, la note de référence qui servait à accorder les instruments d'un orchestre. (Servaz savait cependant que la pratique avait évolué et que la plupart des orchestres s'accordaient aujourd'hui à 442 Hz.) De la même manière, la 440 servait à accorder les services et à faire circuler l'information.

Il n'avait rien trouvé de particulier. Il ne s'attendait certes pas à dénicher une trace du Suisse là-dedans, mais il avait simplement repris là où il les avait laissées les bonnes vieilles habitudes. Il frissonna. Il n'arrivait pas à se défaire du sentiment de malaise que le rêve avait instillé en lui. La sensation que, d'une manière ou d'une autre, le passé était sur le point de refaire surface. Ce sentiment d'une catastrophe imminente. Pendant des mois, après avoir découvert que le cœur dans la boîte isotherme n'était pas celui de Marianne, il avait essayé de retrouver sa trace et celle d'Hirtmann. Il avait envoyé des centaines de mails à des dizaines de flics à travers toute l'Europe, amélioré laborieusement son anglais, passé autant de coups de fil, consacré des nuits blanches à éplucher les rapports que ceux-ci lui adressaient, à fouiller dans une flopée de fichiers nationaux et internationaux et à guetter sur des sites d'infos en ligne tous les faits divers qui auraient pu porter la marque du tueur helvète. En vain. Il n'avait pas obtenu le moindre résultat.

Il avait même joint Irène Ziegler, la gendarme qui l'avait aidé à traquer le Suisse par le passé. Elle en était au même point que lui. Zéro. Elle avait pourtant déployé des trésors d'ingéniosité pour le retrouver. Elle lui avait expliqué qu'elle avait par exemple croisé les fichiers de jeunes femmes disparues dans toute l'Europe avec les salles de concert qui avaient donné la musique de Mahler. Chou blanc, là aussi. Julian Hirtmann avait disparu de la surface de la terre. Et Marianne avec lui. Alors, après des mois de frustrations, il avait fini par décider qu'elle était certainement morte ; peut-être même l'étaient-ils tous les deux – dans un accident, un incendie : qui sait ? Il s'était résolu à les effacer de sa mémoire, efforcé de chasser toute pensée les concernant. Il y était plus ou moins parvenu. Car le temps avait fait son œuvre, comme toujours. Deux ans, trois, quatre, cinq… Marianne et Hirtmann s'étaient enfoncés dans le brouillard, relégués au loin, là où la mémoire n'est plus qu'un vague paysage en arrière-plan. Des ombres, la trace d'un sourire, d'une voix, d'un geste – guère plus.

Et voilà que tout ce qui avait été péniblement effacé ressurgissait. Le cœur noir – qui attendait dans le passé de revenir battre dans le présent. Et infecter chacune de ses pensées.

— Bonjour, dit Kirsten en français.

— Salut.

— Bien dormi ?

— Pas vraiment.

— Qu'est-ce que tu fais ?

— Rien. Je consulte un fichier.

— Quel fichier ?

Il lui expliqua en quoi consistait la 440. Elle lui dit qu'ils avaient à peu de chose près le même genre de main courante en Norvège.

Il ferma la 440, pianota sur son clavier. Étudia le résultat de sa recherche.

Fit descendre l'ascenseur à droite de l'écran.

— Il y a cent seize écoles maternelles à Toulouse, déclara-t-il finalement. Et à peu près autant d'écoles élémentaires. J'ai compté.

Elle leva les sourcils.

— Tu crois qu'il est scolarisé ? s'étonna-t-elle.

— J'en sais rien.

— Et tu comptes montrer la photo dans chaque école ?

— À raison de deux écoles par heure, en comptant le temps d'aller de l'une à l'autre, de trouver quelqu'un qui puisse nous renseigner et de montrer la photo au personnel, ça prendra des semaines. Et puis, il nous faudrait une réquisition.

— Une quoi ?

172

Servaz lui adressa un clin d'œil et décrocha son téléphone.

— Roxane, tu peux venir ? Merci. On ne peut pas fouiller comme ça sans autorisation, expliqua-t-il en se tournant vers Kirsten. Comme il s'agit d'un enfant, et comme il n'y a pas de crime, c'est plutôt du ressort de la Brigade des mineurs de la Sécurité départementale.

Il se demanda un instant si c'était aussi compliqué dans son pays. Roxane Varin fit son entrée deux minutes plus tard. C'était une petite femme plutôt jolie avec une frange brune et des joues rondes : Kirsten l'avait vue lors de la réunion. Et, comme la veille, elle pensa à l'actrice française Juliette Binoche. Elle portait une chemise en jean sur un *jean skinny* gris.

— Salut, dit-elle en embrassant Servaz.

Elle serra la main de Kirsten avec une certaine timidité. La Norvégienne se dit qu'elle était peut-être plus à l'aise avec les enfants qu'avec les adultes. Roxane avait la photo de Gustav à la main et se laissa tomber sur la dernière chaise libre.

— J'ai lancé une recherche de scolarité auprès de la direction académique, annonça-t-elle. Ce sont eux qui gèrent ce genre de truc. Malheureusement, il n'y a pas de photos dans Base Élèves. Il reste donc la recherche sur le prénom, qui n'est pas banal, ajouta-t-elle sans cacher son pessimisme.

— C'est quoi « Base Élèves » ? demanda Servaz.

— Une application informatique : elle permet la gestion et le suivi du parcours scolaire des élèves du premier degré, c'est-à-dire de la maternelle au CM2.

— Pour toutes les écoles ? Publiques et privées ?

— Oui.

— Comment ça fonctionne ?

— Les données sont stockées au niveau de l'académie et alimentées par chaque directeur d'école et par les mairies, qui se chargent de l'inscription des élèves et du choix des écoles : l'état civil de l'enfant – nom, prénoms, date et lieu de naissance, adresse – et celui du ou des responsables de l'enfant, son cursus scolaire, son INE.

— « INE » ?

— Chaque enfant de France a un identifiant national. Grâce à cette application, ce sont les académies qui gèrent les recherches de scolarité. Avant, certains établissements, en fonction du secteur où ils se trouvaient, en recevaient jusqu'à une dizaine par semaine. Depuis Base Élèves, ce nombre a beaucoup diminué et on retrouve plus facilement les élèves, par exemple lorsque la demande émane d'un parent divorcé ayant l'autorité parentale. De ce point de vue, l'appli est très utile. Évidemment, au début, certains syndicats et parents d'élèves ont hurlé au fichage, il y a eu un emballement médiatique et le ministère s'est empressé de retirer certains champs comme la nationalité, l'absentéisme, l'année d'arrivée en France, la culture d'origine, la profession des parents… Les opposants prétendaient que cette application n'avait d'autre but qu'une politique sécuritaire et policière, qu'elle était destinée en fait à surveiller les flux migratoires. En 2010, le parquet de Paris a classé sans suite plus de deux mille plaintes déposées par des parents d'élèves. Deux mille… Il n'empêche que Base Élèves est très pratique pour la gestion des classes et le suivi des élèves.

— Et tu y as accès ?

Kirsten la vit sourire. Un joli sourire, qui illumina son regard.

174

— Non. Aucune administration extérieure à l'Éducation nationale n'y a accès. À part les mairies, qui inscrivent les élèves. Encore les maires ne voient-ils pas certaines données, par exemple si l'enfant a besoin d'un soutien psychologique. Le problème, c'est que les noms et prénoms sont visibles jusqu'au niveau de l'académie mais disparaissent de la base au niveau du rectorat. Là aussi pour protéger la confidentialité.

Elle se tourna vers Kirsten et résuma en anglais ce qu'elle venait de dire – avec force hésitations et corrections et quelques froncements de sourcils d'incompréhension de la part de la Norvégienne.

— Le deuxième problème, c'est que la durée de conservation des données n'excède pas la scolarisation de l'enfant dans le premier degré. S'il sort du circuit, on efface tout…

De nouveau, elle traduisit tant bien que mal. La Norvégienne hocha la tête.

— Bien entendu, j'ai également envoyé une demande de recherche classique avec photo qui va être transmise, j'espère, aux établissements, une fois que Base Élèves aura rendu son verdict négatif. Combien de temps ça prendra, c'est une autre paire de manches.

Elle se leva.

— Tu crois vraiment que cet enfant est ici, Martin ?

Son ton exprimait le même scepticisme que celui de ses collègues au cours de la réunion. Servaz ne répondit pas. Il se contenta de prendre le cliché que Roxane lui tendait et de le poser bien en évidence sur son bureau. Il avait l'air perdu dans ses pensées. Roxane lança un clin d'œil et un sourire à Kirsten et sortit en haussant les épaules. Elle avait visiblement des tâches plus urgentes. La Norvégienne lui rendit son sourire et considéra Servaz, qui regardait à présent par la fenêtre, dos tourné.

— Ça te dirait une petite balade ? demanda-t-il soudain.

Elle observa le dos de Servaz.

— *La Lettre volée* d'Edgar Poe, tu connais ?

Il avait cité le titre anglais : *The Purloined Letter*. Il l'avait cherché la veille sur Internet. Il se retourna.

— Explique, dit-elle.

— *Nil sapientae odiosius acumine nimio :* « Aucune sagesse n'est plus odieuse que d'excessives subtilités. » Une phrase de Sénèque qui sert d'épigraphe au récit. *La Lettre volée* nous enseigne qu'on a souvent sous le nez ce qu'on cherche plus loin.

— Tu crois vraiment que Gustav peut se trouver ici ?

— Dans cette histoire, la police ne parvient pas à trouver une lettre dans un appartement parce qu'elle la suppose bien cachée, poursuivit-il sans tenir compte de l'interruption. Dupin, le personnage de Poe, l'ancêtre de Sherlock et de tous les fouineurs aux facultés d'analyse supérieures à la moyenne, comprend que la meilleure façon de la planquer, c'est de la laisser au contraire bien en évidence sur le bureau : elle a juste été pliée à l'envers, marquée d'un autre sceau et d'une autre écriture.

— Ah ah, tu es barge, tu sais, dit-elle en anglais. Je comprends rien. Où veux-tu en venir ?

— Remplace le bureau de l'histoire par Saint-Martin-de-Comminges, là où tout a commencé. Tu l'as dit toi-même : Hirtmann est repassé dans la région à plusieurs reprises. Pourquoi ?

— À cause de toi. Parce que tu l'obsèdes.

— Et s'il y avait une autre raison ? Plus puissante que l'obsession d'un simple flic. *Un fils*, par exemple…

176

Kirsten ne dit rien. Elle attendit la suite.

— Un fils maquillé mais bien en évidence, comme la lettre volée sur le bureau dans la nouvelle. Un simple changement de nom. Il va à l'école, il est élevé par quelqu'un qui s'occupe de lui quand Hirtmann n'est pas là, c'est-à-dire la plupart du temps.

— Et personne ne se serait aperçu de rien ?

— Aperçu de quoi ? Un garçon parmi d'autres. Qui va à l'école…

— Justement. Là-bas, personne ne se serait inquiété de savoir qui est cet enfant ?

— Je suppose qu'il y a quelqu'un qui l'accompagne chaque jour. L'Éducation nationale n'est même pas fichue de répertorier son personnel qui s'est rendu coupable d'actes pédophiles. Et puis, peut-être que ceux qui l'accompagnent se présentent comme ses parents adoptifs, je ne sais pas, moi.

— Saint-Martin, tu dis ?

— Saint-Martin.

— Pourquoi là en particulier ?

Pourquoi là en effet ? À supposer que le Suisse revînt bien dans le secteur pour voir son fils, pourquoi Gustav aurait-il dû se trouver à Saint-Martin ? Pourquoi pas n'importe où ailleurs dans la région ?

— Parce que Hirtmann a passé plusieurs années à Saint-Martin…

— Enfermé dans un asile.

— Oui. Mais il avait des complicités à l'extérieur, des gens comme Lisa Ferney.

— L'infirmière-chef de l'Institut Wargnier, c'est ça ? Elle travaillait dans ce lieu. Ce n'est pas simplement quelqu'un qui vivait là.

177

Il réfléchit. Pourquoi avait-il toujours pensé qu'Hirt-mann avait dû bénéficier d'autres complicités ? Qu'à l'époque ils n'avaient pas découvert tous ses com-parses ? Il savait que son raisonnement ne tenait pas la route, qu'il n'y avait aucune logique là-dedans. Ou, du moins, que sa logique était biaisée, tordue, et qu'il voyait des signes, des coïncidences là où il n'y en avait pas – comme les paranoïaques. Néanmoins, son esprit revenait toujours à Saint-Martin, aimanté comme l'aiguille d'une boussole.

— Saint-Martin, c'est là où tu as failli être tué, pas vrai ? dit-elle.

Elle s'était bien renseignée. Il acquiesça.

— J'ai toujours pensé qu'il y avait quelqu'un d'autre là-bas pour l'aider, dit-il. La façon dont il s'est évadé, cette nuit-là. À pied à travers les montagnes – sa voi-ture accidentée –, au milieu d'une tempête de neige… Il n'aurait pas pu aller bien loin sans aide.

— Et donc ce serait ce complice qui élèverait Gustav ?

Son ton n'était pas moins sceptique que celui de Roxane.

— Qui d'autre ?

— Tu te rends compte que c'est extrêmement mince ?

— Je sais.

Ils quittèrent l'autoroute à la hauteur de Montréjeau, laissant derrière eux la monotonie de la plaine, et s'en-foncèrent dans les montagnes, d'abord simples mame-lons arrondis et couverts d'épaisses forêts ensevelies sous la neige. Le paysage était blanc, pur. La route tantôt traversait des bois clairsemés, tantôt longeait en serpentant des prairies enneigées, frôlait des villages assoupis dans la torpeur hivernale ou le cours turbulent d'une rivière. Petit à petit, les monts se rapprochèrent, se firent plus hauts, mais la véritable, l'infranchissable barrière se devinait dans le fond : le profil dentelé et farouche des plus hauts sommets des Pyrénées.

À un rond-point, ils quittèrent la quatre-voies, franchirent la rivière et prirent à gauche au stop suivant. Les montagnes se rapprochèrent encore. La route surplombait à présent un cours d'eau tumultueux enchâssé entre de hautes parois de pierre. Ils aperçurent un petit barrage bouillonnant et la bouche noire d'une centrale hydroélectrique creusée dans la paroi, sur l'autre rive, franchirent un tunnel en épingle à cheveux. Quand ils émergèrent de l'autre côté du tunnel, ils la virent, étalée en contrebas du parapet de pierre : Saint-Martin-de-Comminges, 20 863 habitants. La route redescendit et ils entrèrent dans la ville.

Les congères dans les rues n'impressionnèrent guère Kirsten : elle avait grandi à Nesna, au nord-ouest d'Oslo, au centre de la Norvège. Il y avait du monde sur les trottoirs : des skieurs redescendus par les télécabines de la station de sports d'hiver qui se trouvait au sommet de la montagne, des curistes qui avaient délaissé les thermes pour les cafés et les restaurants du centre-ville, des familles avec des enfants et des poussettes… Servaz se demanda si Hirtmann avait pu se promener dans ces rues sans se faire remarquer. Son visage avait fait la une de la presse régionale et même nationale – et ce n'était pas un visage qu'on oublie facilement. Avait-il changé d'apparence ? Se pouvait-il qu'il eût recouru à la chirurgie esthétique ? Servaz ne savait pas grand-chose à ce sujet, mais avait entendu dire qu'elle faisait des miracles aujourd'hui. Même si ses conséquences, qui apparaissaient de temps en temps sous les traits d'une jolie actrice devenue du jour au lendemain méconnaissable, le faisaient douter de la réalité de ces miracles.

Tandis qu'ils se garaient devant la mairie et descendaient de voiture (il entendit le chuintement de la chute d'eau qui traçait un trait d'argent vertical sur le flanc boisé de la montagne), il sentit un petit frisson courir le long de son échine : c'était bien dans le style d'Hirtmann de revenir sur les lieux et de se mêler incognito à la foule. Aussitôt, à cette pensée, il balaya du regard la place, le square, les terrasses des cafés, le kiosque à musique et les visages – comme si une sorte d'électricité le connectait à la foule anonyme. Au-dessus des toits, la montagne, drapée dans son habit de sapins, contemplait leur arrivée avec la même indifférence qu'elle avait accueilli les crimes de l'hiver 2008-2009.

— Qu'est-ce qu'on fait là ? demanda-t-il soudain.

— Quoi ?

— Si on est ici tous les deux, c'est parce qu'il l'a voulu. Pourquoi ? Pourquoi nous a-t-il réunis ?

Elle lui lança un regard interrogateur avant d'entrer dans la mairie.

Le maire avait changé depuis l'affaire. C'était un homme jeune, grand et corpulent, avec une barbe fournie qui lui mangeait le visage et d'énormes poches sous ses yeux pâles un peu aqueux qui témoignaient d'un manque de sommeil, d'une mauvaise hygiène de vie ou d'un patrimoine génétique encombrant. Sa barbe avait une couleur difficile à définir : entre le marron et le roux avec des traits blancs au milieu.

— Servaz, ce nom me dit quelque chose, lança-t-il d'une voix claironnante.

Il prit la main du flic dans son immense paluche, qui était moite et fraîche. Puis il décocha son plus beau sourire à Kirsten. Servaz regarda les grandes mains : pas d'alliance. Le gros homme l'examina de nouveau.

— Ma secrétaire m'a dit que vous cherchez un enfant, dit-il en se retournant et en les précédant dans un bureau d'une taille impressionnante, éclairé et aéré par deux grandes portes-fenêtres avec balcon d'où la vue portait sur les plus hauts sommets de la chaîne.

Être maire à Saint-Martin avait ses bons côtés.

Il retourna s'asseoir derrière sa table de travail. Servaz posa la photo de Gustav sur le bureau avant de s'asseoir.

— Il a peut-être été scolarisé ici, dit-il.

— Qu'est-ce qui vous fait dire ça ?

— Désolé. Enquête en cours.

Le maire haussa les épaules et pianota sur le clavier de son ordinateur.

— S'il l'est encore, il doit apparaître dans Base Élèves. Approchez.

Ils se levèrent et contournèrent le bureau pour se placer derrière lui. Le maire sortit de son tiroir une sorte de clef en plastique avec un petit écran digital au milieu et leur fit un petit cours sur la base en question.

— Elle est protégée, bien sûr.

Ils virent apparaître sur l'écran de l'ordinateur les mots « identification », « identifiant », et « mot de passe ».

— Je dois rentrer mon identifiant. Ensuite, le mot de passe qui est constitué de mon code personnel à quatre chiffres et du numéro à six chiffres qui s'affiche sur cette clef de sécurité. Et l'adresse de connexion est différente pour chaque académie.

181

Servaz aperçut ensuite une page d'accueil. En haut se trouvait un bandeau avec trois couleurs : orange, bleu et vert. En dessous était écrit « École » (orange), « Élèves » (bleu) et « Gestion courante » (vert).

— Le module mairie ne concerne que les inscriptions, expliqua l'officier municipal.

Servaz le vit cliquer sur « Suivi des inscriptions et des admissions ».

— Comment s'appelle-t-il ?

— Nous n'avons que son prénom.

Le maire fit pivoter son siège pour se tourner vers eux, perplexe. Son regard aqueux alla de l'un à l'autre.

— Sérieux ? Rien que le prénom ? Jusqu'ici j'ai toujours entré nom et prénom. D'ailleurs, regardez : il y a un astérisque. Le champ « nom » est obligatoire.

Au temps pour Roxane. À peine entamée, leur piste aboutissait à une impasse.

— Il s'appelle Gustav, dit Servaz. Vous devez bien avoir des archives quelque part avec les classes de ces dernières années : il n'y a pas tant d'écoles que ça à Saint-Martin.

Le maire réfléchit.

— Vous avez une réquisition ? demanda-t-il soudain.

Servaz la sortit de sa poche.

— Je dois pouvoir vous trouver ça, répondit l'édile. En plus, Gustave, ça n'est pas un prénom courant de nos jours. Servaz savait qu'il n'y avait que très peu de chances pour qu'Hirtmann l'eût inscrit sous son vrai prénom. Mais pourquoi pas, après tout ? Qui allait faire le rapprochement entre un enfant et un tueur suisse ? Qui pouvait imaginer qu'il eût laissé un enfant dans une école de Saint-Martin ? Existait-il cachette plus insoupçonnable que celle-là ?

Il jeta un coup d'œil à la place. Des nuages avaient dû apparaître sur les sommets, car elle s'était voilée d'ombre et une étrange teinte vert-de-gris se posait sur les choses, comme s'il les regardait à travers un filtre. Un petit éclat de lumière s'accrochait au toit du kiosque à musique.

— Je vais voir ce que je peux faire. Il y en a peut-être pour quelques heures, hein ?

— On reste sur place.

Il y avait un type, là en bas. À cause de la lumière voilée, Servaz le distinguait mal. Un type grand. En manteau d'hiver sombre, peut-être noir. Le visage levé vers les fenêtres de la mairie. Il sembla même à Servaz que l'homme le regardait.

— *Try Gustav Servaz*, dit soudain la voix de Kirsten derrière lui.

Il sursauta. Se retourna vivement. Le maire détaillait de nouveau la Norvégienne, l'air surpris, puis son regard se déplaça vers Martin.

— J'essaie Gustave Servaz ? traduisit-il.

— *Yes. Gustav without e*.

— Servaz, vous l'écrivez comment ? *How do you write this ?*

Elle l'épela.

— C'est bien votre nom ? lui dit le maire qui, visiblement, ne comprenait pas ce qui se passait.

Servaz non plus. Un bourdonnement dans ses oreilles. Il eut envie de lui dire d'arrêter, mais il hocha la tête.

— Faites ce qu'elle vous dit.

Son cœur se mit à battre plus vite. Il avait le plus grand mal à respirer. Il regarda par la fenêtre. Il était sûr à présent que c'était lui que l'homme observait. Il se tenait immobile et droit au beau milieu d'une des allées du square, le visage levé vers les fenêtres de la mairie, et adultes comme enfants passaient autour de lui comme le flot d'un ruisseau contourne une grosse pierre.

— C'est parti, prévint le maire.

Le silence ne dura qu'une poignée de secondes.

— Servaz Gustave : avec un *e*, annonça-t-il triomphalement.

15

École

Servaz fut parcouru par un frisson glacé. Il eut l'impression que la même ombre qui avait obscurci le paysage venait d'étendre son voile sur ses pensées. Il regarda dehors. Là où l'homme se tenait une seconde auparavant, il n'y avait plus personne, hormis le flot ordinaire des passants.

Qui était ce gamin, nom de Dieu ?

— Il a été inscrit à l'école Jules-Verne jusqu'à l'année dernière, déclara le maire comme s'il avait entendu la question. Mais il n'est plus ici.

— Et vous ne savez pas où il est ? demanda Kirsten.

— Ce que je sais, répondit le maire en anglais, c'est qu'il n'est nulle part dans l'académie. Sinon il apparaîtrait.

Il se tourna vers Servaz. Celui-ci vit les yeux du maire se plisser. Sans doute sa pâleur et son visage défait interpellaient-ils l'édile qui devait s'interroger sur ce qui se passait ici.

— L'école Jules-Verne, montrez-nous où ça se trouve, dit Kirsten en désignant le plan épinglé sur le mur.

Devant l'inertie et l'état de sidération de Servaz, elle prenait les choses en main. Il se demanda comment elle avait pu avoir une idée pareille. Visiblement, elle connaissait mieux le Suisse et son mode de pensée qu'elle ne voulait bien le dire.

— OK. Je vais vous montrer, dit le maire.

Une longue allée blanche entre deux rangées de vieux platanes déplumés par l'hiver précoce. Leurs grosses branches noueuses couronnées de neige évoquaient, comme dans les dessins animés Disney de son enfance, des personnages vivants, avec des branches en guise de bras, une nature anthropomorphe. Le chasse-neige était passé par là, et il avait dégagé le mitan de l'allée qui menait au portail de l'école. Ils passèrent devant un petit bonhomme de neige sans doute façonné par de très jeunes enfants, car il se tenait de traviole et avait une tête curieusement formée. On aurait dit un gnome disgracieux et méchant.

Au-delà de l'allée et du portail s'ouvrait un préau à l'ancienne – et Servaz pensa au *Grand Meaulnes*, à sa propre enfance dans le Sud-Ouest. Combien d'enfants étaient passés par ces lieux, combien de personnalités s'y étaient formées et définies, soudain jetées hors du cocon familial et découvrant que le monde existe – et qu'il est plein d'arêtes ? Combien en étaient sortis prêts à affronter la vie, à dompter l'infortune, ou au contraire futures proies de l'adversité qui seraient toujours ballottées par les aléas de l'existence et incapables de les surmonter ? À quoi cela tenait-il ? Était-ce ici que tout se jouait, comme le prétendaient certains ? Combien de gamins avaient vécu ici leur première vie sociale, connu la cruauté de leurs congénères ou exercé la leur ?

Servaz lui-même n'avait presque aucun souvenir de cette période.

La cour était déserte, les gamins en classe. Le froid fomentait des panaches volatiles devant leurs bouches tandis qu'ils la traversaient, tous deux ébouriffés par le vent qui décrochait la neige des arbres. Une femme apparut sous le préau. Elle serra les pans de son manteau sur elle. Servaz lui donna la cinquantaine, des cheveux teints en blond, un visage franc mais sévère.

— Le maire m'a prévenue que vous alliez venir. Vous êtes de la police, c'est ça ?

— SRPJ de Toulouse, répondit-il en s'approchant d'elle et en dégainant sa carte. Et voici Kirsten Nigaard, de la police norvégienne.

La directrice fronça les sourcils. Tendit la main.

— Je peux voir ?

Servaz lui tendit sa carte.

— Je ne comprends pas, dit-elle en l'examinant. C'est bien ce que le directeur m'a dit. Vous portez le même nom que Gustave. C'est votre fils ?

— Coïncidence, répondit Servaz – mais il vit bien qu'elle ne le croyait pas.

— Hmm. Qu'est-ce que vous lui voulez, à ce gosse ?

— Il a disparu. Il est peut-être en danger.

— Ah. Vous pouvez être un tout petit peu plus précis ?

— Non.

Il la vit se renfrogner.

— Qu'est-ce que vous voulez savoir ?

— On ne pourrait pas entrer ? Il fait froid dehors.

Une heure plus tard, ils en savaient un peu plus sur Gustav. Le portrait qu'en avait brossé la directrice

187

d'école était assez précis. Un gamin brillant mais qui connaissait parfois d'étranges sautes d'humeur. Un garçon mélancolique aussi, et assez solitaire, qui avait peu d'amis dans la cour de récréation et qui, par conséquent, avait été la tête de Turc des autres pendant un moment. Que Rousseau aille se faire foutre, pensa Servaz, les enfants n'ont besoin de personne pour être cruels, méchants, hypocrites : ils ont ça en eux, comme le reste de l'humanité. C'est l'inverse qui se passe : au contact des autres, on apprend parfois à devenir meilleur et, avec un peu de chance, on le reste toute sa vie. Ou pas. Servaz avait appris l'intégrité à dix ans, croyait-il, en lisant *Bob Morane* et en suivant les aventures des héros exemplaires de Jules Verne.

C'étaient les grands-parents de Gustav qui avaient été nommés responsables de l'enfant. Comme le maire, la directrice trouva l'info dans Base Élèves. Elle leur expliqua que les services de la mairie avaient validé l'inscription sans lui rattacher de parents responsables, de sorte qu'un message d'alerte était apparu le jour où elle avait consulté le dossier, car le champ devait toujours être renseigné.

Elle avait ouvert la fiche devant eux et ils avaient pu constater que seule la case des noms avait été complétée : il n'y avait pas d'adresse.

— M. et Mme Mahler, lut Servaz.

Il eut l'impression que son sang se figeait dans ses veines, qu'un grondement de cataracte montait dans ses oreilles. Il échangea un regard avec Kirsten et il fut sûr qu'il avait dans les yeux la même stupeur qu'il lisait dans ceux de la Norvégienne. À la rubrique « Informations du rattachement », les cases « Grand-père » et « Grand-mère » avaient été cochées.

C'était tout.

— Ses grands-parents, vous leur avez parlé? demanda-t-il d'une voix si enrouée qu'elle fit le bruit d'une scie.

Il s'éclaircit la gorge.

— À lui seulement, répondit-elle en fronçant les sourcils devant son trouble. J'étais inquiète. Comme je vous l'ai dit, Gustave avait été plusieurs fois houspillé par ses camarades dans la cour et j'avais beau les séparer ça recommençait le lendemain. Il ne bronchait pas, ne pleurait pas. (Elle leur lança un regard douloureux.) C'était aussi un enfant chétif, maladif, d'une taille inférieure à la moyenne. Il paraissait avoir un an de moins que les autres. Il était très souvent absent. Une grippe, un rhume, une gastro : il y avait toujours une bonne raison. Et le grand-père avait toujours une explication. Et puis, cet enfant avait l'air triste. Il ne souriait jamais. C'était un vrai crève-cœur de l'observer dans la cour de récréation. Vous pouvez imaginer ça, vous : un enfant qui ne sourit jamais? Quoi qu'il en soit, on voyait que quelque chose clochait. Et j'avais besoin de savoir quoi. Alors, j'en ai parlé au grand-père…

— Quel effet il vous a fait?

— Comment ça?

— C'était quel genre d'homme?

Elle hésita. Servaz vit nettement une pensée précise affleurer dans son regard.

— Un papi, bien sûr… Le gamin se jetait toujours dans ses bras, il y avait beaucoup de complicité et d'affection entre eux, ça se voyait. Mais… (De nouveau, ils la virent hésiter.) Je ne sais pas… il y avait quelque chose d'autre chez lui, dans la façon dont il vous regardait… Il ne faisait aucun doute qu'il aimait

189

beaucoup cet enfant mais, chaque fois que j'ai voulu creuser un peu… comment dire ?… son attitude a changé… Je me suis même demandé ce qu'il avait bien pu faire avant sa retraite.

— Comment ça ?

— Eh bien, ce n'était pas le genre de personne qu'on a envie de chatouiller, vous voyez ? Il était pas loin des quatre-vingts ans, mais – je ne sais pas pourquoi – je me suis dit que si jamais des cambrioleurs entraient chez lui, ce serait eux qui devraient s'inquiéter…

Servaz lut la perplexité sur son visage. Il se rendit compte qu'il était en nage sous sa veste et son manteau. Était-ce les suites du coma ?

— Et il vous a donné des explications concernant Gustav ?

Elle hocha la tête.

— Oui. Il m'a dit que son fils était souvent et long-temps absent. À cause de son travail. Et que cela pertur-bait le gamin, qui le réclamait en permanence. Mais il m'a aussi dit que le père serait bientôt là, et qu'il avait beaucoup de vacances, ce qui lui permettait de passer du temps avec son fils.

— Il vous a dit quel métier exerçait le père de Gustav ?

Son débit était précipité, les mots se bousculaient.

— Oui, j'allais y venir. Il travaillait sur une plate-forme pétrolière. En mer du Nord, je crois.

Servaz et Kirsten échangèrent un nouveau regard, qui n'échappa pas à la directrice.

— Qu'est-ce qu'il y a ? demanda-t-elle.

— Cela corrobore certains éléments que nous avons.

— Et, naturellement, vous ne pouvez pas m'en dire plus, s'agaça-t-elle.

— C'est exact.

Le visage de la directrice s'empourpra.

— Ses grands-parents, vous n'auriez pas leur adresse autre part ?

— Non.

— Et la grand-mère, vous ne l'avez jamais vue ?

— Non. Jamais. Juste lui.

Il hocha la tête.

— Il va falloir que vous veniez à Toulouse, au SRPJ, pour établir un portrait-robot et répondre à d'autres questions. Vous demanderez le capitaine Roxane Varin, de la Brigade des mineurs.

— Quand ça ?

— Le plus tôt possible. Prenez une journée. La mère, vous lui avez parlé de la mère ?

— Bien sûr.

— Et qu'est-ce qu'il vous a dit ?

Le regard de la directrice s'assombrit.

— Rien. C'est un de ces moments dont je vous ai parlé, ceux où on sentait qu'il ne fallait pas aller plus loin.

— Et vous n'avez pas insisté ? demanda-t-il, étonné.

Le ton de Servaz la fit se redresser sur son siège.

— Euh, non…

Il la vit rougir.

— Gustave, dit-elle, il lui est arrivé quelque chose ? On a retrouvé son… ?

— Non, non. La presse en aurait parlé. Il a disparu, c'est tout… Merci de votre collaboration.

Ils se levèrent, lui serrèrent la main.

— Commandant, dit-elle, j'ai encore une question.

Ils étaient déjà au seuil de la pièce, il se retourna.

— Qu'est-ce qui vous lie à cet enfant ?

Il la regarda, interdit. Saisi d'une soudaine et effroyable intuition.

Ils retournèrent à la voiture en remontant l'allée aux platanes de dessin animé. Bizarrement, le bonhomme de neige avait été décapité – ou bien c'était le vent qui avait culbuté sa grosse tête, laquelle gisait à présent sur le sol – et, encore plus bizarrement, cela lui fit penser aux images de propagande de l'État islamique, qui avaient réussi à infecter l'imaginaire occidental avec la complicité passive ou active des médias. En d'autres temps, pas si lointains, ces images n'auraient jamais vu le jour, et seraient encore moins parvenues jusqu'au public. Était-ce une bénédiction ou une malédiction que chacun y eût accès ?

— Il a donc vécu ici, constata Kirsten après que Servaz lui eut traduit ce qui s'était dit dans le bureau de la directrice.

Sa voix était tendue.

— Servaz, Mahler… Il a tout mis en scène… Il savait qu'un jour vous retrouveriez sa trace ici. Comment est-ce possible ?

Il mit le contact sans répondre. Fit une marche arrière prudente sur la chaussée humide et même verglacée par endroits. Il allait passer la marche avant quand il se tourna vers elle :

— Comment, dit-il. Comment t'est venue cette idée d'associer son prénom et mon nom ?

16

Retour

Il conduisait en silence en longeant l'autoroute A61 – la « Pyrénéenne » – et il ne cessait de repenser à la réponse de Kirsten. « Une intuition. » Elle était comme un poison lent – ricine ou amatoxines – qui diffusait et finissait par contaminer toutes ses pensées. Une intuition semblable à celle qu'il venait d'avoir quand la directrice d'école lui avait demandé ce qui le liait à Gustav ?

Marsac… Claire Diemar, la prof de civilisation antique retrouvée morte noyée dans sa baignoire, une lampe allumée dans la bouche. Les poupées flottant par dizaines dans sa piscine. Et Marianne qui l'avait appelé au secours parce que c'était son fils, Hugo, qu'on avait retrouvé prostré devant la maison de la morte. Servaz avait carrément perdu les pédales au cours de cette enquête. Il avait renoué avec un passé qui l'avait déjà démoli une première fois et il avait couché avec la mère du principal suspect, il avait balancé par-dessus les moulins tous ses principes. Et il l'avait payé cash… Oh oui. Il lui avait fallu des mois pour s'en remettre. S'en était-il d'ailleurs jamais remis ?

Et si… *si Marianne était tombée enceinte avant d'être kidnappée par le Suisse ?* Une vague de terreur le traversa à cette idée – il se sentit nauséeux. Il ouvrit la bouche comme s'il avait besoin d'air. Non : ça ne pouvait pas, ça ne devait pas être arrivé. C'était hors de question. Il ne pouvait pas se le permettre, le psy l'avait dit : il était trop fragile, trop vulnérable.

Il laissa son regard dériver sur les poids lourds qu'il doublait. Une chose était sûre : Hirtmann avait semé les indices à leur intention comme autant de petits cailloux. Il avait donc séjourné ici, le grand-père l'avait dit à la directrice : il venait régulièrement voir son fils quand il était en congé – et les ouvriers des plates-formes en ont beaucoup. Il était donc probable qu'il ait changé de tête pour passer inaperçu dans Saint-Martin. À moins qu'il se contentât de quelques artifices. Et Marianne, se dit-il, où était-elle ? Était-elle seulement encore en vie ? Il l'avait cru quand il avait découvert que le cœur dans la boîte isotherme n'était pas le sien – mais aujourd'hui il commençait à en douter. Pourquoi le Suisse l'aurait-il gardée en vie si longtemps ? Ce n'était pas dans ses habitudes. Et c'était matériellement très compliqué. En même temps, ne lui aurait-il pas fait savoir qu'elle était morte, d'une manière ou d'une autre ? Il n'aurait certainement pas passé sous silence un événement si fondamental pour son « ami » policier.

Les doigts crispés sur le volant, il avait l'impression que son crâne allait exploser.

— Eh, oh ! dit Kirsten à côté de lui. Doucement !

Il regarda le compteur de vitesse. Nom de Dieu ! Cent quatre-vingts kilomètres/heure ! Il leva le pied de la pédale et le rugissement du moteur s'apaisa.

— Tu es sûr que ça va ? demanda-t-elle.

Il hocha la tête, la gorge serrée. Lui jeta un coup d'œil. Elle l'observait calmement, froidement. Sa jupe était un peu remontée sur ses genoux, mais son manteau sombre la corsetait et il était soigneusement boutonné jusqu'en haut. Il y avait une raie bien nette dans ses cheveux blonds aux racines sombres et ses ongles nacrés étaient impeccables. Il se demanda ce qui se cachait sous cette froideur. Était-ce courant en Norvège, ce tempérament rigoriste et spartiate ? Ou bien était-ce elle ? Quelque chose enfoui dans son enfance, dans son éducation ?

Elle semblait donner peu de prise à la chaleur humaine et au contact. Elle avait dit qu'elle avait cinq jours devant elle. Qu'espérait donc la police norvégienne dans un délai si court ? C'était sans doute une question de budget, comme ici. Tant mieux : il ne se sentait guère la force de supporter cette présence janséniste plus longtemps, même si lui-même était loin d'être un moulin à paroles et un boute-en-train. Il se sentait observé et jaugé en permanence et il n'aimait pas ça. Elle lui faisait penser à une maîtresse d'école ou à une supérieure hiérarchique qui doit se faire respecter dans un milieu d'hommes. Était-ce dans sa nature ou adaptait-elle son comportement à la situation ? Quoi qu'il en soit, plus vite elle rentrerait en Norvège, mieux ce serait.

— C'est moche, dit-elle soudain.

— Quoi ? Qu'est-ce qui est moche ?

— Si ce gamin est son fils… c'est moche.

Il médita cette phrase. Oui, c'était moche – mais il y avait peut-être pire encore.

17

Traces

Le soir tombait lorsque les randonneurs parvinrent au refuge. Il était presque 18 heures et il faisait un degré au-dessous de zéro. Il y avait plusieurs heures que le soleil s'était caché derrière les montagnes – et bien plus encore qu'ils suivaient la piste blanche dans la forêt. Ils avançaient l'un derrière l'autre, au cœur du silence, entre les arbres, dans le jour déclinant : cinq silhouettes emmaillotées dans des anoraks remplis de duvet, des capuches et des bonnets, des écharpes et des gants fourrés, glissant sur leurs skis. Traçant leur route. Solitaires dans ce désert blanc. Cela avait été une longue, une très longue journée et ils avaient cessé de parler. Trop fatigués. Ils se contentaient de respirer de plus en plus vite, leurs souffles dessinant des origamis de buée blanche devant leurs bouches.

La vue du refuge les revigora. Sa forme sombre posée dans la clairière enneigée leur donna un ultime coup de fouet.

Des rondins, de l'ardoise, de la pierre, des sapins tout autour : une carte postale du Canada avançant vers eux – même si c'était eux qui avançaient – dans l'obscurité précoce. Gilbert Beltran pensa à *Croc-Blanc*, à *L'Appel de la forêt*, à ces lectures d'enfance pleines d'aventures, de grands espaces et de liberté. À dix ans, il avait cru que c'était cela la vie : de l'aventure et de la liberté. Au lieu de quoi, il avait découvert que les marges de manœuvre sont faibles, qu'une fois qu'on a pris telle direction il est presque impossible d'en changer et que tout cela est somme toute bien moins excitant que ça en avait l'air au départ. Il avait passé les cinquante ans et il venait de se séparer de sa petite amie qui en avait vingt-six (ou, plutôt, c'était elle qui venait de le quitter). Une jeune femme des plus dépensières qui, avec les pensions alimentaires qu'il versait à ses trois ex-femmes, l'avait quasiment ruiné et qui lui avait fait savoir avant de claquer la porte qu'il n'était qu'un imbécile. En fait, elle avait été bien plus grossière que cela. Il était proche de l'épuisement, ses muscles le brûlaient, tout comme ses poumons affamés d'oxygène. Il respirait, respirait.

Il était en cure thermale à Saint-Martin-de-Comminges, comme tous les participants à la randonnée, pour soigner une dépression et des troubles du sommeil, et il ne jouissait pas encore d'une forme physique optimale, loin s'en fallait. Il se souvint que, dans les livres et les bandes dessinées de son enfance, les héros – animaux ou humains – étaient tous courageux, droits, honnêtes. Aujourd'hui, il ne voyait que des séries télé ou des films dont les héros étaient veules, menteurs, manipulateurs, cyniques. À la Bourse des valeurs fictionnelles, la droiture, le courage physique, l'élégance morale n'avaient plus la cote.

La voix de la femme derrière lui le tira de ses pensées.

— Je suis morte.

Il se retourna. C'était la blonde. Un joli brin ; saine, sans chichis. Dans les trente-cinq ans. Il se dit qu'il aurait bien aimé l'entendre dire ça au lit. Et pourquoi pas ? Il était un cœur à prendre, après tout. Il allait tenter une approche ce soir. À condition, bien sûr, qu'ils aient assez d'intimité là-dedans.

Il devina que le refuge était plus grand qu'il n'y paraissait. Sur un côté, son toit descendait presque jusqu'au sol, où quatre-vingts centimètres de neige s'étaient accumulés depuis l'automne. De l'autre, il frôlait une haute paroi rocheuse dont le sommet était masqué par les sapins. L'ombre coulait entre eux, pareille à une encre mêlée d'eau ; elle semblait descendre du massif montagneux. La nuit tombait très rapidement à présent, et la masse sombre du refuge qui se détachait sur toute cette grisaille bleutée ne lui paraissait guère plus engageante que les bois eux-mêmes.

Tout à coup, il se sentit comme le petit garçon qui lisait Jack London au fond de son lit. Bon sang, qu'est-ce qui lui prenait de s'apitoyer sur son sort de la sorte ? Qu'est-ce que c'était que ces conneries de lectures d'enfance ?

Leur guide, un jeune homme blond qui avait à peu près l'âge de son ex-copine, ouvrit le refuge et tourna un interrupteur. Aussitôt, une flaque jaune franchit la porte pour se plaquer sur la neige labourée par leurs traces. Les leurs – mais aussi d'autres traces, de raquettes et de pas, récentes et plus profondes : il les voyait faire le tour du refuge, se croiser et se chevaucher. *Quelqu'un était venu avant eux.* Sans doute mettre en route le groupe électrogène. Ou vérifier qu'il y avait encore de l'électricité, malgré l'épais matelas de neige qui recouvrait les panneaux solaires. Ou bien effectuer de menues réparations avant l'ouverture de la saison d'hiver, quand le refuge n'était pas gardé, comme en été, mais qu'on pouvait tout de même y trouver des matelas et des couvertures, un peu de vaisselle, du bois de chauffage pour le poêle et une radio de secours.

En tout cas, des traces fraîches…

Il regarda autour de lui. S'arrêta sur l'autre type, bizarre – celui qui portait des traces de brûlures autour de la bouche et sur la joue gauche, sous sa capuche toujours rabattue, et qui avait un regard un peu dément. Il avait entendu dire aux thermes que ces brûlures étaient consécutives à une électrocution par une caténaire. Beltran s'était laissé dire qu'il avait passé des semaines d'abord dans un centre pour grands brûlés, puis dans un centre de rééducation spécialisé dans le traitement des cicatrices de brûlures avant d'atterrir ici. En temps normal, il aurait ressenti de la compassion pour quelqu'un dont une partie du visage était défigurée, mais il y avait quelque chose chez lui qui vous glaçait le sang presque autant que la nuit d'hiver. Peut-être était-ce ce regard un peu dingue qui s'attardait sur les uns et les autres avec ce qui s'apparentait pour Beltran à de la malveillance pure. Ou cette façon de mater les fesses et les seins des deux filles du groupe, la blonde et la brune, à tout bout de champ ? Ou encore cette autre de lécher ses cigarettes roulées d'une langue un brin obscène en vous regardant droit dans les yeux ?

Beltran remarqua que le type l'observait sous sa capuche et il frissonna. Il fut le premier à entrer. Il se sentait mal à l'aise au milieu de la forêt avec la nuit qui tombait ; il était le petit Gilbert lisant Jack London au fond de son plumard. *En pleine régression, mon pauvre vieux…*

Emmanuelle Vengud sourit au jeune guide et sortit le paquet de cigarettes de son anorak. En griller une dans cet air pur lui parut tout à coup la chose à faire. Un acte délicieusement transgressif. Ça faisait une heure au bas mot qu'elle en avait envie. Tout cet oxygène dont elle avait empli ses poumons pendant l'effort l'avait enivrée, de même que l'altitude. Une ivresse générale. Soudain, un cri lugubre, aigu et rouillé comme la morsure d'une scie, déchira l'obscurité grandissante.

— Qu'est-ce que c'était ?

Matthieu, leur jeune guide, regarda les bois et haussa les épaules.

— Aucune idée. Je ne connais rien aux oiseaux.

— Parce que c'était un oiseau ?

— Quoi d'autre ?

Il tendit ses doigts gantés vers le paquet de cigarettes.

— Je peux ?

— Un jeune homme sain et sportif comme toi, ça fume ?

Avait-elle eu recours au tutoiement d'une manière un peu trop évidente ? Dans ce cas, tant pis.

— Ce n'est pas mon seul vice, répondit-il en la regardant.

Elle lui rendit son regard. Est-ce que c'était un appel du pied ? Ou rien qu'un jeu innocent ? Si ç'avait été son mari, elle n'aurait pas hésité un seul instant. Dans le Scrabble mental de ce dernier, le mot « innocence » ne rapportait pas un point – contrairement à « adultère, tromperie, baise, chatte, pornographie » et surtout « trahison ». Scrabble de huit lettres, à placer avec le s de « baise » si celui-ci était déjà dans le jeu. Voilà qui pouvait rapporter un paquet de points. *Trahison*. Mot compte double, en vérité. Quand votre meilleure amie couche avec votre mari, vers qui vous tourner ? Votre animal de compagnie ? Votre belle-sœur ? Elle inhala la fumée, l'enfonça au plus profond de ses poumons.

— Votre mari n'aime pas la rando à skis ?

Elle frissonna – il était derrière elle et il avait prononcé les mots tout près de son oreille.

— Non, pas vraiment.

— Et vous, ça vous a plu ?

Elle frissonna de nouveau, mais différemment cette fois. À cause de la voix… Ce n'était pas celle de tout à l'heure. Celle du jeune guide. Celle-là chuintait et sifflait comme… Elle sursauta. Le visage brûlé. Celui qui avait un regard bizarre et des cicatrices autour de la bouche et sur la joue gauche. Alors seulement, elle s'aperçut qu'ils étaient seuls dehors. Que le jeune guide l'avait plantée là et était rentré. Il faisait froid et humide, mais elle eut tout à coup chaud dans le cou, les joues et l'entrecuisse. Une chaleur qui n'avait rien d'agréable. Une poussée d'adrénaline qui lui donna un peu le vertige. Elle sentit son cœur pomper son sang à grands coups violents sous sa combinaison, le souffle chaud qui caressait le pavillon de son oreille. Elle évita de tourner les yeux pour ne pas être tenté de regarder les cicatrices.

— Ton mari, pourquoi il n'est pas venu ?

Elle fut surprise, à la fois par le tutoiement et par l'indiscrétion assumée de la question. Ce fut à son tour de hausser les épaules.

— Il aime son petit confort. Dormir dans un sac de couchage au milieu d'une salle commune et des

201

ronflements, très peu pour lui. Et puis, je le répète, il n'est pas très ski de randonnée. Il préfère la descente. (*Et les gifles*, songea-t-elle.)

— Et qu'est-ce qu'il fait pendant ce temps ?

Elle se raidit. Ça allait trop loin, cette fois. (*Il couche avec ma meilleure amie*, pensa-t-elle. Peut-être que ça lui fermerait son clapet.) Et puis, elle avait remarqué la façon qu'avait le brûlé de lui reluquer les seins et les fesses pendant la randonnée. Elle avait beau être désolée de ce qui lui était arrivé – quoi que ce fût – elle ne l'en trouvait pas moins bizarre et, pour tout dire, malsain. Elle se retourna et le dévisagea, pour éviter surtout de le sentir la frôler par-derrière. Le tissu cicatriciel lui sauta aussitôt au visage et elle eut du mal à le regarder dans les yeux.

— Pourquoi tu veux le savoir ?

— Comme ça… Tu sais qu'il s'est passé quelque chose de terrible dans ce refuge il y a dix ans ? Quelque chose d'horrible…

Elle frémit. Il avait prononcé ça d'une voix tellement étrange : plus basse, plus grave. Jouissive… Oui, c'est ça. *Tu te fais des idées, ma vieille.* Un vent léger caressa les sapins. Qui frissonnèrent à leur tour, lâchant quelques paquets de neige comme une vache inquiète lâche des bouses. Il faisait de plus en plus noir. Tout à coup, elle eut envie de rentrer.

— C'est quoi, cette chose horrible dont tu parles ? demanda-t-elle.

— Une femme a été violée. Ici. Par deux randonneurs. Sous les yeux de son mari… Ça a duré presque toute la nuit jusqu'à ce que les deux types s'écroulent de fatigue.

L'appréhension lui mordit le ventre.

— C'est horrible, dit-elle. Les deux types, ils ont été pris ?

— Oui. Quelques jours plus tard. Ils avaient tous les deux des casiers judiciaires longs comme le bras. Et tu sais quoi ? Ils avaient bénéficié de remises de peine pour bonne conduite.

— Et la femme, elle est morte ?

— Non. Elle s'en est tirée.

— Tu sais ce qu'elle est devenue ?

Il fit signe que non, dans la grisaille de plus en plus épaisse.

— On dit que son mari s'est suicidé. Mais ce n'est sans doute qu'une rumeur à la con. Les gens par ici adorent les rumeurs… Merci pour la cigarette, dit-il de sa voix douce et sifflante. Et pour le reste.

— Quel reste ?

— Nous deux, là, tranquilles… parlant librement… Tu me plais.

Il s'était encore rapproché. Elle leva les yeux vers lui et n'aima pas ce qu'elle vit.

C'était comme si la nuit qui circulait entre les troncs avait brutalement coulé à l'intérieur de ses pupilles. Elles avaient dévoré tout l'iris. Un regard noir et mat comme un puits sans fond. D'une concupiscence si pure, si avide qu'elle fit un pas en arrière.

— Eh, oh, doucement, s'entendit-elle dire.

— Doucement quoi, Emmanuelle ? (La façon dont il prononça son prénom lui déplut également.) Tu m'allumes depuis tout à l'heure.

— *Quoi ?*

Il y avait quelque chose de plus violent, de plus sauvage dans la voix du brûlé maintenant, et son rythme cardiaque s'accéléra.

— Non, mais *vous* êtes malade !

Elle vit la colère remplacer la bestialité dans son regard. Puis le petit sourire moqueur revint. Ses lèvres s'entrouvrirent, étirant les cicatrices autour de sa bouche, et elle attendit les mots qui allaient la souiller, la mettre plus bas que terre, mais ils ne vinrent pas. Il se contenta de tourner les talons et se dirigea vers l'entrée du refuge en haussant les épaules.

Son pouls battant jusque dans sa gorge, elle dirigea son regard vers la forêt et, au-dessus, vers le profil noir de la montagne. L'oiseau hulula de nouveau au fond des bois, et le froid courut de sa nuque à ses reins, tout le long de sa colonne vertébrale. Jusqu'à son coccyx. Comme une impulsion électrique. Elle se dépêcha de rejoindre les autres.

Beltran regarda la femme blonde se déchausser à l'entrée. Cela faisait plus de cinq minutes que le cramé et elle étaient dehors, et elle était aussi rouge que les carreaux de la nappe sur laquelle il s'accoudait. Il s'était passé un truc, là-dehors, pourtant elle n'avait pas l'air de trouver ça amusant ni même plaisant.

— Tout va bien ? lui demanda-t-il.

Elle lui répondit d'un hochement de tête affirmatif, mais son expression disait le contraire.

Emmanuelle Vengud étala son sac de couchage sur le matelas en silence, à l'écart. Il n'y avait pas assez de place sur les couchettes et elle supportait difficilement les odeurs et les ronflements la nuit. Et puis, elle n'avait pas envie de dormir près du visage brûlé. Six jours sur sept, elle était expert-comptable. Elle travaillait à domicile, au calme. C'était sa première cure et sa première randonnée en groupe. Elle avait pensé que tout le monde serait fatigué en arrivant au refuge – trop fatigué pour parler, en vérité – mais ça n'arrêtait pas de bavasser là-dedans. Surtout les trois types.

— Tu dis qu'ils l'ont violée devant son homme ? demanda celui qui était dans la cinquantaine et qui s'appelait Beltran.

— Ouaip, après l'avoir attachée ici.

Le brûlé montra la poutre centrale qui supportait le toit du refuge. Il leur resservit à boire.

— Au poteau de torture, quoi, dit le jeune guide d'un air dégoûté en sifflant son verre comme si c'était de l'eau.

Elle se rapprocha du poêle. Sentit la douce chaleur qui en émanait détendre ses muscles remplis d'acide lactique.

— Et ça s'est passé quand ? voulut savoir Beltran.

— Il y a dix ans.

Le brûlé leur adressa un sourire sadique. Il n'avait pas retiré sa capuche, sans doute pour cacher un cuir chevelu à nu par endroits ou des blessures plus profondes, se dit Beltran.

— Un 10 décembre, exactement.

— On est le 10 décembre, fit remarquer avec un tremblement dans la voix la femme brune aux cheveux courts et au visage bronzé qui s'appelait Corinne.

— Je blague, dit-il en lui décochant un clin d'œil.

Personne ne parut trouver ça drôle et le silence s'installa.

— Comment tu connais cette histoire ? demanda Beltran.

— Tout le monde connaît cette histoire.

— Moi, je la connaissais pas, dit la femme brune, et pourtant je suis du coin.

205

— Je veux dire parmi les guides, les montagnards. Tu es dentiste.

— S'il faut, je l'ai eue comme patiente... Comment elle s'appelait ?

— J'en sais rien.

— On pourrait pas parler d'autre chose ? intervint brusquement Emmanuelle.

Sa voix exprimait un mélange d'agacement et de quelque chose de plus profond : de la peur. Soudain, un grand bruit se fit entendre au-dessus d'eux, sur le toit. Emmanuelle et les autres sursautèrent et levèrent la tête. Tous sauf le brûlé.

— Qu'est-ce que c'était ? dit-elle.

— Quoi ?

— Me dites pas que vous n'avez pas entendu.

— Entendu quoi ?

— Ce coup sur le toit.

— Sans doute un paquet de neige, répondit le jeune guide.

— Un paquet de neige ne fait pas ce bruit-là.

— Alors, une branche qui a cassé sous le poids de la neige, lança la brune en jetant à la blonde un regard dédaigneux. Qu'est-ce que ça peut foutre ?

Ils se turent un instant. Le vent sifflait contre les bardeaux, dehors ; les flammes chantaient dans le poêle. Emmanuelle visualisa le toit recouvert d'un épais matelas de neige au-dessus de leurs têtes, les branches des sapins au-dessus du toit, les cimes silencieuses et glacées au-dessus des sapins, et les étoiles muettes au-dessus des cimes. Et eux, minuscules, dérisoires, tapis au fond de cette vallée – tels les premiers hommes des cavernes.

— Elle n'a pas seulement été violée, reprit le brûlé dans l'ombre de sa capuche de sa curieuse voix

206

chuintante et sifflante. Ils ont aussi été torturés, elle et son mari. Toute la nuit. Laissés pour morts… C'est un guide qui les a trouvés le lendemain. Un ami à moi.

Emmanuelle vit que les yeux de la femme brune brillaient de curiosité. Et aussi de convoitise pour le jeune guide.

— C'est horrible, dit-elle, mais, dans sa voix, il y avait autre chose – une deuxième strate qui disait au jeune guide : « C'est horriblement excitant de parler de ça ici avec toi, de savoir qu'on va dormir l'un près de l'autre… »

Elle avait dans les quarante-cinq ans, les cheveux coupés suivant un carré court et en bataille, presque une coupe d'homme sur les oreilles, la peau mate et des yeux noisette un peu bridés. Son coude ne cessait de frôler celui du guide, et elle aperçut son pied sous la grande table qui faisait de même. Emmanuelle sentit son visage s'empourprer. Ils n'allaient quand même pas faire ça ici, cette nuit, devant tout le monde !

— Le pire, ajouta le guide, c'est que…

— Ça suffit, merde !

Elle vit les quatre autres se tourner vers elle. Le jeune guide souriait d'un air moqueur.

— Désolée, dit-elle.

— Je crois que tout le monde est fatigué, intervint Beltran. Si on allait se coucher ?

La brune lui lança un regard irrité. Le guide et elle n'avaient pas encore suffisamment flirté.

— Bonne idée, dit l'homme au visage brûlé de sa voix froide et aiguë.

— Je vais m'en fumer une dernière avant de dormir, dit le jeune guide en se levant. Tu viens avec moi ? demanda-t-il carrément à la brune.

Elle hocha la tête en souriant et le suivit. Elle avait bien quinze ans de plus que lui. Salope, pensa Emmanuelle. Le jeune guide ouvrit la porte et, l'espace d'une seconde, tous entendirent le bruit du vent dans les branches des sapins. Puis il referma la porte.

— Ça fout quand même un peu les jetons, son histoire, reconnut la brune une fois dehors.

Il sourit et sortit une cigarette du paquet. Elle tendit la main pour s'en saisir, mais il l'écarta de ses doigts avant de sucer le bout-filtre ostensiblement. Elle sourit à son tour. Elle ne quittait pas des yeux les jolies lèvres du jeune guide, rouges comme un fruit au milieu de sa barbe blonde. Il glissa ensuite la cigarette dans sa bouche à elle, et approcha la flamme vacillante du briquet, sans la lâcher une seconde du regard.

— Matthieu, c'est ça ? demanda-t-elle.

— Yeap.

— Je n'aime pas dormir seule, Matthieu.

Ils étaient très proches, pas aussi proches cependant qu'elle l'aurait voulu, à cause des cigarettes. Elle était divorcée, libre de ses mouvements, et elle ne se privait pas de mettre à profit cette liberté chaque fois que l'occasion s'en présentait.

— Tu es loin d'être seule, répondit-il, tu auras trois mecs autour de toi…

— Je veux dire : seule dans mon sac de couchage…

Ils écartèrent presque simultanément leurs cigarettes, et leurs visages se rapprochèrent. Elle sentit son souffle et son haleine fleurant le vin sur sa figure.

— Tu veux faire ça avec les autres qui pioncent à côté, constata-t-il. C'est ça qui t'excite.

Ce n'était pas une question.

— J'espère surtout qu'il y en aura au moins un qui ne dormira pas, répondit-elle.

— Et si on le faisait là, tout de suite ?

— Trop froid.

Elle plongea ses yeux dans les siens. Son regard : vacant, vide de toute expression ; il envahissait presque tout le champ de vision de la femme brune et pourtant elle vit quelque chose bouger dans les fourrés derrière lui, dans l'angle formé par le cou et l'épaule : une ombre mouvante – et elle tressaillit, son cerveau brutalement déconnecté de leur parade amoureuse.

— Qu'est-ce que c'était ?

— Quoi ? dit-il, alors qu'elle se glissait hors de l'étroit espace entre le mur et lui.

— J'ai vu quelque chose…

Il se retourna à contrecœur, contempla la forêt obscure.

— Il n'y a rien.

— Je suis sûre d'avoir vu quelque chose ! Là, dans les bois.

Sa voix vibrait de panique à présent.

— Je te dis qu'il n'y a rien. Tu auras vu une branche bouger avec le vent, c'est tout.

— Non, c'était autre chose, insista-t-elle.

— Un animal, alors… Merde, à quoi tu joues ?

— Rentrons, dit-elle en jetant son mégot dans la neige.

— Il y a quelqu'un là-dehors, dit-elle.

Ils la regardèrent tous et le jeune guide derrière elle leva les yeux vers le plafond.

— J'ai vu quelqu'un, insista-t-elle de nouveau. Il y avait quelqu'un.

— Des ombres, dit le jeune guide en passant devant elle et en rejoignant les autres. Des ombres dans la forêt, des arbres remués par le vent. Il n'y a personne. Enfin, qui resterait dehors dans la forêt avec un froid pareil ? Et pour quoi faire ? Nous piquer nos iPhone et nos skis ?

— Je suis sûre d'avoir vu quelqu'un, insista-t-elle, contrariée et sans plus aucune envie de flirter avec ce petit con.

— Allons voir, dit Beltran. Il y a des torches ?

Le guide soupira, alla jusqu'à son sac et en sortit deux.

— Allons-y, dit-il.

Les deux hommes se dirigèrent vers la porte.

— J'avais raison, dit le jeune guide. Il n'y a personne.

Les faisceaux de leurs torches dansaient entre les arbres un ballet saccadé, stroboscopique, révélant les profondeurs inquiétantes de la forêt. La nuit, au bout, était sans fond. La nuit, comme la neige, nivelle tout, absorbe, *dissimule*.

— Il y a des traces, là. Elles ont l'air récentes.

À contrecœur, le jeune guide s'approcha. Effectivement, il y avait des traces de pas, profondes, à l'orée de la forêt. À quelques mètres du refuge, là où la neige était la plus épaisse, là où la brune avait cru voir quelque chose. La neige scintillait dans le faisceau de leurs torches.

— Et alors ? Quelqu'un est passé par ici. Si ça se trouve, ces traces datent d'hier. Avec ce froid, rien ne bouge, elles ne sont peut-être pas si récentes que ça.

Beltran regarda le guide en tiquant. Il n'aimait pas ça, mais le jeune homme avait sans doute raison. Et puis, qu'est-ce que ça pouvait bien foutre ? Est-ce qu'il y avait des habitations pas très loin, une ferme ? Des traces dans la forêt : et après ? Sans l'histoire racontée par l'autre dingo, ils ne seraient pas tous en train de se faire des films.

— Bon, on y va ? demanda le jeune guide.

Beltran opina.

— Ouais, rentrons.

— On n'a rien vu, OK ? Pas de traces. Nul besoin d'affoler les autres.

18

Émois

Kirsten réintégra sa chambre d'hôtel peu avant minuit. Elle fila sous la douche, se savonna longuement sous le jet bouillant en insistant sur les parties intimes. Martin l'avait laissée dans le centre-ville avant de rentrer chez lui, car elle lui avait expliqué qu'elle avait besoin de prendre l'air.

Elle revit l'étudiant dans ce bar de la place Saint-Georges. Tandis qu'elle buvait seule, assise à une table ronde dans un coin, un kamikaze – vodka, triple sec, *sweet & sour* –, il l'avait longuement regardée, assis au milieu des autres. Non, pas regardée : couvée, convoitée, visée, dévorée des yeux, avec une sorte d'avidité frémissante et juvénile. Elle avait fini par lui retourner son regard. Il lui avait souri. Elle n'avait pas souri en retour, mais elle n'avait pas détourné le regard non plus. Il s'était alors détaché de sa bande de potes pour s'approcher d'elle entre les tables. Il ne semblait pas intimidé par son abord froid et austère qui, en général, dissuadait les hommes.

Il avait prononcé quelques mots en français, avec un sourire qu'il devait croire irrésistible – et, de fait, qui n'était pas loin de l'être.

— Je ne parle pas français, avait-elle répondu.

Il était aussitôt passé à un anglais plutôt scolaire teinté d'accent du Sud-Ouest.

— Vous attendez quelqu'un ?

— Non.

— Alors, c'est moi que vous attendiez.

Elle s'était efforcée de sourire à cette tentative plutôt minable.

— *Who knows ?* avait-elle-même dit, encourageante – et elle avait aussitôt vu une lueur s'allumer dans ses yeux.

Il avait un air d'innocence, un visage à peine sorti de l'enfance, mais la lueur sombre qui était alors passée dans ses pupilles chantait une tout autre chanson. Il avait montré la chaise vide.

— Je peux m'asseoir ?

Une heure plus tard, elle savait tout de lui. Et elle commençait déjà à le trouver ennuyeux. Il préparait un *master of science* – si elle avait bien pigé son anglais approximatif – à l'ISAE, l'Institut supérieur de l'aéronautique et de l'espace de Toulouse. Il voulait travailler sur les lanceurs de satellites ou quelque chose comme ça. Il était intarissable sur son futur métier et, pendant un moment, elle avait feint d'être intéressée, puis elle avait renoncé. Elle avait sorti son iPhone 6 et consulté ses messages pendant qu'il parlait.

— Ben quoi, je vous ennuie ?

— Un peu.

Il avait blêmi. Et elle avait lu dans ses yeux qu'il avait été sur le point d'être désagréable. Qu'il n'était pas forcément si gentil que cela. Elle avait alors frôlé sa cheville de la pointe de sa chaussure, sous la table. S'était penchée vers lui. Il l'avait imitée. Leurs visages

213

à quelques centimètres l'un de l'autre. Elle avait plongé son regard dans le sien.

— J'ai envie d'autre chose.

Elle avait aussitôt vu l'effet physiologique à la dilatation de ses pupilles, deviné l'accélération de son rythme cardiaque, l'augmentation de sa pression artérielle. La pointe de sa chaussure s'était glissée entre le bas de son jean et sa jambe et elle avait presque visualisé l'afflux sanguin vers la zone génitale au moment où son visage juvénile s'empourprait.

— On change d'endroit si vous voulez, avait-il dit.

Une façon élégante de demander : « Chez toi ou chez moi ? »

— Non, avait-elle répondu. Ici. C'est bien.

Du menton et du regard, elle lui avait montré la porte des toilettes, dans le fond. Puis elle s'était levée. Elle l'avait attendu dans le minuscule espace entre les toilettes « hommes » et « femmes », les reins appuyés contre l'unique lavabo de céramique blanche, et il s'était jeté sur elle dès qu'il avait franchi la porte. Ses mains trop fébriles et directes entre ses cuisses, sous la robe. Fini la politesse. Elle n'était plus qu'un objet de plaisir et il était bien décidé à trouver le sien à travers elle. Elle les avait laissées aller partout où elles voulaient et elle avait senti son vagin se lubrifier. Il l'avait prise debout, dans un des cabinets, ses mains à elle à plat contre la cloison, au-dessus de la lunette des W.-C., après qu'elle l'eut aidé à enfiler son préservatif. Pas de fioritures, il l'avait pénétrée violemment, se hâtant de prendre son plaisir. Elle avait eu à peine conscience du gémissement qui montait du fond de sa gorge, de ses hoquets et de ses ongles griffant le bois à tel point qu'une écharde s'était plantée dans son index gauche, sous l'ongle. Elle avait joui très vite. Lui aussi. L'avait embrassé, remercié et était ressortie dans la nuit pluvieuse.

En ressortant de la douche, elle récupéra son téléphone qu'elle avait branché sur le chargeur et retourna s'asseoir sur le siège des W.-C.

— Salut Kasper, dit-elle quand on eut répondu à l'autre bout.

— Alors, où vous en êtes ? demanda le flic de Bergen.

Servaz fumait une cigarette au pied de son immeuble, place Victor-Hugo, après avoir déposé Kirsten dans le centre. En levant la tête, il pouvait voir son propre balcon et son living éclairé et, de temps à autre, une silhouette qui passait derrière la baie vitrée : Margot. Elle l'attendait. Elle préparait le repas. La nuit au-dessus des toits était sans nuages et, dans son dos, il sentait la présence qui lui avait toujours paru un brin inquiétante du marché Victor-Hugo fermé jusqu'au lendemain et des quatre étages de parking déserts au-dessus. C'était la vue qu'il avait depuis chez lui : des rangées de voitures comme des animaux endormis.

Il fumait et pensait à Gustav.

Il repensait à la phrase de la directrice d'école : « Qu'est-ce qui vous lie à cet enfant ? » Et à ce doute effroyable, cette horrible appréhension qui lui était venue dans la voiture et qui depuis poursuivait secrètement son travail de sape : *et si Marianne était tombée enceinte avant d'être kidnappée par le Suisse ?* Non, impossible. Il ne pouvait cependant pas s'empêcher de ressortir la photo et de contempler le visage du gamin à tout bout de champ. Il préférait ne pas compter combien de fois il avait fait ce geste aujourd'hui, car il aurait alors compris qu'il était au bord d'une sorte de folie. Que cherchait-il dans ces traits ? Une ressemblance ou, à l'inverse, l'absence de celle-ci, la preuve que c'était bien Hirtmann le père ?

Il avait le cliché dans sa main, à cet instant précis, et, malgré le faible éclairage de la place, il regardait le gamin qui le regardait en retour quand son téléphone bourdonna au fond de son pantalon. Il regarda l'écran illuminé : le numéro lui était inconnu – non répertorié.

— Allô ?

— *Ce cœur, comment va-t-il ?*

Il sursauta, regarda autour de lui la place déserte, les trottoirs vides. Personne à l'horizon – avec ou sans téléphone.

— Pardon ?

— Une sacrée nuit que cette nuit-là, hein, Martin ? Sur ce wagon…

Il connaissait cette voix, il l'avait déjà entendue.

— Qui est à l'appareil ?

Un deux-roues passa, sa pétarade couvrit la voix au téléphone, si bien qu'il ne fut pas tout à fait sûr de ce qu'il avait entendu :

— *… bien failli griller tous les deux…*

— Jensen ?

— À cause de toi, je ressemble à Freddy Krueger, putain. J'ai la gueule de l'emploi maintenant, pas de doute.

Servaz retint son souffle et prêta l'oreille.

— Jensen ? Où es-tu ? On m'a dit que tu suivais une cure, que…

— Exact. Dernière étape de ma rééducation. Saint-Martin-de-Comminges, ça te parle ? Je t'y ai vu aujourd'hui, mon ami. Entrer et sortir de la mairie…

La silhouette dans le square, en manteau noir, le visage levé, que contournaient les passants… Pourtant, l'homme lui avait paru grand alors que Jensen était petit.

— Qu'est-ce que tu veux ?

Une seconde de silence.

— Je veux qu'on parle.

Servaz résista à l'envie de raccrocher. Qu'il aille au diable. Il devait se tenir éloigné de ce type. À tout prix. Il avait été blanchi, légitime défense, mais il était sûr que les bœufs continuaient de renifler de son côté, qu'ils attendaient un faux pas. Il s'enfonça dans l'ombre de la galerie qui courait autour du marché, comme s'il voulait échapper à d'éventuels regards.

— De quoi ?

— Tu le sais.

Il ferma les yeux, serra les mâchoires. C'était du bluff. Jensen voulait le piéger, l'accuser de harcèlement.

— Désolé, mais j'ai autre chose à faire.

— Ta fille, je sais…

Cette fois, il eut l'impression qu'une chaleur familière irradiait de son plexus : la colère.

— *Qu'est-ce que tu as dit ?*

— Il faut combien de temps pour être à Saint-Martin ? Je t'attendrai devant les thermes, à minuit. À tout à l'heure, *amigo*.

Un bref silence.

— Et le bonsoir à ta fille.

Il regarda son portable avec l'envie de le fracasser contre le mur de béton du marché. Jensen avait raccroché.

Il fit le trajet beaucoup trop vite. L'autoroute était déserte à part quelques poids lourds dont les feux arrière se rapprochaient trop rapidement. Il les dépassait sans quitter la voie de gauche, filant à plus de trente kilomètres au-dessus de la vitesse autorisée, la rage au ventre.

Il songea qu'il devrait sans doute faire un rapport. Que mettrait-il dedans ? Qu'il n'avait pas eu le choix parce que Jensen avait parlé de sa fille ? Aucun bœuf-carottes ne voudrait entendre un tel argument. Il n'avait pas à aller là-bas, diraient-ils. Il aurait dû prévenir sa hiérarchie et surtout ne pas agir seul. Ben voyons… Qu'allait-il se passer à présent ? Que lui voulait Jensen ?

Dès qu'il quitta l'autoroute, il se retrouva plongé dans la campagne noire et lugubre, là où le lien entre les individus se distendait, où la lune était bien souvent la seule clarté visible. Puis la nuit des montagnes l'engloutit. Il remonta la même vallée ample que précédemment, comme s'il filait entre de grands temples en ruines, écrasé par cette double présence : celle de la nuit et celle des montagnes.

Les rues de Saint-Martin étaient désertes quand il y entra. Pas âme qui vive sur les trottoirs, fenêtres noires à quelques rares exceptions près. Le centre-ville dormait du sommeil lourd, plein de secrets et de rêves des petites villes de province. Il remonta les allées d'Étigny, longeant les terrasses éteintes des cafés et les rideaux de fer baissés des commerces en direction des thermes, tout au bout. Il y avait dans ce sommeil provincial quelque chose qui était comme un avant-goût de la mort. Mais celle-ci ne lui faisait plus peur désormais. Il l'avait regardée en face.

Il se gara à l'entrée de la vaste esplanade. Personne en vue. Sur sa gauche, les arbres et les buissons noirs du jardin public, où quelqu'un pouvait aisément se cacher ; sur sa droite, la colonnade d'inspiration vaguement gréco-romaine des thermes, avec la montagne en arrière-plan ; dans le fond, la nouvelle aile, tout en verre, parallélépipédique, dont les vitres brillaient sous la lune.

Tout à coup, il eut envie de s'enfuir. Il ne voulait pas être là. Il ne voulait pas parler à Jensen sans témoin. C'était une très mauvaise idée.

« Le bonsoir à ta fille. »

Il descendit.

Ferma sa portière aussi doucement que possible. Tout était silencieux. Il s'attendait à voir Jensen émerger de derrière une colonne. S'il s'était trouvé dans un film, cela se serait passé ainsi. Il se serait avancé, silhouette inquiétante mise en valeur par le contre-jour savant d'un éclairagiste. Au lieu de ça, il scruta les buissons et les ombres du jardin public, à l'opposé. Le vent était tombé et les branches nues des arbres aussi inertes que les membres d'un squelette.

Il s'avança sur l'esplanade, se retourna pour observer la longue perspective derrière lui qui, en plein jour, était le cœur vivant de la ville mais qui, à cette heure, évoquait un décor abandonné par l'équipe de tournage sur un plateau de cinéma.

— Jensen !

Cet appel lui en rappela un autre, identique, par une nuit d'orage, et la peur descendit sur lui. Comme cette fois-là, il avait laissé son arme dans la boîte à gants. Il fut tenté de retourner au véhicule mais, au lieu de ça, il avança vers les bâtiments et la colonnade sur sa droite. La lune était le seul témoin de ses gestes. À moins que… Il frissonna en pensant que Jensen était peut-être tout près. Tout à coup, il eut un flash : la pluie déferlant sur le toit du wagon, les éclairs dans le ciel et Jensen se retournant, la flamme qui jaillissait du canon de son arme et le projectile qui lui transperçait le cœur. Il n'avait presque rien senti sur le moment… un simple coup de poing dans la poitrine… Est-ce qu'il allait lui tirer dessus comme la dernière fois ? « Ce cœur, comment va-t-il ? » Il n'avait aucune raison de le faire. Il avait été blanchi pour les trois viols. La dernière fois, il s'était senti pris au piège, acculé. Mais alors pourquoi Jensen voulait-il le voir ? Et pourquoi ne se montrait-il pas ?

— Jensen ?

La galerie derrière la colonnade était pareillement déserte. Il ressortit sur la vaste esplanade, entre deux colonnes, scruta de nouveau les ombres du jardin. Soudain, son regard s'arrêta sur l'une d'elles, à trente mètres environ. Ce n'était pas un arbuste. Une silhouette. Noire. Immobile. À la lisière du jardin public. Il plissa les yeux. La silhouette se fit plus précise entre les arbres : une forme humaine.

— Jensen !

Il entreprit de traverser l'esplanade dans sa direction. C'est alors que la silhouette bougea. Non pas pour s'approcher de lui – mais pour s'éloigner au contraire à l'intérieur du jardin. Il sursauta. Bon sang, bon sang ! Où allait-il comme ça ?

— Hé !

Il se mit à courir. La silhouette marchait très vite à présent, entre les haies du jardin public, en se retournant de temps en temps pour évaluer la distance qui les séparait. Servaz s'enfonça à son tour dans les allées. Comme il gagnait du terrain, la silhouette se mit elle aussi à courir. Il accéléra. Tout à coup, il la vit bifurquer sur la droite et foncer vers l'arrière du grand bâtiment de verre. Elle grimpa l'allée gravillonnée en pente qui se transformait ensuite en sentier de randonnée, et s'enfonça dans la forêt. Il courut derrière elle, sentit naître un point de côté comme un clou planté dans son flanc, ralentit après avoir contourné le bâtiment de verre en voyant devant lui le mur de sapins noirs.

La montagne boisée se dressait au-dessus de lui, le ciel était dégagé et le clair de lune découpait sa masse immense.

Tout n'était qu'ombres et obscurité. Il reprit son souffle, les mains sur les genoux, conscient de sa piètre condition physique. Réfléchit. S'il s'enfonçait là-dedans, il serait aveugle. Il n'avait ni arme ni lampe sur lui. Il pouvait se passer n'importe quoi là-dedans. Que voulait Jensen ? À quoi rimait ce petit jeu ? Tout à coup, il se fit la réflexion que Jensen avait une bonne raison de lui tirer dessus une deuxième fois, qu'à sa place il aurait eu la haine. Car Jensen devait le tenir pour responsable de ce qui lui était arrivé : le visage défiguré à jamais. Sa vie avait changé pour toujours et c'était lui, Servaz, qui était à l'origine de ce changement. Sans doute était-il caché là, à l'attendre. Mais pour quoi faire ? Envisageait-il de le faire payer ? Si oui, de quelle façon ? Était-il désespéré au point de commettre l'irréparable ?

Servaz sentit la chair de poule sur ses avant-bras. Il s'avança néanmoins. Suivit le sentier qui s'enfonçait dans les ombres profondes de la forêt. Il faisait noir comme dans un four là-dedans. Il ne fit que quelques mètres à l'intérieur des bois, s'arrêta. Personne. Il n'y voyait goutte. Il eut soudain conscience que sa respiration accélérée n'était pas seulement due à sa course. Qu'il était la seule personne vivante ici à part une autre qui ne lui voulait pas que du bien.

— Jensen ?

Cette fois, le son de sa voix ne lui plut pas du tout. Il avait essayé de masquer son inquiétude, mais il était sûr que sa voix l'avait trahi, que, planqué tout près, Jensen devait se délecter de la frayeur qu'il suscitait.

Il resta presque vingt minutes au même endroit, sans bouger. Attentif à chaque mouvement des ombres quand le vent se levait dans les frondaisons. Quand il eut acquis la conviction qu'il était tout seul, que Jensen était parti depuis longtemps, il ressortit de la forêt et retraversa le jardin public en direction des thermes, frustré mais soulagé, et retourna à la voiture. C'est alors qu'il le vit, le mot sur le pare-brise, coincé sous l'essuie-glace :

Tu as eu peur ?

Kasper Strand attendit minuit. Il habitait un trois-pièces avec balcon sur les hauteurs de Bergen, non loin du funiculaire, d'où la vue embrassait la ville et le port. C'était le principal atout de son appartement hors de prix. Même quand il pleuvait – ce qui, à Bergen, arrivait pour ainsi dire un jour sur deux –, il ne se lassait jamais de voir la ville aux sept collines et aux sept fjords s'illuminer quand le soir tombait. Et Dieu sait que le soir tombait vite, l'hiver, à Bergen.

Il savait qu'il était en train de fouler aux pieds tous les principes qui l'avaient jusqu'ici guidé dans sa vie professionnelle – et qu'il ne pourrait plus se regarder dans une glace après ça. Mais il avait besoin de ce fric.

Et l'info qu'il s'apprêtait à monnayer valait de l'or, il en était parfaitement conscient, pour les bonnes personnes. Ce que Kirsten Nigaard venait de lui apprendre était tout bonnement incroyable. À présent, il fallait voir combien ça allait lui rapporter.

Il contempla le chantier au milieu du salon : un de ces foutus meubles en kit à monter soi-même qui avaient fait la fortune des vendeurs de mobilier suédois. Après deux heures d'efforts, il s'était aperçu qu'il avait monté les rails supportant les tiroirs à l'envers. Pas sa faute : ces notices étaient dessinées par des types qui visiblement n'achetaient jamais de meubles en kit. Panneaux en aggloméré, vis, tournevis, chevilles : tout gisait en vrac au milieu du salon, comme si une explosion avait eu lieu. En balançant le tournevis dans un coin, il se dit que c'était à ça que ressemblait sa vie depuis son veuvage : une existence en kit accompagnée d'une notice incompréhensible. Il n'était pas armé pour vivre seul. Encore moins pour élever une jeune fille de quatorze ans en pleine crise existentielle. Il y avait un tas de choses qu'il faisait de travers depuis que sa femme était morte.

Il regarda sa montre. Marit aurait dû être rentrée depuis plus d'une heure. Comme d'habitude, elle était en retard. Elle ne s'en excuserait même pas. Il avait tout essayé : les remontrances, les menaces de privation de sortie, la pédagogie, la conciliation. Rien n'y avait fait. Sa fille était imperméable à tout argument. C'était pourtant pour elle, pour conserver cet appartement qu'elle adorait mais largement au-dessus de leurs moyens – le salaire de sa défunte femme, bien supérieur au sien, avait payé les traites de son vivant – qu'il s'apprêtait à passer ce coup de fil. Et aussi pour éponger quelques dettes de jeu…

223

Il marcha jusqu'au balcon entièrement vitré où il avait installé un fauteuil et une petite table pour poser son whisky. À travers le crachin, Bergen brillait de mille feux, ses lumières mouillées dédoublées dans les eaux noires du port, ses vénérables maisons de bois repoussant la laideur des structures métalliques de celui-ci.

Une fois assis, il sortit de sa poche le numéro de téléphone qu'il avait relevé sur Internet et avait noté sur un bout de papier. Pourquoi ne l'avait-il pas directement entré dans son répertoire ? Est-ce que cela ferait une différence si, un jour, on lui demandait des comptes ?

Il se concentra sur l'argent – il en avait besoin, un besoin urgent, il ne pouvait se permettre de jouer les jeunes filles effarouchées – et composa le numéro, le ventre noué.

19

Bang

Dans le refuge, elle fut réveillée par leurs halète-ments et leurs soupirs.

Elle avait mal au crâne, l'impression que tout tournait autour d'elle à une vitesse folle, bien qu'il régnât une obscurité presque totale. De nouveau, les halètements et les soupirs, dans le noir. Probablement la brune et ce connard de guide. Elle avait vu leur manège avant qu'ils sortent fumer. À la réflexion, les halètements émanaient d'une seule personne : un homme. L'autre demeurait silencieuse. Et ils étaient tout proches, à peine à quelques centimètres d'elle.

Tout à coup, elle eut peur. Envie de hurler. Mais pour qui la prendrait-on si elle réveillait tout le refuge pour rien ? Et puis, les halètements avaient brusque-ment cessé. Elle n'entendait plus rien, à part le bour-donnement du sang dans ses oreilles.

Est-ce qu'elle avait rêvé ?

Plus tard, Emmanuelle crut distinguer un autre bruit. Malgré sa fatigue – et à cause de la peur – elle n'arrivait pas à trouver le sommeil. Il faisait noir, mais elle était sûre que quelqu'un bougeait là-bas, du côté de la cuisine. Quelqu'un qui se déplaçait sans bruit ou presque, furtivement, comme un voleur...

Pour ne pas les réveiller ou pour une tout autre raison ? Elle sentit son pouls s'accélérer. Il y avait quelque chose dans la façon de bouger de l'ombre qui la paralysait, la collait à son matelas. Comme si elle pouvait percevoir les ondes négatives qui en émanaient. Quelque chose de cauteleux, de dissimulé : *d'hostile...* Elle déglutit, se rendit compte que son estomac faisait des nœuds. Elle pensa au bruit qu'ils avaient entendu la veille au soir, à la brune persuadée d'avoir vu quelqu'un dehors. Elle s'enfonça un peu plus dans le matelas. En se disant qu'au réveil cette réaction lui paraîtrait ridicule, irrationnelle, infantile – imputable aux fantasmes de la nuit. Mais, pour autant, cela ne la rassura pas. Au contraire. Elle aurait voulu disparaître, ou réveiller les autres... Mais elle était incapable d'émettre le moindre son. Car, à présent, elle distinguait parfaitement l'ombre dans la grisaille – *et l'ombre venait vers elle...*

La main se plaqua sur sa bouche en même temps que quelque chose de pointu s'enfonçait dans son cou.

— Chut.

Elle renifla l'odeur métallique, âcre, de la main qui la bâillonnait. L'associa, bizarrement, à l'odeur d'un tuyau en cuivre : elle avait réparé elle-même la vieille tuyauterie de sa maison, elle connaissait cette odeur. Puis elle comprit que c'était l'odeur du sang qu'elle sentait, et qu'elle l'avait dans les narines : comme souvent quand elle était en proie à une émotion violente, elle saignait du nez.

La voix dans son oreille – mais encore plus chuintante, plus sifflante que précédemment :

— *Si tu cries, si tu essaies de te débattre, je te tue.*
Et après je tue tous les autres.

Comme pour l'en convaincre, la pointe s'enfonça
un peu plus dans son cou et elle ressentit la morsure de
la lame. Elle eut l'impression qu'on posait une grosse
dalle sur sa poitrine, qui l'empêchait de respirer. Elle
entendit la fermeture du sac de couchage qu'on ouvrait,
dans le noir.

— Tu vas sortir de là sans faire de bruit et te lever…

Elle essaya, elle voulut – mais ses jambes tremblaient tellement qu'elle trébucha et cogna son genou
contre le banc de bois. Elle émit une petite plainte, un
couinement. Aussitôt, il la rattrapa au vol et sa poigne
broya son bras maigre à travers le pyjama.

— Tu te calmes, maintenant ! gronda-t-il à voix
basse. Sinon tu vas crever !

Elle le voyait à présent assez distinctement dans la
pénombre, sa silhouette toujours encapuchonnée. Il
n'avait même pas dû se déshabiller, juste attendre que
les autres dorment. Des ronflements s'élevaient des
couchettes. Sous ses pieds nus le sol du refuge était
glacé. Il la tenait par le bras.

— Allons-y.

Elle savait où ils allaient : dehors. Là où il pourrait la
violer sans crainte d'être dérangé. Et après, est-ce qu'il
allait la tuer ? C'était le moment de faire quelque chose.
Il dut sentir sa résistance, car la lame s'enfonça de nouveau sur le côté gauche de son cou.

— Au moindre geste, au moindre cri, je t'égorge.

Elle songea, l'espace d'un instant, qu'elle était
comme cette gazelle ou cet éléphanteau que les fauves

227

réussissent à isoler du reste du groupe. Ne jamais sortir du cercle. Le froid extérieur traversa son pyjama d'hiver. Ses orteils se recroquevillèrent quand ses pieds s'enfoncèrent dans la neige et elle trembla encore plus violemment. Elle ne s'était jamais sentie aussi seule.

— Pourquoi vous faites ça ? demanda-t-elle.

Elle eut conscience de son ton plaintif, pleurnichard. Elle avait besoin de parler, de l'arrêter, peut-être, si elle parvenait à lui faire entendre raison…

— Pourquoi ? Pourquoi ?

— Ta gueule !

À présent qu'ils étaient dehors et que le vent chargé de flocons hurlait autour d'eux, il ne se gênait plus pour élever la voix.

— Ne faites pas ça ! Je vous en prie ! Je vous en supplie ! Ne me faites pas de mal !

— Tu vas la fermer !

— Je vous donnerai de l'argent, je dirai rien… Je veux bien vous…

Elle ne savait plus ce qu'elle racontait, un flot de paroles incohérentes, désordonnées.

— Tais-toi, merde !

Elle reçut un coup de poing au ventre qui lui coupa le souffle et elle tomba à genoux dans la neige, les poumons vidés. La bile remonta dans sa gorge puis redescendit, son abdomen la brûlait. Soudain, elle sentit qu'on la tirait par les pieds et elle tomba en arrière. L'arrière de son crâne heurta le mur de pierre du refuge et elle vit trente-six chandelles, se retrouva allongée sur le dos, ses fesses traçant un sillon dans la neige. Aussitôt l'homme fut sur elle. Elle sentit qu'il cherchait fébrilement à descendre le pantalon de son pyjama sur ses jambes et que la neige lui rentrait dans les fesses.

228

Elle voyait ses yeux de bête fauve luire dans l'ombre de sa capuche, il avait mauvaise haleine et elle eut un haut-le-cœur. D'une main il appuyait la pointe froide du couteau sur sa gorge, lui bloquant presque la respiration ; de l'autre, il commença à se défaire.

Derrière lui, les bois étaient noirs, mais ils bougeaient dans le vent.

Quand elle sentit la main de l'homme entre ses cuisses, elle se débattit, fit : « non, non, non, non ! », mais la pointe de la lame s'enfonça un peu plus, lui coupant à la fois le sifflet et la respiration. Elle demeura la bouche ouverte – et le type allait se pencher pour l'embrasser quand quelque chose se passa derrière lui. Tout d'abord elle n'aurait su dire ce que c'était, sinon que cela lui fit encore plus peur que le brûlé lui-même. Son œil perçut une ombre noire qui se détachait des autres ombres pour fondre sur eux, elle traversa l'espace qui les séparait des bois et grandit à une vitesse hallucinante. Son agresseur ne vit rien venir, ne comprit rien à ce qui se passait, n'eut pas le temps de réfléchir, encore moins de l'embrasser. L'ombre surgie des bois se jeta sur lui et se coucha presque sur son dos – comme si elle voulait à son tour le violer –, et elle vit une main gantée de noir avec, dans le prolongement de cette main, une arme dont le canon s'appuya sur la tempe droite du brûlé.

C'était la première fois qu'elle en voyait une en dehors des films, mais elle n'eut pas le moindre doute sur ce qu'elle voyait. Le cinéma et la télévision nous ont habitués à un monde que la majorité d'entre nous ne connaît pas : celui de la violence, des armes à feu et du sang versé.

— Qu'est-ce que… ? eut à peine le temps de dire le visage brûlé en sentant le poids d'un autre corps sur son dos.

L'instant d'après, l'univers entier bascula : une flamme jaillit entre le canon de l'arme et la cagoule et – *BANG !* – une seule détonation, énorme, assourdissante, qui fit vaciller la nuit. Elle perçut la pression sur ses tympans, qui se mirent aussitôt à siffler. Le cou de son agresseur parut se briser, basculant sur le côté, comme celui d'une poule morte, et le sombre nuage de particules – sang, os, cervelle – jaillit à l'opposé de la capuche, semblable à un geyser noir, avant que le corps tout entier ne verse dans la neige, raide mort, la libérant de son poids. Cette fois, elle crut bien hurler, encore que, *a posteriori*, elle ne serait plus aussi sûre si son cri était sorti de sa gorge ou non. Ses tympans bourdonnaient comme si elle avait un essaim dans chaque oreille. Dans les aigus. L'ombre s'était déjà relevée, l'arme fumante à bout de bras.

Elle crut l'espace d'une seconde que l'ombre qui la toisait allait la tuer elle aussi. Au lieu de cela, elle disparut comme elle était venue.

Alors, cette fois, elle en était sûre : elle hurla.

L'énorme détonation et ses hurlements hystériques réveillèrent tout le refuge. Les uns après les autres, les occupants se redressèrent sur leurs couchettes, attrapèrent leurs anoraks et se précipitèrent dehors. D'abord, ils l'appelèrent et – comme elle ne répondait pas – ils firent le tour du refuge.

— Putain ! s'exclama le jeune guide qui fut le premier à les découvrir, elle, en pyjama, et le cadavre, et il fit un pas en arrière.

La neige buvait le sang, si bien que la flaque qui s'était formée sous le crâne du violeur n'était pas si étendue que cela : au contraire, la cervelle et le sang chauds avaient creusé une petite cuvette, un entonnoir presque vertical dans la neige fraîche.

Emmanuelle était parcourue de tremblements violents à cause du choc comme du froid ; la bouche grande ouverte, elle émettait à la fois des sanglots et des hoquets. On aurait dit qu'elle se noyait et cherchait de l'air. Le guide s'agenouilla auprès d'elle et la prit aux épaules.

— C'est fini, dit-il. C'est fini.

Mais qu'est-ce qui était fini ? Il n'avait pas la moindre idée de ce qui s'était passé, putain. De toute évidence, quelqu'un avait explosé le crâne de ce type. Il attira Emmanuelle à lui et la serra pour la rassurer et la réchauffer.

— C'est toi ? demanda-t-il doucement. C'est toi qui as fait... ça ? *qui as tiré ?*

Elle secoua vigoureusement la tête en signe de dénégation, sans cesser de hoqueter et de sangloter contre lui, incapable d'articuler un mot. Les autres les entouraient à présent. Ils regardaient tour à tour le cadavre et Emmanuelle, et aussi les bois, avec des yeux d'animaux apeurés.

— Il ne faut toucher à rien, dit soudain Beltran. Et il faut appeler la police.

Il sortit son portable, regarda l'écran.

— Merde, j'ai pas de réseau. Ça passe pas.

— Utilise le téléphone de secours dans le refuge, lui répondit le jeune guide, toujours à genoux, en levant la tête vers lui – puis il reporta son attention sur Emmanuelle.

— Tu peux te lever ?

Il l'aida à se redresser, la soutint, car les jambes d'Emmanuelle tressautaient et menaçaient de se dérober sous elle. Ils contournèrent soigneusement le cadavre, l'angle du mur, et il la ramena à l'intérieur, où les deux autres s'étaient déjà réfugiés.

— Qu'est-ce qui s'est passé ? demanda la brune, avec le plus de douceur possible dans la voix.

— Tu… Tu avais… raison : il y avait bien… quelqu'un.

Les dents d'Emmanuelle claquaient bruyamment.

— Oui. Il est là-dehors, dit le jeune guide en frémissant. Et en plus, il est armé.

20

Gold Dot

Les premières lueurs du jour teintaient de rose le ciel entre les sommets des montagnes et les nuages quand les TIC[1] de la gendarmerie nationale apparurent enfin, en même temps que les gens de la Section de recherche. Le capitaine Saint-Germès ne fut pas mécontent de voir les phares clignoter entre les arbres : il avait effectué les premières constatations, isolé le périmètre avec son équipe avec la peur au ventre. Celle de foirer. Ce n'était pas tous les jours que la brigade de gendarmerie de Saint-Martin-de-Comminges se voyait confier une mission de cette nature.

L'air matinal était froid et vif, il piquait les joues et embaumait les sapins. Le ciel s'éclaircissait rapidement à présent, et chaque détail des montagnes sortait de l'ombre. Il regarda le cortège approcher en cahotant sur la neige. Cinq véhicules, dont un fourgon au toit surélevé dans lequel il reconnut le laboratoire ambulant de la Section de recherche de Pau. Saint-Germès n'avait encore jamais vu un débarquement pareil. Comme tout

1. Techniciens en identification criminelle.

le monde ici, il avait entendu parler des événements de l'hiver 2008-2009 – ils faisaient partie de la légende locale, et les anciens aimaient à les évoquer, surtout à l'approche de l'hiver – mais, à l'époque, il n'était pas encore en poste. C'était son prédécesseur, le capitaine Maillard, qui avait géré toute l'affaire avec la SR de Pau et le SRPJ de Toulouse. Maillard avait été muté, comme bon nombre des gendarmes présents à l'époque. Depuis, c'était la première mort violente à laquelle le service était confronté. Ce qui s'était passé cette nuit ? Il n'en avait pas la moindre idée. Tout cela était extrêmement confus. Un chaos total. Les auditions des témoins n'avaient fait qu'ajouter à la confusion. Ce qui s'en dégageait n'avait aucun sens : un randonneur qui avait traîné l'une des filles du groupe dehors pour la violer dans la neige à 3 heures du matin et une ombre surgie de nulle part qui lui avait tiré dans la tempe avant de disparaître. Ça n'avait ni queue ni tête.

Les véhicules se garèrent devant le refuge et Saint-Germès vit plusieurs membres de la Section de recherche en descendre. Celui qui allait en tête était un type à lunettes et à la mâchoire carrée. Il portait comme les autres un gros pull sous son gilet tactique plein de poches. Ses yeux bleu clair détaillèrent Saint-Germès à travers les verres de ses lunettes tandis qu'il s'avançait vers lui, et il broya consciencieusement la main du capitaine dans la sienne.

— C'est où ?

— Voyons voir. Elle dit que la victime l'a entraînée dehors pour la violer sous la menace d'un couteau et qu'un type a surgi des bois et lui a tiré une balle dans la tête, c'est bien ça ?

234

— C'est exact.

— Je n'ai jamais rien entendu d'aussi absurde, conclut le type aux yeux bleus qui s'appelait Morel.

— Pourtant on a bien retrouvé le couteau, objecta Saint-Germès qui détestait déjà le bonhomme et ses grands airs.

— Et après ? Elle a très bien pu le mettre là elle-même. Il faut vérifier si cette fille a des antécédents psychiatriques, si elle est inscrite à un club de tir, si elle a déjà eu des problèmes relationnels avec les mecs et si elle et la victime se connaissaient avant la randonnée. Toute cette histoire ne tient pas la route.

Sous-entendu : « Vous avez mal auditionné les témoins. »

Saint-Germès haussa les épaules : ce n'était plus son problème. Il observa le maelström autour d'eux. Des câbles électriques couraient un peu partout, les lampes avaient été allumées, elles illuminaient la scène de crime et le refuge *a giorno* comme s'il s'agissait d'un putain de monument historique. Leur halo brillant butait sur le mur des sapins couverts de neige ; il soulignait chaque pierre, chaque ardoise du toit, chaque trace, chaque branche, chaque silhouette. Les techniciens en combinaison blanche se confondaient presque avec la neige, comme s'ils avaient revêtu des tenues de camouflage. Ils allaient et venaient autour d'eux, pelletaient la neige, effectuaient des relevés d'empreintes et de résidus de tir, des prélèvements biologiques, prenaient des mesures, s'interpellaient... Une impression de chaos trompeuse : chacun savait ce qu'il avait à faire. Drôle de métier, songea le capitaine, ils s'étaient levés ce matin, avaient pris leur petit déjeuner à l'arrache en sachant qu'un cadavre et un nouveau témoignage de l'infinie violence de l'humanité les attendaient. Accroupi devant la tête de la victime, le légiste leva la sienne vers eux et abaissa son masque bleu sur son menton, une petite lampe au xénon à la main.

— La balle a pénétré la boîte crânienne et est ressortie, mettant fin aux fonctions vitales. Le type n'a pas eu le temps de sentir quoi que ce soit. Comme si on tournait un interrupteur. *On/Off*. Apparemment, ce n'était pas la bonne année pour lui, ajouta-t-il en montrant de son doigt ganté les marques de brûlures autour de la bouche et sur une joue, à peine cicatrisées. Compte tenu de la température à peu près constante au cours de la nuit, je dirais que ça s'est passé entre 3 et 5 heures du matin.

Ce qui confirmait les témoignages.

— Il y a des traces de pas ici qui ne correspondent ni aux chaussures de la victime ni à la pointure de la femme, leur lança un technicien un peu plus loin. Quelqu'un est sorti du bois, s'est approché d'eux et est reparti par le même chemin. (Il montrait les traces du doigt.) Et il a couru à l'aller : la pointe est nettement plus enfoncée que le talon. Ensuite, il est resté planté là sans bouger : les traces sont uniformes. Il s'est tourné vers lui (il désignait le cadavre) et il est reparti par là, d'où il est arrivé. Sans courir, cette fois.

Saint-Germès jeta un coup d'œil à Morel, qui ne moufta pas.

— La brigade cynophile, lança celui-ci, elle est où ?

— Elle arrive, répondit quelqu'un.

— Hé ! venez voir ! les héla une autre voix à quelques mètres de distance.

Ils se tournèrent vers un technicien qui manipulait une caméra thermique. *Thermographie infrarouge*, songea

236

Saint-Germès. Il vit le technicien poser la caméra à côté de lui, sortir une pince de sa combinaison et s'accroupir en leur faisant signe d'approcher. L'homme se redressa. Il tenait une douille percutée au bout de sa pince, dans sa main gantée de bleu. *La* douille – puisqu'un seul projectile avait été tiré.

— C'est quoi ? demanda aussitôt Morel.

Le technicien fit glisser son masque bleu sur son menton, comme le légiste avant lui. Il fronçait les sourcils d'un air perplexe.

— Munition expansive, répondit-il.

Saint-Germès tiqua. La vente des munitions expansives était interdite en France, sauf pour les chasseurs, les tireurs sportifs – *et les flics…*

— C'est du 9 para, ajouta le technicien en la faisant tourner lentement devant ses yeux, l'air de plus en plus préoccupé. Capitaine…, dit-il soudain d'une voix altérée.

— Qu'est-ce qu'il y a ? demanda Morel.

— Il y a que c'est une Speer Gold Dot, putain de merde…

— Vous en êtes sûr ?

Le TIC hocha lentement la tête. Saint-Germès et Morel échangèrent un regard. Tiens, tiens, cette fois Morel avait perdu de sa superbe. *Il sent venir les emmerdes*, se dit Saint-Germès. Pas bon ça. Pas bon du tout. Il n'y avait quasiment qu'une seule catégorie de personnes en France pour tirer des Speer Gold Dot : les flics et les gendarmes.

— Vous dites que la victime vous a entraînée dehors sous la menace d'un couteau pendant que les autres dormaient ?

— Oui.

— Qu'elle vous a donné un coup de poing et vous a allongée dans la neige dans l'intention de vous… *violer* ?

— Oui.

— Qu'elle s'est allongée sur vous et a descendu le pantalon de votre pyjama ?

— Oui.

— Et que c'est à ce moment-là que quelqu'un a surgi des bois avec une arme et a tiré sur elle ?

— C'est ça.

— En lui plaçant le canon de son arme sur la tempe ? Comme ça ?

Il fit le geste.

— Oui.

— Il était relou, dit Beltran. Il avait un air… je ne sais pas… malsain. Un regard carrément bizarre. Flippant même. Ouais…

— Ça se voyait que ce type était dingue, dit la brune. On aurait dû davantage se méfier. Quand je pense à ce qu'Emmanuelle a… (Un sanglot.) Mon Dieu ! Je leur avais bien dit qu'il y avait quelqu'un dehors. Ils n'ont pas voulu me croire.

— Il s'est inscrit à la randonnée comme tous les autres, expliqua le jeune guide. Ce sont tous des curistes. Ils sont aux thermes de Saint-Martin. Chacun est là pour des raisons différentes. J'ai un peu hésité. Il avait été victime d'une grave électrocution, il avait suivi une rééducation, je me demandais s'il avait la condition physique. Mais il a insisté pour participer à

238

la randonnée. Alors, vous comprenez, un type *comme ça*, avec ce qu'il avait traversé – je n'ai pas eu le courage de dire « non ».

— Alors ? demanda Saint-Germès à l'issue de la deuxième salve d'auditions.

Morel lui lança un regard par en dessous.

— Tout colle, admit-il à contrecœur.

— Vous voulez dire par rapport à ce que je vous ai dit ?

Pas de réponse. Saint-Germès hésita à poser la question suivante.

— Vous croyez ? Vous croyez que c'est un… *flic* qui a fait ça ?

Toujours pas de réponse.

21

Belvédère

Kirsten prenait son petit déjeuner en terrasse place du Capitole malgré le froid – au moins, il ne pleuvait pas –, un petit déjeuner français : café crème, croissants, jus d'orange, lorsqu'elle vit Servaz approcher à travers l'esplanade. Elle comprit aussitôt que quelque chose s'était passé.

Et qu'il n'avait pas beaucoup dormi.

Il avait ce qu'il est convenu d'appeler la tête des mauvais jours, bien qu'elle l'eût rarement vu sourire depuis leur première rencontre dans le bureau du directeur de la PJ.

Et, à l'évidence, quelque chose le turlupinait.

Quand il s'assit sur la chaise en face d'elle, elle se rendit compte que c'était plus grave que ça : il avait l'air déboussolé. On aurait dit un enfant qui a perdu ses parents dans la foule.

— Qu'est-ce qui se passe ? demanda-t-elle en anglais.

Il paraissait avoir grandement besoin d'une tasse de café, aussi en commanda-t-elle deux nouvelles au garçon. Martin tourna son regard vers elle, et elle eut l'impression qu'il la regardait sans la voir, qu'en cet instant elle était transparente. Puis, d'un timbre atone, il lui raconta non seulement les événements de la nuit, mais ce qui s'était passé avant l'arrivée de la Norvégienne à Toulouse.

— Pourquoi tu ne m'as pas demandé de venir avec toi cette nuit ? lui demanda-t-elle quand il eut terminé.

— Parce que ça n'a rien à voir avec la raison de ta venue à Toulouse.

— Tu en as parlé à Stehlin ?

— Pas encore.

— Hmm. Mais tu vas le faire ?

— Oui.

Le serveur s'approcha avec leurs cafés et elle vit que sa main tremblait quand Martin porta la tasse à ses lèvres, au point que des gouttes de café tombèrent sur la table et sur ses cuisses.

— Alors comme ça, tu es resté dans le coma pendant tout ce temps ? C'est à cause de ça que je t'ai trouvé un peu… *bizarre* au début ?

— Possible.

— Merde alors, c'est une putain d'histoire.

Il ne put s'empêcher de sourire.

— Je te l'accorde.

— Martin…

— Oui ?

— Tu dois me faire confiance, et surtout je voudrais que tu me considères comme une partenaire, pas seulement comme une policière venue du froid et qui ne parle pas un mot de français. Tu m'entends ?

Cette fois, il sourit franchement tandis qu'elle le regardait sévèrement, car il savait que cette sévérité cachait une affection nouvelle.

241

— Martin, putain, tu es allé là-bas en pleine nuit sans prévenir personne, nom de Dieu !

Stehlin avait l'air sur le point d'exploser. Littéralement. Une veine grosse et sinueuse était apparue sous la peau de sa tempe gauche et son visage avait la couleur d'une pastèque.

— Je n'avais pas le choix, se disculpa Servaz. Il a menacé de s'en prendre à Margot.

Ce n'était pas exactement ce que Jensen avait fait, mais passons.

— Si, tu l'avais ! aboya le directeur de la PJ avec quelques postillons en prime. Tu aurais dû nous prévenir. Merde alors, on aurait envoyé quelqu'un à ta place !

— Je voulais savoir ce qu'il avait à me dire.

— Ah bon ? Excuse-moi, mais il me semble que ce type t'a baladé et que tu n'es pas plus avancé, corrige-moi si je me trompe.

Servaz ne répondit pas.

— Le problème, c'est que si les bœufs l'apprennent, tu vas être dans la merde, et moi avec, poursuivit le directeur.

On y vient, songea-t-il.

— Pourquoi est-ce qu'ils l'apprendraient ? Qui va le leur dire ? Jensen ? Il va leur expliquer qu'il s'est amusé à me faire courir dans la nuit et qu'il m'a parlé de ma fille au téléphone ?

Stehlin jeta un coup d'œil prudent à Kirsten, comme si sa présence l'empêchait de dire certaines choses.

— Martin, on n'a pas le choix : tu dois faire un rapport et Florian Jensen doit être auditionné. Et, à ton avis, qu'est-ce qu'il va dire ?

— Pas la moindre idée.

— Toute cette histoire ne me plaît pas.

— À moi non plus.

— Tu crois que c'est du bluff, pour ta fille ?

— J'en sais rien. Ce type m'en veut. Il pense que s'il s'est pris cette décharge et s'il a cette tronche aujourd'hui, c'est à cause de moi.

— Tu veux que je mette quelqu'un sur ta fille ?

Servaz hésita. Il pensa à Hirtmann.

— Oui, finit-il par dire. Pas seulement à cause de Jensen. Si Hirtmann est dans le coin, je ne tiens pas à ce que Margot finisse comme Marianne Bokhanowsky. Le temps de la convaincre de rentrer au Québec. Là-bas, elle sera en sécurité.

À Vienne, Bernhard Zehetmayer contemplait par une fenêtre les jardins du musée du Belvédère que la pluie balayait. Ils descendaient en pente douce vers la Rennweg, ponctués de haies taillées, de bassins et de sculptures. Sur la grande terrasse, les mystérieux sphinx affichaient comme chaque jour un sourire différent pour chacun, insensibles à la pluie qui déferlait. C'était la Vienne qu'il aimait, cette Vienne éternelle qui avait à peine changé depuis Canaletto. Indifférente aux modes, à la décadence, à l'avilissement des mœurs et à la laideur qui, selon lui, gouvernaient le monde moderne. Cependant, il semblait au directeur d'orchestre que quelques motifs d'espoir s'étaient fait jour dernièrement : partout en Europe, un mouvement de fond se levait qui n'allait pas tarder à restaurer les anciennes valeurs, un mouvement irrésistible qui ne faisait que grandir d'année en année. Ici même, en Autriche, un candidat de la réaction n'était pas passé loin de la victoire la semaine précédente. Il ne l'aimait pas plus qu'il aimait ce crétin d'écologiste qui l'avait emporté au terme d'un interminable processus électoral de trois cent cinquante jours de campagne, mais il savait que l'heure viendrait où les forces de la réaction s'imposeraient un peu partout en Europe – et il attendait ce jour avec impatience.

Zehetmayer se retourna.

Une foule d'anoraks se pressaient en s'égouttant sur les planchers du musée. Venus pour la plupart admirer les œuvres mineures de Klimt. Une telle dévotion pour un vulgaire décorateur d'intérieur. Quel tas d'imbéciles. Encore un Gustav. Mais un gnome à côté de l'autre… Au *Baiser* de Klimt, il préférait de loin *Mort et Jeune Fille* de Schiele. Schiele, au moins, ne saupoudrait pas ses tableaux de confettis dorés, de poudre aux yeux et d'artifices à peine dignes d'une affiche de cabaret. Son trait était cru, sans fioritures, brutal, souverain. Les dernières œuvres de Schiele avaient été des dessins de sa femme Édith, enceinte de six mois et agonisante, sur son lit de mort, exécutés avant qu'il soit lui-même emporté par la grippe espagnole trois jours plus tard. Il fallait en avoir, bon Dieu… Que Klimt fût devenu l'artiste le plus emblématique de Vienne montrait à quel point cette ville était tombée bas.

Il vit la silhouette courte et ramassée de Wieser approcher dans la foule.

Tout ce cinoche, ces rencontres dans des lieux publics commençaient à le fatiguer. Ils auraient aussi bien pu se parler dans un café, non ? Qui, sacrebleu, se serait intéressé à leur conversation ? Cependant, les nouvelles qui venaient de lui arriver dissipaient sa mauvaise humeur.

— Salut, dit Wieser en parvenant à sa hauteur. Du neuf ?

Le milliardaire non plus ne semblait pas ravi d'être là. Zehetmayer réprima un mouvement d'humeur. Qu'est-ce que Wieser croyait ? Qu'il avait du temps à perdre ? Qu'il faisait ça pour s'amuser ? Ou pour lui demander des nouvelles de cette pétasse que Wieser s'apprêtait à épouser en quatrièmes noces – histoire de se faire plumer une nouvelle fois mais, après tout, c'était son fric… ?

— On a retrouvé la trace de Gustav, dit-il.

Wieser tressaillit.

— L'enfant ?

Zehetmayer haussa les épaules avec agacement. *Non : Gustav Klimt, connard.*

— Il a séjourné dans le Sud-Ouest de la France, dans une petite ville de montagne. Il est même allé à l'école là-bas, jusqu'à l'été dernier.

— Comment on sait que c'est lui ?

— Il n'y a pas le moindre doute : la directrice a reconnu sa photo, et il portait le nom de ce policier qui semble obséder Hirtmann.

— Quoi ? Je ne comprends pas.

Ça ne m'étonne pas, pensa l'Empereur.

— L'important, c'est qu'on se rapproche, dit Zehetmayer en s'efforçant de garder son calme. On n'a jamais été aussi proches, en vérité. C'est une chance unique. Il est probable qu'Hirtmann rendra visite à l'enfant dès qu'il le pourra. Si nous retrouvons sa trace, nous saurons où, tôt ou tard, le Suisse apparaîtra. Cette fois, il faut mettre le paquet. Cet enfant, c'est un cadeau du ciel.

22

Portrait-robot

— Vous avez vu son visage ?

Emmanuelle Vengud fronça les sourcils. Morel la vit fouiller dans sa mémoire.

— Il portait une capuche comme... comme *l'autre*, répondit-elle après un temps de réflexion. Et il faisait sombre. Je n'ai pas vu grand-chose. Mais je l'ai aperçu, oui, dans l'ombre de sa capuche... Vous comprenez, il était très proche et...

— Quel âge vous lui donneriez ?

De nouveau, elle hésita.

— Dans les quarante-cinquante, je dirais... Pas un jeune, en tout cas.

— Blond, brun ?

— Il portait une...

— ... capuche, oui, je sais, dit-il d'un ton compréhensif mais néanmoins impatient. Vous ne connaissez rien aux armes ?

— Non. Rien du tout.

Il soupira et pianota quelque chose sur son clavier.

— Attendez, dit-elle.

Morel releva les yeux.

— J'ai cru voir quelque chose…

Le ton de la voix le mit aussitôt en alerte. Il fit pivoter son siège et acquiesça discrètement pour ne pas la distraire de ses pensées.

— En rapport avec l'arme, je veux dire.

— Oui ?

— Je crois qu'il portait un étui… Je l'ai aperçu quand il s'est relevé et qu'il s'est penché vers… la victime.

— Un… Un étui ?

Morel eut la sensation d'avoir reçu un coup de poing. Il respira un bon coup, fit craquer les jointures de ses doigts croisés.

— Oui. Là, sur la hanche, ajouta-t-elle en lui montrant l'emplacement.

Cette fois, Morel blêmit.

— Vous êtes sûre ?

Il eut conscience que le ton de sa voix l'avait alertée à son tour.

— Pourquoi, c'est important ?

— Plutôt, oui, répondit-il.

— Oui, j'en suis sûre. Il avait un étui attaché à la ceinture, à cet endroit.

Seigneur !

— Un instant, s'il vous plaît.

Il décrocha son téléphone.

— Mon colonel, dit-il après quelques secondes d'attente, ici le capitaine Morel, il faut que je vous parle, mais pas au téléphone. Le plus vite possible.

Puis il se tourna vers la jeune femme.

— On va essayer d'établir un portrait-robot. Avec capuche, précisa-t-il. Ne vous inquiétez pas, ne vous mettez pas la pression : c'est juste pour faire ressurgir quelques souvenirs enfouis, d'accord ? On ne sait jamais. Peut-être que vous en avez vu plus que vous ne le pensez.

Stehlin était très pâle quand il raccrocha. Il venait d'appeler la gendarmerie de Saint-Martin pour leur demander de mettre Jensen en garde à vue. D'un commun accord, ils avaient finalement décidé que Servaz ferait un rapport : il mentionnerait l'appel de Jensen et sa menace indirecte concernant Margot – mais il nierait si celui-ci prétendait avoir vu Servaz à Saint-Martin. Après tout, il n'y avait pas de témoin. Le seul danger venait du portable de Martin, qui avait dû activer quelques bornes sur son passage, mais Stehlin estimait qu'aucun avocat n'obtiendrait une réquisition sur le seul témoignage de son client.

C'était un risque à courir. Un risque faible. Et si cela arrivait, Stehlin se couvrirait en disant qu'il n'était pas au courant. Servaz avait accepté le *deal*.

— Qu'est-ce qu'il y a ? demanda ce dernier en voyant la tronche du directeur.

À présent, celui-ci le regardait comme s'il avait en face de lui un étranger. Un mystère. Servaz eut la sensation qu'on lui injectait un liquide froid dans la moelle épinière. De toute évidence, le directeur de la PJ réfléchissait à toute vitesse, mais il ignorait à quoi.

— Qu'est-ce qu'ils ont dit ?

Stehlin parut se réveiller. Il dévisagea tour à tour Servaz, Kirsten, et de nouveau Servaz.

— Jensen est mort. Quelqu'un lui a tiré dessus. Cette nuit. En pleine tête, à bout touchant. Ils pensent que c'est un flic.

MARTIN

23

Mère Nature, cette chienne sanglante

Par la suite personne ne serait capable d'expliquer comment la nouvelle avait pu fuiter si vite. Est-ce que la fuite venait de la gendarmerie, du parquet ou de la police ? Pourtant, avant la fin de la journée, la rumeur avait fait le tour des services, s'était enrichie d'un certain nombre de variantes avec toutefois un substrat commun : en gros, un flic avait fumé cette petite merde de Jensen alors qu'il s'apprêtait à commettre un nouveau viol.

Comme dans ces BD Marvel ou DC Comics où des justiciers masqués surgissent *in extremis* de la nuit pour venir à la rescousse des bons citoyens de Gotham ou de NYC.

Dans certaines versions, le viol était consommé, dans d'autres pas. Jensen avait été buté d'une balle dans la tête, ou bien dans le cœur, ou encore – dans une variante des plus audacieuses – le justicier-flingueur lui avait d'abord explosé les couilles. Tout le monde s'accordait pour dire que personne sur cette terre – à part peut-être sa vieille mère – ne pleurerait la mort de cette ordure et qu'elle rendrait sans doute l'air plus respirable et les chemins plus sûrs pour nombre de femmes de la région, néanmoins l'inquiétude grandissait dans les rangs des forces de l'ordre, car le justicier (personne ou presque n'employait le mot « assassin ») était un des leurs et la police des polices allait s'en donner à cœur joie.

Et puis, un autre nom revenait dans toutes les conversations.

Servaz.

Aucun flic de Toulouse n'ignorait ce qui s'était passé sur le toit de ce wagon, ni le coma du chef de groupe après que Jensen lui eut tiré dessus. Et il ne fallut que quelques heures pour que les hypothèses les plus hardies commencent à circuler. Mais personne au sein du SRPJ n'était plus inquiet et plus perturbé que le commissaire divisionnaire Stehlin. Il ne cessait de se repasser cette conversation qu'il avait eue avec Martin lorsque celui-ci était sorti du coma et lui avait fait part de sa conviction que c'était Florian Jensen qui avait tué la femme de Montauban. Cette histoire ridicule de chat blanc auquel il manquait une oreille.

Et puis, il ne lui avait pas échappé non plus que Martin avait changé depuis son coma. Cela n'avait du reste échappé à personne – même si on évitait d'en parler. Du moins devant lui, car il était sûr que, par-derrière, les langues se déliaient. Si vous voulez garder un secret, évitez de le confier à un flic. Quelque chose s'était passé pendant ce coma, quelque chose qui avait fait que l'homme ressorti du CHU de Rangueil n'était pas le même que celui qui y était entré. Se pouvait-il que cet homme fût devenu un assassin ? Stehlin avait du mal à le croire – mais le doute ne le quittait jamais complètement, et le doute est un poison bien plus redoutable que toutes les certitudes, même négatives.

Stehlin savait que jamais le Martin d'avant n'aurait pu commettre un tel acte. Mais celui d'aujourd'hui ?

Il avait lu quelque part qu'armés d'un scanner et d'un ordinateur, des scientifiques avaient pu décoder les signaux cérébraux émis par plusieurs sujets et reconstituer les images du film qu'ils visionnaient, que d'autres savants avaient mis au point une interface cerveau-ordinateur qui permettait de reconstituer de la même façon les mots lus par un sujet. « Notre prochaine étape sera de décoder les mots lorsque les gens les imaginent », avait déclaré l'un de ces chercheurs. On était tout près de pouvoir lire dans les pensées… Un cauchemar absolu : une vie sans secrets, sans possibilité de mentir, de dissimuler. Sans le mensonge ou du moins quelques arrangements avec la vérité, la vie deviendrait vite insoutenable. Mais ce serait un sacré progrès pour la police. Sauf qu'on pourrait bientôt remplacer les enquêteurs par des machines et des techniciens. Ce jour-là, pourtant, Stehlin aurait bien aimé disposer d'une telle technologie.

Il se sentait fatigué et inquiet lorsqu'il quitta l'hôtel de police en fin de journée. Il avait rendez-vous au tribunal de grande instance pour une de ces innombrables réunions grâce auxquelles l'administration française se donne l'illusion du mouvement. En émergeant du parking du SRPJ et en filant le long de l'avenue de l'Embouchure avant de franchir le canal du Midi en direction des boulevards, il sentit le poison du doute ressurgir. Quelle part de vérité et quelle part de mensonge y avait-il dans le récit de Servaz ? Une chose était sûre : celui-ci s'était bien rendu à Saint-Martin-de-Comminges cette nuit. Il avait approché Jensen. Et cette même nuit, quelques heures plus tard, ce dernier avait été abattu par une arme de flic.

Personne au sein du SRPJ n'était plus inquiet et plus perturbé que le commissaire divisionnaire Stehlin – à part peut-être Vincent Espérandieu et Samira Cheung. Comme tout le monde, ils avaient entendu la rumeur. Jensen fumé, Martin qui l'avait rencontré, seul, la même nuit. Ils partageaient le même bureau et, depuis que la rumeur était parvenue jusqu'à eux, ils évitaient soigneusement de prononcer le moindre mot. Mais elle n'en occupait pas moins la moindre de leurs pensées.

Finalement, ce fut Samira qui se racla la gorge.

— Tu crois qu'il a pu le faire ?

Espérandieu écarta de ses oreilles les écouteurs dans lesquels M83 déployait ses dentelles sonores.

— Quoi ?

— Tu crois qu'il a pu le faire ?

Il lui lança un regard noir.

— Tu plaisantes.

— J'en ai l'air ?

Espérandieu fit pivoter son siège.

— Putain, Samira ! C'est de Martin qu'on parle, là !

— Je le sais très bien, s'énerva-t-elle. La question c'est : de quel Martin, exactement ? celui d'avant le coma ou celui d'après ?

Il balaya l'argument d'un geste et se retourna vers son écran.

— Laisse tomber. J'ai pas envie d'entendre.

— Me dis pas que tu l'as pas remarqué…

Il soupira. Fit de nouveau volte-face.

— Remarqué quoi ?

— Qu'il a changé…

— …

— Il nous calcule même plus…

— Laisse-lui le temps. Il vient à peine de reprendre du service.

— Et cette nana, qu'est-ce qu'elle fout là ?

— La Norvégienne ? T'as entendu comme moi.

— N'empêche qu'il n'y en a plus que pour elle, me dis pas que tu l'as pas remarqué ça aussi.

— T'es jalouse ?

Il vit Samira se rembrunir.

— Putain, qu'est-ce que tu peux être con parfois. Tu ne trouves pas bizarre qu'il fasse plus confiance à une étrangère qu'à nous ?

— Je sais pas…

Samira secoua la tête.

— Ça me fout les boules, ça me fout vraiment les boules. Même si c'est pas lui, ils vont tout lui mettre sur le dos, putain. C'est couru d'avance.

— Sauf si on trouve qui a fait ça, rétorqua Vincent.

— Ah oui ? Et comment on fait ça ? Et si on découvre que c'est lui ?

Le lendemain, Olga Lumbroso, substitut du pro-cureur près le tribunal de grande instance de Saint-Gaudens, affichait un visage harassé. Elle ne cachait pas sa lassitude. Une affaire pareille, c'était le rêve de tout juge d'instruction – mais justement la magistrate qui officiait en tant que tel au TGI de Saint-Gaudens ne l'était pas. Lumbroso venait d'écouter le gendarme assis en face d'elle et de lire son rapport et, selon elle, la jeune juge qui s'occupait ordinairement des affaires familiales n'avait pas les épaules pour s'occuper de ça. Elle avait été déléguée à l'instruction en l'absence d'un véritable magistrat instructeur. Lors de la réouverture du tribunal en 2014, un grand quotidien régional avait titré triomphalement sur « le retour de la justice en Comminges », mais depuis, le petit tribunal faisait avec les moyens du bord.

Onze fonctionnaires en tout et pour tout. Et la charge de travail ne cessait de croître ; les dossiers s'entassaient et on se les répartissait tant bien que mal. Et voilà que leur tombait dessus cette histoire XXL.

— Un policier, vous dites ?

— Ou quelqu'un qui veut se faire passer pour tel, nuança Morel. Mais cette hypothèse est assez peu vraisemblable : qui dispose de telles munitions et porte un étui sur la hanche à part un fonctionnaire de police ?

— Ou de gendarmerie, fit-elle observer.

— Oui.

Morel se referma un peu. La femme qui lui faisait face se replongea dans le rapport. Morel nota qu'elle avait la marque plus claire d'une alliance à l'annulaire gauche, mais que l'alliance avait disparu. Il ignorait que la surcharge de travail et l'investissement du procureur dans le sien avaient eu raison de son mariage. Et que les statistiques des divorces au TGI de Saint-Gaudens étaient assez stables : autour de cent soixante par an, avec une mystérieuse baisse en 2002.

— Et il a surgi de la forêt à 3 heures du matin par plusieurs degrés au-dessous de zéro pour tirer sur ce type, Jensen, avant de s'évanouir dans la nature ?

Elle avait lu cette partie du rapport comme elle aurait lu un conte de Perrault à son fils.

— Je sais, je sais… J'ai pensé comme vous : dit comme ça, ça a l'air insensé. Mais c'est pourtant ce qui s'est passé.

256

— Une sorte de foutu justicier nocturne, en somme. Comme dans un de ces films à la con. Qui intervient en plein milieu d'un viol… Rien que ça.

Elle n'aurait pu être plus ouvertement sceptique.

— Il n'avait pas de cape ni de justaucorps de couleur vive, au moins ?

Morel ne releva pas. Il se souvint de sa propre attitude quand le capitaine Saint-Germès lui avait exposé les faits. Et l'humour n'était pas son fort.

Elle referma la chemise et posa fermement ses mains tavelées dessus comme si elle pouvait se rouvrir contre sa volonté.

— C'est du ressort de la cour d'appel, trancha-t-elle. Nous n'avons pas les moyens techniques ni humains pour gérer un dossier pareil ici. Je vais appeler Cathy d'Humières à Toulouse. À mon avis, ils vont saisir l'IGPN et l'IGGN.

L'Inspection générale de la police nationale et celle de la gendarmerie. Les polices des polices. Morel acquiesça prudemment. Cette affaire sentait le soufre, la merde et les ennuis. Des emmerdes XXL elles aussi. Le substitut en face de lui en était bien conscient.

— Combien de personnes sont au courant pour l'arme et l'étui ?

— Trop, répondit-il. Il y avait un paquet de monde sur la scène de crime. On a essayé de limiter les dégâts, mais impossible de dire qui a capté quoi.

Il la vit se renfrogner.

— Donc, tôt ou tard, ça va fuiter dans la presse. (Elle saisit son téléphone.) Il faut faire vite. Au moins montrer qu'on n'a pas été pris de court, et qu'on a agi tout de suite…

Elle suspendit son geste une seconde.

— Mais, de toute façon, ne nous faisons pas d'illusions : l'ouragan approche et il va tout emporter. Un flic qui joue les justiciers la nuit, quel merdier : la presse va s'éclater.

À Toulouse, Cathy d'Humières déjeunait aux Sales Gosses d'un œuf parfait et d'une souris d'agneau quand son téléphone sonna dans son sac à main. Qu'avait dit son horoscope déjà ? « Vous allez devoir prendre une décision en urgence. Assurez-vous que vous disposez de toutes les cartes. »

La présidente du TGI de Toulouse croyait dur comme fer aux astres et, dans la mesure du possible, faisait le thème astral de tous ceux qu'elle côtoyait dans le cadre de son travail, des magistrats aux flics. Elle était partie d'en bas, avait gravi tous les échelons, substitut, premier substitut, procureur adjoint, en commençant par le parquet de Saint-Martin-de-Comminges, où l'affaire du cheval décapité et celle de la colonie de vacances lui avaient valu une notoriété passagère. Mais Saint-Martin était un bien trop petit parquet, bien trop éloigné des feux de l'actualité pour son ambition dévorante, et elle s'était hissée en quelques années à la tête du parquet de Toulouse, une tâche plus à la mesure de son appétit.

Physiquement, elle était presque un cliché : visage sévère, profil d'aigle, regard étincelant, bouche mince et menton volontaire. La plupart de ceux qui ne la connaissaient pas la trouvaient intimidante, ceux qui la connaissaient l'admiraient ou la craignaient, souvent les deux à la fois. Il existait une troisième catégorie : ceux qu'elle avait humiliés – pour l'essentiel des incompétents et des intrigants – et qui la détestaient.

Cathy d'Humières sortit son téléphone et écouta le substitut de Saint-Gaudens sans prononcer un mot. Quand Olga Lumbroso eut terminé, elle dit simplement :

— Très bien, faites-moi parvenir le dossier.

Une ride supplémentaire était apparue sur son front.

— Votre dessert préféré ? lui proposa le serveur

Il s'agissait d'un mélange de *banoffee pie* et de feuillantine avec de la glace au Carambar.

— Non, pas cette fois. Un double expresso. Non : triple. Merci. Et si vous avez une aspirine…

— Vous avez mal à la tête ?

Elle sourit devant la perspicacité du jeune homme.

— Pas encore. Mais ça ne va pas tarder.

Dans *Le Principe de Lucifer*, Howard Bloom, un ancien publicitaire devenu spécialiste des comportements de masse, a émis l'hypothèse que mère Nature est une chienne sanglante et que la violence et le mal font partie intégrante de son plan, que, dans un monde évoluant vers des formes toujours supérieures de complexité, la haine, l'agression et la guerre sont des moteurs et non des freins à cette évolution. Dans ce cas, songea Cathy d'Humières, qui gardait toujours le livre de Bloom sur ses étagères, l'évolution devait connaître ces derniers temps un sacré coup d'accélérateur. À Toulouse, par exemple, la violence avait atteint un seuil inquiétant avec trois mille cinq cents procédures au cours de l'année écoulée, dont des agressions à l'arme blanche en centre-ville dues en grande partie au fait que, la nuit venue, l'alcool et la came circulaient dans les rues du centre avec la même générosité que l'EPO dans les veines de Lance Armstrong. Et ce alors que, dans le même temps, le nombre des magistrats était tombé de 23 à 18 au TGI. Il faut dire que la chancellerie avait toujours relégué Toulouse au rang de juridiction de province et que le parquet manquait cruellement de moyens alors que la démographie galopait et que la délinquance ne cessait de progresser. En suite de quoi, le TGI se trouvait confronté à toutes sortes de défis insurmontables, par exemple le trop petit nombre d'audiences pour faire face à l'inflation des affaires pénales. Faute de moyens, la capacité des trois tribunaux correctionnels ne suffisait plus à absorber leur nombre croissant. S'ajoutait à cela l'inflation des affaires civiles, beaucoup plus rémunératrices pour ces messieurs du barreau. Conséquence : ces dernières années le taux de classement sans suite avait fortement progressé, atteignant même 95 % pour les affaires de vol aggravé et 93 % pour l'ensemble des autres affaires.

Un casse-tête permanent pour une présidente de tribunal.

Quand on écope sur un navire qui prend l'eau de toutes parts au beau milieu d'une tempête et d'un vent à soixante nœuds, on n'a pas besoin d'une grosse vague vous arrivant par tribord. C'était pourtant exactement ce qui venait de se passer, se dit Cathy d'Humières en lisant le rapport.

Metzger, le procureur de la République, était assis en face d'elle. Comme toujours, il était tiré à quatre épingles, nœud de cravate impeccable et passage récent chez le coiffeur. Il avait eu le temps de le lire avant de venir et elle surprit une lueur gourmande dans ses yeux. Cet enfoiré se réjouissait. Metzger, comme beaucoup de procureurs de la République, adorait le cirque médiatique, lire son nom dans les journaux, et surtout passer à la télé. Une notoriété bidon, mais qui attirait tous les papillons avides de se brûler les ailes à la lumière des médias.

— Ne me dites pas que ça vous réjouit, Henri, dit-elle.

Il se redressa sur sa chaise comme s'il venait d'être insulté.

— Comment ? Bien sûr que non ! Comme si on avait besoin de ça !

Il était aussi crédible qu'un gamin surpris par sa mère avec du Nutella autour de la bouche juste avant le dîner.

— Qui voyez-vous pour conduire l'instruction ? demanda-t-elle prudemment.

— Desgranges.

Elle hocha la tête. Oui, Desgranges… Qui d'autre ? Un choix logique. Elle plissa les yeux en les fixant sur Metzger : lui et Desgranges se détestaient. Avec ses cheveux blancs un peu trop longs, ses vestes colorées et son tempérament de feu, Desgranges était l'antithèse physique et psychologique du proc. Il portait haut l'étendard de l'indépendance de la justice et considérait tout procureur de la République comme un ennemi en puissance. Metzger, de son côté, obsédé par sa carrière et son carnet d'adresses, était l'incarnation parfaite de tout ce que Desgranges abhorrait. Combien de fois l'un avait-il fait irruption dans son bureau pour se plaindre de l'autre ? Elle voyait bien où Metzger voulait en venir : cette affaire était un cadeau empoisonné. Mais, en l'occurrence, Desgranges lui paraissait le meilleur choix. Il mènerait son instruction tambour battant, apparaîtrait aux yeux des médias pour ce qu'il était, un juge droit dans ses bottes et farouchement indépendant, et c'était cette image-là que la justice avait besoin de donner dans un moment pareil. Et puis, Desgranges était sans doute le plus compétent de ses juges d'instruction.

— Desgranges, approuva-t-elle. Je suppose qu'il va saisir l'IGPN à Bordeaux.

L'Inspection générale de la police nationale comptait sept délégations : Paris, Lyon, Marseille, Lille, Bordeaux, Rennes et Metz.

— Je ne vois pas ce qu'il pourrait faire d'autre, l'approuva Metzger, fielleux. Et l'IGGN.

Il rêvait probablement déjà au futur embourbement de son meilleur ennemi dans un marécage judiciaire – une tache durable sur un CV.

— Il va falloir modifier ton rapport, dit Stehlin qui venait de rentrer d'une autre réunion au parquet et s'était entretenu avec le procureur de la République.

Servaz ne dit rien.

— Tôt ou tard, ils vont s'intéresser à toi – et à tes déplacements cette nuit-là. S'ils s'aperçoivent que tu t'es rendu à Saint-Martin et que tu as omis d'en parler, tu imagines les conséquences ?

— Je sais.

— Une chance que je ne l'aie pas encore envoyé, ce rapport…

Servaz sentit croître sa colère. Il avait perçu d'emblée la méfiance de Stehlin à son retour du tribunal. Comme s'il s'était dit là-bas des choses qui avaient modifié son point de vue. N'aurait-il pas dû d'emblée accorder le plus grand crédit à son subordonné, quelqu'un avec qui il travaillait depuis des années ? Servaz se demanda ce qui se passerait si ça se gâtait vraiment. Est-ce que Stehlin se battrait pour lui ou, au contraire, est-ce qu'il essaierait de se couvrir et penserait d'abord à sa carrière ? Stehlin était un type droit, pas comme Vilmer, son prédécesseur, et Servaz s'entendait bien avec lui. Mais c'est dans les moments difficiles qu'on juge ses amis, les chefs aussi.

— Martin…

— Oui ?

— Il y a deux nuits, à Saint-Martin, est-ce que tu l'as vu ou pas ?

— Jensen ? Non. (Il hésita.) Enfin, j'ai bien vu une silhouette… je le répète : j'ai couru après quelqu'un qui *pourrait* être Jensen. Ou pas. Je n'ai aperçu que cette silhouette, qui m'observait depuis le jardin public. Quand je me suis dirigé vers elle, elle s'est barrée. Je lui ai couru après, mais elle a disparu dans la forêt derrière les thermes. Il était plus de minuit. Je suis revenu à ma voiture et j'ai trouvé un mot sur mon pare-brise.

— Un mot ? Tu ne m'as pas parlé de ça la dernière fois.

— Oui. Ça disait : « Tu as eu peur ? »

— Seigneur.

Stehlin semblait avoir vu le fantôme de sa femme, morte deux ans plus tôt.

— Jensen a été fumé par une arme de flic, dit-il. Ils vont chercher le mobile. Et celui qui va leur sauter aux yeux, c'est le tien.

Servaz se raidit. Il songea à la première chose qu'il avait faite après avoir appris que Jensen avait été tué par une arme de flic : vérifier que la sienne était toujours à sa place.

— Quoi ? Quel mobile ?

— Bon Dieu, Martin ! Ce type t'a tiré une balle dans le cœur et tu as failli y passer ! Tu m'as dit toi-même

263

en sortant du coma que tu étais convaincu qu'il était le meurtrier de la femme de Montauban. Or, il a échappé à la justice. Et il a menacé ta fille !

— Il a juste fait une allusion à…

— Et toi, tu as foncé dare-dare à Saint-Martin, le coupa Stehlin. En pleine nuit, putain ! Et tu as vu Jensen quelques heures avant qu'il soit descendu, bordel !

Le directeur ne les avait pas habitués à cette sorte de langage. Il fallait qu'il soit sacrément en colère – ou aux abois.

— On est dans la merde, ajouta-t-il sombrement.

Et voilà, Stehlin avait déballé ce qu'il avait vraiment sur le cœur. Il entendait la petite musique de la peur dans la voix de son patron. Ce n'était pas la première fois que Servaz le trouvait trop prudent, trop timoré – et le soupçonnait de vouloir à tout prix éviter de faire des vagues. Même quand ça nuisait à l'efficacité du service. Tout à coup, il eut l'intime conviction que Stehlin n'hésiterait pas à le lâcher pour sauver sa peau. Il le regarda. Le patron avait le teint gris, il était déjà rentré dans sa coquille.

— Je prendrai mes responsabilités, dit-il fermement.

— Je veux un nouveau rapport sans la moindre zone d'ombre, intervint Stehlin en levant les yeux vers lui comme s'il se réveillait. Tu dois dire exactement ce qui s'est passé.

— Dois-je te rappeler que ce n'est pas moi qui ai eu l'idée de passer sous silence le déplacement à Saint-Martin ? répliqua Servaz en se levant et en repoussant sa chaise un peu trop violemment.

Stehlin ne releva pas. Il était de nouveau ailleurs. En train de préparer ses arrières, probablement. En train de réfléchir aux conséquences pour sa carrière jusqu'ici joliment ascendante et linéaire.

Comment couper la branche pourrie avant qu'elle contamine l'arbre.

Comment élever un pare-feu entre Servaz et lui.

— Alors ? demanda Kirsten à la terrasse du Cactus.

— Alors rien, dit Servaz en s'asseyant. Il va y avoir une enquête interne.

— Oh.

La dernière enquête interne dont elle se souvenait en Norvège, c'était celle qui avait été diligentée après la tuerie d'Utøya – cette petite île où Anders Breivik avait débarqué et fait soixante-neuf morts, la plupart des adolescents – pour savoir pourquoi la police norvégienne était arrivée si tard. Avertie d'une fusillade sur l'île, elle avait mis une heure et demie à s'y rendre, abandonnant les ados présents à la fureur meurtrière de Breivik. La police avait dû expliquer pourquoi elle était arrivée par la route et en bateau au lieu d'emprunter un hélico et pourquoi son bateau était tombé en panne. (Il était trop petit pour le nombre de personnes et le matériel chargé à bord et il avait commencé à prendre l'eau !)

— Qu'est-ce qu'il a dit ?

— Que je dois faire un rapport. Dans lequel j'expliquerai que j'ai rencontré un type tué par une arme de flic en pleine nuit trois heures à peine avant qu'il meure, un type qui m'a envoyé à l'hôpital quelques semaines plus tôt, qui a menacé ma fille et que je soupçonnais d'un meurtre non élucidé… En gros…

Il avait prononcé ces paroles avec fatalisme. Kirsten s'abstint de lui faire remarquer que les onze mille agents de la police norvégienne n'avaient dégainé qu'à quarante-deux reprises au cours de l'année écoulée et que seules deux balles avaient été tirées en tout et pour tout. Sans faire le moindre blessé ! La dernière fois que la police norvégienne avait abattu un homme remontait à treize ans…

— Je crois que je vais rentrer en Norvège, dit-elle, je n'ai plus rien à faire ici. Nous sommes dans un cul-de-sac.

Il la regarda. Ses doigts touchèrent instinctivement la photo au fond de sa poche, celle de Gustav.

— Tu repars quand ?

— Demain. J'ai un vol pour Oslo à 7 heures du matin, avec une escale d'une heure à Paris-Charles-de-Gaulle.

Il hocha la tête. Ne dit rien. Elle se leva.

— Je vais faire un peu de tourisme en attendant. On dîne ensemble, ce soir ?

Il acquiesça. La regarda s'éloigner, ses jolies jambes dépassant de son manteau sombre et strict, lequel était cependant suffisamment bien coupé pour mettre ses hanches en valeur. Servaz se fit la réflexion que beaucoup d'hommes, voyant ce dos, devaient avoir envie de savoir quel visage lui était associé. Dès qu'elle se fut éloignée, il sortit son téléphone.

— L'imagination va du normal au pathologique. En font partie les rêves, les fantasmes, les hallucinations…, dit le Dr Xavier, assis dans son fauteuil.

— Je ne parle pas d'hallucination, mais d'amnésie, répondit Servaz. C'est le contraire de l'imagination, l'amnésie, non ?

Il entendit Xavier bouger légèrement derrière lui. Une odeur de savon de Marseille montait de l'endroit où se tenait le psy.

— De quoi parle-t-on exactement ?

Il avait mis une seconde à poser la question. Servaz eut l'impression que le psy choisissait ses phrases comme on choisit des couleurs dans un nuancier.

— Admettons... Admettons que je sois venu une nuit à Saint-Martin – et que je croie avoir fait une chose, mais qu'en réalité j'en aie fait une autre, bien plus grave, que j'ai oubliée...

Un silence à l'arrière.

— Tu ne peux pas être un peu plus précis ?

— Non.

— OK. Il existe plusieurs formes d'amnésie. Celles qui pourraient correspondre à ce que tu décris – du moins compte tenu du peu d'informations dont je dispose –, ce sont : l'amnésie partielle, un trouble de la mémoire dans un laps de temps donné, généralement consécutif à un traumatisme crânien ou à une confusion mentale... Tu as subi un traumatisme crânien cette... hum... *fameuse nuit* ?

— Non. Du moins pas à ma connaissance.

— Oui, bien sûr. Ensuite, il y a, deuxièmement, l'amnésie parcellaire qui, elle, porte sur un ou des faits très précis. Pareil pour l'amnésie élective. Cette sorte d'amnésie s'observe chez les patients présentant une... hum... névrose ou des troubles psychiatriques.

Xavier marqua une pause.

— Enfin, il y a l'amnésie de fixation, qui est l'impossibilité de fixer un souvenir... Cette chose que tu penses avoir faite et oubliée...

— Non, non. Je ne pense pas l'avoir faite. C'est une question purement théorique.

— D'accord, d'accord. Mais cette « hypothèse purement théorique », est-ce qu'elle a un rapport avec le fait

267

qu'un type a été abattu près d'ici avec une arme de flic il y a deux nuits de cela ?

Dix-sept heures. Quand il ressortit du cabinet du Dr Xavier, le soir descendait déjà sur les rues de Saint-Martin, et l'air embaumait à la fois les sapins de la montagne proche, le feu de bois et les gaz d'échappement. Quelques flocons voletaient dans l'air froid. Les balcons en bois ouvragé, les frontons imitation chalet et les petites rues sombres et pavées conféraient à cette partie de la ville une atmosphère mi-enfantine mi-sinistre de conte de fées. Il avait garé sa voiture près de la rivière, et il sentit la fraîcheur et l'humidité monter des eaux rapides en contrebas de la promenade, dans l'obscurité.

En s'asseyant au volant de sa voiture, il se figea un instant. Qu'est-ce que c'était ? Il y avait une odeur à l'intérieur de l'habitacle… On aurait dit le souvenir d'un après-rasage. Il se retourna vers l'arrière, mais bien sûr il n'y avait personne. Se pencha vers la boîte à gants – mais l'arme était toujours là, dans son étui. Est-ce que l'odeur provenait de l'extérieur ? L'avait-il fait entrer en ouvrant la portière ?

Il mit le contact, fit le tour du square devant la mairie et se glissa dans les petites rues adjacentes pour rejoindre les allées d'Étigny, puis il se dirigea vers la sortie de la ville. Il contournait le dernier rond-point enneigé et allait bifurquer devant le panneau indiquant la direction de la plaine et de l'autoroute lorsqu'il ressentit une démangeaison à l'arrière du crâne. Il dépassa le panneau. Puis la sortie suivante, qui menait vers des campings et une petite zone industrielle. Il emprunta la troisième. Aussitôt après, la route s'éleva. Après deux virages en épingle à cheveux, il aperçut les toits de Saint-Martin en contrebas.

La démangeaison augmenta. Il n'était pas passé par ici depuis des années. La nuit tombait carrément, à présent. Au-dessous, les petites lumières de Saint-Martin posées sur le drap blanc de la neige ressemblaient à une rivière de diamants dans la vitrine d'un joaillier, cernées de toutes parts par l'écrin noir des montagnes. Il songea que cette sorte de paysage devait être familière à Kirsten, et regretta tout à coup qu'elle ne fût pas là. Puis les lumières disparurent. Il se retrouva à rouler au milieu des bois, sous le couvert des arbres.

Il traversa un hameau composé de quatre maisons. Puis un deuxième un kilomètre plus loin, toits blancs et volets clos – cette manie qu'on avait dans ce pays de s'enfermer, de se claquemurer dès que la nuit tombait, comme si dehors des brigands attendaient le crépuscule pour se jeter sur le pauvre monde. À la fourche suivante, il prit à gauche et la route s'abaissa en épousant une légère déclivité. Les prairies enneigées avaient un doux éclat bleuté dans la pénombre du soir et des bancs de brume commençaient à monter des creux. Il dévala la côte pour entrer dans un nouveau bourg un peu plus grand mais tout aussi endormi que les précédents. À part le café sur la place, où il aperçut les silhouettes des habitués serrées derrière les vitres illuminées, les rues étaient totalement désertes. Il en ressortit aussitôt, s'enfonça derechef dans les bois.

Il les devina bientôt sur la gauche de la route, au loin, entre les arbres : les bâtiments en ruine de la Colonie des Isards – mais le panneau rouillé à l'entrée du chemin avait disparu. L'obscurité, dans les bois, était de plus en plus profonde. Servaz sentit un frisson courir

269

le long de son échine. Mais il n'était pas venu pour elle. Il dépassa la colonie. Ses phares creusaient un tunnel de lumière au milieu des sapins, sculptant comme des découpages en papier les branches basses chargées de neige qui frôlaient la route, trouant le brouillard de plus en plus dense. La seule autre source de clarté était la lueur bleue des cadrans de son tableau de bord. Toutes notions d'espace et de temps lui semblèrent soudain abolies.

Mais pas la mémoire…

Les images surgissaient comme si on avait installé un écran à l'intérieur de sa tête. Bientôt, il s'enfonça dans un tunnel taillé à même la roche.

Il se demanda si le panneau était toujours là, juste après. Il y était. Fixé au parapet du petit pont qui enjambait le torrent : « CENTRE DE PSYCHIATRIE PÉNITENTIAIRE CHARLES WARGNIER ».

C'était comme si, en empruntant cette route qui s'éleva hardiment, les quelques lacets au milieu des sapins, bordés de hautes congères, puis, au sortir de la forêt, la partie moins pentue, avec les montagnes en arrière-plan et les bâtiments au milieu, il avait emprunté une machine à remonter le temps.

L'incendie déclenché par Lisa Ferney, l'infirmière en chef, n'avait laissé que des moignons de murs et, quand il sortit de la voiture dans l'air glacé de la nuit, sous le clair de lune, il pensa aux grandes pierres dressées de Stonehenge.

Il ne restait plus grand-chose – mais on devinait la taille imposante de l'ensemble, comme lorsqu'on se promène dans les restes du forum de Rome. Une de ces architectures cyclopéennes comme on en retrouvait un peu partout dans les Pyrénées, et qui dataient de la première moitié du XXe siècle : hôtels, centrales hydro-électriques, thermes, stations de ski… Mais ici, ce n'était pas des curistes ou des touristes qu'on avait accueillis. L'Institut Wargnier avait abrité pendant quelques années quatre-vingt-huit individus extrêmement dangereux, présentant des problèmes de santé mentale doublés de violence et de criminalité : des patients trop violents même pour une UMD – une unité pour malades difficiles –, des détenus dont les psychoses étaient trop graves pour qu'on les laisse en prison, des violeurs et des assassins reconnus déments par la Justice. En provenance de toute l'Europe. L'Institut Wargnier était un projet pilote. On les avait isolés dans ces montagnes, tenus à l'écart du monde. On avait essayé sur eux toutes sortes de traitements plus ou moins expérimentaux… Servaz se souvenait que Diane Berg, la jeune psychologue, les avait comparés à des « tigres dans la montagne ». Et, au milieu de la meute, le mâle alpha.

Le Roi Lion.

L'individu au sommet de la chaîne alimentaire.

Julian Hirtmann…

Servaz n'avait pas éteint ses phares et ils dessinaient deux cercles brillants sur le mur le plus proche, dans lesquels il distingua des graffitis. Au-dessus des montagnes immenses et menaçantes, la nuit était claire et étoilée, d'une froideur indifférente – et ces idoles de pierre évoquant sous la lune un passé de folie et de mort lui firent penser à ses lectures adolescentes de Love-craft. Tout à coup, il sentit une couche de glace encercler son cœur en songeant à Gustav, qui vivait auprès d'un de ces monstres. Et à Jensen, tué par une arme de flic. Aux fantômes du passé et aux ombres du présent. L'inquiétude grandit. La manœuvre était claire :

271

quelqu'un voulait qu'il porte le chapeau. Dans quel dessein ?

Un craquement de bois mort monta des ruines alors qu'il s'avançait vers elles en piétinant la neige fraîche et il s'arrêta net. Tous les sens en alerte. Il sentit la chair de poule se répandre sur tout son corps sous ses vêtements, soudain conscient qu'il était la seule personne vivante à des lieues à la ronde et que, la nuit venue, cet endroit désert devait attirer un paquet de dingos et de tordus amateurs de sensations fortes. Il tendit l'oreille, immobile – mais tout était silencieux. Sans doute un animal comme ceux qui avaient traversé la route devant ses phares, dans la vallée.

Pourquoi était-il venu ici ? Quelle mouche l'avait piqué ? Quel sens cela avait-il ? Et qu'est-ce qu'il espérait trouver ? Un calme absolu régnait mais, soudain, il perçut un bruit lointain et amorti en contrebas dans la vallée. Comme un bourdonnement d'insecte. *Un bruit de moteur…* Qui ne pouvait venir que de la route qu'il avait empruntée. Il porta son regard en amont du val, à la hauteur de la colonie de vacances désaffectée, et sursauta quand une lueur clignota brièvement entre les arbres – une première fois puis de nouveau quelques secondes plus tard.

Là, en bas, une voiture approchait.

Il plissa les yeux jusqu'au moment où les phares reparurent dans la forêt. Pendant plusieurs minutes, il scruta leur progression clignotante entre les arbres sur la petite route en contrebas ; puis ils disparurent dans le tunnel et il ne les vit plus, car cette partie de la route était masquée par l'épaulement de la montagne.

Il s'attendait à chaque instant à voir les phares émerger à cent mètres de là, et venir droit sur lui.

Qui pouvait bien emprunter cette route à une heure pareille ? Avait-il été suivi ? Il n'avait pas une seule fois regardé dans son rétroviseur pendant tout le trajet entre Saint-Martin et la vallée. Pourquoi l'aurait-il fait ?

Il revint rapidement vers la voiture, ouvrit la portière côté passager puis la boîte à gants et en extirpa l'arme dans son étui. Quand il la sortit, il se rendit compte que sa paume était moite sur la crosse.

Il abandonna l'étui en Cordura sur le siège passager, entendit le bruit du moteur peinant dans la pente, de l'autre côté. Tout à coup, le vrombissement grandit quand il n'y eut plus d'autre obstacle que les sapins, et il vit les phares surgir entre les troncs quelques instants plus tard. Les rayons de lumière lui cisaillèrent les nerfs optiques quand la voiture vira et qu'ils se braquèrent sur lui, aussi brillants que le bouquet final d'un feu d'artifice. Il fit monter une cartouche dans le canon, ôta le cran de sûreté et garda le bras le long du corps.

La voiture roulait droit sur lui à présent. Avec les cahots, la lueur des phares dansait devant ses yeux comme des coups de fouet lumineux. Aveuglé, il mit sa main libre en écran.

Entendit le bruit de l'accélérateur quand le conducteur appuya sur la pédale.

Leva son arme.

La voiture fonçait à bonne allure dans sa direction, mais elle ralentit d'un coup. Il cligna des yeux à cause de la sueur qui coulait de ses sourcils sur sa cornée, et sa vue se troubla comme s'ils étaient pleins de larmes. Il n'était même pas sûr de pouvoir atteindre le véhicule s'il tirait : il n'y avait pas plus mauvais tireur que lui dans tout le SRPJ. Il essuya la sueur d'un revers de manche. Foutu coma, songea-t-il.

Brusquement, le bruit du moteur décrut, le conducteur rétrograda de troisième en seconde et la voiture ralentit, puis s'immobilisa dans un crissement de graviers et de neige. À une dizaine de mètres. Il attendit. Entendit sa propre respiration, lourde, malaisée. Il devina la portière qui s'ouvrait, au-delà de l'incendie des phares.

Il ne distinguait rien à part une silhouette qui se détachait nettement sur la nuit plus claire.

— Martin ! lança la silhouette. Ne tire pas ! Baisse ton arme, s'il te plaît !

Il s'exécuta. La brusque redescente de l'adrénaline lui flanqua le vertige et il dut s'appuyer au capot de sa voiture, jambes coupées. La silhouette de Xavier s'avançait vers lui dans la lueur des phares, son haleine soulevant un panache volatile.

— Toubib, souffla-t-il. Tu m'as flanqué une de ces frousses !

— Désolé ! Désolé !

Xavier semblait essoufflé, sans doute à cause du stress que lui avait causé la vue de l'arme braquée sur lui.

— Qu'est-ce que tu fous ici ?

Xavier s'avança encore. Il avait quelque chose à la main, mais Servaz n'aurait su dire quoi.

— Je viens souvent ici.

La voix de Xavier – étrange, tendue, hésitante.

— Quoi ?

— Très souvent… en fin de journée… je viens contempler ces ruines… Les ruines de ma gloire passée, les ruines d'un rêve avorté, mort… Cet endroit, tu comprends, il signifie beaucoup de choses pour moi…

Xavier avançait toujours. Le regard de Servaz s'abaissa vers la main, au bout du bras pendant le long du corps. Celle qui tenait un objet cylindrique. Il n'arrivait pas à voir ce que c'était. Xavier n'était plus qu'à trois mètres de lui.

— En découvrant qu'il y avait déjà quelqu'un, j'ai failli faire demi-tour. C'est arrivé déjà une fois et ça n'a pas été une rencontre agréable : un ancien pensionnaire… que cet endroit continuait à obséder. J'imagine que c'est le cas pour beaucoup. Ça l'est bien pour moi. Et puis… j'ai vu que c'était toi…

La main s'éleva. Servaz se sentit nerveux. Il regarda l'objet s'élever avec elle. Une torche électrique.

— Et si on allait faire un tour ? dit Xavier en l'allumant et en la braquant vers les ruines. Allons-y, j'ai un truc à te dire.

24

L'arbre

Une seule lumière brûlait au dernier étage de l'ancienne villa impériale, sur Elsslergasse, dans le quartier de Hietzing, à Vienne. Dans son bureau, Bernhard Zehetmayer, en robe de chambre damassée, pyjama de soie et mules, écoutait *Trois Nocturnes* de Debussy avant d'aller dormir.

Ce petit palais était rempli de courants d'air, aussi le directeur d'orchestre avait-il aménagé le dernier étage en appartement de luxe avec deux salles de bains et condamné les autres parties. Des fontaines de marbre, un lierre échevelé sur la façade, des *bow-windows* et un jardin aux allures de parc conféraient à l'ensemble une noblesse un peu surannée.

Il était absolument seul dans son palais de courants d'air : Maria était rentrée chez elle deux heures auparavant, après lui avoir préparé son dîner, son bain et son lit. Tassilo, son chauffeur, ne serait pas de retour avant demain matin et Brigitta, l'infirmière – la vision de ses jambes l'émouvait chaque fois et l'emplissait de nostalgie –, ne repasserait pas avant le lendemain soir. Il savait que l'aube était loin, que la nuit serait longue, peu prodigue en sommeil et pourvoyeuse de pensées noires et de sombres ruminations. Au centre desquelles se tiendrait – comme toujours – le souvenir d'Anna. La prunelle de ses yeux. Son enfant chérie.

Sa lumière.

Lumière, elle l'avait été pendant toute son enfance et sa jeunesse et, à présent, elle appartenait aux ténèbres. Une enfant si belle, si douée. Née tardivement d'une mère qui cultivait une unique faculté : celle de savoir dire aux hommes ce qu'ils avaient envie d'entendre. Les fées de la beauté, de l'intelligence et du talent s'étaient toutes penchées sur son berceau. Elle était promise à un avenir qui ferait la fierté de ses parents et la jalousie de leurs amis. Il s'était parfois demandé d'où elle tenait cette lourde tresse de cheveux noirs, si différents de ceux de sa mère, et ses yeux marron qui lui faisaient ce regard à la fois si expressif et insondable. Il en souriait, sachant que, malgré les infidélités de sa femme, cette enfant ne pouvait être d'un autre : elle avait son caractère entier, son inflexibilité et surtout un don renversant pour la musique, supérieur au sien au même âge.

Pour ses trois ans, il avait lui-même découvert, au bord de l'extase, qu'elle avait l'oreille absolue. Anna avait ensuite montré des dispositions incroyablement précoces pour le piano, jouant, composant et improvisant dès le plus jeune âge. À quinze ans, elle intégrait le Mozarteum de Salzbourg. Salzbourg… une ville dans laquelle il n'avait plus mis les pieds depuis des décennies. Ville maudite, ville vénale, ville criminelle. C'était sans doute dans les rues de Salzbourg qu'Hirtmann l'avait repérée. Comment s'y était-il pris pour l'approcher ? À travers la musique probablement :

Zehetmayer avait découvert un jour avec stupeur que le Suisse était comme lui admirateur de Mahler.

Ce qui s'était passé ensuite nul ne le savait, mais le directeur d'orchestre l'avait imaginé des milliers de fois : on avait découvert un journal intime dans lequel Anna parlait de ce « mystérieux inconnu » avec qui elle avait « un rendez-vous secret pour la troisième fois ». Elle se demandait si elle était « en train de tomber amoureuse », si c'était « folie à cause de leur différence d'âge ». Se demandait aussi pourquoi il ne l'avait encore « ni touchée ni embrassée ». Dix-sept ans, elle avait dix-sept ans… Un avenir tout tracé. Elle avait disparu quelques jours plus tard.

Là-dessus, on avait retrouvé le cadavre au bout d'un interminable mois, au creux d'un fourré, à portée de baskets d'un sentier de randonnée qui surplombait la ville. Nu. Et Zehetmayer avait bien failli devenir fou quand il avait appris le nombre et la nature des sévices qu'elle avait subis. Il avait maudit Dieu, Salzbourg, l'humanité, insulté policiers et journalistes, frappé l'un d'eux qui avait osé le questionner sur sa douleur, avait été tenté de se donner la mort. Celle d'Anna avait aussi séparé les époux, détruit son mariage – mais quelle importance à côté de la perte de l'être qui lui était le plus cher au monde ? Quand il avait appris l'identité de celui qui avait fait ça – ainsi qu'à des dizaines d'autres victimes –, il avait eu enfin quelqu'un contre qui tourner son courroux.

Il n'aurait jamais cru qu'on pouvait haïr autant. Que la haine fût un sentiment plus pur que l'amour, la littérature n'a cessé de nous en pénétrer depuis Caïn et Abel. Sans la musique il se serait perdu, songea-t-il en écoutant les dernières mesures du troisième *Nocturne*.

Mais même elle n'avait pas réussi à éteindre la folie en train d'éclore comme une fleur empoisonnée, cette fureur digne de l'Ancien Testament, ce désir de vengeance shakespearien. Zehetmayer était un être arrogant, têtu et rancunier. Une fois sa femme emportée par le cancer, dans la solitude de sa tour d'ivoire, sa folie avait trouvé un terrain pour prospérer. Jusqu'à sa rencontre avec Wieser toutefois, il n'avait jamais envisagé qu'elle pût se traduire en actes.

Et voilà que l'espoir venait de renaître sous les traits d'un enfant. Il se leva, car les dernières notes s'éteignaient dans les deux enceintes sphériques et blanches disposées de part et d'autre de la pièce, seul élément futuriste qui jurait avec le reste du mobilier. Tandis qu'il s'approchait de sa chaîne hi-fi française ultra haut de gamme, il ressentit une violente douleur au ventre et s'immobilisa un instant en faisant la grimace.

Cet après-midi, il avait de nouveau trouvé du sang dans ses selles. Jusque-là cependant, il n'en avait rien dit à l'infirmière. Il n'était pas question qu'il se retrouve coincé pendant des semaines à l'hôpital, comme la dernière fois. Il éteignit l'appareil, puis les lumières, et enfila le long couloir vers sa chambre, tout au fond. Alors qu'en public il se montrait toujours vigoureux et plein d'allant, dans l'intimité de son palais il traînait un peu des pieds sur le parquet étoilé. En se glissant au fond de son lit, soudain ramené à la fragilité d'un simple mortel, il se demanda si ce même cancer qui avait emporté Anna-Christina et qui revenait le chercher, lui, Zehetmayer, lui laisserait le temps de savourer sa vengeance.

Kirsten Nigaard faisait du lèche-vitrines dans le centre pour tuer le temps lorsqu'elle surprit une nouvelle fois la silhouette dans le reflet. Était-ce la quatrième ou bien la cinquième fois ? Le type à lunettes… Avec sa mèche enfantine qui lui tombait sur les yeux. Il lui tournait le dos et faisait semblant de s'intéresser à une autre vitrine mais elle n'était pas dupe : par intervalles, il se retournait pour jeter un coup d'œil dans sa direction.

Martin lui avait-il mis un flic dans les pattes pour veiller sur elle ? Il lui en aurait parlé. Et le type ne ressemblait pas à un flic. À un pervers, ça oui, en revanche. Ses petits yeux ne cessaient de naviguer derrière les verres épais de ses lunettes, semblables à ceux d'un de ces personnages : les Minions. Elle sourit. Oui, c'était exactement à ça qu'il lui faisait penser. Elle était suivie par un Minion.

Kirsten reprit sa marche le long de la rue pavée bordée de magasins.

Jeta un bref coup d'œil en passant à une autre vitrine. Le vit dans le reflet : à moins de dix mètres derrière elle, il avait lui aussi repris sa progression. La nuit était tombée sur Toulouse, mais les rues du centre étaient encore noires de monde. Elle n'en éprouva pas moins un frisson désagréable. D'expérience, elle savait qu'une foule n'est qu'une maigre protection contre un viol ou une agression. Et puis, tôt ou tard la foule se tarirait et les rues se videraient. Avait-il jeté son dévolu sur elle au hasard ou s'agissait-il d'autre chose ?

Un prédateur sexuel ? Un timide maladif ? Ou bien… Il y avait une autre hypothèse, mais non : c'était impossible.

Elle déboucha place Wilson, se dirigea vers l'une des terrasses. S'assit à une table et fit signe au serveur. Pendant une minute, elle chercha le type des yeux et crut qu'il s'était évanoui. Puis elle le repéra. Assis sur l'un des bancs au centre du square, près de la fontaine. Seule sa tête dépassait par-dessus les haies qui encerclaient le square. On aurait dit que quelqu'un l'avait décapité et avait posé sa tête sur un buisson. Un fluide glacé la parcourut. La première fois qu'elle avait repéré sa présence, c'était alors qu'elle déjeunait place Saint-Georges. Il était assis trois tables plus loin, mordait dans un énorme cheese-burger sans la quitter des yeux.

Elle détourna un instant le regard quand le serveur lui apporta son Coca Zero. Le chercha des yeux aussitôt après. Elle scruta l'endroit où elle l'avait aperçu mais il n'y était plus. Son regard balaya la place dans tous les sens. Évaporé. Une sensation aussi désagréable qu'une bouffée d'ammoniac fit se tendre chacun de ses muscles. Elle maudit Servaz qui lui avait fait faux bond et l'avait appelée en disant qu'il ne pourrait dîner avec elle ce soir, mais qu'il serait là le lendemain pour lui dire au revoir. Elle sentit une tristesse inhabituelle l'envahir. Elle allait rentrer en taxi et elle demanderait au chauffeur d'attendre qu'elle eût disparu dans son hôtel. Elle n'avait aucune envie de rentrer à pied par une nuit pareille avec cette ombre dans son dos.

Roxane Varin n'en croyait pas ses yeux en fixant la lettre à en-tête officiel dépliée sur son bureau. Contre toute attente, la recherche de scolarité lancée auprès de la direction académique avait fait réagir un établissement : l'école élémentaire de L'Hospitalet-en-Comminges. Le directeur affirmait que Gustav était scolarisé chez eux. Il y avait un numéro de téléphone. Roxane décrocha le sien.

— Jean-Paul Rossignol, dit l'homme au bout du fil.

— Roxane Varin, Brigade des mineurs de Toulouse. J'appelle au sujet de cet enfant : Gustav. Vous êtes bien sûr qu'il est inscrit dans votre école ?

— Évidemment que j'en suis sûr. Qu'est-ce qui se passe avec cet enfant ?

— Pas au téléphone. On vous expliquera… La recherche de scolarité, qui d'autre l'a vue à part vous ?

— Le professeur de Gustav.

— Écoutez : surtout n'en parlez à personne d'autre. Et passez la consigne à son professeur. C'est très important.

— Est-ce que vous ne pourriez pas m'en… ?

— Plus tard, répondit Roxane en raccrochant.

Elle composa un autre numéro mais n'obtint qu'un répondeur. *Nom de Dieu, où es-tu Martin ?*

— La Norvège, j'ai toujours rêvé d'y aller, dit le type assis à sa table depuis trois minutes.

Kirsten lui adressa un sourire modéré. La quarantaine, en costume-cravate, et marié – comme l'attestait son alliance. Il lui avait d'abord adressé la parole depuis la table voisine avant de demander la permission d'apporter sa bière et de s'asseoir à la sienne.

— Les fjords, les Vikings, le triathlon, tout ça, quoi…

Cette fois, elle se retint pour ne pas lui demander s'ils mangeaient vraiment des grenouilles et des fromages moisis dans ce pays. Si la grève y était bien un sport national. Et s'ils étaient véritablement tous nuls en langues vivantes. À part ça, il avait un physique intéressant, pas banal mais intéressant. Elle pourrait peut-être faire d'une pierre deux coups : le ramener à son hôtel et dissuader Monsieur « Minion » de s'en prendre à elle.

282

Oui, mais quand même… Le physique n'était pas tout, même pour une nuit… Et puis, c'était un autre Français qui hantait ses pensées depuis un certain temps déjà.

Elle était sacrément perplexe sur la conduite à tenir quand son téléphone bourdonna sur la table. Elle surprit le regard agacé du *Frenchie*. Tiens, tiens, Monsieur « le-roi-des-clichés-sur-la-Norvège » n'aimait ni la concurrence ni les contretemps.

— Kirsten, dit-elle.

— Kirsten, c'est Roxane, dit Roxane Varin dans un anglais approximatif. Tu sais où est Martin ? J'ai retrouvé Gustav !

— *What ?*

La lune – qui auparavant dardait ses rayons froids sur le squelette de l'édifice – avait à présent disparu derrière les nuages et il s'était remis à neiger. Au fil des minutes, le nombre des flocons qui descendaient en tourbillonnant entre les murailles de l'ex-Institut Wargnier ne cessait d'augmenter. Ils voletaient au milieu des grandes coursives éventrées en bataillons désordonnés, anarchiques, comme s'ils ne savaient pas où se poser. Des moignons d'escalier, des huisseries métalliques carbonisées et déformées par l'incendie, d'anciennes salles désormais ouvertes à tous les vents et ensevelies sous la neige… Xavier n'avait visiblement rien oublié de la topographie. Il s'orientait dans ce labyrinthe sans difficulté.

— Je crois que je l'ai vu, dit-il soudain alors qu'ils avançaient entre deux hauts murs.

— Pardon ?

— Hirtmann. Je crois que je l'ai vu un jour. Servaz s'arrêta de marcher.

— Où ça ?

— À Vienne, il y a presque deux ans. En 2015. À l'occasion du 23ᵉ Congrès européen de psychiatrie : plus de mille délégués appartenant à l'EPA, l'European Psychiatric Association. L'association revendique plus de soixante-dix mille membres.

Vienne… Servaz avait la photo au fond de sa poche : celle où Gustav apparaissait devant l'un des paysages les plus célèbres d'Autriche.

— Je ne savais pas qu'il y avait autant de psychiatres en Europe, dit-il, tandis que le vent chargé de neige mugissait de plus en plus fort au milieu des ruines.

Il releva le col de son manteau, le vent glacial lui mordait la nuque.

— C'est que la folie est partout, Martin. Je dirais même que c'est elle qui gouverne le monde, qu'en dis-tu ? On essaie de rationaliser, de comprendre – mais il n'y a rien à comprendre : le monde est chaque jour plus fou. Bref, avec plus de mille délégués venus de toute l'Europe, pas difficile de passer inaperçu.

— Pourquoi tu ne m'as rien dit ?

— Parce que j'ai longtemps cru que j'avais tout imaginé. Que je m'étais fait un film. Mais plus j'y repense, plus je crois que c'était lui. Et j'y repense souvent…

— Raconte.

Xavier fit demi-tour et ils mirent leurs pas dans leurs propres traces, enjambant des tas de gravats et des poutres métalliques tombées au sol. Les flocons se déposaient comme des pellicules sur leurs épaules.

— J'assistais à une des conférences quand un type m'a demandé s'il pouvait s'asseoir à côté de moi. Il s'est présenté, il s'appelait Hasanovic. Il était très sympa et, rapidement, nous avons échangé quelques plaisanteries en anglais parce que la conférence était passablement ennuyeuse et le conférencier mauvais. Il m'a alors proposé d'aller boire un café à la buvette.

Xavier attendit d'être passé de l'autre côté d'un tas de décombres pour poursuivre.

— Il m'a dit alors qu'il était psychiatre à Sarajevo. Vingt ans après la fin de la guerre de Bosnie, il traitait encore des syndromes post-traumatiques très graves. Selon lui, plus de 15 % de la population bosniaque présentait ces syndromes et cela pouvait atteindre presque la moitié des habitants dans certaines villes assiégées pendant la guerre. À Sarajevo, l'association à laquelle il appartenait proposait des thérapies de groupe.

— Et tu penses que ce gars était Hirtmann ? Il ressemblait à quoi ?

— Il avait la taille et l'âge requis. Il était méconnaissable, bien sûr. La couleur des yeux, la forme du visage, du nez, l'implantation des cheveux – même la voix. Et il portait des lunettes.

Servaz s'était arrêté. Il essayait de contrôler les émotions qui l'agitaient.

— Il avait pris du poids ? En avait perdu ?

— De ce point de vue-là, je dirais qu'il avait à peu près la même corpulence. Le soir, nous nous sommes retrouvés à une réception. Il était accompagné d'une très belle femme, très classe, avec une robe qui faisait se retourner toutes les têtes. Nous avons continué à discuter de notre métier et, quand je lui ai avoué que j'avais dirigé l'Institut Wargnier, il a tout de suite montré un intérêt des plus vifs : il faut dire qu'avec tout ce qui s'est passé, l'Institut est presque devenu une légende dans la communauté psychiatrique… Il m'a dit que le sujet l'avait fasciné pendant longtemps

285

et qu'il avait reconnu mon nom, mais qu'il ne savait pas si j'aurais envie d'en parler, alors il s'était abstenu de l'évoquer…

Une légende… Pas seulement chez les psys, songea Servaz. Mais il ne dit rien.

— Il m'a posé un tas de questions. Sur les traitements, les pensionnaires, la sécurité, ce qui s'était passé à la fin… Et puis, on en est venus à parler d'Hirtmann, bien sûr…

La voix de Xavier s'était faite plus ténue. La lueur de sa torche dansait sur les murs. Leurs semelles produisaient des craquements sourds en écrasant les monticules et Servaz vit que Xavier avait le bas de son pantalon tout blanc. Ils approchaient de la sortie.

— Et, au bout d'un moment, j'ai réalisé qu'il en savait énormément sur le sujet, tant sur ce qui s'était passé ici que sur le Suisse lui-même. Il ne se contentait pas de poser des questions, il avait des opinions bien arrêtées et des connaissances étonnantes. Certains détails en particulier ont attiré mon attention. Je ne me souvenais pas que la presse en eût parlé.

— Quels détails ?

— Par exemple, il connaissait la vue qu'Hirtmann avait depuis la fenêtre de sa cellule à l'Institut.

— Ça a pu sortir dans la presse…

— Tu crois ? Où ça ? Et l'info serait parvenue jusqu'à un psychiatre bosniaque ?

— C'est tout ?

— Non. Il m'a parlé avec insistance de ce grand sapin dont le Suisse voyait la cime depuis sa fenêtre, de la symbolique de l'arbre en général, « qui relie les trois niveaux du Cosmos : le souterrain, dans lequel il plonge ses racines, la surface et le ciel », de l'arbre de vie et de l'arbre de la connaissance du bien et du mal dans la Bible, de l'arbre sous lequel Bouddha atteignit l'illumination et aussi de l'arbre de mort dans la Kabbale. Il était très pointu sur toutes ces questions de symboles.

— Et alors ?

— C'est à ce moment-là que j'ai réalisé qu'Hirtmann m'avait un jour parlé de tout ça quasiment dans les mêmes termes…

Servaz s'arrêta une fois de plus. Il frissonna – peut-être de froid.

— Tu en es sûr ?

— Sur le moment j'en ai été sûr, oui. Ça m'a flanqué un choc. Et j'ai bien vu qu'Hasanovic prenait un malin plaisir à voir mon trouble. Ensuite, tu sais comment c'est : je me suis mis à douter de ce que j'avais entendu exactement. J'aurais dû prendre des notes, mais je ne l'ai pas fait. On était à une soirée, bon sang. J'ai commencé à me demander si ma mémoire ne me jouait pas des tours, s'il avait dit exactement ça ou si c'est moi qui reconstruisais son discours *a posteriori*. Plus les jours passaient et plus je doutais.

— Tu aurais dû m'en parler.

— C'est possible, oui. Mais ça aurait changé quoi ?

Ils émergèrent des ruines. Il neigeait à gros flocons à présent. Ils étaient très nombreux, des milliards dans la nuit : serrés et duveteux, et la neige avait blanchi les voitures.

— Et aujourd'hui, tu crois quoi ? demanda Servaz en s'avançant vers son véhicule à travers le blizzard.

Xavier s'arrêta de marcher et il dut se retourner.

— Je crois que c'était lui, dit le psychiatre en le regardant.

— Tu n'as pas vérifié s'il existait bien un Dr Hasanovic, psychiatre, à Sarajevo ?

— Si, je l'ai fait. Il existe.

— Et à quoi ressemble-t-il ?

— Je n'en sais rien. Je n'ai pas poussé mes recherches plus loin. À ce moment-là, je m'étais déjà persuadé que j'avais affabulé.

— Mais aujourd'hui tu penses le contraire ?

— Oui.

Soudain, le téléphone de Servaz retentit plusieurs fois dans sa poche : il avait récupéré le signal. Pendant que celui-ci avait été interrompu, le flic avait reçu plusieurs appels. Il le sortit. Il avait aussi deux messages enregistrés.

Son pouls s'accéléra.

Kirsten et Roxane.

25

Une rencontre

— Qu'est-ce que tu fais ?

Il leva les yeux. Margot était debout à l'entrée de la chambre, l'épaule contre le chambranle.

— Je dois partir quelques jours, répondit-il en pliant un chandail et en le posant sur ses autres vêtements, dans la valise. Le boulot.

— Tu quoi… ?

Il leva les yeux. Elle était rouge de colère. Et les yeux de sa fille étincelaient. Margot avait toujours été ainsi : elle pouvait entrer en fureur en une demi-seconde, pour un détail ou un motif tout à fait inattendu – ou, en tout cas, qui n'auraient jamais déclenché chez lui un tel emportement de fureur.

Il suspendit son geste.

— Qu'est-ce qu'il y a ? dit-il en soupirant.

— Tu t'en vas ?

— Quelques jours seulement.

Elle secoua la tête.

— Je n'arrive pas à le croire. Depuis que je suis là… je ne te vois quasiment jamais. Tu disparais, tu rentres au milieu de la nuit. Tu es rentré il y a moins d'une heure, papa… Et maintenant tu fais ta valise et tu m'annonces que tu ne reviendras pas avant plusieurs jours ! Tu peux m'expliquer ce que je fous là ? À quoi je sers ? Je passe mon temps toute seule, bordel ! Je te rappelle qu'il n'y a pas si longtemps tu étais dans le coma et que les médecins t'ont dit d'y aller doucement !

Il sentit à son tour la colère le gagner. Il ne supportait pas d'être rabroué. Et pourtant, il savait qu'elle avait raison.

— Ne t'inquiète pas, dit-il en essayant de garder son calme. Je vais bien. Tu ne devrais pas t'en faire. En vérité, tu devrais reprendre ta vie d'avant, ta vie de jeune femme. Tu n'es pas heureuse ici.

Il regretta aussitôt cette dernière phrase. Il savait qu'elle allait se jeter dessus comme un chien sur un os. Margot avait la capacité d'isoler une phrase de son contexte dans une conversation et de vous la renvoyer comme un boomerang. Elle aurait fait un excellent avocat général.

— Quoi ?

Sa voix était encore montée d'un cran.

— Putain, je le crois pas !

Il aurait dû se mordre la langue à ce moment-là, il le savait. Au lieu de ça, tout en enfournant un pantalon d'hiver dans la valise, il lâcha :

— Arrête de jouer les mères poules, s'il te plaît. Je vais bien.

— Va te faire foutre !

Il l'entendit qui s'éloignait rapidement. Referma la valise et ressortit de la chambre.

— Margot !

Il la vit saisir sa vareuse sur le dossier d'une chaise et son iPod sur la table du living.

— Où tu vas ?

Elle lui tournait le dos. Il devina qu'elle manipulait son appareil, car, tout à coup, un son infernal jaillit de son casque. Un grincement de guitares électriques qui, à travers les écouteurs, ressemblait au bruit, mille fois amplifié, d'un termite grignotant du bois. Elle les écarta un instant de ses oreilles.

— Sois tranquille. Quand tu rentreras, je ne serai plus ici.

— Margot…

Elle ne l'entendit pas. Elle avait remis les écouteurs en place et elle évitait son regard. Il se demanda ce qu'il pourrait bien lui dire en cet instant ; elle était au bord des larmes et il n'avait jamais été très doué pour gérer les sentiments des autres. Encore moins la tristesse itérative de sa fille.

— Margot ! lança-t-il plus fort, mais elle se dirigeait déjà vers la porte.

Il la vit prendre ses clefs au passage. Elle claqua la porte derrière elle sans lui jeter un regard.

— Merde ! hurla-t-il. Merde, merde, merde !

Une demi-heure plus tard, elle n'était toujours pas reparue. Sa valise bouclée, il lui avait envoyé une bonne demi-douzaine de SMS. Son téléphone sonna et il se précipita pour faire glisser le bouton vert sur l'écran.

— Je suis en bas, annonça Kirsten.

— J'arrive, dit-il en cachant sa déception.

Je dois y aller. Kirsten est là. Rappelle-moi s'il te plaît.

Il aurait voulu lui dire qu'il l'aimait – et qu'il allait s'efforcer de changer – mais, en dépit du fait qu'en

291

cet instant il débordât d'amour pour sa fille et se sentît meurtri, il se contenta de refermer son téléphone. En se dirigeant vers la porte, il se souvint que Stehlin lui avait promis une protection pour Margot mais qu'il n'avait toujours rien fait.

Dès demain, il exigerait qu'il passe aux actes.

— Tu es sûre qu'il te suivait ?

Servaz avait posé la question en fixant le ruban noir de l'autoroute avalé par les phares, lignes blanches et pointillées comprises, lesquelles défilaient avec une intensité hypnotique. Dans l'obscurité de l'habitacle, la voix de Kirsten s'éleva à côté de lui :

— Oui.

— C'est peut-être juste un tordu qui s'amuse à suivre les femmes dans la rue…

— Possible. Mais…

Il lui jeta un coup d'œil. Elle fixait pareillement l'autoroute à travers le pare-brise, son profil souligné par la faible lueur du tableau de bord. Il y eut une seconde de silence au cours de laquelle il entendit seulement les vibrations du semi-remorque qu'ils doublaient. Il ne neigeait pas à cette altitude, mais il n'allait pas tarder à pleuvoir : une grosse goutte de pluie s'était écrasée sur le pare-brise, puis une deuxième, une troisième…

— Mais toi, tu n'y crois pas, dit-il.

— Non.

— Parce que c'est quand même une drôle de coïnci-dence qu'un type te suive dans les rues de Toulouse en ce moment…

— C'est ça.

Ils avaient quitté Toulouse une heure plus tôt et ils filaient sur l'A64 en direction de l'Ouest, vers le village de L'Hospitalet-en-Comminges. En direction de la tempête aussi, apparemment, tant le vent tourmentait les arbres sur les remblais.

— Tu crois vraiment qu'on va trouver Gustav là-bas ? demanda-t-elle.

— Trop facile, pas vrai ?

— Disons que ça ne ressemble pas à Hirtmann.

Servaz hocha la tête, mais ne trouva rien à répondre.

— Et une fois qu'on est là-bas, on fait quoi ? voulut-elle savoir.

— D'abord, on se trouve un hôtel. Et demain matin, on recommence : mairie, écoles… Peut-être que cette fois quelqu'un saura quelque chose. Il y a deux cents habitants à L'Hospitalet. S'il est là, on le trouvera.

Est-ce qu'il y croyait lui-même ? Kirsten avait raison : trop facile. Quelque chose clochait. Ça ne pouvait être aussi simple. Ça l'était souvent, pourtant – mais pas avec le Suisse. Oh non : pas avec lui.

Assise derrière les vitres du VH Café, Margot regarda son père sortir de l'immeuble et rejoindre la policière norvégienne sur le trottoir. Elle les vit se mettre en marche en direction du parking, parlant avec animation. Ressentit un petit pincement au cœur. Jalousie. S'en voulut aussitôt d'éprouver un tel sentiment.

Elle avait agi sur une impulsion, pour mettre son père à l'épreuve. Elle avait voulu le forcer à réagir, l'obliger à choisir, pour une fois, entre elle et son travail. Avait espéré qu'il renoncerait à son expédition pour elle. C'était idiot. Elle baissa les yeux sur l'écran de son téléphone, posé près de son verre de vin, sur lequel le dernier de ses messages s'affichait encore :

Je dois y aller. Kirsten est là. Rappelle-moi s'il te plaît.

Elle avait sa réponse.

— Il faut qu'on s'arrête, dit-il soudain en montrant le panneau plein de symboles qui annonçait une aire à un kilomètre. On va manquer d'essence.

— Très bien. J'ai besoin d'aller aux toilettes.

Il remonta prudemment la petite bretelle inondée jusqu'au parking de la station-service, soulevant des gerbes d'eau là où la bretelle observait une légère déclivité avant de remonter vers le terre-plein, suivant de près un van bleu marine qui roulait à moins de vingt kilomètres/heure et résistant à l'impulsion de klaxonner. Il se gara sous l'auvent abritant les pompes. Les nuages avaient crevé, il pleuvait à verse. Le vent soufflait si fort qu'il faisait vibrer la carrosserie de la voiture. Il y avait une dizaine de véhicules garés devant la petite supérette, balayés par la pluie. Dès que Servaz eut coupé son moteur, Kirsten arracha sa ceinture, ouvrit sa portière, remonta son col et se précipita en direction des lumières. Il descendit à son tour. Même sous abri, le vent projetait des gouttes de pluie jusqu'à lui. En plus du van, deux autres voitures occupaient les pompes voisines. Il nota le numéro de la sienne et saisit le bec verseur ; pressant machinalement la détente, Servaz revint en pensée à ce que lui avait dit Xavier dans les ruines, tandis que la vibration du carburant passant de la pompe à son réservoir se communiquait à son poignet.

Bien sûr, c'était l'explication la plus simple : le Suisse avait changé d'apparence. Mais il songea à l'image sur la vidéo. Sur celle-ci, Hirtmann ressemblait à l'homme qu'il avait connu et cette image était postérieure à la rencontre entre Xavier et le psychiatre bosniaque. Peut-être Xavier se trompait-il ? Peut-être ce Dr Hasanovic n'était-il pas Hirtmann ? Peut-être en effet la mémoire de son ami lui jouait-elle des tours ? Ou bien le Suisse avait-il usé d'artifices : une barbe postiche, des lentilles de couleur, quelques prothèses amovibles comme on en utilise au cinéma au niveau de la mâchoire et du nez ?

Il regarda le van bleu marine avec des traces de rouille au niveau du châssis et des portières garé juste de l'autre côté des pompes. La porte latérale était restée grande ouverte et il faisait noir comme dans un four là-dedans.

Le conducteur devait être en train de payer à l'intérieur, car il n'y avait personne. Il jeta machinalement un coup d'œil vers les caisses, à travers les vitres ruisselantes de la supérette : personne non plus.

Servaz frissonna.

Il détestait les vans. C'était dans un engin semblable que Marianne avait été enlevée. Ils avaient retrouvé le véhicule sur une aire d'autoroute identique à celle-ci. Un van bleu marine… Avec des taches de rouille… Comme celui-ci. Il se souvenait qu'il y avait un chapelet avec des perles en olivier et une croix d'argent suspendu au rétroviseur intérieur.

Il déplaça son regard vers la cabine à l'avant.

Quelque chose était suspendu au rétroviseur. Dans l'ombre, à travers la vitre sale, il n'arrivait pas à voir ce que c'était.

Mais il aurait parié qu'il s'agissait d'un chapelet.

Il inspira.

Lâcha la poignée du bec verseur. Se glissa entre les deux pompes. Fit lentement le tour du véhicule. Jeta un coup d'œil à la plaque d'immatriculation et se figea.

Il y avait suffisamment de lettres et de chiffres effacés pour la rendre parfaitement indéchiffrable.

Kirsten, songea-t-il.

Il se mit à courir sous la pluie.

En entrant dans les toilettes pour dames, Kirsten nota le parfum qui flottait encore dans l'air ambiant, mêlé à l'odeur de nettoyant industriel. Un parfum masculin. Personne. Peut-être un employé ou un type qui était entré et ressorti en se rendant compte qu'il s'était trompé.

Il y avait visiblement un problème de fuite dans le toit, car un seau avait été placé au beau milieu, avec un balai-serpillière à l'intérieur, devant deux portes sur lesquelles était accroché le même écriteau « Indisponible ». Elle leva la tête mais ne vit pas de tache au plafond. En revanche la petite lucarne au fond était entrouverte et le bruit de la pluie arrivait jusqu'à elle. Sur les trois lampes censées éclairer les toilettes, une seule fonctionnait, dispensant une clarté chiche, intermittente et sinistre qui laissait les recoins dans une ombre profonde.

Elle tiqua mais s'avança jusqu'à la troisième porte, la seule disponible, la referma derrière elle, baissa son collant et sa culotte et s'assit. Elle pensa à ce que Servaz lui avait dit : trop facile. La photo de Gustav abandonnée sur la plate-forme et, à présent, l'école. Trop facile, pensait-il. Évidemment que c'était trop facile.

Elle sursauta. Elle avait cru entendre un bruit. Le gémissement d'une des portes. Il lui sembla que cela ne venait pas de la porte voisine, mais de la première devant laquelle elle était passée. Elle tendit l'oreille.

Mais le fracas de la pluie dehors couvrait tous les autres bruits.

Kirsten s'essuya, se rhabilla, se leva et tira la chasse. Hésita un instant avant d'ouvrir. Mais elle n'entendait plus le moindre bruit au-delà, à part le crépitement de l'averse. Elle sortit, regarda la rangée de miroirs et de lavabos face à elle. Vit la silhouette qui se reflétait dans l'un d'eux, sur sa gauche, en sus de la sienne.

Tourna la tête et retint son souffle.

Il se tenait debout à côté du seau, le balai-serpillière à la main – le grand binoclard qui l'avait suivie dans les rues de Toulouse. Sur quoi il leva le manche du balai et donna un coup sec dans la dernière lampe brillant au-dessus de lui.

Ténèbres.

Avant qu'elle ait pu faire quoi que ce soit, il était contre elle et l'avait plaquée contre le mur du fond, près de la lucarne entrouverte. À quelques centimètres d'elle, la pluie cinglait la petite fenêtre, et il pleuvait si fort que des gouttes effleuraient sa joue gauche, comme des postillons.

— Salut *Kirsten*.

Elle avala sa salive. *Kirsten*… Elle s'efforça de respirer calmement mais sans y parvenir. Le sang battait à ses tempes, faisant naître de petites étincelles devant ses yeux. Elle distinguait vaguement ses traits dans la clarté provenant du parking et son cœur bondit dans sa poitrine : maintenant qu'ils étaient tout proches, elle le reconnaissait. Il avait fait quelque chose à sa bouche et à ses yeux, changé l'implantation et la couleur de ses cheveux – à moins qu'il ne s'agît d'une perruque – mais, pas de doute, c'était *lui*.

— Qu'est-ce que tu veux ? demanda-t-elle, la gorge étranglée.

— Chhhhh…

Brusquement, une main fut sous sa jupe et son manteau. D'abord au-dessus du genou droit, elle la sentit caresser sa cuisse à travers le collant puis remonter. Grande et chaude. Kirsten se mordit les lèvres.

— Il y a longtemps que j'avais envie de faire ça, dit-il dans son oreille.

Elle ne répondit rien, mais son pouls galopait et ses jambes se mirent à trembler. Les doigts la touchèrent à travers la culotte et le collant et elle serra mécaniquement les jambes. Elle ferma les yeux.

Servaz franchit l'entrée du magasin en courant, bousculant un couple qui tardait à s'écarter de son chemin.

— Hé ! gueula l'homme derrière lui, prêt à en découdre.

Mais il fonçait déjà vers les toilettes, s'engageant dans le renfoncement. Les hommes à droite, les dames à gauche.

Il poussa la porte. Entra. L'appela.

S'avança.

Il faisait noir là-dedans et il fut aussitôt complètement en alerte. Puis il la vit. Assise par terre, dans le fond, près d'une lucarne par où entraient la seule clarté et un peu de pluie. Elle sanglotait presque hystériquement. Tout en s'approchant d'elle, il surveilla les trois portes closes, dans l'ombre, face aux lavabos, les dépassa, s'agenouilla, tendit les bras, et, presque aussitôt, elle se blottit contre lui, tous deux à genoux sur le carrelage, enlacés en une étrange pantomime.

— Qu'est-ce qu'il t'a fait ?

Elle était habillée et il ne vit aucune trace de lutte, de désordre dans ses vêtements.

— Il m'a… il m'a juste touchée…

— Il doit être loin, dit-il, après qu'ils eurent cherché un peu partout, dedans et dehors, et constaté que son propriétaire avait abandonné le van. Il avait tout prévu.

— On ne peut pas fermer l'autoroute ?

— Il y a une sortie à trois kilomètres d'ici. Il n'est plus sur l'autoroute depuis longtemps.

Quelques minutes plus tôt, pendant qu'ils fouillaient, un des clients de la supérette s'était plaint qu'il ne retrouvait pas sa voiture. Servaz avait envisagé de transmettre l'immat' du véhicule aux gendarmes mais, le temps que les barrages se mettent en place, le Suisse se serait évaporé. Il avait hésité à appeler l'Identité judiciaire. Il savait que, s'il le faisait, Stehlin et toute la hiérarchie seraient aussitôt informés. Et qu'on lui retirerait l'enquête pour la confier à quelqu'un qui n'était pas « en convalescence ». Pas question. De toute façon, il n'avait pas besoin d'une confirmation : là, sur cette aire d'autoroute, il en était sûr, ils venaient de croiser la route du Suisse.

— C'est pas croyable. Comment a-t-il fait pour être ici en même temps que nous ? demanda-t-elle.

Elle avait encore les yeux humides. Servaz observait les voitures qui quittaient l'aire derrière les vitres ruisselantes, en soulevant de grandes gerbes d'eau sale. Ils étaient assis sur une des banquettes en plastique orange du coin restaurant, désert à cette heure.

— Il devait rouler devant nous depuis un moment. Avant ça, il a dû nous suivre. Je suppose que quand, dans son rétro, il m'a vu mettre mon cligno il a fait de même.

Ensuite, c'est juste une question d'opportunité. Il a sauté sur l'occasion. Hirtmann est passé maître dans l'art de l'improvisation.

Il jeta un coup d'œil à la porte des toilettes.

— Comment tu te sens ? demanda-t-il.

— Ça va.

— Tu en es sûre ? Tu veux qu'on rentre à Toulouse ? Tu veux voir quelqu'un ?

— Quelqu'un ? C'est-à-dire ? Un foutu psy ? Je vais bien, Martin. Je t'assure.

— OK. Allons-y, dit-il. On n'a plus rien à faire ici.

— Tu ne préviens pas les autres ?

— À quoi bon ? Il est loin à présent. Et si j'en parle, Stehlin va me retirer l'enquête, ajouta-t-il. On cherche un hôtel. On reprendra la route demain.

— En tout cas, on est au moins sûrs d'une chose : il est ici, tout près, commenta-t-elle. Et il nous suit à la trace…

Oui, pensa-t-il. *Comme un chat suit une souris.* Il regarda le SMS qu'il avait reçu quelques minutes plus tôt. Il avait appelé Margot deux fois après s'être garé sur l'aire. Chaque fois, il était tombé sur le répondeur.

Le message disait :

Arrête d'appeler. Je vais bien.

Il pleuvait toujours à verse derrière les vitres de l'hôtel et, en tournant la tête vers la nuit noire, Servaz vit son reflet dans la fenêtre. L'espace d'un instant, il surprit l'expression de son visage : celle d'un homme aux abois, mais aussi en colère. Il était seul. Non seulement à sa table, mais aussi le seul client dans tout le restaurant. Kirsten était montée directement dans sa chambre. Elle lui avait déclaré vouloir prendre une douche. Il dîna d'une entrecôte et de frites un peu trop grasses. Il n'avait pas plus faim que ça et il laissa la moitié de son assiette.

— Ça n'allait pas ? demanda la patronne.

Il la rassura comme il put, et elle comprit qu'il n'avait pas envie de quelqu'un pour lui faire la conversation et s'éloigna.

Soudain, il pensa à Gustav. Hirtmann savait-il où ils se rendaient, qui ils comptaient voir ? Il craignit tout à coup qu'il ne fasse disparaître le gamin, une fois de plus. Comme un prestidigitateur qui vous montre une colombe avant de l'escamoter. Et si, demain, le garçon ne se présentait pas à l'école ? Il eut envie d'appeler la gendarmerie la plus proche, de leur demander de retrouver le gosse et de le mettre en sécurité.

Mais il se sentait trop épuisé pour entreprendre quoi que ce soit ce soir.

Et puis, il n'arrivait pas à comprendre pourquoi Hirtmann avait agi de la sorte. Quel intérêt ? S'il avait connu leurs plans, il aurait plutôt eu intérêt à agir avec discrétion et à emmener le gosse sans faire de vagues. À moins que cette question ne fût déjà réglée.

Auquel cas ils ne pouvaient rien de plus.

Penser à Gustav le mit mal à l'aise. Il lui vint une autre image, qui ne lui plut pas du tout. L'espace d'un instant, il s'imagina en train d'élever un petit garçon, mais il s'empressa de chasser cette idée tant elle le perturbait. Une autre pensée le hantait : la mort de Jensen. Cette munition de flic qu'on avait utilisée. Sa présence non loin de la scène de crime la même nuit. Et les soupçons qui, inévitablement, allaient se tourner vers lui.

Il se sentit alors très seul. Tout était silencieux et il se demanda s'ils n'étaient pas les seuls clients dans tout l'hôtel. Il avait la migraine depuis l'épisode de l'autoroute et son mal empirait. Il regardait le fond de sa tasse de café comme si la solution pouvait se trouver dedans quand son téléphone sonna.

C'était Kirsten.

— J'ai peur, dit-elle simplement. Tu peux monter, s'il te plaît ?

Il émergea de l'ascenseur et marcha jusqu'à la porte 13, juste en face de la sienne – la 14. Frappa. Pas de réponse. Il attendit quelques secondes avant de frapper de nouveau. Toujours pas de réponse. Il commençait à se sentir nerveux et allait tambouriner sur le battant quand il s'ouvrit. Kirsten Nigaard apparut, en robe de chambre, les cheveux mouillés.

Elle lui tint la porte, la referma derrière lui, se recula et appuya ses reins contre le petit bureau sur lequel se trouvaient une bouilloire et des sachets de Nescafé. Il ne savait que faire. Quel soutien lui apporter et sous quelle forme ? Et il ne se sentait pas très à l'aise dans cette chambre d'hôtel. C'était une femme vraiment attirante et, compte tenu de ce qu'elle venait de vivre, il voulait à tout prix éviter de la mettre dans l'embarras.

— Je serai juste de l'autre côté du couloir, dit-il. Enferme-toi à double tour et n'hésite pas à m'appeler. Je garderai mon téléphone près de moi.

— Je préférerais que tu dormes ici, répondit-elle.

Il regarda autour de lui. Ne vit guère qu'un fauteuil qui lui parut très inconfortable.

— On peut prendre une chambre communicante s'ils en ont, proposa-t-il.

Après coup, il se demanderait qui d'elle ou de lui avait fait le premier pas, brisé la glace. Il se souviendrait qu'il voyait le néon bleu de l'hôtel par-dessus son épaule, tandis qu'elle était blottie contre lui, et qu'il se reflétait dans les carrosseries des voitures. Qu'à l'entrée du parking, il y avait deux grands sapins noirs. Qu'il savait que les Pyrénées devaient se trouver quelque part au-delà, droit devant, mais que la nuit les dissimulait.

Au moment où ils s'embrassèrent, il vit ses yeux grands ouverts, comme si chacun attendait que l'autre les ferme en premier, si proches que leurs regards ne semblaient faire qu'un. Elle fouilla dans le sien, sans doute à la recherche d'une vérité enfouie sous les strates de civilisation. Puis, elle mordit et lécha le lobe et l'intérieur de son oreille, une fois, deux fois. Il écarta les pans de sa robe de chambre, caressa ses seins plus petits qu'il ne les avait imaginés. Elle posa une main sur la forme dure à travers l'obstacle du pantalon. Promena ses doigts vers le bas, vers le haut. Enfant, elle avait un jour enveloppé un galet trouvé dans la rivière dans un chiffon et l'avait conservé ainsi pendant des jours, à cause de cette même sensation de douceur et de dureté mêlées.

Puis elle recula vers le lit.

GUSTAV

26

Contacts

Elle s'était reculée vers le lit, s'y était allongée, les pieds solidement plantés sur le plancher, les genoux pliés. Elle ouvrit complètement sa robe de chambre.

Seule la petite lampe de chevet était allumée, laissant les recoins de la pièce dans une ombre profonde, là où étaient tapis les fantômes de sa vie. La nuit les enveloppait, et elle vit le halo de la lampe se refléter dans ses yeux, qui n'avaient plus rien d'innocent quand il s'avança vers elle. Il retira sa veste, déboutonna sa chemise. Elle entendait la pluie battre contre la vitre. Elle avait laissé la porte-fenêtre entrouverte et elle sentit l'air mouillé qui faisait frissonner les draps et sa peau. Au moment où il allait se pencher sur elle, elle leva la jambe droite et le bloqua du pied posé sur son plexus.

Il caressa son mollet, puis sa cheville, et effleura pareillement les orteils et le talon. Sans le quitter des yeux, elle fit glisser son pied nu le long de son torse, entre les pans de la chemise ouverte. Descendit plus bas, franchit l'obstacle de la boucle de ceinture et le promena sur le sexe gonflé, à travers l'étoffe du pantalon.

307

Dès qu'elle l'eut reposé à terre, il fut sur elle. Elle l'embrassa tout en défaisant sa ceinture, ouvrit sa fermeture Éclair.

Il prit un mamelon dans sa bouche, glissa une main entre ses cuisses et découvrit sa chaleur. Elle fut mouillée presque instantanément. Cela l'excita encore plus et il eut envie de la pénétrer tout de suite, mais il humecta ses doigts avec sa langue et continua. Kirsten gémit, se tortilla dans le lit – comme si elle voulait à la fois s'offrir davantage et se refuser. Il la caressa un moment encore, puis la toucha plus loin.

À présent, elle se tordait en émettant de longs feulements allant du rauque à l'aigu. Son sexe ruisselait. Ils naviguèrent ainsi à travers le lit, perdant toute notion d'espace, elle tentant à la fois d'échapper à ses caresses et les accueillant, se frottant, poussant ses doigts à l'intérieur puis s'écartant, jusqu'au moment où elle l'attira à elle pour qu'il la pénètre. Elle pressa plus étroitement son bassin contre le sien et, très vite, elle dicta son rythme, un rythme élevé, frénétique, et les ongles longs de Kirsten labourèrent ses épaules et ses flancs. De nouveau, elle lécha et mordilla son oreille et il sentit que son sexe durcissait encore plus. Ensuite, elle le mordit vraiment. À l'oreille d'abord, le lobe – et il ressentit un éclair de douleur –, puis à l'épaule. Elle avait ouvert les yeux juste avant. Un regard noir, sauvage, qui le scrutait avec défi et curiosité. Il la plaqua contre le matelas et s'enfonça en elle aussi profondément qu'il put. Elle continua d'imprimer un rythme furieux à leurs va-et-vient, accélérant même, une main plaquée sur ses fesses, cherchant son plaisir, un rythme presque trop rapide pour lui, lui ôtant une partie de ses sensations, mais elle ne semblait plus en mesure de s'arrêter jusqu'à l'orgasme – qui la souleva et la cambra dans le lit, lui arrachant une longue plainte, dans les aigus, yeux clos, bouche crispée.

Ils changèrent de position et elle s'allongea sur lui, ses seins contre son torse. Il sentit sa chaleur et son humidité lorsqu'il la pénétra de nouveau, tout comme son pubis qu'elle frottait contre le sien. Elle était étonnamment légère. Souple et légère. Il caressa ses seins quand elle se redressa pour le chevaucher, ses genoux dans les draps. Elle avait un tatouage allant de l'aine à la hanche, une phrase, en norvégien probablement – des caractères et des chiffres.

Kirsten Nigaard, se dit-il, cachait sa véritable personnalité sous une enveloppe sévère. Sous la glace le feu : le cliché habituel. Cependant, il estimait ne jamais avoir été dupe. Dès le départ, il avait perçu sa nature hautement inflammable. Une chose en tout cas ne changeait guère : au lit aussi, elle aimait avoir le contrôle.

Kirsten se réveilla à 6 heures et regarda Servaz endormi. Bizarrement, après les événements de la veille, elle se sentait reposée. Elle enfila un shorty en coton portant le nom d'un groupe de rock norvégien sur les fesses, un tee-shirt et une tenue de jogging et, une fois dehors, s'élança au pas de course dans le petit parc qui entourait l'hôtel. Elle en fit le tour en cinq minutes et recommença une demi-douzaine de fois, courant sur le gravier et sur la neige, sans jamais s'éloigner.

L'air glacial lui brûlait les poumons, mais elle se sentait bien. Elle s'arrêta près d'un banc et d'une statue de faune pour faire des étirements, le regard braqué sur les Pyrénées, dont l'aube éclairait quelques sommets. La boxe lui manquait. C'était à la fois sa soupape et son équilibre. Frapper dans un sac ou contre un *sparring* lui permettait d'évacuer les frustrations de son métier. Dès qu'elle rentrerait à Oslo, elle retournerait au gymnase. Une vision l'effleura – celle de toilettes pour dames obscures avec un seau et un balai au milieu – mais elle la chassa en se concentrant sur ce qui les attendait.

À 6 h 30, Servaz s'éveilla et découvrit le lit vide. Les draps gardaient l'empreinte et l'odeur de Kirsten. Il prêta l'oreille – mais la chambre, tout comme la salle de bains, était silencieuse. Il en conclut qu'elle n'avait pas voulu le réveiller et qu'elle était descendue prendre le petit déjeuner. Se leva, s'habilla et retourna dans sa chambre.

Sous la douche, il repensa à la nuit écoulée. Après l'amour, ils avaient discuté, tantôt sur le balcon où ils avaient partagé une cigarette, tantôt dans le lit, et il avait fini par lui parler de la mère possible de Gustav. Elle l'avait alors longuement questionné sur ce qui s'était passé à Marsac, sur Marianne, sur son passé. Il s'était ouvert à elle comme il l'avait rarement fait depuis les terribles événements de Marsac, et elle l'avait écouté en le scrutant avec calme et bienveillance. Il lui sut gré de ne montrer aucune commisération et il évita de son côté tout auto-apitoiement. Après tout, elle avait sûrement ses propres problèmes à régler. Qui n'en a pas ? Puis il se souvint de sa question. Elle était intelligente. Elle avait mis le doigt dessus presque immédiatement. La question autour de laquelle il tournait depuis longtemps sans oser se la poser : « Alors, ça pourrait être ton fils ? »

Il passa des vêtements propres et emprunta l'ascenseur jusqu'au rez-de-chaussée. Quand il entra dans la salle où on servait le petit déjeuner, il la chercha des yeux mais ne la vit nulle part. Elle ne pouvait être allée bien loin. Il sentit la morsure douce-amère d'une légère déception, l'évacua et se dirigea vers le buffet et les distributeurs de café et de thé.

Une fois assis, il sortit son téléphone et appela Margot.

Répondeur.

Elle déverrouilla la porte de sa chambre avec sa carte électronique et fut surprise de trouver le lit vide.

— Martin ?

Pas de réponse. Il était retourné dans sa chambre. Elle ressentit un léger coup de poignard à l'estomac. Préféra ne pas y penser. Elle se dévêtit rapidement pour se diriger vers la douche. Elle commençait à avoir sérieusement faim. En entrant dans la salle de bains, elle découvrit qu'il n'avait même pas pris sa douche ici : les serviettes étaient pliées et à leur place, la cabine intacte et sèche. La douleur revint, un poil plus forte. Ils avaient couché ensemble, très bien. Ils avaient passé un bon moment, mais cela n'irait pas plus loin. Ils n'apprendraient pas à se connaître davantage : c'était le message qu'il lui avait laissé.

Elle regarda son visage dans le grand miroir au-dessus de la vasque.

— OK, dit-elle à voix haute. C'est ce qui était prévu, non ?

En entrant dans la salle du petit déjeuner, elle le vit assis seul à une table et se dirigea vers lui.

— Salut, dit-elle en attrapant sa tasse. Bien dormi ?

— Oui. Toi ? T'étais où ?

311

— Je courais, répondit-elle avant d'aller jusqu'au percolateur.

Servaz la regarda s'éloigner. Leur échange avait été bref et sans chaleur. Elle n'avait pas besoin d'en dire plus, il avait compris sur-le-champ : ce qui s'était passé cette nuit ne devrait pas être mis sur la table. Il ressentit une intense frustration, il avait eu l'intention de lui dire combien cela lui avait fait du bien de parler cette nuit, qu'il y avait longtemps qu'il n'avait été aussi bien avec quelqu'un. Ce genre de choses qu'on dit parfois... Sans insister. À présent, il se sentait idiot. *OK*, pensa-t-il. *Retour au boulot. On garde nos distances.*

Kirsten dévora tartines, confiture, saucisses et œufs brouillés, but un café allongé et deux grands verres de jus d'orange remplis à ras bord – en Norvège, le petit déjeuner était le repas le plus copieux de la journée – tandis que Servaz se contentait d'un expresso, d'un demi-croissant et d'un verre d'eau.

— Tu ne manges pas beaucoup, fit-elle remarquer.

Elle s'attendait à ce qu'il lui serve un de ces foutus clichés sur les Norvégiens taillés comme des bûcherons, à l'image du crétin qui l'avait abordée place Wilson, mais il se contenta de sourire.

— On réfléchit moins bien le ventre plein, finit-il par dire.

Elle ne sut pas qu'il pensait encore, quelquefois, quand on évoquait devant lui la nourriture, à ce repas sublime, arrosé de vins fins mais empoisonné[1], qu'un juge lui avait un jour servi.

L'Hospitalet était un village perché en altitude dans un imposant décor montagnard, à quelques encablures

1. Voir *Glacé*, XO Éditions et Pocket.

seulement de la frontière espagnole. Ils durent grimper des lacets réfractaires qui surplombaient une vallée profonde et couverte d'une épaisse forêt, franchir un col à près de mille huit cents mètres, traverser des sapinières noires et venteuses, où des corneilles dérangées percèrent la brume, crieuses de sombres prophéties. La route était étroite, sinueuse, tantôt bordée de parapets de pierre, tantôt frôlant le vide sans aucun obstacle pour arrêter un véhicule qui aurait soudain perdu le contrôle.

Ils franchirent la montagne et basculèrent de l'autre côté, découvrant le clocher d'une église et les toits du village en contrebas, frileusement blottis les uns contre les autres dans un décor blanc et lumineux comme un troupeau de brebis cherchant la chaleur du compagnonnage.

Le village leur parut d'emblée monacal, triste, hostile aux visiteurs. Ses ruelles étroites, escarpées – les maisons s'étageaient sur la pente – ne devaient voir le soleil qu'une poignée d'heures par jour. Cependant, ils atteignirent une place banale, avec son monument aux morts central, mais néanmoins agréable avec son carré de platanes défeuillés et surtout son belvédère au panorama remarquable : le ciel était dégagé, les nuages s'étaient dispersés et la vue portait loin, jusqu'au confluent des trois vallées, là où se distinguaient les rues et les toits de Saint-Martin-de-Comminges. La mairie était modeste, grise et simple, mais bénéficiait de la vue.

Ils descendirent en claquant les portières dans les courants d'air glacés. Ni l'un ni l'autre n'avait parlé pendant le trajet, chacun muré dans son silence et enfermé dans les souvenirs de la nuit, mais, depuis qu'ils avaient dépassé le panneau à l'entrée du village, Servaz ne pensait plus qu'à une chose : Gustav.

Il regarda autour de lui, comme si le gamin allait apparaître d'un instant à l'autre. Il n'y avait pas âme qui vive. Sur la place, ils virent aussi le parvis d'une église romane comme on en trouvait beaucoup du côté espagnol. Le flic détailla un instant le portail orné d'un tympan aux motifs archaïques : le Créateur entouré du Soleil, de la Lune et des symboles des Évangélistes. Il y avait également une boulangerie et un salon de coiffure pour hommes à côté de l'église, dont Servaz se demanda comment il faisait pour trouver une clientèle dans un endroit pareil.

Grimpant le perron à deux volées de marches de la mairie, sous un drapeau français qui avait un peu perdu de ses couleurs, il tenta d'ouvrir la porte vitrée mais la trouva verrouillée. Frappa au carreau sans obtenir de réponse. La neige sur les marches avait été balayée tant bien que mal et il prit garde à ne pas glisser en redescendant.

Cependant, à l'angle de la place, à l'entrée d'une ruelle étroite et incurvée, un panneau indiquait : « École élémentaire Pasteur ».

Servaz regarda Kirsten, qui hocha la tête, et ils se mirent en route, descendant la pente abrupte et glissante à pas prudents. Il surprit un rideau qui s'écartait au premier étage d'une maison, mais sans personne derrière, comme si le village était peuplé de fantômes.

Quand ils eurent franchi le virage, ils découvrirent la cour de l'école en contrebas ; comme le belvédère sur la place, elle jouissait d'une vue sur la vallée à couper le souffle. Encore un lieu qui évoquait l'enfance avec sa cour, son préau et la cloche rouillée près du portail. Servaz sentit son cœur se serrer.

C'était l'heure de la récré et les enfants couraient, se bousculaient et piaillaient joyeusement autour de l'unique platane. Les racines du vieil arbre avaient soulevé le bitume et, là aussi, quelqu'un avait balayé la neige pour la repousser dans les coins. Il aperçut un homme qui surveillait les enfants depuis le préau. Il portait une blouse grise et des lunettes. Il y avait quelque chose d'étrangement anachronique dans ce tableau : on se serait cru revenu cent ans en arrière.

Soudain, Servaz s'immobilisa. Il eut l'impression d'avoir reçu un coup de poing en pleine figure.

Kirsten, qui avait continué de descendre, s'arrêta et se retourna. Elle le vit immobile, un panache de buée devant sa bouche ouverte. Déchiffra son regard et fit volte-face, portant son propre regard dans la même direction, vers la cour de récréation. *Cherchant ce qu'il avait vu.*

Et elle comprit.

Il était là.

Gustav.

L'enfant blond. Au milieu des autres gamins. Le garçon de la photo. Qui était peut-être son fils.

27

Une apparition

— Martin.

— ...

— Martin !

La voix était basse, douce, impérieuse. Il avait ouvert les yeux.

— Papa ?

— Lève-toi, avait dit son père. Viens avec moi.

— Quelle heure il est ?

Son papa s'était contenté de sourire, debout près de son lit. Il s'était levé, à demi hébété et léthargique, les paupières lourdes. Dans son pyjama bleu, pieds nus sur le carrelage frais.

— Suis-moi.

Il l'avait suivi. À travers la maison silencieuse : le couloir, l'escalier, la salle commune inondée de lumière, celle de l'aube, dont les rayons entraient à flots par les fenêtres sans rideaux côté est. Il avait jeté un regard à la pendule. Cinq heures du matin ! Il avait terriblement sommeil. Et une seule envie : se recoucher, se rendormir. Il ne lui faudrait pas trois secondes pour replonger. Mais il avait suivi son papa dehors parce qu'il n'aurait jamais osé lui désobéir. En ce temps-là, on ne désobéissait pas. Et parce qu'il l'aimait aussi. Plus que tout au monde. À part – peut-être – maman.

Dehors, le soleil basculait au-dessus de la colline, à cinq cents mètres de là. L'été. Tout était absolument immobile. Même les blés mûrs. Pas un frisson non plus dans les feuilles dentelées des chênes. Il avait cligné des yeux en fixant les rayons du soleil qui inondaient la campagne alentour. Le calme du matin éclatait de chants d'oiseaux.

— Qu'est-ce qu'il y a ? avait-il demandé.

— Ça, avait répondu son papa en embrassant le paysage d'un geste ample.

Il n'avait pas compris.

— Papa ?

— Quoi, fiston ?

— Où je dois regarder ?

Son père avait souri.

— Partout, fils.

Il avait ébouriffé ses cheveux.

— Je voulais juste que tu voies ça, une fois dans ta vie : le soleil qui se lève, l'aube, le matin…

Il avait perçu l'émotion dans la voix de son papa.

— Ma vie ne fait que commencer, papa.

Son père l'avait regardé en souriant, avait posé sa grande main sur son épaule.

— J'ai un petit garçon très intelligent, avait-il dit. Mais quelquefois il faut oublier son intelligence et laisser parler ses sens, son cœur.

Il était trop jeune pour comprendre alors, mais aujourd'hui il savait. Puis quelque chose s'était passé : une biche avait surgi en bas de la colline. Silencieuse, précautionneuse, lente. Telle une apparition. Mais une apparition magnifique, fragile, noble. Elle avait émergé des bois à découvert, cou tendu, prudente. Le petit Martin n'avait jamais rien vu d'aussi beau. C'était comme si la nature tout entière retenait son souffle. Comme si quelque chose allait survenir, qui briserait cette magie en mille morceaux. Servaz s'en souvenait : il avait le cœur qui battait comme un tambour.

Et, de fait, quelque chose s'était passé. Un claquement sec. Il n'avait pas compris tout de suite ce que c'était. Mais il avait vu la biche se figer puis tomber.

— Papa, qu'est-ce qui se passe ?

— Rentrons, avait dit son père d'une voix pleine de colère.

— Papa ? C'était quoi ce bruit ?

— Rien. Viens.

C'était le premier coup de feu qu'il entendait, mais pas le dernier.

— Elle est morte, c'est ça ? Ils l'ont tuée.

— Tu pleures, fils ? Allez, viens. Ne pleure pas. Viens. C'est fini. C'est fini.

Il avait voulu courir vers la biche, mais son père l'avait retenu par le bras. Il avait alors vu des hommes sortir des bois, leurs fusils en bandoulière, en bas de la colline, et il avait senti la rage l'envahir.

— Papa, avait-il hurlé. Est-ce qu'ils ont le droit de faire ça ? Ils ont le droit ?

— Oui. Ils ont le droit. Viens, Martin. Rentrons.

Il s'ébroua, planté au beau milieu de la rue. Remarqua le regard de Kirsten qui venait vers lui. *Et Hirtmann,* se demanda-t-il, *qu'enseigne-t-il à son fils ? Ou au mien ?*

318

Elle retint sa respiration, eut le sentiment du temps suspendu. Des secondes qui s'écoulent bien plus lentement que d'ordinaire. Les cris des enfants perçant l'air froid comme des éclats de verre, l'école qui semblait le seul lieu vivant dans ce village mort. Rien ne bougeait autour d'eux – à part cette petite cour et ce préau, et une voiture, très loin en bas, dans la vallée, grosse comme une fourmi sur la route rectiligne, dont le bruit leur parvenait à peine.

Servaz lui-même était changé en statue de sel. Elle remonta la pente jusqu'à lui.

— Il est là, dit-elle.

— Il ne dit rien.

Il suivait des yeux les évolutions de Gustav à travers la cour et elle devina toutes les émotions qui le traversaient. Silencieux et statique, à part son regard mobile, qui ne lâchait pas l'enfant, et son écharpe de laine, qui dansait dans le vent. Elle laissa passer quelques instants, observant elle-même le garçon. Il était plus petit et plus menu que les autres. Ses joues rouges comme des pommes d'api à cause du froid. Chaudement emmitouflé dans une doudoune bleue et un cache-nez coquelicot. En cet instant, il avait l'air plein de joie de vivre. Rien de l'enfant maladif qu'on leur avait décrit, à part sa petite taille. Rien non plus d'un enfant solitaire : il se joignait avec enthousiasme aux jeux collectifs. Elle resta un moment à l'observer, attendant que Martin réagisse. Mais Kirsten était d'une nature trop impatiente pour attendre longtemps.

— Qu'est-ce qu'on fait ? finit-elle par dire.

Il regarda autour de lui.

— On y va ? insista-t-elle. On pourrait parler au type, là-bas.

— Non.

C'était un « non » définitif. De nouveau, il regarda autour de lui.

— Qu'est-ce qu'il y a ?

— On ne peut pas rester là. On va se faire repérer.

— Par qui ?

— Par ceux qui sont chargés de veiller sur Gustav, pardi.

— Il n'y a personne.

— Pour le moment.

— Alors qu'est-ce qu'on fait ?

Il désigna la rue par laquelle ils étaient arrivés.

— C'est une impasse, le seul accès à l'école. Ceux qui viennent chercher Gustav doivent forcément passer par là. Soit ils habitent le village et ils viennent à pied, soit ils se garent sur la place.

Il rebroussa chemin, remontant la pente sur les pavés glissants.

— On va les attendre. Mais si on reste dans la voiture (il montra la fenêtre dont le rideau avait bougé), il ne faudra pas une heure pour que tout le village soit averti de notre présence.

Ils débouchèrent sur la place. Servaz désigna la mairie, dont la façade occupait le centre côté est.

— Ça ferait un bon point d'observation.

— Elle est fermée.

Il regarda sa montre.

— Plus maintenant.

Le maire était un petit homme trapu aux yeux rapprochés et à la mâchoire épaisse, avec une fine moustache brune comme un lacet de chaussure sous des narines évasées et poilues. C'était visiblement un adepte de la

320

loi et de l'ordre, car il avait accueilli leur requête avec enthousiasme.

— Là, qu'en pensez-vous ? leur demanda-t-il en leur montrant les fenêtres d'une salle au deuxième étage.

À en juger par la longue table en bois ciré et le nombre des chaises, c'était manifestement ici que se réunissait le conseil municipal. La petite salle sentait l'encaustique. Contre le mur opposé aux fenêtres se dressait un grand meuble de rangement derrière les vitres duquel luisaient les reliures de registres municipaux qui avaient l'air aussi anciens que le meuble lui-même. Ses boutons étaient en verre taillé et des arabesques de feuilles et de motifs incrustées dans son bois sombre. Servaz se fit la réflexion que ce village devait être plein de meubles semblables, lourds, démodés, passés entre les mains calleuses d'ébénistes aujourd'hui morts, mais qui furent fiers de leur travail, loin du mobilier en kit des grandes villes. Les fenêtres étaient pourvues de rideaux de cretonne poussiéreux et elles plongeaient sur la place, l'entrée de l'impasse menant à l'école était parfaitement visible.

— C'est parfait. Merci.

— Ne me remerciez pas. En ces temps troublés, chacun doit faire son devoir de citoyen. Nous devons nous entraider, nous protéger les uns les autres. Vous faites ce que vous pouvez, mais aujourd'hui chacun doit se sentir concerné par la sécurité de tous. *Nous sommes en guerre…*

Servaz acquiesça prudemment. Kirsten, qui n'en avait pas compris un traître mot, fronça les sourcils en le regardant et Martin haussa les épaules quand l'élu tourna son large dos pour sortir. Il colla son nez à la

fenêtre, dessinant un cercle de buée sur la vitre, regarda
sa montre.

— Plus qu'à attendre.

Vers midi, les parents d'élèves apparurent les uns
après les autres sur la place et s'engouffrèrent dans
l'impasse en direction de l'école. La Norvégienne et
le flic de Toulouse entendirent la voix rouillée, pleine
d'échos d'enfance, de la cloche, et se pressèrent contre
les vitres. Les parents reparurent quelques minutes plus
tard, leurs babillantes progénitures à la main. Apparemment, la demi-pension n'existait pas ici, il y avait
fort à parier que la petite école ne disposait pas d'une
cantine.

Servaz déglutit. L'estomac corrodé par l'angoisse.
Gustav allait forcément apparaître en tenant quelqu'un
par la main. Mais le flux des parents et des enfants se
tarit sans que Gustav eût montré le bout de son nez.
Quelque chose n'allait pas.

Il se pencha de nouveau, résista à la tentation d'ouvrir
la fenêtre. Consulta sa montre. Midi cinq. La place
s'était vidée. Pas de Gustav. Merde, cela signifiait-il
qu'il habitait l'une des maisons de l'impasse ? Si tel
était le cas, avec la coopération du maire, il ne serait
pas difficile de mettre en place une planque…

Il s'écartait de la fenêtre quand une Volvo gris métal-
lisé pénétra sur la place un peu trop vite et freina en
faisant crisser ses pneus. Kirsten et Servaz pivotèrent
simultanément vers la fenêtre. À temps pour voir un
homme dans les trente-cinq à quarante ans, élégant
dans son manteau d'hiver de bonne coupe et le bouc
bien taillé, se ruer hors de la voiture. Il se mit à courir
vers l'impasse en regardant sa montre.

Ils échangèrent un regard. Servaz sentit son pouls s'accélérer. Ils attendirent en silence. Après le vacarme des enfants, le silence de la place paraissait encore plus assourdissant. Puis des pas se rapprochèrent et ils perçurent deux voix – une adulte, l'autre enfantine – portées par l'écho. De nouveau, Servaz n'osa pas ouvrir la fenêtre pour mieux entendre. L'homme au bouc émergea de l'impasse quelques secondes plus tard.

Il tenait Gustav par la main.

— *Dammit !* s'exclama la Norvégienne.

L'homme au bouc passa sous leur fenêtre, entraînant Gustav vers la voiture.

— Tu as trop couru, l'entendit dire Servaz à travers la vitre. Tu sais bien que tu ne dois pas t'épuiser avec ta maladie.

— Quand est-ce que papa viendra ? demanda l'enfant qui, tout à coup, avait l'air pâle et fatigué.

— Chut ! Pas ici, dit l'homme d'un air contrarié en regardant autour d'eux.

Vu de près, il avait l'air un peu plus vieux que sa silhouette et sa démarche le suggéraient : il approchait la cinquantaine, peut-être l'avait-il déjà. Un cadre supérieur dans la banque ou le commerce, un chef d'entreprise dans le numérique, un travail de consultant hautement rémunérateur ou un prof d'université : il suintait l'argent gagné sans trop se salir les mains. L'enfant, lui, avait les yeux creusés de cernes et un teint cireux, jaunâtre, malgré la couleur que le froid avait ramenée sur ses joues – et Servaz se souvint des paroles de la directrice d'école : « C'était aussi un enfant chétif, maladif, d'une taille inférieure à la moyenne. Il était très souvent absent : une grippe, un rhume, une gastro… ».

Il se tourna vers Kirsten et ils foncèrent presque d'un seul mouvement vers la porte, dévalèrent les deux étages d'escalier recouvert d'un tapis élimé retenu par des tringles de cuivre, traversèrent le hall au plancher ciré et glissant. Ils ouvrirent la porte de la mairie au moment même où la Volvo grise quittait la place, laissant entrer quelques flocons.

Coururent jusqu'à la voiture.

En espérant qu'il n'y eût pas une deuxième sortie dans le village.

Servaz remonta la rue qui les avait menés à la place un peu trop rapidement, leva le pied en apercevant la Volvo un peu plus loin. Constata qu'il avait chaud. De sa main libre, il défit l'écharpe autour de son cou et la jeta vers l'arrière, descendit la crémaillère de sa veste matelassée. Il ralentit encore pour ne pas réduire davantage la distance entre la Volvo et eux. Il ignorait si l'homme au volant était sur ses gardes, mais il supposa que le Suisse lui avait donné des instructions dans ce sens.

Qui était-il ?

Une chose était sûre : il ne s'agissait pas d'Hirtmann. La chirurgie a ses limites. On pouvait certes ajouter des pommettes, des arcades, modifier un nez, l'implantation des cheveux ou la couleur des yeux, mais on ne pouvait pas, selon lui, raccourcir quelqu'un de quinze centimètres. Servaz était habité par un sentiment d'exaltation mais aussi de désorientation, l'impression perturbante qu'ils étaient entraînés malgré eux vers des carrefours et des choix imposés par d'autres, comme des souris dans un labyrinthe, tandis que quelqu'un quelque part disposait d'une vue plus large et plus globale. Et puis, il y avait cette enquête sur la mort de Jensen.

La concomitance des deux événements, la mort du violeur et la présence du Suisse dans les parages, ne laissait pas de le troubler. Toujours est-il qu'il avait moins l'impression de suivre quelqu'un que d'être lui-même suivi, observé, épié – et même *guidé*… Tout droit dans un piège ?

Le flic de l'IGPN s'appelait Rimbaud. Comme le poète. Mais Roland Rimbaud n'avait jamais lu son homonyme. Ses lectures s'arrêtaient aux pages de *L'Équipe* (avec une prédilection pour les pages football et rugby) qui lui laissaient de l'encre sur les doigts, et à ses mails. Il ne savait pas que le poète qui portait le même nom que lui avait écrit *Une saison en enfer*. Sans quoi il aurait sans doute trouvé ce titre approprié pour ce qu'il s'apprêtait à faire vivre à l'un de ses collègues.

Assis dans le bureau du juge Desgranges, Rimbaud flairait l'odeur du sang. Cette affaire sentait le gros coup. Le commissaire divisionnaire – que certains de ses collègues tout aussi férus de poésie que lui avaient surnommé « Rambo » – était un loup affamé, un infatigable débusqueur de flics ripoux. Du moins était-ce ainsi qu'il aimait à se voir. Depuis qu'il dirigeait l'antenne régionale de la police des polices, Rimbaud avait fait tomber quelques cadors de la Sécurité publique et des Stups et démantelé une BAC[1], dont les membres avaient été mis en examen pour « vol en bande organisée, extorsion, acquisition et détention non autorisée de stupéfiants ». Qu'il eût basé son enquête sur la foi douteuse du témoignage d'un trafiquant et que les accusations se fussent depuis dégonflées, qu'il

1. Brigade anticriminalité.

eût eu recours à des méthodes qui, sous d'autres cieux, auraient été qualifiées de harcèlement ne semblait pas perturber outre mesure sa hiérarchie. On ne fait pas d'omelette, etc. Pour Rimbaud, la police n'était pas une seule et même institution, mais une nébuleuse de chapelles, de prés carrés, de rivalités, d'ego sur pattes – bref, une jungle avec ses grands fauves, ses singes, ses serpents et ses parasites. Il savait aussi qu'on ne lime pas les crocs des chiens de garde. Qu'il faut juste, de temps en temps, leur faire sentir la longueur de leur laisse.

— Qu'est-ce qu'on sait ? demanda Desgranges, factuel.

S'il y en avait un des deux qui ressemblait à un poète, c'était bien le magistrat, avec ses cheveux trop longs, sa cravate en tricot noir tirebouchonnée et sa veste à carreaux qui semblait avoir subi le nettoyage à sec plus d'un millier de fois.

— Que Jensen a selon toute vraisemblance été descendu avec une arme de flic alors qu'il tentait de violer une jeune femme dans un refuge de haute montagne, qu'il a été un temps soupçonné – puis blanchi – pour les viols de trois joggeuses et le meurtre de l'une d'elles, qu'il a été électrocuté par une caténaire au cours d'une interpellation qui a mal tourné…

Il s'interrompit. Jusqu'à présent, il s'avançait sur un terrain solide : celui des faits. Maintenant, il s'apprêtait à s'aventurer sur un sol plus glissant, voire carrément marécageux.

— Qu'au cours de cette interpellation, il a tiré sur le commandant Martin Servaz, de la PJ de Toulouse, qui a reçu une balle en plein cœur et passé plusieurs jours dans le coma, que ce même commandant le soupçonnait d'être le meurtrier de Monique Duquerroy, soixante-neuf ans, assassinée chez elle à Montauban en juin. Il faut dire que cet officier de police, Servaz…

— Je sais qui est Servaz, l'interrompit Desgranges. Poursuivez…

— Hum… Que le conseil de Jensen a voulu attaquer la police : il affirme que Servaz a… euh… menacé son client d'une arme et l'a obligé à monter sur le toit de ce wagon alors qu'il pleuvait et qu'il savait pertinemment que Jensen risquait d'être électrocuté…

— Et pas lui ? rétorqua Desgranges. Si je ne m'abuse, il s'y trouvait aussi, sur ce toit. Et Jensen lui a bien tiré dessus, non ? Lui aussi était armé, à ce qu'il me semble…

Rimbaud vit un triple pli profond s'ajouter aux plis déjà nombreux sur le front du juge.

— En réalité, le conseil de Jensen dit que le commandant Servaz a tenté de tuer son client en l'électrocutant, assena-t-il.

Le magistrat toussa.

— Vous n'allez pas accorder du crédit à de tels propos, n'est-ce pas, commissaire ? Je sais bien que vous donnez plus de poids à la parole d'un trafiquant qu'à celle des policiers, mais tout de même…

Rimbaud se demanda si le juge avait vraiment dit ce qu'il venait d'entendre. Il parut scandalisé. Desgranges continuait de l'observer sans broncher. Le flic sortit alors une feuille d'une chemise cartonnée et la poussa sur le bureau du juge.

— Qu'est-ce que c'est ? voulut savoir celui-ci.

— La gendarmerie a fait établir un portrait-robot de l'homme qui a abattu Jensen. Grâce au témoignage d'Emmanuelle Vengud, la jeune femme qui a failli être violée.

Desgranges le gratifia d'un grognement dont Rimbaud n'aurait su dire ce qu'il signifiait exactement. Il attrapa le dessin. Un visage aux traits réguliers, dans l'ombre d'une capuche. On ne distinguait guère que la bouche, le nez et les yeux. Pas grand-chose à se mettre sous la dent.

— Bon courage, commenta-t-il en rendant le dessin.

— Vous ne trouvez pas que ça lui ressemble ?

— Pardon ? À qui ?

— À Servaz.

Desgranges soupira. Son visage s'empourpra.

— Je vois, dit-il doucement. Écoutez, commissaire, on m'a parlé de vos méthodes… Sachez que je ne les approuve pas. Concernant la BAC que vous avez démantelée, il semblerait que mes collègues reviennent peu à peu sur les éléments du dossier : le témoignage sur lequel vous avez fondé votre enquête à charge est sujet à caution, c'est le moins qu'on puisse dire. Parlons clair : je ne tiens pas à me retrouver dans la même situation… Par ailleurs, certains policiers d'autres services ont adressé une lettre au directeur départemental de la Sécurité publique pour dénoncer ce qu'ils appellent un harcèlement de votre part. Suivez mon conseil : allez-y mollo, cette fois.

Desgranges n'avait pas élevé la voix. Mais la menace était là, même pas voilée.

— Cependant, ne vous méprenez pas, il ne sera pas dit que je couvre de tels agissements s'ils existent, ni que je fais obstruction à la manifestation de la vérité. Poursuivez vos investigations dans les limites que je viens de définir. Si vous m'apportez du concret, du réel, du tangible, Servaz ou pas, la justice passera, je vous le garantis.

— Je voudrais une commission rogatoire pour une analyse balistique, poursuivit Rimbaud sans se démonter.

— Une analyse balistique ? Vous savez combien il y a de flics et de gendarmes dans ce département ? Vous voulez faire analyser toutes leurs armes ?

— Seulement celle du commandant Servaz.

— Commissaire, je vous ai dit…

— Il était à Saint-Martin-de-Comminges, cette nuit-là ! le coupa Rimbaud. La nuit où Jensen s'est fait descendre à quelques kilomètres de la ville. C'est écrit dans ce rapport qu'il a rédigé ! Je viens d'en avoir connaissance.

Le flic de l'IGPN sortit une liasse de feuillets de sa chemise et la tendit au juge.

— Il est écrit ici que Jensen l'a appelé en pleine nuit ! Il a dit à Servaz qu'il l'avait vu plus tôt à Saint-Martin. Il a aussi fait une allusion à ce fameux soir où il a été électrocuté sur ce wagon, et il lui a reproché d'avoir foutu sa vie en l'air. Ensuite, il a demandé à lui parler et, comme Servaz refusait, il a fait une allusion à sa fille.

— La fille de qui ?

— De Servaz.

Desgranges parut intéressé, tout à coup.

— Quel genre d'allusion ?

Rimbaud consulta sa propre copie du rapport.

— Pas grand-chose. Servaz lui a dit qu'il avait autre chose à faire. Et l'autre aurait dit : « Ta fille, je sais. » Apparemment, ça a suffi pour mettre Servaz en pétard et il a foncé dare-dare vers Saint-Martin en pleine nuit.

Si c'est le cas, son téléphone a forcément borné le relais à l'entrée de la ville. Ensuite… c'est là que ça devient juteux…

Le flic jeta un coup d'œil au juge. Celui-ci le regardait avec froideur. Il ne semblait pas troublé le moins du monde. Mais Rimbaud savait que ce qui venait ensuite allait lui faire perdre de sa superbe.

— Servaz affirme que quelqu'un se trouvait planqué dans les jardins des thermes de Saint-Martin et que, quand il a voulu s'approcher de cette personne, elle a pris la fuite. Il a couru après mais elle a disparu dans la forêt derrière les thermes. Servaz n'a pas osé s'aventurer plus loin, selon ses dires. Ben voyons. Il est retourné à sa voiture, il a trouvé un mot sur son pare-brise.

— Qui disait quoi ?

— « Tu as eu peur ? » C'est ce qu'il affirme.

— Ce mot, il l'a gardé ?

— Son rapport ne le dit pas.

Le magistrat le considérait toujours avec scepticisme.

— Donc, il aurait été en contact avec Jensen la nuit où celui-ci a été tué, c'est bien ça ?

— Par une arme de flic, insista Rimbaud.

— Ou par une arme volée à un flic. Vous vous êtes renseigné pour savoir si quelqu'un a déclaré la perte de son arme ?

— C'est en train.

— Je ne comprends pas. Jensen a été tué à 3 heures du matin en pleine montagne, Servaz affirme s'être rendu à Saint-Martin vers minuit. Et entre les deux, il s'est passé quoi, à votre avis ?

— Il a peut-être menti. Le bornage de son téléphone nous le dira. Ou bien, il y a une autre hypothèse : il n'est pas idiot, il sait bien que son téléphone le trahira. Et que quelqu'un peut l'avoir vu à Saint-Martin. Alors il revient à Toulouse, il laisse son téléphone et il retourne sur les lieux…

— Vous avez vérifié l'emploi du temps de Jensen aux alentours de minuit ?

— On est en train de vérifier.

C'était un mensonge. Rimbaud savait déjà.

Selon tous les témoins, Jensen ne pouvait s'être trouvé à Saint-Martin vers minuit : à ce moment-là, il était dans le refuge avec les autres. Sauf s'il avait profité de leur sommeil pour ressortir. Mais il y avait une autre hypothèse : Servaz n'avait jamais vu Jensen ni aucune silhouette en ville, il avait tout inventé. Et il avait su d'une manière ou d'une autre où se trouvait sa victime. Il avait fait l'aller-retour pour que son téléphone borne bien les relais dans les deux sens. Avant de revenir sur les lieux sans téléphone… Un peu tordu comme alibi, mais précisément imparable parce qu'il faudrait être stupide, quand on est flic, pour se rendre une première fois, avec son téléphone, sur les lieux d'un crime qu'on va commettre.

Il reprit le portrait-robot. D'accord, on ne voyait pas grand-chose, mais ça pouvait très bien être Servaz.

Ou pas…

L'arme.

L'arme parlerait. Si tant est que Servaz n'annonce pas qu'il l'avait perdue. Il pensa également aux traces dans la neige.

— Je ne sais pas, dit Desgranges en croisant ses mains sous son menton et en frottant ses deux pouces contre sa lèvre inférieure, j'ai la fâcheuse impression que vous ne suivez qu'une seule piste.

— Mais enfin, tout l'accuse ! protesta Rimbaud en levant les yeux au plafond. Il était là-bas la nuit du meurtre ! Et il a un mobile !

— Ne me parlez pas comme à un idiot ! le tança le juge. Quel mobile ? Faire justice soi-même ? Buter quelqu'un parce qu'il a parlé de votre fille et que c'est un ancien violeur ? Se venger parce qu'il vous a tiré dessus ? Je connais Servaz, pas vous. Ce n'est pas son genre.

— J'ai déjà interrogé certains de ses collègues : tous disent qu'il a changé depuis son coma.

— Soit, j'accède à votre requête. Mais je ne veux en aucun cas qu'il soit jeté en pâture à la presse. Une fuite est vite arrivée. Demandez une analyse balistique pour tout le SRPJ, noyez le poisson.

Le flic de l'IGPN hocha brièvement la tête, un large sourire sur les lèvres.

— Je veux aussi l'entendre, ainsi que sa hiérarchie et les membres de son groupe d'enquête, dit-il.

— Auditions en qualité de témoins, trancha le juge.

Il se leva, signifiant que la réunion était terminée. Ils échangèrent une poignée de main sans chaleur.

— Commissaire, lança Desgranges alors que Rimbaud avait déjà la main sur la porte.

— Ouais ?

— Je me souviens que le démantèlement de la BAC sous votre autorité a fait la une des journaux. Cette fois, je ne veux rien de tel, c'est compris ? Rien dans la presse, vous entendez ? Du moins pour le moment.

28

Le chalet

La route suivait en sinuant le flanc diapré et glacé de la montagne, traçant un sillon profond dans tout ce blanc immaculé. Ils avaient laissé les bois derrière eux et, à présent, la pente était lisse, nue et couverte de neige. Servaz se tendit. S'ils continuaient comme ça, note de couleur dans ce désert blanc, ils allaient se faire repérer.

Il n'y avait personne d'autre sur la petite route en dehors d'eux et de la Volvo. Ils la virent virer dans un village perché à flanc de montagne qui ne comptait qu'un hôtel, une scierie désaffectée à l'entrée, une trentaine de maisons et quelques commerces. Quand Servaz franchit le virage en épingle à cheveux à la sortie du village, devant l'hôtel, il ralentit brusquement : à moins de trois cents mètres, après une ample courbe, la voiture s'était immobilisée devant un grand chalet alpin surplombant toute la vallée. La route n'allait pas plus loin.

Il se gara au pied de la terrasse déserte de l'hôtel, avec ses parasols en berne et son mur de soutènement en pierre qui épousait la forme du virage. Ils tournèrent leurs regards vers les deux silhouettes qui descendaient de la voiture, là-bas, leurs haleines légères comme des plumes devant leurs bouches. Le chalet était grand, luxueux, recouvert de bois brut, pourvu de plusieurs terrasses et balcons, tel qu'on en voyait à Megève, à Gstaad ou à Courchevel. Il paraissait à même d'abriter de nombreuses personnes mais le garage était ouvert et Servaz n'aperçut qu'une seule autre voiture à l'intérieur.

Un couple ? Était-ce vraiment là que Gustav habitait ? Avec cet homme ? Qui d'autre ?

Servaz les vit entrer. Ouvrit la portière.

— Tu n'as pas envie d'un café ? dit-il.

L'instant d'après, Kirsten et lui s'asseyaient à la terrasse de l'hôtel, tels deux touristes en reconnaissance, lui devant un double expresso, elle devant un Coca Zero (elle avait jeté les glaçons de son verre comme s'ils se trouvaient dans un de ces pays où l'eau n'est pas potable et où on risque d'attraper un tas de cochonneries). Il faisait un froid de canard, mais le soleil brillait sur la neige étincelante et les réchauffait un peu. Caché derrière ses lunettes de soleil, Servaz scrutait la maison, à l'affût du moindre mouvement.

Tout à coup, il fit un signe à Kirsten, qui se retourna. Une grande femme blonde était apparue à l'un des balcons. En pull écru et pantalon marron. Ils étaient un peu loin pour lui donner un âge précis, mais Servaz aurait tablé sur la quarantaine. Elle était mince, élancée même, les cheveux ramenés en une queue-de-cheval.

Lorsque l'hôtelier réapparut bien qu'il n'y eût aucun autre client sur la terrasse, Servaz lui fit un signe.

— Ce grand chalet, là, vous savez s'il est à louer ?

— Non. Il n'est pas à louer. Il appartient à un professeur de l'université de Toulouse.

— Et ils vivent à deux là-dedans ? demanda Servaz en singeant admiration et envie.

L'hôtelier lui sourit.

— À trois. Ils ont un enfant. Adopté. Je sais, y en a qui ont les moyens…

Servaz hésita à poser plus de questions. Il ne tenait pas à attirer l'attention pour le moment.

— Et vous, vous avez des chambres ?

— Bien sûr.

— *What ?* demanda Kirsten quand l'hôtelier se fut éloigné.

Il traduisit.

Une heure plus tard, l'homme au bouc ressortait du chalet en compagnie de Gustav pour le ramener à l'école. Visiblement, le prof ne travaillait pas à Toulouse ce jour-là. Une heure qu'ils étaient assis sur cette terrasse. Il était temps de bouger, s'ils ne voulaient pas attirer l'attention.

— On prend une chambre, on va se balader et on revient ce soir, dit-il en anglais.

— Une chambre ou bien deux ? souleva-t-elle.

Il la regarda. De toute évidence, elle n'avait pas l'intention de donner suite à ce qui s'était passé cette nuit. Elle était belle dans la lumière, avec son pull à col roulé qui moulait sa poitrine et ses lunettes de soleil qui lui mangeaient le visage. Il ressentit tout à coup un léger pincement à l'estomac. Il ne savait pas exactement ce qui s'était passé entre eux, encore moins ce qui allait se passer maintenant. Il avait du mal à la cerner. Était-ce le contre-coup de la montée d'adrénaline et de la peur ? Kirsten avait-elle simplement eu besoin d'une présence dans son lit à ce moment-là ? Elle venait de faire une allusion très claire au fait qu'elle voulait en rester là.

Il décida de laisser le sujet de côté pour le moment.

— Toutes les armes du SRPJ ? répéta Stehlin d'un ton incrédule.

— C'est ça.

— Et le juge Desgranges a autorisé ça ?

— Oui.

Le directeur du SRPJ porta son café à ses lèvres pour se donner le temps de la réflexion.

— Qui va se charger de l'analyse balistique ? demanda-t-il.

— Ça vous pose un problème ? répondit Rimbaud.

— Non. Mais je m'interroge. Vous allez faire ça comment ? Vous allez mettre toutes ces armes en même temps dans un camion blindé ? Direction Bordeaux ? Elles vont prendre l'autoroute ? Sérieusement ?

Rimbaud bougea dans son fauteuil, se penchant en direction de l'imposant bureau de son vis-à-vis.

— On ne va pas désarmer tous vos hommes en même temps, et les armes ne sortiront pas de vos locaux : l'analyse sera effectuée ici même, dans votre laboratoire – sous notre contrôle.

— Pourquoi le SRPJ ? Pourquoi pas la gendarmerie, ou la Sécurité publique ? Qu'est-ce qui vous fait croire que le coupable se trouve ici ? Je ne crois pas qu'un de mes hommes puisse être mêlé à ça, dit Stehlin, non sans une pensée fulgurante pour Servaz.

— Aux échecs, les fous sont les plus près des rois, répondit Rimbaud, sibyllin.

Ils avaient passé l'après-midi à se balader à L'Hospitalet et à Saint-Martin, à échafauder différentes hypothèses, à boire tellement de café que Servaz commençait à avoir la nausée. Dès que le jour se mit à décliner, ils se rabattirent sur l'hôtel, prétextèrent qu'ils étaient fatigués et s'enfermèrent dans la chambre. Elle possédait deux lits, un grand et un plus étroit, ce qui leur parut à tous deux un signe. Servaz n'avait pas voulu attirer l'attention en demandant deux chambres. Il s'apprêtait à dormir dans le fauteuil s'il y en avait un, mais voilà qui mettait fin à la question.

Son problème était cependant qu'ils n'avaient pas prévu de se retrouver dans une même chambre d'hôtel après la nuit de la veille et qu'y être contraints par les événements rendait la situation encore plus embarrassante. Il sentait bien que Kirsten éprouvait la même gêne que lui. Chaque mouvement qu'elle faisait dans cet espace réduit semblait presque aussi contrôlé que celui d'un astronaute à bord de la Station spatiale internationale. Et il n'y avait qu'une seule fenêtre – ce qui les obligeait à se frôler et à être si proches qu'il pouvait presque sentir la chaleur qui émanait de son corps tout comme le parfum qui montait de son cou et de ses poignets.

Au cours de leur promenade, Servaz avait obtenu confirmation de l'immat' et plus d'informations sur le couple : Roland et Aurore Labarthe, quarante-huit et quarante-deux ans. Officiellement sans enfants. Selon Espérandieu, il enseignait la psychologie interculturelle et la psychopathologie à l'université Jean-Jaurès de Toulouse, elle était sans profession officielle. Il fallait qu'ils se renseignent sur l'adoption de Gustav – fictive ou réelle. Dans quelles conditions avait-elle eu lieu ?

Où étaient les papiers ? Que savaient le maire et l'institution scolaire de sa situation ? Était-il possible, en 2016, d'avoir un enfant chez soi qui ne soit pas le sien ? Probablement. Pour un certain temps du moins. Le chaos planétaire et les complexités de l'administration abandonnaient des pans entiers de la société à l'arbitraire et à l'absence de contrôles.

À l'extérieur, la nuit tombait rapidement sur la montagne de glace, les ténèbres s'épaississaient dans les creux comme sur les sommets et les lumières s'étaient allumées là-bas, dans plusieurs pièces du grand chalet. Cependant, Labarthe et Gustav n'étaient pas encore reparus. De temps en temps, ils apercevaient la silhouette altière, élancée, de la maîtresse de maison qui passait d'une pièce à l'autre, parfois avec un téléphone collé à l'oreille ou pianotant des messages sur son appareil. Servaz songea qu'il devrait demander au juge une mise sur écoute. Puis, tout soudain, ils virent passer la Volvo sous la fenêtre, roulant prudemment et silencieusement sur les ornières blanches de la chaussée enneigée ; ils ne l'avaient pas entendue arriver. Ses feux de stop évoquant deux yeux rouges et incandescents s'éloignèrent vers le chalet et la blonde apparut sur le perron, dans la lueur des phares, tout sourire. Elle accueillit Gustav en le prenant dans ses bras et le poussa à l'intérieur, puis embrassa son mari. Servaz trouva que leur langage corporel avait quelque chose de factice et de forcé. Il avait récupéré ses jumelles dans la boîte à gants et il les passa à Kirsten.
Dans l'objectif, Aurore Labarthe apparaissait plus clairement. Une maîtresse femme. Belle mais d'une beauté mondaine, glaçante, le nez un peu long, les lèvres minces, un cou de cygne, la peau extrêmement pâle.

Il estima qu'elle devait mesurer au moins un mètre soixante-quinze, sans doute plus. Silhouette athlétique mais sèche. Elle avait revêtu une sorte de longue tenue écrue qui lui descendait jusqu'aux chevilles et on eût dit une vestale romaine. Servaz nota qu'elle était pieds nus, même quand elle marcha sur le perron de bois qui portait encore des traces de neige. Quelque chose dans ses traits, son regard, son attitude le mettait profondément mal à l'aise. Il se dit qu'au lieu d'Aurore, elle aurait pu s'appeler « Ombre » ou « Nuit »

— *Look*, dit soudain Kirsten à côté de lui.

Elle avait posé son laptop sur ses genoux et consultait Internet depuis un moment déjà. Elle tourna l'écran vers lui. Servaz vit un site de vente de livres en ligne. Les couvertures portaient toutes le nom de Roland Labarthe. Il parcourut les titres. *Sade, la libération par l'enfermement*, *Fais ce que voudras : Thélème de Rabelais à Alistair Crowley*, *Éloge du mal et de la liberté*, *Le Jardin des délices, de Sacher-Masoch au BDSM*[1]. Soudain, son regard s'arrêta sur le cinquième titre.

Julian Hirtmann ou le Complexe de Prométhée.

Il frissonna. Se souvint d'une phrase : « Les démons sont malicieux et puissants. » Où avait-il lu ça ? Elle était là, la connexion… En dehors du fait que les titres étaient aussi ronflants qu'on était en droit d'attendre de la part d'un universitaire, ils établissaient un lien direct entre les deux hommes. Le Suisse avait été un objet d'étude pour Labarthe. Cette curiosité intellectuelle avait-elle été poussée jusqu'à la fascination ? Jusqu'à la complicité ? De toute évidence, il en avait la preuve sous

---

1. Pratiques sexuelles comprenant le bondage, le sado-masochisme, la domination et la soumission.

les yeux. Servaz n'ignorait pas qu'Hirtmann possédait nombre de fans sur Internet, cette invention merveilleuse qui avait changé la face du monde – qui permettait à Daech d'infecter des cerveaux fragiles avec ses idées mortifères, à des gamins d'en harceler d'autres jusqu'à les pousser au suicide, à des pédophiles de se repasser des photos d'enfants nus, à des millions d'individus de déverser leur haine sur d'autres à l'abri de l'anonymat...

Il fallait qu'il se procure ce bouquin. *Le Complexe de Prométhée*... Servaz se souvenait vaguement de ses cours de philo, au temps lointain où il voulait devenir écrivain et où il étudiait les lettres modernes. Le complexe de Prométhée figurait dans un ouvrage de Gaston Bachelard, *La Psychanalyse du feu*. C'était loin, mais il croyait se souvenir que, d'après Bachelard, pour conquérir le feu, c'est-à-dire la connaissance et la sexualité, le petit Prométhée devait passer outre l'interdiction paternelle d'y toucher ; le complexe de Prométhée désignait la tendance qu'ont les fils à vouloir rivaliser d'intelligence et de connaissance avec leurs pères, à vouloir en savoir autant qu'eux ou davantage. Un truc comme ça... Labarthe avait-il découvert quelque chose dans le passé du Suisse ? Était-ce le Suisse qui était entré en contact avec l'universitaire après avoir lu le livre que ce dernier lui avait consacré ?

Il regarda par la fenêtre.

La nuit était totale à présent. Seule la neige bleutée émergeait des ténèbres comme un drap jeté sur des meubles dans une pièce obscure. Les fenêtres du chalet ruisselaient de lumière. Brusquement, Servaz vit Gustav s'approcher de l'une d'elles, coller son nez à la vitre et observer dehors. Dans l'objectif des jumelles, il vit que le garçonnet était en pyjama. Il avait l'air perdu dans un rêve intérieur. Pendant un court instant, il ne put s'empêcher de fixer la petite bouille fatiguée et triste – et il eut l'impression qu'un gouffre s'ouvrait dans son ventre. Servaz détourna les yeux. Y avait-il la plus infime probabilité qu'il fût en train d'observer son fils ? Cette perspective l'effrayait au-delà de toute mesure. Que se passerait-il si jamais c'était le cas ? Il ne voulait pas d'un fils non désiré. Il refusait cette responsabilité. *Son fils…* Vivant avec cet intellectuel obsédé par la transgression et son glaçon de femme. Non, c'était absurde. Il se tourna néanmoins vers Kirsten.

— Il nous faut son ADN.

Elle acquiesça. Elle ne demanda pas l'ADN de qui : elle savait ce qu'il avait en tête.

— À l'école, dit-elle, ils ont sûrement des objets lui appartenant.

Il secoua la tête.

— Trop risqué. Et s'ils parlaient aux Labarthe ? Non, on ne peut pas prendre ce risque.

— Comment on va faire alors ?

— J'en sais rien. Mais il nous le faut.

— Tu veux savoir si tu es son père, c'est ça ?

Il ne répondit pas. Le téléphone de Kirsten résonna dans sa poche. Les premiers accords de *Sweet Child of Mine* des Guns N' Roses. La Norvégienne fit glisser le bouton vert de son Samsung vers la droite.

— Kasper ?

— Je viens aux nouvelles, dit le flic de Bergen dans l'appareil. Du neuf ?

Il était 18 h 12 quand, au SRPJ de Toulouse, Samira Cheung tendit son Sig Sauer à Rimbaud. Elle arborait ce jour-là un tee-shirt illustré du logo des Misfits, un groupe d'horror punk dissous depuis longtemps, et deux nouveaux piercings : deux petits cercles d'acier noir, un à la narine gauche, l'autre à la lèvre inférieure.

— C'est une impression où ça pue le rat crevé, ici ?

— Il a dû remonter des égouts, commenta Espérandieu en sortant son arme de son tiroir.

— Vous êtes des poètes, hein, c'est ça ? répliqua Rimbaud.

— Ah, c'est vrai qu'avec un nom pareil, la poésie, ça vous connaît, commissaire.

— Cheung, n'en faites pas trop. C'est juste une vérification de routine. J'ai rien contre vous. Vous êtes un bon flic.

— Qu'est-ce que vous savez du métier de flic ? Dites donc, faites attention avec ça, commissaire, ajouta-t-elle alors qu'il repartait avec leurs armes. C'est pas des jouets, vous pourriez vous blesser.

— Servaz, il est où ? demanda Rimbaud sans relever.

— Je sais pas. Tu sais, toi, Vincent ?

— Pas la moindre idée.

— Dites-lui qu'il me faut son arme aussi quand vous le verrez.

Samira partit d'un grand rire.

— Martin raterait l'Étoile Noire s'il l'avait devant lui. Ses résultats au stand de tir sont juste risibles. Il serait capable de se tirer une balle dans le pied.

Rimbaud regretta par la suite d'avoir dit ça mais, comme souvent, sur le moment il ne put résister :

— C'est peut-être bien ce qu'il a fait, dit-il avant de sortir.

À 18 h 19, Servaz referma son téléphone.

— Il faut que j'aille à la voiture, dit-il. Je reviens.

342

— Qu'est-ce qui se passe ?

— Rien. J'ai besoin d'une cigarette. J'ai un paquet dans la voiture.

Il se sentait nerveux tout à coup : Samira venait de l'appeler, ils examinaient toutes les armes. Il n'avait aucune raison de l'être, la sienne ne l'avait pas quitté.

En émergeant de l'hôtel, il fut giflé par le vent glacial qui s'était levé. Ses rafales faisaient claquer les drapeaux – qui étaient sans doute là pour afficher les ambitions internationales de l'établissement malgré la vétusté de ses installations – et transperçaient son pull trop fin. Il aurait dû passer sa veste matelassée. Une énorme bourrasque le repoussa vers l'entrée de l'hôtel, mais il continua de piétiner la neige en direction des marches qui descendaient jusqu'à la route, au bord de la terrasse. Il leva les yeux et les vit. Labarthe et Gustav. Ils étaient sortis et ils marchaient contre le vent en riant. Ils avançaient en direction de l'hôtel, *c'est-à-dire vers lui.*

Merde.

Il ne pouvait pas retourner à l'hôtel maintenant. Il ne tenait pas à ce que Labarthe voie son visage de trop près. Cela compliquerait toute filature future. Il descendit précautionneusement les marches enneigées, ouvrit la portière côté passager, puis la boîte à gants. Le paquet était bien là. Il leva la tête et tendit le cou pour voir par-dessus le soubassement de pierre. Labarthe et Gustav étaient en train de grimper sur la terrasse par une autre volée de marches. Il se pencha aussitôt dans la voiture et fit mine de chercher quelque chose. Quand il se redressa, ils avaient disparu à l'intérieur.

Les rafales glaciales le traversaient de part en part, il était parcouru de frissons. Il leva la tête. Son cœur fit un saut périlleux en voyant Aurore Labarthe à son balcon, qui observait l'hôtel. Merde ! Avait-elle repéré son manège ? Comme son mari, elle était forcément sur ses gardes. Il ne pouvait pas rester là plus longtemps… Il allait devoir passer près d'eux, car la réception de l'hôtel, à côté du bar, était minuscule et l'ascenseur, grand comme une boîte d'allumettes, se trouvait juste à côté.

Il jeta un coup d'œil furtif à la silhouette, là-bas. Était-elle en train de l'observer ? Ou surveillait-elle l'hôtel ? Il remonta les marches, traversa la terrasse d'un pas mal assuré… Labarthe et Gustav lui tournaient le dos ; Labarthe parlait avec l'hôtelier, qui lui tendait quelque chose.

— Merci, ça va drôlement nous dépanner, disait-il. Combien je vous dois ?

Il fouillait dans son portefeuille. Servaz s'avança dans le hall. Gustav avait dû entendre ses pas écrasant la neige, car il se retourna. Les grands yeux clairs du garçon le dévisagèrent. Servaz eut l'impression qu'on lui siphonnait tout l'intérieur du corps pour remplacer ses viscères par de l'air. La tête lui tourna. Le garçonnet l'observait toujours.

— *Tu es mon fils, pas vrai ?*

Le gamin ne répondit pas.

— *Tu es mon fils, je le sais.*

Il se secoua. Chassa ce fantasme. Passa devant eux. Labarthe tourna la tête sur son passage.

— Bonsoir.

— Bonsoir, répondit-il.

L'hôtelier le regardait, Labarthe le regardait, l'enfant le regardait. Il appuya sur le bouton de l'ascenseur, résista à la tentation de se retourner.

— Excusez-moi, dit Labarthe dans son dos.

S'adressait-il à lui ou à l'hôtelier ?

— Excusez-moi.

Cette fois, pas de doute : la voix était derrière lui. Il se retourna. Labarthe le dévisageait.

— *Vous avez aimé, Servaz, la torture, vous avez aimé la douleur ?*

— Quoi ?

— Vous avez laissé vos phares de voiture allumés, j'en ai peur, répéta l'universitaire.

— Oh !

Il remercia et retourna à la voiture. Là-bas, Aurore Labarthe avait disparu du balcon. Il remonta dans la chambre.

— Qu'est-ce qui s'est passé ? demanda Kirsten.

— Rien. J'ai croisé Labarthe. Et Gustav. En bas, dans le hall.

Zehetmayer était assis dans l'un de ces cafés viennois qui semblent n'avoir pas bougé depuis que Stefan Zweig en a fait le tableau dans *Le Monde d'hier*, peu de temps avant de mettre fin à ses jours. Ces cafés qui constituaient, aux yeux du directeur d'orchestre, l'un des rares vestiges de la Vienne de jadis, celle qui aimait le théâtre, la littérature et les beaux-arts, des cafés qui bruissaient autrefois de conversations autrement élevées que celles d'aujourd'hui, estimait-il.

Qu'en restait-il en vérité ? Que restait-il des juifs qui avaient fait la renommée de cette ville ? Des Mahler, Schoenberg, Strauss, Hofmannsthal, Schnitzler, Beer-Hofmann, Reinhardt, Altenberg, Zweig – et même Freud, ce renifleur de petites culottes ?

Assis sur une banquette tout au fond de l'ancienne galerie du Café Landtmann (pour rien au monde il ne se serait assis à l'extérieur, dans la nouvelle galerie vitrée, au milieu des touristes), le directeur d'orchestre dînait d'une escalope tout en lisant la *Krone* et en jetant de temps en temps un regard entre les lourds rideaux à la place de l'Hôtel-de-Ville qui blanchissait à vue d'œil. Tout à l'heure, il avait surpris son reflet dans une glace ; il avait l'air de ce qu'il était : un vieillard à la peau tavelée, jaunie, au regard brûlant de malveillance, mais à la prestance indiscutable dans son long pardessus noir à col de loutre. Les premières notes de la *Danse hongroise n° 1* de Brahms s'élevèrent de la poche droite de son manteau. Tous ses correspondants importants avaient une sonnerie spécifique. Cette musique-là correspondait à un interlocuteur *extrêmement* important.

— Allô ? dit-il simplement.

— On a retrouvé l'enfant, dit la voix au bout du fil.

— Où ça ?

— Dans un hameau des Pyrénées.

— Et lui ?

— Pas encore. Mais tôt ou tard, il finira bien par se montrer.

— Qui marche dans la neige ne peut cacher son passage, dit Zehetmayer, citant un proverbe chinois. Beau travail.

Pour toute réponse, il entendit la tonalité au bout de la ligne : la politesse aussi était une notion appartenant au passé. Il était peut-être temps d'appeler l'autre numéro. Celui qu'il avait obtenu alors qu'il enseignait la musique à des prisonniers. Il les aidait à « s'évader » grâce à Mahler. Après tout, c'était ce qu'il faisait aussi : s'évader par la musique de ce monde moderne qu'il vomissait.

29

Impitoyable

Cette nuit-là, dans leur petit hôtel de montagne, Servaz rêva qu'il était dans le métro parisien et qu'il apercevait Gustav au milieu de la foule. Le cœur battant, il se levait et se faufilait en jouant des coudes dans l'allée centrale pour rejoindre le garçon, tandis que la rame entrait dans une station baptisée Saint-Martin. Il ne se souvenait d'aucune station portant ce nom. Saint-Michel, Saint-Sulpice, Saint-Ambroise, Saint-Germain-des-Prés, Saint-Philippe-du-Roule, d'accord… Mais pas de Saint-Martin. Sauf dans son rêve. Les passagers qu'il repoussait lui jetaient des regards hostiles, réprobateurs. Après maints efforts, il allait l'atteindre lorsque la rame s'immobilisa ; les portes s'ouvrirent et la foule descendit. Servaz se précipita sur le quai. Gustav se dirigeait déjà vers l'escalator. Il continua de bousculer les gens, mais une masse toujours plus compacte le ralentissait, le repoussait même loin du garçon.

— GUSTAV ! hurla-t-il.

Le gamin se retourna. Le regarda. Il eut l'impression que son cœur allait exploser de joie. Mais voilà que la peur se lisait dans les yeux de l'enfant et qu'il se mettait à son tour à fendre la foule… pour le fuir ! Un gamin de cinq ans. Seul dans le métro. Servaz grimpait maintenant deux par deux les marches de l'escalator, repoussant les corps qui lui faisaient obstacle avec l'énergie du désespoir. Il atteignit le carrefour de couloirs au sommet. S'immobilisa. Il n'y avait plus personne. Les couloirs s'étaient vidés d'un coup.

Il était seul.

Il regarda les interminables corridors autour de lui, mais il n'y avait pas âme qui vive à l'horizon. Le silence lui-même lui semblait avoir une fréquence particulière. Il fit volte-face. L'escalator qu'il avait emprunté était pareillement vide – ses marches défilaient inutilement –, de même que le quai en bas. Il appela Gustav, mais seul l'écho lui répondit. Il était perdu. Seul. Il lui sembla soudain que ces couloirs étaient sans issue, sans espoir. Qu'il était enfermé ici, dans ces souterrains, pour l'éternité. Il voulut crier mais, au lieu de cela, il se réveilla. Kirsten dormait. Il entendait sa respiration.

Ils n'avaient pas tiré les rideaux et une légère phosphorescence dessinait un rectangle de clarté au niveau de la fenêtre, dans la pénombre bleutée, irréelle, de la chambre. Il repoussa le drap et l'édredon de duvet, s'approcha de la croisée. Colla son visage à la vitre. Là-bas, toutes les lumières du chalet étaient éteintes et le bâtiment était plongé dans l'obscurité. Sa silhouette noire se découpait sur la nuit plus claire, elle avait quelque chose d'hostile et d'inquiétant. Tout autour, le paysage de neige lui fit penser aux douves d'un château fort, protégeant ses occupants de l'envahisseur.

Puis la buée sur la vitre troubla sa vision et il retourna au lit.

— Je reste ici, déclara Kirsten le lendemain au petit déjeuner. Je vais voir s'il est possible de faire de la raquette et surveiller le chalet en même temps. Histoire de n'être pas enfermée tout le temps.

— Très bien.

Il avait l'intention de rentrer à Toulouse, où il remettrait son arme, puis de filer à la médiathèque ou dans une librairie se procurer l'ouvrage de Labarthe. Il serait de retour avant ce soir. On était samedi, mais il avait aussi l'intention d'appeler Roxane Varin pour que, dès lundi matin, elle se renseigne sur l'adoption de Gustav. Il attrapa son téléphone et appela Espérandieu chez lui. Celui-ci était en train d'écouter *We are on Fire* d'Airplane Man lorsque son téléphone sonna.

— Roland et Aurore Labarthe, tu me les passes au TAJ[1], au FIJAIS et casier éventuel…

Les écrits de Labarthe témoignaient de son intérêt pour des pratiques sexuelles qui amenaient parfois leurs adeptes à commettre des infractions à la loi.

— Houlà ! C'est qui ces gugusses ? Tu sais qu'on est samedi ?

— Un prof de fac et sa femme. Lundi à la première heure, dit-il. Embrasse Charlène…

— Un prof de fac ? Sans rire ? Et ils ont fait quoi ?

— C'est ce que je veux savoir.

— Ça a un rapport avec le gosse ?

— On l'a retrouvé. C'est eux qui s'en occupent.

Il y eut un silence au bout du fil.

— Et tu m'annonces ça comme ça ?

— On ne le sait que depuis hier.

---

1. Traitement des antécédents judiciaires, fichier remplaçant les anciens fichiers STIC et JUDEX.

Il devina la colère de son adjoint.

— Martin, depuis que tu es avec ton esquimaude, tu oublies les amis, on dirait. Je vais finir par être jaloux… Fais gaffe, ici y en a un qui t'attend… J'ai l'impression qu'il t'a dans le collimateur. Et il attend aussi ton arme.

— Je sais. J'ai rendez-vous avec lui.

Il n'avait pas envie de parler davantage. Pas maintenant. Il raccrocha, mit le contact et démarra doucement sur la route verglacée. Il lui fallut deux heures pour rejoindre Toulouse et l'hôtel de police. En ce samedi matin, il était aux trois quarts vide mais Rimbaud avait quand même tenu à l'entendre sans tarder. À défaut de pouvoir le faire sur son territoire, le commissaire l'attendait dans un petit bureau à l'écart, réquisitionné pour l'occasion. Servaz lui trouva la tête d'un ancien boxeur, avec son nez épaté et sa mâchoire de bouledogue. Un boxeur qui aurait pris plus de coups qu'il n'en aurait donné. Mais Servaz savait que c'était à son tour de lui servir de punching-ball.

— Votre portable, commandant, s'il vous plaît, dit d'emblée Rimbaud.

— Pardon ?

— Votre portable, mettez-le en mode « Ne pas déranger ».

Servaz lui tendit l'appareil.

— Faites-le vous-même. Je ne sais pas comment on fait ça.

Rimbaud le toisa avec l'air de se demander si Servaz se foutait de lui. Il s'exécuta à contrecœur et lui rendit le téléphone.

— J'ai l'intention de vous entendre au sujet du meurtre de Florian Jensen, annonça-t-il. Comme vous vous en doutez, il s'agit là d'une affaire de la plus haute importance, du fait qu'il a été tué par une arme de service, une affaire très délicate.

— À quel titre ? Suspect ?

Rimbaud ne répondit pas. Servaz se demanda quelle attitude il allait adopter : la confrontation ou la collaboration ? Ils étaient assis face à face de part et d'autre du bureau : la confrontation.

— J'aimerais que vous me parliez en particulier de ce qui s'est passé sur ce wagon, et surtout de la nuit où vous vous êtes rendu à Saint-Martin…

— Tout est dans mon rapport.

— Je l'ai lu. On m'a dit que vous avez passé plusieurs jours dans le coma, vous vous sentez comment ?

Question ouverte, songea Servaz. Selon le manuel, « les questions ouvertes incitaient le locuteur à parler et à donner le plus d'informations possible ». Ensuite, on passait progressivement aux questions fermées : technique de l'entonnoir. Le problème, c'est que les truands connaissaient ces techniques d'interrogatoire presque aussi bien que les flics. Le problème des flics de l'IGPN, c'est qu'ils interrogeaient d'autres flics ; il leur fallait donc être plus malins, plus rusés, plus retors.

Mais ça, c'était le problème de Rimbaud.

— Comment je me sens ? Vous tenez vraiment à le savoir ?

— Oui.

— Laissez tomber, Rimbaud, si j'ai besoin d'un psy j'en trouverai un moi-même.

— Hmm. Vous avez besoin d'un psy, commandant ?

— Ah, c'est ça votre truc ? Répéter ce que l'autre dit ?

— Et vous, votre truc, c'est quoi ?

— Nom de Dieu ! On va jouer à ça longtemps ?

— Je ne joue pas, commandant.

— Laissez tomber…

— OK, bon, vous faisiez quoi sur ce toit ? Pourquoi vous êtes monté là-haut en plein orage ? Vous auriez pu griller comme un toast.

— Je poursuivais un suspect qui avait pris la fuite après nous avoir menacés avec son arme.

— Il y a longtemps, à ce moment-là, que la menace avait cessé d'en être une, non ?

— Qu'est-ce que vous voulez dire ? Que j'aurais dû le laisser filer ?

— Votre arme, vous l'aviez à la main en montant sur ce wagon ? Vous la braquiez sur Jensen ?

— Hein ? Quoi ? Je n'étais pas armé ! Elle était restée… euh… dans ma boîte à gants.

— Vous dites que vous poursuiviez un suspect armé et *stone* qui vous avait déjà braqué sans être vous-même armé ?

Question fermée, mais un peu longue et rhétorique, estima Servaz.

— On peut voir les choses comme ça, oui, dit-il.

— On peut voir les choses comme ça ?

— Vous allez recommencer à répéter tout ce que je dis ?

— D'accord. Donc, Jensen vous tire dessus et dans la même seconde il reçoit cette putain de décharge qui le transforme en sapin de Noël.

— Vous aimez les métaphores, Rimbaud. Ça doit venir de votre nom.

— Arrêtez vos conneries, Servaz. C'est quand même pas de bol : il aurait pu se faire griller la seconde d'avant, ça vous aurait évité tous ces jours et toutes ces nuits de coma.

— Ou bien il m'aurait grillé la cervelle.

— Vous pensez avoir changé depuis le coma ?

Il déglutit. Rimbaud était peut-être plus finaud qu'il n'y paraissait.

— Tout le monde change, commissaire, avec ou sans coma.

— Vous avez eu des visions ? Vous avez vu des trucs, vos parents morts, des choses comme ça ?

Salopard, pensa-t-il.

— Non.

— Tout marche comme avant ?

— Et vous, Rimbaud ?

Rimbaud se contenta de hocher la tête sans réagir. Il avait l'habitude des « clients » fines mouches, il n'allait pas se laisser déstabiliser comme ça. *Moi non plus*, songea Servaz.

— Quand Jensen vous a appelé l'autre soir, tard, vous vous souvenez de la première chose qu'il vous a dite ?

Servaz réfléchit.

— « Ce cœur, comment va-t-il ? »

— OK. Et ensuite ?

— Il a parlé de cette nuit-là… sur le wagon… *une sacrée nuit*, ou quelque chose comme ça…

— OK. Continuez.

— Il a dit qu'à cause de moi il ressemblait à je ne sais plus qui, un nom qui ne me disait rien du tout… Il a aussi dit qu'il avait la gueule de l'emploi, désormais…

— OK.

— Il a dit qu'il m'avait vu ce jour-là, à Saint-Martin.

— Ah bon ? Vous y faisiez quoi ?

— J'étais sur une affaire. À la mairie. Un gamin disparu…

— Un gamin disparu, c'est du ressort de la Brigade criminelle, ça ?

— Peu importe. Rien à voir avec Jensen.

— Admettons. Bon. Comment vous avez réagi ?

— Je lui ai demandé ce qu'il voulait.

— Et qu'est-ce qu'il vous a répondu ?

— Me parler.

Rimbaud le regarda d'un drôle d'air.

— Je lui ai demandé de quoi, ajouta Servaz sans attendre, même s'il savait qu'il n'aurait pas dû faciliter le travail de son vis-à-vis.

— Et qu'est-ce qu'il a dit ?

— Que je le savais.

— Et c'est vrai ?

— Non.

— OK. Vous lui avez dit quoi à ce moment-là ?

— Que j'avais autre chose à faire.

— Et là, il vous a parlé de votre fille, assena Rimbaud.

C'était là où il voulait en venir depuis le début.

— Oui.

— Dans quels termes ?

— Il a juste dit : « Ta fille, je sais. »

— Et c'est à ce moment-là que vous avez décidé de vous rendre sur place ?

— Non.

— Vous avez réagi comment quand il a évoqué votre fille ?

— Je lui ai demandé de répéter.

— Vous étiez en colère ?

— Oui.

— Il a dit quoi ensuite ?

— Qu'il m'attendrait devant les thermes de Saint-Martin à minuit.

— Il vous a reparlé de votre fille ?

— Oui.

— OK. Qu'est-ce qu'il a dit ?

— « Le bonsoir à ta fille. »

— Hmm. Ce qui vous a mis encore plus en colère…

— Oui.

Les yeux de Rimbaud étaient réduits à deux fentes. Servaz demeurait impassible, mais il se sentait insulté par les insinuations de son vis-à-vis. Il considérait la seule existence de Rimbaud comme une offense personnelle.

— On a regardé à quelles heures votre téléphone portable a borné entre Toulouse et Saint-Martin. Un petit calcul qui nous a permis d'établir que vous avez roulé largement au-dessus des vitesses autorisées, cette nuit-là, commandant. Qu'est-ce que vous aviez en tête en fonçant de la sorte vers Saint-Martin ?

— Rien.

— Rien ?

— Rien de particulier. Je voulais juste le voir face à face et lui dire de ne pas s'approcher de ma fille.

— Donc, vous aviez l'intention de le *menacer* ?

Servaz sentait bien où Rimbaud voulait l'amener, de la même façon que les poissons sentent là où la nasse les entraîne – mais, à ce moment-là, il est déjà trop tard pour eux.

— Je n'emploierais pas ce mot.

— Et quel mot vous emploieriez ?

— Prévenir. Je voulais le prévenir.

— De quoi ?

— Que s'il s'approchait de ma fille, il allait s'attirer des ennuis.

Rimbaud parut savourer l'expression, il esquissa un sourire et nota quelque chose sur son calepin puis pianota sur son clavier.

— Quel genre d'ennuis ?

— À quoi bon spéculer puisque, de toute façon, je ne l'ai pas vu ?

— À quel genre d'ennuis vous pensiez, commandant ?

— Ne vous fatiguez pas, Rimbaud. Je parle d'ennuis légaux.

Le commissaire hocha la tête sans conviction.

— Parlez-moi de Saint-Martin, il s'est passé quoi là-bas ?

— J'ai déjà tout raconté.

— Il faisait quel temps, cette nuit-là ? Il neigeait ?

— Non.

— La nuit était dégagée ? Il y avait un clair de lune ?

— Oui.

— Donc, on y voyait comme en plein jour ?

— Non, non, pas comme en plein jour. Mais la nuit était assez claire, oui.

— OK. Dites-moi : si la nuit était si claire que ça, comment se fait-il que vous n'ayez pas reconnu Jensen, avec sa putain de bouche cramée à la Freddy Krueger ?

— C'était ça, le nom.

— Quoi ?

— Quand il a dit qu'à cause de moi il ressemblait à quelqu'un, c'est ce nom-là qu'il a prononcé.

Rimbaud secoua la tête d'un air agacé, Servaz se retint de sourire.

— Bon, bon. N'empêche qu'avec sa gueule et le clair de lune, vous ne l'avez pas reconnu.

— Il se tenait sous les arbres du jardin, à une bonne trentaine de mètres. Si c'était lui.

— Vous en doutez ?

— Comment aurait-il pu être là et dans ce refuge en même temps ?

— Comment, en effet. Donc, vous pensez que ce n'était pas lui ?

— Ça paraît évident, non ?

— Et vous avez une idée de qui ça pouvait être ?

— Non, mentit-il.

— Avouez que c'est quand même une drôle d'histoire, Servaz.

Il se tut.

— Et la voix au téléphone alors, c'était qui ?

Servaz hésita.

— Sur le moment, j'en ai conclu que c'était Jensen. Mais, en y repensant, ça pouvait aussi bien être quelqu'un d'autre. Après tout, tout ce qu'elle a dit s'est trouvé à un moment ou à un autre dans les journaux.

— Hmm. Qui aurait intérêt à faire ça, c'est ça que j'ai du mal à comprendre.

Servaz sentait la colère irradier à l'intérieur de lui. Il avait envie d'exploser, mais il savait que, s'il le faisait, Rimbaud utiliserait cela contre lui pour prouver qu'il avait un tempérament colérique et qu'il perdait facilement ses nerfs. Le bœuf-carottes exécutait ses passes autour de lui comme un toréador attend le meilleur moment pour la mise à mort.

— Vous étiez où, cette nuit-là, vers 3 heures du matin ?

— Dans mon lit.

— À Toulouse ?

— Oui.

— Votre fille vous a entendu rentrer ?

Rimbaud savait plus de choses qu'il voulait bien le dire, en fin de compte.

— Non. Elle dormait.

— Donc, vous êtes rentré de Saint-Martin et vous êtes allé vous coucher ?

— C'est ça.

— Vous faites quoi, comme pointure, Servaz ?

— Quoi ?

— Votre pointure…

— 42. Pourquoi ?

— Hmm. Très bien. Je n'ai plus de questions pour le moment. Pour votre arme, vous la récupérerez d'ici à quelques jours. On vous tient au courant.

Il se leva.

— Servaz…

Rimbaud avait parlé si doucement qu'il avait failli ne pas l'entendre. Il se retourna.

— Je ne vous crois pas une seconde. Et je prouverai que vous avez menti.

Il regarda le flic de l'IGPN, faillit dire quelque chose, se ravisa, haussa les épaules et sortit.

30

Oiseaux

— Tes Labarthe, ce sont de drôles d'oiseaux.

Il était assis en terrasse du Café des Thermes, boulevard Lazare-Carnot, en compagnie de Lhoumeau, le flic de la Brigade de répression du proxénétisme. Après ce jugement lapidaire, celui-ci porta sa mousse à ses lèvres. À force de sortir après le coucher du soleil pour « renifler » le trottoir ou surveiller les bars de nuit dans le secteur Matabiau-Bayard-Embouchure, il avait fini par acquérir un teint gris cendre et des valoches *king size* sous les yeux. Ses joues creuses et son nez osseux – où Servaz distinguait tout un réseau de veinules dû sans aucun doute à un penchant pour les boissons fortes – lui donnaient d'ailleurs l'air d'un oiseau de nuit. Son regard fiévreux était toujours aux aguets.

— On les a chopés plusieurs fois à démarcher des putes.

— Tous les deux ?

— Tous les deux. C'est la femme qui choisissait.

Servaz savait qu'il y avait environ cent trente filles se prostituant à Toulouse, pour la plupart des Bulgares, des Roumaines, des Albanaises et des Nigérianes. Presque toutes appartenaient à des réseaux. Et passaient d'une ville à l'autre, voire d'un pays à l'autre. « L'Europe du cul », comme disait Lhoumeau. Il tira sur sa cigarette pour se réchauffer.

— Il y a eu aussi une plainte déposée par une fille : elle se serait retrouvée malgré elle dans une soirée SM, et aurait été victime de sévices. Mais elle a retiré sa plainte. Depuis, le couple est parti se mettre au vert.

— Je sais, dit Servaz sinistrement.

— Pourquoi tu t'intéresses à eux ?

— Ils apparaissent dans une affaire…

Le flic à tête d'oiseau haussa ses maigres épaules.

— OK. Tu peux pas en dire plus, je comprends. Mais sache que les Labarthe, ce sont des tordus de chez tordus… Un jour ou l'autre, il arrivera une tuile dans leurs putains de soirées. J'ai toujours pensé qu'un jour, ça serait du ressort de la criminelle.

— Comment ça ?

Servaz avait posé le bouquin de Labarthe entre eux sur la table. Le ciel était gris et bas sur Toulouse. Dans la lumière de décembre, la face d'oiseau de Lhoumeau avait presque l'air d'un masque.

— Les fêtes qu'ils organisaient, elles étaient violentes. Parfois très. Les Labarthe avaient beaucoup de relations dans le milieu du sexe toulousain. Et eux comme leurs riches invités étaient avides de nouvelles expériences, de sensations neuves.

« Sensations neuves ». Dit comme ça, ça avait presque l'air recommandable. Servaz pensa aux fêtes semblables que Julian Hirtmann avait organisées dans sa villa du lac Léman, du temps où il était procureur à Genève. Encore une convergence.

— Comment tu sais tout ça ?

360

L'oiseau de nuit haussa derechef les épaules, mais en évitant son regard.

— Je le sais, c'est tout. C'est mon boulot de savoir ces choses-là.

— Violentes comment ?

— Les trucs habituels. Mais parfois ça dérapait, ça allait un peu trop loin. Des filles ont voulu porter plainte, elles en ont été dissuadées.

— Par qui ?

— Par le fric, d'abord. Les invités des Labarthe en avaient beaucoup. Ils payaient même un droit d'entrée. Et puis, il y avait des gens puissants parmi eux, des magistrats, des politiques – et même des flics…

Toujours les mêmes rumeurs, pensa Servaz. Cette ville adorait les rumeurs. Il plissa les yeux pour mieux scruter Lhoumeau.

— Tu ne pourrais pas être un peu plus précis ?

— Non.

Servaz commençait à être exaspéré par l'attitude de Lhoumeau. Il le soupçonnait de se faire mousser et de ne pas en savoir autant qu'il le prétendait. Il regarda un jeune couple qui s'embrassait à cinq mètres de leur terrasse, lui adossé à une voiture, elle appuyée contre lui.

Puis il reporta son attention sur Lhoumeau et il comprit : Lhoumeau avait participé. Il ne serait pas le premier ni le dernier flic à fréquenter les tripots clandestins, les cercles de jeu et les parties fines.

— La pire, c'était la femme, dit soudain Lhoumeau.

— Explique.

— Dominatrice, tu vois le genre. Mais pas seulement. Dès qu'elle repérait une vulnérabilité chez une fille, elle fonçait. Et elle excitait les hommes présents, comme un vacher avec son aiguillon. Avec des mots, des gestes, elle les poussait. Elle incitait les mecs à se lâcher, à y aller franco. Ils étaient parfois plus d'une dizaine autour de la fille. Un vrai zoo… Et plus celle-ci était terrorisée, plus elle était excitée. Elle foutait les jetons, ouais…

— Tu as été présent ?

Lhoumeau se racla la gorge. Il semblait sur le point de vouloir vomir.

— Une fois, oui. Une seule… Me demande pas ce que je foutais là.

Il vit Lhoumeau déglutir et lui jeter un drôle de regard.

— Cette nana, crois-moi. Tiens-toi loin d'elle.

— Et lui ?

— Un intello. Un qui se prend au sérieux. Arrogant, suffisant, mais servile avec ses invités les plus influents. Une tête à claques. Il se prend pour un cador, mais en réalité c'est un suiveur. C'est elle qui porte la culotte.

Charmant couple, songea Servaz en écrasant sa cigarette. Sur le boulevard, les jeunes s'étaient séparés. Soudain, la fille flanqua une gifle au garçon avant de s'éloigner.

Il pensa à Margot. La fille du jeune couple avait quelques années de moins, mais elle lui ressemblait un peu. Et elle avait visiblement autant de caractère. En venant, il était bien décidé à passer voir sa fille. À présent, il se demandait comment elle réagirait quand il lui annoncerait qu'il ne restait pas. Mal, sans nul doute. Elle n'était pas du genre à arrondir les angles. Soudain, il ne se sentit pas le courage d'affronter une nouvelle crise.

Il fut de retour en fin de journée, alors que le soleil avait disparu depuis un moment déjà derrière les cimes.

Le ciel était rouge au-dessus des montagnes et la neige elle-même avait pris une teinte rosée tandis que les eaux de la rivière qu'il longeait ressemblaient à une feuille de cuivre. Puis il quitta la vallée pour s'élever vers les sommets et des flocons vinrent à sa rencontre, duveteux et tourbillonnants. Visiblement, le chasse-neige n'était pas passé et il dut conduire avec la plus grande prudence jusqu'à l'hôtel. Une ou deux fois, il se fit une belle frayeur en chassant des roues arrière au bord d'une pente assez abrupte et, quand il se gara, il avait les jambes qui tremblaient un peu.

Comme chaque soir, tout se voilait d'ombre et devenait vaporeux, et la vallée en contrebas s'enfonçait lentement dans la brume. Les petites lumières des villages s'allumaient et perçaient au travers du brouillard qui ressemblait à une gaze bleue à laquelle on aurait mis le feu ; les bois au-dessus de l'hôtel se faisaient plus sombres. À l'approche de Noël, l'hôtelier avait accroché une guirlande rouge et jaune sous l'avant-toit. Son clignotement semblait la seule chose vivante dans ces ténèbres grandissantes.

Il trouva Kirsten en train de bavarder avec l'hôtelier au bar. Elle avait pris des couleurs et ses cheveux s'étaient encore éclaircis à cause du soleil et de la réverbération. Elle était assise devant un chocolat chaud. Belle, songea-t-il. Et ils allaient encore devoir passer la nuit ensemble.

— Alors ? dit-il.

— Calme plat. La femme a emmené Gustav à l'école ce matin et l'a ramené à midi. Une femme est venue faire le ménage dans l'après-midi. Gustav a fait un bonhomme de neige et de la luge. Lui, on ne l'a pas revu depuis ce matin. Il doit être à Toulouse…

Elle hésita.

— C'est trop normal, en vérité.

— Comment ça ?

— Je me demande s'ils ne nous ont pas repérés.

— Si vite ?

— Ils sont aux aguets. Et ton Labarthe a peut-être parlé avec l'hôtelier, hier.

Il haussa les épaules.

— Un couple de touristes dans son hôtel, ça doit bien lui arriver de temps en temps quand même. Tu te fais des idées. Qu'ils se comportent normalement, c'est ça qui est normal, conclut-il avec un sourire.

31

Abandonne toute fierté toi qui pénètres ici

Il reposa le livre de Labarthe. Déçu. Une fiction à partir de faits réels, un faux journal, un truc bidon et sans intérêt.

Tout ce qui y était raconté était avéré. Labarthe y avait toutefois ajouté des réflexions personnelles, en se mettant dans la peau du tueur. À l'arrivée, un truc ronflant et prétentieux, qui se prenait pour de la littérature.

Il repensa à ce que son père lui répétait toujours, alors qu'il écrivait ses premiers textes : « Renonce aux mots savants et sophistiqués là où les plus simples suffisent. » Il avait découvert plus tard que la phrase n'était pas de lui, mais de Truman Capote. Ce qu'il avait sous les yeux était verbeux, complaisant, frimeur.

Est-ce qu'Hirtmann pouvait vraiment s'être laissé séduire par une lecture pareille ? L'orgueil provoque la cécité. Le portrait que Labarthe brossait de lui dans ce faux journal était quasi hagiographique ; on sentait la fascination que les actes du Suisse exerçaient sur le clerc. Peut-être avait-il rêvé de faire la même chose mais sans oser franchir le pas ? Ce n'était certainement pas la morale qui stoppait Labarthe, mais plutôt la peur de la prison, tout le monde savait ce qu'il advenait des gens comme lui en zonzon, et Labarthe ne lui faisait pas l'effet d'un type très courageux. Alors pourquoi avait-il accepté d'héberger Gustav ? Pourquoi courir un tel risque ? Est-ce que le Suisse leur avait forcé la main d'une manière ou d'une autre ?

Servaz avait déjà découvert deux connexions : les soirées sadomaso et le livre. Y en avait-il d'autres ? Kirsten dormait. Il contempla un instant son profil. À l'instar de beaucoup d'adultes, elle avait dans le sommeil l'air d'une enfant, comme si chaque nuit nous revenions à nos origines.

Il attrapa les jumelles et se mit aux carreaux. Se figea aussitôt. Là-bas, Aurore Labarthe s'était approchée d'une des fenêtres au premier étage, la seule où brillait encore de la lumière. Elle avait revêtu une tenue en cuir noir des plus moulantes – on aurait dit une motarde – et elle regardait en direction de l'hôtel. Son armure était fendue au mitan par une crémaillère qui descendait jusqu'à l'entrecuisse. Servaz vit les doigts s'élever jusqu'à la fermeture Éclair et l'ouvrir lentement. Il sentit sa gorge s'assécher. Se recula pour ne pas être repéré.

Lorsque la crémaillère fut descendue à hauteur du nombril, Aurore Labarthe fit glisser le cuir souple le long de sa clavicule gauche, découvrant la courbe d'une épaule nue. Puis elle se retourna. Il distingua le triangle de l'omoplate sous la peau et le dessin des cervicales sous la nuque dévoilée par le chignon. Le cuir souple continua de tomber, libérant la deuxième épaule, le haut des bras. On aurait dit un papillon émergeant de sa chrysalide. Quand tout le haut du corps fut libéré de sa gangue de cuir, Servaz déglutit.

Elle était nue jusqu'à la taille. Cependant, le cuir continuait sa descente sous l'effet de la gravité, et Servaz vit apparaître au bord de la fenêtre, juste à hauteur d'appui, les deux globes jumeaux parfaits. Un fluide chaud descendit dans son bas-ventre. Il voulut humecter sa langue et son palais, mais il n'avait plus de salive. C'est alors qu'elle se retourna encore une fois. Elle était parfaitement lisse. Elle porta une main entre ses cuisses tout en regardant fixement vers l'hôtel.

Un rituel, se dit-il. *Quelqu'un est en train de mater.*

L'hôtelier ?

L'exhibitionnisme faisait manifestement partie des autres petits plaisirs que s'octroyait Aurore Labarthe à ses moments perdus. Est-ce que son mari savait ? Probablement. Ces deux-là étaient sur la même longueur d'onde.

Il zooma sur le sexe de la femme, où ses doigts aux ongles longs et nacrés s'activaient entre ses lèvres secrètes. Puis il remonta. Elle avait la tête rejetée en arrière et, malgré le léger flou, il reçut un choc, fut frappé par l'expression de dureté, l'éclat farouche qui brûlait derrière les paupières mi-closes. C'était un visage d'oiseau de proie, de sorcière, et il ne put s'empêcher de penser à Lhoumeau. Son excitation redescendit d'un coup. Tous ces gens étaient attirés par le cœur noir de l'humanité. Il eut vaguement la nausée et une envie soudaine d'être loin d'ici. Jusqu'où étaient-ils capables d'aller ?

Il en avait assez vu, il s'écarta.

Regarda Kirsten qui dormait toujours du même sommeil innocent. Comme un refuge à ses cauchemars diurnes. Il lui en fut bizarrement reconnaissant.

367

Il avait pris position à l'angle du marché Victor-Hugo, dans un coin sombre où son ombre se fondait parmi les autres, debout derrière une rangée de hautes poubelles. De là où il se trouvait, il voyait parfaitement le balcon, les baies vitrées du living-room et de la cuisine illuminées, mais aussi les parages de l'immeuble.

De temps en temps, une voiture, un couple ou une personne seule avec un chien passait dans la rue, et il s'enfonçait encore plus dans les ombres. Il avait depuis longtemps repéré le type dans la bagnole, à une dizaine de mètres. Le capot était orienté vers l'entrée de l'immeuble, le type ne pouvait pas le voir : il lui tournait le dos. Sauf s'il surveillait son rétro. C'est pourquoi il évitait de bouger.

Apparemment, malgré la mort de Jensen, ils n'avaient pas levé la surveillance.

Les écouteurs dans ses oreilles diffusaient le premier mouvement de la *Symphonie n° 7 – langsam, allegro risoluto, ma non troppo.*

Il pensa à Martin dans cet hôtel et sourit. Est-ce qu'il baisait la Norvégienne ? Hirtmann aurait parié que non. En attendant, le Suisse observait le balcon et les vitres derrière lesquelles, de temps à autre, passait la silhouette de Margot. Il n'avait pas encore décidé ce qu'il allait faire. Refaire le coup de Marianne lui semblait tristement répétitif. Et puis, il y avait cette surveillance qui compliquait tout.

Mais il avait besoin de Martin. Il allait devoir lui mettre la pression, d'une manière ou d'une autre. Pour Gustav.

Bon, se dit-il. *Allons-y.*

Il sortit de sa cachette et se mit à avancer le long du trottoir de la démarche pressée de celui qui est en retard, une bouteille de champagne à la main. Passa près de la voiture. Il sentit que le flic au volant tournait la tête, le regardait au passage.

Il y avait une fête au dernier étage de l'immeuble, soit deux étages au-dessus de l'appartement de Servaz. On entendait la musique depuis le trottoir, les occupants avaient dû ouvrir les fenêtres. Hirtmann s'arrêta devant la porte vitrée. Feignit d'appuyer sur le bouton de l'Interphone et de parler. En réalité, il avait mémorisé depuis longtemps le code d'entrée, le jour où une vieille dame l'avait composé devant lui alors qu'en costume-cravate impeccable il parlait dans son téléphone et disait aussi fort que possible : « Oui, c'est moi, tu me files le code s'il te plaît, l'Interphone marche pas. »

Il pianota, la porte bourdonna. Il la poussa. Pas de flic dans le hall d'entrée.

Julian Hirtmann s'avança vers l'ascenseur, appuya sur le bouton d'appel mais emprunta l'escalier qui s'enroulait autour de la cage grillagée de l'appareil. Un autre flic était là, au deuxième étage, assis sur une chaise dans l'angle du palier, près de la porte. Il leva les yeux de son journal. Hirtmann afficha un air surpris : ce n'est pas tous les jours qu'on trouve un type en train de lire le journal sur un palier d'immeuble.

— Bonsoir, dit-il. Euh... la fête, c'est où ?

Le flic montra le haut de l'escalier du doigt, sans répondre, d'un air las. Combien de fois ce soir avait-il fait le même geste ? Mais, pro néanmoins, il plissa les yeux pour le détailler.

— Merci, dit Hirtmann en reprenant son ascension.

369

Il ne s'arrêta pas devant l'appartement où se tenait la fête, grimpa jusqu'à une petite porte basse – pas plus d'un mètre trente – qui donnait sur un grenier. Julian Hirtmann s'assit sur la dernière marche, déboucha la bouteille de champagne, remit ses écouteurs et porta le goulot à ses lèvres. C'était un excellent champagne. Un brut blanc de blanc Armand de Brignac.

Deux heures plus tard, il avait mal aux fesses et ses genoux se plaignirent quand il se redressa. Il épousseta son postérieur, puis redescendit en titubant et en s'appuyant à la rambarde jusqu'à l'étage de Servaz.

— Zêtes encore là ? dit-il d'une voix avinée au planton qui, cette fois, buvait une tasse de café. Qu'est-cccce que vous fffoutez là ? Zhabitez ici ?

Le flic lui lança un regard irrité. Il s'approcha du gaillard en dodelinant de la tête, la démarche incertaine.

— Pourquoi vous restez sur le palier ? Votre femme vous a fffouttu dehors ou quoi ?

Il gloussa d'une manière stupide, leva un doigt devant son nez.

— Zallez passer la nuit ici, sans blague ? Vous voulez me faire gober ça ?

— Monsieur, dit le flic d'un air agacé, veuillez vous en aller, s'il vous plaît.

Hirtmann fronça les sourcils et tituba encore plus.

— Eh, oh ! Tu me parles pas comme ça, t'entends ?

Une carte bleu-blanc-rouge apparut dans la main de l'homme.

— Veuillez passer votre chemin, je vous ai dit.

— Ah, d'accord, c'est qui qui habite ici, bordel ?

— Foutez le camp !

Hirtmann fit mine de trébucher, sa main envoya valser le gobelet de café que l'homme tenait à la main. Une tache brune apparut sur la chemise bleu clair et la veste grise du flic.

— Putain ! cria l'homme en le repoussant violemment. Je t'ai dit de te casser, connard !

Hirtmann tomba en arrière, sur les fesses. La porte de l'appartement s'ouvrit à ce moment et Margot Servaz apparut, en robe de chambre et pyjama, pieds nus, échevelée. Malgré ses yeux cernés et son air fatigué, elle avait un visage frais et lumineux comme un matin de printemps. Le Suisse lui trouva un air de famille avec son père, cette petite bosse sur le nez, par exemple.

— Qu'est-ce qui se passe ? demanda-t-elle, une main sur la poignée de la porte, en le regardant puis en regardant le flic.

Il vit la nervosité de celui-ci augmenter exponentiellement, ses yeux allaient d'Hirtmann à la fille de Servaz et retour.

— Rentrez à l'intérieur ! Rentrez à l'intérieur ! Et verrouillez !

À présent, le flic braquait son arme sur lui et parlait dans son Bluetooth en même temps :

— Amène-toi, j'ai un problème ici !

Toujours assis au sol, Hirtmann vit le deuxième flic apparaître quelques secondes plus tard. Celui de la voiture. Ils n'étaient que deux.

— Embarque-moi cet ivrogne et fous-le-moi dehors, bordel !

Le dimanche matin, Servaz et Kirsten constatèrent qu'il y avait du remue-ménage et des préparatifs en cours au chalet : skis et snowboard sur le toit de la

Volvo, vêtements dans le coffre, panier de pique-nique sur la banquette arrière et allers-retours entre la maison et le véhicule. Les Labarthe et Gustav montèrent en voiture, et Labarthe manœuvra pour faire demi-tour avant de passer devant l'hôtel.

On partait pour la journée. Ils échangèrent un regard.

— Très mauvaise idée, commenta-t-elle.

Vers midi, un brouillard épais s'installa et le chalet ne fut plus qu'une silhouette floue dans la purée de pois. À ce moment-là, Servaz et Kirsten étaient partis faire de la raquette au-dessus du hameau, près du col du Couret ; l'hôtelier leur avait assuré que le manteau neigeux était stable.

Servaz s'arrêta à l'orée des bois, essoufflé, et contempla les toits à peine visibles en contrebas, puis il regarda Kirsten.

— Avec un temps pareil, ils vont sûrement revenir, ajouta-t-elle pour le dissuader, après avoir déchiffré son regard.

— Prends la voiture, dit-il. Descends dans la vallée. Et préviens-moi si tu les vois passer.

Il alluma son téléphone, lui présenta l'écran.

— C'est bon. J'ai du réseau.

Puis il s'enfonça dans la brume, dévalant la pente à grandes enjambées.

Il vit la masse noire du chalet émerger lentement du brouillard, encore plus imposant qu'il ne l'aurait pensé. Combien de pièces à l'intérieur ? Il le contourna par le côté opposé à l'hôtel. Vu de près, Servaz comprit qu'il s'agissait à la base d'une ferme de montagne qui avait été aménagée : on reconnaissait le soubassement en pierre qui, à l'origine, devait abriter les occupants et les bêtes, et la structure en bois au-dessus, où on stockait la paille et le grain.

Tout avait été transformé, relooké, avec de grandes surfaces vitrées pour faire entrer la lumière – probablement par un architecte – dans le goût des revues de décoration, et avec beaucoup d'argent à la clef. C'était un peu le pendant architectural de la chirurgie esthétique : toutes ces façades réhabilitées finissaient par se ressembler.

Dans certaines stations des Alpes, une pareille demeure aurait valu des millions d'euros. Mais, de près, le bois du revêtement noirci avait besoin d'une cure de rajeunissement et les huisseries léchées par le brouillard semblaient en piteux état. Même avec un salaire de prof de fac, l'achat et l'entretien d'un tel édifice devaient représenter un poste budgétaire pharaonique. Les Labarthe avaient-ils la folie des grandeurs ? Ou alors des ressources cachées ?… Étaient-ils financièrement aux abois ? Servaz se promit d'appeler ses copains de la DEF, la Direction des affaires économiques et financières, le lendemain.

Il prit pied sur le terre-plein supportant la maison. Le sol était formé de gros galets sertis dans du ciment. Puis on grimpait une marche et on se retrouvait sur un plancher de bois brut, qui lui aussi courait tout autour du chalet. De la neige dans les coins ; à un mètre de lui, une porte de service en bois. Aucun système d'alarme ni capteur en vue. Il faut dire qu'arriver jusqu'ici était déjà un exploit en soi.

Servaz regarda autour de lui. Personne. Comme devant la maison de Jensen, il sortit de la poche de sa veste ses clefs dites « de frappe ». Si ça continuait ainsi, il allait pouvoir se reconvertir. Il étudia la serrure. Contrairement à la porte, elle avait été changée récemment. Tant mieux. Les serrures rouillées donnaient plus de fil à retordre.

Sept minutes et trente-cinq secondes plus tard, il était à l'intérieur. Une petite chaufferie-buanderie équipée d'une machine à laver et d'un sèche-linge, où il faisait agréablement chaud et où ça sentait bon la lessive. Il passa devant des étagères métalliques, remonta le couloir, déboucha sur un grand séjour-cathédrale. Une cheminée pyramidale trônait au milieu, suspendue au-dessus d'un foyer ouvert. Par temps clair, les baies vitrées devaient embrasser un panorama époustouflant. Des canapés en cuir coquille d'œuf, de la pierre, du bois blond, des photos en noir et blanc, une charpente digne d'une église, des spots : en matière de déco, les Labarthe semblaient se conformer au goût majoritaire.

Dehors, les volutes du brouillard naviguaient à travers la terrasse comme s'il s'agissait du pont d'un bateau fantôme.

Il fit quelques pas prudents. Le silence qui régnait ici avait quelque chose d'irréel. Il chercha le petit œil rouge d'un détecteur de mouvement. Ne vit rien de tel. Commença à fouiller en évitant les fenêtres côté est, visibles depuis l'hôtel, même par ce temps.

Seize minutes plus tard, il devait se rendre à l'évidence : il n'y avait rien dans la salle principale, ni dans la cuisine. Il examina et testa les trois télécommandes : celle du grand téléviseur à écran plat de 120 cm, celle de la box au-dessous et celle de chaîne stéréo dernier cri.

RAS là aussi.

Le bureau de Labarthe se révéla à peine moins décevant. Une pièce vitrée sur deux des quatre côtés, enfoncée comme un coin entre les deux ailes du chalet.

Les lectures de Labarthe étaient sans surprises compte tenu de ses centres d'intérêt : Bataille, Sade, Guyotat – et aussi Deleuze, Foucault, Althusser… Les livres de Labarthe trônaient en bonne place. Sur le bureau, un Mac, une lampe d'architecte, un coupe-papier à manche de cuir. Un tas de factures et des notes indéchiffrables pour des cours ou pour un futur livre, qui sait.

Un petit couloir après le bureau. Servaz découvrit une salle de bains tout au bout, ainsi qu'un sauna et une pièce reconvertie en gymnase, avec un rameur, un banc pour le développé couché, un sac de frappe et un râtelier d'haltères.

Il fit demi-tour. Emprunta le grand escalier. Le premier étage comptait trois chambres, une salle de bains et un W.-C.

Les deux premières étaient inoccupées ; la dernière était celle de Gustav – c'était écrit sur la porte en grosses lettres bleues. En la poussant, il sentit sa température corporelle s'élever de quelques degrés et un mélange de nervosité et d'excitation le gagner, là, au centre névralgique de la maison silencieuse.

Elle était décorée comme est censée l'être celle d'un petit garçon.

Des posters aux murs, des livres illustrés sur une étagère, une couette ornée d'une multitude de Spiderman se balançant dans toutes sortes de positions acrobatiques, des jouets et des peluches – dont une grande d'un mètre de long qui représentait un élan ou un caribou. Servaz s'en approcha, regarda l'étiquette :

Made in Norway.

Ne reste pas là.

Il consulta sa montre. Le temps filait. Il s'approcha du lit, l'examina, fit de même avec les vêtements d'enfant dans la commode. Finit par trouver ce qu'il cherchait : un cheveu blond. Son pouls s'accéléra. Il sortit un sachet transparent de sa veste et glissa le fin cheveu à l'intérieur. Il avait envie de fouiller la chambre de fond en comble mais il se demanda combien de temps il lui restait et il ressortit. Retourna vers l'escalier qui menait sous le toit. Ses jambes tremblaient. Il grimpa les marches jusqu'à un petit palier. Au-delà d'une porte ouverte, la suite parentale. Il s'avança, foulant une moquette épaisse et bouclée couleur sable. À l'extérieur, un paysage blanc et brumeux était visible par la porte-fenêtre, et Servaz vit un grand sapin aux branches floquées de neige. Il pensa à la vue qu'Hirtmann avait de sa cellule.

Presque tout dans cette chambre était blanc : les lambris du plafond en pente, le lit, la moquette. Il se remémora la tunique écrue que portait Aurore Labarthe la première fois qu'il l'avait aperçue.

Le lit était défait. Des vêtements dessus, ainsi que sur une chaise. Il s'approcha, renifla les draps des deux côtés : elle dormait à droite. Son parfum était du genre agressif, capiteux ; il imprégnait les draps. Il ouvrit les tiroirs des tables de nuit. Des revues, des bouchons d'oreilles, un masque de nuit, un tube de paracétamol et des lunettes de lecture.

Rien d'autre.

Les deux dressings attenants – un pour elle, un pour lui – avaient la taille de studios pour étudiants. Des jeans, des robes, plusieurs tenues en cuir blanc ou noir pour madame, des vestes, des chemises, des pulls et des costumes pour monsieur.

Merde.

Quand il fut certain qu'il ne trouverait rien ici non plus, il redescendit au rez-de-chaussée. Entra dans la cuisine. Une porte à côté de l'énorme congélateur. Il l'avait repérée tout à l'heure. Il la poussa. Un escalier en colimaçon et en béton brut… Il alluma la lumière, commença sa descente.

Son pouls passa la vitesse supérieure tandis qu'il s'enfonçait dans les entrailles de la maison. Il tenait peut-être enfin quelque chose…

L'escalier déboucha sur une porte métallique. Il tourna la poignée. Son pouls passa la troisième.

Le battant résista légèrement, puis céda en grinçant. Nouvelle déception : la porte donnait sur le grand garage qu'on apercevait depuis l'hôtel. Le second véhicule était un petit SUV. Il en fit rapidement le tour, ressortit et remonta au rez-de-chaussée. En proie à une frustration et à une impatience de plus en plus grandes.

Il regarda dehors. Le jour déclinait. Il réfléchit. Tout à coup, il lui vint une idée.

Bien sûr, pourquoi n'y avait-il pas pensé plus tôt.

Il retourna au dernier étage. Le petit palier avant la suite parentale. Il leva la tête : la trappe était là – celle du grenier.

Il alla chercher une chaise dans la pièce voisine, monta dessus, tendit le bras et saisit la poignée. Hors d'atteinte de Gustav, songea-t-il. La trappe s'ouvrit en grinçant – une bouche de ténèbres – et il fit descendre l'échelle métallique vers lui. Remit la chaise en place.

Il grimpa les échelons, qui vibrèrent sous ses semelles. Un interrupteur près du trou. Il l'actionna. La lumière d'un néon clignota au-delà ; il grimpa encore, passa la tête dans l'orifice.

Il avait trouvé.

L'antre secret des Labarthe, leur « jardin des délices ». Pas de doute. Sur le mur face à lui, en lettres gothiques, était inscrit dans un cadre :

ABANDONNE TOUTE FIERTÉ
TOI QUI PÉNÈTRES ICI
ENTRE DANS LA CRYPTE TYRANNIQUE
N'AIE PITIÉ DE NOUS
RECHERCHE SAPIENCE ET PLAISIR
RENDS CHAQUE HEURE EXQUISE
SOUFFRE ET CRIE
JOUIS

Cette vision l'emplit d'une sorte d'accablement.

L'immensité des boucles, détours et sinuosités de l'esprit humain avait de quoi donner le vertige. Ce jargon aurait été risible en toute autre circonstance mais, ici, il avait quelque chose de sinistre.

Il se hissa hors du trou et prit pied sur le plancher recouvert d'un revêtement plastifié, sans doute lavable. À première vue, cela tenait du dancing privé. Des banquettes, une piste de danse, un bar, une sono, un revêtement insonorisant comme on en voit dans les studios d'enregistrement. Il régnait ici une chaleur suffocante et l'odeur douceâtre de la poussière réchauffée.

Puis son regard fut attiré par l'espalier contre le mur du fond, tel qu'on en trouve dans les gymnases. Il soupçonna que celui-ci ne servait pas qu'à se faire les abdos. Il aperçut aussi une poulie et deux crochets sous le plafond en pente. Deux autres crochets au mur. Une caméra sur un trépied et du matériel d'enregistrement vidéo dans le fond. Une grande armoire ancienne en chêne, avec des glaces biseautées, trônait un peu plus loin, juste avant une ouverture dépourvue de porte qui donnait sur une autre pièce.

Il s'avança : des carreaux translucides, des vestiaires et une douche. Il revint dans la première pièce. Ouvrit l'armoire. Se fit l'effet d'être lui-même un mateur en voyant luire dans l'ombre les reflets lugubres des fouets, martinets, baillons-boules, bracelets en cuir, chaînes rutilantes et mousquetons – tous sagement alignés comme des outils sur le râtelier d'un bricoleur. Les Labarthe avaient de quoi équiper un bataillon là-dedans. Il repensa aux paroles de Lhoumeau au sujet d'Aurore Labarthe et fut parcouru d'un long frisson. Jusqu'où ces petits jeux dans le grenier allaient-ils ?

Il consulta sa montre.

Presque une heure qu'il était là et il n'avait toujours pas trouvé la moindre trace d'Hirtmann.

Il faut que tu sortes d'ici, pensa-t-il.

Il se dirigeait vers la trappe ouverte lorsqu'il l'entendit.

Le bruit de moteur.

Servaz se raidit. Il se dirigeait vers le chalet… Non, il était déjà là. Le moteur venait d'être coupé. *Merde !* Il entendit les portières claquer, des voix dehors, amorties par la neige. Regarda son téléphone. Pourquoi Kirsten ne l'avait-elle pas averti ? *Pas de réseau !* Le grenier devait être équipé d'un inhibiteur de fréquences.

Il s'arrêta au bord de la trappe. En bas, la porte d'entrée venait de s'ouvrir et il entendit trois voix – dont celle, claire et gaie, de Gustav.

Fait comme un rat.

Les mains moites, il tira aussi doucement que possible l'escalier métallique puis la trappe vers lui. Juste avant de la refermer, il passa une main à l'extérieur et actionna l'interrupteur.

Dans le noir, il s'efforça de respirer régulièrement. Sans y parvenir tout à fait.

32

La captive aux yeux clairs

La nuit était tombée depuis un moment. Kirsten observait le chalet illuminé depuis l'hôtel. De temps en temps, elle voyait une silhouette passer derrière les fenêtres.

Martin, qu'est-ce que tu fous ?

Elle avait essayé de l'appeler une bonne dizaine de fois depuis que la Volvo était passée devant elle, en bas des lacets. Elle lui avait envoyé autant de messages. Sans obtenir de réponse. Elle basculait chaque fois sur la boîte vocale.

À présent, cela faisait une bonne heure qu'elle avait regagné leur chambre et il n'était toujours pas reparu.

Quelque chose s'était passé. Est-ce qu'il était simplement planqué quelque part ou est-ce qu'ils l'avaient surpris ? Plus le temps passait, plus la réponse à cette question devenait d'une importance vitale. Devait-elle appeler des renforts ? Martin avait enfreint toutes les règles en entrant là-dedans. Après les soupçons qui pesaient sur lui dans la mort de Jensen, ce serait sans doute la fin de sa carrière. Quelle importance ? Il était hors de question de laisser Martin à la merci de ces deux individus.

Elle ressentit une raideur à la nuque et un début de migraine, probablement dues au stress. Elle massa son cou et avala un gramme de paracétamol dans la salle de bains, avant de revenir vers la fenêtre.

Tant que Gustav était éveillé, ils n'agiraient pas. Ils attendraient qu'il dorme. À moins qu'ils n'aient déjà... Elle chassa cette pensée. Hirtmann leur avait-il parlé de Martin ? Elle devait agir, faire quelque chose. Mais quoi ? Elle pianota une fois de plus sur son téléphone.

Où es-tu ? Réponds !

Contempla désespérément l'écran inerte. *Shit !* Elle avait envie de se ruer dehors, l'inquiétude et la tension durcissaient chacun de ses muscles. Pourquoi avait-il fallu qu'il entre dans ce chalet ? Là-bas, derrière les fenêtres, Gustav se balançait dans les bras de Labarthe puis s'éloignait en courant et en riant. Une touchante scène familiale, pleine de paix et de bonheur.

Il gisait sur le flanc, dans le noir complet, l'oreille collée au lino. Parfois il la décollait, car la vibration du chauffage ou d'un appareil quelconque se propageait soudain à travers les murs et couvrait alors tous les autres bruits.

Dans les ténèbres, un mince rai de lumière faisait le tour de la trappe, tel un rectangle découpé au chalumeau.

S'il entendait parfois la voix aiguë de Gustav s'élever du rez-de-chaussée, celles des adultes étaient moins distinctes. Dans un moment, ils coucheraient Gustav. Combien de temps avant qu'ils plongent tous dans un sommeil profond ? Et même une fois qu'ils seraient endormis, la trappe se trouvait à côté de leur chambre.

Il se souvint du grincement qu'avait émis l'échelle métallique en se dépliant : impossible de s'en servir. Il ne lui resterait qu'une option : sauter directement à l'étage au-dessous et filer.

Il n'allait pas attendre ici toute la nuit. Et si quelqu'un grimpait au grenier ?

Il prit conscience de l'humidité sous ses aisselles. La chaleur avait tendance à monter, il faisait très chaud dans ce grenier. Il avait soif aussi, une soif taraudante, qui épaississait sa langue raide et gonflée comme du carton bouilli. Et son coude comme son épaule étaient ankylosés à force de rester dans la même position.

Il regarda son téléphone. Aucun des messages qu'il avait envoyés n'était parti.

Essuya d'un revers de manche la sueur qui perlait à son front et prêta l'oreille. On venait d'allumer un téléviseur en bas, au rez-de-chaussée. Un dessin animé. Il pouvait identifier les sons provenant du grand séjour au léger écho qu'ils produisaient. Soudain, il entendit des pas lourds résonner à l'étage au-dessous. Quelqu'un était monté. Il perçut ensuite le bruit de la douche dans la salle d'eau de la suite parentale.

Cinq minutes plus tard, la personne ressortit. S'arrêta juste sous la trappe.

Sa pomme d'Adam fit un aller-retour. Il aurait parié qu'il s'agissait d'Aurore Labarthe. Montait-elle chaque soir contempler son jardin secret, son petit paradis infernal ? Ou bien avait-elle entendu un bruit qu'il aurait fait ?

Soudain, il s'écarta vivement en roulant sur lui-même : quelqu'un venait d'attraper la poignée de l'autre côté et d'ouvrir la trappe.

Kirsten regarda sa montre. Deux heures s'étaient déjà écoulées depuis qu'elle était rentrée à l'hôtel… Merde, elle n'en pouvait plus d'attendre. Le brouillard s'était dissipé – hormis quelques écharpes de brume dans les creux – mais il s'était remis à neiger à gros flocons. Le paysage ressemblait à une de ces cartes de Noël virtuelles et animées qu'on envoie par Internet. Tout était noyé dans une obscurité jaunâtre.

Là-bas, une lueur palpitait dans le séjour : télévision. Elle commençait sérieusement à avoir des fourmis dans les jambes. Son esprit échafaudait toutes sortes de scénarios – dont certains passablement sinistres. Une étude américaine a prouvé que l'incertitude fait plus de ravages sur les esprits et sur la santé que les certitudes négatives.

Elle aurait pu le confirmer. La question était de savoir si le Suisse avait parlé de Martin aux Labarthe, s'ils savaient combien le flic était important à ses yeux. Il y avait peu de chances. Il était probable qu'Hirtmann ne leur avait pas fourni plus d'éléments qu'ils n'avaient besoin d'en connaître.

La lumière jaillit du trou comme la lueur de la lave, la nuit, du cratère d'un volcan. Servaz retint son souffle. La trappe était grande ouverte. Mais la personne qui se trouvait au-dessous n'avait pas encore tiré l'échelle. Il eut soudain peur que sa respiration, les coups forcenés que frappait son cœur dans sa poitrine ne soient audibles d'en bas. C'était Aurore Labarthe, pas de doute : son parfum capiteux, vénéneux, montait jusqu'à lui.

Là-dessous, ça ne bougeait pas, ça ne faisait aucun bruit. Avait-elle le visage levé vers le grenier ? Probablement. Sentait-elle sa présence ? Devinait-elle que quelqu'un était tapi là, dans le noir ?

C'est alors qu'il entendit le timbre de l'entrée, en bas.

Quel que fût son projet, elle y renonça, car la trappe se referma. Sa joue contre le sol plastifié, il reprit sa respiration.

Elle pressa la sonnette une deuxième fois. La porte s'ouvrit enfin et Aurore Labarthe apparut. Elle était encore plus grande qu'elle l'avait imaginé – pas loin du mètre quatre-vingts. Et pourtant, elle était pieds nus. Elle avait enfilé un vieux peignoir qui avait l'air chaud et confortable, et ses cheveux mouillés de la douche, couleur de foin humide, tombaient autour de son visage sévère tel un rideau. Elle se campa devant Kirsten. Une silhouette longiligne, un corps tout en os et en muscles. Des yeux bleu pâle totalement dépourvus de chaleur.

— *Hi*, dit Kirsten en anglais avec un grand sourire.

Il prêta l'oreille. Une nouvelle voix. *Familière…* Il n'arrivait pas à saisir ce qu'elle disait. Il lui fallut quelques secondes pour comprendre pourquoi. *De l'anglais. Kirsten.* Bon sang ! Qu'avait-elle l'intention de faire ? Il se rendit compte qu'il avait une furieuse envie d'uriner depuis un moment déjà. Se leva, marcha à tâtons dans le noir jusqu'au bac de douche où il se soulagea sans vraiment se soucier de savoir s'il pissait au bon endroit. Puis il referma sa braguette et revint à son poste.

Tout le monde était en bas. Il devait courir le risque. Il entrouvrit la trappe de quelques centimètres et les voix lui parvinrent beaucoup plus distinctement.

— Vous parlez anglais ? demanda Kirsten sur le perron.

La femme Labarthe lui répondit d'un simple signe de tête, sans desserrer les dents ni la lâcher du regard.

— Je… Je suis descendue à l'hôtel. Je… Je suis architecte à Oslo, en Norvège… et, depuis ce matin, je regarde votre chalet.

La blonde l'écoutait sans broncher, totalement indifférente à ses explications.

— Je le trouve fascinant. J'ai déjà pris des photos de la façade en votre absence. Je voulais votre autorisation écrite de les publier dans une revue norvégienne, comme exemple de l'architecture de montagne française… Et aussi, avec votre permission, jeter un coup d'œil à l'intérieur…

C'était tout ce qu'elle avait trouvé. Suffisamment improbable pour être crédible. Elle avait à son avantage de ne pas ressembler à un membre de la police française – aucun de ceux qu'elle avait entendus ne parlait un anglais aussi impeccable que le sien – et d'avoir l'air d'une étrangère. Cependant, sa vis-à-vis n'avait pas encore prononcé un seul mot et son visage demeurait indéchiffrable. Elle plongea son regard dans celui de Kirsten. La Norvégienne sentit le duvet sur sa nuque se hérisser : cette femme avait quelque chose de glaçant. Elle se demanda un instant si elle devait lui révéler sa véritable identité.

— J'ai conscience qu'il est tard et que je vous dérange. Pardon. Je reviendrai demain.

D'un coup d'un seul, le visage d'Aurore Labarthe s'éclaira.

— Mais non. Entrez, dit-elle avec un large sourire.

Servaz entendait les voix en bas, mais il était incapable de distinguer ce qui se disait. Selon toute

évidence, la conversation avait pris une tournure ano-
dine. Rien d'agressif ni de menaçant. Ça ne le rassura pas. Dieu seul savait de quoi les Labarthe étaient
capables en présence d'une femme seule aussi attirante
que Kirsten. Elle avait pénétré dans leur antre, elle
s'était jetée dans la gueule du loup. À présent qu'il avait
vu l'attirail dans le grenier, il se demandait si quelqu'un
y était déjà monté autrement que de son plein gré.

Il était épuisé par la tension. La situation était en
train de leur échapper. Est-ce que Kirsten en avait
conscience ? Il devait faire quelque chose. Il ne pouvait
pas rester les bras croisés.

Il tendit l'oreille, ça continuait à discuter en bas, la
télévision crachait son dessin animé, dont les personnages hurlaient au milieu d'un concert de « bing ! », de
« bam ! », de « vraom ! », de « tonk ! », de « screeech »
et de « poiiinnng ! ». Cela voulait dire que Gustav
n'était pas couché. Tant que ce serait le cas, ils ne s'en
prendraient pas à Kirsten. Il repoussa la trappe, se laissa
glisser à bout de bras, se balança et lâcha prise. À l'instant où ses doigts se détachèrent, il sentit sa chemise
craquer dans son dos.

Sa réception sur le plancher produisit un son un
peu trop fort, mais néanmoins amorti par la moquette
épaisse. Il se demanda si quelqu'un l'avait entendu
mais, outre le vacarme du dessin animé, il y avait un
volet qui battait quelque part. Il écouta un moment,
perçut le rire – sinistre – d'Aurore Labarthe. Sortit son
téléphone. Chercha Kirsten dans son répertoire. Tapa
en anglais :

Sors d'ici !

— C'est très intéressant, dit Aurore Labarthe en res-servant à Kirsten de ce vin blanc sucré qui était, selon ses dires, une spécialité du Sud-Ouest. L'architecture est une de mes passions, ajouta-t-elle en esquissant un sourire et en lui adressant un clin d'œil. Santiago Cala-trava, Frank Gehry, Renzo Piano, Jean Nouvel… Vous savez ce que disait Churchill ? « Ce sont les hommes qui font les murs, mais ensuite ce sont les murs qui font les hommes. »

Elle parlait un anglais parfait. Kirsten connut un ins-tant de panique. L'architecture était loin d'être une de ses spécialités, en réalité. Elle leva le nez de son verre, adressa à Aurore Labarthe un sourire indulgent, qu'elle espéra être celui du professionnel qui a déjà entendu ça mille fois de la part de l'amateur éclairé et plein d'enthousiasme. Un seul nom lui vint à l'esprit.

— Bah, nous avons quelques remarquables archi-tectes en Norvège, dit-elle en souriant, à commencer par Kjetil Thorsen Trædal.

Le coarchitecte de l'Opéra d'Oslo, connu de tous ses habitants. Aurore hocha prudemment la tête, les yeux plissés. Sans la lâcher du regard. Elle n'aima pas ce regard. Elle nota qu'elles étaient toutes deux assises face à face dans le coin salon, tandis que Roland Labarthe se tenait debout, légèrement à l'écart. De là où il était, il pouvait observer Kirsten à loisir. Sans être vu. Celle-ci posa son verre. Elle avait suffisamment bu. Son téléphone vibra dans sa poche. Un message.

— Si on allait coucher Gustav ? dit Aurore Labarthe à son mari.

Kirsten surprit le regard qu'ils échangèrent, cet échange muet était bien plus lourd de sens qu'il n'y paraissait et elle fut aussitôt sur ses gardes. Où était

Martin ? Son absence la préoccupait de plus en plus. Elle se demanda une nouvelle fois si elle devait révéler son identité. Essaya désespérément de capter un son, un signe. Elle espérait de toutes ses forces que Martin l'avait entendue et qu'il profiterait du fait qu'elle accaparait l'attention des Labarthe pour trouver un moyen de s'échapper. Mais s'il était enchaîné quelque part ? Elle se sentait proche de la panique.

Labarthe éteignit le téléviseur.

— Tu viens, Gustav ? dit-il.

Gustav… Elle avala sa salive. Le petit garçon blond se leva.

— Vous avez un garçon très mignon, dit-elle. Et très sage.

— Oui, dit la Labarthe, Gustav est un gentil petit garçon. Pas vrai, trésor ?

Elle caressa les cheveux blonds. L'enfant aurait pu être le sien. Le couple s'éloigna vers l'escalier, Gustav entre eux.

— Nous n'en avons pas pour longtemps, lui lança Aurore Labarthe en se retournant, avant de disparaître.

Kirsten prit conscience du silence soudain qui régnait dans la maison. Sortit son téléphone. Elle avait du réseau. Quatre barres. Elle vit le message. Martin ! Son texte en anglais était on ne peut plus explicite :

Sors d'ici !

Il eut à peine le temps de se glisser dans une des chambres du premier qu'ils étaient déjà là. Il les vit passer dans le couloir, par la fente de la porte entrouverte, elle beaucoup plus grande que lui, en compagnie de Gustav en pyjama, en direction de la chambre du gosse.

— Je la veux, dit la femme blonde.

— Aurore, pas devant le gosse.

— Elle me plaît, insista-t-elle sans tenir compte de la remarque. *Elle me plaît vraiment*.

— Tu penses à quoi ? demanda Labarthe – voix chaude et policée qu'il entendait pour la première fois – au moment où ils passaient devant lui. C'est un peu trop beau pour être vrai, non ?

— Je veux que tu me la montes là-haut, déclara la femme pour toute réponse. Elle sera parfaite.

— Est-ce que ça n'est pas un peu dangereux ? Elle est à l'hôtel à côté, je te signale.

Ils s'éloignèrent vers la chambre de Gustav.

— Avec ce que j'ai mis dans son vin, demain elle ne se souviendra de rien, répondit la femme.

— Tu l'as droguée ? dit-il, incrédule.

Servaz eut soudain l'impression qu'on lui plongeait l'estomac dans une baignoire remplie de glaçons. Il se pencha près de l'ouverture pour continuer à entendre, mais la tension faisait bourdonner ses oreilles.

— De quoi vous parlez ? leur demanda Gustav.

— De rien, trésor. Mets-toi au lit maintenant.

— J'ai mal au ventre.

— Je vais te donner quelque chose.

— Un sédatif pour Gustav, alors ? dit l'homme tranquillement.

— Oui, je vais chercher un verre d'eau.

Il entendit la femme revenir et se recula vivement. Elle entra dans la salle de bains de l'autre côté du couloir, fit couler l'eau du robinet. Elle repassa devant lui, un verre à la main. Il vit son profil dur, son regard sans

390

chaleur, et il eut l'impression que son centre de gravité était descendu très bas. Les intentions des Labarthe étaient on ne peut plus claires.

Et Kirsten avait déjà avalé leur foutue drogue.

— Je peux utiliser vos toilettes ?

La voix de Kirsten justement, en bas, au rez-de-chaussée.

— J'y vais, dit l'homme. Vérifie que Gustav est endormi.

Servaz résista à l'impulsion de sauter sur Labarthe quand il passa devant lui. Il aurait l'avantage de la surprise pendant un court instant, mais il y avait la femme – et il subodora que ces deux-là avaient de la ressource à revendre en cas de coup dur. Il se souvint du rameur, du banc, des haltères et du sac de frappe. Il n'aurait pas le dessus. Pas à un contre deux, avec son arme restée à l'hôtel de police et Kirsten dans les vapes. Il allait devoir se montrer plus malin que ça.

— Je peux utiliser vos toilettes ? lança-t-elle vers l'étage.

Des pas lourds descendant l'escalier. Labarthe apparut. D'abord ses jambes puis son visage étroit, avec son petit sourire ambigu.

— C'est par là, dit-il en lui montrant une porte. Je vous en prie.

Une fois à l'intérieur, Kirsten ouvrit le robinet, se pencha et se passa le visage sous l'eau froide. Que lui arrivait-il ? Elle se sentait vaseuse. Elle avait l'impression qu'elle allait être malade, son front était mouillé de sueur. Elle baissa son pantalon et sa culotte, s'assit sur la lucarne. Alors qu'elle se soulageait, elle eut la sensation que son cœur n'arrêtait pas de changer de régime, de s'emballer et de ralentir.

Que lui arrivait-il, bon Dieu ? Elle s'essuya, se redressa péniblement, respira un bon coup et ressortit.

Les Labarthe étaient tous les deux assis dans le coin salon, à présent. Leurs visages et leurs regards pivotèrent vers elle avec un bel ensemble, comme s'ils étaient mus par un même marionnettiste, et elle faillit éclater de rire.

Ne rigole pas. Ces deux-là, tu devrais t'en méfier, ma vieille, dit une petite voix intérieure. *À ta place, je décamperais d'ici vite fait.*

Elle était sûre que, dans son état – à supposer qu'elle se mît à courir vers la porte –, ils la rattraperaient en moins de deux. D'ailleurs, ils avaient juste parlé de prendre un verre et de lui montrer des photos du chalet pendant sa construction – ou plutôt son aménagement, puisqu'il s'agissait d'une ancienne ferme.

Elle songeait à tout ça en traversant le grand séjour dans leur direction. Elle se demanda soudain combien de temps elle avait mis pour le faire. Elle perdait à la fois la notion du temps et de l'espace, putain – et le sol lui semblait onduler par vagues. Aurore Labarthe lui montra une place à côté d'elle sur le canapé et elle s'y laissa tomber.

La blonde souriait, sans détacher ses yeux de Kirsten, tout comme son mari.

Si vous croyez que j'ai perdu le contrôle, vous vous fourrez le doigt dans l'œil...

— Un autre verre ? proposa la femme blonde.

— Non, merci.

— Moi, je vais me resservir, dit l'homme.

— Tenez, dit Aurore Labarthe en posant l'iPad sur ses genoux, voici les photos de l'aménagement du chalet.

— Oh !

Elle baissa les yeux vers l'écran, essaya de fixer les photos du diaporama, mais elle avait du mal à faire le point – et les couleurs lui parurent étrangement saturées, comme celles d'un téléviseur mal réglé : des rouges, des verts, des jaunes criards, qui bavaient les uns sur les autres.

— Les couleurs sont bizarres, non ? laissa-t-elle échapper d'une voix qui lui sembla pâteuse.

Elle entendit le rire sec, ironique, de Roland Labarthe, bizarrement distordu par une sorte d'écho dans ses oreilles. Qu'est-ce qui le faisait rire, celui-là ? Elle avait envie de se laisser aller, de s'allonger sur le canapé. Elle se sentait faible, vidée de ses forces.

Soudain, elle se souvint du message de Martin :

« Get out ! »

Ressaisis-toi, merde.

— Je ne me sens pas très bien, dit-elle.

Il y avait un écho dans sa voix. Aurore Labarthe caressa sa joue de l'index. Se pencha contre elle, appuyant son sein contre son bras.

— Regardez, dit-elle en faisant défiler les photos.

Elle avait des ongles noirs, très longs.

— C'est…, commença-t-elle.

Qu'est-ce qu'elle avait dit ? Elle avait mélangé le norvégien et l'anglais ! Ses hôtes l'observaient d'un air amusé. Un frisson électrique la traversa. Il y avait autre chose que de l'amusement dans leurs regards jumeaux :

de la ruse, de la fausseté, de la convoitise… Ils dirent quelque chose et rirent – mais son cerveau avait dû se déconnecter un instant, car elle n'arriva pas à se souvenir de ce qui les faisait rire.

Elle se rendit compte qu'elle était debout – et qu'ils l'entraînaient vers l'escalier à présent, la tenant chacun par un bras. *À quel moment je me suis levée ?* Elle n'arrivait pas à s'en souvenir.

— Où on va ? demanda-t-elle.

— Il faut que vous vous reposiez, dit Aurore Labarthe doucement. Là où on vous emmène, vous serez plus tranquille.

— Ou… oui, bégaya-t-elle. Je veux qu'on me laisse tranquille, je veux être tranquille…

Soudain, Aurore Labarthe se tourna vers elle, saisit son menton dans sa main et l'embrassa. La langue de la femme s'insinua dans sa bouche. Elle se laissa faire. Quelque chose dans son cerveau – une barrière, un verrou – l'empêchait de réagir.

— Elle te plaît, dit l'homme derrière elle.

— Oh, oui. Beaucoup. Allons-y.

Servaz regarda Gustav. Le garçon dormait à poings fermés dans la douce clarté bleutée de la veilleuse. Sous cet éclairage, les Spiderman virevoltants sur la couette étaient violets. Il se demanda une fois de plus qui était ce gosse – et surtout qui était son père.

Il avait le cheveu blond dans sa poche, au fond d'un sachet en plastique.

Il avait entendu la voix de Kirsten muer en bas, devenir pâteuse et déraper dans les octaves. Il l'avait entendue mélanger norvégien et anglais, se plaindre qu'elle ne se sentait pas bien. Il avait entendu les rires des Labarthe, leurs voix doucereuses, et la rage lui brûlait le ventre.

Il était cependant conscient que, s'il se lançait à l'abordage, ils risquaient de finir tous les deux enchaînés là-haut, dans leur repaire. Il fallait être plus rusé qu'eux.

Soudain, il perçut du bruit dans l'escalier et se planqua derrière la porte ouverte. Un choc sourd. *Kirsten.*

— Aide-moi, dit l'homme. Elle ne tient pas debout.

Il risqua un regard. Et les vit passer en direction de l'étage supérieur, Kirsten entre eux. À moitié inconsciente, elle se laissait plus ou moins traîner.

Servaz entendit le bruit de la trappe qu'on ouvrait et de l'échelle qu'on tirait, là-haut.

— Tu es belle, tu sais, dit Aurore.

— C'est vrai ? demanda la Norvégienne, comme si elle appréciait le compliment.

— Il va falloir nous aider un peu, dit Labarthe plus froidement.

— Bien sûr, répondit Kirsten, mais je ne sens plus mes jambes.

— Ça n'est pas grave, dit Aurore Labarthe d'un ton câlin.

— Va voir si Gustav dort, lui enjoignit l'homme.

Servaz connut un instant de panique. Déjà les pas d'Aurore Labarthe dévalaient l'escalier, résonnaient dans le couloir. Il se plaqua derrière la porte – qui s'ouvrit en grand. Se colla au mur.

Mais la porte retrouva sa position initiale et les pas s'éloignèrent. Gustav grogna légèrement dans son sommeil et changea de position. Il mit son pouce dans sa bouche.

Servaz avait l'impression que son cerveau allait exploser. Depuis son séjour dans le grenier surchauffé, il suffoquait. Avant toute chose, il avait besoin de sortir d'ici, de respirer un peu d'air frais.

Il marcha résolument en direction de l'escalier. Là-haut, plusieurs personnes grimpaient à l'échelle qui grinçait et geignait sous leur poids. Il descendit au rez-de-chaussée à pas légers, se dirigea vers l'entrée de la même façon.

L'air glacé de la nuit le gifla. Le réveilla.

Il respira à grandes goulées, les mains sur les genoux, comme s'il avait couru un cent mètres. Puis il descendit les marches du perron, prit la neige à pleines mains et s'en barbouilla la figure.

Enfin, il ouvrit son téléphone.

Appeler des renforts.

Suspendit son geste. Combien de temps mettraient-ils à arriver ? Et, en attendant, que se passerait-il là-haut ? Et si les gendarmes refusaient d'entrer là-dedans ? Ça s'était déjà vu. Et puis, après ça, ils seraient grillés. Plus aucune chance qu'Hirtmann se montre.

Il réfléchit.

Remonta les marches, respira un bon coup et écrasa le bouton de la sonnette.

33

Coup de poker

La porte ne s'ouvrit qu'au cinquième coup – prolongé.

— Bon Dieu ! s'exclama Labarthe. Qu'est-ce que… ?

Servaz avait sorti sa carte bleu-blanc-rouge et il la mit sous le nez de l'universitaire. Il la fit disparaître aussi vite, avant que l'homme en face de lui se demande pourquoi un flic sonnait à sa porte et pas un gendarme.

— On a reçu une plainte de l'hôtel, dit-il. Vous avez une fête ici ? Des gens se sont plaints du bruit. Vous avez vu l'heure ?

Labarthe le fixait, en proie à la plus grande perplexité. Il cherchait visiblement à comprendre ce qui se passait. Derrière lui, la maison était parfaitement silencieuse et noire.

— Quoi ? Du bruit ? Quel bruit ? (Incrédule, l'universitaire fit un geste en direction de l'intérieur.) Vous voyez bien que ça ne peut pas être ici !

Il semblait pressé d'écourter cette discussion.

— On allait se mettre au lit, ajouta-t-il juste avant que ses yeux ne se plissent. On s'est déjà vus, non ?

Vous étiez le type à l'hôtel hier... celui qui avait laissé ses phares allumés...

— Ça vous dérange si je jette un coup d'œil ? insista Servaz sans répondre.

Ça le dérangeait. Clairement. Cela se lisait sur son visage. Cependant, le prof sourit.

— Je ne crois pas que vous ayez le droit de faire ça, dit-il. Bonne soirée.

Mais, avant qu'il ait pu reculer et refermer la porte, Servaz l'avait repoussée et était entré.

— Hé ! où vous allez, putain ? Vous n'avez pas le droit ! Revenez ! On a un enfant qui dort à l'étage !

Que vous avez drogué, fils de pute, pensa Servaz en s'avançant dans le grand séjour-cathédrale. Ils avaient éteint toutes les lumières du rez-de-chaussée et la seule clarté était celle de la neige derrière les vitres, elle détachait à peine les formes sombres du mobilier. Ils étaient déjà prêts, visiblement, pour leur petite fête très privée. Il résista à la tentation de se retourner et d'envoyer son pied dans les parties intimes de l'universitaire, histoire de lui passer l'envie.

— Vous ne pouvez pas entrer ici sur une simple plainte du voisinage, constater qu'il ne se passe rien et remuer ciel et terre ! Foutez le camp !

Labarthe avait l'air plus inquiet que furieux. Servaz entendit un bruit là-haut, peut-être l'échelle qu'on remontait.

— C'est quoi ce bruit ? dit-il.

Il vit Labarthe se raidir.

— Quel bruit ?

— J'ai entendu un bruit.

Il fit mine de se diriger vers l'escalier. Le professeur s'interposa entre l'escalier et lui.

— Stop ! Vous n'avez pas le droit !

— Qu'est-ce qui vous rend si nerveux ? Qu'est-ce que vous cachez là-haut ?

— Quoi ? Mais de quoi vous parlez, bordel ? Je vous ai dit : mon fils dort là-haut.

— Votre fils ?

— Ouais ! Mon fils !

— Qu'est-ce qu'il y a là-haut ?

— Hein ? Mais rien, voyons ! Qu'est-ce qui vous prend ? Vous n'avez pas le droit de…

— Qu'est-ce que vous cachez ?

— Mais vous êtes malade ! Vous êtes qui, bon Dieu ? Vous n'êtes pas un gendarme… et vous étiez à l'hôtel hier… Qu'est-ce que vous nous voulez ?

C'est le moment que choisit son téléphone pour se mettre à tinter dans sa poche. Servaz savait ce que c'était : tous les messages accumulés que Kirsten lui avait envoyés pendant qu'il était dans le grenier, tous les coups de fil qu'elle lui avait passés en vain. Ils avaient choisi ce moment pour se rappeler à son bon souvenir.

— Qu'est-ce que… ? Votre téléphone sonne, dit l'homme d'un ton de plus en plus suspicieux.

Il ne devait pas le laisser reprendre du poil de la bête…

— OK. Je vais voir, dit Servaz en le contournant et en se dirigeant vers l'escalier.

— Attendez ! Attendez !

— Quoi ?

— Il vous faut un mandat, vous n'avez pas le droit de faire ça !

— Un mandat ? Vous voyez trop de films, mon vieux.

— Non, non. Une commission rogatoire… un truc dans le genre… quel que soit son nom, j'en ai rien à foutre… vous savez très bien ce que je veux dire… Vous ne pouvez pas entrer chez les gens comme ça. Je ne sais pas qui vous êtes, mais je vais appeler les gendarmes, dit-il en sortant son téléphone.

— D'accord, dit Servaz sans bouger. Faites donc ça.

Labarthe l'ouvrit, attendit une seconde, le referma.

— OK. Bon, qu'est-ce que vous voulez ?

— Pourquoi vous n'appelez pas les gendarmes ?

— Parce que…

— C'est quoi votre problème ? Il y a un truc louche là-haut. Y a un truc pas clair. Et je saurai ce que c'est. J'en aurai le cœur net. Le temps de descendre à Saint-Martin, de sortir un juge de son lit et de revenir ici avec une commission rogatoire.

Il se dirigea vers la sortie, sentit le regard de Labarthe dans son dos tandis qu'il s'éloignait vers la voiture que Kirsten avait laissée devant l'hôtel, dans la nuit froide.

Labarthe était en nage lorsqu'il passa sa tête par la trappe. Il vit la Norvégienne déjà attachée par les poignets à la poulie, bras levés. Aurore était en train de lui passer un linge humide sur la figure, dans les cheveux et dans le cou pour la réveiller. Tous ses gestes étaient emplis d'une grande tendresse, jusqu'au moment où elle lui assena une gifle qui claqua comme un coup de fouet et laissa une marque sur la joue gauche.

— Ça craint salement en bas ! s'exclama son mari en émergeant dans le grenier. Elle ne doit pas rester là ! Il faut la ramener à l'hôtel !

La blonde se retourna.

— Qui c'était ?

Labarthe jeta un regard prudent à Kirsten, qui dode-linait de la tête en clignant des yeux, totalement partie.

— Un flic !

Il vit sa femme se raidir.

— Quoi ? Qu'est-ce qu'il voulait ?

— Il prétend que quelqu'un à l'hôtel a porté plainte à cause du bruit ! C'est des conneries !

Labarthe faisait des grands gestes.

— Je l'ai vu à l'hôtel hier. Qu'est-ce qu'il foutait là ? Il m'a dit qu'il allait revenir… Ça craint !

— Qu'est-ce que c'est que cette histoire ? dit Aurore Labarthe sans affolement excessif.

Son mari, lui, semblait beaucoup plus inquiet.

— Il faut qu'on se magne de la sortir de là ! Il faut la ramener à l'hôtel ! Tout de suite ! On dira qu'elle a trop bu.

À son tour, elle jeta un coup d'œil à Kirsten, présenta le téléphone de la Norvégienne à son mari. Sur l'écran, un message apparaissait :

Get out !

— C'est ce que je n'arrête pas de te dire ! Il faut…

— La ferme, le coupa-t-elle. Si tu me racontais d'abord tout depuis le début ? Respire. Calme-toi. Et raconte.

Collé à la fenêtre de la chambre, il scrutait le chalet. Si, dans trois minutes, rien ne s'était passé, il retour-nerait là-bas. Il avait fait mine de s'éloigner avec la voiture, l'avait rangée sur le bas-côté après le premier virage et était revenu à pied à l'hôtel.

Il consulta sa montre. Encore deux minutes. En cet instant, il aurait bien aimé avoir son arme.

Il se figea.

Une silhouette. Elle venait juste d'apparaître en haut du perron. Labarthe. Il regardait en direction de l'hôtel, puis Servaz le vit faire un signe à quelqu'un qui se tenait à l'intérieur du chalet. Aussitôt, Aurore Labarthe apparut, soutenant Kirsten. Ils l'aidèrent à descendre les marches, puis se mirent en route, un de chaque côté, la soutenant comme si elle était ivre. Et c'était bien l'impression qu'elle donnait.

Servaz inspira un bon coup. Quatorze minutes s'étaient écoulées depuis qu'il était ressorti du chalet. Ils n'avaient pas eu le temps de lui faire grand mal.

34

Nourritures

Il passa une serviette humide et fraîche sur le visage baigné de sueur de Kirsten. Se redressa, alla à la salle de bains chercher un autre verre d'eau, essaya de la faire boire – mais, à la deuxième gorgée, elle eut un haut-le-cœur et écarta le verre.

C'était l'hôtelier qui la lui avait amenée.

Les époux Labarthe l'avait prévenu que la Norvégienne qui séjournait dans son hôtel, qui s'intéressait à l'architecture et à qui ils avaient proposé de prendre un verre, était complètement ivre. Sans doute était-ce une coutume dans son pays, lui avaient-ils dit, de boire plus que de raison.

Servaz ignorait ce que l'hôtelier leur avait dit, mais ils étaient repartis vers le chalet en se retournant à plusieurs reprises pour regarder les fenêtres de l'hôtel. Et, chaque fois, il s'était écarté.

Ils étaient *grillés*. À partir de maintenant, les Labarthe allaient être plus que jamais sur le qui-vive.

Ils avaient déjà dû informer Hirtmann de l'incident.

Comment s'y prenaient-ils pour le contacter ? Probablement via une adresse mail bidon, accessible seulement par le Web caché, ou un chat sur Telegram ou ChatSecure. Des communications cryptées, reroutées : Vincent lui avait fait une démonstration des nombreuses possibilités qu'offrait Internet aux amateurs de confidentialité.

— *Fuck*, je me sens vraiment merdique, déclara-t-elle soudain.

Il se retourna. Elle était allongée sur son lit, pâle, les cheveux collés au front et aux tempes par la transpiration, la nuque et les épaules appuyées contre trois oreillers.

— J'ai une sale tête, pas vrai ?

— Atroce, confirma-t-il.

— On a merdé grave, dit-elle, ou quelque chose d'approchant. (Servaz eut un peu de mal à traduire la suite.) Cette petite salope sadique de Labarthe, elle nous l'a mise profond. J'ai des envies de meurtre.

Envies partagées, songea-t-il.

— Ce café est dégueulasse, ajouta-t-elle. Je crois que je vais vomir.

Elle se leva et courut à la salle de bains. Il l'entendit vomir à trois reprises, respirer fort entre deux, puis tirer la chasse d'eau.

Zehetmayer prenait son petit déjeuner à l'hôtel Sheraton de Prague. Au milieu de touristes chinois. Il détestait ça. Il avait dormi dans la chambre 429, après avoir passé la soirée à se balader dans Malá Strana et la vieille ville. Il avait bien sûr fait une halte au cimetière juif et, comme chaque fois, debout au milieu du chaos des pierres dressées, dans le silence et la lumière funèbres du crépuscule, entre les vieilles façades qui gardaient la mémoire des siècles, le temps s'était aboli et il avait été ému aux larmes.

Un court instant, il avait eu honte de les sentir couler sur ses joues, mais il n'avait rien fait pour les essuyer, les laissant mouiller le col de sa chemise et goûtant leur sel sur ses lèvres. Il n'y avait pas à en avoir honte : au cours de sa longue existence, il avait vu des hommes très courageux pleurer et des lâches aux yeux secs. Il s'était senti pénétré et purifié par la lumière, le silence, la pensée de toutes ces âmes et de leur histoire. Il avait pensé à Kafka, au Golem – à sa fille profanée et tuée par un monstre. Car il y avait une pureté dans la haine, comme il y en a une dans l'amour.

L'homme qu'il attendait ce matin-là s'appelait Jiri. Il était tchèque.

Zehetmayer le vit s'avancer entre les tables. Jiri avait un visage de faune barbu qu'on n'oubliait pas facilement – ce qui pouvait se révéler quelque peu ennuyeux dans son métier –, des joues creusées de rides profondes comme des coups de cutter, un poitrail puissant et un regard incandescent. Il ne ressemblait pas à un tueur mais à un poète, à un homme de théâtre. Il aurait pu être acteur chez Tchekhov, chanteur lyrique. Pour ce que Zehetmayer en savait, Jiri était un artiste à sa façon.

Très bien. Zehetmayer ne croyait pas à ces foutaises romantiques sur les assassins et les voleurs. Toute cette mythologie pour bourgeois rêvant de s'encanailler.

Jiri s'assit en face de lui et fit signe au serveur.

— Café, dit-il. Noir.

Il se leva, marcha jusqu'au buffet, revint avec une assiette pleine de saucisses, d'œufs brouillés, de bacon, de viennoiseries et de fruits.

— J'adore les petits déjeuners dans les hôtels, dit Jiri en guise d'explication.

Il se mit à dévorer.

— On m'a dit que vous étiez un grand professionnel, déclara Zehetmayer en préambule.

— Qui vous a dit ça ?

— Notre ami commun.

— Ce n'est pas un ami, rectifia Jiri. C'est un client. Vous aimez votre travail, monsieur Zehetmayer ?

— C'est plus qu'un travail, c'est…

— Vous aimez votre travail ? répéta Jiri.

Zehetmayer se rembrunit.

— Oui, passionnément.

— Aimer ce que l'on fait, c'est important. *Aimer…* il n'y a rien de plus important dans la vie.

Zehetmayer fronça les sourcils. Il était assis, par un petit matin praguois, en face d'un tueur qui lui parlait d'amour.

Il était 9 heures passées de quelques minutes, ce lundi matin, quand Roland Labarthe se connecta à l'application Telegram via son iPhone. La messagerie avait été récemment rendue célèbre par la presse, selon laquelle elle était le service de messagerie préféré des terroristes. Si cette publicité gratuite avait attiré les feux éphémères de l'actualité sur elle, avec dix milliards de messages expédiés chaque jour, Telegram était loin d'être un service confidentiel. Cependant, une de ses options permettait l'envoi de messages cryptés de bout en bout et l'autodestruction des messages au bout d'un laps de temps choisi par l'utilisateur.

C'était cette option « chat secret » que Labarthe avait activée en ce lundi matin. Le récepteur à l'autre bout se faisait appeler « Mary Shelley ». Mais Labarthe savait pertinemment qu'il ne s'agissait pas d'une femme.

Le seul point commun entre Julian Hirtmann et l'auteur de *Frankenstein*, c'était Cologny, la commune genevoise où ils avaient tous les deux vécu. Le premier message du Suisse surgit presque aussitôt.

[J'ai reçu une alerte.
Qu'est-ce qui se passe ?]

                              [Il s'est passé quelque
                              chose de bizarre cette nuit]

[Ça concerne Gustav ?]

                              [Non]

[Où ça ?]

                              [Au chalet]

[Raconte. Sois précis.
Concis. Factuel]

Labarthe narra, avec un minimum de détails, l'épisode de la veille : la visite de la Norvégienne, soi-disant architecte, puis du flic qu'il avait déjà vu la veille à l'hôtel, la façon dont celui-ci avait cherché à fouiner partout.

Il omit toutefois de dire qu'ils avaient essayé de la monter dans le grenier. Et surtout qu'ils avaient drogué Gustav. La première fois qu'ils l'avaient fait, ç'avait été une idée d'Aurore. Labarthe avait désapprouvé. Il n'osait penser aux conséquences si le Suisse venait à l'apprendre ; rien que d'y songer, il en avait le sang qui se figeait. Mais, comme d'habitude, Aurore n'en avait fait qu'à sa tête.

[Pas de panique. Tout ça
est normal]

> [Normal ? Et s'ils com-
> mencent à s'intéresser à
> Gustav ?]

[C'est ce qu'ils font]

> [Comment ça ?]

[Ils sont là à cause de
Gustav. Et de moi]

> [Comment le savez-vous ?]

[Je le sais]

Labarthe lança une imprécation silencieuse. Il arrivait, à certains moments, que son Maître lui tapât sur les
nerfs.

> [Qu'est-ce qu'on doit faire ?]

[Restez sur vos gardes.
Surveillez-les vous aussi.
Faites comme si de rien
n'était]

> [Jusqu'à quand ?]

[Ils ne feront rien tant que je
ne me montrerai pas]

> [Et vous comptez vous
> montrer ?]

[Vous verrez bien]

> [Vous savez que vous
> pouvez avoir la plus absolue
> confiance en nous]

La réponse tarda à venir.

[Parce que vous croyez que
je vous aurais confié Gustav
dans le cas contraire ?
Continuez.
Sans rien changer]

[Très bien]

Roland Labarthe voulut ajouter quelque chose, mais il vit que son interlocuteur s'était déconnecté. Il fit de même. Dans quelques secondes, leur conversation se serait autodétruite et il n'en resterait aucune trace nulle part.

À moins que Telegram ne stockât les messages cryptés sur ses serveurs à l'insu de ses utilisateurs, comme l'en accusait l'organisation non gouvernementale Electronic Frontier Foundation.

Le Suisse éteignit son téléphone et leva les yeux. À quelques mètres de lui, Margot Servaz avançait dans les allées du grand marché couvert Victor-Hugo plein de bruits et de senteurs. S'attardant devant les étals de fruits, de poisson, de fromages, tous terriblement appétissants. Elle examinait, soupesait, évaluait, achetait, puis repartait. Trois mètres derrière elle, un policier en civil perdu dans la foule ne la quittait pas des yeux.

Erreur, songea Julian Hirtmann en sirotant son café sur le petit comptoir. Il aurait mieux fait de s'intéresser à ce qui se passait *autour d'elle*. Il reposa sa tasse, paya et se remit en marche. Margot s'était immobilisée devant le stand de la charcuterie Garcia. Hirtmann passa derrière elle, contourna le comptoir qui s'étirait sur trois côtés et avança jusqu'à l'endroit où le maître des lieux coupait son jambon ibérique *pata negra* hors de prix.

Hors de prix mais sublime.

Le Suisse en commanda deux cents grammes, de la catégorie la plus chère, en regardant Margot là-bas, qui remplissait son cabas. Elle était vraiment belle, à son goût. Aussi fraîche dans son manteau d'hiver que les poissons couchés dans la glace, aussi tendre que le jambon de chez Garcia, ses joues rougies et lustrées par le chaud et froid ressemblaient à de belles pommes au rayon primeurs.

Martin, pensa-t-il, *ta fille me plaît. Mais j'imagine que tu verrais d'un assez mauvais œil un gendre tel que moi, pas vrai ? Bref, m'autoriseras-tu seulement à l'emmener au bal ?*

Tandis qu'il observait le chalet par la fenêtre, Servaz entendit Kirsten vomir dans la salle de bains. Il se demanda ce que les époux Labarthe avaient bien pu lui refiler. Il l'avait interrogée. Elle n'avait qu'un souvenir très flou de la soirée.

Son téléphone sonna. Il regarda l'écran. Jura intérieurement. Margot ! Les derniers événements la lui avaient sortie de la tête. Il fit glisser le bouton vert, appréhendant de nouvelles remontrances.

— Papa, dit sa fille d'une voix contrite. Est-ce que je peux te parler ?

Il entendit Kirsten rendre tripes et boyaux dans son dos, puis lui dire quelque chose à travers la porte, quelque chose qu'il ne comprit pas.

— Bien sûr. Je te rappelle dans cinq minutes, d'accord ? Cinq minutes.

Il raccrocha. Kirsten était toujours en train de lui parler, mais toutes ses pensées décrivaient des cercles autour de Margot.

— Martin ? lança-t-elle finalement depuis la salle de bains.

— Margot vient d'appeler, répondit-il sans se retourner, en entendant la porte s'ouvrir.

— Tout va bien ?

— Je ne sais pas. Je vais descendre la rappeler. Ça me fera du bien un peu… d'air frais.

— Martin…

Il se dirigea vers la porte de la chambre. Surprit le regard interrogateur de son équipière depuis le seuil de la salle de bains.

— Quoi ? dit-il.

— Le médicament, ça ne t'ennuie pas de me le rapporter ?

— Quel médicament ? demanda-t-il en se sentant un peu stupide.

— Je te disais qu'il y a une pharmacie à l'entrée du village, à trois cents mètres d'ici. Tu pourrais y passer m'acheter quelque chose pour que ces nausées s'arrêtent ? répéta-t-elle patiemment.

— Oui, bien sûr.

— Merci.

Il prit conscience que Kirsten avait dû lui répéter plusieurs fois la même chose. Pourtant, son cerveau l'avait zappé. Tout à coup, il eut un doute terrible : est-ce que le coma pouvait provoquer ce genre de chose ? Ou est-ce que c'était simplement de la distraction ? Est-ce qu'il y avait une zone de son cerveau qu'il avait pu endommager et qui aurait cessé de fonctionner ?

Il essaya désespérément de se souvenir si cela s'était déjà passé depuis son réveil.

Troublé, il marcha jusqu'à l'ascenseur, s'empara de son téléphone en pénétrant dans la cabine. Il avait plusieurs messages. Tous de Margot. Elle avait appelé à plusieurs reprises au cours de la nuit précédente, le dernier message datait de quelques minutes à peine avant son appel. Il l'ouvrit :

Papa, je ne parlais pas sérieusement. Et je sais que toi non plus. Mais, s'il te plaît, dis-moi que tu vas bien. Je m'inquiète.

En émergeant dans le hall, il vit l'hôtelier s'approcher de lui.

— Comment va votre équipière ? demanda-t-il. Elle était méchamment ivre hier soir.

Servaz s'immobilisa.

— Ma *quoi*… ?

— Z'êtes de la police, pas vrai ?

— …

— C'est le chalet que vous surveillez ?

Servaz resta muet, se contentant de dévisager l'homme.

— Je n'ai rien dit, le rassura celui-ci. Quand ils ont ramené votre… équipière, cette nuit, je n'ai pas parlé de vous. J'ai fermé ma putain de gueule, j'ai fait semblant de gober leurs salades. Je ne sais pas ce que vous leur reprochez mais, autant vous le dire, je ne les ai jamais trouvés nets, ces deux-là. Bonne pioche, si vous voulez mon avis.

Cette manie qu'avaient les gens de nos jours de donner leur avis sur tout, même quand on ne le leur demandait pas. Servaz le regarda s'éloigner.

35

Bile

Nous passons notre vie à comparer. On compare des maisons, des télévisions, des voitures ; on compare des hôtels, des couchers de soleil, des villes, des pays. On compare tel film et son *remake*, telle ou telle interprétation d'un même rôle. On compare notre vie d'avant et celle de maintenant, des amis tels qu'ils étaient et ce qu'ils sont devenus. La police, elle, compare empreintes digitales, traces ADN, témoignages, versions successives des gardés à vue et aussi – quand elle en a l'occasion – armes et munitions.

On appelle ça des tirs de comparaison. À Toulouse, c'était la Section balistique du Laboratoire de police scientifique, situé au troisième étage de l'hôtel de police, qui s'en chargeait. Le stand et le caisson de tir se trouvaient, eux, au sous-sol. La première étape consistait à examiner l'arme. Par exemple, la présence ou non de poussière pouvait donner une indication sur le temps écoulé depuis le dernier tir, en particulier s'il y avait plus de poussière près du canon que de la culasse, ce qui laissait supposer que l'arme n'avait pas été utilisée depuis pas mal de temps. Curieusement, ce n'était pas

413

le cas du Sig que l'ingénieur avait sous les yeux. Pourtant, son propriétaire, le commandant Servaz, affirmait qu'il n'avait pas utilisé son arme depuis des mois. La dernière fois où il l'avait fait, selon lui, c'était au stand de tir – avec les résultats malheureux que l'on sait. Bizarre, se dit Torossian en faisant la grimace. Il aimait bien Servaz. Mais cette arme avait tout l'air d'avoir été utilisée à une date beaucoup plus récente.

Il le nota dans son petit carnet puis la rangea, avec son étiquette, à côté des autres. Quand il aurait terminé, il procéderait aux tirs de comparaison.

Appel à Margot.
Il laissa sonner, tout en descendant les marches de la terrasse puis la rue enneigée en direction des commerces, quelques centaines de mètres plus loin.

— Papa, dit-elle enfin. Dis-moi que tu vas bien. Je me suis inquiétée.

Sa voix nouée... elle semblait sur le point de pleurer. Il sentit son estomac se serrer.

— Je vais bien, dit-il en piétinant les congères au bord de la route d'une démarche maladroite. On a eu une nuit... un peu agitée. Je n'avais pas vu tes messages. Je viens de les découvrir, je suis désolé.

— Ça ne fait rien, j'étais très en colère. Je ne pensais pas toutes ces choses que tu as lues.

— Ça n'est pas important, dit-il.

Mais si, ça l'était, en vérité. Car il venait de les lire, ces messages. Ils étaient pleins de vague à l'âme et de doléances. Pour la première fois de sa vie, sa fille se demandait ouvertement si elle comptait pour lui, lui déclarait avoir la sensation qu'elle était la dernière des priorités de son père. Et qui sait, se dit-il, s'il n'y avait

414

pas un peu plus qu'un soupçon de vérité là-dedans. S'il n'était pas devenu, à son insu, un paternel merdique…

— Comment ça, ça n'est pas important ? réagit-elle aussitôt à l'autre bout.

Putain, jura-t-il en son for intérieur. *C'est pas vrai, ça va pas recommencer.* Il aurait voulu lui dire, là, tout de suite, qu'il l'aimait, qu'il allait trouver le temps, qu'elle devait lui laisser une chance. Au lieu de ça, il écouta le sermon de Margot pendant les trois cents mètres restants, manquant à deux reprises s'étaler sur les monticules de neige, se contentant de répondre une ou deux fois par monosyllabes sans parvenir à endiguer le flot des récriminations filiales. Comme il continuait de se déverser inexorablement dans son oreille, il demeura planté devant l'entrée de la pharmacie cinq bonnes minutes de plus avant de se décider à entrer. Il masqua le téléphone d'une main et demanda du Primperan.

— Il y avait une fête, cette nuit, au village ? lui demanda le pharmacien en souriant.

Servaz haussa les sourcils en signe d'incompréhension.

— Vous êtes la deuxième personne en cinq minutes à m'en demander.

Il ressortit sans que le monologue se fût tari ni ralenti, avisa une terrasse de café et s'y assit malgré le froid. Dans l'appareil, Margot continuait de se soulager de tout ce qu'elle avait sur le cœur.

— Bonjour, dit le serveur.

— Un café, s'il vous plaît.

— À qui tu parles ? demanda soudain sa fille, interrompant son monologue.

— À un garçon de café, répondit-il avec une pointe d'agacement.

415

— Très bien. Je vais te laisser. S'il te plaît, ne me dis plus jamais que je me comporte comme une mère. La vérité, c'est que toi tu te comportes comme un petit garçon. Et tu rends les choses difficiles, papa.

— Je suis désolé, lâcha-t-il malgré lui.

— Ne le sois pas. Change. Bises.

Il regarda son téléphone, incrédule. Elle avait raccroché ! Après quinze bonnes minutes de sermon au cours desquelles il n'avait pas pu en placer une, encore moins se justifier ou se défendre.

Le ventre de Kirsten continuait de se contracter, mais plus faiblement : les nausées s'étaient éloignées. Du moins parvenait-elle à les maintenir à distance. Que fichait Martin ? Vingt bonnes minutes qu'il était parti pour la pharmacie. À présent, elle avait la migraine, la bouche si pâteuse qu'elle lui semblait emplie de sable et une douleur plantée comme un clou entre les omoplates, sans doute provoquée par la violence avec laquelle elle s'était vidé les boyaux cette nuit. Elle marcha jusqu'à la salle de bains. Elle devait sentir très fort la sueur et, selon toute probabilité, refouler du bec.

Elle se brossa les dents, jeta une serviette sur le sol, se déshabilla et entra dans la cabine. Ouvrit le robinet. Se glissa sous le jet.

Quatre minutes plus tard, elle ressortait, une serviette nouée autour des seins. Elle songea à l'odeur qui devait régner dans la pièce, se dirigea vers la fenêtre, l'ouvrit en grand.

L'air froid comme un baume, le soleil comme une caresse, le vent qui soulève la neige en petits nuages. Un chien qui aboie. Une cloche au loin. Une voix qui en appelle une autre. *C'est agréable d'être en vie*, songea-t-elle.

Elle avisa un véhicule là-bas, sur sa gauche, venant dans sa direction. Aussitôt, elle reporta son attention sur le chalet. *La Volvo avait disparu. Merde…* Kirsten alla chercher les jumelles abandonnées sur le lit défait de Martin, revint à la fenêtre et fit le point.

C'était bien la Volvo qui s'approchait. Mais, vue d'ici, elle était incapable de distinguer qui se trouvait à l'intérieur. Elle déplaça les jumelles vers le chalet, les fenêtres apparurent en gros plan dans son champ de vision. L'une d'elles était grande ouverte, le vent soulevait les rideaux et les faisait danser à l'extérieur.

Pendant plusieurs secondes, Kirsten contempla, hypnotisée, cette danse silencieuse, cet envol blanc et lumineux.

Jusqu'à ce que, soudain, Aurore Labarthe apparaisse et rompe le charme. Kirsten la vit se pencher à l'extérieur pour saisir les rideaux, les remettre à leur place puis refermer la fenêtre.

Cela avait duré moins de dix secondes, mais elle avait obtenu une partie de l'information qu'elle désirait. Il n'y avait plus que deux options possibles pour les occupants de la voiture :

1°) ce connard de Labarthe.

2°) ce connard + Gustav.

Aurore Labarthe referma la fenêtre après un coup d'œil à la Volvo qui rentrait de la pharmacie, là-bas, son pot d'échappement crachant dans l'air froid une épaisse fumée noire riche en particules. Qu'est-ce qu'il foutait, putain ? La pharmacie était à peine à un kilomètre du chalet. Il aurait dû rouler moins vite ! Sa chiffe molle de mari… Il l'exaspérait mais, pour une fois, elle devait bien admettre qu'il avait raison : ils avaient merdé. Et, ce qui la mettait encore plus en fureur, par sa faute. Elle avait totalement sous-estimé les effets secondaires du sédatif sur Gustav. Pourtant, elle connaissait parfaitement la maladie du gosse, sa très grande fragilité hépatique. Hirtmann les avait longuement mis en garde là-dessus.

« Atrésie biliaire », ça s'appelait. Une maladie d'origine inconnue, touchant environ un enfant sur dix ou vingt mille, qui se caractérisait par une obstruction des voies biliaires, empêchant la bile de s'évacuer du foie – et qui, non traitée, pouvait conduire au décès de l'enfant par cirrhose biliaire secondaire.

Si jamais le Suisse apprenait qu'à deux reprises ils l'avaient drogué pour être tranquilles au cours de leurs petites soirées, Aurore ne donnait pas cher de leur peau. Il serait sans pitié. Hirtmann tenait plus à ce gamin qu'à sa propre vie. Qui était vraiment ce gosse ? Elle se l'était souvent demandé. Était-ce réellement son fils ? Et, dans ce cas, où était la mère ? Ni Roland ni elle ne l'avaient jamais vue.

Elle remonta le couloir et entra dans la chambre de Gustav. Pinça le nez devant l'odeur de vomi. Attrapa la couette et les draps souillés par un coin et les arracha du lit, les laissant tomber sur le sol.

Un gargouillis lui parvint de la salle d'eau attenante.

Elle contourna le lit et franchit le seuil de la salle d'eau. Gustav était agenouillé devant les W.-C., dans son pyjama bleu. Il se vidait, la tête penchée dans la cuvette.

Le pauvre haletait, la respiration sifflante, ses cheveux blonds collés en touffes par la sueur laissaient voir son crâne rose. En l'entendant, il se redressa et lui lança un regard triste et douloureux. Seigneur, ce gamin ne se plaignait jamais, sauf pour réclamer son père, se dit-elle. Une bouffée de honte la fit presque suffoquer.

Elle s'approcha et posa une main sur le petit front. Il était brûlant.

Entendit la porte d'entrée, en bas.

Puis les pas de Roland dans l'escalier.

Elle aida Gustav à se déshabiller, vérifia la température de la douche du dos de la main, le poussa doucement à l'intérieur.

— Ça va te faire du bien, trésor.

Gustav acquiesça en silence, se glissa sous le jet. Il sursauta.

— C'est chaud ! dit-il.

— Ça va te faire du bien, répéta-t-elle en réglant la température.

Labarthe entra dans la chambre. Il vit le monceau de draps souillés sur le sol, s'approcha de la salle d'eau.

— Le flic, dit-il d'emblée, il était à la pharmacie !

Elle se retourna et lui jeta un regard aussi effilé que la lame d'un rasoir. Sans cesser de savonner le dos de Gustav, elle montra de sa main libre le sac que tenait Labarthe.

— Passe-moi ça.

— Tu as entendu ce que je t'ai dit ? lança-t-il en lui tendant le Primperan.

— Gustav, regarde-moi, dit doucement Aurore, ignorant son mari.

Elle déboucha la bouteille en plastique, éleva le goulot vers les lèvres du garçon. Qui grimaça.

— C'est pas bon.

— Je sais, amour. Mais ça va te guérir.

— Doucement ! s'exclama Labarthe en la regardant faire. Tu lui en donnes trop !

La femme blonde écarta la bouteille des lèvres de Gustav en foudroyant son mari du regard.

— J'ai sali le lit, dit le garçon d'un ton coupable.

Elle baisa son front, caressa ses cheveux blonds humides.

— Ça ne fait rien, on va le changer tout de suite.

Elle se tourna vers son mari.

— Tu peux m'aider, s'il te plaît ? Et mettre la chambre en ordre ?

Le ton était cinglant. Il acquiesça en serrant les dents. Ressortit. Aurore sécha Gustav, le frictionna puis lui tendit un pyjama propre.

— Ça va mieux ?

— Un peu, oui.

— Tu as mal où exactement ?

Il posa une main sur son abdomen, elle tâta : il était dur et enflé.

— Tu es un garçon très courageux, tu sais ?

Elle le vit sourire faiblement. C'était vrai, pensa-t-elle, que ce gosse était courageux. Il tenait sans doute ça de son père. Il faisait face à la maladie comme un vaillant petit soldat. Mais avait-il seulement connu autre chose dans sa courte existence que cette saloperie ? Elle le regarda un moment, accroupie devant lui, en lui souriant. Puis elle se releva.

— Allons-y, dit-elle. On va te remettre au lit, d'accord ? Pas d'école aujourd'hui.

Lorsqu'ils ressortirent de la salle d'eau, le lit était fait mais la fenêtre grande ouverte. Comme pour l'autre, les rideaux semblaient vouloir s'envoler à l'extérieur.

— Mets-toi dans le lit, dit Aurore en s'empressant de refermer la fenêtre. Je reviens. C'est vrai que tu te sens un peu mieux ?

Gustav acquiesça, très sérieusement, du fond de son lit.

— Génial. Quand tu auras faim, dis-le-moi.

Elle sortit et se dirigea vers l'escalier.

— Le type de cette nuit…, commença Labarthe dès qu'elle entra dans la cuisine.

— Oui. Je t'ai entendu. Il y a beaucoup de vent. Pourquoi tu as laissé la fenêtre du petit ouverte ?

— Parce que ça schlinguait…

— Tu veux peut-être qu'en plus de vomir il attrape la mort ?

— En sortant je l'ai vu arriver, alors j'ai attendu pour voir où il allait ensuite, reprit-il comme s'il n'avait pas entendu. *Le flic…* Il ne m'a pas vu. Il avait son téléphone collé à l'oreille et il avait l'air très contrarié. Je voulais voir s'il retournait à l'hôtel.

— Et ?

Elle glissa une dosette noire dans le magasin du percolateur et mit l'appareil à chauffer.

— Il s'est assis à une terrasse pour boire un café. Je l'ai laissé et je suis rentré, comme… comme c'était plus urgent ici…

Il avait presque pris un ton d'excuses – qu'il regretta aussitôt : se montrer faible devant Aurore, c'était lui donner envie de vous planter ses crocs dans la jambe.

— Oui, j'ai même eu l'impression qu'ils le fabriquaient, ce putain de sirop, dit-elle. Ce gosse va nous attirer un paquet de problèmes. Il n'arrête pas de vomir. J'espère que ton expédition à la pharmacie va nous servir à quelque chose.

Elle appuya sur un bouton et la machine à dosettes se mit à cracher son jus brun en gémissant et en éructant. Le ton de reproche n'avait pas échappé à Labarthe. Il se demanda pourquoi elle lui mettait ça sur le dos. Certes, c'était lui qui, le premier, avait proposé au Maître d'héberger le gosse quand la directrice de l'école précédente avait commencé à poser trop de questions au « grand-père », mais Aurore avait accueilli l'idée avec enthousiasme. Ils n'avaient jamais pu avoir d'enfants. Et il voyait bien comment Aurore prenait soin de Gustav, passait du temps avec lui, prenait plaisir à sa compagnie. N'empêche que c'était quand même elle qui avait eu l'idée de le droguer. Il avait pourtant essayé de l'en dissuader.

Mais il savait qu'il ne servait à rien de discuter avec Aurore. Surtout dans les moments de tension. Aussi s'abstint-il de relancer les chicanes.

— Il faudrait peut-être *Le* prévenir, dit-il cependant.

Le silence qui suivit lui parut plein de mauvais présages. La réponse fusa comme le sifflement d'un fouet :

— Le prévenir ? Est-ce que tu es fou ou stupide ?

Kirsten le vit revenir vers l'hôtel. Elle éteignit sa cigarette, referma la fenêtre et ôta le manteau qu'elle avait jeté sur ses épaules. Elle fila à la salle de bains. Se lancer un coup d'œil dans le miroir.

Impossible d'ignorer les cernes bistre sous ses yeux. Non plus que son teint cadavérique. Elle vérifia son haleine en mettant sa main en écran devant sa bouche.

Quand Martin entra dans la chambre, il était essoufflé. Il lui tendit le sachet de la pharmacie. Elle sortit le Primperan et but au goulot comme si c'était de l'eau, surprit son regard.

— Au fait, j'ai vu quelqu'un sortir du chalet et y revenir, dit-elle.

— Qui ?

— Labarthe. Il avait un sachet à la main. Semblable à celui-ci…

Il fronça les sourcils.

— Un sachet de pharmacie, tu en es sûre ?

— Sûre, non. Il était trop loin. Mais ça y ressemblait. En tout cas, ça avait l'air urgent.

Servaz s'approcha de la fenêtre et regarda le chalet. Il se rendit compte qu'il était inquiet – inquiet pour Gustav.

Sur le bureau, le téléphone vibra. Pas celui de tous les jours. *L'autre téléphone.* Labarthe tressaillit. Merde, était-il possible que le Suisse ait déjà eu vent de ce qui se passait d'une manière ou d'une autre ? Avec Hirtmann, il finissait par devenir parano. Il regarda l'écran.

[Tu es là ?]

Labarthe tapa la réponse avec le majeur.

[Oui]

[Bien. Il y a un changement]

[Lequel ?]

[Je veux voir Gustav. Ce soir.
À l'endroit habituel]

Seigneur. Labarthe expira. Il eut tout à coup la sensation qu'un énorme matou s'était coincé dans sa gorge et l'empêchait de respirer.

[Qu'est-ce qui se passe ?]

[Rien. Je veux voir Gustav.
C'est tout. Ce soir]

Le sang de Labarthe ne fit qu'un tour. Il eut envie d'appeler Aurore à la rescousse. Mais les secondes s'égrenaient. Il devait répondre. Sans quoi le Suisse allait commencer à avoir la puce à l'oreille. D'ailleurs, le message suivant prouva que c'était déjà le cas :

[Il y a un problème ?]

Bordel de merde ! Réponds ! Quelque chose !

[C'est que Gustav est
malade en ce moment, il a
un début de grippe]

[De la fièvre ?]

[Oui. Un peu]

[Depuis quand ?]

[Hier soir]

[Il a vu le médecin ?]

[Oui]

Le cœur de Labarthe battait la chamade. Il fixait l'écran lumineux, dans l'attente du prochain message.

[Le même que d'habitude ?]

Labarthe hésita. Est-ce que le Suisse se doutait de quelque chose ? Est-ce qu'il essayait de le piéger ?

[Vous lui donnez quoi ?]

[Non. Un autre. C'était dimanche]

[C'est Aurore qui s'en est occupée. Vous voulez que j'aille la chercher ?]

[Non. C'est inutile. Je passerai ce soir]

[Quoi ? Mais il y a ces policiers à l'hôtel qui surveillent le chalet !]

[C'est mon problème]

[Maître, je ne crois pas que ce soit une bonne idée]

[C'est à moi d'en juger. Ce soir. 20 heures]

Hirtmann s'était déconnecté.

Bordel ! Labarthe déglutit. Il avait la sensation qu'un millier de fourmis lui grimpaient dans le cou. Besoin d'air… Il alla jusqu'à la fenêtre, l'ouvrit. Respira en regardant le paysage blanc et étincelant.

Le Suisse serait là ce soir.

Pourquoi avait-il parlé d'une grippe, bon sang ? Pourquoi pas d'une gastro ? Merde, qu'est-ce qui lui avait pris ?

Et si jamais Gustav disait à son père qu'il n'avait vu aucun médecin ? Pendant tout le temps où il avait écrit son livre, il s'était mis dans la peau d'Hirtmann, il s'était *pris pour lui*. Quand il marchait dans les rues de Toulouse, qu'il regardait les femmes, il les regardait avec le regard du Suisse, il se sentait fort, puissant,

425

cruel et sans merci. Quelle blague ! Des mots tout ça. Est-ce qu'il avait la trouille ? Un peu qu'il avait la trouille ! Le Suisse n'était pas une fiction, c'était une foutue réalité – qui était entrée dans leur vie.

Il revit leur première rencontre : il signait des livres dans une librairie toulousaine. Ou du moins il aurait dû en signer, car, en une demi-heure, il n'avait vu personne. Et puis, un lecteur s'était enfin présenté pour une dédicace. Quand Labarthe lui avait demandé son prénom, l'homme avait répondu : « Julian. » Labarthe avait ri. Mais l'homme debout devant lui de l'autre côté de la table était resté impassible – et la façon dont ses yeux scrutaient Labarthe derrière ses lunettes avait fait courir un petit frisson dans le dos de celui-ci.

Labarthe rejoignait sa voiture au deuxième sous-sol du parking Jean-Jaurès quand l'homme avait surgi d'un coin sombre, le faisant violemment sursauter.

— Putain, vous m'avez fait peur !

— Vous avez fait une erreur page 153, avait dit Hirtmann. Ça ne s'est pas passé comme ça.

Sans savoir pourquoi, peut-être à cause du ton, du calme olympien de l'intrus, des mots qu'il employait, Labarthe avait tout de suite su qu'il n'avait pas affaire à un imposteur. Qu'il avait le vrai Julian Hirtmann en face de lui…

— C'est vous ? avait-il bredouillé.

— N'ayez pas peur. C'est un bon livre. Dans le cas contraire, vous seriez bien avisé d'avoir peur.

Labarthe avait essayé d'en rire, mais son rire s'était étranglé dans sa gorge.

— Je… Je… Je ne sais pas quoi dire… C'est un si grand… *honneur.*

Il avait levé les yeux vers la tête, là-haut, dans l'ombre du plafond : Labarthe mesurait moins d'un mètre soixante-dix. Hirtmann avait sorti un téléphone de sa poche et le lui avait tendu.

— Tenez. Nous nous reverrons bientôt. N'en parlez à personne, surtout.

Mais Labarthe en avait parlé. À Aurore. Il n'avait pas de secrets pour elle.

— Je veux le rencontrer, avait-elle dit aussitôt.

Il ressortit de son bureau, la chercha en vain au rez-de-chaussée. Des voix à l'étage… Il grimpa, remonta le couloir au pas de course. Aurore et Gustav étaient tous les deux dans la salle d'eau du petit.

— C'est de pire en pire, lui lança-t-elle en passant une éponge humide sur le front du gosse. Et la fièvre augmente.

C'est pas vrai !

— Je viens d'avoir Hirtmann.

— Tu l'as appelé ?

Son ton était incrédule.

— Non ! C'est lui qui m'a appelé ! Je ne sais pas ce qui lui prend. Il veut voir le gosse !

— Quoi ?

— Il sera là ce soir !

— Tu lui as dit quoi ?

— Que Gustav était malade, qu'il a… la grippe.

— La grippe ? Mais pourquoi la grippe ?

— Je sais pas ! C'est… tout ce que j'ai trouvé sur le moment ! Il a aussi voulu savoir si Gustav avait vu un médecin.

Elle jeta un regard prudent au gosse, puis leva les yeux vers son mari.

— Qu'est-ce que tu lui as dit ?

— Que oui.

Il vit Aurore devenir très pâle. Elle considéra Gustav – qui lui rendit son regard. Un regard triste, las, exténué, au bord des larmes, mais aussi plein d'affection et de confiance et, pour la première fois, cette femme au cœur sec ressentit une émotion véritablement humaine et la culpabilité lui mordit les entrailles. Elle lui caressa la joue puis, répondant à une impulsion, le serra contre elle, sentant contre son visage les cheveux trempés de l'enfant. Elle avait presque envie de chialer.

— Ne t'en fais pas, trésor. Ça va aller. Ça va aller.

Elle se tourna vers Labarthe.

— On doit l'emmener aux urgences, lâcha-t-elle.

— Tout juste, bordel.

— Ils sortent, dit Kirsten.

Servaz la rejoignit à la fenêtre.

— Regarde comme ils ont emmitouflé Gustav. Et il n'a pas l'air bien, même vu d'ici.

Elle lui tendit les jumelles.

— Il n'a pas été à l'école aujourd'hui, fit-il observer.

L'inquiétude revint. Il regarda sa montre. Bientôt 15 heures. Cela faisait plus de trois heures que Labarthe était rentré de la pharmacie, si c'était bien là sa destination. De toute évidence, l'état de Gustav avait empiré. Servaz aurait payé cher pour savoir ce dont le gosse souffrait. L'angoisse le rongeait littéralement.

Il les vit asseoir Gustav à l'arrière ; la femme Labarthe jeta un plaid sur ses genoux, lui caressa les cheveux. Son mari se mit au volant – non sans lancer au préalable un regard en direction de l'hôtel.

— Qu'est-ce qu'on fait ? demanda Kirsten.

Il réfléchit à toute vitesse.

428

— On laisse courir. Ils sont déjà aux aguets. Sur ces routes, ils vont très vite nous repérer. Et tu n'es pas en état, de toute façon. On attend qu'ils reviennent.

— Tu es sûr ?

— Oui.

Mais il n'avait qu'une envie : courir vers sa voiture. Il comprit qu'il ne pourrait pas supporter longtemps cette incertitude. Où l'emmenaient-ils ? Il se foutait pas mal des époux Labarthe, et même de Julian Hirtmann, en cet instant précis – il ne pensait qu'à une chose : Gustav. *Pourquoi suis-je si inquiet ?* se demanda-t-il. Si ce gosse n'est pas le mien, pourquoi me sentir à ce point concerné ?

Assise à l'arrière, Aurore serrait Gustav contre elle. Elle s'était habillée à l'arrache, avec le premier pantalon et le premier pull qu'elle avait trouvés. Il régnait un froid humide, pénétrant, dans la voiture. Elle avait enveloppé le garçon avec le plaid, mais il ne cessait pas de frissonner.

— Tu veux nous congeler ou quoi ? lança-t-elle vers l'avant.

Labarthe poussa le chauffage à fond sans répondre, tout en surveillant la route piégeuse.

En bas des lacets, ils débouchèrent sur une route plus large, déneigée. Il prit à gauche. Direction Saint-Martin.

Accéléra.

— J'ai envie de vomir, dit le gamin.

Le Dr Franck Vassard faisait une pause dans la pièce de repos quand une infirmière vint le chercher.

— On a un gamin qui n'arrête pas de vomir qui vient d'arriver.

Il se redressa sur le canapé fatigué, s'assit et la regarda en s'étirant, les bras en croix. C'était un jeune interne, il était de garde aux urgences et on devinait l'énergie qui était en lui, l'énergie de la jeunesse mais aussi de celui qui n'a pas encore été vaincu par des années à se battre contre deux ennemis invincibles : la maladie et la mort. Auxquels il fallait souvent en ajouter deux autres : l'ignorance et la défiance des patients. Il frotta sa barbe de *hipster* en dévisageant l'infirmière.

— Quel âge ?

— Cinq ans. Et il a quelques symptômes légers d'ictère. Ça pourrait être une insuffisance hépatique.

Autrement dit, la jaunisse : une coloration jaunâtre de la peau et du fond de l'œil due à une augmentation de la concentration de bilirubine dans le sang.

— Il est avec ses parents ?

— Oui.

— De la fièvre ?

— 38,5.

— J'arrive.

Il se leva, s'approcha de la machine à café. Zut, il avait espéré que sa sieste durerait un peu plus long-temps. Saint-Martin était un petit hôpital, les urgences avaient rarement à y affronter le chaos plus ou moins sous contrôle qui caractérisait celles des grandes villes.

Deux minutes plus tard, Vassard quittait la petite pièce et remontait le couloir plein de chariots, d'infir-mières et de remue-ménage. L'enfant était assis sur un brancard. Le couple le regarda approcher. Sans savoir pourquoi, il leur trouva quelque chose d'étrange et de mal assorti (la femme faisait presque dix centimètres de plus que l'homme) et il se sentit mal à l'aise.

— Vous êtes les parents ?

— Non, des amis, répondit l'homme au bouc. Le père ne devrait pas tarder.

— Très bien, qu'est-ce qu'il a ? demanda-t-il en s'approchant du gosse blond au regard fiévreux.

— On va lui administrer du charbon activé et un antivomitif, dit-il. Je ne suis pas fan des lavages gastriques. Et, de toute façon, on ne les utilise plus guère qu'en cas d'ingestion de substance à très forte toxicité, ce qui n'est pas le cas du sédatif que vous lui avez fait avaler (ici, il ne put s'empêcher de colorer son propos d'un ton franchement désapprobateur). Ensuite, on va le mettre sous observation jusqu'à demain matin. Ce qui m'inquiète le plus, ce sont ces symptômes : l'ictère, le foie gonflé, les douleurs abdominales. L'atrésie biliaire, ça ne rigole pas. Il suit un traitement pour ça ?

Il croisa les yeux sournois de la femme blonde, d'une vigilance totale.

— Il a subi l'intervention de Kasai, répondit-elle. Il est suivi par le Dr Barrot.

Le jeune interne hocha la tête. Il connaissait Barrot. Un médecin compétent. La procédure de Kasai était une intervention chirurgicale qui consistait à rétablir le drainage de la bile du foie vers l'intestin en remplaçant le conduit endommagé par la maladie par un nouveau système fait à partir d'intestin grêle. L'intervention réussissait dans un cas sur trois. Mais, même en cas de succès, elle n'empêchait pas la cirrhose de continuer à progresser lentement. *Une belle cochonnerie, l'atrésie biliaire*, songea le jeune interne en regardant l'enfant.

— On dirait bien que l'intervention a échoué, dit-il en fronçant les sourcils en direction de Gustav.

Il faudrait peut-être envisager une transplantation… Vous savez si c'est prévu ? Qu'est-ce qu'en pense le Dr Barrot ?

Ils le fixaient comme s'il parlait chinois. Curieux couple, se dit-il.

— Et la prochaine fois, oubliez le sédatif, insista-t-il comme ils ne répondaient pas. Même s'il est très agité.

Il les toisa l'un après l'autre, avec l'envie de les secouer un peu. La femme hocha la tête. Elle était plus grande que lui. Son pantalon en cuir et son pull moulants mettaient en valeur sa silhouette. Il se demanda ce qui l'emportait chez lui en la regardant : l'attraction physique ou la répulsion. Il n'avait jamais ressenti un sentiment aussi ambivalent en présence d'une femme.

Il scrutait l'entrée de l'hôpital et la vaste esplanade depuis le porche d'un immeuble, à cent mètres de là. La nuit était tombée. Les lampadaires devant le grand bâtiment jetaient des flaques jaunes sur sa façade de brique. Quelques rares flocons passaient dans leur halo. Il tira nerveusement sur sa cigarette, ses petits yeux aux aguets derrières les verres de ses lunettes.

Tout était si calme, si sombre. Pas un mouvement. Où allaient les habitants de Saint-Martin-de-Comminges une fois la nuit tombée ? Il jeta la cigarette dans la neige du trottoir.

Regarda autour de lui.

S'avança.

Traversa l'esplanade déserte d'un pas tranquille, malgré l'impatience qui le consumait. Il franchit les portes en direction de l'accueil.

— Un garçon de cinq ans a été admis aux urgences cet après-midi, dit-il quand l'infirmière derrière le comptoir eut daigné lui prêter un peu d'attention. Gustave Servaz. Je suis son père.

Elle consulta l'écran de son ordinateur.

— Très bien, dit-elle en lui montrant une porte vitrée à gauche de son comptoir. Vous franchissez cette porte, vous suivez le couloir jusqu'au bout, ensuite à droite. Vous verrez, c'est écrit. Demandez là-bas. Et les visites se terminent dans un quart d'heure.

Il la regarda un petit peu trop longtemps.

Pendant une fraction de seconde, il imagina qu'il se penchait par-dessus le comptoir, l'attrapait par les cheveux, sortait le cutter de sa poche et lui tranchait la gorge.

— Merci, dit Julian Hirtmann.

Il s'éloigna, fit ce qu'on lui avait dit de faire. Au bout du deuxième couloir, un autre bureau. Il renouvela sa demande.

— Veuillez me suivre, dit l'infirmière au visage fatigué et aux cheveux ternes.

Il les vit au bout du couloir – les Labarthe. Roland se précipita à sa rencontre, Aurore resta en retrait, à le dévisager précautionneusement. Il étreignit ce crétin d'universitaire comme un pape donnant sa bénédiction. Sans cesser de plonger son regard dans celui de la femme. Pendant un instant, il se revit la prenant dans le grenier, attachée et suspendue par les poignets aux anneaux du plafond, entièrement nue et livrée à son bon vouloir, pendant que Labarthe attendait patiemment en bas dans le salon qu'ils en aient terminé.

— Où est-il ?

Labarthe montra une porte.

— Il dort. Ils lui ont administré un calmant et un antivomitif.

Il évita de parler du charbon activé, mais il savait que, tôt ou tard, le Maître apprendrait ce qui s'était passé.

— Que s'est-il passé ? demanda ce dernier, comme en écho à sa pensée. Tu m'as parlé d'une grippe ?

Labarthe lui avait écrit pour lui dire que les choses s'étaient compliquées, qu'il devait se rendre à l'hôpital.

— Son état a empiré tout à coup, intervint Aurore en s'avançant vers eux. Il était très agité, alors je lui ai administré un sédatif léger.

— Tu as quoi… ?

La voix d'Hirtmann s'était emplie d'épines.

— Le médecin a dit que ça n'avait rien à voir, mentit-elle. Et Gustav va bien.

Il eut brusquement envie de la saisir par le cou, de la plaquer contre le mur et de serrer jusqu'à ce que son visage devienne violet. Sa voix se fit dangereusement calme :

— On en reparlera, dit-il. Rentrez chez vous. Je reste ici.

— On peut rester aussi, si vous voulez, dit Labarthe.

Il fixa le petit homme au bouc, puis la grande femme blonde. Les imagina morts, raides, froids.

— Rentrez chez vous. Et déposez cette enveloppe à l'hôtel.

Labarthe y jeta un rapide coup d'œil. Elle était libellée au nom de Martin Servaz. Il connaissait ce nom, bien sûr. Il avait même eu un doute, hier soir, en voyant le type chez lui. Il avait eu l'impression que ce visage lui était vaguement familier. Que se passait-il, bon Dieu ? Il brûlait de curiosité.

Hirtmann les regarda s'éloigner. Puis il entra dans la chambre. Gustav dormait, les traits relâchés. Il resta un long moment debout, au pied du lit, à regarder le garçon – avant de s'asseoir sur la seule chaise présente.

Servaz était planté devant la fenêtre.

Il écoutait et scrutait. Désespérément. Fixait le chalet désert et éteint, la nuit vide. Avec des fourmis dans le ventre.

Où étaient-ils ? De quoi souffrait Gustav ? Cela faisait à présent plusieurs heures qu'ils étaient partis. Il n'en pouvait plus d'attendre. Il commençait à regretter de ne pas les avoir suivis. D'ailleurs, Kirsten lui avait fait observer à deux reprises qu'ils avaient peut-être fait le mauvais choix. Elle aussi rongeait son frein.

À présent, minée par la nervosité et les nausées de la nuit précédente, elle s'était effondrée et ronflait légèrement sur son lit.

Soudain, il perçut un bruit de moteur qui approchait. Il colla son nez à la vitre et la vit : la Volvo des Labarthe qui rentrait ! Il la vit ralentir et s'immobiliser devant l'hôtel. Il n'en voyait que le toit, impossible de dire qui se trouvait à l'intérieur.

Labarthe descendit, grimpa sur la terrasse de l'hôtel et entra. Il ressortit quelques instants plus tard et la voiture repartit en direction du chalet.

Servaz sentit sa poitrine se soulever quand les portières s'ouvrirent. Labarthe et sa femme sortirent, seuls. *Gustav n'était pas dans la voiture…* Où était passé le gamin ? Qu'en avaient-ils fait ?

Le téléphone sonna à ce moment-là. Pas son cellulaire, mais le gros téléphone noir antédiluvien de l'hôtel, sur la petite table faisant office de bureau, et il décrocha avant que Kirsten ne se réveille.

— On a déposé une enveloppe à votre nom, dit l'hôtelier.

Labarthe… Que se passait-il ? Il eut l'impression de sentir à nouveau les fils invisibles tirés par le marionnettiste. Encore une fois, il avait un coup de retard.

— Je descends.

Il fit irruption dans le hall moins d'une minute plus tard. Une enveloppe brune l'attendait, à l'écriture manuscrite :

MARTIN SERVAZ

— C'est l'autre taré qui l'a déposée, lui dit l'hôtelier.

Sa main trembla quelque peu quand il la déchira et en retira la feuille de papier pliée en quatre.

Il sentit que le hall de l'hôtel se mettait à tourner, que l'univers entier se mettait en rotation – planètes, étoiles, espace, vide… Toute la création basculant en une seule fraction de seconde, l'univers dégondé, les repères abolis. Le mot disait :

Gustav est à l'hôpital de Saint-Martin. Je t'attends. Viens seul. Il n'y aura pas de Kindertotenlieder *si nous unissons nos forces.*
J.

36

H

Il avait laissé Kirsten à l'hôtel, endormie. Le sang battait à ses tempes. Comme s'il se trouvait sous perfusion d'adrénaline. Il conduisait vite. Il avait dévalé les lacets et s'était fait une belle frayeur quand la voiture avait dérapé, mordu sur le bas-côté enneigé et dangereusement frôlé la pente avant de revenir sur la route verglacée.

Une phrase le hantait : « Il n'y aura pas de *Kindertotenlieder* si nous unissons nos forces. »

« Les Chants pour des enfants morts ». Gustav Mahler. « J ». Une seule personne, à sa connaissance, pouvait avoir écrit ce mot. Et elle lui signifiait que Gustav était en danger de mort. Que son salut dépendait d'eux. L'idée lui vint que cela pouvait être un piège mais il l'écarta. Un piège dans quel but ? Hirtmann l'avait pris en photo pendant des mois, il avait eu tout loisir de lui tendre tous les pièges qu'il voulait. Et puis, il y avait mieux qu'un hôpital pour cela.

En entrant dans Saint-Martin, il leva le pied. Avisa l'écriteau marqué « H » et prit en face au rond-point. Six minutes plus tard, il se garait sur un emplacement réservé au personnel et s'engouffrait dans le hall de l'hôpital.

— Les visites sont terminées, lui assena la personne assise derrière le comptoir sans lever le nez de son téléphone portable.

Il se pencha par-dessus l'accueil, tendit le bras et interposa sa carte bleu-blanc-rouge entre son nez et l'écran. La femme leva les yeux. Elle le foudroya du regard.

— Pas la peine d'être désagréable, dit-elle. Qu'est-ce que vous voulez ?

— Un gamin a été admis aux urgences cet après-midi.

Elle plissa les yeux en le scrutant avec défiance, puis consulta son fichier.

— Gustave Servaz, confirma-t-elle.

Il sentit un gouffre s'ouvrir dans son estomac en entendant ce prénom associé à son nom pour la deuxième fois. Était-ce possible ? Maintenant que ses craintes et ses espoirs prenaient corps, il se demanda ce qu'il souhaitait le plus : que Gustav fût son fils ou l'inverse. Mais un autre espoir plus diffus, plus dangereux, se réveillait en même temps. Un espoir éteint depuis des années mais qui, secrètement, avait attendu ce moment pour être ranimé : Marianne. Allait-il enfin savoir ce qui lui était arrivé ? Son esprit tentait en vain de repousser cette question, de la reléguer dans un coin sombre, loin de la lumière.

La femme lui désigna la porte vitrée à gauche du comptoir.

— Suivez le couloir, dit-elle, puis le couloir suivant à droite.

— Merci.

Elle avait déjà replongé sur son téléphone. Encore troublé par l'association entre le prénom et son nom, il repoussa la porte battante.

Remonta le couloir.

Ses pas résonnaient sur le sol vitrifié. Silence total. Une nouvelle porte. Nouveau couloir. Au fond, le panneau lumineux « URGENCES ».

Une seule personne dans le petit bureau encombré, aux murs couverts de plannings à colonnes pleins d'étiquettes colorées.

Il sortit sa carte, une nouvelle fois.

— Gustav, dit-il (il n'eut pas le courage d'y accoler son nom). Le garçon qui est arrivé cet après-midi.

Elle le dévisagea sans comprendre. Elle avait l'air si fatiguée. Puis elle acquiesça et se leva, sortit de son bureau exigu, lui désigna une porte.

— La troisième à droite.

Un bip retentit quelque part et elle se mit en marche dans l'autre sens.

Il s'avança. Ses jambes aussi molles qu'un bonhomme de neige en train de fondre. Un sentiment d'irréalité persistant. La porte indiquée n'était plus qu'à quatre mètres. Il dépassa deux brancards vides poussés contre le mur et un appareil sur roulettes plein de boutons. Étouffa la voix en lui qui lui soufflait de faire demi-tour et de fuir.

Son cœur battait jusque dans ses oreilles, un vent de panique dans son crâne.

Trois mètres.

Deux…

Un…

Bruits de ventilation, la porte grande ouverte… une silhouette dans la chambre, assise sur une chaise, lui tournant le dos… une voix d'homme disant :… *Entre, Martin. Je t'attendais. Bienvenue… Cela fait si long-temps… Tu en as mis du temps… Mille fois nos chemins se sont croisés, et mille fois tu ne m'as pas vu… Mais tu es là, enfin… Entre, ne sois pas timide ! Approche… viens voir ton fils…*

MARTIN ET JULIAN

37

Un enfant vous rend vulnérable

— Entre, Martin.

La même voix d'acteur, de tribun. Profonde, chaude. Le même ton urbain. Il les avait presque oubliés.

— Entre.

Il s'avança. Le lit médicalisé sur la gauche, Gustav endormi (un coup sourd dans sa poitrine), l'air insouciant et apaisé mais les joues rubescentes, la chaleur dans la pièce, la fenêtre dans le fond, avec la lueur des lampadaires traçant des rais horizontaux entre les lames des stores.

Pas d'autre source de lumière.

Il distinguait à peine la silhouette assise qui lui tournait le dos.

— Tu ne vas pas m'arrêter, n'est-ce pas ? Pas avant qu'on ait parlé.

Il ne dit rien. Fit un pas de plus. Hirtmann sur sa gauche. Servaz contempla son profil. Il portait des lunettes, avait une mèche qui lui tombait sur le front et son nez avait changé de forme. Il ne l'aurait pas reconnu s'il l'avait croisé dans la rue.

Mais quand le Suisse tourna la tête et leva le menton vers lui pour le regarder, derrière ses lunettes correctrices, Servaz reconnut le sourire et la bouche un brin féminine.

— Bonjour, Martin. Je suis content de te voir.

Il ne répondit toujours pas, se demanda si le Suisse pouvait entendre les coups dans sa poitrine.

— J'ai renvoyé les Labarthe chez eux. Ce sont de bons petits soldats, mais quelle couche ils trimballent. Lui, c'est un vrai con. Son livre ne vaut rien, tu sais ? Tu l'as lu ? Elle, elle est beaucoup plus dangereuse. Tu sais qu'ils ont osé droguer Gustav. (Sa voix comme un filet d'eau glacée tout à coup.) Ils pensent s'en tirer avec une remontrance. Mais tu sais que ça ne va pas se passer comme ça…

Servaz ne dit rien.

— J'ignore encore comment je vais régler ça. On verra. Je préfère la spontanéité.

Servaz tendit l'oreille. Essayant de capter d'autres bruits derrière la voix. Il n'y en avait pas. Tout était calme.

— Tu te rappelles notre première conversation ? dit soudain le Suisse.

Et comment qu'il se rappelait. En définitive, il n'y avait pas eu une seule journée en huit ans où il n'avait pas pensé à ce moment d'une manière ou d'une autre. Parfois cela durait quelques secondes, parfois plus.

— Tu te rappelles le tout premier mot que tu as prononcé ?

Servaz s'en souvenait. Mais il laissa Hirtmann le dire.

— Mahler[1].

1. Voir *Glacé*, XO Éditions et Pocket.

Le Suisse souriait, son visage levé vers lui s'était illuminé.

— Tu as dit « Mahler ». Et là, j'ai tout de suite compris que quelque chose se passait. Tu te souviens de la musique ?

Oh oui, il s'en souvenait.

— La *Quatrième*, premier mouvement, répondit Servaz d'une voix éraillée, comme s'il n'avait pas parlé depuis des jours.

Hirtmann hocha la tête avec satisfaction.

— *Bedächtig... Nicht eilen... Recht gemächlich...*

Ses mains s'élevèrent et voletèrent dans la chambre, comme s'il la percevait.

— « Délibéré, sans hâte, très à l'aise », traduisit Servaz.

— Je dois reconnaître que tu m'as fait forte impression, ce jour-là. Oui. Et je ne suis pas facilement impressionnable.

— On est ici pour parler du bon vieux temps ?

Le Suisse eut un petit rire débonnaire. Presque une toux. Puis il se tourna vers le lit.

— Parle moins fort. Tu vas le réveiller.

Servaz eut l'impression que son estomac tombait.

— Qui est cet enfant ? demanda-t-il.

Pendant un moment, ni l'un ni l'autre ne parla.

— Tu ne devines pas ?

Il déglutit.

— Je t'ai dit qu'une fois, dans mon ancien travail, j'ai trouvé le cadavre d'un gosse ? enchaîna le Suisse. J'étais jeune en ce temps-là, je venais de commencer au tribunal de Genève depuis trois semaines. La police m'a appelé en pleine nuit. Le type au bout du fil avait l'air bouleversé. Je me suis pointé à l'adresse indiquée. Un endroit déprimant. Un pavillon minable squatté par des junkies. Quand je suis entré dans la baraque, j'ai tout de suite senti l'odeur : ça puait le vomi, la pisse de chat, la bouffe, la merde, le tabac, la crasse, mais aussi le papier alu cramé. J'ai vu des cafards dans le couloir et la cuisine ; c'en était infesté. Je suis entré dans le salon. Ils étaient tous défoncés, avachis sur les canapés, la mère, allongée sur les genoux de deux types, dodelinait de la tête, un des mecs insultait la police, il y avait encore des garrots et des seringues sur la table basse. Ils s'étaient déjà injecté dans les veines toute la merde qu'ils avaient sous la main. La gamine était dans sa chambre, au fond du couloir, allongée dans son lit. Je lui donnais dans les quatre ou cinq ans. En réalité, je l'ai su plus tard, elle en avait sept… Mais des années de mauvais traitements et de malnutrition la faisaient paraître beaucoup plus petite et plus menue que son âge.

Il lança un regard en direction du lit.

— Le légiste, un type proche de la retraite qui en avait pourtant vu d'autres, était très pâle. Il l'examinait avec beaucoup de douceur, peut-être pour compenser la rage avec laquelle elle avait été battue. Les secours étaient encore là, devant le pavillon. L'un d'eux avait vomi dans l'herbe. Ils avaient tout fait pour ranimer la petite, massages cardiaques, défibrillateur. Un des types voulait rentrer à l'intérieur et cogner sur les parents. Les flics ont dû le retenir. La chambre de la gamine était pleine d'ordures, comme tout le reste de la maison : des bouteilles, des canettes, de la bouffe en train de moisir dans des cartons, des taches partout, même sur le lit…

Hirtmann se tut, perdu dans ses pensées.

— On a fini par appréhender l'auteur des coups mortels. Ce n'était pas un des trois déchets, mais le père, qui s'était pointé, tout aussi défoncé, et qui avait trouvé la mère endormie avec les deux autres. Du coup, il s'était vengé sur la môme. J'ai tué la mère deux mois plus tard. Après l'avoir torturée. Je ne l'ai pas violée. Elle me dégoûtait trop.

— Pourquoi me raconter tout ça ?

Le Suisse ne sembla pas avoir entendu.

— Tu as une fille, Martin. Tu sais cela depuis longtemps…

Servaz sentit son corps se raidir.

Ne parle pas de ma fille, salopard…

— Je sais quoi ? demanda-t-il d'une voix très froide.

— Que quand on a un enfant, on cesse de raisonner comme avant. Quand on a un enfant, le monde redevient dangereux, n'est-ce pas ? Avoir un enfant, c'est réapprendre que nous sommes fragiles, un enfant vous rend vulnérable. Tu sais tout ça, bien sûr. Regarde-le, Martin. Que se passera-t-il si je disparais ? Si je meurs ? Si je vais en prison ? Que deviendra-t-il ? Qui s'occupera de lui ? Dans quel foyer, équilibré ou dysfonctionnel, atterrira-t-il ?

— C'est ton fils ? demanda Servaz, la gorge nouée.

Hirtmann détourna son regard de Gustav pour le scruter à travers ses lunettes, les yeux plissés.

— Oui, c'est mon fils. Je l'ai élevé, je l'ai vu grandir. Ce gamin, tu n'imagines pas à quel point il est formidable.

Il marqua une pause.

— Gustav est mon fils, *et c'est aussi le tien*. Je l'ai élevé comme mon fils – parce que c'est ce qu'il est – mais c'est *ton ADN* qu'il a dans ses cellules. Pas le mien.

Martin n'écoutait plus. Ses oreilles bourdonnaient comme s'il était atteint d'acouphènes. Sa gorge lui semblait tapissée de papier de verre.

— Tu peux le prouver ? dit-il soudain.

Hirtmann sortit un sachet transparent. À l'intérieur, une mèche de cheveux. Blonds. Identique à celui qu'il avait dans la poche.

— Je m'attendais à cette question. Tiens, vas-y, fais le test. Mais je l'ai déjà fait pour toi : je voulais savoir s'il était de toi ou de moi…

Hirtmann marqua un temps d'arrêt.

— Gustav. *Ton fils*. Il a besoin de toi.

— Alors ? c'est pour ça…

— C'est pour ça quoi ?

— Qu'on l'a trouvé si facilement… Tu as tout fait pour qu'on le trouve, en vérité.

— Tu es malin, Martin. Très malin.

— Mais pas aussi malin que toi, c'est ça ?

— Je suis assez malin moi-même, il est vrai. Tu me connais suffisamment pour savoir que je ne fais pas autant d'erreurs que cela, d'habitude. Ça aurait dû te mettre la puce à l'oreille.

— Ça l'a fait. Mais, même si j'ai bien pensé que tu tirais les ficelles, que tu étais derrière tout ça, je me suis dit que tu avais tes raisons – et que le marionnettiste finirait par pointer le bout de son nez… J'avais raison, non ?

— Fort bien. Donc, nous y voilà.

— Le problème, c'est que toutes les issues de cet hôpital sont contrôlées par la police. Tu ne pourras pas t'échapper.

— Je ne crois pas, non. Tu vas m'arrêter ? Ici ? Dans la chambre de *ton fils malade* ? Je trouve ça d'assez mauvais goût, pour tout dire.

Servaz regarda Gustav dans son lit, ses cheveux blonds toujours collés à son front par la transpiration, ses lèvres entrouvertes et sa cage thoracique étroite qui se soulevait doucement sous le pyjama molletonné. Ses cils blonds étaient posés sur ses paupières closes comme les soies d'un pinceau.

Hirtmann déplia son mètre quatre-vingt-huit. Servaz s'aperçut qu'il avait pris quelques kilos. Il portait un pull jacquard démodé et un pantalon en velours informe. Mais il émanait toujours de lui ce quelque chose de magnétique, de redoutable.

— Tu es fatigué, Martin. Je te propose de…

— Qu'est-ce qu'il a ? le coupa Servaz d'une voix changée.

— Atrésie biliaire.

Servaz n'avait jamais entendu parler de cette maladie.

— C'est grave ?

— Mortel si on ne fait rien.

— Explique-toi, dit-il fermement.

— Ça va prendre du temps.

— Je m'en fous. J'ai tout mon temps.

Il sentit que le Suisse le regardait.

— L'atrésie biliaire est une maladie qui touche environ un enfant sur vingt mille. Une belle saloperie qui débute avant même la naissance de l'enfant. Dans le ventre de la mère. En gros, les canaux qui permettent au foie d'évacuer la bile se rétrécissent et se bouchent, la rétention de la bile dans le foie produit des dommages irréparables et, si rien n'est fait, mortels. Tu as entendu parler comme tout le monde de la cirrhose des alcooliques. Eh bien, c'est ce qui se passe : la présence de la bile dans le foie entraîne une fibrose, puis une cirrhose

449

biliaire secondaire. C'est de ça que meurt l'enfant : une bonne vieille cirrhose du foie.

Hirtmann marqua une pause et jeta un regard à Gustav avant de poursuivre.

— À ce jour, l'origine de l'atrésie biliaire est inconnue. Les enfants qui en sont atteints souffrent de problèmes de santé constants. Ils sont plus petits que la moyenne, souvent atteints par des infections. Ils ont des douleurs abdominales, l'abdomen gonflé, la jaunisse, ils ont des troubles du sommeil et des saignements gastro-intestinaux. Bref, comme je te l'ai dit : une belle salo-perie.

Il n'y avait aucune émotion particulière dans sa voix, rien que l'énonciation brutale des faits.

— Le premier traitement consiste à rétablir l'écoule-ment de la bile. Cette opération s'appelle la procédure de Kasai, du nom du chirurgien qui l'a mise au point. Il s'agit de retirer le conduit nécrosé et de le remplacer par un tuyau de drainage neuf prélevé sur l'intestin grêle. La chirurgie, c'est de la plomberie. Gustav a subi cette opération. Elle est couronnée de succès une fois sur trois. Dans son cas, il semble qu'elle ait échoué.

Il marqua une pause.

— À partir de là, une insuffisance hépatique se développe et, si les symptômes s'aggravent, l'enfant est en danger de mort.

Servaz avait l'impression que le silence qui régnait dans l'hôpital produisait une sorte de vibration – ou bien était-ce ses oreilles ?

— Y a-t-il un autre traitement ?

Hirtmann plongea son regard dans le sien.

— Oui. Une greffe de foie.

Servaz attendit la suite, le cœur dans la gorge.

— L'atrésie biliaire est la première cause de transplantation hépatique chez l'enfant, expliqua Hirtmann. L'obstacle principal à la greffe, tu t'en doutes, Martin, c'est le manque de donneurs morts dans ce groupe d'âge.

Une femme en blouse d'infirmière passa dans le couloir. Le bruit de ses semelles en caoutchouc sur le sol parut à Servaz un écho des coups sourds frappés dans sa poitrine.

— Et, dans le cas de Gustav, poursuivit le Suisse, cela supposerait tout un tas de formalités, le faire sortir de la clandestinité et sans doute accepter qu'il finisse un jour dans une famille d'accueil, c'est-à-dire chez des inconnus, putain. Des gens que je ne contrôlerai pas et que je n'aurai pas choisis.

Servaz se garda de lui faire remarquer que le choix des Labarthe ne lui paraissait guère optimal.

— Mais il y a une autre option, la seule en vérité pour Gustav : la greffe de donneur vivant compatible. On prélève environ 60 à 70 % du foie d'un donneur sain – ça ne pose pas de problème : le foie repousse. Et on les transplante à l'enfant. Mais il ne peut s'agir de n'importe quel donneur. Ça doit être un parent proche : un frère, une mère, *un père*…

C'était donc ça… Servaz résista à l'impulsion d'attraper le Suisse par le col. Marianne, pensa-t-il soudain. Il avait dit « une mère, un père… » Pourquoi pas Marianne ?

— Pourquoi pas la mère ? Marianne, pourquoi pas elle ? demanda-t-il d'une voix enrouée. Pourquoi elle ne pourrait pas donner son foie ?

Hirtmann le dévisagea d'un air grave, il semblait chercher la bonne réponse.

— Disons que son foie n'est pas disponible.

Servaz respira à fond.

— Elle est morte, c'est ça ?

Le regard du Suisse était plein de feinte compassion, et Servaz eut de nouveau envie de le prendre à la gorge.

— Et si je refuse de le faire ? dit-il. Que se passera-t-il ?

— Eh bien, dans ce cas, ton fils est mort, Martin.

— Pourquoi ? dit-il soudain.

— Pardon ?

— Pourquoi tu ne l'as pas tué ? Pourquoi tu l'as élevé comme ton propre fils ?

Ils étaient toujours debout, côte à côte, au pied du lit. Ils contemplaient le garçon endormi, dont les lèvres articulaient un discours silencieux.

— Je ne tue pas les enfants, répondit le Suisse froidement. Et le destin a placé ce gosse entre mes mains. Je t'ai dit que, quand j'ai découvert que Marianne était enceinte, cela m'a rendu furieux ? Je l'ai affamée pendant des semaines pour qu'elle avorte. Je ne voulais pas tuer cet enfant, je voulais qu'il meure naturellement. Mais le petit diable s'est accroché. Sauf qu'avec toutes les drogues que je lui faisais prendre, Marianne était dans un état lamentable. J'ai dû la sevrer, la nourrir, lui injecter des vitamines en intraveineuse.

— En Pologne ? demanda Servaz.

Hirtmann le regarda.

— La Pologne, Marianne n'y a jamais mis les pieds. C'était juste histoire de te torturer un peu. J'ai mis son ADN au milieu des autres, voilà tout.

— Comment est-elle morte ?

— Quand l'enfant est né, que j'ai fait ce test de paternité et découvert que ce n'était pas le mien, poursuivit le Suisse sans répondre, j'ai compris qu'il était sûrement de toi. Alors, je suis venu à Toulouse et, à ton insu, j'ai prélevé un peu de ton ADN. Ça n'a pas été difficile. Pas plus difficile que de *t'emprunter* ton arme. Dans les deux cas, il m'a suffi d'entrer dans ta voiture.

Servaz retint son souffle ; il essayait de réfléchir.

— Car c'est bien ton arme qui a tué Jensen, confirma le Suisse. Et c'est moi qui ai appuyé sur la détente. Je te l'ai empruntée la nuit où tu m'as poursuivi dans les jardins des thermes. Je l'ai remplacée par une autre, identique, et je l'ai remise en place quelques jours plus tard.

Servaz pensa au parfum qu'il avait senti dans la voiture, en ressortant de chez le psy, à son arme entre les mains de Rimbaud, aux tirs de comparaison qui seraient bientôt effectués. Il regarda l'enfant au bout du lit.

— Par la même occasion, j'ai aussi vérifié la compatibilité entre vos groupes sanguins, ajouta le Suisse.

Le flic écoutait ses paroles sans pouvoir se départir d'un sentiment d'irréalité. Il avait l'impression qu'il rêvait, qu'il allait se réveiller.

— En admettant… en admettant que je le fasse, comment être certain que tu ne me liquideras pas après l'opération ?

La faible lumière émanant du néon accroché au-dessus du lit se reflétait dans les verres du Suisse, tel un reflet à la surface d'un étang, la nuit.

— Tu ne peux pas en être certain, répondit-il. Mais, après ça, Gustav te devra la vie. Une vie pour une vie. Disons que ce sera ma façon de payer mes dettes. Bien sûr, tu n'es pas obligé de me croire. Il se peut que je change d'avis et vous liquide tous les deux. Cela rendrait la mienne plus facile…

— J'ai une condition, dit-il au bout d'un moment.

— Je ne crois pas que tu sois en position de négocier, Martin.

— Le confier aux Labarthe, ces tarés, bon Dieu ! s'exclama-t-il soudain avec colère.

Hirtmann tressaillit, mais ne fit aucun commentaire.

— Et qu'est-ce que tu proposes ? demanda-t-il d'un air surpris.

— C'est mon fils, après tout.

— Et alors ?

— C'est à moi de l'élever.

Hirtmann le regarda, éberlué.

— Pardon ?

— Tu as bien entendu. Comment le pourrais-tu ? Où va avoir lieu l'opération ?

Il devina que le Suisse réfléchissait.

— À l'étranger. Ici, c'est trop risqué, pour lui comme pour moi…

Ce fut au tour de Servaz d'être surpris.

— Où ça à l'étranger ?

— Tu verras…

— Et comment tu as prévu de le faire sortir du pays ?

— Alors, tu vas le faire ? demanda le Suisse sans répondre.

Servaz ne quittait pas Gustav des yeux. L'inquiétude le taraudait. Une inquiétude qui lui rappelait quand Margot avait l'âge de Gustav et qu'il avait peur pour elle.

— Je n'ai pas vraiment le choix, non ?

38

Tel un loup entouré d'agneaux

— Cet enfant, tu crois que *Quelqu'un* nous l'a
envoyé ? Tu crois en Dieu, Martin ? Il me semble que
je t'ai déjà posé cette question dans le temps. Ce serait
un Dieu sacrément tordu, non, s'il existait ?

Ils étaient sortis respirer l'air de la nuit, ils regardaient les flocons tomber. Hirtmann tira sur sa cigarette.

— Tu as entendu parler de Marcion, Martin ? Marcion était un chrétien qui vivait il y a mille huit cents
ans à Rome. En regardant autour de lui, en regardant cet
univers traversé de souffrances, de massacres, de mala-
dies, de guerres et de violence, Marcion l'hérétique en
conclut que le Dieu qui avait créé tout ça ne pouvait pas
être bon, que le mal était une composante de sa création.
Les scénaristes de la chrétienté trouvèrent un rebondis-
sement assez vaseux pour répondre à la question du
mal : ils inventèrent Lucifer. Mais la version de Marcion était bien meilleure : Dieu est responsable du mal
comme de tout le reste, il est responsable de la maladie
de Gustav aussi. Non seulement le mal fait partie de
sa création, mais il en est un des leviers. C'est grâce
à la violence et au conflit que la création évolue vers

455

des formes toujours supérieures. Regarde Rome. Selon Plutarque, Jules César a pris plus de huit cents villes, soumis trois cents nations, fait un million de prisonniers et tué un autre million de ses ennemis. Rome était une société vicieuse, avec un goût certain pour la cruauté. Pourtant, son ascension a permis au monde d'évoluer, son empire a unifié les nations, permis aux idées de circuler, inventé de nouvelles formes de sociétés.

— Tes divagations me fatiguent, dit Servaz en sortant son propre paquet de cigarettes.

— Nous rêvons de paix, mais c'est un leurre, poursuivit le Suisse sans tenir compte de l'interruption. À tous les niveaux règnent la rivalité, la compétition et la guerre. William James, le père de la psychologie américaine, a suggéré que la vie civilisée rend possible pour de nombreuses personnes le fait de passer du berceau à la tombe sans avoir jamais connu le moindre moment de véritable peur. Ainsi beaucoup de ces personnes ne comprennent pas la nature de la violence, de la haine et du mal, qui pourtant les entourent. Quelle merveille que d'être un loup entouré d'agneaux, n'est-ce pas ?

— Marianne, qu'est-ce que tu en as fait ? Comment elle est morte ?

Le Suisse lui jeta un bref coup d'œil contrarié cette fois, comme s'il trouvait malpoli de l'interrompre à deux reprises.

— Je t'ai dit que, quand j'avais l'âge de Gustav, j'ai frappé mon oncle avec un marteau ? Il était assis dans le salon avec ma mère. Il était passé sous je ne sais quel prétexte pendant que mon père était absent et ils bavardaient. Aujourd'hui encore, je suis incapable d'expliquer ce geste. D'ailleurs, je l'avais oublié jusqu'à ce que ma mère m'en reparle, des années plus tard, sur son lit de mort. Je ne sais pas... sans doute simplement parce que le marteau était là. Je l'ai attrapé, je me suis approché par-derrière et pan ! je lui en ai filé un grand coup sur le crâne. D'après ma mère, il pissait le sang.

Servaz fit jaillir la flamme du briquet et alluma sa cibiche.

— Une des dernières choses que ma mère m'a dites, quelques instants avant que le cancer n'en vienne définitivement à bout, c'est : « Tu as toujours été mauvais. » J'avais seize ans. Je lui ai répondu en souriant : « Mauvais comme le cancer, maman. »

Soudain, sans que rien n'eût pu laisser prévoir son geste, le Suisse arracha la cigarette des lèvres de Servaz et jeta le mégot dans la fine couche de neige du trottoir. Ensuite, il l'écrasa du talon.

— Qu'est-ce que tu... ?

— On t'a jamais dit qu'un donneur ne doit pas fumer ? C'est un peu tard, mais à partir d'aujourd'hui, plus de clopes, décréta Hirtmann en faisant demi-tour et en franchissant les portes. Tu prends des médicaments pour le cœur ?

Servaz faillit répliquer, mais il pensa à Gustav. Est-ce que c'était réel ? Est-ce qu'il était vraiment en train de discuter avec le Suisse des médicaments qu'il prenait ?

— Pas exactement pour le cœur, répondit-il. Ce n'est pas comme si j'avais subi un pontage ou une greffe. Ni anticoagulants ni médicaments antirejet. Des antidouleur et un anti-inflammatoire, je les ai arrêtés. Je ne pense pas qu'ils aient eu trop le temps de m'endommager le foie, si c'est ça qui te chagrine. Où est-elle ? Marianne, qu'est-ce que tu en as fait ? gronda-t-il derrière le Suisse en lui emboîtant le pas.

Les portes se refermèrent derrière eux. L'entrée de service. Servaz regarda tout autour. Il n'y avait personne.

— Où est-elle ? dit-il en attrapant Hirtmann par le col et en le plaquant contre le mur.

Le Suisse se laissa faire.

— Marianne…, répéta Servaz, les traits déformés par la colère.

— Tu veux sauver ton fils ou pas ? Lâche-moi. Tu le sauras le moment venu, ne t'inquiète pas.

Il resserra sa prise. Il avait envie de frapper, de cogner, de faire mal.

— Ton fils est mourant si nous ne faisons rien. On ne peut plus attendre. Une dernière chose, au cas où tu te mettrais en tête que Gustav peut très bien être opéré ici… Pense à Margot. Il y a deux nuits de ça, je l'ai vue en petite tenue : j'avais renversé du café sur le costar de son garde du corps et elle a ouvert sa porte. Quelle beauté !

Cette fois, il frappa. Le nez du Suisse explosa. Hirtmann rugit comme un fauve quand Servaz le lâcha. Il se pencha en avant, sortit un mouchoir et le plaqua contre son nez qui pissait le sang.

— Je pourrais te tuer pour ça, gronda-t-il. Tu sais comme moi, poursuivit-il malgré tout, qu'il est impossible de protéger ta fille de quelqu'un comme moi… À propos de Margot, tu ne la trouves pas fatiguée en ce moment ? Tu as vu ces cernes sous ses yeux ?

— Espèce de charogne !

Il se sentait prêt à frapper de nouveau. Son cœur battait dangereusement dans sa poitrine. C'est alors qu'il vit l'écriteau sur le mur, près de la porte coulissante :

*Toute agression physique et/ou verbale envers
le personnel hospitalier en exercice fera l'objet
de poursuites judiciaires
Art. 222-7 et 433-3 du Code pénal*

Après tout, se dit-il, ce n'était pas comme si Hirt-mann faisait partie du personnel de l'hôpital. Il saisit ses menottes en un tournemain.

— Qu'est-ce que tu fais ? demanda le Suisse dont le regard étincelait.

Sans répondre, il referma un des bracelets autour d'un des poignets du Suisse, le fit pivoter prestement.

— Arrête ça. C'est idiot.

Il fit de même avec le second, l'attrapa par le bras et l'entraîna vers la sortie.

— Qu'est-ce que tu fous, bon Dieu ? s'énerva Hirt-mann. Pense à Gustav ! Au temps qu'on perd.

La voix du Suisse était lisse et froide, et il eut la sensation de marcher sur une couche de glace trop mince sur le point de se craqueler.

L'infirmière dans le petit bureau les vit passer et jaillit de la pièce. Servaz tendit sa carte de police dans sa direction sans se retourner et s'éloigna avec son prisonnier.

— Tu as l'air secoué, Martin, dit le Suisse d'une voix mauvaise et railleuse à la fois, une voix méchante et malicieuse. Tu as l'air d'un chat à qui on a coincé la queue dans la porte. Enlève-moi ça. Ta fille, je ne l'ai pas touchée. Et je ne la toucherai pas. Si tu fais ce que tu dois faire… *En fin de compte, tout – absolument tout – dépend de toi.*

— Ferme-la.

Il poussa la porte battante donnant sur le hall et brandit de la même façon sa carte en direction de la femme à l'accueil – qui considéra le visage ensanglanté d'Hirtmann, les poignets menottés et la carte avec des yeux ronds – avant de se tourner vers la sortie et d'en franchir les portes en tenant le Suisse.

L'air froid les frappa, mais Servaz n'y prêta pas attention. Il descendit les marches et s'orienta vers l'emplacement où était garée sa voiture.

— Réfléchis, dit le Suisse en marchant à côté de lui. Tu vas être inculpé de meurtre. La seule personne qui puisse te disculper, c'est moi.

— Précisément, je préfère te savoir en prison à ce moment-là que dehors, lui rétorqua-t-il en ouvrant la portière côté passager.

— Et Gustav ?

— Ça, c'est mon problème.

— Ah oui ? Comment feras-tu, une fois en taule, pour donner ton foie ?

Le Suisse était adossé à la voiture, les poignets menottés sur le ventre. Il le toisait. Servaz hésita.

— D'accord, mais à mes conditions, répéta-t-il.

— Et quelles sont-elles ?

— Toi en prison, moi dehors. Je suivrai tes instructions. J'irai dans cette clinique. Je donnerai mon foie. Nous sauverons Gustav. Mais toi, tu dormiras en taule pendant ce temps.

Le Suisse émit un son entre le rire et le rugissement.

— Tu crois que tu peux dicter tes conditions ? Tu n'as pas le choix, Martin : tu n'as plus la main. Si tu veux sauver ton fils. Et ta fille… Même si je suis en taule, pense à ce que les Labarthe pourraient lui faire… Ou, si ce n'est eux, d'autres gens comme eux, que je connais… Je te trouve bien pâle, Martin, tout à coup…

460

Le vent qui soufflait sur l'esplanade était désagréable et il emportait les paroles du Suisse en même temps que les panaches de son souffle. Les yeux d'Hirtmann étaient réduits à deux fentes, mais Servaz distinguait un éclat métallique entre ses paupières. Il ne doutait pas une seconde que celui-ci mettrait sa menace à exécution.

Il le frappa dans le foie, aussi fort qu'il put, et le Suisse hurla de douleur et de rage, fléchit les genoux.

— Tu me paieras ça, grinça-t-il, mauvais. Tôt ou tard, tu me le paieras. Mais pas maintenant.

Servaz défit les menottes.

Il était 4 heures du matin quand il remonta à l'hôtel. Il vit tout de suite que de la lumière brillait à la fenêtre de leur chambre. Kirsten était réveillée.

Quand il entra, elle était assise sur la chaise devant le petit bureau, lui tournant le dos, son ordinateur allumé.

— Où étais-tu ? demanda-t-elle sans se retourner.

Il ne répondit pas tout de suite. Kirsten fit volte-face et le dévisagea.

— Que s'est-il passé ? Tu as l'air d'avoir vieilli de dix ans.

39

Margot

— Et tu n'as pas jugé bon de me prévenir ?

Elle était furieuse. Elle ne semblait pas avoir beaucoup dormi et les cernes sous ses yeux lui donnaient un air plus fragile qu'à l'ordinaire.

— Vous avez passé cinq heures dans ce foutu hôpital avec ce gosse et tu n'as pas trouvé un instant pour m'appeler ?

— Tu dormais…

— *Fuck off !*

Il se le tint pour dit et la boucla.

— Et il est où maintenant ?

— Je ne sais pas…

— Quoi ?

— Je ne sais pas.

— Tu… tu l'as *laissé partir ?* Comme ça ?

— Tu n'as pas écouté ce que je t'ai dit ? Gustav est peut-être mon fils. Et il est en danger de mort…

— Et alors ?

— Hirtmann a tout prévu. Cette clinique à l'étranger, le chirurgien qui va l'opérer…

462

— Martin ! *shit !* Ce gosse peut très bien être opéré ici si c'est toi le donneur ! Pas besoin de…

— Non, trancha-t-il.

Elle le regarda.

— Pourquoi ?

— J'ai mes raisons.

— *Bloody hell !* jura-t-elle.

— Il a menacé de s'en prendre à Margot.

— Tu n'as qu'à demander que le dispositif autour d'elle soit renforcé.

— Tu sais aussi bien que moi qu'il est impossible de protéger quelqu'un à cent pour cent, dit-il en pensant aux paroles d'Hirtmann concernant Margot. Même avec le meilleur dispositif du monde. À plus forte raison avec deux ou trois flics qui n'ont pas été formés pour ça. Je ne prendrai pas ce risque. Et puis, qui sait combien de temps ça va prendre pour régulariser la situation de Gustav ici. Il est *malade*… Il n'y a pas de temps à perdre. Il faut l'opérer *maintenant*, pas dans six mois…

Il avait parlé d'un ton ferme et irrévocable. Kirsten hocha la tête d'un air pénétré.

— Alors, tu vas le laisser courir, c'est ça ? Tu vas lui obéir ?

— Pour le moment… Je n'ai pas le choix.

— On a toujours le choix.

Elle semblait très contrariée.

— Quand est-ce que tu dois le revoir ?

— C'est lui qui me contactera.

De nouveau, elle hocha la tête, non sans un regard aigu dans sa direction.

— Il faut que j'y aille, dit-il en ramassant quelques affaires.

— Où tu vas ? demanda-t-elle, à la fois exaspérée et abasourdie.

— Voir ma fille.

Il poussa le chauffage à fond dans la voiture et alluma la radio. Un expert autoproclamé – un de ceux qui avaient été incapables de prévoir son élection – expliquait pourquoi Donald Trump avait été élu à la présidence des États-Unis et pourquoi la même chose pouvait arriver ici – c'est-à-dire exactement le contraire de ce que lui et ses confrères affirmaient depuis des mois.

Il faisait encore nuit quand il entra dans Toulouse, gara sa voiture dans les étages du parking Victor-Hugo, redescendit au niveau de la rue, la traversa et pénétra dans son immeuble en adressant un geste de la main au flic assis dans sa voiture. Il salua le planton devant sa porte en se demandant depuis combien de temps il était là. Il était 6 h 12 du matin.

— Un café ? dit-il.

Le flic accepta et se leva. Il déverrouilla précautionneusement la porte pour ne pas réveiller Margot. Entendit quelqu'un bouger dans la cuisine.

— Margot ?

Le visage de sa fille apparut dans l'encadrement.

— Papa ? Qu'est-ce que tu fais là ?

— Bonjour, mademoiselle, dit le flic derrière lui.

— Bonjour, répondit-elle. Vous voulez un café ?

— Et toi ? Tu es déjà debout ? demanda son père en détaillant son visage fatigué, les cernes bleuâtres sous ses yeux.

Elle le regarda sans répondre. Se retourna pour rentrer dans la cuisine. Même ses épaules étaient un peu

464

plus voûtées qu'à l'ordinaire sous son peignoir élimé. Il repensa aux paroles du Suisse : « Tu ne la trouves pas fatiguée en ce moment ? »

Il n'avait pas dormi de la nuit et, comme toujours en pareil cas, il se sentait un brin cotonneux, avec un persistant sentiment d'irréalité, alors qu'il s'avançait dans la cuisine, prenait la tasse que Margot lui tendait. L'impression d'évoluer quelque part entre le sommeil et la veille. De partager le quotidien des lève-tôt, ces travailleurs pauvres – dont bon nombre d'étrangers – qui sortent de chez eux avant que le jour se lève pour nettoyer nos bureaux et nos fauteuils avant que nous y posions nos gentilles petites fesses.

— Je vais me recoucher, dit Margot en étouffant un bâillement.

Elle l'embrassa et s'éloigna à travers le séjour. Il la suivit des yeux. Elle n'avait vraiment pas l'air dans son assiette. Il remarqua aussi que l'inactivité avait des effets sur elle : elle avait pris quelques kilos depuis qu'elle était là, et son visage s'était arrondi. Hirtmann en savait-il plus qu'il ne le disait ? Du Suisse, sa pensée voyagea jusqu'à Gustav. L'hôpital le gardait en observation jusqu'à la fin de la journée. Après quoi, il rentrerait chez lui. C'est-à-dire *chez les Labarthe*… À cette pensée, il sentit son estomac se nouer.

Il avait faim. Il chercha une pizza dans le congélateur mais il n'y en avait plus. De la même façon, les plats pour micro-ondes avaient disparu. Encore une fois il sentit l'agacement le gagner. Le réfrigérateur avait pareillement été vidé de tous les hamburgers qu'il contenait, remplacés par des fruits et des légumes en quantité industrielle. Bio, évidemment.

Il eut brusquement envie d'uriner.

En ressortant des W.-C., il se dirigea vers la chambre de sa fille. La porte était entrebâillée. Il la poussa doucement. Elle dormait déjà. Même dans le sommeil, elle avait l'air épuisée.

— Ton *fils*, dit Vincent Espérandieu, incrédule.

Il regarda le fond de sa tasse de café, comme si un message était inscrit dedans.

— Martin, c'est une histoire incroyable. *Ton fils…*

— Peut-être, rectifia Servaz en poussant devant lui deux sachets, l'un contenant une mèche blonde, l'autre un seul cheveu. Ou peut-être juste un bluff. Il me faut le résultat le plus rapidement possible. Pour les deux…

Espérandieu considéra les deux sachets l'un après l'autre, puis s'en saisit.

— Pourquoi deux ? Je ne comprends pas.

— Je t'expliquerai.

Il faisait trop froid pour la terrasse, ce jour-là, et ils s'étaient réfugiés à l'intérieur, près de la fenêtre. De l'autre côté de la vitre, les passants se faisaient rares sur la place du Capitole.

— Tu ne crois pas que tu aurais pu m'en parler avant ?

Servaz ne dit rien. Il jeta un coup d'œil à son adjoint. Avec sa mèche balayant son front, son visage poupin et sa bouille d'adolescent, il approchait les quarante ans et néanmoins le temps n'avait aucune prise sur lui. Servaz le trouvait inchangé depuis qu'il avait franchi pour la première fois la porte de son bureau, dix ans plus tôt.

Vincent était un véritable *geek* et un garçon assez maniéré. Au début, il avait été la cible de pas mal de lazzis et d'injures homophobes jusqu'à ce que Servaz y mette le holà. Par la suite, ils étaient devenus les meilleurs amis du monde, le seul véritable ami, en vérité, qu'il eût dans la police – et en dehors. Servaz était même le parrain de son fils.

— Désolé, dit-il.

— C'est vrai, non ? Martin, ça fait combien de temps qu'on se connaît ?

— Quoi ?

— Bon Dieu, tu ne me dis plus rien. Ni à moi ni à Samira.

— Je ne suis pas sûr de te suivre.

— Tu as changé, Martin, depuis ton coma.

Il se raidit.

— Pas du tout, répondit-il fermement. La preuve : c'est à toi que j'en parle en premier.

— Et tu as bien fait. Putain de merde, je ne sais pas quoi te dire… Tu as vu Hirtmann, tu l'as… *rencontré*, tu as été dans la même pièce que lui. Et tu l'as laissé filer… Martin, merde ! *c'est de la folie !*

— Tu voulais que je fasse quoi ? Tu crois que j'ai renoncé à l'arrêter ? Ce gosse est en danger de mort… Et c'est peut-être mon fils…

— Il n'y a pas moyen de le soigner ici ?

— Tu vas m'aider ou pas ?

— Qu'est-ce que tu attends de moi ?

— Ce type de l'IGPN, il en est où ?

— Rimbaud ? Il est persuadé que c'est toi qui as fumé Jensen.

— C'est ridicule.

Espérandieu lui lança un regard insistant.

— Évidemment que c'est ridicule. Mais ce con n'a pas d'autre piste. Alors, il s'y accroche. De toute façon, une fois que les comparaisons de tir auront été effectuées, il n'aura plus rien contre toi.

467

Servaz évita le regard de son adjoint. Une pensée le frappa tout à coup. Est-ce que Vincent avait raison ? Est-ce qu'il avait changé à ce point depuis le coma ? Au point que même ses amis ne le reconnaissaient pas ?

— La question qui se pose, continua Vincent, c'est qui avait intérêt à fumer cette raclure.

— À part moi, tu veux dire.

— Martin, putain, je n'ai pas voulu dire ça…

Servaz hocha la tête. Mais Vincent Espérandieu n'était pas décidé à en rester là.

— Depuis quand tu interprètes de travers ce que disent tes amis ? Merde, tu veux que je te dise ? Depuis que t'es sorti du coma, je me demande à qui je parle : à toi ou à un autre.

C'est une question que je me pose moi aussi.

— Est-ce que tu peux garder Rimbaud à l'œil ? demanda-t-il.

— Ça va être difficile. Il se méfie de Samira et de moi.

— Qui s'occupe des tirs de comparaison ?

— Torossian.

— Lui, on le connaît. Tu pourrais le sonder, voir où il en est.

— D'accord, dit Vincent. Je vais voir ce que je peux faire.

Il agita les deux sachets.

— Tu vas faire quoi si c'est ton fils ?

— J'en sais rien.

— Et Margot, comment elle va ?

Servaz fut aussitôt en alerte.

— Pourquoi tu me demandes ça ?

— Parce que je l'ai aperçue il y a deux jours dans le centre et elle avait vraiment une sale tête.

Il hésita. Regarda son adjoint.

— Toi aussi, tu l'as remarqué ?

Il baissa les yeux, les releva.

— Je me sens coupable, dit-il. Elle a tout laissé tomber pour être près de moi, et moi, de mon côté, je n'arrête pas de la laisser seule… Et puis, je me demande si… je ne sais pas… *j'ai l'impression qu'il y a quelque chose…* Elle a l'air si fatiguée, sur les nerfs. Mais elle ne me dit rien… C'est difficile entre nous, en ce moment. Je ne sais pas quoi faire.

— C'est simple.

Servaz regarda son adjoint avec étonnement.

— Demande-lui. *Directement.* Oublie les questions biaisées. Tu n'es pas dans un interrogatoire : c'est ta fille.

Servaz répondit d'un hochement de tête affirmatif. Vincent avait raison.

— Et cette fliquette norvégienne, il y a quelque chose entre vous ?

— En quoi ça te regarde ?

Espérandieu soupira. Une lueur d'irritation dans les yeux.

— En rien, en effet. Sauf qu'avant tu ne m'aurais pas répondu de cette façon. Non, sérieusement, tu me fous les boules.

Son adjoint se leva.

— Faut que j'y aille. J'ai du boulot. Je te tiens au courant pour l'ADN.

Kirsten vit les Labarthe revenir avec l'enfant vers 15 heures. Elle les observa un moment avec les jumelles, puis elle en eut brusquement marre. À quoi bon ? Elle jeta les jumelles sur le lit et allait s'allonger quand son téléphone vibra. Elle regarda l'écran.

Kasper. Il venait aux nouvelles.

Elle ne répondit pas. Là, tout de suite, elle n'avait pas envie de parler au flic bergénois. Son intérêt pour l'enquête était à mettre à son crédit, mais elle commençait à trouver un poil suspect ses coups de fil répétés : après tout, il ne lui avait pas paru si empressé que ça quand elle s'était rendue à Bergen. Alors, pourquoi, tout à coup, s'agiter de cette façon ? Elle s'était bien gardée de lui dire qu'ils avaient retrouvé le Suisse. Il n'aurait pas manqué d'en informer sa hiérarchie. De la même façon que Servaz n'avait pas averti la sienne. Pourquoi ? Parce qu'il ne voulait pas qu'on lui retire l'enquête pour la confier à quelqu'un d'autre ou pour une autre raison ? Elle-même n'avait pas dit grand-chose à Oslo. S'il y avait bien un truc qu'elle voulait éviter, c'était que la Kripos mette son nez dans ce qui se passait ici.

Elle fixait le plafond et pensait aux Labarthe. À ce qu'ils lui avaient fait subir. Et surtout à ce qu'ils n'avaient pas eu le temps de lui faire subir… Elle se sentait des envies de meurtre à cette idée. Cela n'aurait pas dû arriver. Quelque chose avait merdé. Elle n'était pas du genre à laisser couler. Elle se souvint de ses débuts en tant que policière en uniforme dans les rues d'Oslo. Elle était intervenue sur Rosenkrantz' gate pour une bagarre dans un bar et elle avait interpellé un type en état d'ivresse en compagnie de son coéquipier. Comme il fallait s'y attendre, le type en question s'en était d'abord pris à elle et lui avait craché à la figure les mots que certains hommes emploient automatiquement dès qu'une femme s'oppose à eux. Malgré cela, l'homme s'était retrouvé dehors dès le lendemain, narguant les policiers de service avant de quitter le commissariat.

Il n'avait sans doute pas compris pourquoi, le lendemain soir, alors qu'il rentrait chez lui en titubant, ivre une fois de plus, une ombre avait surgi et s'était jetée sur lui. L'ivrogne avait eu plusieurs côtes cassées, la mâchoire enfoncée, une épaule déboîtée et trois doigts de la main droite retournés. À ce jour, il devait encore se demander ce qui s'était passé.

Elle commençait sérieusement à tourner en rond. Aussi enfila-t-elle ses bottes, son anorak et son bonnet et sortit-elle faire un tour dans la neige. Tout en s'enfonçant dans vingt centimètres de poudreuse, elle pensa à Martin, à la nuit qu'ils avaient passée ensemble. C'était plus qu'un coup. Sur le moment, elle avait senti naître quelque chose d'autre. Est-ce qu'il l'avait senti aussi ?

— Qu'est-ce qu'on fait ? demanda Aurore Labarthe.

— Comment ça, qu'est-ce qu'on fait ?

Elle jeta à son mari un regard excédé. Il était 21 heures et elle venait de coucher Gustav. La nuit était tombée depuis longtemps, le chalet silencieux.

— Tu n'as pas vu son regard à l'hôpital ? dit-elle. Il va revenir. Et, cette fois, il va nous punir.

Elle vit Roland devenir très pâle, ses traits se décomposer.

— Comment ça *nous punir* ?

— Tu vas faire le perroquet encore longtemps ? le rembarra-t-elle.

Elle ne vit pas le regard meurtrier qu'il lui lança, car elle s'était tournée vers la fenêtre.

— On doit filer d'ici, déclara-t-elle.

— Quoi ?

— Avant qu'il vienne s'occuper de nous.

471

— Pourquoi… Pourquoi… ferait-il… ça ?

Sa voix chevrotait presque. Quelle lopette !

— À ton avis ? Son grand truc, c'est de punir. Tu devrais le savoir, tu es son biographe. (Elle émit un ricanement.) On a merdé.

— *Tu* as merdé, osa-t-il rectifier. L'idée de droguer ce gosse, c'était la tienne. Et ta deuxième erreur, ça a été de le lui dire.

— Parce que tu crois que ce petit con d'interne ne l'aurait pas fait ? Ferme-la. Et arrête de chier dans ton froc.

— Aurore, ne me parle pas comme ça.

— La ferme. On n'a qu'une chose à faire : ramasser le maximum de choses et décamper.

— Et le gosse ?

— Dès qu'on est partis, tu appelles Hirtmann et tu lui dis de venir le récupérer, que les clefs du chalet sont dans le tuyau d'échappement de ma voiture et que Gustav dort dans son lit.

— On va aller où, bordel ?

— Loin d'ici. On change d'air. Et on changera de nom s'il le faut. Il y a des tas de gens qui font ça, qui disparaissent du jour au lendemain. On a assez de fric de côté.

— Et mon boulot à l'université ?

— Qu'est-ce que tu veux que ça me foute ? lui répondit-elle.

— Je te rappelle quand même que c'est grâce à lui si on a acheté cet endroit et si on…

Un bruit de moteur. Ils se turent. Pour la première fois, il vit la peur brouiller les traits d'Aurore lorsqu'elle se tourna de nouveau vers la fenêtre. Il regarda à son tour et se figea. Une voiture roulait très lentement sur la neige, elle avait dépassé l'hôtel et se dirigeait à présent vers le chalet, ses phares comme deux soleils puissants.

— C'est lui…, dit-elle quand la voiture se fut immobilisée au pied du chalet, devant les congères, et que les phares s'éteignirent.

— Qu'est-ce qu'on va faire ?

— La même chose qu'à cette Norvégienne, décréta-t-elle. Ensuite, on le tuera. Après s'être amusés un peu…

Elle tourna son visage vers lui et il se sentit glacé : les yeux d'Aurore Labarthe étincelaient de cruauté.

Kirsten le vit descendre de la voiture et grimper les marches enneigées du perron.

Julian.

Elle déplaça ses jumelles et vit Aurore Labarthe à l'une des fenêtres du premier. Elle fit le point sur la femme blonde. Ses traits exprimaient la préoccupation, mais aussi autre chose : ruse, perfidie, stratagème… Kirsten sentit brusquement tous ses sens en alerte. Il se tramait quelque chose.

De toute évidence, Aurore Labarthe n'ignorait rien du danger que son mari et elle couraient. Hirtmann, de son côté, ignorait-il celui qui le guettait ? Kirsten avait la sensation qu'un nuage d'encre noire obscurcissait ses pensées. Comme si une pieuvre le lui avait craché à la figure en plein océan. Que faire ? Elle était venue sans arme. Où était Martin ? Sans doute sur la route. Elle composa son numéro. Tomba sur le répondeur.

Shit.

Il se tenait sur le perron, son ombre enveloppée dans un manteau d'hiver sombre saupoudré de flocons,

473

sa mèche frontale dansant dans le vent par-dessus ses lunettes. Aurore Labarthe avait passé le peignoir en soie noire à galons rouges qu'il aimait tant, mais quand elle ouvrit la porte, il ne lui accorda pas la moindre attention. Pas plus qu'à son corps que, d'ordinaire, il ne manquait pas de détailler. À aucun moment le regard du Suisse ne se détourna du sien.

— Bonsoir, Aurore, dit-il.

Le ton était aussi frais que la nuit dehors. Elle sentit un frisson courir le long de chacune de ses vertèbres, sous la soie, comme la caresse d'un doigt glacé, des cervicales au sacrum. Elle remarqua son nez enflé, tuméfié, et le coton qui lui sortait des narines. Que s'était-il passé ?

— Bonsoir, Julian. Entre.

Elle se demanda, en s'effaçant, à quel moment il allait se jeter sur elle, mais il n'en fit rien et s'avança vers le grand séjour-cathédrale. Elle eut une pensée pour Roland, dans la cuisine – en train de préparer les cocktails. Son couard de mari devait avoir la main qui tremblait. Il n'avait pas intérêt à se tromper dans le dosage.

Quand Julian passa près d'elle, elle éprouva néanmoins ce mélange capiteux d'excitation et de crainte qu'elle ressentait toujours en sa présence. Il s'avança dans le grand séjour comme un animal – reniflant, flairant, humant, évaluant. Sûr de sa force mais à l'affût. Prêt à l'action et à la réaction. Aurore resserra la ceinture de son peignoir sur sa taille avant de s'avancer vers lui. Sortant de la cuisine, Roland apparut, un plateau supportant trois grands verres à cocktail dans les mains – et elle vit tout de suite qu'il avait bu pour se donner du courage.

— Maître, dit-il respectueusement. Veuillez vous asseoir.

— Arrêtons ces âneries, Roland, tu veux bien ? dit le Suisse en retirant son manteau humide et en le jetant sur le sofa.

Derrière les verres épais de ses lunettes, qui reflétaient les flammes dansant dans la cheminée pyramidale, ses yeux brillèrent d'une condescendance pure et glaciale. Labarthe acquiesça d'un signe de tête, sans oser le regarder. Il posa le cocktail crémeux et blanc devant lui.

— Un White Russian, comme d'habitude ?

Hirtmann acquiesça. Sans quitter Labarthe des yeux. Celui-ci posa le Champagne cocktail d'Aurore et son Old Fashioned sur la table basse. Une autre passion de Roland, les cocktails. Qui leur avait servi plus d'une fois lorsqu'il s'était agi d'« aider » leurs invités à se détendre et à entrer dans leur jeu.

— Je ne vous ai jamais dit que j'ai des racines russes ? dit le Suisse en élevant son verre. (Roland ne quittait pas le cocktail des yeux. Aurore eut envie de lui crier d'être plus discret. Mais son attention revint au Suisse. Qui avait immobilisé le verre à quelques centimètres de ses lèvres.) Russes et aristocratiques. Mon grand-père maternel a été ministre du gouvernement Kerenski avant la révolution d'Octobre. La famille résidait à Saint-Pétersbourg, rue Bolchaïa Morskaïa, à deux pas de chez les Nabokov.

Finalement, il avala une gorgée de la mixture qui avait l'apparence de la crème fouettée, puis une autre.

— Délicieux, Roland. Il est parfait.

Il reposa le verre. Roland regarda furtivement Aurore. Il avait versé presque trois grammes de GHB dans le cocktail. Une dose maousse. D'ici à quelques minutes, la substance se frayerait une route dans le cerveau du Suisse, modifierait son humeur, le pousserait à l'euphorie, dissoudrait ses angoisses et sa paranoïa et altérerait ses facultés motrices. Il cesserait alors d'être le redoutable Julian Hirtmann pour devenir une proie plus facile. Mais plus facile, concernant Julian Hirtmann, ne signifiait pas sans danger.

Aurore vint s'asseoir en face du Suisse. Écartant ostensiblement les genoux. Cette fois, les yeux d'Hirtmann s'arrêtèrent entre les cuisses de la jeune femme et, pendant un instant, ils brillèrent de la concupiscence la plus pure, mais aussi de fureur.

— Ce que vous avez fait est impardonnable, dit-il soudain, d'une voix aussi tranchante qu'un couteau, en reposant son verre.

Aurore se raidit. Labarthe sentit son estomac tomber dans ses chaussures. Le ton, encore plus que les mots, les avait glacés. Elle pensa à l'arme chargée qu'elle avait posée derrière le Suisse. Dans un tiroir ouvert du bahut. Se demanda si elle aurait le temps de l'atteindre.

— *Vous n'auriez pas dû... Vraiment... C'est très...* décevant.

Sa voix mielleuse, onctueuse, douce comme une caresse. Ou le tampon ouaté du médecin avant la piqûre.

— Julian..., commença Aurore.

— La ferme, salope.

Elle se cabra. Jamais il ne lui avait parlé ainsi. Jamais personne ne lui avait parlé ainsi. Et personne n'avait le droit de le faire. Pas même lui. Mais elle ne dit rien.

— En vérité, c'est une chose que je ne peux... *pardonner*. Et qui, vous le comprendrez aisément, doit être *sanctionnée*.

Aurore eut envie de dire quelque chose – mais elle devina que c'était inutile. Seule la drogue pouvait les sauver désormais. *Si elle agissait à temps…* Les yeux du Suisse allaient de Roland à elle et d'elle à son mari et, pour l'instant, ils ne montraient aucun signe d'une quelconque altération de la conscience.

— Vous allez…

Il s'interrompit. Porta une main à son visage. Se frotta les paupières. Quand il les releva, son regard avait changé. Ses pupilles dilatées formaient deux trous noirs. Son regard était devenu brumeux et il avait du mal à le fixer.

— Ce cocktail, dit-il, ce cocktail est absolument… délicieux…

Il se rejeta contre le dossier, la nuque appuyée contre les coussins, les yeux vers le plafond, et sourit.

— Chez les humains comme chez les rats, le contrôle stimule l'esprit, vous le saviez ? L'absence de contrôle peut paralyser, dit-on, les capacités mentales. Mais parfois perdre le contrôle a du bon, non ?

Il gloussa, se redressa, reporta le verre à ses lèvres et but une longue rasade. Tout à coup, il éclata de rire.

— Merde, je ne sais pas ce qu'il y a là-dedans mais, putain, je ne me suis jamais senti aussi bien !

Il n'y avait plus aucune menace dans sa voix.

— « *À présent, je sais quand se lèvera le dernier matin : lorsque la Lumière n'effarouchera plus… ni la Nuit ni l'Amour… lorsque… lorsque l'assoupissement sera devenu un seul… un seul… et unique rêve… éternel et inépuisable… Je ressens une bienheureuse fatigue…* »

Il reposa son verre, s'allongea sur le canapé, sur le flanc, genoux repliés.

— Merde… je crois que je vais dormir…

Aurore le scruta. Il fermait les yeux. Les rouvrait. Les refermait. Elle garda le silence une seconde. Puis elle considéra son mari, lui montra la cuisine du menton. Labarthe allait se lever quand le Suisse ouvrit les yeux et le regarda fixement. L'universitaire sentit son sang se figer. Mais le Suisse les referma et sa tête retomba sur le coussin. Les jambes flageolantes, Labarthe suivit Aurore dans la cuisine.

— Qu'est-ce que tu as foutu ? lui lança-t-elle dès son entrée. Tu as vu dans quel état il est ? Comment on va faire pour le monter là-haut ?

Roland ouvrit de grands yeux.

— Et alors ? Il est à notre merci ! On n'a qu'à le finir. Là. Tout de suite.

Elle secoua la tête.

— Je t'avais pourtant dit que je voulais m'amuser avec lui.

Labarthe n'en crut pas ses oreilles. Est-ce que sa femme était folle ? Il lut la contrariété et la frustration dans les yeux d'Aurore.

— Merde, ce type est dangereux même drogué ! Il faut en finir, Aurore ! Maintenant ! Au cas où tu ne l'aurais pas remarqué, il s'agit d'un meurtre, cette fois.

Elle plongea son regard étincelant dans le sien.

— Tu n'es qu'un putain de lâche, tu sais ça ? Tous tes fantasmes à la con, c'est du vent. Pourquoi faut-il que tu fasses toujours tout foirer ? que tu fasses tout mal ?

— Qu'est-ce qu'il a fait mal ? lança une voix depuis la porte, dans le dos de Labarthe.

Celui-ci vit Aurore blêmir et se figer en regardant l'entrée de la cuisine par-dessus son épaule.

Il se retourna et tressaillit. La haute stature de Julian Hirtmann s'encadrait sur le seuil de la cuisine, il avait un large sourire étalé sur le visage. Labarthe sentit son cœur cogner à tout rompre. Le Suisse avait-il entendu le début de la conversation ?

— J'ai pensé qu'on pourrait peut-être s'amuser un peu avant que j'emmène Gustav, articula-t-il d'une voix mal assurée. Qu'en pensez-vous ? En guise d'adieux, en somme… On monte ?

Sa tête dodelinait. Il clignait des yeux, comme s'il avait du mal à les garder ouverts. Ils roulaient dans leurs orbites sans parvenir à se fixer. Aurore le scruta avec méfiance, puis son sourire s'élargit. Ce crétin allait se précipiter de lui-même dans le piège, le grand Julian Hirtmann à sa merci ! Un frisson d'excitation la parcourut comme une décharge électrique.

— Bien sûr…

Labarthe la regarda à son tour, un regard qui disait : « *Alors, tu vois bien ?* » Le géant suisse ressortit de la cuisine et se dirigea d'un pas chancelant vers l'escalier.

— Tu es sûre qu'il ne simule pas ?

Labarthe avait murmuré dans le dos du Suisse. Aurore montra le verre à cocktail. Vide.

— Tu as mis combien là-dedans ?

— Presque trois grammes.

— Impossible. Même pour lui, décréta-t-elle.

Comme pour lui donner raison, Hirtmann trébucha sur la première marche, gloussa, grimpa une autre marche, tituba de nouveau.

— Putain, qu'est-ce que je tiens !

Les époux Labarthe s'entreregardèrent. Roland s'approcha du Suisse et passa un bras autour de sa taille. De son bras libre, Hirtmann entoura alors les

479

épaules de l'universitaire et l'étreignit affectueusement. Labarthe avait l'air minuscule à côté du Suisse. Celui-ci aurait pu lui briser le cou d'un seul geste et le prof de fac sentit tous les poils de son corps se hérisser.

— Mon ami, dit le Suisse, *mon fidèle et loyal ami*.

— Pour toujours, répondit Labarthe, en proie malgré lui à une étrange et puissante émotion qui n'était pas seulement de la peur.

— Pour toujours, renchérit Hirtmann avec la conviction solennelle des ivrognes.

Aurore dans leur sillage, ils grimpèrent les marches. Sur le dernier palier, devant la porte ouverte de la suite parentale, le Suisse tendit le bras. Il était assez grand pour atteindre la poignée de la trappe au plafond, l'ouvrit, puis tira sur l'échelle métallique qui se déplia en gémissant. Le vent mugissait sous les tuiles, le grenier était une bouche de ténèbres. Le Suisse empoigna l'échelle et escalada les premiers degrés comme un enfant pressé de jouer. Aurore contempla son cul qui remplissait le bas de son manteau.

Il s'arrêta soudain au milieu de son ascension et se pencha vers eux, l'air préoccupé.

— Vous êtes sûrs que Gustav dort ?

Elle lança un regard inquisiteur à son mari.

— Je vais m'en assurer, dit celui-ci. Commencez sans moi.

Elle eut envie de lui dire de n'en rien faire. Elle n'aimait pas l'idée de grimper là-haut seule avec le Suisse… Mais Hirtmann les observait et elle acquiesça à contrecœur.

Labarthe redescendit à l'étage en dessous. Elle entendit ses pas le long du couloir, en direction de la chambre du gosse. Hirtmann actionna l'interrupteur et disparut dans le grenier, faisant grincer l'échelle. Elle posa un pied dessus.

Pourquoi avait-elle l'impression de monter à l'écha-faud ?

Tandis qu'elle gravissait les degrés, elle se dit que ce n'était pas une si bonne idée que ça, en fin de compte. Roland avait peut-être raison : ils auraient dû en finir en bas. Lorsqu'elle passa la tête hors du trou, elle fris-sonna : il se tenait debout près de la trappe, la dominant de toute sa hauteur, et l'observait de ses petits yeux lui-sants.

Elle aperçut son propre reflet dans les verres de ses lunettes. Pendant une demi-seconde, elle fut tentée de redescendre et de s'enfuir. Elle vit le message ridicule sur le mur :

ABANDONNE TOUTE FIERTÉ
TOI QUI PÉNÈTRES ICI
ENTRE DANS LA CRYPTE TYRANNIQUE
N'AIE PITIÉ DE NOUS

Encore une idée de Roland. Quel imbécile ! Roland avait toujours été un cérébral, un homme de fantasmes, pas un homme d'action. Même dans leurs soirées vio-lentes et mondaines, il n'était jamais le premier, il se tenait toujours en retrait, il attendait que les autres passent devant.

Elle se hissa sur le plancher, se déplia et se redressa. Hirtmann la regardait avec convoitise. Le vent hurlait contre le toit. Il devait faire un froid polaire là-dehors, mais ici régnait une chaleur qui lui fit tourner la tête et elle sentit immédiatement l'humidité dans son dos.

— Enlève ça, dit-il.

Elle s'exécuta – et la robe de chambre vola à ses pieds avec un bruit soyeux presque imperceptible. Il la contempla longuement, un regard de pur désir cette fois, qui n'omit aucune partie de son corps.

— C'est moi qui commande ici, ne l'oublie pas, lança-t-elle.

Il acquiesça, sa tête dodelinant toujours, ses paupières visiblement lourdes. Elle posa une main à plat sur sa poitrine, près de son cœur, le poussa doucement mais fermement en arrière, et il recula docilement. Elle attrapa un bracelet en cuir fixé à un câble, tira sur la poulie et le passa autour de son poignet gauche. Il se laissa faire en souriant. Il dévorait son corps des yeux.

— Approche ton visage, dit-il. Embrasse-moi.

Elle hésita mais leva son visage vers lui ; leurs poitrines se touchaient presque. Il inclina le sien, posa sa main libre sur sa nuque et l'embrassa sur la bouche. Elle répondit à son baiser. Il avait un goût de vodka et de liqueur de café. Elle avait l'impression que son cœur allait jaillir de sa poitrine. Brusquement, la grande main du Suisse quitta sa nuque et se referma sur sa gorge.

— Qu'est-ce que vous avez mis dans mon cocktail ?

Son cou pris dans un étau, elle ouvrit la bouche. Cherchant l'air auquel la poigne du Suisse interdisait d'entrer. Le sang envahit sa tête. Elle vit des points noirs devant ses yeux, comme un essaim de petites mouches.

— Lâche-moi !...

— Réponds.

— Rien... je te... jure...

Elle lui donna un coup de poing dans la poitrine – avec une force étonnante malgré le manque de recul – mais il ne relâcha pas son emprise pour autant. Elle voulut crier, mais tout ce qu'elle parvint à expulser fut un son à mi-chemin entre le sifflement et le râle. La main du Suisse écrasait ses carotides. Et le sang montant à son cerveau se raréfiait. Elle n'allait pas tarder à tourner de l'œil. La douleur au niveau de son larynx était insupportable. Elle essaya de respirer, mais sa gorge était bloquée. Son cœur tonnait comme un tambour.

Soudain, Hirtmann la lâcha.

Elle voulut reculer mais – avant d'avoir le temps de comprendre ce qui se passait – il lui assena un coup de poing qui fit exploser son nez, tachant le linoléum d'un nuage de sang presque noir, et elle s'effondra, son esprit éteint comme une chandelle qu'on souffle.

Il attrapa l'une des bougies. S'approcha d'elle. La passa devant ses yeux, à quelques centimètres, faisant glisser la lueur sur sa cornée, d'un œil à l'autre, telle la lampe d'un ophtalmo.

— Ils brillent plus que les miens, constata-t-il.

Elle se débattit faiblement, nue, exposée, frissonnante malgré la chaleur du grenier, mais ses poignets étaient attachés en V au-dessus de sa tête, un bâillon-boule dans la bouche, les yeux agrandis et larmoyants. Son nez cassé l'élançait et elle avait le goût du sang dans la bouche.

Les pas de Roland retentirent sur la vibrante échelle d'acier et Hirtmann s'approcha de la trappe.

— Monte, lui dit-il d'une voix encourageante.

Les geignements d'Aurore s'élevèrent alors dans son dos, malgré le bâillon. Roland s'immobilisa. Ses yeux s'agrandirent de terreur. Il allait redescendre et s'enfuir quand Hirtmann l'attrapa par le col et le souleva sans effort, le faisant passer à travers l'ouverture. Il le poussa d'une bourrade et l'universitaire roula au sol.

— Je vous en supplie, Maître, ne me faites pas de mal !

Labarthe montra Aurore du doigt.

— C'est elle ! C'est cette salope ! Moi, je… je ne voulais pas !

Des larmes emplirent ses yeux. Hirtmann se tourna vers Aurore. Il vit la fureur et une haine meurtrière dans son regard. Il en serait presque venu à l'admirer.

— Lève-toi, dit-il à Labarthe.

L'universitaire obéit. Ses jambes tremblaient violemment, de même que sa lèvre inférieure. Il n'allait pas tarder à chialer. Les rafales de vent faisaient claquer un volet quelque part. Un instant, Hirtmann eut peur que le bruit ne réveille Gustav. Il prêta l'oreille, mais aucun son ne montait par la trappe ouverte.

Sa main posée sur l'épaule de Labarthe, il le mena vers le centre de la pièce. Résigné et tremblant, l'universitaire se laissait faire comme un agneau qu'on mène à l'abattoir. Hirtmann l'attacha sans qu'à aucun moment il cherche à se défendre. Un agneau qui s'était pris pour un loup… À présent, il sanglotait ouvertement, dans la même position que sa femme, bras en V, à cette différence près qu'il était habillé.

Hirtmann retira le bâillon de la bouche d'Aurore. Elle lui cracha au visage un glaviot impressionnant, qu'il essuya nonchalamment. Il regarda la traînée de sang sur le dos de sa main en souriant. Puis elle se tourna vers son mari :

— T'es qu'une merde, Roland ! cracha-t-elle. Un beau pédé !

Ses yeux lançaient des éclairs.

484

— Houlà houlà, dit Hirtmann d'une voix qui n'avait plus rien d'hésitant ni de pâteux. Vous réglerez vos différends une autre fois. Enfin… peut-être pas…

— Va te faire mettre, répondit-elle.

— C'est plutôt toi, chérie, qui vas te faire mettre – et après tu vas crever, dit-il tranquillement.

— Je t'encule, Hirtmann.

À la vitesse d'un serpent à sonnette, le petit couteau pointu apparu dans le poing du Suisse traça deux profondes lacérations verticales dans les joues d'Aurore, et le sang mouilla son menton et son cou avant de goutter sur ses seins.

Elle hurla.

Elle était en nage à présent, chaque pore de son corps nu exsudait, comme un tronc suintant de la sève. Elle haletait, le menton et la poitrine barbouillés de sang, ses cheveux blonds collés par la sueur et son abdomen vibrant comme le diaphragme d'un amplificateur.

— Tu vois, tu ne devrais pas me tenir tête, dit-il tranquillement. Votre putain de drogue commence à faire son effet, j'ai la tête qui tourne. Il est temps que je me tire d'ici. Heureusement que j'avais avalé un kilo de saindoux et quelques amphètes avant de venir, hein, chérie ? Le saindoux, c'est très efficace : ça ralentit l'absorption de la drogue par l'estomac. Et les amphètes contrecarrent l'effet du GHB. Ou du Rohypnol. C'est bien une merde de ce genre que vous m'avez fait avaler, n'est-ce pas ? Tout comme à cette Norvégienne, l'autre soir. Il s'en passe de belles dans votre chalet…

Il jeta un coup d'œil à Labarthe.

— Je reviens dans une minute.

Trois minutes, en fait, qu'Aurore passa presque exclusivement à insulter son mari. Quand Hirtmann réapparut, ils virent qu'il avait un bidon d'essence à la main et ils frémirent. Il le déposa devant Aurore, alluma une autre bougie, marcha vers une tenture de velours grenat et présenta la flamme devant le tissu.

Le rideau s'embrasa aussitôt. Les flammes dévorèrent la tenture en crépitant, grimpant vers le plafond en un rien de temps. Hirtmann revint vers le couple, sa silhouette découpée par la lueur grandissante du feu. Il ouvrit le bidon, le vida sur Aurore qui eut un soubresaut.

— Putain, non ! Pas ça ! dit-elle. PAS ÇA…

Le Suisse laissa le bidon ouvert à ses pieds sans paraître avoir entendu et se tourna vers Roland.

— Tu auras peut-être une chance de t'en tirer, qui sait ?

L'universitaire lui lança un regard mitigé. Partagé entre espoir, doute et terreur absolue. Il allait ouvrir la bouche pour supplier quand la petite lame dans le poing du Suisse décrivit un arc de cercle presque horizontal et vint se planter dans sa carotide. Le Suisse la garda fichée dans le cou de Labarthe quelques secondes, en le regardant droit dans les yeux, puis il la retira et l'abattit de nouveau, au niveau de l'artère sous-clavière cette fois. Ce fut comme si on avait percé deux trous dans un tonneau : deux petites fontaines rubis jaillirent du cou et du tronc de l'universitaire. Il lut la stupeur, la faiblesse dans le regard de Labarthe, l'incrédulité qui saisit certains hommes au seuil de la mort – puis la vie qui le quittait rapidement.

— Mais je ne crois pas, ajouta-t-il.

Hirtmann jeta la lame ensanglantée sur le sol et marcha vers la trappe.

40

Deux de moins

Les hautes flammes s'élevaient vers le ciel, illuminant la nuit et dévorant ce qui restait du chalet. Les escarbilles qui montaient croisaient les flocons qui descendaient, comme deux colonnes de fourmis lumineuses. La lueur de l'incendie rebondissait sur l'orée des bois, un peu plus haut. Kirsten était adossée à une voiture de police, enveloppée dans une couverture de survie. Elle sirotait un gobelet plein de café qui fumait dans l'air froid. À une dizaine de mètres, les lances à incendie des pompiers soulevaient de grandes colonnes de vapeur sifflantes quand l'eau touchait les flammes et ce qui restait de la charpente. Quand le feu s'éteignait d'un côté, il repartait de l'autre.

Kirsten contemplait ce spectacle, et les reflets du feu dansaient dans ses prunelles. Elle savait qu'elle allait devoir s'expliquer, que Martin allait lui demander des comptes. Elle avait entendu les hurlements au milieu de l'incendie. Les cris inhumains d'Aurore tandis que les flammes la dévoraient, que les yeux lui sortaient de la tête et que ses chairs fondaient comme de la cire dans le brasier. Elle avait bloqué sa respiration, senti la pression des cris sur ses tympans, puis ils s'étaient éteints d'un coup. Peu de temps après, une bonne partie du chalet s'était affaissée sur elle-même et les sirènes des pompiers avaient recouvert tous les autres bruits.

— Qu'est-ce qui s'est passé ? demanda une voix à côté d'elle.

Elle tourna la tête et le vit.

— Il les a laissés cramer à l'intérieur, dit-elle. Il a dû les attacher quelque part. Où étais-tu passé ?

— Et toi, qu'est-ce qui t'est arrivé ? s'enquit Martin en voyant le visage de la Norvégienne noir de suie.

— J'ai voulu entrer…

— Pour… les *sauver* ?

Elle lui lança un regard surpris.

— Et alors ? Ce n'est pas parce que…

— Hirtmann, tu l'as vu ?

Elle fit la grimace.

— Oui. Il est reparti avec Gustav. À ce moment-là, l'incendie avait déjà commencé et de la fumée s'élevait du toit.

Servaz l'observait intensément.

— Sans arme, je n'ai rien pu faire. Pour l'arrêter je veux dire… Il m'est passé devant sans rien dire, le gosse à la main. Il l'a fait monter à l'arrière et ils sont partis.

Elle secoua la tête, des larmes dans les yeux.

— Il les a tués, Martin. Et moi, je l'ai laissé filer !

Il ne dit rien.

— Ne restez pas là, dit une voix. Éloignez-vous. Ça va s'effondrer.

Ils retournèrent vers l'hôtel. Sa terrasse était pleine de badauds venus du village. On aurait dit une soirée de la Saint-Jean, n'était le froid humide qui transperçait les vêtements.

Il passa un bras autour de ses épaules et elle se laissa aller contre lui en marchant.

— Ne t'inquiète pas, dit-il. Ce sera bientôt terminé.

Son téléphone vibra dans sa poche. Il le sortit et regarda le texto qui venait d'arriver. Un lieu, une heure – rien d'autre. Et deux mots : *viens seul*.

Il leva les yeux vers Kirsten.

— C'est lui, dit-il. Il veut que je vienne seul.

— Où ça ?

— Je te le dirai plus tard.

Le visage de la Norvégienne se ferma. Pendant un instant, il lut une colère noire dans ses yeux et ses traits se modifièrent, au point qu'il eut du mal à la reconnaître. Puis son visage retrouva l'une de ses expressions habituelles et elle hocha la tête à contrecœur.

41

Confiance

— Tu as confiance en moi, fils ?

Gustav fixait son père. Il acquiesça. Avec conviction. Le Suisse mesura du regard les cent mètres de vide au pied du grand barrage en arc de cercle, les cimes des sapins congelées tout en bas, les rochers emmaillotés de neige, le lit de la rivière tout au fond, enseveli sous une blancheur sépulcrale, dans le clair de lune.

Il saisit Gustav sous les aisselles, le souleva, l'enfant lui tournant le dos.

— Tu es prêt ?

— J'ai peur, dit soudain l'enfant d'une voix tremblante.

Il était très chaudement vêtu d'un anorak doublé de duvet dont la capuche était rabattue sur sa tête. Un cache-nez enroulé autour de son cou lui conférait l'allure d'une poupée russe.

— J'ai peur ! répéta Gustav. Je ne veux pas le faire, s'il te plaît, papa !

— Surmonter ses peurs, c'est le secret de la vie, Gustav. Ceux qui écoutent leurs peurs ne vont pas bien loin. Tu es prêt ?

— NON !

Il fit passer Gustav par-dessus le garde-fou du barrage pris dans la glace, le tint au-dessus du vide vertigineux. Le vent sifflait à leurs oreilles.

Le garçon hurla.

Son cri suraigu fut canalisé par les montagnes blanches qui les cernaient, l'onde sonore se propageant le long de la vallée en contrebas ; l'écho s'en empara et la renvoya comme une balle de squash. Cependant, il n'y avait personne à des kilomètres à la ronde pour l'entendre. Seule l'indifférence plurimillénaire des montagnes. Le vent violent chassait les nuages et, dans leurs déchirures, les étoiles jetaient sur eux leur regard immémorial. La lune semblait voguer à toute vitesse entre les nuages, comme un navire entre des écueils, alors que c'était eux qui se déplaçaient devant elle.

Puis Hirtmann vit la paire de phares qui progressait lentement sur la route en lacets. Il sourit. Contrairement au sien, le véhicule de Martin n'était visiblement pas adapté à une route qui n'avait pas été déneigée. Personne – à part les véhicules techniques – n'était censé monter ici en plein hiver : en temps normal, la barrière en bas était abaissée. Le Suisse avait fait sauter le cadenas et l'avait relevée pour l'occasion.

Il refit passer Gustav par-dessus le garde-fou et le déposa sur le barrage. Le gamin se serra contre lui, en l'entourant de ses bras.

— Ne fais plus jamais ça, papa, s'il te plaît.

— D'accord, fils.

— Je veux rentrer !

— On n'en a plus pour très longtemps.

Là-bas, les phares se rapprochaient sur la dernière portion de route verglacée. Ils débouchèrent sur le petit parking, là où à la belle saison il y avait un restaurant provisoire avec sa terrasse.

— Viens, dit le Suisse.

Il regarda Martin qui descendait de voiture, bien trop légèrement vêtu pour le froid sibérien qui régnait sur ces hauteurs. Servaz les aperçut. Il avait laissé sa portière ouverte. Il remonta dans la voiture et, pendant un instant, Hirtmann crut qu'il allait prendre son arme. Au lieu de cela, il tourna son véhicule vers eux, si bien que les phares les capturèrent dans leur faisceau et les aveuglèrent, incendiant tout le barrage d'un flot de lumière blanche.

Ébloui, Gustav mit une main en visière devant son visage. Hirtmann se contenta de cligner des yeux. Martin descendait à présent les marches conduisant au barrage. Il s'avançait vers eux. Ils ne distinguaient que sa silhouette découpée par l'incendie des phares et son ombre noire étirée devant lui, alors que lui devait les voir parfaitement.

— Pourquoi ici ? lança-t-il en s'approchant. Cette route est un vrai danger en hiver. Et redescendre va être encore plus périlleux. Je croyais que mon foie était important !

— Je te fais confiance, Martin. Et j'ai des chaînes dans le coffre. Tu vas les mettre pour la descente. Approche.

Servaz obtempéra. Il ne regardait pas le Suisse mais l'enfant. En retour, Gustav l'observait de sous sa capuche, le visage levé dans sa direction. Collé au Suisse, ses grands yeux ne le quittaient pas, l'ombre de sa main en écran dessinant un loup sur sa figure. Le vent glacé transperçait Servaz.

— Bonsoir, Gustav, dit-il.

— Bonjour, répondit Gustav.

— Tu sais qui c'est ? demanda Julian Hirtmann.

L'enfant fit « non » de la tête.

— Je te le dirai bientôt. C'est quelqu'un de très important pour toi.

Servaz eut l'impression que le poing d'un de ces charlatans de guérisseurs philippins s'enfonçait dans son ventre et lui retournait les entrailles. Sur ces hauteurs, le vent hurlait et emportait les paroles du Suisse. Celui-ci plongea une main dans la poche de son manteau, en sortit une feuille imprimée et un passeport.

— Une voiture de location t'attend demain matin à l'aéroport de Toulouse-Blagnac. Avec, tu te rendras à Halstatt, en Autriche. Tu en as pour quinze heures de route environ. Sur place, quelqu'un viendra à ta rencontre sur la Marktplatz, devant la fontaine. Après-demain à midi. Ne t'inquiète pas, tu le reconnaîtras.

— Halstatt ? L'endroit de la carte postale…

Il vit Hirtmann sourire.

— *La Lettre volée* de Poe encore une fois, dit Servaz. Personne n'ira le chercher là-bas.

— En tout cas plus maintenant que la police a mis le village et les environs sens dessus dessous, dit Hirtmann.

— La clinique est là-bas ? demanda Servaz

— Contente-toi de suivre les instructions. Bien entendu, si jamais il te venait à l'idée de demander à cette fliquette norvégienne de te suivre… Ah, au fait, à l'heure actuelle, ils ne doivent pas être loin d'avoir identifié ton arme comme celle du crime, tu ferais mieux de ne pas traîner du côté du SRPJ.

Servaz songea soudain que le double test ADN qu'il avait demandé à Vincent était inutile : Hirtmann ne l'aurait pas choisi comme donneur s'il n'avait pas été sûr à 100 % que Servaz était le père. Gustav était bien son fils. Cette pensée lui donna aussitôt le vertige. Il posa sur le garçon un regard un peu perdu.

— C'est lui, papa, qui va me donner son foie ? demanda Gustav comme s'il lisait dans ses pensées.

— Oui, c'est lui, fils.

— C'est grâce à lui que je vais guérir, alors ?

— Oui. Tu vois, je te l'ai dit : c'est quelqu'un de très important. Tu dois lui faire confiance comme tu me fais confiance à moi, Gustav. Ça aussi, c'est important.

Kirsten regarda la voiture de Martin approcher et se garer au pied de la terrasse. En contrebas de la pente enneigée, les lumières dans la vallée évoquaient le brasillement d'une coulée de magma. L'instant d'après, il entra dans la chambre, les yeux brillants, et elle sut que quelque chose venait de se passer.

— C'est bien mon fils, dit-il.

Il la regarda, à la fois hagard et ému. Kirsten ne dit rien.

— Je pars demain, ajouta-t-il.

— Demain ? Pour où ?

— Je n'ai pas le droit de te le dire.

Il la vit se refermer, lut la tristesse dans ses yeux. Il la prit par les épaules.

— Kirsten, ce n'est pas une question de confiance.

— Ça y ressemble pourtant.

Elle avait pris un air buté et son regard s'était refroidi de plusieurs degrés.

— Kirsten, je ne veux pas prendre le moindre risque, c'est tout. Qui sait si quelqu'un ne nous surveille pas tous les deux…

— En plus des Labarthe, tu veux dire ? Tu t'imagines quoi ? Qu'il a une armée à sa disposition ? Tu le surestimes, Martin. Et, de toute façon, il a besoin de toi. Enfin… de ton foie.

Elle n'avait pas tort. Tant que la transplantation n'avait pas eu lieu, Hirtmann ne tenterait rien contre lui. Et après ? se dit-il. Que se passerait-il après ? Qui sait s'il ne voudrait pas éliminer *l'autre père*, devenu trop encombrant ?

— Halstatt, dit-il.

— Le village de la carte postale ? s'étonna-t-elle.

Il hocha la tête.

— Merde. C'est malin. Tu as rendez-vous où ?

— Sur la place du marché, après-demain à midi.

— Je pourrais partir dès cette nuit. Et m'installer là-bas, dit-elle.

Il se sentit inquiet tout à coup. Et si l'hôtelier était dans le coup ? Bon sang, il devenait parano.

— Tu comptes t'y rendre comment ? demanda-t-elle.

— Une voiture de location. À l'aéroport.

— Retournons à Toulouse. Les Labarthe sont morts, Gustav a disparu. Nous n'avons plus rien à faire ici et tu dois y être demain matin. Tu me déposes à mon hôtel. Ensuite, je me débrouillerai pour filer ni vu ni connu. Avec quelques heures d'avance…

Il acquiesça. Elle le regardait avec un mélange de douceur et de complicité et il sentit qu'elle avait envie ou besoin de se rapprocher et qu'il avait envie aussi de ce contact. Un instant, ils restèrent sans parler puis, tandis que leurs bras pendaient le long de leurs corps, leurs mains se frôlèrent. Se frôlèrent et se touchèrent, leurs doigts se cherchant, s'entremêlant, se caressant.

Elle s'approcha de lui et leurs bouches se rejoignirent. Elle effleura son cou tandis que, déjà, il la déshabillait et l'entraînait vers le lit. Ce fut différent de la fois d'avant, plus tendre, moins violent. Cependant, elle le mordit de nouveau, le griffa – comme pour laisser son empreinte, une fois de plus, dans ses chairs. Elle s'adapta à son rythme et le laissa venir.

— Il y a une chose que je n'ai pas dite, commença-t-elle une fois qu'ils eurent terminé, alors qu'allongée contre lui, enroulés dans la couette, elle caressait son début de barbe, les jambes mêlées aux siennes.

Il tourna la tête pour la regarder.

— J'ai une sœur, dit-elle, plus jeune que moi... Une artiste.

Il se tut, sentit qu'elle s'apprêtait à dire quelque chose d'important, quelque chose qu'elle avait longtemps gardé pour elle.

— Elle ressemble à Kirsten Dunst, la Kirsten Dunst de la trilogie *Spiderman*, pas celle de *Fargo* – même si, intérieurement, elle ressemble plus au personnage de *Melancholia*. (Il s'abstint de lui faire remarquer qu'il n'avait vu aucune de ces œuvres.) Lumineuse à l'extérieur – tu connais ce bon vieux cliché de la personne qui entre dans une pièce et qui attire tous les regards – et sombre à l'intérieur. Ma sœur, elle a toujours été attirée par les ombres, la noirceur, je ne sais pas pourquoi. Elle traverse régulièrement des épisodes dépressifs alors qu'elle a tous les dons et tous les hommes à ses pieds. Mais ça ne lui suffit jamais. Il lui faut toujours plus : plus d'amour, plus de sexe, plus de drogue, plus d'attention, plus de danger... Elle peint, elle photographie – et, comme elle a un peu de talent et beaucoup de relations, elle a réussi à exposer à Oslo, à New York, à Berlin ; elle a même eu droit à des articles dans *ARTnews*, dans *Frieze*, dans *Wallpaper*… Mais elle s'en fout. L'art pour elle n'est qu'un gagne-pain. À la mort de notre père, elle n'est venue ni à l'hôpital ni aux funérailles. Elle a dit qu'elle avait peur d'être trop *déprimée*. À la place, elle a fait une série de peintures, on aurait dit du Bacon revisité par David Lynch. Sur ces tableaux, notre père avait l'air monstrueux, bouffi, grotesque, arrogant. Elle a dit que c'était comme ça qu'elle le voyait. Notre mère ne s'en est jamais remise.

Elle haussa les épaules sous la couette.

— Ne t'y trompe pas, j'aime ma sœur. Je l'adore. Même si j'ai passé ma jeunesse à réparer ses conneries, à les cacher aux parents, à nettoyer derrière elle et à lui servir d'alibi pour ses rencontres clandestines avec des types plus déjantés les uns que les autres. Et puis, un jour, l'année dernière, j'ai eu l'impression qu'elle avait changé.

Elle se redressa sur un coude et son regard qui jusqu'alors était tourné vers la fenêtre revint vers lui.

— Je l'ai interrogée et elle a fini par m'avouer qu'elle avait rencontré quelqu'un… Un type plus âgé qu'elle, brillant, charmant, drôle… Je ne l'avais jamais vue parler de quelqu'un comme ça. Mais elle ne voulait pas me le présenter et j'ai senti qu'il y avait un loup. Qu'il devait y avoir quelque chose chez lui qui clochait et qui faisait qu'elle avait peur que je le rencontre… Je me suis dit que c'était rien qu'un déjanté de plus, encore un de ces tarés qui l'attiraient tant. Et puis, un jour de mars, elle a disparu. Pchuitt, envolée… On ne l'a jamais retrouvée…

Il sonda son regard.

— Hirtmann ?

Elle hocha la tête.

— Qui d'autre ? Il y a eu plusieurs disparitions de femmes dans la région d'Oslo après celle de ma sœur, et la description qu'elle m'a faite de son ami correspond.

— C'est donc pour ça que tu t'investis autant. Pas seulement parce qu'il a écrit ton nom sur un bout de papier… C'est une affaire personnelle. J'aurais dû m'en douter. Mais pourquoi Hirtmann t'a choisie toi ? Pourquoi t'attirer jusqu'ici ? Pourquoi il a mis ton nom dans la poche de la victime ? Quel rapport avec Gustav ?

Elle ne dit rien et plongea son regard – un regard triste, désespéré – dans le sien. Il consulta sa montre, la repoussa doucement puis s'assit au bord du lit.

— Martin, dit-elle. Attends, attends. Tu sais ce que Barack Obama a dit à une de ses petites amies quand elle lui a dit « je t'aime » ?

Il se retourna pour la regarder.

— Quoi ?

— *Merci*. C'est ce qu'il lui a répondu. S'il te plaît, ne me dis pas merci.

La répétition des poèmes symphoniques de Smetana terminée, Zehetmayer réintégra sa loge. Comme toujours, il avait exigé des chocolats, un whisky japonais et des roses. Ses exigences avaient surtout pour but d'entretenir sa légende. Il était assez vaniteux pour penser qu'elle lui survivrait, mais cela n'ôtait rien à l'horreur qui venait, à la perspective de son prochain anéantissement, de la nuit éternelle – ces derniers temps, il ne pouvait y penser sans frémir. Par deux fois déjà, le crabe avait desserré ses pinces – mais, cette fois, il ne le lâcherait pas.

Pendant longtemps, il avait pu, comme cet infortuné Ivan Ilitch, cacher la pensée de la mort derrière des tentures, des ors, se noyant dans l'hyperactivité et la gloire. Cette dernière était une lampe assez efficace pour dissiper la nuit. Jusqu'à un certain point cependant, qu'il avait atteint aujourd'hui. Même quand la salle bondée crépitait d'applaudissements, il n'y voyait qu'un espace désert, silencieux, vide, des squelettes assis dans des fauteuils. Cent milliards : c'était le nombre de morts depuis les débuts de l'humanité. Un chiffre quatorze fois supérieur au nombre des vivants. Et, parmi eux, Mozart, Bach, Beethoven, Einstein, Michel-Ange, Cervantès. Voilà qui vous remettait à votre place, non ? Qui était-il au milieu de tous ceux-là ? Personne. Un squelette parmi d'autres, qui retomberait vite dans l'oubli.

Il ne croyait pas en Dieu – il était bien trop orgueilleux. Son esprit de vieillard était plein d'une effroyable lucidité, cette lucidité si pure qu'elle confine à la folie. C'était encore la nuit viennoise autour du Musikverein – cette nuit d'hiver venteuse et neigeuse qui, depuis quelques années, lui faisait redouter de ne pas voir le prochain printemps – quand on frappa à la porte de sa loge. Il pensa à la statue du Commandeur frappant à celle de Don Juan, aux flammes de l'enfer, se demanda si l'homme qui se tenait de l'autre côté, dans le couloir obscur – cet homme qui avait si souvent donné la mort –, pensait parfois à la sienne. *Qui n'y pense pas ?* se dit-il. Malgré sa stature, Jiri se glissa dans la loge avec la légèreté d'une ombre. Ce faisant, il sembla entraîner avec lui toutes les autres ombres du théâtre – combien de morts avait-il connus ? combien de musiciens illustres de leur temps et aujourd'hui retombés dans l'oubli ? Il se souvint de ses premières conversations avec Jiri, à la prison. Anodines. Il était loin d'imaginer alors qu'un jour il reprendrait contact avec lui pour une bien plus sinistre raison. Mais, dès le début, il avait pressenti que Jiri ne changerait jamais, qu'une fois dehors il reprendrait ses « activités ». C'était en lui. Comme un musicien n'abandonne jamais la musique.

— Bonsoir Jiri, dit-il. Merci d'être venu.

Le tueur ne prit pas la peine de répondre. Il s'avança vers la boîte de chocolats ouverte près du miroir.

— Je peux ?

Zehetmayer acquiesça.

— Il y a du nouveau, poursuivit-il d'un ton impatient. Ils arrivent. Ils viennent ici, en Autriche.

Jiri mastiquait un chocolat tout en écoutant distraitement le directeur d'orchestre, comme si le sujet ne l'intéressait pas. À peine le chocolat avalé, il en prit un deuxième.

— Où ça ? dit-il.

— À Halstatt. Apparemment, l'enfant, Gustav, est malade. Il devrait être opéré là-bas.

— Pourquoi ? demanda le Tchèque.

— J'imagine qu'Hirtmann connaît quelqu'un ici, quelqu'un qui doit appartenir à son passé. Il est souvent passé par l'Autriche avant d'être arrêté.

— Et que voulez-vous que je fasse ?

— On va se rendre là-bas.

— Et ensuite ?

— Ensuite, on avisera.

Le vieil homme garda un moment le silence. Puis il plongea son regard dans celui de Jiri.

— Je vous laisse le choix : soit vous le tuez lui, soit vous tuez son fils. L'un ou l'autre, ça m'est égal.

— Quoi ?

Il y eut un nouveau silence. Un léger tremblement agitait la lèvre inférieure du vieillard.

— Si vous ne pouvez le tuer lui, tuez l'enfant. Ça vous donne deux options.

Jiri sembla méditer un instant.

— Vous êtes fou, dit-il.

— Il doit bien y avoir un moyen, insista le vieux.

Jiri secoua la tête.

— Il y a toujours un moyen. Je veux plus.

Un large sourire s'afficha sur le visage du directeur d'orchestre.

— Je m'en doutais. Un million d'euros.

— D'où le sortez-vous ?

— J'ai fait quelques économies au cours de ma vie. Et je n'ai pas d'enfants. Ça me paraît une façon utile de le dépenser.

— L'enfant, quel âge il a, vous dites ?

— Cinq ans.

— Vous êtes sûr de vouloir faire ça ?

— Un million, et cent mille euros d'acompte, dit le vieillard, le reste quand ce sera fait.

Soudain, l'attention des deux hommes fut attirée par la porte qui venait de s'ouvrir. Ils virent un visage de femme fatigué et las émerger de l'obscurité, comme un masque de théâtre, les yeux brillants comme des cailloux. Entrevirent un chariot de ménage derrière elle.

— Oh, pardon. Je croyais que la loge était vide.

Elle referma la porte. Ils restèrent quelques instants sans parler.

— Pourquoi ? demanda Jiri. Pourquoi vous en prendre à ce gosse aussi ? J'aimerais comprendre.

La voix de Zehetmayer trahit son émotion.

501

— Il m'a pris ma fille, je lui prends son fils. Simple arithmétique. Il tient plus à cet enfant qu'à lui-même.

— Vous le haïssez donc à ce point ?

— Au-delà de tout. C'est un sentiment très pur, la haine, vous savez.

Jiri haussa les épaules. Ce directeur d'orchestre était fou, pas de doute. Bah, du moment qu'il payait…

— Je ne sais pas, répondit-il. Je ne me laisse jamais dominer par mes émotions. Un million d'euros, c'est d'accord. Deux cent cinquante mille d'acompte.

42

Alpes

Le lendemain, l'ingénieur Bernard Torossian quitta à contrecœur son domicile de Balma, dans la banlieue est de Toulouse, et sa petite famille – une fille de cinq ans pareille à du vif-argent, un garçon de douze un peu moins vif, un greyhound anorexique baptisé Winston – pour se rendre à l'hôtel de police. Il laissa sa voiture au parking et emprunta la ligne A du métro, en partie aérienne, jusqu'à la station Jean-Jaurès. Là, il changea pour la B, direction Borderouge.

En émergeant de la station Canal-du-Midi, ce matin-là, il effectua les derniers mètres jusqu'à l'entrée du commissariat avec des semelles de plomb. Jamais encore il n'avait pénétré sur son lieu de travail avec le cœur aussi lourd.

Torossian présenta son passe devant les tourniquets, entra dans l'ascenseur et appuya sur le bouton du troisième étage, là où se trouvait la Section balistique du Laboratoire de police scientifique. Une fois dans son bureau, il accrocha son blouson à une patère, posa ses fesses devant son ordinateur et se mit en devoir de réfléchir. Les dernières heures avaient été une rude épreuve

503

pour ses nerfs, et il n'avait trouvé le sommeil que vers 4 heures du matin. Sa femme lui avait demandé ce qu'il avait mais il avait refusé de répondre. Il avait comme un nœud qui lui obstruait la gorge depuis le réveil.

La veille, il avait terminé les tirs de comparaison. Le résultat était accablant pour quelqu'un qu'il appréciait beaucoup. Non seulement quelqu'un qui était presque devenu un mythe au sein du SRPJ depuis les affaires de Saint-Martin et de Marsac, mais aussi qu'il estimait en tant qu'homme, en tant qu'habitant de cette foutue planète – et ce n'était pas si courant.

Mais la physique et la balistique se moquent des sentiments humains. Elles sont froides, factuelles, véridiques, irréfutables. C'était ce qu'il appréciait jusqu'ici dans son métier : il n'avait pas à se débattre dans la jungle des sentiments humains, des intuitions, des hypothèses, des mensonges et des demi-vérités, comme ses collègues. Jusqu'à ce jour. Aujourd'hui, il haïssait les faits. Car les faits avaient parlé : c'était l'arme de Servaz qui avait tué Jensen. Il n'y avait pas le moindre doute. La science ne ment pas.

Il secoua la tête en regardant la pluie qui léchait tristement les vitres – Servaz faisant usage de son arme pour abattre un homme froidement : non, vraiment, c'était absurde –, décrocha son téléphone et composa le numéro du bœuf-carottes.

Il se gara sur le parking de l'hôtel de police peu de temps après avoir déposé Kirsten à son hôtel. Le jour n'allait pas tarder à se lever. Il voulait demander à Espérandieu de veiller sur Margot en son absence – elle l'aimait bien et lui faisait confiance – et d'avoir les équipes de surveillance à l'œil. Les ressources du SRPJ n'autorisaient pas un dispositif lourd et il savait qu'en son absence celui-ci ne tarderait pas à être allégé.

Il se remémora les paroles d'Hirtmann en se dirigeant vers le bâtiment. Est-ce qu'il était en train de se jeter dans la gueule du loup ? Si l'analyse balistique avait parlé, Vincent l'aurait appelé pour l'avertir, se dit-il.

Il traversa au pas de charge le hall où les plaignants faisaient la queue, franchit les tourniquets sur la gauche et emprunta l'ascenseur jusqu'à l'étage de la Brigade criminelle. En émergeant de la cabine au deuxième étage, il croisa Mangin, un type de l'Identité Judiciaire avec qui il n'avait pas d'affinités particulières. D'ordinaire, ils se saluaient aussi brièvement que les convenances l'exigeaient. Cette fois, Mangin lui lança un regard appuyé puis s'éloigna sans un mot.

Non, pas appuyé : étonné. Perplexe.

Aussitôt, il ressentit une nervosité nouvelle. Quelques « bonjour » timides plus tard en retour à ses salutations commencèrent à lui donner des fourmis dans les jambes. Il résista à l'envie de faire demi-tour et de détaler. *Barre-toi*, disait une petite voix en lui. *Maintenant. Barre-toi.* Il sortit son téléphone. Pas de message de Rimbaud. Ni de Vincent. Ni de Samira. Il hâta le pas et les trouva dans leur bureau.

— Qu'est-ce qui se passe ici ? demanda-t-il depuis la porte.

Vincent se penchait par-dessus l'épaule de Samira assise devant son écran. Ses deux adjoints parlaient avec animation – ils s'interrompirent. Se tournèrent vers lui. Leurs yeux s'agrandirent.

Il croisa leurs regards.

Et comprit.

Une boule dans la gorge.

— J'allais t'appeler…, commença Vincent avec une certaine hésitation. J'allais t'appeler… Ton arme…

Il se tenait encore dans le couloir, au seuil de la pièce. Il eut l'impression que ses oreilles se mettaient à bourdonner, Vincent le regardait comme s'il avait vu un fantôme.

Un mouvement sur sa gauche…

Il tourna la tête. Vers le couloir. Se figea. Rimbaud se dirigeait vers lui à grandes enjambées.

Hostile…

— C'est ton arme…, répéta Espérandieu, comme assommé, de l'intérieur du bureau. Martin, putain, tu…

Il n'écouta pas la suite.

Il lâcha le chambranle, commença à s'éloigner de la porte.

Pivota vers les ascenseurs. Se mit en marche.

D'abord doucement, puis plus vite.

— Hé ! Servaz ! gueula le bœuf-carottes dans son dos.

Les portes étaient ouvertes. Il s'engouffra dans la cabine. Présenta son badge.

— Servaz ! Où vous allez ? Revenez !

Rimbaud courait à présent, en gueulant quelque chose qu'il n'entendait pas. Des têtes apparaissaient, les unes après les autres.

L'ascenseur ne démarrait pas.

Démarre, démarre… Plus que quelques mètres pour Rimbaud. Soudain, les portes se refermèrent. Il lut la frustration, mais aussi la satisfaction d'avoir eu raison, sur les traits du bœuf-carottes quand elles effacèrent son visage de boxeur.

Dans la cabine, il expira. S'efforça de réfléchir froidement. Mais la sérénité le fuyait comme l'air d'un pneu percé. Il était coincé pendant que là-haut Rimbaud devait passer des coups de fil, lancer l'alerte, rameuter les troupes. Son cœur se mit à battre plus vite.

Ils allaient le coincer en bas : un appel et ils le bloqueraient avant la sortie.

Depuis les attentats du 13 novembre 2015, non seulement il y avait des gardes à l'entrée, mais les plantons à l'accueil contrôlaient l'ouverture des portes à l'aide d'un bouton.

Il était fait comme un rat.

Puis il pensa à autre chose. Il avait quand même un avantage : l'immeuble était grand et la communication entre les services rarement optimale.

L'ascenseur s'ouvrit au rez-de-chaussée, devant les tourniquets, mais il resta planqué au fond de la cabine. Il présenta à nouveau son badge et appuya sur un autre bouton. L'appareil se remit en mouvement avec une légère vibration.

Les sous-sols.

Les geôles. Les cellules de GAV. Garde à vue.

Ne pas penser aux secondes qui défilaient...

Ils avaient déjà dû appeler l'accueil. Combien de temps avant qu'ils comprennent où il allait ?

Les portes qui s'ouvrent. Il émergea dans un espace froid, clinique, dépourvu de fenêtres, exclusivement éclairé à la lumière artificielle.

Tourna à droite.

Des cellules vitrées, les unes éclairées, les autres non. Des types allongés au ras du sol, derrière les vitres, comme des chiots dans une animalerie. Des regards indifférents, las, furieux ou simplement curieux.

Le grand bocal avec les gardes aux uniformes clairs un peu plus loin.

Il les salua, s'attendant à tout instant à les voir jaillir de leur cage pour l'intercepter, mais ils lui rendirent son salut d'un air affairé.

C'était plutôt calme ce matin-là. Pas de hurlements ni de tapage. Ils étaient toutefois en train de placer quelqu'un en garde à vue – l'homme passait dans le portique de sécurité avant d'être fouillé. Trois flics de la BAC l'accompagnaient…

Ses battements s'accélèrent. C'était peut-être sa chance. Il dépassa le portique, poursuivit sa route…

Tourna à droite.

… La porte donnant sur le parking. *Ouverte…* Putain !

La Ford Mondeo attendait le retour de la patrouille dans la pénombre du parking, près de la sortie. *Personne à l'intérieur…* Il avala sa salive, en fit le tour, se pencha côté conducteur.

Nom de Dieu ! les clefs étaient sur le tableau de bord !…

Une demi-seconde pour prendre une décision. Il n'était pas encore tout à fait un criminel en fuite – s'il s'emparait de cette bagnole, il n'y aurait pas de retour en arrière possible. Il jeta un coup d'œil derrière lui : là-bas, les types de la BAC surveillaient le futur gardé à vue avant sa mise en cellule, sans s'occuper de lui ni du fourgon. Il entendit un téléphone sonner quelque part.

Décide-toi !

Servaz ouvrit la portière, s'assit au volant, mit le contact. Enclencha la marche arrière. Vit une tête se tourner là-bas. Puis le regard stupéfait du brigadier quand il embraya.

Il vira en faisant hurler les pneus sur le revêtement du parking, repartit en marche avant au milieu des rangées de voitures, fonçant en direction de la rampe.

Trente secondes…

C'était le temps qu'il estimait nécessaire pour atteindre la barrière là-haut, laquelle s'ouvrait automatiquement aux véhicules venant de l'intérieur et, en général, pressés…

Il allait vite, trop vite. Il faillit perdre le contrôle en arrivant sur la rampe, heurta une moto avec l'avant droit, fit un dérapage plus ou moins contrôlé, d'abord vers la gauche puis à droite toute. La grosse bécane qu'il venait de heurter s'effondra sur sa voisine et sa voisine sur la suivante, entraînant dans leur chute toutes les bécanes du parking dans un vacarme de tôles froissées et de guidons tordus qui se répercuta dans l'espace souterrain.

Il ne l'entendit guère : il grimpait déjà la rampe à toute allure, émergeant devant les pompes à essence dans une trajectoire cahoteuse, puis freinant brutalement avant de virer à droite et de foncer vers le porche et la barrière donnant sur le boulevard.

Il était en train de s'enfuir comme un bandit de son lieu de travail ! Tout l'hôtel de police devait entendre le hurlement de ses pneus !

Les doigts moites et crispés sur le volant, il s'efforça de chasser cette pensée, convaincu que la barrière n'allait pas se soulever, que quelqu'un allait surgir et que quelque chose allait mal tourner, qu'il allait finir ses jours en…

Concentre-toi, merde !

La barrière…

Elle se levait ! Il n'en croyait pas ses yeux. L'espoir ressurgit et l'adrénaline lui donna un coup de pied aux fesses.

Il émergea sur le boulevard, grilla le feu devant une Mini venant par sa droite qui pila en faisant hurler ses pneus et klaxonna rageusement. Tourna à gauche en frôlant le trottoir qui longeait le canal et traça à vive allure vers le pont des Minimes.

Vingt secondes.

C'est le temps approximatif qu'il mit à parcourir les trois cents mètres qui le séparaient du pont.

Il franchit le canal quinze secondes plus tard.

L'avenue Honoré-Serres à présent.

Cinquante nouvelles interminables secondes à cause d'un ralentissement – sans qu'aucune sirène eût encore retenti –, il avait le palpitant comme un tambour. Il y eut même un instant où il fut tenté de faire demi-tour et de retourner à l'hôtel de police. « OK, les gars, j'ai fait une connerie, je suis désolé. » Mais il savait qu'il n'y avait plus de retour possible, désormais, qu'il était monté de lui-même à l'échafaud.

On y est presque : deux cents mètres encore et il vira à gauche dans la rue Godolin – crut entendre des sirènes au loin – puis à droite au bout de cent cinquante mètres dans la rue de la Balance et se perdit en quelques secondes dans le dédale du quartier des Chalets – avant d'abandonner le véhicule et de partir en courant.

Il brûlait d'envie de s'en griller une et de voir sa fille, mais ça aussi c'était devenu impossible. Une porte – invisible celle-là – venait de se refermer de ce côté-ci également. Il pensa à Hirtmann qui lui avait interdit la cigarette. Il avait terriblement envie de fumer. Il sortit son paquet sans cesser d'arpenter les trottoirs, en proie à une solitude absolue.

À l'agence de location, une cage vitrée au beau milieu du parking qui faisait face aux arrivées de l'aéroport Toulouse-Blagnac, il fit la queue derrière un groupe d'Asiatiques – il était incapable de distinguer les Japonais des Chinois ou des Coréens. Quand son tour fut venu, il présenta le passeport au nom d'Émile Cazzaniga, remplit les papiers et prit possession du véhicule. Il mit dans le coffre la petite valise et les quelques affaires qu'il avait achetées aux Galeries Lafayette du centre-ville et mit le contact.

Quinze minutes plus tard, il roulait en direction de la Méditerranée. La petite Peugeot 308 GTI était flambant neuve, le réservoir plein, le soleil brillait. Pendant quelques minutes, il éprouva un grisant sentiment de liberté, non sans s'assurer qu'il roulait largement au-dessous de la vitesse autorisée. Puis il songea soudain aux consignes des médecins : éviter les longs trajets en voiture. Il en avait pour une quinzaine d'heures. Et s'il crevait avant d'arriver ? S'il faisait un arrêt cardiaque à cent trente sur l'autoroute ? Il préférait éviter d'y penser. Il pensa en revanche à Gustav et à Hirtmann sur ce barrage, à sa fille qui avait l'air si fatiguée, à Rimbaud lui lançant : « Je ne vous crois pas une seconde, et je prouverai que vous avez menti », à la sœur de Kirsten, cette artiste qui aimait les ombres et qui les avait rejointes. Et puis, il revit Kirsten lui disant : « S'il te plaît, ne me dis pas merci. »

Est-ce qu'elle avait vraiment voulu dire ça ? Et lui, que ressentait-il exactement ? Il n'était certainement pas amoureux, mais il devait admettre que, ces derniers temps, la Norvégienne avait occupé une bonne partie de ses pensées. Qu'allait-il se passer maintenant ? Il était en fuite, elle allait devoir retourner en Norvège. Leurs routes allaient-elles se séparer définitivement ?

Quelques heures plus tard, après avoir dépassé Nîmes et Orange, il remontait la vallée du Rhône où soufflait un mistral violent avant de quitter l'A7 pour l'A9 à la hauteur de Valence-Sud. Il s'arrêta pour déjeuner d'un sandwich thon-mayonnaise et d'un double expresso sur une aire d'autoroute non loin de Bourgoin-Jallieu, avant de reprendre sa route vers les Alpes, Annecy et Genève, qu'il atteignit alors que le soir tombait.

Il longea ensuite la rive nord-est du Léman avant de la quitter après Morges pour tracer cap au nord vers le lac de Neuchâtel, puis de bifurquer vers la blancheur immaculée des Alpes bernoises. Les massifs alpins se détachaient sur une nuit sans nuages comme de grosses meringues sur un drap noir et, après Zurich, il quitta la Suisse et franchit la frontière autrichienne à la hauteur de Lustenau vers 21 heures, puis la frontière allemande à Lindau, contournant le lac de Constance, avant de filer plein est jusqu'aux environs de Munich qu'il atteignit vers 22 heures.

Il était plus de 23 heures quand il retrouva la frontière autrichienne près de Salzbourg et s'enfonça entre les puissants sommets du Salzkammergut qu'on devinait à peine, malgré leur blancheur, tapis dans la profonde nuit alpine. Des géants qui veillaient sur les populations locales depuis le paléolithique. Et plus de minuit quand il entra enfin dans Halstatt, cette carte postale de l'Autriche en 3D nichée au bord d'un lac pour l'heure noyé dans le brouillard et les ténèbres. Les petites rues pavées, les façades de chalets tyroliens, les fontaines et les belvédères : tout évoquait un décor de cinéma – *Heidi* ou *La Mélodie du bonheur*.

Il chercha l'hôtel que lui avait indiqué le Suisse – la Pension Göschlberger – et, vingt minutes plus tard, il s'effondrait comme une masse dans un lit haut perché et rempli d'édredons qui semblait tout droit sorti d'un conte pour enfants.

— Il a utilisé sa carte Visa dans une agence de location de voitures à Blagnac hier matin, annonça un flic nommé Quintard. Ensuite quelques heures plus tard dans une station-service à la hauteur de Bourgoin-Jallieu et la dernière fois au péage d'Annemasse-Saint-Julien avant la frontière suisse.

— Nom de Dieu, s'exclama Rimbaud.

— La voiture, une Peugeot 308, a été louée au nom d'Émile Cazzaniga…

— Génial, dit le bœuf-carottes, il peut être n'importe où en Europe.

— Ou même revenu en France, suggéra un autre membre de l'IGPN. Il est assez malin pour ça.

Stehlin suivait l'échange sans s'en mêler, l'air sombre. C'était un cauchemar.

— Est-ce que quelqu'un a une idée de l'endroit où il a pu aller ? demanda Rimbaud en faisant le tour de la table d'un regard acéré.

Ni Samira ni Espérandieu ne mouftèrent mais, quand le bœuf-carottes eut porté son attention ailleurs, ils échangèrent un regard.

— Il faut une vignette pour circuler sur les autoroutes suisses, fit observer Rimbaud. Il a peut-être été contrôlé par la police suisse s'il n'en avait pas, qui sait ? Quelqu'un peut les contacter ?

Une ambiance de fin de règne s'était installée autour de la table : l'agonie d'un service auquel plus aucun magistrat ne confierait une enquête importante. Espérandieu se dit que cela devait ressembler à ça dans les administrations de Washington, maintenant que les fonctionnaires de Trump prenaient la place. Il pourrait toujours demander sa mutation… Mais Martin, qu'allait-il devenir ? Avait-il vraiment fumé Jensen ? Il avait toujours autant de mal à le croire. Il chercha des yeux le soutien de Samira et la jeune Franco-Sino-Marocaine posa une main discrète sur son genou l'espace d'un instant. Il se sentait infiniment triste. Qu'est-ce qui avait mal tourné depuis ce coup de feu sur ce wagon ? Des flics brisés il en avait déjà vu. Mais Martin était son meilleur ami – avant son coma du moins.

— Et cette policière norvégienne, quelqu'un sait où elle se trouve ? demanda Rimbaud en regardant le directeur du SRPJ.

Stehlin secoua la tête avec la lenteur d'un condamné à mort à qui on demande s'il a une dernière volonté.

— Génial, dit à nouveau le bœuf-carottes. Nous allons solliciter Interpol pour la diffusion d'une notice rouge concernant le commandant Servaz.

Rien que ça, pensa Espérandieu. La presse appelait improprement les notices rouges « mandats d'arrêt internationaux ». En réalité, il ne s'agissait pas de mandats d'arrêt, les policiers d'un pays ne pouvant procéder à l'arrestation d'un individu uniquement sur décision d'une justice nationale, mais de messages d'alerte pour localiser la personne et demander son arrestation par les autorités locales.

— Je veux un signalement détaillé, une photographie, ses empreintes digitales, tout le toutim.

Il se tourna vers Vincent et Samira.

— Vous pouvez vous charger de ça ? leur demanda-t-il d'un ton venimeux.

Il y eut un blanc. Puis le majeur droit de Samira – orné d'une bague à tête de mort – s'éleva joliment au-dessus de la table, elle repoussa sa chaise et sortit.

— Même réponse, dit Espérandieu en se levant à son tour.

Martin passa la matinée à flâner dans les rues étroites de la carte postale et au bord du lac, coiffé d'une casquette bon marché achetée sur place dans une boutique à souvenirs et payée avec ses derniers euros, des lunettes de soleil sur le nez et une grosse écharpe de laine enroulée autour du cou. Il s'attarda aux terrasses, buvant tellement de café qu'il finit par repousser la dernière tasse loin de lui, écœuré.

Il ne risquait pas d'attirer l'attention : il y avait cent fois plus de touristes que d'habitants et ils se marchaient les uns sur les autres dans la petite bourgade coincée entre le lac et les montagnes. Il entendait toutes sortes de langues autour de lui et fort peu d'allemand.

Malgré tout, il ne put s'empêcher de trouver le panorama impressionnant : tous ces toits blancs entassés les uns au-dessus des autres, ces façades pimpantes, presque riantes, ces pontons de bois et, en face, la présence hostile, écrasante, de la paroi couverte de glace, à la blancheur striée de hachures horizontales tel un dessin exécuté par une main tremblante, qui tombait dans les eaux glacées et légèrement brumeuses du Hallstättersee comme une pierre tombale.

Cinq minutes avant midi, il se mit en marche vers la Marktplatz, à côté de l'église luthérienne, à une cinquantaine de mètres. Il y avait là aussi un tas de

515

touristes qui mitraillaient avec leurs appareils photo et leurs téléphones à peu près tout ce qui ressemblait à une vieille pierre ou à un morceau d'Autriche.

Il attendit plusieurs minutes presque sans bouger, faisant mine d'observer la fontaine et les environs. Se demanda où était Kirsten. Plusieurs fois, il l'avait cherchée du regard, avait espéré qu'elle apparaîtrait, déguisée en touriste comme lui, mais elle ne s'était pas montrée et il commençait à se sentir inquiet. Puis il se dit que c'était logique : il pouvait très bien être surveillé par quelqu'un d'autre et Kirsten ne voulait pas prendre de risques.

— Mahler est venu ici, vous le saviez ? dit soudain l'un des touristes à côté de lui sans cesser de photographier.

Servaz le regarda. Le type portait un curieux bonnet jaune à pompon. Il était blond, bronzé, l'air sain et sportif. Un peu plus petit mais plus costaud que lui.

— Vous avez fait votre valise ? dit l'homme en remettant le capuchon sur l'objectif de son appareil.

Servaz acquiesça.

— Très bien, allons la chercher.

Quelques minutes plus tard, ils quittaient le bourg dans une Range Rover hors d'âge crachant une fumée noire sur une petite route qui suivait la rive ouest du lac.

Samira Cheung regarda Vincent. Elle avait ce jour-là tellement de crayon noir autour des yeux qu'on aurait dit une goule surgie d'une histoire de maison hantée.

— Tu penses la même chose que moi ?

— De quoi tu parles ?

— De ce qu'a dit Quintard à la réunion : le trajet de Martin, son passage en Suisse. La Suisse, c'est pas loin de…

516

— L'Autriche, je sais, confirma-t-il. Halstatt…

— Tu crois vraiment qu'il peut être là-bas ?

— Ça a l'air absurde, non ?

— Mais c'est quand même la route, fit-elle remarquer.

Il considéra les deux bagues à tête de mort de sa main droite et les bracelets en cuir pleins de croix, de clous et de crânes miniatures.

— Oui, admit-il, c'est la route… C'est aussi la route de Genève, la ville d'Hirtmann. Et la Norvégienne, tu crois qu'elle est avec lui ?

Samira ne lui répondit pas. Elle était déjà en train de pianoter sur son clavier.

— Regarde.

Il s'approcha, vit une page d'accueil quelconque, puis lut : « Polizei Halstatt, Seelände 30 ». Il y avait une adresse mail qui se terminait par « polizei.gv.at » et même un site Web. Samira cliqua dessus et ils sourirent malgré la gravité de la situation : deux top models façon Barbie et Ken en uniforme de police près d'une voiture de patrouille, aussi crédibles que Steven Seagal dans le rôle du président des États-Unis.

— Tu parles allemand ? demanda-t-elle.

Il fit signe que non.

— Moi non plus.

— Mais je parle anglais, dit-il en décrochant son téléphone. Les Autrichiens, ça cause aussi *british*, non ?

Elle laissa retomber le rideau. Depuis sa fenêtre de l'hôtel Grüner Baum, elle avait vu Martin parler avec le type au bonnet jaune qui prenait des photos. À présent, ils partaient ensemble. Elle se précipita hors de sa chambre du premier étage, dévala les marches et jaillit sur la place, à temps pour les voir la quitter par une ruelle. Au lieu de les suivre, elle partit dans l'autre sens.

Espérandieu raccrocha. Le flic autrichien – un type nommé Reger ou quelque chose comme ça – s'était montré étonnamment coopératif. Il semblait ravi de collaborer avec la police française même si la requête avait provoqué un blanc au bout du fil. Espérandieu s'était dit que ça devait le sortir de sa routine. Combien de meurtres par an à Halstatt ? Un touriste chinois tué d'un coup de piolet par un alpiniste sinophobe ? Un mari jaloux qui attachait un pot de fleurs aux chevilles de son épouse avant de l'envoyer par le fond dans le lac ? Reger avait un accent autrichien prononcé, mais son anglais était fluide et impeccable.

Espérandieu fit un signe à Samira qui tapa l'adresse mail trouvée sur le site autrichien et ajouta la photo de Martin au texte en anglais.

Martin et son guide au bonnet jaune revinrent à Halstatt aux environs de 14 heures. Empruntèrent le tunnel qui passait sous la montagne et se garèrent sur le parking P1, puis retournèrent à pied au centre-ville par les bords du lac. Il faisait froid. Il neigeotait au-dessus du lac et la lumière semblait aussi plombée que celle d'une fin d'après-midi.

— Pourquoi ce détour ? demanda Servaz en traînant de nouveau sa valise derrière lui.

— Pour m'assurer que personne ne nous suit…

— Et maintenant qu'est-ce qu'on fait ?

— Vous rentrez à votre hôtel et vous n'en bougez pas : vous attendez qu'on vienne vous chercher. Pas de coup de fil à qui que ce soit, c'est bien compris ?

Pas d'alcool, pas de cigarettes. Et évitez aussi le café. Buvez de l'eau, reposez-vous, dormez.

Ni Servaz ni l'homme blond au bonnet jaune ne virent la Lada Niva verte immatriculée à Prague se garer sur le même parking quelques minutes plus tard. Zehetmayer fut le premier à en descendre. Il portait son habituel manteau à col de loutre et un feutre cabossé sur son crâne dégarni qui contrastaient avec l'aspect pitoyable du 4 × 4. Jiri était vêtu d'un simple anorak, de jeans et de bottes fourrées, et aurait pu passer pour un touriste. Ils laissèrent la voiture et foncèrent tout droit vers le centre du village.

Ils s'assirent dans un café et regardèrent passer le flot des touristes, aussi dépareillés qu'un loup et un renard.

Au bout de trois heures enfermé dans sa chambre, Servaz commençait à tourner en rond. Il n'arrêtait pas de penser à Margot. À son air fatigué, accablé. Il était parti comme un voleur et elle devait être morte d'inquiétude. Il contenait de plus en plus difficilement son impatience. Il fallait qu'il lui parle.

Est-ce qu'ils avaient reçu l'autorisation d'un juge de la mettre sur écoute ? Dans un laps de temps aussi court ? Possible compte tenu des circonstances. Mais pas certain. La police et la justice françaises ne fonctionnaient pas comme dans les séries télé. Et les ratés étaient nombreux. Il n'y avait qu'à voir ces terroristes recherchés par toutes les polices d'Europe et qui s'étaient promenés pendant des jours ou des semaines en sautant d'un pays à l'autre, avaient franchi des frontières, pris des trains avant d'être interceptés.

Il devait courir le risque. Il sortit le petit téléphone à carte prépayée qu'il avait acheté dans le centre de Toulouse avant de filer à l'aéroport, composa le numéro.

— Allô ?

— C'est moi, dit-il.

— Papa ? Où es-tu ?

La voix débordait d'inquiétude.

— Je ne peux pas te le dire, répondit-il.

Il y eut un silence.

— Tu quoi ?

La colère, de nouveau, dans la voix de sa fille. Ça n'en finirait donc jamais… Par la fenêtre, il aperçut un bateau blanc qui se rapprochait sur les eaux grises, à travers la brume ; il emmenait des touristes depuis la gare ferroviaire, sur l'autre rive du lac.

— Écoute. On va te poser des questions sur moi. La police… On va te parler de moi comme d'un… criminel…

— La police ? Mais c'est toi la police. Je ne comprends pas.

— C'est une histoire compliquée. J'ai dû partir…

— Partir ? Partir où ? Tu ne pourrais pas être un peu plus… ?

— Laisse-moi parler, la coupa-t-il. On m'a piégé. On m'accuse de quelque chose que je n'ai pas commis. J'ai dû m'enfuir. Mais je… je reviendrai…

Nouveau silence.

— Tu me fais peur, papa, dit-elle soudain.

— Je sais. Je suis désolé, ma puce.

— Est-ce que tu vas bien ?

— Oui, ne t'inquiète pas.

— Bien sûr que je m'inquiète, répliqua-t-elle. Comment veux-tu que… ?

— Il y a autre chose que je voulais te dire…

Elle se tut. Il hésita.

— Tu as un petit frère. Il s'appelle Gustav. Il a cinq ans.

Encore un blanc.

— Un… *petit frère* ? *Gustav* ?

Il pouvait imaginer rien qu'à sa voix l'expression de totale incrédulité sur ses traits.

— Qui est la mère ? demanda-t-elle aussitôt.

Il se figea.

— C'est une longue histoire.

Il avala un verre d'eau qu'il s'était servi avec la bouteille d'eau minérale du minibar.

— J'ai tout mon temps, répliqua-t-elle d'une voix redevenue froide.

— C'est une femme que j'ai connue il y a longtemps, et qui a ensuite été kidnappée.

— Kidnappée ? *Marianne* ? C'est de Marianne qu'il s'agit ?

— Oui.

— Seigneur… Il est revenu, n'est-ce pas ?

— Qui ça ?

— Tu sais bien qui…

— Oui.

— Oh, papa, putain, c'est pas possible. Dis-moi que c'est pas vrai. Ce putain de cauchemar va pas recommencer !

— Margot, je…

— Cet… enfant… il est où ?

Il se souvint des paroles d'Espérandieu : « Demande-lui directement, oublie les questions biaisées, tu n'es pas dans un interrogatoire. »

521

— Peu importe où il est, dit-il. Ce qui est fait est fait. À mon tour de te poser une question maintenant : qu'est-ce que tu as, Margot, exactement ? Réponds-moi, cette fois. Je veux la vérité.

Le silence dura plus longtemps à l'autre bout.

— Eh bien, il semble non seulement que tu as un deuxième enfant, mais aussi que tu vas être grand-père.

— Quoi ?

— Bientôt trois mois, ajouta-t-elle.

Il pensa à tous ces petits changements physiques et psychologiques, à ses nausées matinales, à sa susceptibilité, à ses sautes d'humeur, au frigo plein de choses salutaires, aux kilos en plus…

Il avait été aveugle pour ne rien voir.

Même Hirtmann, rien qu'en observant Margot depuis le parking d'en face, avait compris.

— Le père…, dit-il. Je le connais ?

— Oui, répondit-elle. C'est Élias.

Sur le moment, il ne sut pas de qui elle parlait. Puis ça lui revint. Il revit le grand jeune homme silencieux, sa mèche tombante qui lui mangeait la moitié du visage, son allure de grand escogriffe trop vite monté en graine. C'était lui qui avait aidé Margot à mener l'enquête pendant les événements de Marsac, alors qu'ils étaient dans la même classe préparatoire. Dans ce lycée où lui-même avait étudié en son temps et dont une professeure avait été assassinée[1]. Élias aussi qui avait accompagné Margot quand elle était venue chercher son père dans ce village espagnol où il s'était réfugié et où il passait ses jours et ses nuits à picoler après la disparition de

1. Voir *Le Cercle*, XO Éditions et Pocket.

Marianne. Servaz se souvenait qu'Élias prononçait peu de mots, mais qu'il le faisait toujours à bon escient.

— Je ne savais pas que tu le voyais toujours, dit-il.

— Ce n'était pas le cas. Il a débarqué à Montréal l'année dernière, soi-disant pour faire du tourisme… On ne s'était pas vus depuis trois ans, mais on restait en contact, de loin en loin. Il est reparti à Paris au bout de quatre semaines, on s'est écrit. Et puis, Élias est revenu. Pour de bon, cette fois…

Margot avait toujours eu l'art de résumer les situations les plus compliquées en quelques phrases.

— Et vous allez vous… ?

— Non, papa, non : ce n'est pas du tout à l'ordre du jour.

— Mais vous… vivez ensemble ? dit-il.

— C'est important ? Papa, quoi que ce soit, tu dois revenir. Tu ne peux pas fuir comme un criminel.

— Je ne peux pas, dit-il. Pas tout de suite. Écoute, je…

Il y eut un bruit dans l'appareil, peut-être une porte, puis une voix s'éleva : « Margot ? Chérie ? C'est moi ! » Alexandra, son ex-femme…

— Ne dis rien à ta mère, lança-t-il.

Il raccrocha.

Une image du bonheur, soudain, il y a très long-temps : cette même jeune femme à présent enceinte grimpant en gazouillant et en babillant dans un langage connu d'elle seule sur le lit conjugal. Ce lit sur lequel elle montait presque toujours quand sa mère dormait. Son Kilimandjaro à elle. À escalader, à conquérir, pour y faire son trou, y caser son petit corps – entre les leurs. Son odeur de bébé. Ses cheveux fins. Il ne se souvenait de rien de plus agréable que d'avoir enfoui ses narines dans la panse gonflée et parfumée de sa fille. Ce ventre de bébé qui ne diminuait qu'en respirant. Cette odeur de nourrisson mélangée à l'acidité du lait du biberon et à l'eau de Cologne. Le parfum du réveil. Sa fille… Qui de nouveau allait avoir la panse gonflée.

Il espérait qu'elle serait une bonne mère, qu'elle s'en tirerait bien. Et que leur couple ne volerait pas en éclats comme celui de ses parents. Qu'elle serait plus heureuse en tant que mère qu'elle l'avait été en tant que fille. Que l'enfant grandirait au sein d'un foyer uni. Il essaya de réfléchir mais tout tournait, il ne voyait que deux planètes énormes, et d'autres plus petites, qui gravitaient autour. Ou peut-être s'agissait-il d'une planète et d'un soleil. Un soleil noir… Il avait l'impression qu'une autre Margot avait pris la place de sa fille.

Une Margot qu'il ne connaissait pas.

Il s'approcha de la fenêtre, vit le fantôme de son visage se juxtaposer sur l'image du bateau blanc et des eaux grises.

Ma fille, pensa-t-il, la gorge nouée. *Je sais que tu feras une bonne, une excellente mère. Et que votre enfant sera heureux. Je ne sais pas combien de temps je vais m'absenter, mais je… j'espère que tu auras une pensée pour moi de temps en temps et que tu comprendras…*

Le téléphone de Kirsten sonna alors qu'elle avait repris sa surveillance devant une pâtisserie et un café.

— Salut Kasper, dit-elle.

Il y eut un moment de silence à l'autre bout. Elle crut entendre de là où elle était tomber l'inépuisable pluie bergénoise.

— Tu es où ? demanda-t-il.

— Devant une pâtisserie et un café.

— Toujours à l'hôtel ?

— Pourquoi tu veux le savoir ? dit-elle soudain.

— Pardon ?

— Pourquoi tu veux savoir où je suis ?

— Je ne comprends pas cette question.

— Pourquoi tu t'intéresses tellement à l'endroit où on se trouve et à ce qu'on y fait ?

Un silence.

— C'est quoi ces conneries ? lâcha le flic bergénois. Je veux savoir où vous en êtes, c'est tout…

— Kasper, j'ai appelé Oslo hier. Apparemment, ils ne sont au courant de rien. Personne ne leur a dit qu'on avait retrouvé la trace du gosse. Pourtant, je te l'ai dit. Pourquoi tu n'as rien dit à personne ? Pourquoi tu n'en as pas parlé à ta hiérarchie ?

Rien que le bruit de la pluie à l'autre bout.

— Je ne sais pas…, dit finalement la voix. Je voulais te laisser le temps de le faire toi-même, je suppose… Toi non plus tu n'en as parlé à personne, semble-t-il.

Là, tu marques un point, pensa-t-elle.

— Tu n'es pas la seule à avoir une conscience professionnelle. J'ai tout autant envie que toi qu'on retrouve ce salopard. Seulement moi, personne ne m'a payé le voyage en France…

Deux points.

— D'accord. Excuse-moi. Je suis un peu à cran en ce moment.

— Pourquoi ? (Une pause.) Ne me dis pas… Ne me dis pas qu'il est *réapparu* ?

— Faut que j'y aille, dit-elle.

— Qu'est-ce que tu vas faire ?

— Je sais pas.

— Prends soin de toi.

— OK.

Il coupa la communication, regarda en direction du port. Il n'était pas allé travailler aujourd'hui. Il avait pris une journée pour terminer de monter le meuble. Quelle pluie…

Puis il pensa à l'argent sur son compte en banque. Celui qui avait déjà été versé en contrepartie de ses informations. Celui qui lui avait déjà permis d'éponger une partie de ses dettes. Pas assez à son goût, mais c'était déjà ça. Il regarda l'heure et composa l'autre numéro. Celui qui n'avait rien à voir avec la police.

43

Préparatifs

— Tu te sens bien, Gustav ?

Hirtmann regarda l'enfant allongé dans le lit médicalisé. Il s'approcha de la fenêtre. Il apercevait les toits blancs d'Halstatt au-delà du petit parking plein de neige, et puis les eaux grises du lac. La clinique était bâtie sur les hauteurs du village.

— Oui, papa, dit Gustav dans son dos.

Il vit un bateau s'avancer depuis l'autre rive, là où se trouvait la gare ferroviaire.

— Tant mieux, dit-il en se retournant. C'est pour ce soir, tu sais.

L'enfant blond ne dit rien, cette fois.

— Tu ne dois pas avoir peur, Gustav. Tout va bien se passer.

— Allons-y, dit l'homme au bonnet jaune. Prenez votre valise.

— On va où ? demanda-t-il.

Il en avait assez des mystères. Il avait passé tout l'après-midi d'hier et toute la soirée à tourner comme un fauve dans sa chambre avant de sombrer dans un sommeil plein de mauvais rêves.

— À la clinique, répondit le blond.

— Vous faites quoi dans la vie ? demanda Servaz.

— Pardon ? Je suis infirmier, dit l'homme d'un air surpris. Quelle question. À la clinique… On m'a chargé de vous réceptionner.

— Et la petite balade hier pour voir si je n'étais pas suivi : c'était pour me réceptionner aussi ?

L'homme lui lança un sourire déconcertant tandis qu'il verrouillait sa porte et qu'ils se dirigeaient vers le minuscule ascenseur.

— Je suis les instructions qu'on m'a données, c'est tout, dit-il.

— Et vous ne posez jamais de questions ? demanda Servaz en s'enfermant dans la cabine bien trop petite pour deux adultes.

— Le Dr Dreissinger m'a simplement dit que vous étiez quelqu'un de connu en France et que vous ne vouliez pas de… publicité, de paparazzis, quoi…

Pour le plus grand soulagement de Servaz, les portes s'ouvrirent presque aussitôt et il s'avança vers la petite réception pour rendre sa clef à breloque. Il réfléchit à ce que le blond venait de lui dire. Une pensée lui traversa l'esprit.

— Pourquoi j'aurais besoin de discrétion ? demanda-t-il. On y fait quoi en temps normal dans votre clinique ?

Bonnet-Jaune le regarda d'un air sidéré.

— Ben, des liftings, de la chirurgie du nez ou des paupières, de la plastie mammaire, des implants – et même de la phalloplastie et de la nymphoplastie… ce genre de choses.

Ce fut au tour de Servaz d'être stupéfait.

— Vous voulez dire qu'on va dans une clinique de chirurgie esthétique ?

Ils ne parcoururent que quelques centaines de mètres en s'élevant vers le haut du village, à travers ses rues pavées, avant de se garer sur le petit parking de la clinique qui dominait les toits de la ville et le lac. Bonnet-Jaune descendit le premier de sa VW et ouvrit son coffre, puis il tendit sa valise à Servaz, qui la prit avec un nœud au ventre. Il avait lu sur Internet que la greffe de foie était une intervention chirurgicale lourde, délicate, autant pour le donneur vivant que pour le receveur – une opération qui pouvait durer jusqu'à quinze heures – et il avait les jetons tout à coup. *Les foies*, songea-t-il, *c'est le cas de le dire*. Pour se rassurer, il se dit qu'Hirtmann tenait trop à son fils pour le confier à des mains inexpertes.

Son fils... Il n'arrivait toujours pas à se faire à l'idée. Il était ici pour donner une partie de son foie à son propre fils. Dit comme cela, ça ressemblait à de la science-fiction.

— C'est quoi la phalloplastie ? demanda-t-il soudain tandis qu'ils traversaient le petit parking puis grimpaient les marches à l'entrée.

— Chirurgie du pénis.

— Et la nymphoplastie ?

— Des petites lèvres. On les réduit quand elles sont trop grandes.

— Charmant.

Lothar Dreissinger était une publicité vivante pour la chirurgie esthétique. Dans le genre avant/après. Il incarnait *l'avant* : c'était l'un des hommes les plus laids que Servaz eût jamais vus. Son visage semblait le produit d'une macédoine de gènes exceptionnellement mal assortis. Nez et oreilles trop grands et trop charnus, yeux trop petits, mâchoire trop étroite, lèvres de crapaud, crâne chauve et pointu comme un œuf de Pâques… Ajoutez à cela une cornée jaune et injectée, des petits cratères sur la peau comme s'il avait été atteint de la vérole dans sa jeunesse.

Servaz se demanda si cela incitait ses clients à se précipiter vers la salle d'opération – ou si, au contraire, ils voyaient là les limites de la chirurgie tant vantée par le maître des lieux. Si lui n'avait pas pu réparer ces criantes injustices de la nature, à quoi bon ?

Il portait une blouse de médecin sur une chemise blanche et ses mains manucurées, en revanche, étaient très belles. Servaz le remarqua quand il les croisa sous son menton.

— Vous avez fait bonne route ? demanda-t-il en anglais.

— Est-ce que c'est important ?

Les yeux jaunes du directeur de clinique étaient aussi d'une désagréable fixité.

— Pas vraiment, dit-il. Tout ce qui m'importe, c'est que vous soyez en bonne santé.

— C'est une belle clinique que vous avez là, commenta Servaz. De la chirurgie esthétique, c'est ça ?

— En effet.

— Maintenant, répondez-moi, êtes-vous compétent pour réaliser ce genre d'opération ?

— Avant que je me convertisse à cette activité plus… rémunératrice… c'était ma spécialité, voyez-vous. Renseignez-vous : j'étais très bon. Ma réputation s'étendait bien au-delà des frontières de l'Autriche.

— Vous savez qui je suis ? demanda Servaz.

— Le père de l'enfant.

— À part ça…

— Non, et je m'en fiche.

— Qu'est-ce qu'il vous a dit ?

— À quel sujet ?

— Au sujet de cette opération…

— Que Gustav avait besoin d'une greffe. Le plus vite possible.

— Quoi d'autre ?

— Que vous aviez pris une balle dans le cœur il y a quelques mois. Et que vous étiez resté dans le coma pendant plusieurs jours.

— Ça ne vous inquiète pas ?

— Pourquoi ça m'inquiéterait ? C'était dans le cœur, pas dans le foie.

— Est-ce que ça n'est pas un peu… *risqué* ?

— Bien sûr que ça l'est. Toute opération comporte un risque.

Dreissinger agita ses belles mains de pianiste.

— Et il s'agit d'une opération très délicate, ajouta-t-il, une triple opération en vérité : celle qui consiste à vous enlever les deux tiers de votre foie, la suivante à extraire le foie nécrosé de Gustav et la troisième à lui implanter un greffon sain et à tout recoudre. Il y a toujours un risque.

Il sentit un pincement au creux de l'estomac.

— Mais le fait que j'aie subi une opération cardiaque il y a deux mois, est-ce que ça n'augmente pas considérablement ce risque ?

— Pour l'enfant non : le donneur pourrait aussi bien être un donneur mort, c'est d'ailleurs la procédure la plus courante.

— Et pour moi ?

— Pour vous sans aucun doute.

Il avait dit cela d'un ton badin et Servaz sentit sa gorge s'assécher. *Il se fiche complètement que je meure ou pas... Et Hirtmann, lui, est-ce qu'il s'en fiche aussi ?*

— Vous abritez un meurtrier, dit-il soudain. Et pas n'importe lequel.

Le visage du chirurgien se ferma.

— Vous le saviez ?

Dreissinger hocha la tête.

— Pourquoi ? demanda Servaz.

Le petit homme parut hésiter.

— Disons que j'ai une dette envers lui...

Servaz haussa un sourcil.

— Quel genre de dette peut impliquer de prendre un tel risque ?

— C'est difficile à expliquer...

— Eh bien, essayez quand même.

— Pourquoi le ferais-je ? Vous êtes flic ?

— En effet.

Dreissinger fixa sur lui un regard étonné.

— Ne vous en faites pas, dit-il, je ne suis pas ici en tant que flic, mais pour donner mon foie, comme vous le savez. Alors ?

— Il a tué ma fille.

La réponse avait fusé sans la moindre hésitation. Servaz regarda le petit homme sans comprendre. Un voile de tristesse était passé sur le visage laid – furtivement. Un instant de faiblesse vite envolé : Dreissinger le toisait à nouveau avec fermeté.

— Je ne comprends pas.

— Il l'a assassinée… À ma demande… Mais sans rien lui faire d'autre, évidemment. Il y a dix-huit ans de cela.

Servaz le regardait avec une incrédulité croissante.

— Vous avez demandé à Hirtmann de tuer votre fille ? Pourquoi ?

— Voyez-vous, monsieur Servaz, il n'y a qu'à regarder ma figure pour comprendre que la nature n'est pas aussi parfaite que certains le prétendent. Ma fille était aussi laide que son père, cela la rendait très… *déprimée*… Mais, comme si cela ne suffisait pas, elle était aussi atteinte d'une maladie incurable, une maladie rare, une maladie terrible qui provoquait d'horribles souffrances. Il n'y a à ce jour aucun traitement et la seule issue est la mort au mieux avant quarante ans, dans des souffrances chaque jour plus intolérables. Un jour, j'en ai parlé à Julian. Et il m'a proposé de le faire. Je l'avais moi-même envisagé à plusieurs reprises. Mais dans ce pays seule l'euthanasie passive est tolérée et j'avais trop peur d'aller en prison. Je vous l'ai dit : j'ai envers lui une dette que je ne pourrai jamais honorer.

— Mais vous risquez d'aller en prison pour ça aussi…

Les yeux du chirurgien se réduisirent à deux fentes.

— Pourquoi ? Vous avez l'intention de me dénoncer ?

Servaz ne répondit pas mais il eut la sensation d'avoir avalé du gel réfrigérant : sur la table d'opération, ce type aurait sa vie entre ses mains. Et, comme il l'avait précisé, le donneur pouvait aussi bien être mort.

— Vous voulez en savoir plus sur ce qui va se passer ? demanda Lothar Dreissinger d'un ton doucereux.

Servaz hocha prudemment la tête. Il n'était pas trop sûr de vouloir.

— Nous allons d'abord effectuer le prélèvement sur votre foie. Ensuite, nous allons réaliser l'hépatectomie…

— La quoi ?

— L'exérèse, l'ablation du foie malade de Gustav. Cela consiste à sectionner les attaches ligamentaires, les vaisseaux sanguins – artère hépatique et veine porte – ainsi que les voies biliaires. Seulement, avec son insuffisance hépatique, nous devons redoubler de vigilance parce qu'il pourrait y avoir des problèmes de coagulation. Et enfin à implanter le greffon. Les vaisseaux sanguins seront raccordés en priorité pour irriguer à nouveau l'organe. Ensuite, ceux transportant la bile. Pour finir, avant de refermer, on installera les drains pour évacuer le sang, la lymphe ou la bile qui pourraient s'être accumulés tout autour. Tout cela évidemment sous anesthésie générale. Une telle opération peut durer jusqu'à quinze heures.

Il n'était pas sûr d'avoir tout pigé à l'anglais médical de Dreissinger mais ce qu'il entendait ne lui disait rien qui vaille. Et où était le Suisse ? Et Gustav ? Il n'avait vu ni l'un ni l'autre en arrivant. On l'avait conduit directement ici. Il avait juste croisé des portes marquées Anesthésie – Bloc opératoire 1 – Bloc opératoire 2 – Radiographie – Pharmacie.

Tout était blanc, aseptisé, d'une propreté impeccable.

— On va passer la matinée à réaliser une série d'examens sur vous, ajouta le petit homme. Ensuite, vous vous reposerez jusqu'à l'opération et vous n'avalerez plus rien de la journée. Pas de cigarettes non plus, évidemment.

— Elle aura lieu quand ?

— Ce soir.

Servaz haussa un sourcil.

— Pourquoi ce soir ? Pourquoi pas demain ? En plein jour ?

— Parce que c'est là que mon cycle biologique est à son maximum, répondit Dreissinger en souriant. Il y en a qui sont du matin, d'autres du soir. Moi, mon heure, c'est la nuit.

Servaz ne dit rien. Il se sentait un peu à côté de ses pompes en vérité, le sentiment d'irréalité était de plus en plus grand. Et ce type lui faisait froid dans le dos.

— Quelqu'un va vous conduire à votre chambre. On se revoit au bloc. Donnez-moi votre téléphone, s'il vous plaît.

— Quoi ?

— Votre téléphone, donnez-le-moi.

Lothar Dreissinger attendit que les pas se fussent éloignés en résonnant dans le couloir pour sortir de son bureau et pousser la porte voisine. Elle ouvrait sur une pièce minuscule, pleine d'étagères supportant des dizaines de classeurs et de cartons étiquetés. Une petite fenêtre dans le fond. La haute silhouette s'encadrait sur le profil des montagnes, lui tournant le dos.

— Tu es sûr qu'il est en état de subir l'opération ? demanda le chirurgien en refermant la porte derrière lui.

— C'est son foie que tu veux, il me semble, répondit le Suisse sans se retourner. Et c'est encore plus facile avec un donneur mort, non ?

Il ne vit pas Dreissinger opiner lentement du chef. La réponse n'était pas entièrement à son goût.

— En admettant que ce type survive, que se passera-t-il si, une fois rentré chez lui, il me dénonce, tu y as pensé ? Tu ne m'avais pas dit que c'était un flic !

Il vit son grand ami hausser les épaules.

535

— C'est ton problème. Tu auras sa vie entre tes mains au bloc. À toi de voir quelle solution te paraît la meilleure : la vie – ou la mort…

Dreissinger le gratifia d'un grognement bougon.

— S'il meurt, je devrais déclarer son décès et on me demandera des comptes : qu'est-ce que ce type faisait là ? Il y aura une enquête. Tôt ou tard, la vérité éclatera. Je ne peux pas le permettre…

— Dans ce cas, laisse-le vivre.

— Et puis, je n'ai jamais tué personne, ajouta l'Autrichien d'une voix blanche. Je suis médecin, merde… Je ne suis pas… comme toi…

— Tu as tué ta fille.

— Non !

— Si. Je n'ai été que ton instrument, c'est toi qui as pris la décision. C'est toi qui l'as tuée.

Le chirurgien se tut. Hirtmann s'était retourné. Comme toujours, le directeur de clinique ressentit un courant froid le long de la colonne vertébrale lorsque le regard électrique se posa sur lui. Une décharge de Taser lui aurait fait à peine plus d'effet. Il tendit le téléphone du flic au Suisse, qui le prit.

— En revanche, mon cher Lothar, tu te doutes bien que s'il arrivait quelque chose à Gustav, je ne donnerais pas cher de ta peau.

Lothar Dreissinger eut l'impression qu'un nid de couleuvres venait de se réveiller dans son estomac. Il fit toutefois front.

— C'est une opération suffisamment délicate comme ça, Julian. Je ne crois pas que ce genre de menace m'aide beaucoup.

Hirtmann ricana.

— Tu as peur, mon ami ?

— Évidemment que j'ai peur. Je te serai éternellement reconnaissant pour ce que tu as fait à Jasmine. Mais le jour où tu seras mort, je dormirai mieux.

Un rire aussi sonore qu'un rugissement emplit le petit espace.

Ce matin-là, le policier nommé Reger ressortit de la Pension Göschlberger le sourire aux lèvres. Son collègue français allait apprécier. C'était son cinquième hôtel et il avait déjà fait mouche. Il ne pensait cependant pas qu'il y eût un tel caractère d'urgence qu'il ne pût s'arrêter chez Maislinger pour savourer un cappuccino et une pâtisserie. En mordant dans sa part de gâteau plein de crème, il songea qu'il avait pris quelques kilos ces derniers temps et qu'il allait devoir se remettre au sport fissa s'il voulait pouvoir continuer à courir après les voleurs. *Quels voleurs ?* se dit-il aussitôt. Il y avait certes quelques cambriolages à Halstatt, et aussi des pickpockets, surtout l'été, avec l'afflux des touristes, et parfois – plus rarement – des bagarres. Mais pas une seule fois, en vingt-deux ans de carrière, il n'avait eu à courir après qui que ce soit.

Son petit plaisir avalé, il se mit en marche vers la clinique Dreissinger. Le patron de l'hôtel avait non seulement reconnu l'homme de la photo, mais aussi celui avec qui il était reparti ce matin : Strauch. Un type du coin. Il travaillait comme infirmier à la clinique. Reger le connaissait depuis l'enfance. Il grimpa la ruelle en pente le sourire aux lèvres : c'était une matinée autrement excitante que ses journées habituelles.

Servaz regarda le deuxième lit à côté du sien – le sien se trouvait près de la porte, l'autre près de la fenêtre – en entrant dans la chambre. *Un lit pour enfant…* Visiblement occupé, car drap et couverture étaient ouverts comme un portefeuille et ils gardaient la forme d'un corps mais, pour l'heure, il était vide.

Il jeta un coup d'œil rapide aux branches qui s'agitaient doucement au-delà de la fenêtre, griffant le ciel gris, aux rangées de voitures sur le petit parking puis – dès que la personne qui l'accompagnait fut ressortie – se plia en deux et retira le petit téléphone à carte prépayée de sa chaussette. Il avait supposé qu'on lui enlèverait peut-être son téléphone ; le Suisse ne pouvait lui accorder qu'une confiance limitée – et temporaire. Il balaya la chambre du regard, avisa une seconde porte, la poussa : une salle d'eau minuscule avec un W.-C. Souleva le couvercle de la chasse d'eau, le laissa retomber. Retourna dans la chambre.

La rampe lumineuse au-dessus de son lit.

Il s'approcha de la tête du lit médicalisé, tendit le bras. Passa la main au-dessus et derrière le coffrage en plastique qui supportait tout un tas de prises électriques. Il y avait un espace creux contre le mur. Il vérifia que le son de l'appareil était toujours coupé et qu'il avait du réseau, le déposa, recula d'un pas, s'assura qu'il était invisible et commença à se déshabiller comme on lui avait demandé de le faire pour enfiler la tenue qui l'attendait sur le lit.

Reger salua la femme à l'accueil en souriant. Elle s'appelait Marieke. Il la connaissait bien : ils faisaient partie du même club de bridge. Marieke était divorcée et élevait seule ses deux enfants.

— Comment vont les garçons, Marieke ? dit-il. Matthias veut toujours être policier ?

538

L'aîné avait douze ans et rêvait de porter un jour l'uniforme de la police – ou sans doute n'importe quel uniforme pour peu qu'il y eût des bottes, un ceinturon, une arme et l'autorité qui est censée aller avec.

— Il a la grippe, répondit-elle. Il est au lit.

— Ah.

Marieke était une jolie blonde un peu ronde et Reger avait eu une brève liaison avec elle après son divorce. Il fit glisser la photo que lui avait envoyée la police française sur le comptoir.

— Dis-moi, est-ce que vous avez un patient qui ressemble à ça ?

Marieke prit un air embarrassé.

— Oui, pourquoi ?

— Il est arrivé quand ?

— Ce matin.

Cela corroborait les dires de l'hôtelier. Reger se sentit de plus en plus excité.

— Et tu as le numéro de sa chambre ?

Elle consulta son ordinateur et le lui donna.

— Sous quel nom il est inscrit ?

— Dupont.

Son excitation augmenta encore. Un nom français.

— Appelle-moi le Dr Dreissinger, s'il te plaît, dit-il en sortant son téléphone portable, lequel sonna avant qu'il ait eu le temps de faire quoi que ce soit. Allô ? répondit-il, contrarié.

Il écouta pendant quelques secondes.

— Un accident ?... Où ça ?... Sur Hallstättersee Landestrasse ?... Où exactement ?... C'est grave ?... J'arrive tout de suite...

Il referma son téléphone et regarda Marieke, l'air désemparé.

— Dis au docteur que je repasserai, il faut que j'y aille.

— C'est grave ? demanda-t-elle à son tour.

— Plutôt oui : un poids lourd et deux voitures impliqués. Il y a un mort.

— Des gens d'ici ?

— Je ne sais pas, Marieke.

Dans l'objectif des jumelles, les fenêtres de la clinique apparaissaient nettement. C'étaient des fenêtres larges et hautes qui couraient sur toute la largeur des chambres, si bien que, là où les stores n'étaient pas baissés, apparaissait aussi l'intérieur des chambres, éclairé au néon bien qu'on fût en plein jour. Quand elles n'étaient pas éclairées, cela devait signifier qu'elles étaient vacantes, supposa-t-il.

Jiri compta environ une demi-douzaine de chambres occupées, de ce côté-ci du moins. La Lada était garée à une cinquantaine de mètres de la clinique, le long d'un muret en pierre en très léger surplomb. Assis au volant, il promenait ses jumelles d'une fenêtre à l'autre. Soudain, il les immobilisa. Le flic français. À une fenêtre du rez-de-chaussée. Il avait failli le louper parce que le premier lit était vide et le flic au second plan, dans un deuxième lit.

Il fit le point sur le premier lit. *Un lit d'enfant…* Jiri sentit son intérêt s'accroître exponentiellement.

Il regarda les voitures sur le parking avec de la neige sur le toit puis s'en détourna. Se demanda où était Kirsten. Il avait essayé de la joindre à trois reprises avec son téléphone à carte prépayée mais elle ne répondait pas. Et Gustav ? Et Hirtmann ? Tous subitement envolés. Il ne tenait pas en place. Il brûlait de voir Gustav. Il ne pouvait ignorer plus longtemps son inquiétude : il appréhendait de le découvrir étendu sur la table d'opération, déjà en partance pour d'autres contrées pas si éloignées de celles qu'il avait connues pendant son coma. Cette image l'effrayait bien plus que sa propre présence au même endroit et sa propre anesthésie : il était revenu de bien plus loin.

Mais il voulait être sûr de se réveiller. Pour apprendre que l'opération avait réussi. Que son fils était vivant.

Son fils.

Une fois encore, il repoussa cette idée. C'était trop étrange de penser à Gustav de cette façon. Ce garçon qui s'était glissé dans sa vie sans que personne lui ait demandé son avis. Très injustement, il lui arrivait de songer à lui comme à un cancer – qui grandit silencieusement à l'intérieur de soi jusqu'au jour où on ne peut plus ignorer sa présence. Que se passerait-il ensuite ? Si l'opération était couronnée de succès, si Gustav et lui s'en sortaient tous les deux ? Hirtmann les laisserait-il repartir ensemble ? Certainement pas. Il devrait lui arracher le gosse s'il le voulait. Mais le voulait-il ? Et, de toute façon, il serait bien trop faible après l'opération pour entreprendre quoi que ce soit. Où était le Suisse ? Pourquoi ne se montrait-il pas ?

Puis il se dit qu'il devait être quelque part dans la clinique avec Gustav, à regarder le garçon subir des examens comme lui.

On frappa à la porte. Elle s'ouvrit et l'infirmier blond apparut. Il avait délaissé son bonnet jaune.

— Allons-y, dit-il.

Décidément, c'était sa phrase préférée.

— On va commencer par un électrocardiogramme et une échocardiographie thoracique, expliqua-t-il une fois qu'ils furent dans le couloir, pour détecter une éventuelle maladie cardiaque. Ensuite, on m'a dit que vous êtes fumeur. On va donc faire une radiographie du thorax, et puis une échographie abdominale pour étudier votre vésicule et mesurer la taille de votre foie. Pour finir, vous rencontrerez l'anesthésiste. Ça va prendre quelques heures, ça va aller ? demanda l'infirmier blond en lui jetant un regard.

— Y a combien de patients ici en ce moment ? demanda-t-il en le suivant, nu sous sa blouse d'hôpital ouverte à l'arrière, coiffé d'une charlotte en papier et de chaussons en plastique aux pieds – se sentant éminemment ridicule.

— Une dizaine.

— Et ça suffit à faire vivre un établissement comme celui-là ? s'étonna-t-il.

L'infirmier blond lui sourit.

— Avec ce qu'on leur facture, oui, croyez-moi.

Elle trouva le paquet en rentrant à l'hôtel. L'hôtelier l'avait sorti de sous son comptoir et le lui avait tendu : « On a déposé ça pour vous. » Elle monta dans sa chambre, le paquet sous le bras, défit le papier kraft, ouvrit le carton puis déplia le chiffon à l'intérieur. L'arme se trouvait entourée d'un film plastique plein de graisse. Un pistolet semi-automatique Springfield XD. Une arme croate, légère et fiable. Et trois chargeurs de quinze cartouches 9 mm.

Ils le ramenèrent à sa chambre vers 16 heures. Il se dirigea aussitôt vers sa valise. L'ouvrit. Elle avait été fouillée. Ses affaires n'étaient pas telles qu'il les avait laissées. Ils n'avaient même pas pris la peine de le dissimuler. Ils avaient dû faire de même avec ses vêtements, profitant de son absence. Il s'approcha du coffrage en plastique au-dessus du lit, passa la main derrière. Le téléphone était toujours là.

Il alla à la fenêtre, regarda dehors. Des nuages arrivaient au-dessus des montagnes, en grand nombre. Ils avaient déjà jeté sur tout le paysage un voile assombri et décoloré et des fumerolles s'élevaient du lac comme si un gigantesque incendie couvait au-dessous de sa surface.

Il allait neiger. C'était dans l'air.

Il se retourna quand la porte s'ouvrit.

Servaz regarda le brancard qu'on poussait près du lit d'enfant. Puis il vit l'infirmier inviter Gustav à passer de l'un à l'autre. L'infirmier sourit au garçon quand l'opération fut terminée. Il remonta drap et couverture sur lui, ils se tapèrent dans la main et il ressortit. Une autre silhouette se substitua aussitôt à la sienne, émergeant du couloir.

— Salut, Martin, dit Hirtmann.

Il sentit ses cheveux se dresser sur sa tête. Le grand Suisse avait une barbe de quatre jours, des paupières rougies, un air sombre, absent et préoccupé. *Hanté*, fut le mot qui vint à l'esprit de Servaz. Hanté par quelque pensée secrète. Il fut soudain pris d'une bouffée de chaleur ; il attribua celle-ci à la température qui régnait dans la pièce mais, en vérité, il savait qu'il ne s'agissait pas de ça. Il avait reconnu chez le Suisse la même inquiétude que la sienne. Ou bien y avait-il autre chose ? D'autres motifs d'inquiétude ? Tout à coup, il fut sur ses gardes. Hirtmann passa près de lui et regarda dehors, par la fenêtre. Dehors où la lumière déclinait. Puis il fit descendre le store.

— Qu'est-ce qui se passe ? demanda-t-il.

Le Suisse ne lui répondit pas. Il le contourna dans l'autre sens, s'approcha de Gustav et caressa ses cheveux blonds. L'espace d'un instant, Servaz éprouva la morsure de la jalousie en voyant le garçon lui sourire avec confiance. Puis Hirtmann leva les yeux vers lui et il sentit un doigt glacé courir le long de son échine : *Julian Hirtmann avait peur de quelque chose. Ou de quelqu'un.* C'était la première fois que Servaz lisait la peur dans ces yeux-là et ce spectacle le glaça bien plus que s'il l'avait lue dans un autre regard. Car, en cet instant, il comprit que ce n'était pas uniquement à cause de l'issue incertaine de l'opération. Il revit le Suisse se hâter vers la fenêtre et regarder au travers avant de baisser le store.

Quelque chose se passait – *là-dehors.*

Kirsten se tenait près de l'église catholique. Elle avait la Lada dans l'objectif de ses jumelles. L'arroseur arrosé. Elle voyait la voiture par l'arrière mais elle distinguait nettement le type au volant, ses propres jumelles braquées sur la clinique.

Elle déplaça les siennes vers la nuque du deuxième occupant. Elle avait le Springfield XD calé entre sa ceinture et ses reins, sous la doudoune. Puis elle s'intéressa à la clinique : la fenêtre de Martin. Elle se figea. Julian Hirtmann venait de s'encadrer dans la fenêtre, il regardait dehors. Elle vit Martin debout derrière lui et Gustav dans son lit. Sentit son pouls s'accélérer. La lumière de la chambre formait une flaque jaune sur la neige du parking bleutée par le soir qui descendait.

Puis Hirtmann déroula les stores et la chambre disparut à la vue.

Elle abaissa ses jumelles. Là-bas, le type au volant avait fait de même. Nul doute que c'était cette fenêtre-là qu'il observait.

Kirsten réfléchit à la conduite à tenir.

Il était 16 h 30. Bientôt, on n'y verrait plus grand-chose.

Reger regarda les derniers véhicules de secours s'éloigner sur la Hallstättersee Landesstrasse dans le maelström incendiaire de leurs gyrophares. Quel chaos ! Un cauchemar de métal broyé et de corps mutilés, de vies brisées, de lueurs comme des incendies, de messages crépitant tels des feux de Bengale dans les radios et de hurlements stridents – ceux des scies à désincarcération. À présent que le silence était enfin retombé et qu'il ne restait plus comme souvenirs de cet enfer que quelques taches d'huile et de sang sur le bitume et quelques traînées de gomme, il sentait poindre une migraine carabinée.

Par bonheur, ni le conducteur de la Ford tué sur le coup, ni les trois autres passagers grièvement blessés n'étaient des gens qu'il connaissait. Il allait devoir faire un rapport. Il en avait encore les jambes qui tremblaient. Le chauffeur du poids lourd conduisait trop vite et il avait perdu le contrôle de son camion, lequel avait dérivé comme Sissy Schwarz sur la glace vers la voie de gauche avant de heurter frontalement une Ford qui arrivait en sens inverse en un baiser mortel. La BMW qui la suivait – et qui, avait-il noté, était conduite par un pasteur – s'était ensuite encastrée dans la Ford. Un miracle qu'il n'y eût qu'un seul mort...

Tout à coup, il repensa à ce qu'il faisait ce matin avant l'accident. Il avait tout laissé en plan à la clinique pour foncer ici. Quelle journée, Seigneur. C'était toujours comme ça. Des jours entiers sans rien de bien palpitant à se mettre sous la dent et, tout d'un coup, ça vous tombait dessus comme s'il en pleuvait.

Ses pensées revinrent à la clinique et il fut pris d'un doute affreux. Et si le type en avait profité pour se faire la belle ? De quoi aurait-il l'air auprès de ses collègues français ? C'était un peu la réputation de la police autrichienne qui était en jeu, se dit-il. Il se mit en marche sans même repasser par l'hôtel de police. Sortit son téléphone et appela Andreas, un ancien de la Bundespolizei de Basse-Autriche avec des décennies d'expérience, pour lui expliquer la situation.

— Ce type, c'est qui ? demanda Andreas, perplexe. Qu'est-ce qu'ils lui reprochent ?

Reger dut admettre que le policier français n'avait pas été très clair sur ce point. En revanche, il l'avait été sur le fait que le patient ne devait pas être laissé sans surveillance.

— Tu me rejoins à la clinique, dit-il. On va mettre en place une surveillance devant sa porte et s'assurer qu'il ne quitte pas sa chambre ou, s'il la quitte, que tu le suives à la trace. Et il ne doit en aucun cas quitter la clinique, ajouta-t-il. C'est clair ? Je te fais relever dans quelques heures par Nena.

— Et il ne peut pas filer par la fenêtre ?

— J'ai vérifié : les fenêtres du rez-de-chaussée sont toujours verrouillées.

— Très bien, mais ce flic français : il ne t'a pas dit ce qu'il lui voulait ? insista Andreas.

Il arrivait à Reger de trouver son adjoint agaçant – surtout quand il posait des questions que lui-même aurait dû poser.

— Il m'a dit qu'il m'expliquerait tout ça quand il serait là, que c'est une affaire compliquée.

— Ah. Une affaire compliquée… D'accord. Mais il est en état d'arrestation ou pas ?

Reger soupira et appuya sur le bouton rouge de son téléphone.

— Il est là-bas, dit Espérandieu en raccrochant.

Il était 17 heures. Samira fit pivoter son siège dans sa direction.

— Il a dormi une nuit dans un hôtel, expliqua-t-il. Ensuite, il a fait sa valise et il est parti en compagnie d'un autre homme.

Elle attendit la suite.

— Sauf que le patron de l'hôtel a reconnu cet homme. C'est un type du coin. Il s'appelle Strauch. Et il est infirmier dans une clinique…

— Une clinique, répéta-t-elle pensivement.

Vincent hocha la tête.

— Ce Reger a interrogé une personne de la clinique. Martin est arrivé là-bas ce matin.

— Qu'est-ce qu'on fait ?

— Nous rien, répondit-il. Moi, je pose un jour de congé et je file là-bas voir Martin… Et j'ai demandé qu'il soit placé sous surveillance en attendant que j'arrive.

Elle fronça les sourcils.

— Qu'est-ce que tu as l'intention de faire ?

547

— Le convaincre de revenir ici et de se rendre. Et parler avec lui.

— Après ce qui s'est passé hier, dit Samira en faisant référence à l'incident qui avait rapidement fait le tour de l'hôtel de police de Toulouse et qui était presque devenu l'unique sujet de conversation, tu le crois coupable pour Jensen ?

— Bien sûr que non.

— Et s'il refuse de t'écouter ?

Elle le vit hésiter.

— Je le fais appréhender par la police autrichienne, répondit Vincent à contrecœur.

— Ils vont vouloir une demande officielle...

— Je vais leur dire qu'on la leur fait parvenir, mais qu'en attendant Martin ne doit en aucun cas être laissé sans surveillance.

— Et que se passera-t-il quand ils s'apercevront qu'ils n'ont rien reçu ?

— On verra bien. Entre-temps, je serai là-bas. Et puis, ils ont dû recevoir la notice rouge d'Interpol. Même si ça m'étonnerait qu'ils les regardent tous les jours.

Il était déjà en train de pianoter sur son clavier.

— Merde, dit-il.

— Qu'est-ce qu'il y a ?

— Il n'y a pas de vol Toulouse-Vienne via Bruxelles avant trois jours, même chose pour Toulouse-Salzbourg et Toulouse-Munich.

— Tu pourrais passer par Paris.

— Le temps que j'arrive à Paris, que j'aie ma correspondance et que je fasse le trajet Vienne-Halstatt en voiture de location, autant prendre ma caisse.

— Tu n'y seras pas avant demain, fit-elle remarquer.

— Exact. Raison de plus pour partir tout de suite.

Elle le vit se lever et attraper son blouson

— Tiens-moi au courant, lui lança-t-elle.

Marieke regarda tour à tour Reger et son collègue, le grand échalas rougeaud. Ils venaient de lui demander où se trouvait le Français.

— Au bloc, répondit-elle. Ils sont en train de l'opérer.

— Est-ce qu'on ne peut pas interrompre l'opération ?

— Tu plaisantes ? Il est sous anesthésie générale. Il ne se réveillera pas avant plusieurs heures.

Reger fronça les sourcils. Quel sac de nœuds tout à coup. Il ne s'attendait certainement pas à ça. Que faire ? Puis il se dit que ça ne changeait pas foncièrement la donne. Le flic français ne serait pas là avant plusieurs heures et, au moins, l'homme ne risquait pas de prendre la poudre d'escampette.

— Tu restes devant la porte du bloc, dit Reger à Andreas. Ensuite, tu accompagnes ce M… euh… Servaz… en salle de réveil puis, à son retour, dans sa chambre…

Reger était retourné au poste de police, lequel était en tout point conforme à l'idée qu'Espérandieu s'en faisait : n'était la rampe d'accès pour les personnes à mobilité réduite, il avait tout du chalet alpin. Il n'y manquait même pas les pots de fleurs aux fenêtres. Un employé municipal balayait la neige devant la rampe et Reger le salua joyeusement.

Dès qu'il fut entré, il appela le flic français. Il entendit un léger bruit de fond quand celui-ci répondit.

— Je suis en route, répondit-il. Vous l'avez mis sous surveillance ?

— Il est en salle d'opération, sous anesthésie, répondit Reger. Mais j'ai un homme sur place qui ne le quitte pas d'une semelle. Ce type, qu'est-ce qu'il a fait exactement ? Vous m'avez parlé d'un criminel recherché. C'est un peu vague…

— On le soupçonne d'avoir tiré sur un autre homme, répondit Espérandieu. Un violeur récidiviste.

— Oh, il fait l'objet d'un mandat d'arrêt international ? voulut savoir le policier autrichien.

— Les mandats d'arrêt internationaux, ça n'existe pas, le corrigea son interlocuteur. (Il y eut une seconde de silence.) Il y a une notice rouge d'Interpol le concernant, oui.

— Dans ce cas, je vais demander l'aide de la *Bundespolizei* de Salzbourg pour l'appréhender, décida l'Autrichien.

— Non, ne faites rien de tel, pas tant que je ne suis pas arrivé, intervint le Français dans l'appareil. Cet homme ne représente pas un danger pour les autres. Laissez-moi m'en occuper.

Reger fronça les sourcils devant son téléphone. Il comprenait de moins en moins.

— Comme vous voudrez, dit-il finalement.

Mais il était bien décidé à contacter sa hiérarchie dès qu'il aurait raccroché.

Marieke s'était trompée : Servaz n'était pas sous anesthésie. Pas encore. Il était cependant allongé sur la table d'opération, respirant dans un masque à oxygène, une perfusion dans le bras, prêt à recevoir l'injection, anxieux, incertain, déconfit. Autour de lui, l'équipe médicale s'activait et les moniteurs surveillaient sa pression artérielle, sa pression veineuse centrale et sa température.

550

En tournant la tête, il pouvait voir Gustav déjà endormi sur la table d'opération voisine, le corps maintenu à bonne température par une couverture et un matelas à air pulsé. Il distinguait toute la sorcellerie moderne autour du gosse : des moniteurs identiques aux siens, des poches de transfusion, des tubes transparents et des voies fixées par des sparadraps, des seringues autopousseuses et des coussins de protection. Dans l'un de ces tubes, le sang de Gustav luttait pour s'échapper.

Il avala sa salive.

Les drogues commençaient à faire leur effet et le stress intense qu'il avait ressenti durant les premières minutes laissait la place à une anormale sensation de bien-être – anormale compte tenu de l'environnement rigoureusement hostile dans lequel il se trouvait. Un dernier éclair de lucidité lui dit que cette sensation était trompeuse, mensongère, et qu'il ne devait pas s'y fier. Mais, à son tour, la clairvoyance s'en fut.

Servaz regarda à nouveau la main du môme, là-bas. Là où il distinguait le sang qui cherchait à s'échapper dans le tube. C'est toujours ainsi : *le sang lutte pour sortir*. Rouge sur la peau blanche, rouge dans le tube transparent. Rouge. Rouge. Rouge comme celui d'un cheval à la tête coupée, rouge comme l'eau du bain d'une spationaute qui s'était ouvert les veines, rouge comme son propre cœur percé par une balle et pourtant continuant de battre.

Rouge…

Rouge…

Il se sentait bien tout d'un coup. OK. C'est la fin, comme dit Espérandieu. Non, il ne le dit pas, il le chante. *This is the end, my friend.* D'accord.

Allons-y. C'est la fin... Gustav, le fils de Kirsten. Non, ce n'est pas ça. Gustav, le fils de... de qui déjà ?

Il perdait les pédales.

Son cerveau buggait.

Rouge...

Comme le rideau qui tombe.

— Où sont-ils ? demanda Rimbaud.

À Toulouse, Stehlin regardait le commissaire de l'IGPN, pâle, très pâle. Sans doute le patron du SRPJ déroulait-il le film d'une carrière jusqu'ici impeccablement ascendante. Mais la tache en train de s'étendre sur son CV effacerait toutes ces années de bons et loyaux services et bientôt on ne verrait plus qu'elle, on ne se souviendrait de rien d'autre. Des années d'efforts, d'ambition, de compromis balayés en un seul jour. Tel un cyclone ravageant en quelques heures un paradis côtier.

— Je ne sais pas, avoua-t-il.

— Vous ne savez pas où se trouve Servaz ? Vous n'avez pas une petite idée de l'endroit où il a pu aller ?

Un silence.

— Non.

— Et cette policière norvégienne. Kirsten... ?

— ... Nigaard. Non plus.

— Un de vos hommes est un assassin et il est en fuite et cette policière norvégienne censée collaborer avec lui a aussi disparu, ça ne vous inquiète pas ?

Le ton était cinglant. Le visage du directeur du SRPJ avait la couleur du lait caillé.

— Je suis désolé, nous faisons tout ce qui est en notre pouvoir pour les retrouver...

Rimbaud renifla.

— Tout ce qui est en votre pouvoir, ironisa-t-il. L'un de vos policiers a abattu un homme de sang-froid, vous abritez un assassin dans vos rangs. Ce service est une vraie calamité, une honte, l'exemple même de tout ce qui ne fonctionne pas dans la police – et, puisque c'est vous qui le dirigez, tout cela est de votre responsabilité, assena Rimbaud froidement. Vous aurez des comptes à rendre, croyez-moi.

Il se levait déjà.

— En attendant, mettez tout en œuvre pour les retrouver. Essayez au moins de faire ça correctement.

Dès que le bœuf-carottes fut reparti, Stehlin décrocha son téléphone et appela Espérandieu. S'il y en avait un qui connaissait Martin, c'était son adjoint. La voix de Samira lui répondit :

— Patron…

— Samira ? Où est Vincent ?

Un blanc à l'autre bout.

— En congé.

— Quoi ?

— Il a pris une journée pour…

— Une journée ? En ce moment ? Trouvez-le-moi ! Dites-lui que je veux lui parler. TOUT DE SUITE !

Jiri coupa le sifflet à la radio classique qui diffusait depuis des heures symphonies sur concertos et cantates sur opéras.

— Remettez-moi ça, dit Zehetmayer à côté de lui.

— Non. Pas tant que je serai dans cette caisse, rétorqua Jiri. Le classique, ça m'emmerde.

Il devina que le vieux s'étouffait d'indignation à côté de lui et ne put s'empêcher d'en éprouver de la satisfaction : le directeur d'orchestre commençait à lui taper sur les nerfs. Jiri avait ses jumelles sur les genoux. Il n'y avait plus rien à voir : les ténèbres du soir s'étaient installées autour de la clinique, le store avait été relevé et la chambre était vide. Selon toute évidence, l'opération avait commencé ; ils avaient emmené le flic et le môme au bloc. Il attendrait qu'ils soient revenus pour frapper. Quand ils seraient encore dans les vapes, incapables de la moindre réaction – même le flic, dans son état, ne pourrait s'opposer à lui.

Où était Hirtmann ? se demanda-t-il. Au bloc, certainement. Avec les autres... En train de suivre l'opération... D'après leur source, le Suisse tenait à ce gosse comme à la prunelle de ses yeux.

Oui, mais voilà : assis dans la pénombre de la Lada, Jiri ne se sentait pas complètement rassuré. Il n'aimait pas que le Suisse fût hors de vue. Ça lui laissait la désagréable impression de ne pas tout contrôler. Il n'aimait pas avoir à surveiller en permanence ses arrières. Plus inquiétant encore, il avait eu toute la journée le sentiment que le Suisse savait qu'ils étaient là, qu'il jouait à apparaître et disparaître. Qu'ils étaient non pas le chat mais la souris.

En jetant des regards autour de la voiture, il tenta de se rassurer. Ils avaient toutes les cartes en main. Et surtout, ils avaient un atout maître dans leur jeu. Il ferma un instant les yeux, rêva de son couteau égorgeant bien proprement le Suisse et du sang jaillissant de ses carotides. Il allait lui apprendre lequel des deux était le meilleur.

À côté de lui, le directeur d'orchestre toussa. C'était toujours le signe qu'il allait dire quelque chose. Jiri tendit une oreille distraite.

— Je peux transférer le reste de l'argent à « K »,
dit Zehetmayer en attrapant son téléphone. Sa part du
contrat est remplie.

À Bergen, Kasper Strand passa devant les façades
illuminées du complexe de restaurants et de bars Zacha-
riasbryggen planté au beau milieu du port après avoir
descendu à pied sa colline – celle du funiculaire – par
Øvre et Nedre Korskirkeallmenningen. Il bifurqua une
centaine de mètres avant le marché au poisson et traversa la grande esplanade aux pavés luisants en direction du petit pub de l'autre côté de l'avenue Torget. Le
dernier ouvert. À Bergen, les restaurants et les bars fermaient tôt.

Il pleuviotait. Une bruine presque microscopique
mais qui n'avait pas quitté la ville et les collines depuis
des jours. Tout comme ce sentiment de culpabilité qui
ne le lâchait pas depuis qu'il avait décidé de vendre les
infos que Kirsten Nigaard lui refilait.

Il avait beau se dire qu'il n'avait pas eu le choix,
ça ne l'exonérait pas de cette impression de plus en
plus tenace qu'il était une merde. Qu'il avait vendu
son âme. Et pour quelques dizaines de milliers de
couronnes, en plus. Il pénétra dans le petit pub exclusivement peuplé de Bergénois authentiques. Le bar à
gauche de l'entrée, les petites tables serrées à droite
avec une minuscule salle dans le fond. Une clientèle
hâve et fiévreuse, les dames avaient presque toutes
l'air fatigué, étaient trop maquillées – une femme pour
trois hommes environ.

Son contact l'attendait assis à une table d'angle,
entre la première partie du pub et la pièce du fond. Un
endroit discret, éloigné des autres tables.

— Salut, dit Kasper.

— Salut, dit le journaliste.

Un homme jeune, à peine trente ans, rouquin, avec un air de belette ou de renard – difficile à dire. Des yeux bleu très clair et légèrement exorbités qui ne lâchaient pas leur interlocuteur, tout comme le sourire dont il ne se départait jamais. Kasper se demanda s'il l'aurait encore au soir de sa mort.

— Tu es sûr qu'Hirtmann est réapparu ? demanda-t-il d'emblée.

— Oui, mentit-il, mais il se remémora la voix de Kirsten au téléphone et ses silences, et il eut la conviction que ce n'était pas un mensonge.

— Putain, ça va faire un papier incroyable, jubila le journaleux. Et tu dis qu'il a élevé ce gosse, Gustav, comme son propre fils ?

— C'est ça.

— Et ils sont où là ?

— Ben… en France, dit-il. Dans le Sud-Ouest…

— Le môme, Hirtmann et ta collègue qui les traque, c'est ça ?

Le jeune type prenait des notes.

— C'est ça.

— La vache, le tueur en série qui sauve un gosse de la mort. Et qui est traqué par une fliquette de chez nous. On ne peut plus attendre. Ça paraîtra demain.

— Demain ?

— Demain. Tout un dossier sur le sujet.

Kasper avala sa salive.

— Et mon argent ?

Le jeune homme regarda autour d'eux, sortit l'enveloppe de son manteau et la lui tendit.

— Le compte y est. Vingt-cinq mille couronnes.

Kasper regarda le jeune morveux qui ne prenait même pas la peine de dissimuler le mépris que le flic de Bergen lui inspirait. L'espace d'un instant, il fut tenté de repousser l'enveloppe, de se racheter une conduite. *Mensonge*, songea-t-il. Il essayait de se duper lui-même. Il y avait bien longtemps qu'il avait renoncé à toute dignité.

Il regarda l'enveloppe. Le prix de la trahison. Pour avoir renoncé à la déontologie, à l'honneur. Pour avoir refilé ses infos à la presse norvégienne. Pour avoir systématiquement transmis à un journaliste tout ce que Kirsten Nigaard lui racontait au téléphone. Il l'enfourna dans une poche de sa veste humide, se leva et ressortit sous la pluie.

À Toulouse, Stehlin n'arrivait pas à dormir. Non seulement parce qu'il avait vécu la journée la plus merdique de sa vie professionnelle, mais parce qu'il s'était encore passé autre chose – comme si ça ne suffisait pas – peu de temps avant qu'il rentre chez lui, abattu et groggy.

En descendant dans la cuisine de sa maison de Balma pour avaler un verre d'eau, vers 5 heures du matin, il repensa au coup de fil qu'il avait reçu peu avant 19 heures.

— La police norvégienne au bout du fil, lui avait annoncé son assistante avec cette voix qui lui rappelait sa mère. Bonne soirée. J'ai fini ma journée.

Une voix qui disait sans le dire : *Il est tard, je suis encore là, je sacrifie ma vie de famille pour être disponible, j'espère que vous en avez conscience.*

Il l'avait remerciée, lui avait souhaité une « bonne soirée également » et avait pris la communication. Ce n'était pas la Kripos en réalité, mais un service qui

– s'il avait bien compris – correspondait à l'IGPN française. En somme, le type au bout du fil, avec sa voix de rogomme, était une sorte de Rimbaud norvégien.

— Kirsten Nigaard, avait-il dit. Ça vous dit quelque chose ?

— Bien entendu.

— Nous essayons de la joindre depuis hier. Vous savez où elle est ?

Stehlin avait soupiré.

— Non.

— C'est ennuyeux. Nous avons besoin qu'elle rentre en Norvège le plus rapidement possible.

— Je peux savoir pourquoi ?

Une hésitation à l'autre bout.

— Elle est accusée d'avoir… agressé une passagère dans un train…

— Quoi ?

— Une certaine Helga Gunnerud, dans le train de nuit Oslo-Bergen.

— Agressée ? C'est-à-dire ? avait demandé le directeur de plus en plus perplexe.

— Roué de coups, pour ainsi dire. La victime a dû être transportée à l'hôpital. Il a fallu un certain temps pour qu'elle accepte de porter plainte parce que son agresseur lui avait dit être membre de la police et qu'elle avait peur des conséquences. Cette Helga a expliqué qu'elle était montée dans le train à la gare de Finse et qu'elle et Kirsten Nigaard ont commencé par faire connaissance fort aimablement mais qu'à un moment donné la policière est subitement devenue agressive. Helga s'est alors mise en pétard – elle reconnaît être assez « soupe au lait » – et elles ont échangé des noms d'oiseaux. Après quoi Kirsten Nigaard s'est jetée sur elle et l'a frappée – encore et encore et encore…

Stehlin n'en avait pas cru ses oreilles. La belle Norvégienne si froide et distante qu'il avait eue dans son bureau frappant une autre femme jusqu'à la laisser sans connaissance… C'était absurde.

— Êtes-vous sûr que cette femme n'affabule pas ? avait-il demandé dans le téléphone.

Il avait deviné l'agacement du Norvégien à l'autre bout.

— Vous pensez bien qu'on a mené notre enquête. Il y a trop d'éléments à charge contre Kirsten Nigaard, j'en ai peur. Croyez bien que j'en suis le premier désolé. Quelle histoire… Elle sera bientôt dans tous les journaux, cette Helga est bien trop bavarde pour tenir sa langue. Voilà qui ne va pas arranger la réputation de notre police… Nigaard, vous ne savez vraiment pas où elle est en ce moment ? avait finalement demandé le Norvégien.

La mort dans l'âme, Stehlin avait dû avouer qu'il n'en savait rien, qu'elle avait disparu dans la nature – et aussi qu'ils avaient quelques autres menus soucis, ici même, à Toulouse.

— C'est à croire que le monde est devenu fou, avait curieusement conclu son homologue norvégien quand il eut terminé.

Oui, se dit-il en avalant son verre d'eau, les reins appuyés contre le plan de travail de la cuisine. Martin en fuite et soupçonné d'être un assassin, et cette fliquette norvégienne selon toute probabilité atteinte d'une forme de psychopathie… Oui, c'était à croire que le monde était devenu fou.

Espérandieu franchit la frontière autrichienne avec deux heures d'avance sur l'horaire prévu. Il avait roulé vite, sans se soucier des radars ni des patrouilles. Il avait traversé en trombe la Suisse et l'Allemagne et à présent il filait sans faiblir à travers le Salzkammergut en direction d'Hallstatt. Il s'était remis à neiger mais, pour le moment, les routes restaient dégagées. Ses phares creusaient la nuit, moins solitaires qu'il ne l'avait escompté, car c'était l'heure où les habitants du Salzkammergut se rendaient au travail et où les camions de livraison entamaient leurs tournées. Il se sentait de plus en plus nerveux. Il ne savait pas ce qui l'attendait là-bas. Il allait devoir convaincre Martin de rentrer, de se livrer. C'était la seule option raisonnable. Ils étaient arrivés au bout du chemin. Mais Martin l'entendrait-il ? Il avait aussi une autre impression, un autre sentiment : celui d'arriver trop tard. Mais trop tard pour quoi ?

44

L'appât

Cela foira dès le départ. Il tombait des flocons épais, détrempés et duveteux lorsque Jiri se mit en mouvement. Il quitta la Lada et se faufila dans l'aube inquiète. Une armée de nuages chargés de neige voguaient au-dessus de la clinique.

Il était 8 h 10 du matin et le ciel rechignait à s'éclaircir. Là-bas, dans la chambre éclairée, les infirmiers avaient ramené le flic et le gosse. Jiri le savait parce qu'il avait vu le flic qu'on poussait jusqu'à son lit sur un brancard avant que le store ne se referme.

Il dépassa le muret, descendit avec précaution la petite pente verglacée entre la route et le parking, se faufila entre les voitures en direction de l'entrée. Un vent glacial agitait les branches des arbres comme des sémaphores.

D'un pas vif, il grimpa les marches et pénétra dans la clinique. Il connaissait bien la configuration des lieux pour y être entré déjà deux fois, la première un bouquet de fleurs à la main, la seconde sans rien : comme dans la plupart des hôpitaux, les « civils » étaient transparents aux yeux du personnel du moment qu'ils ne

561

pénétraient pas dans des zones non autorisées, comme les blocs opératoires.

Il contourna l'accueil, poussa la porte à double battant avec l'air de quelqu'un qui sait où il va, tourna à droite. Mit la main dans sa poche. Là où était l'arme. Petit calibre, petit encombrement. Mais suffisant. Tourna à gauche : le couloir...

Jiri stoppa.

Il y avait quelqu'un là-bas, au bout du couloir. Assis sur une chaise. *Devant la porte.* Une femme. *En uniforme de flic...*

Merde.

Ce n'était pas prévu. Jiri fit demi-tour avant que la femme l'aperçoive. Il s'appuya au mur, hors de vue, et réfléchit. Il était un bon joueur d'échecs. En examinant les fenêtres de la clinique dans l'objectif de ses jumelles, il avait passé en revue un certain nombre de possibilités, de coups à jouer et de réponses éventuelles de la part de l'adversaire.

Il repartit en sens inverse, poussa la porte donnant sur l'escalier de service, grimpa les deux volées de marches et émergea au premier étage. À cette heure, les infirmières s'activaient dans les chambres et les couloirs, il y avait des chariots dans tous les coins. Il devait faire vite.

Il suivit le corridor au pas de charge, dépassa plusieurs portes, les unes ouvertes, les autres fermées, les compta.

Celle-là...

Une porte close. Il tendit l'oreille et n'entendit rien à l'intérieur. L'ouvrit, entra. Reconnut la femme au visage entouré de bandelettes qu'il avait repérée avec ses jumelles.

Personne dans la chambre, les infirmières de l'étage n'étaient pas encore arrivées jusqu'ici.

La femme, dont on ne voyait que les yeux, les narines et la bouche, le regarda d'un air surpris entre les bandelettes. Jiri marcha résolument vers elle, lut l'étonnement dans ses yeux, attrapa un oreiller sous sa tête et le lui plaqua sur le visage. Il appuya. Des gémissements s'élevèrent à travers l'oreiller, les jambes s'agitèrent sous la couverture comme les stylets d'un sismographe.

Il attendit, bras tendus. Les gémissements et les secousses diminuèrent puis cessèrent. Il relâcha la pression.

Pas de temps à perdre.

Il cala le dossier d'une chaise sous la poignée de la porte, revint vers le lit, souleva drap et couverture, prit le corps de la femme dans ses bras. Elle était légère comme une plume dans sa blouse d'hôpital. Jiri la déposa sous la fenêtre, ouvrit celle-ci. Le vent chargé de flocons entra dans la pièce, le froid extérieur et la chaleur de la pièce se mélangeant comme les eaux de la mer et d'un fleuve dans un estuaire.

Il attrapa les cordons du store et les passa autour du cou de la femme – une fois, deux fois, trois fois…

Il retourna arracher un drap au lit, revint vers la fenêtre, fit un nœud autour de la poignée puis un deuxième autour du cou de la femme. Quand il eut terminé, il souleva le corps et le balança par la fenêtre ouverte, dans l'aube grise et floconneuse.

Après quoi, il retira son manteau.

Il portait un uniforme de policier autrichien en dessous. Il l'avait achetée sur le *dark* Web. Il attrapa la chaise calée contre la porte, la traîna vers le milieu de la pièce, là où le détecteur d'incendie était fixé au plafond et monta dessus.

Puis il sortit son briquet.

Hirtmann s'immobilisa à l'entrée du couloir. Une femme avait pris la relève du grand type devant la porte de Martin. Police d'Halstatt comme l'autre, à en croire l'uniforme. Il devait trouver un moyen de s'en débarrasser. Sinon le piège ne fonctionnerait pas. *Ces putains de flics allaient effrayer le gibier.* Il avait mis Gustav en sécurité après l'opération. Enfermé derrière une porte d'acier dont il était le seul à avoir la clef, dans une chambre médicalisée que la clinique réservait d'ordinaire à ses patients les plus notoires. Zehetmayer et son acolyte devaient le croire dans l'autre chambre, celle dont il avait ouvert et fermé les stores à plusieurs reprises. Celle de Martin. Là où il les attendait. Mais s'ils trouvaient un flic devant sa porte, ils feraient demi-tour. À moins que ? Ce n'était sans doute pas un simple policier municipal qui allait les arrêter.

Il en était là de ses réflexions quand l'alarme incendie se déclencha. Merde, qu'est-ce que c'était que ça ? *Gustav*, pensa-t-il. Et il partit à grandes enjambées.

Jiri se dirigeait vers la chambre du gosse et du flic français. La porte était ouverte. La femme en poste devant le regarda approcher. Ses yeux glissèrent brièvement sur son uniforme.

— Vous êtes qui ? demanda-t-elle.

— Quelqu'un a déclenché l'alarme, lança-t-il. Une femme s'est pendue à sa fenêtre. On m'a dit qu'elle était ici.

Il vit la policière froncer les sourcils. Un cri s'éleva soudain de la chambre, par la porte ouverte. Une infirmière en jaillit.

— Il y a quelqu'un... pendu devant la fenêtre ! lâcha-t-elle.

Et elle partit en courant dans le couloir. La femme-flic la regarda s'éloigner puis tourna vers lui son regard. Soupçonneux.

— Vous êtes qui ? répéta-t-elle. Je ne vous connais pas... Et c'est quoi, cet uniforme ?

Il abattit la crosse de son arme sur son crâne.

Les sons : ils pénètrent sa conscience embrumée. Stridents. Déchirent le brouillard dans son crâne. Ses paupières tremblent sans s'ouvrir. Il peut sentir la lumière à travers elles – et l'odeur d'asepsie de la chambre quand il inspire.

Il cligne des yeux à plusieurs reprises. Conscient de la douleur que provoque chaque fois sur ses nerfs optiques la luminosité de la neige. Et de ce son strident, horripilant, qui revient sans arrêt par-dessus le rythme régulier du scope. Il a cru qu'il était chez lui et que c'était son réveil qui sonnait, mais non, ce n'est pas ça. C'est bien plus fort, bien plus agressif.

Il ouvre les yeux.

Regarde le plafond blanc, les murs blancs. Il y a quelque chose qui oscille sur le mur – une ombre –, qui oscille comme le balancier d'une horloge, en surimpression sur les raies blanches et grises que dessine le store.

Soudain, il sait où il se trouve. Et pourquoi.

Sa main droite soulève lentement la couverture, puis sa blouse d'hôpital, avec précaution. Il doit hausser un peu les fesses pour la remonter plus haut. Les bandages autour de son abdomen… Il sent que cela tire un peu. On lui a ouvert le ventre, on lui a retiré la moitié du foie, on a tout refermé et recousu.

Il est *vivant*…

Et toujours ces sons stridents. Il entend des cavalcades dans le couloir. Des portes qui claquent. Des voix…

Il tourne la tête. *Il y a quelque chose là-bas…* derrière les stores, de l'autre côté de la fenêtre – une forme qui arrête la grisaille du jour naissant et qui oscille doucement : comme le balancier d'une horloge. *Un corps… Un corps pend derrière la fenêtre…*

Pris de panique, il examine l'autre lit – celui de Gustav. Le gamin est bien là. Il devine sa forme immobile sous le drap et la couverture remontés jusqu'en haut. Il a envie de le réveiller, de lui demander comment il va, mais il sait que le gamin est resté plus longtemps que lui sur le billard. Il faut lui laisser le temps.

Et cette grande ombre là-bas… Ce corps… À qui appartient-il ?

Il oscille de plus en plus lentement.

Peut-être les branches d'un arbre qui bougent sous le poids de la neige ? Ou un tour que lui jouent les drogues encore présentes dans son sang ?

Non, non : il s'agit bien d'un corps…

Il palpe la blessure à travers le bandage, appuie doucement. Puis il écarte drap et couverture et commence à remuer. Il ne devrait pas ; très mauvaise idée, il le sait. Il déplace ses pieds vers le bord du lit, redresse son torse tout doucement, s'assoit, jambes pendantes. Il sent le froid qui monte du sol quand il pose la plante des pieds dessus. Pendant une seconde, il laisse retomber son menton sur sa poitrine et ferme les yeux. Est-ce que ça tient le coup là-dedans ? Est-ce qu'il ne va pas déchirer quelque chose ? Il vient juste de se réveiller, nom de Dieu. Il a peur de bouger trop vite, de rompre un truc à l'intérieur, mais il faut qu'il s'en assure – qu'il sache ce que c'est que cette ombre devant la fenêtre.

Il inspire. Ouvre les yeux, lève la tête et se redresse.

Il retire la pince qu'il a au bout de l'index. Une nouvelle sonnerie se déclenche.

S'appuyant prudemment à la table de nuit, il se met debout. Très lentement.

Ses jambes lui paraissent peu dignes de confiance mais le soutiennent. Il sait que s'il tombe, il va causer des dommages irréparables. Mais il se met en marche quand même. Vers la fenêtre. Lentement. Il a l'impression que cette grande ombre à présent presque immobile recouvre toute la pièce, se met à l'intérieur de lui, occupant tout l'espace disponible dans son cerveau encore embrumé.

Il en revoit une pareille à celle-ci, pareille à un grand papillon noir et maléfique, pendue au sommet d'un téléphérique.

Un pincement au niveau de l'abdomen lui rappelle qu'il est debout alors qu'il devrait rester allongé et il commence à ressentir un début de vertige. Il sent monter la nausée. Mais il avance. Un mètre après l'autre. Il veut soulever ce putain de store – voir ce corps qui est derrière.

Quand enfin il y parvient, il entend la porte s'ouvrir derrière lui et une voix féminine :

— Qu'est-ce que vous faites debout ? Venez ici ! Vous ne deviez pas bouger ! On va vous évacuer ! On doit évacuer tout le monde !

Il tire sur le cordon et les lames des stores remontent lentement.

La forme apparaît.

Il se demande s'il n'est pas en train de rêver, encore inconscient sur sa table d'opération. Car ce qu'il voit, ce sont deux pieds à un mètre du sol et des jambes, un corps qui flotte miraculeusement dans l'air. Une femme. En lévitation... Puis la tête apparaît – une tête de momie, emmaillotée dans des bandages – et il voit autour de son cou le drap qui pend de l'étage supérieur.

Derrière lui, l'infirmière hurle. Il entend ses pas s'enfuir dans le couloir – et toujours cette maudite sonnerie, encore plus forte depuis que la porte a été ouverte.

Il se retourne. Un homme est entré.

Il porte un uniforme de flic autrichien mais il a un visage de faune barbu et un regard perçant. Il n'aime pas ce regard. L'homme balaye la chambre des yeux, visiblement à la recherche d'une autre personne.

Il fixe le lit de Gustav et Martin se sent de plus en plus sur ses gardes. Il avance vers l'intrus. Trop vite. La tête lui tourne, ses jambes se dérobent. Il n'évite la chute que de justesse, en s'appuyant au mur. Il a chaud, puis froid, puis chaud... Il ouvre la bouche et respire. Voit l'homme avancer vers le lit de Gustav. Il tend un bras pour s'interposer mais l'homme le repousse et il tombe à la renverse, cette fois. Un éclair de douleur lui déchire le ventre et il grimace.

Il lève les yeux vers l'homme qui a sorti son arme de son étui et regarde à nouveau vers la porte avant de soulever drap et couverture.

Il va hurler mais il comprend dès qu'il voit le regard de l'homme.

Il n'a pas besoin d'examiner le lit de Gustav que les yeux du faune barbu fixent avec incrédulité. Puis ils se tournent vers lui. Il voit l'homme poser son arme sur le lit puis ses mains grandir et l'attraper par le col de sa blouse d'hôpital, le soulever. Une douleur atroce lui déchire les entrailles. L'homme approche son visage du sien et le secoue. Il a l'impression qu'un tigre lui fouille le ventre avec ses griffes.

— Où sont-ils ? hurle l'homme. Où est le gosse ? Où est Hirtmann ? *Où sont-ils ?*

Là-bas, la porte s'ouvre…

45

Mort ou vif

Il vit la porte s'ouvrir dans le dos de l'homme. *Kirsten !* La vit porter une main au niveau de ses reins, tirer une arme et la pointer dans leur direction.

— LÂCHE-LE ! hurla la Norvégienne.

Elle avait adopté la position classique de tous les flics, bien campée sur ses jambes, l'arme tenue à deux mains – et il sut tout de suite qu'elle était bien meilleure que lui dans cet exercice.

— *Fuck*, lâche-le, j'ai dit !

L'homme obéit et Servaz retomba sur ses fesses, une explosion dans son ventre. Il allait crever d'une hémorragie interne, là, sur le sol de cette clinique. La sueur lui coulait des sourcils dans les yeux comme de l'eau et il cligna à plusieurs reprises avant de l'essuyer avec sa manche. Il avait l'impression qu'un nouveau Tchernobyl avait lieu dans ses tripes.

— Je suis de la police, dit l'homme. Il y a une femme pendue devant la fenêtre.

— Tourne-toi, ordonna Kirsten, les mains derrière la tête.

— Je te dis que…

— Ta gueule. Les mains en l'air.

Pendant un instant de pure désorientation, Servaz crut qu'elle s'adressait à lui et esquissa le geste avant de comprendre que l'ordre ne lui était pas destiné. Le barbu fit ce qu'on lui disait, calmement, et Kirsten s'avança dans sa direction. L'arme sur le lit n'était qu'à quelques centimètres de l'homme mais il avait les mains sur la nuque.

— Martin, ça va ?

Il hocha la tête mais il avait envie de hurler : « Non, ça va pas ! j'ai mal ! je vais crever ! » Il serra les dents si fort qu'il en eut mal aux gencives. Des pas dans le couloir… Une voix familière s'éleva depuis la porte :

— Gustav…, commença Hirtmann.

C'est alors que cela débuta. La situation qui dégénère brusquement, l'enchaînement imprévisible des événements, la roue qui tourne et tourne, le temps qui s'accélère et s'emballe. La fuite en avant. Le chaos. L'entropie. Stop. Arrêt sur image. Rembobinage. Il vit Hirtmann immobile dans l'encadrement de la porte, stoppé net dans son élan. Du coin de l'œil, il comprit l'erreur de Kirsten, sa demi-seconde de distraction, l'instant funeste pendant lequel le canon de son arme s'écarta légèrement de sa cible. Pour un homme tel que le faune barbu, une demi-seconde était plus qu'il n'en fallait. Une demi-seconde était ce qui faisait la différence entre la vie et la mort.

Il n'en profita pas pour se ruer vers l'arme sur le lit, comme l'aurait fait un individu moins expérimenté, non, pas si bête : il sut d'instinct qu'il n'aurait pas le temps et qu'il devait s'emparer de *l'autre arme* – celle qui le menaçait.

Dans la confusion qui suivit l'apparition du Suisse, il se jeta sur Kirsten, lui tordit violemment le poignet et réussit à s'emparer du Springfield XD. Il en pointa le canon en direction de la porte, Kirsten lui servant de bouclier, mais son doigt ne pressa pas la queue de détente : il n'y avait plus personne.

Hirtmann avait disparu.

Il n'en fit pas moins pivoter la Norvégienne sur elle-même, sans cesser de lui tordre le bras, et lui murmura dans l'oreille, en posant le canon de l'arme contre sa tempe, près des mèches blondes aux racines brunes :

— Et maintenant, on va sortir d'ici.

Servaz les vit quitter la chambre. Il essaya de se relever mais ses jambes le portèrent à peine jusqu'au lit sur lequel il s'effondra. Son ventre le brûlait et il était en nage. Son cœur battait à tout rompre. Il souleva la blouse et regarda le bandage autour de son ventre. Une fleur rouge s'épanouissait dessus.

— Où on va ? demanda-t-elle.

— Il y a une sortie de secours juste là, dit Jiri en lui montrant la porte métallique au bout du couloir, on va sortir par là.

— Et après ?

Il ne répondit pas, se contentant de la pousser en avant et de jeter de fréquents coups d'œil derrière lui, là où plusieurs infirmiers et médecins s'étaient rassemblés, se tenant prudemment à distance, les regardant comme les zombies dans *Walking Dead*. La fliquette qui auparavant gardait la porte était parmi eux. Elle avait un gros hématome sur la tempe, là où il l'avait frappée.

Mais toujours pas d'Hirtmann…

— *Je suis avec vous*, dit soudain son otage à voix si basse qu'il l'entendit à peine.

— Quoi ?

— C'est moi qui ai refilé toutes ces infos à ton boss, dit-elle plus fort. C'est grâce à moi que vous l'avez retrouvé, putain. Lâche-moi.

Il n'en continua pas moins de la pousser vers la porte tout en regardant derrière lui.

Où était passé le Suisse, bordel ?

— C'est toi la source ? dit-il, surpris.

— Putain, c'est ce que j'arrête pas de te dire : je suis dans votre camp. Tu n'as qu'à poser la question à Zehetmayer. Lâche-moi !

— Où est l'autre ? demanda-t-il en appuyant sur la barre de sécurité et en repoussant le battant métallique puis en la projetant en avant.

Aussitôt, le vent se mit à siffler autour d'eux et des flocons les cernèrent. Le froid leur griffa les joues.

— Qui ça ?

— Hirtmann, où est-ce qu'il est ?

— J'en sais rien !

Il la précipita au bas des marches et elle faillit déraper sur une plaque de verglas et l'entraîner dans sa chute.

— Fais gaffe ! dit-il en l'aidant à se rétablir.

La torsion sur son poignet s'accentua et elle grimaça, leurs chaussures s'enfoncèrent dans la neige.

— Aïe ! Tu me fais mal, merde !

— Avance !

Il la poussa vers la droite, le long du mur arrière de la clinique – en direction de la route où était garée la Lada. Autour d'eux s'étalait la forêt blanche, les sapins montaient la garde. Les flocons tourbillonnaient dans la brume comme un essaim de frelons chassés par la fumée.

— Avance !

— Où on va ?

— Ferme-la !

Il n'entendait pas encore les sirènes mais ça n'allait pas tarder. La fliquette dans la clinique avait dû donner l'alarme. Son esprit cherchait désespérément une issue, un dernier coup gagnant à jouer – qui retournerait la situation en sa faveur. Au diable Zehetmayer, au diable le fric, au diable Hirtmann et le gosse : il ne voulait pas retourner en prison. Ses pensées s'agitaient comme du bétail dans une étable en flammes, elles se débattaient dans son crâne tandis qu'ils avançaient dans la neige. En proie à ce tumulte intérieur, il vit trop tard la silhouette surgir de derrière un sapin, en face d'eux, les mettre en joue et faire feu. Kirsten émit un petit cri quand la flamme jaillit du canon, mais la balle était bien plus rapide qu'un flocon et déjà elle traversait l'épaule droite de la Norvégienne au niveau du deltoïde, ressortait sans rencontrer de résistance *et pénétrait dans celle de Jiri*. Sous l'impact et la douleur, il lâcha son arme qui tomba dans la neige, et son otage par la même occasion. Elle s'écarta de lui en hurlant. Droit devant, Hirtmann le mettait calmement en joue. Il leva les mains en signe de reddition.

— Putain, Julian ! rugit Kirsten Nigaard en se tenant l'épaule. Tu m'as tiré dessus !

— Je t'assure que c'est bien l'épaule que je visais, ma jolie, répondit le Suisse en s'avançant et en ramassant l'arme. Mais tu peux t'estimer heureuse : je n'étais pas sûr d'atteindre ma cible.

46

Dead Man

— Allons-y, dit Hirtmann en tendant son arme à Kirsten qui grimaçait et tarda à se redresser.

Il fit signe à Jiri de se mettre en marche dans la forêt, sous les sapins, du bout de son arme. Jiri le toisa. Puis s'exécuta. Il avait à présent tout loisir de détailler son ennemi. Sa première pensée fut que c'était un ennemi intéressant – et redoutable.

Il ne savait pas encore comment il allait retourner la situation en sa faveur, quand tout semblait sur le moment si défavorable, si irrévocable, mais il savait d'expérience qu'il y aurait un instant – un seul – où cette occasion se présenterait.

Autour d'eux, les sapins blancs évoquaient une forêt en Sibérie ou au Canada. Le silence n'aurait pu être plus complet. Jiri s'étonnait à peine que les sirènes ne se fissent toujours pas entendre. Combien de fois il avait connu ça au cours de sa carrière : le temps de réaction long de la police. Une loi universelle. Peut-être la patrouille était-elle à l'autre bout de son territoire quand elle avait reçu l'appel. Dommage. Pour une fois, il aurait bien aimé que la flicaille se pointe plus vite.

Les mains levées, il grimpa la pente légère, enfonçant dans la neige jusqu'aux chevilles, suivi par le Suisse et sa comparse.

— À droite, dit Hirtmann devant un grand sapin.

Quelqu'un était déjà passé par là. En témoignaient deux traces : une qui allait et revenait, l'autre qui…

Jiri comprit avant de le voir : il était attaché à un tronc d'arbre, frissonnant, presque aussi blanc que la neige – et entièrement nu, ses vêtements en tas devant lui. À moins de cinquante mètres de la clinique…

Zehetmayer.

Le directeur d'orchestre grelottait, tremblait de tous ses membres et claquait des dents si violemment que Jiri pouvait entendre le bruit qu'elles produisaient de là où il se trouvait. « L'Empereur » avait perdu de sa superbe. Il s'affaissait sur lui-même, maintenu en position debout uniquement par la corde passée autour du tronc, sa poitrine nue se soulevait et ses cuisses étaient bleutées comme de la glace. Il avait peur. Très peur. C'était elle, à l'évidence, qui dominait tout le reste quand il regarda dans leur direction. *La plus ancienne émotion humaine*, songea Jiri. Où était passé le chef d'orchestre vaniteux et arrogant ?

— Kirsten, dit Zehetmayer, surpris, en la voyant. Kirsten… qu'est-ce… qu'est-ce… ?

Il avait le plus grand mal à parler.

— Qu'est-ce que je fais là ? l'aida-t-elle.

Elle ne répondit pas. Se contenta de regarder Hirtmann.

— Tu ne comprends pas ? dit-elle finalement.

Elle vit le regard incrédule et stupide du chef d'orchestre.

— Je vous ai attirés ici, toi et ton mercenaire. C'était un piège. Tous tes fantasmes de vengeance, ton site Internet, ton fric… J'ai pris contact avec vous dans un seul but : vous faire venir jusqu'ici.

Hirtmann adressa un clin d'œil au vieil homme nu. Jiri regarda le Suisse et comprit : l'idée venait de lui. Depuis le début, il avait tiré les ficelles. Il se sentit un respect nouveau pour son ennemi. Il avait trouvé un adversaire à sa mesure.

— Déshabille-toi, lui ordonna le Suisse.

— Quoi ?

— N'essaie pas de gagner du temps, tu m'as très bien entendu.

Le tueur tchèque les regarda à tour de rôle. Ces deux-là savaient ce qu'ils faisaient. Peut-être n'y aurait-il pas d'occasion, en fin de compte. Peut-être était-il arrivé au bout du chemin, tout simplement. En commençant par retirer sa doudoune, il jeta un regard à la Norvégienne. Elle avait récupéré son arme mais elle la tenait dans la main gauche. Une tache sombre imprégnait ses vêtements au niveau de l'épaule droite et elle grimaçait. Elle ne tiendrait pas longtemps mais lui serait mort avant. Dommage… À un contre un, il aurait peut-être pu tenter quelque chose. Ou peut-être pas. Pas avec un tel adversaire.

— Les chaussures maintenant, dit le Suisse. Dépêche-toi.

Il s'exécuta. Sentit le froid humide envelopper ses pieds à travers ses chaussettes quand elles s'enfoncèrent dans la couche de neige fraîche. Il retira son pull, sa chemise, son tee-shirt… Se retrouva torse nu, le froid sur lui comme une seconde peau. Le froid glacial de l'aube mais aussi celui des petits matins de défaite sur le champ de bataille jonché de cadavres, le froid de la mort qui vous prend... Il s'immobilisa, son visage et son torse empanachés d'un nuage de vapeur.

— Le reste aussi. Pantalon, slip, chaussettes. Tout...

— Va te faire foutre, Hirtmann.

La détonation déchira le silence de la forêt, renvoyée par l'écho, le corps de Jiri fut projeté deux mètres en arrière.

— *Je vous en supplie*, bafouilla Zehetmayer. *Je vous en prie... ne... ne me tuez pas... s'il vous plaît...*

Hirtmann le dévisagea, regarda le visage ridé et marqué par la morsure du froid, les lèvres violettes, les yeux rougis, les larmes qui roulaient sur les joues ravinées et gelaient avant de tomber, les genoux fléchis, le pénis recroquevillé, et vit comment les cordes écrasaient sa poitrine.

— J'ai tué ta fille, tu devrais me haïr, dit-il.

— *Non... non... je ne vous hais pas... je... je...*

— Tu veux savoir ce que je lui ai fait avant de la tuer ?

— *Je vous en supplie... ne me tuez pas...*

Le vieil homme rabâchait. Kirsten vit une tache jaune et fumante trouer la neige entre ses pieds nus. Vit les quelques cheveux blancs qui voletaient au-dessus des oreilles violacées comme les ailes d'un oiseau blessé qui ne peut prendre son envol. Elle pointa son arme vers le directeur d'orchestre et tira. Une secousse et le corps s'affaissa sur lui-même, seulement retenu au tronc par la corde, le menton sur la poitrine.

— Qu'est-ce que tu fous ? dit Hirtmann en se retournant vers elle.

Il vit le canon noir fumant. Braqué sur lui.

— Tu vois : je me débarrasse des témoins.

Il avait son arme au bout de son bras, mais son bras était baissé.

— À quoi tu joues ? dit-il tranquillement, comme s'il parlait de la pluie et du beau temps.

Elle tendit l'oreille, une sirène enfin – lointaine.

— Je croyais que tu aimais ça, nos petits jeux…

— Disons que je me suis lassée. La police sera bientôt là, Julian, je n'ai pas l'intention de passer le restant de mes jours en prison. Ni pour toi ni pour personne. Grâce à lui, ajouta-t-elle en indiquant le directeur d'orchestre mort d'un mouvement de tête, je suis riche. Et on me filera bientôt une médaille pour t'avoir mis hors d'état de nuire.

— Je ne vais pas te manquer ? ironisa-t-il.

— On a eu du bon temps, toi et moi, mais je n'ai pas l'intention de te laisser vivre.

Elle surveillait l'arme dans sa main qui pendait toujours le long de son corps. Elle le tenait au bout de son canon mais elle savait que, tant qu'elle ne lui aurait pas collé deux balles, il resterait dangereux, imprévisible, potentiellement mortel.

— Mais c'est ton arme qui a tué le vieux, dit-il avec un mouvement du menton en direction du cadavre attaché.

— Je trouverai bien une explication. Et puis, Martin témoignera que je lui ai porté secours, que Truc, là, m'a prise en otage. Il y a un paquet de témoins…

— *Martin* ? Te voilà devenue bien familière…

— Désolée, Julian, mais le temps presse. Ce n'est plus le moment de faire la causette.

— Tu te souviens de ta sœur ? dit-il soudain.

Elle se figea et il vit un éclat neuf dans ses yeux.

— Tu détestais ta sœur, tu la haïssais… J'avais rarement vu une haine pareille entre deux sœurs. Il est vrai que ta sœur avait tout pour elle : le talent, le succès, les hommes – et c'était la préférée de tes parents. Ta sœur te traitait comme un animal de compagnie, tu étais la moyennement douée qui vivrait toujours dans son ombre. Je l'ai tuée pour toi, Kirsten. C'était mon cadeau. Je t'ai rendu ta fierté. Je t'ai révélée à toi-même. Grâce à moi, tu as été plus loin que tu n'aurais jamais osé. Je t'ai enseigné tout ce que je savais…

— Tu as été un bon professeur, c'est vrai. Mais tu oublies un détail : c'est moi et non ma sœur que tu voulais violer et tuer au départ, je te rappelle, dans cette usine désaffectée…

Il la regarda droit dans les yeux, considéra cet autre œil noir au bout du canon, puis son regard revint se poser sur elle.

— Oui. Et tu m'as convaincu de n'en rien faire, dit-il. Tu n'avais même pas peur. J'avais pourtant choisi un lieu sinistre. Pas âme qui vive, personne pour t'entendre crier. N'importe qui d'autre aurait été terrifié. Mais pas toi. Quelle frustration ça a été de voir que tu attendais la mort comme une délivrance. Même quand je t'ai dit que tu allais souffrir, bon Dieu, tu es restée sans réaction. Ça m'a rendu enragé. Je n'étais pas là pour servir d'instrument à un suicide, merde. Tu m'encourageais, me défiais. Plus je te frappais, plus tu me poussais dans mes retranchements. Je n'avais encore jamais vu ça, je dois dire. Et puis, tu m'as mis ce marché en main : ta vie contre celle de ta sœur. C'était si inattendu, si… tordu… Tu veux savoir comment je l'ai tuée ? Tu ne me l'as jamais demandé. Tu veux savoir si elle a beaucoup crié ?

— J'espère que oui, répondit froidement Kirsten. J'espère que cette salope a dégusté.

— Oh, ne t'en fais pas pour ça. Alors, ça y est ? On est arrivés au bout du chemin, toi et moi ? Je suppose qu'il n'y avait pas d'autre façon de nous séparer. Le crime nous a rapprochés, le crime va nous séparer.

— Comme tu deviens romantique, tout d'un coup, Julian.

— Tu étais moins ironique quand tu me suppliais de te laisser m'accompagner, chérie. Tu avais l'air d'une petite fille à qui on avait promis le plus extraordinaire des cadeaux. Si tu avais vu comme tes yeux brillaient. Mais c'est vrai que c'était plus facile d'enlever ces femmes avec toi pour servir d'appât. Une fliquette, une femme comme elles. Elles se sentaient en sécurité. Elles t'auraient suivie n'importe où.

— Mal leur en a pris, dit-elle, en écoutant les sirènes au loin : pas une mais plusieurs.

— Quelle ironie, non ? Celle qui était chargée d'enquêter sur ces disparitions était aussi celle qui les provoquait ? Mais Oslo est un peu froid en automne et en hiver pour ce genre de passe-temps.

— Dis-moi, tu n'essaierais pas de gagner du temps, par hasard ? Tu n'as quand même pas l'intention de me supplier comme l'autre, non ?

Il éclata de rire, dans le silence de la forêt. Les sirènes étaient plus proches à présent.

— Si je pensais que ça puisse servir à quelque chose, je le ferais peut-être. Dire que c'est moi qui ai déposé cette arme à ton hôtel. Quelle ironie là aussi, non ?

Il s'agrippait au montant du lit et tentait une avancée vers la porte, le visage et le corps ruisselant de sueur, quand le visage familier s'encadra soudain dans celle-ci. Servaz s'arrêta net. Il se demanda si son esprit lui jouait des tours. Puis il esquissa un sourire.

Suivi d'une grimace.

— Salut, Vincent.

— Nom de Dieu, s'exclama Espérandieu en le voyant. Tu as l'intention d'aller où comme ça ?

Il se mit à côté de son patron, passa un bras autour de son torse pour le soutenir et le remettre au lit.

— Tu ne devrais pas être deb…

— On va par là, le coupa Servaz en montrant la porte de secours à moins de cinq mètres.

Espérandieu s'immobilisa.

— Quoi ?

— Fais ce que je te dis, s'il te plaît. Aide-moi.

Vincent regarda la chambre et le lit – puis la porte. Il secoua la tête.

— Je ne sais pas si…

— Ta gueule, l'interrompit Servaz. Mais merci d'être là.

— Pas de quoi. Ça fait toujours plaisir un accueil pareil. Je tombe bien, on dirait. Je suis venu directement, mais je crois que la cavalerie ne va pas tarder.

— Allons-y, dit Servaz dont les jambes tremblaient.

— Martin, tu n'es pas en état, putain. On vient de te retirer la moitié du foie, tu as des drains partout ! C'est de la folie.

Servaz fit un pas vers la porte, trébucha. Espérandieu le rattrapa au vol, le retint plus fermement.

— Aide-moi ! gueula son patron.

Ils s'avancèrent vers la porte métallique, bras dessus bras dessous, comme deux estropiés revenant de la guerre, mètre après mètre. Espérandieu mit sa main libre sur la barre de sécurité.

582

— Je peux savoir où on va ?

Servaz hocha la tête, grimaça, serra les dents. La douleur ne le lâchait plus. Et ses jambes le portaient à peine.

— Kirsten est là-dehors... Avec un autre type... Il est armé... Tu as laissé ton arme à Toulouse...

Espérandieu esquissa un drôle de sourire. Il plongea une main sous son anorak.

— Pas vraiment. Je vais en avoir besoin, tu crois ?

— J'espère que non... Mais tiens-toi prêt, ce... ce type est dangereux.

Vincent contourna Martin pour le soutenir avec le bras gauche et tenir l'arme dans la main droite.

— Quel autre type ? demanda-t-il. Hirtmann ?

— Non... un autre...

— On devrait peut-être attendre les renforts, non ?

— Pas le temps...

Son adjoint renonça momentanément à comprendre. Martin lui exposerait la situation le moment venu. En tout cas, il espéra qu'il le ferait avant que ça se gâte. Le parrain de son fils avait vraiment une sale gueule. Et l'idée de se retrouver là-dehors face à un homme armé et dangereux dont il ne savait rien ne l'emballait pas plus que ça. Ils descendirent avec précaution les marches verglacées, se mirent en marche dans la neige, suivant les traces fraîches.

Servaz avait enfilé ses chaussures et jeté une couverture sur ses épaules, mais le vent glacé se glissait en dessous, s'enroulait autour de ses jambes nues, le frigorifiant ; la douleur brûlante et le froid non moins brûlant s'équilibraient, curieusement. Soudain, il s'arrêta, se pencha et vomit dans la neige.

— Putain, Martin ! s'exclama Vincent.

Il se redressa, le front mouillé de sueur. Il se sentait partir, il se demanda s'il arriverait à aller jusqu'au bout. Vincent avait raison : c'était de la folie. Mais les hommes sont capables d'exploits impossibles, non ? se dit-il. Tous les jours, la télé nous en abreuve. *Alors, pourquoi pas moi ?*

— Très christique, tu ne trouves pas, avec cette couverture et cette blouse ? grimaça-t-il avec un rictus qui se voulait un sourire.

— Tu manques un peu de barbe, répliqua son adjoint.

Il voulut rire mais toussa et sentit la nausée revenir.

Soudain, deux détonations retentirent dans la forêt, non loin de là, et ils se figèrent. L'onde sonore fit tomber quelques paquets de neige des sapins. L'air vibra pendant encore une seconde puis tout retomba dans le silence. Cela venait d'un endroit proche.

— Passe-moi ton arme.

— Quoi ?

Martin la lui arracha presque des mains et il s'élança en boitillant le long des traces.

— C'est moi le meilleur tireur des deux, je te rappelle ! lui lança Vincent en lui emboîtant le pas.

Un rire retentit un peu plus loin, derrière les sapins, et Servaz reconnut celui d'Hirtmann. Il accéléra le pas, la tête lui tournait, son ventre le brûlait.

Passé le gros sapin, il les découvrit tous les quatre : les deux types morts, l'un attaché à un arbre, nu, l'autre – celui qui l'avait attaqué dans la chambre – allongé dans la neige, et Kirsten braquant son arme sur le Suisse.

— Putain, dit Espérandieu derrière lui.

Dans leur dos, en bas de la pente, de l'autre côté de la clinique, les sirènes hululaient à présent, toutes proches.

— Martin, dit Kirsten en le voyant, et il lui sembla un instant qu'elle en était contrariée. Tu devrais être dans ton lit…

— Martin, dit à son tour Hirtmann. Dis-lui de ne pas me tirer dessus.

Il vit l'arme au bout du bras du Suisse.

— Il a tué ma sœur, dit Kirsten d'une voix vibrante de haine. Il mérite de crever…

— Kirsten, commença Servaz.

— Il l'a torturée, il l'a violée et il l'a tuée… Sa lèvre inférieure tremblait, tout comme le canon de son arme. Je ne veux pas qu'il finisse ses jours dans un hôpital psychiatrique, tu comprends ? Dorloté et répondant à des journalistes ou à des psys… Je ne veux pas qu'il continue à nous narguer… je ne veux pas…

— Kirsten, lâche ton arme, dit-il en braquant la sienne sur la Norvégienne.

— Elle va tirer, dit le Suisse. Empêche-la, Martin. Tire le premier.

Il regarda tour à tour Kirsten, Hirtmann, puis de nouveau Kirsten.

— Elle s'appelle Kirsten Margareta Nigaard, dit le Suisse très vite, elle a un tatouage qui va de l'aine à la hanche et elle est ma maîtresse et ma complice. Tu as couché avec elle, Martin ? Alors, tu sais que…

Brusquement, il vit le canon de la Norvégienne s'écarter du Suisse et pivoter dans sa direction. Queue de détente, flexion de l'index, pression… Sa main tremblait – de froid, d'épuisement, de stupéfaction, de douleur, de rage –, tremblait beaucoup trop pour viser juste… beaucoup trop pour gagner le duel…

Les détails lui apparurent en un instantané fracassant de quelques dixièmes de seconde : les branches des sapins lourdes de neige soudain agitées par une saute du vent, le corps nu attaché à l'arbre, le menton sur la poitrine, l'autre étendu les bras en croix, face au ciel, le vent froid qui mordait ses mollets et le canon de Kirsten qui pivotait, pivotait…

Il fit feu.

Sentit l'impact dans son épaule, la douleur dans son ventre, entendit le « floc » d'un paquet de neige décroché par l'onde sonore ou peut-être par le vent. Vit le regard incrédule de Kirsten posé sur lui. Son bras retomber et sa main lâcher le Springfield. Sa bouche ouverte en « O ». Puis les genoux de la Norvégienne fléchirent, une secousse la parcourut comme si elle tressaillait, et elle tomba face contre terre, son beau visage dans la neige.

— Bien joué, Martin, dit le Suisse.

Il entendit les cris derrière lui – ou plutôt des vociférations. Gutturales. En allemand.

Il supposa que cela voulait dire qu'il devait jeter son arme. Ce serait idiot de prendre une balle maintenant, non ? Il regarda les trois cadavres dans la neige, s'attarda sur celui de Kirsten. Sentit la morsure de la trahison. Une fois de plus.

Se sentit stupide, naïf, crédule, dévasté, éreinté, malade.

Une fois de plus, la vie lui avait repris ce qu'elle lui avait donné. Une fois de plus le sang versé, la colère, le remords. La rage et le chagrin. Une fois de plus la nuit avait gagné, les ombres étaient revenues – plus puissantes que jamais – et le jour s'était enfui, apeuré, loin d'ici, là où des gens normaux menaient des existences normales. Puis tout disparut. Il ne ressentait plus rien. Seulement une immense fatigue.

— Mais tu aurais pu t'abstenir de tirer, ajouta le Suisse.

— Quoi ?

Derrière lui, les cris en allemand s'étaient faits plus pressants, plus impérieux. Tout proches. Des ordres, à n'en pas douter. *Lâche ton arme.* Ils allaient tirer s'il ne le faisait pas.

— Elle n'avait qu'une seule balle dans le canon. Et elle l'avait déjà tirée. Son chargeur était vide, Martin. Tu l'as tuée pour rien, dit le Suisse en montrant celui qu'il venait de sortir de sa poche.

Il avait envie de s'allonger dans la neige, de regarder les flocons descendre du ciel, droit sur lui, et de s'endormir.

Il obéit, lâcha son arme.

Et s'évanouit.

Épilogue

La neige tomba toute la journée et les jours sui-
vants sur Halstatt et ses environs. Hirtmann fut interrogé dans le petit commissariat qui semblait tout droit
sorti de la *Mélodie du bonheur*. Reger et ses hommes
débutèrent l'interrogatoire en allemand et Espérandieu
leur demanda si, des fois, on ne pourrait pas le faire en
anglais. Puis un type arriva de Vienne ou de Salzbourg
et il prit les choses en main.

Il faudrait encore quelques jours pour décider ce
qu'ils allaient faire du Suisse (il avait abattu un homme
sur le territoire autrichien, il relevait donc de la justice
autrichienne), et ils décidèrent de vider les cellules du
petit commissariat et de le transformer en une sorte de
Rio Bravo en attendant.

Servaz n'assista pas aux interrogatoires. Il avait été
transporté à l'hôpital de Bad Ischl, comme tous les
patients de la clinique. Elle était momentanément ou
définitivement fermée et son directeur introuvable. À
l'hôpital, il fut d'abord admis en soins intensifs puis
en observation. Sa sortie intempestive avait causé des
dégâts, moins cependant qu'on ne pouvait s'y attendre
– et qu'il le redoutait –, mais il fallut tout de même lui

ouvrir le ventre une seconde fois pour s'en assurer. La police autrichienne vint l'interroger longuement sur ce qui s'était passé dans la forêt : les dires d'Espérandieu, de Servaz, de Reger – et même d'Hirtmann – se recoupaient presque parfaitement, aux habituelles divergences près, mais les enquêteurs eurent les plus grandes difficultés à appréhender la chaîne des événements qui avait conduit quatre personnes à s'entretuer et un célèbre chef d'orchestre à se retrouver attaché nu et mort à un arbre.

Dans son lit d'hôpital, Servaz reçut quelques appels : de Margot trois fois par jour, de Samira, du juge Desgranges, de Cathy d'Humières et même de Charlène Espérandieu et d'Alexandra, son ex-femme. Vincent, lui, repartit au bout de deux jours, non sans être passé le voir matin, midi et soir.

— Ils ne veulent pas me lâcher, lui dit Servaz en souriant vaguement du fond de son lit, comme Vincent venait lui annoncer qu'il retournait en France. Ils en sont où avec Hirtmann ?

— Ils l'interrogent toujours. Il a quand même abattu un homme sur le territoire autrichien, ils ne vont pas nous le rendre de sitôt.

— Hmm.

— Prends soin de toi, Martin. Et reviens-nous vite.

Il songea que ce dernier point ne dépendait pas que de lui mais ne dit rien. Quelque part là-dehors, des cloches sonnaient. Le paysage était intégralement blanc. Il ne manquait plus que des chants de Noël mais il ne doutait pas que quelque *Stille Nacht* s'élèverait le moment venu dans l'hôpital. Il espérait bien en avoir fini avant.

Son téléphone sonna peu de temps après que Vincent fut parti.

— Comment vous sentez-vous ? demanda une voix trop familière.

— Qu'est-ce que vous voulez, Rimbaud ?

— J'ai une bonne et une mauvaise nouvelle. Par laquelle je commence ?

— Vous n'avez pas un truc moins éculé ?

— La bonne, trancha son interlocuteur. On a reçu une clef USB. Elle a, semble-t-il, été expédiée le jour même de votre opération. D'Autriche. Vous voulez savoir ce qu'il y a dessus ?

Servaz sourit. Rimbaud ne pouvait s'empêcher de torturer les gens d'une manière ou d'une autre.

— Accouchez, dit-il.

— Un film, répondit le bœuf-carottes. Un film pris avec une GoPro fixée sur le torse de son auteur… La nuit où Jensen a été tué… Il montre tout : la tentative de viol… l'auteur du film qui se rue sur Jensen… qui lui tire dans la tempe à bout touchant… qui repart ensuite dans les bois… Après quoi, il retourne la GoPro vers lui et se filme… Et il nous fait un petit coucou, le con…

— Hirtmann ?

— Ouais, m'sieur.

Servaz laissa retomber sa tête en arrière, contre l'oreiller, et inspira à fond en contemplant le plafond.

— Cette vidéo vous innocente du meurtre de Jensen, Servaz, dit Rimbaud dans l'appareil. Même si je me demande bien pourquoi Hirtmann nous l'a envoyée.

— Mais… ?

— Mais ça ne vous exonère pas de votre comportement indigne d'un membre de la police nationale, de votre fuite du commissariat, de votre passage en Autriche sous une fausse identité, du meurtre de Kirsten Nigaard,

591

officier de police de Norvège, avec une autre arme que votre arme de service…

— Légitime défense, dit-il.

— Possible.

— Tiens donc, on dirait que vous sautez moins vite aux conclusions, tout à coup.

— Je vais demander votre révocation, dit Rimbaud. La police française ne peut plus se permettre de compter des gens comme vous dans ses rangs. Et votre ami Espérandieu va faire l'objet de sanctions lui aussi.

Après quoi, il raccrocha.

Il neigea toute la nuit et le jour suivant. De son lit, Servaz regardait les flocons tomber. Il n'était pas encore question pour lui de se lever ni de marcher. Les médecins lui répétaient à l'envi qu'il était un miraculé : après cette opération au cœur, il n'aurait jamais dû en subir une autre au foie si vite. Quant au fait qu'il fût sorti abattre quelqu'un d'un coup de pistolet moins d'une heure après son réveil, ce fait d'armes entrerait probablement dans les annales de la médecine autrichienne. Il avait à présent deux énormes cicatrices qui faisaient de lui un vrai monstre de Frankenstein : l'une sur la poitrine, l'autre qui démarrait sous le sternum, descendait à la verticale sur six centimètres puis bifurquait brusquement vers le flanc. Il demandait régulièrement des nouvelles de Gustav, qui se trouvait dans un service voisin du sien : Gustav allait bien, mais il demandait à voir son papa – c'est-à-dire Hirtmann.

Le matin du cinquième jour, il put enfin se lever et marcher. Les agrafes tiraient encore un peu sous le bandage. Sa première visite fut bien sûr pour son fils. Le môme avait une sale tête et des yeux plus cernés que jamais, mais le médecin de service se voulut rassurant :

les premiers signes étaient encourageants et Gustav acceptait bien le traitement immunosuppresseur qui avait pour but de réduire les risques de rejet du greffon. Servaz n'en fut qu'à moitié tranquillisé : il y avait tellement de choses encore qui pouvaient tourner mal.

Gustav dormait quand Servaz entra dans sa chambre. Il avait son pouce dans sa bouche et ses longs cils blonds frémissaient légèrement. Servaz se dit que des rêves devaient traverser son sommeil, à l'image des nuages sans cesse changeants qui traversaient le ciel au-dessus de l'hôpital – et il se demanda si c'étaient des rêves agréables. Il regarda un long moment la petite bouille tranquille, drap et couverture remontés jusqu'au menton, et la cage thoracique étroite qui se soulevait – en cet instant, Gustav avait l'air en paix –, puis il repartit aussi silencieusement qu'il était venu.

Noël arriva, et Servaz comme Gustav le passèrent à l'hôpital, au milieu des cris enjoués des infirmières, des guirlandes clignotantes et des petits sapins synthétiques. Puis ce fut le tour d'un mois de janvier glacial – en Autriche comme en France, s'il en croyait les infos sur Internet – tandis que Donald Trump s'asseyait dans son fauteuil du Bureau ovale. En février enfin, il put rentrer chez lui. Il passa aussitôt en conseil de discipline et écopa d'une exclusion temporaire de trois mois, non rémunérée, et d'une rétrogradation au grade de capitaine. Il se démena pendant des mois pour obtenir la garde de Gustav, qu'on avait confié à une famille d'accueil. La France avait un nouveau président quand il l'obtint et il se retrouva à essayer d'apprivoiser ce nouveau venu. Ce furent des jours difficiles, l'enfant pleurait, réclamait son vrai père, piquait des crises et Servaz se sentait désemparé, dépassé et incompétent. Charlène,

Vincent et leurs deux enfants vinrent heureusement à sa rescousse – Charlène presque tous les jours, pendant qu'il reprenait le chemin de l'hôtel de police – et, petit à petit, Gustav parut s'acclimater à sa nouvelle situation et même l'apprécier. Ce fut alors pour Servaz un bonheur comme il n'en avait pas connu depuis longtemps.

En Autriche, Julian Hirtmann fut transféré à la prison de Leoben, une prison ultra-moderne en verre surnommée « la prison 5 étoiles ». La France réclamait son extradition, mais le Suisse devait d'abord passer en jugement là-bas. Un autre Noël approchait quand, une nuit, il se plaignit de nausées et de crampes à l'estomac. On alla chercher le médecin. Le toubib ne trouva rien qui justifiât de tels maux de ventre sinon peut-être un léger gonflement abdominal et, croyait-il, le stress. Il donna deux cachets au Suisse et rédigea une ordonnance. Peu de temps après son départ, Hirtmann demanda au jeune surveillant de service un nouveau verre d'eau.

— Comment vont vos enfants, Jürgen ? demanda-t-il en saisissant le verre d'eau et en s'assurant que personne d'autre ne pouvait entendre. Comment vont Daniel et Saskia ?

Il vit le jeune officier pâlir.

— Et votre femme, Sandra, elle fait toujours les petites classes ?

Il neigeait derrière les vitres noires. Le vent accompagnait de sa mélopée lointaine la voix bien trop distincte du Suisse. Un rire s'éleva quelque part puis le silence revint.

— Comment vous connaissez le nom de mes enfants ? demanda Jürgen en sursautant.

— Je connais tout de chacun de vous ici, répondit le Suisse, et je connais beaucoup de monde dehors. Désolé, je voulais juste être poli.

— Je ne crois pas, non, dit le jeune surveillant d'une voix qui se voulait ferme mais qui peinait à l'être.

— En effet, vous avez raison. J'ai un tout petit service à vous demander…

— Oubliez ça, Hirtmann, je ne vous rendrai aucun service.

— J'ai beaucoup d'amis dehors, susurra le Suisse, et je ne voudrais pas qu'il arrive malheur à Daniel ou à Saskia…

— Qu'est-ce que vous avez dit ?

— C'est vraiment un tout petit service… Il s'agit juste de me procurer une carte de Noël… et ensuite d'envoyer cette carte à l'adresse que je vous indiquerai. Rien de bien méchant, vous voyez.

— Qu'est-ce que vous avez dit *avant* ? gronda le jeune homme, furieux. Vous pouvez répéter ?

Il fixait le Suisse avec colère – mais sa colère se transmua en inquiétude, puis en une vague de terreur pure, quand il vit les traits de celui-ci changer, se métamorphoser littéralement sous ses yeux, l'ombre noire qui coulait dans les pupilles et l'éclat maléfique du regard. Et comment l'horrible changement donna à ce regard, dans les rayons froids et chirurgicaux du néon, une insoutenable intensité – et fit de ce visage celui de quelqu'un qui n'avait plus rien d'humain, un visage comme seule la folie pouvait en engendrer. La voix qui jaillit ensuite en un murmure puissant de cette bouche presque féminine prononça des paroles qu'il n'oublierait jamais :

— *J'en dis que si tu ne tiens pas à retrouver ta jolie petite Saskia crevée dans la neige, sa jupette relevée par un monstre dans mon genre, tu ferais bien de m'écouter…*

La résilience est une qualité mystérieuse. Elle désigne la faculté qu'ont un corps, un esprit, un organisme, un système de recouvrer un état d'équilibre après une grave altération, de continuer à fonctionner, à vivre et à avancer en surmontant des chocs traumatiques.

Martin Servaz mit du temps à recouvrer un état d'équilibre – mais il se remit. Un événement l'y aida, qui se passa peu de temps après ceux qu'on vient de conter. Le jour de Noël 2017, on sonna à la porte des Espérandieu. Ce matin-là, au pied du sapin, dans le living-room, il y avait beaucoup de monde et encore plus de cadeaux, mais le plus gâté fut sans nul doute Gustav.

Son père biologique le regardait les ouvrir un par un, la figure illuminée de joie, sous les encouragements de Margot qui tenait son bébé dans ses bras, de Vincent, de Charlène et de leurs deux enfants. Il déchiquetait les papiers multicolores de ses doigts menus, ouvrait les boîtes avec des gestes vifs et impatients, extirpait les jouets en poussant des exclamations de surprise un peu surjouées. Et chaque sourire sur sa frimousse était un sourire dans le cœur de Servaz. Mais, l'instant d'après, celui-ci caressait des idées bien plus sombres et tout à coup, il se sentait une responsabilité écrasante sur les épaules, une responsabilité bien trop grande, en vérité, pour un homme comme lui.

Ce matin de Noël, il pensa également à Kirsten. Il pensait à elle tous les jours depuis un an, en réalité. Une fois de plus il s'était laissé prendre. Il s'en voulait terriblement d'avoir baissé la garde et d'avoir laissé une fois encore le mensonge entrer dans sa vie sous une apparence fausse ; il s'en voulait d'avoir nourri des espoirs absurdes, des espoirs qui ne pouvaient qu'être déçus. En même temps, il se demandait s'il y avait eu un moment où Kirsten Nigaard avait été sincère. Elle était venue à lui en vérité que pour le guider vers son amant et son maître. Elle l'avait entraîné dans un piège comme elle l'avait fait pour ce chef d'orchestre et son homme de main. Il essayait de ne pas penser aux moments d'intimité partagée, de les effacer de sa mémoire. Mais devait-il nier ce qu'il avait ressenti parce que en face on n'avait pas éprouvé la même chose ?

— Martin, Martin, dit Charlène joyeusement.

Il leva les yeux. Vit Gustav debout devant lui, lui tendant le camion Transformers. Servaz sourit. Attrapa le jouet. La sonnette de l'entrée venait de retentir. Vincent sortit de la pièce.

Il entendit qu'on discutait dans le vestibule, perçut la voix d'Espérandieu disant : « Un instant. »

Il tripotait le jouet dans tous les sens, sous les yeux attentifs et, lui sembla-t-il, quelque peu sceptiques de Gustav, quand Vincent l'interpella depuis le seuil :

— Martin, tu peux venir ?

— Je reviens tout de suite, dit-il à son fils.

Il se leva, marcha vers le vestibule.

Avisa le type dans l'entrée. Un employé qui portait l'uniforme brun d'UPS. Apparemment, l'entreprise postale avait décidé de faire travailler son personnel le 25 décembre.

Puis il vit le visage de son adjoint et il sentit son pouls s'accélérer.

— Ça vient d'Autriche, dit Espérandieu. C'est à ton nom. *Quelqu'un sait que tu es ici...*

Il regarda l'enveloppe. La prit. L'ouvrit.

Une carte de Noël : du houx, des guirlandes et des boules brillantes. Une carte bon marché. Il souleva le rabat.

Joyeux Noël, Martin. Julian.

Une photo à l'intérieur... Il la reconnut d'emblée. Elle portait la même robe-tunique kaki avec une ceinture tressée que l'une des dernières fois où il l'avait vue, avait les mêmes cheveux blonds bouclés et la même mèche retombant sur le côté gauche du visage, le même soupçon de rouge à lèvres. Elle ne semblait pas avoir changé après toutes ces années, malgré le journal qu'elle lisait et qui indiquait clairement que le cliché avait été pris à peine trois mois plus tôt. Elle souriait.

— L'espèce d'ordure, rugit Espérandieu à côté de lui. Le salopard. Le jour de Noël ! Bazarde ce truc. C'est un putain de montage !

Servaz fixait son adjoint sans le voir. Certain, en cet instant précis, qu'il avait tort : que ce n'en était pas un et que l'analyse le démontrerait. C'était bien Marianne qu'il avait sous les yeux.

Lisant un journal du 26 septembre 2017.

Et soudain, il comprit la phrase du Suisse : « Disons que son foie n'est pas disponible. » Bien sûr, la drogue, l'alcool – comment aurait-il pu l'être ?

Marianne – vivante...

Son cœur tombait dans sa poitrine – une chute sans fin.

Bergen, Norvège, décembre 2015 ; San Luis Potosí, Mexique, juin 2016.

Remerciements

Un livre est une aventure d'abord solitaire, puis collective. Comme toujours, je dois exprimer ma reconnaissance envers les deux personnes qui m'accompagnent avec une constante générosité d'esprit depuis le premier jour : mes éditeurs Édith Leblond et Bernard Fixot. Tout au long de la rédaction de ce livre, ils ont été ma boussole et mon compas.

Il me faut ensuite remercier celles qui évitent à toute arche de papier le naufrage et la mènent à bon port. Par ordre d'apparition : Caroline Ripoll – elle l'a écartée des écueils vers lesquels il lui arrivait de faire voile –, Amandine Le Goff, Virginie Plantard et Christelle Guillaumot.

Et avec elles, toute l'équipe des éditions XO : Valérie Taillefer, Jean-Paul Campos, Bruno Barbette, Catherine de Larouzière, Isabelle de Charon, Stéphanie Le Foll, Renaud Leblond (impossible de les citer tous). Travailler avec vous est un privilège, le café est bon et la vue porte loin, de là-haut. Rien de tel pour prendre de la hauteur.

Je dois également remercier Marie-Christine Conchon, François Laurent et Carine Fannius pour leur enthousiasme indéfectible, ainsi que tous les gens de Pocket/Univers Poche.

Comme d'habitude, ce livre n'aurait pu être écrit sans l'aide précieuse de mes contacts au SRPJ de Toulouse – ils se reconnaîtront. S'il y a des erreurs, elles ne leur sont en rien imputables. Prenez-vous-en à l'auteur, accablez-le, ce doux rêveur, ce faiseur d'histoires, qui doit jongler avec mille et une balles.

Je remercie le personnel d'Air France, qui m'a fourni nombre d'informations au cours d'un vol Paris-Mexico. Ils s'étonneront de ne pas les trouver ici. Mais les circonstances et l'écriture en ont décidé autrement. Ce n'est que partie remise, les amis.

Mon épouse, Joëlle, pour toutes ces années de complicité qui m'ont rendu la vie plus facile.

Jo, parti bien trop tôt, pour sa générosité et son tempérament, tu manques.

Enfin, Laura – qui a porté ce livre et son auteur loin des ombres, avec le cœur et la raison.

Ah oui, j'oubliais : il y en a un dernier que je voudrais remercier. Il s'appelle Martin Servaz.

Références des extraits d'œuvres citées

Page 96 : R. Louis Stevenson, *L'Île au Trésor*, éditions G.P., 1948.

Pages 97 ; 271 : H.P. Lovecraft, *Herbert West, réanimateur*, éditions Pierre Belfond, 1969.

Page 477 : Georg-Friedrich Novalis, *Hymnes à la Nuit*, Fayard, coll. « Mille et une nuits », 2002.

Table des matières

MARTIN

GUSTAV

MARTIN ET JULIAN

Ouvrage composé par
PCA 44400 Rezé

Imprimé en France par

Maury Imprimeur
à Malesherbes (Loiret)
en janvier 2018

POCKET – 12, avenue d'Italie – 75627 Paris Cedex 13

N° d'impression : 223930
S28378/01